BLT
Mit der Welt
auf Buchfühlung

Viola Alvarez

Viola Alvarez, in Lemgo/Westfalen geboren und in Detmold aufgewachsen, ging nach dem Studium der Germanistik, Geschichte und Skandinavistik als Dramaturgin zum Theater nach Hamburg. Zusammen mit ihrem Mann schrieb sie ein Buch über indianische Heilmethoden. Viola Alvarez lebt in der Nähe von Köln und veranstaltet Seminare zur Persönlichkeitsentwicklung.

Viola Alvarez

Wer gab dir, Liebe, die Gewalt

Der große Roman um Walter von der Vogelweide

BLT
Band 92238

1. Auflage: Januar 2007

für
Gerti van den Heuvel
(1910 – 2002)
unvergesslich

Vollständige Taschenbuchausgabe
der in der editionLübbe erschienenen Hardcoverausgabe

BLT und editionLübbe in der Verlagsgruppe Lübbe

Originalausgabe

Lektorat: Daniela Bentele-Hendricks
Umschlaggestaltung: Gisela Kullowatz unter Verwendung
eines Entwurfs von Guido Klütsch, Köln
Titelbild: © akg-images
Autorenfoto: © privat
Satz: Kremerdruck GmbH, Lindlar
Druck und Verarbeitung: GGP Media GmbH, Pößneck
Printed in Germany
ISBN 978-3-404-92238-3

Sie finden uns im Internet unter
www.luebbe.de

Der Preis dieses Bandes versteht sich einschließlich
der gesetzlichen Mehrwertsteuer.

INHALT

Dieser Roman erzählt eine Idee des Lebens Walthers von der Vogelweide – nicht sein Leben, wie es war. Niemand weiß, wie es war. Da nur ein einziges nichtliterarisches Zeugnis von Walthers Leben vorliegt (eine Rechnung über einen Mantel), seine Herkunft, exakte Lebensdaten und Wege bislang von der Forschung weitgehend ungeklärt blieben, handelt es sich bei allen Episoden und Begegnungen mit historischen Persönlichkeiten, auch wenn diese in aller Wahrscheinlichkeit tatsächlich stattgefunden haben mögen, um reine Fiktion. Walthers Gedanken, Fragen, Verhaltensweisen und Handlungen sind jedoch direkt von den Inhalten seiner uns überlieferten Sprüche und Lieder inspiriert.

PROLOG

Bozen 1229

Später dachte er auch, er hätte etwas merken müssen, doch außer einem Anflug von Ungeduld in Annas Stimme schien alles wie immer.
»Braucht Ihr noch was zur Nacht, Jungfer Anna?«, fragte Hubil freundlich, wie jeden Abend seit Jahren, wenn er sie zu ihrer Kammer geleitete.
»Nein danke, mein Lieber«, antwortete Anna lächelnd, ebenfalls wie jeden Abend seit Jahren.
»Soll die Hrosvilt Euch noch eine Milch bringen, oder soll ich noch Holz holen?«, kam die unvermeidliche Nachfrage ihres hilfsbereiten Freundes.
»Nein danke, mein Lieber«, antwortete Anna geübt.
»Ja, dann«, machte Hubil und stand unschlüssig auf den engen Stufen, wartete linkisch auf den Abschluss ihres Rituals.
»Gelobt sei Jesus Chistus, Hubil«, sagte Anna denn auch folgerichtig, und Hubil strahlte sie voll einfältigen Vertrauens an.
»In Ewigkeit, amen«, erwiderte er. Anna lächelte und sah ihm zu, wie er auf der dunklen Stiege den Kopf einzog, um sich nicht zu stoßen, als er herunterging.
Da geschah etwas Merkwürdiges:
»Hubil«, rief Anna ihn noch einmal zurück.
»Ja, Jungfer Anna«, er drehte sogleich um, voller Willigkeit, ihr wobei auch immer beizustehen. Die alte Frau lächelte ihn an, man konnte im Dunkeln wohl nicht gut sehen, aber

es schien ihm, sie habe Tränen in den Augen. Jedoch als sie sprach, klang sie so ruhig und heiter wie immer:
»Hubil, du und die Hrosvilt, ihr wart so gut zu mir, wie es eigene Kinder nicht hätten sein können. Sagst du ihr das von mir?«
»Ich, das, äh«, stotterte Hubil und verstummte dann überwältigt. Er wollte einen Dank erwidern oder sagen, dass sie auch besser zu ihm gewesen war als seine eigene Mutter, aber sie hatte sich schon umgewandt und die Tür zu ihrer Kammer geschlossen, ehe er sich entschieden hatte, ob solch eine Offenbarung gegen ein Gebot verstieß.
Weil Hubil außerdem wie alle wusste, dass man Jungfer Anna bei ihren Abendgebeten nie stören durfte, schlich er – dennoch leicht beunruhigt – zu Hrosvilt hinunter, um ihr diesen seltsamen Gruß zu überbringen.

Anna, allein im Licht der flackernden Kerze, zog das Pergament aus ihrer Schürze, das ihr die beiden Pilger gegeben hatten. Sie kniete vor dem Kreuz an der Wand und dankte Gott voll liebender Inbrunst für seine Gnade. Die Worte, die man ihr vorgelesen hatte, hallten in ihren Gedanken wider, mischten sich mit den vielen Wünschen ihrer schier ewigen Gebete und tanzten als eine Säule der Freude vor ihren Augen auf und ab.
Sie küsste den weit gereisten Brief vorsichtig und zart.
So wie das Mädchen, das sie einmal gewesen war, gerne den jungen Mann geküsst hätte, der derjenige, von dem dieser Brief geschrieben wurde, einmal gewesen war.
Als sie seinen Namen sagte, halblaut, wie in jedem Gebet seit so vielen Jahren, liefen ihr dann doch die Augen über, und diesmal verhinderte sie es nicht.
»Walther«, flüsterte sie und sah ihn vor sich: Sah ihn, wie er damals war, dann, wie er beim letzten Mal ausgesehen hatte, und sah schließlich nur noch das, was man nicht

sehen konnte: diese wundervolle Schönheit, die in ihm war, wie ein Schatz in einer verwunschenen Truhe, die sich nur für sie einen Spalt geöffnet hatte.
Sie weinte nicht, weil er tot war. Sie weinte auch nicht, weil die Pilger ihr erzählt hatten, dass es kein leichter Tod gewesen war.
»Der Bluthusten«, hatte der Größere leise und betreten gesagt, »es ging über Jahre.«
All das war so weit weg, als sie sich aufrichtete und den Brief, den sie selbst nicht lesen konnte, in die Flamme ihrer Kerze hielt.
Er fing nur langsam Feuer und brannte umständlich herunter, sie musste ihn mehrfach in der Hand drehen, bis nur noch ein kleines, angeschwärztes Stück übrig war, das sie in ihren Wasserkrug warf.
»Gelobt sei der Herr«, sagte Anna und machte sich glücklich auf, den letzten Teil ihres Handels zu erfüllen, den heimlichen Teil, der nur für sie war, auf den sie so lange gewartet hatte.
Sie hatte die Schlinge seit Jahren unter ihrem Kopfkissen aufbewahrt und sich manche Nacht dankbar an ihr festgehalten wie an einer leitenden Hand. Sie musste sie mehrfach werfen, bevor sie über dem Deckenbalken hing und zu ihrer Zufriedenheit befestigt werden konnte. Anna hatte keine Angst vor Sünde, als sie den Strick zu sich zog, und keine Angst vor dem Tod.
Sie war sich sicher, dass gleich in dem Moment, da der Heiland sie aus seiner begrüßenden Umarmung entließ, einer da sein würde, der auf sie wartete.
Barfuß kletterte sie auf den kurzbeinigen Schemel und kicherte mädchenhaft, als sie fast das Gleichgewicht verlor, bevor ihr die Schlinge um den Hals lag.
Sie fühlte die düsteren Wände ihrer Kammer sich öffnen, sah sie den Blick freigeben auf jene weit entfernte Wiese,

die sie nie vergessen hatte. Die Wiese war so schön wie damals. Anna sprang.

Hubil und Hrosvilt waren fassungslos, als sie sie am Morgen fanden. Hubil versuchte noch verzweifelt, sie am Strick hochzuhalten, als könnte er so ihren Tod rückgängig machen, während Hrosvilt heulend auf seinen breiten Rücken einschlug und ihm vorwarf, er hätte etwas merken müssen.
Man sagt ja, dass die Erhängten von allen Toten am schlimmsten anzusehen sind, aber für Anna stimmte das nicht.
Auf ihrem eingefallenen Gesicht, zur Seite geknickt über dem gebrochenen Hals, lag der spitzbübische Ausdruck einer heimlich Entwichenen. Einer Ausreißerin, die alle genarrt hatte, um sich schließlich aufzumachen zu dem, dem sie ihr ganzes Leben gewidmet hatte.
Gegen alle Vernunft und gute Ordnung.
Und doch hatte es sein müssen.

TEIL I

Die Jahre der Lerche

1171 – 1188

DIE PROPHEZEIUNG

Im Tal stand ein Hof, auf den ein schmaler Pfad zuführte, der nicht einmal von Pferdehufen, nur von ein paar Ziegen ausgetreten war. Man konnte schon von weitem sehen, wie arm die waren, die hier wohnten – vielleicht nicht immer arm gewesen waren, denn das Haus hatte ein zweites Stockwerk. Wenn man von Osten über den Hang kam, dann lag der Hof ungünstig zwischen zwei Bergen; wenn es, bedingt durch den heftigen Herbstregen, einen Erdrutsch gäbe, dann wäre das Anwesen samt und sonders verloren. Im Süden stand eine Linde, die im Sommer dem Haus wohl Schatten spenden sollte. Es war früher November, und es regnete. Herbstkinder starben leichter als andere, keine gute Zeit, ein Kind zur Welt zu bringen.

Drinnen schrie eine Wöchnerin seit Stunden, die Hebamme war schon am Abend gekommen, aß und trank ungeniert auf Kosten der werdenden Eltern, die wohl kaum selbst genug hatten. »Es wird noch dauern«, sagte sie dem Herrmann, dessen Erstes es werden sollte, ohne Freundlichkeit. »Die Ersten dauern immer. Und mit der ihrem Becken.« Die Hebamme winkte ab, als sei die Unzumutbarkeit ihrer Aufgabe mit Worten gar nicht angemessen zu beschreiben.

Herrmann hielt die Schreie Gunis', seiner Frau, gepaart mit der dumpfen Gleichgültigkeit der Hebamme nicht aus. Er trat in den Regen hinaus und blickte den verschlammten Pfad empor. Der Regen fiel so dicht, dass er kaum die

Wegstrecke nach Ried erkennen konnte, nur eine nasse Mulde vor dem Schatten der Berge. Obwohl es sehr kalt war, schwitzte Herrmann, die Haare klebten ihm am Kopf, und sein Rücken juckte unter der Rupfenjacke, die er trug. Er hatte Bauchschmerzen vor Anspannung, Furcht und Hunger, da die Hebamme sich mit Genuss von dem nährte, was eigentlich für die Woche hätte reichen sollen. Der Rest blieb besser für die Gebärende.

Oben am Weg stand zwischen den grauen, teuflisch tanzenden Strichen des Regens eine Gestalt, schien es. Die Wolken hingen so tief, dass Herrmann dachte, an ihnen ersticken zu müssen. Er keuchte und kniff die Lider zusammen, um besser sehen zu können. Der Schweiß, den er sich nicht erklären konnte, brannte ihm in den Augen.

»Hallo«, glaubte er jetzt gehört zu haben, gedämpft vom Prasseln des Regens, verschluckt von den Schwaden des Nebels, die sich körperlos der überfeuchten Erde entwanden und fetten, riesigen Würmern gleich umherkrochen.

»Hallo.«

Der schemenhafte Schatten bewegte sich fließend mit dem endlosen Guss, dem boshaften Plätschern, der alles Leben und alle Hoffnung abschnürenden feuchten Luft. Herrmann sah über die Schulter zum Haus, vom Dach troff das Wasser, sammelte sich in Pfützen, der Regen warf Blasen, die eine um die andere endlos zerplatzten. Im Haus war es still, Gunis schrie nicht mehr. Vielleicht war sie kurz eingeschlafen.

»Hallo«, rief die Stimme wieder von der Anhöhe aus.

Herrmann griff sich einen Knüppel und machte sich auf, den schlammigen Pfad hinaufzuklettern, er keuchte, ihm wurde noch heißer, der Rücken juckte unter dem herabfließenden Schweiß noch schlimmer. Er kam der Gestalt näher; wer immer es war, ihm schien der Regen nichts auszumachen. Still wartete das Wesen auf den Bauern.

»Höchstens der Teufel ist bei so einem Regen unterwegs«, keuchte Herrmann zwischen den Zähnen, packte den Knüppel fester und spuckte aus.

In den Dörfern zwischen den Bergen muss man die Gedanken nicht weit schweifen lassen, wenn man sich über den Teufel klar werden will. Er saß kichernd in den zerklüfteten Felsen, die sich lösten, um einem Wanderer den Schädel einzuschlagen. Oder er lockte einen Unwissenden auf die Weiden, um dann mit dem Blitz nach ihm zu werfen. Dass der Teufel im Regen nach einem Bauern rief, das hatte Herrmann zwar noch nicht gehört, aber das hieß nichts. So kurz vor dem allseits verkündeten Weltenende fand der Teufel immer neue Wege.

Die Gestalt war ein Mönch in einer grauen Kutte, völlig durchnässt wie der, den er gerufen hatte, aber lächelnd, heiter, als wartete er die Ankunft des Aufsteigenden bei Maienluft und Sonnenschein ab.

»Was willst du?«, rief Herrmann, als er nahe genug heran war. »Wer bist du? Wo kommst du her?«

Der Mönch war klein, sein Gesicht von einer verstörten Zartheit, zu der das heitere Lächeln nicht passen wollte. Zwischen den Vogelaugen standen ihm tiefe Falten, als wäre er gezwungen, zu häufig Dinge zu sehen, die ihn schmerzten. Herrmann blieb stehen, doch da der Mönch keinerlei Anstalten machte zu sprechen, bewegte er sich nach einiger Zeit weiter auf ihn zu. »Was?«, bellte er.

»Im Dorf sagen sie, dass du einen Sohn erwartest.« Die Stimme des Mönchs verwischte sich in ihrer plätschernden Sanftheit fast vollkommen vor dem Hintergrund des tückischen Regens, der ungestört in seiner brodelnden Gleichförmigkeit niederrauschte. Hatte die Gestalt wirklich gesprochen?

»Ich kann dir nichts zahlen fürs Beten«, sagte Herrmann lauter, als er wollte, wie um das Stimmchen des Mönchs

durch sein Beispiel zu heben. »Und Platz haben wir auch keinen. Die Hebamme ist da.«
»Ich will doch gar nichts«, sprach der Mönch, bescheiden schüttelte er den Kopf. »Ich wollte nur etwas weitergeben.«
Herrmann starrte den kleinen Mann an.
»Gebt mir die Hand«, forderte der Mönch in seiner sanften Stimme, der Mund schlingernd hinter den silbernen Bindfäden des Regens, wie die Bewegungen eines Forellenfisches. Herrmann hielt den Knüppel erst fester, nahm ihn dann nur mit der Linken und streckte die schwielige Rechte zögerlich nach dem nassen Mönch aus.
»Oh«, lachte der Mönch überrascht und fasste dann mit beiden Händen schnell zu. So heiß es Herrmann auch gerade gewesen war, mit einem Mal war ihm eiskalt.
»Dein Sohn wird mit Sand in den Schuhen geboren«, redete der körperlose Forellenmund schmeichelnd. Herrmann hörte die Stimme ganz dicht an seinem Ohr, als flüsterte der Mönch direkt hinein.
»Der bleibt dir nicht lange, der geht dir durch.« Herrmann wollte seine Hand zurückziehen, war aber gefangen zwischen seinem Aberglauben, seiner Machtlosigkeit und seiner Furcht.
»Und du musst es wissen, damit du ihn gehen lassen kannst, ja. Weil er Wichtiges vorhat.«
»Was redest du da für einen Unsinn«, wollte Herrmann brüllen, aber es kam nur ein Flüstern heraus.
»Ich geb's nur weiter. Es ist, wie es ist. Auf dem Hof bleibt der nicht«, meinte der Mönch nachsichtig und entließ die große Hand aus seinem zierlichen Gefängnis.
»Vergelts Gott«, plätscherte er noch und ging dann weiter auf dem Weg nach Ried, seine Fußspuren nach ein paar Schritten schon aufgelöst, als wären sie nie da gewesen.
Herrmann schüttelte den Kopf, dass die Tropfen flogen. Er

hörte eine Krähe und kniff die Daumen ein. Um überhaupt etwas zu tun, spuckte er noch mal aus.

»Weibergewäsch, Bangemacherei«, sagte er sich vor, als er den schlammigen Pfad wieder hinabstieg, vorsichtig, damit er sich nichts brach. Ein Scherz war es vielleicht gewesen, ein Jokus, den sich der Hannis und der Fede gemacht hatten. Woher hätte der Mönch sonst gewusst, dass er auf sein Kind wartete. Und Mönch! Das war ein Gaukler gewesen, ein Schnurrer. »Wenn nur alles gut geht!«
Als er dem Haus näher kam, hörte er, dass Gunis wieder zu schreien begonnen hatte. Der Regen nahm kein Ende. Herrmann blieb trotzdem draußen sitzen.
Am frühen Abend kam das Kind zur Welt. Es war gesund und schlief gleich. »Haare hat es schon!«, rief die Hebamme begeistert aus und naschte vom Kindsfett.
Es war ein Sohn. »Meinst du, du kannst morgen hier alleine fertig werden?«, fragte Herrmann seine Frau, die, obwohl die Geburt nun hinter ihr lag, weiter weinte und nicht recht beisammen schien. »Ich muss ins Dorf.«
»Ich kann ja noch einen Tag bleiben«, bot die Hebamme berechnend an und zeigte stolz das Kind der Mutter, die kaum kräftig genug war, es zu halten. Schließlich drehte sie sich, den ruhigen Sohn auf der Armbeuge liegend, einfach auf die Seite und starrte vor sich hin.
»Du kriegst noch andere«, erklärte die Hebamme wohl zu ihrem Trost. »Ich kenn mich aus. Wer beim Ersten nicht draufgeht und halbwegs heil bleibt, der kriegt noch andere.«
»Ich muss ins Dorf«, erinnerte Herrmann vorsichtig an sein Anliegen. Sein Sohn begann zu wimmern; draußen rauschte der endlose Regen.

Fede und Hannis schworen beide, dass sie weder einen Possenreißer angestiftet noch einem Wandermönch von der bevorstehenden Geburt erzählt hätten. Auch weitere Nachforschungen im Gasthaus blieben ohne Ergebnis, sodass Herrmann beschloss, das Vorgefallene zu vergessen.
Das Herbstkind überlebte, und Gunis rappelte sich bald hoch. Zum Fest der Unbefleckten Empfängnis tauften sie den Sohn Walther. Sonst wären sie vor Lichtmess nicht mehr zur Messe gekommen, so hoch wie der Schnee lag.
Alle redeten davon, wie schön er sei, zumeist wegen seiner vielen Haare. Aber Herrmann behielt noch für Monate ein mulmiges Gefühl, und als sein Sohn laufen lernte, das war schon im späten Sommer darauf, konnte er sich nicht recht freuen. Irgendetwas stimmte nicht.
»Besser, wir haben noch andere«, sagte er seiner Frau. Aber damit wurde es einstweilen nichts.

Herrmann mühte sich redlich, und wenn auch Gunis seinen ehelichen Umarmungen nicht mehr als ein paar Augenblicke selbstmitleidigen Trotzes abgewinnen konnte, so verhalfen seine nutzlosen Versuche, die Brut des Vogelweidhofes zu vergrößern, doch wenigstens dazu, zwischen den Eheleuten klare Fronten zu schaffen. Gunis' Verachtung für ihren Mann wuchs in gleichem Maße wie ihre abendlich im Halbschlaf beschworene Überzeugung, dass sie ein besseres Leben verdiente, ohne Ziegen, Schlamm und ständig kränkelnde Felder, die nie genug abwarfen. Sie hatte Herrmann nie heiraten wollen und besaß nicht das Geschick so vieler Bäuerinnen, sich mit dem zu bescheiden, was die Sippe ihr zugewiesen hatte.
Herrmann hingegen fühlte weiter eine undeutlich wachsende Furcht, zuerst nur, wenn er seinen schlafenden Sohn betrachtete, doch bald auch, wenn er eine Rast von der Arbeit seines Tagewerks nahm. Um wenigstens diese

Momente zu verkürzen und auch, um nicht den ihn boshaft schwächenden Blick seiner Frau zu spüren, arbeitete er bald zweifach so hart wie jeder andere Bauer in der Umgegend; leider, ohne dass auch seine Erträge sich demgemäß verdoppelt hätten. Gunis half immer weniger mit, sie entwickelte eine Vielzahl Herrmann nicht einsichtiger und schwer nachprüfbarer Leiden, die es ihr auch fast unmöglich machten, dem Ehegatten seine diesbezüglichen Rechte einzuräumen. Wenn sie eine Ziege gewesen wäre, hätte sich Herrmann über den Kauf geärgert.

Eines Abends, als Herrmann vom Feld kam, stand nicht einmal Essen auf dem Tisch. Das Kind lag fest gewickelt und bewegungslos auf der Ofenbank, aber das Feuer war lange heruntergebrannt. Es starrte an die Decke, und Herrmann beugte sich erschrocken hinunter, um festzustellen, ob es überhaupt noch lebte. »Gunis!«, brüllte er, vermutete am Ende einen Unfall, ein Verbrechen. »Gunis! Wo bist du?«

Er rannte die schmale Stiege in das obere Stockwerk zu ihrer Schlafkammer hinauf. Gunis saß auf dem Bett und kämmte sich die Haare.

»Was denn?«, fragte sie gereizt über die Schulter, als ihr Mann, den sie längst gehört hatte, hereinpolterte. Die nachlässige Belanglosigkeit, mit der sie ihm begegnete, nahm ihm den Atem.

»Das Kind ist da unten in der Kälte«, stammelte er schließlich. »Und nichts zu essen.« Sie fuhr fort, sich zu kämmen.

»Was ist denn los?«, fragte Herrmann noch mal. Er konnte nicht verstehen, was sie tat, war aber sicher, dass es eine ganz normale Erklärung geben musste. »Gunis!«, herrschte er, als sie weiter still blieb und kämmte.

»Stell dir vor«, redete sie da endlich, noch immer, ohne ihn anzusehen. »Ich hatte keinen Hunger. Warum soll ich dann kochen und Feuer machen?«

»Was?«
»Ja, ehrlich, warum? Wieso bin ich dazu da, mich nur um dieses Ding zu kümmern, das sich an mich hängt wie eine Klette und immer was braucht? Oder warum soll ich für dich kochen und immer auf dich warten, wenn ich schon zwei Stunden vorher hungrig bin?«
Herrmann wusste nicht, was er fühlte, als er diese ganz und gar unverständlichen Worte hören musste. »Das kann doch nicht sein«, sagte er in erster Abwehr in seinen überforderten Gedanken. Dann versuchte er, freundlich zu sein: »Ja, aber Gunis, ich bin doch den ganzen Tag auf dem Feld, da willst du doch nicht hin.«
»Ich kann nicht, wegen meiner Krankheit«, unterbrach sie ihn, noch immer in stoischer Gleichgültigkeit.
»Aber hier im Haus, da …«, versuchte er es, »ich meine, jemand muss doch –«
Wieder schnitt sie ihm das Wort ab: »Weißt du, Herrmann, ich bin einfach nicht für solche Arbeit geschaffen. Und wenn du essen willst, melk die Ziege.«
Seit diesem Tag sollten sich die Abende, an denen Gunis sich aufs Bett setzte und kämmte, häufen. An solchen Abenden traute er sich dann gar nicht mehr, sie in den Arm zu nehmen. Manchmal, wenn er sein stummes Kind sah, seine kalte Frau und die endlos harten Felder, fühlte Herrmann sich als der einsamste Mensch unter der Sonne.
Wenn das Weltenende käme, dachte er, wäre es ihm ganz recht.

Er sprach schließlich mit dem Pfarrer unten im Ried über seine häusliche Situation, beichtete sogar nach innerem Kampf an Walthers zweitem Geburtstag seine unheimliche Begegnung mit dem regennassen Mönch, die ihn lange noch in Albträumen heimsuchte. Irgendetwas Seltsames

hatte an diesem Tag auf dem Vogelweidhof Einzug gehalten.
»Was glaubst du denn, was an anderen Ehen anders ist?«, fragte der Pfarrer nur zum ersten Punkt von Herrmanns Sorgen, und: »Ein Mönch kann gar kein schlechtes Vorzeichen sein! Das ist rein christlich unmöglich!«, bekräftigte er fromm zum zweiten. »Lass gut sein, Herrmann, das legt sich bald.« Damit hatte er seiner seelsorgerischen Pflicht nach eigenem Gewissen und im Angesicht der kaum nennenswerten Bezahlung durch den grüblerischen Vogelweidbauern vollends genügt.
Aber Herrmann wusste, wie er es an jenem Tage geahnt hatte, dass nur der Teufel bei einem solchen Regen unterwegs gewesen war und dass der Teufel sich im fischig durchsichtigen Gesicht des Mönchs verborgen hatte, um ihm die Freude an seinem Sohn zu verleiden. Was nun seine Frau anging, wollte er dem Teufel ihre Ablehnung für seine ungeschlachte Person nicht zu Unrecht in die Schuhe schieben.
Ein unzufriedenes Weib brauchte keinen Teufel, um missgelaunt zu sein und seinen Ehemann zu verabscheuen. Das ging wohl ganz von allein. Es war wie mit dem Unkraut. Für den guten Ertrag der Ernte musste einer sich mühen, bis ihm der Rücken brach. Und jede Regung des Wetters konnte alles zunichte machen.
Für die Gewächse aber, die die Ernte kleiner hielten, musste man im Gegenteil nichts tun. Sie wucherten und wucherten, in Regen wie in Dürre, breiteten sich aus und verschlangen schließlich alles, ohne dass man ihnen auch nur einen Augenblick Aufmerksamkeit gewidmet hätte.
Das Gute kam schwer, das Schlechte allzu leicht.
Herrmann war ein gläubiger Unglücklicher, ein demütiger Mensch, wenn auch unwissend; und er versuchte sowohl in seinen Feldern, denen das Unkraut zusetzte, als auch in

seiner Ehe, in der ihn die angewiderten Blicke seiner Frau trafen, Gottes Ordnung zu erschauen.
Dann aber sah er seinen Sohn an und wusste, dass er die Rechnung wohl nicht allein mit Gott machen durfte. Etwas an seinem Kind widersprach der Ordnung. Aber er wusste nicht, was es war.

GOTT ZUSEHEN

Als Walther vier Jahre zählte, sorgten sich beide Eltern immer häufiger um seinen Zustand. Diese Überlegung war nicht unbegründet. Die einander fast zu nahe stehende Familienbeziehungen, die bei der Heirat Besitz zusammenfügen und auch -halten sollten, trugen vielleicht zu der Eigenart des Kindes bei. Und auch wenn seine Eltern kaum Vergleichsmöglichkeiten mit anderen Kindern hatten – beide hatten im letzten Jahr bei einem Feuer einen Großteil ihrer Angehörigen verloren –, spürten sie, dass Walther anders war als andere Kinder.

Im Haus war Walther, wie es üblich war, meistens mit einem Strick an einen der Trägerbalken angebunden, sodass er sich der mütterlichen Aufsicht nicht entfernen konnte. An den Tagen, an denen es Gunis nicht gelang, sich vor der Arbeit auf den Feldern zu drücken, erfolgte diese Sicherstellung ebenso draußen am Heuwagen. Wenn Gunis nicht so sehr mit sich selbst und ihrer Verdrossenheit beschäftigt gewesen wäre und Herrmann nicht zu unglücklich und immer überarbeitet, dann wäre es ihnen vielleicht schon eher aufgefallen, wie wenig dieses Kind schrie, wie wenig es – gesund, wie es glücklicherweise war – sich auslaufen wollte und nie gegen das Seil rebellierte.

Wie Walther mit dem Hanfseil an den Heuwagen gebunden dasaß, in der hellen Sonne, unbeschäftigt, ohne Geschwister, von Insekten umsummt und mehr als einmal schlimm von den Pferdefliegen gestochen, war er ein Bild, das auch harte oder eben eitle Herzen in ihrer Verschlossenheit rühren konnte. Seine Haare, dicht und lockig, haselnussfarben mit goldenen Spitzen, schimmerten in der Sonne. Das klare, ebenmäßige Gesicht, der volle Mund von einem unwirklichen Kirschrot; dann die Augen, die einen jeden stutzen ließen, der hineinsah. Augen von der Weite des Himmels, von unendlicher Tiefe und erschreckender Klarheit. Er glich niemandem, weder Vater noch Mutter und auf seine Art nicht einmal einem Kinde, in solchen Augenblicken. Er wirkte wie ein kleiner, fertiger Mensch, der voll besonnener Ungeduld auf die Erfüllung einer Pflicht wartete, die er noch nicht kannte. Die Hand, die man nach seinen weichen Haaren ausstrecken wollte, um das Kind zu kosen, kam aber nie an ihrem Ziel an, erstarrte vielmehr, wenn man die Augen sah, die eine solche Berührung nicht wünschten und nicht fürchteten. Und wenn Walther, süß lächelnd, seine Eltern wieder in einiger Entfernung von sich wusste, dann senkten sich diese Augen in die aufmerksame Betrachtung kleiner und kleinster Dinge, die er ganz für sich und mit ernstem Verständnis entdeckte.

Er sprach schon früh, und von den wenigen Wörtern, die sich Gunis und Herrmann hin und wieder lieblos zureichten, beherrschte er schnell alle. Er verblüffte beide an einem Septemberabend in seinem dritten sich neigenden Jahr, als er mehr für sich mit zwei Holzlöffeln in einer Ecke saß und Szenen aus der Ehe seiner Eltern nachspielte. »Pass doch auf, du blöder Bauer, jetzt hast du mir wieder den halben Acker mit nach Hause gebracht. Wie soll ich das putzen, so wie ich leide«, sagte der Gunis-Löffel in exakt ihrem Tonfall und Gift. »Ach, das hab ich gar nicht gesehen, tut mir ja leid, Liebes«, duckmäuserte der andere Löffel mit nachgemachter Herrmann-Stimme. Beide Löffel klangen so echt, dass die Eltern sich bemühen mussten, nicht hinzuhören,

die Wahrheit, die mit ihrem Sohn im Winkel saß, wieder aus dem Haus zu kehren.
In der Kirche quengelte Walther nie, sondern hing mit weit offenem Mund, Augen und Ohren im Arm der Mutter, alles in sich hineinsaugend, das er hörte. Oft saß er auch des Abends still in der Kammer und bewegte lautlos die Lippen.
Schließlich konnte Herrmann, dem es auf seine Art auch lieber war, die Angst vor einer unerfüllten Prophezeiung gegen die Schmach einer erfüllten Gewissheit zu tauschen, nicht mehr schweigen.
»Ich glaube, der ist nicht ganz richtig im Kopf.« Er flüsterte aus Rücksicht auf das Kind: »Wie der immer nur dasitzt und stiert. Das ist nicht richtig.«
»Du hast es also auch gemerkt!«, rief Gunis mit großen Augen, einen Glanz von erregter Angst darin.
»Ich, ja«, bekannte Herrmann, nicht wissend, ob dies eine seiner vielen tadelbehafteten Eigenschaften war.
»Es ist bestimmt der Teufel, Herrmann, der ist verhext, der ist besessen. Weil er so hübsch ist, den hat eine auf dem Markt verhext!«
Der Ehemann und Vater, der das Kind eigentlich nur für schlicht oder verblödet gehalten hatte, witterte aber in seiner Zustimmung zu den verstiegenen Thesen seiner Frau, dass eine spätere eheliche Annäherung folgen könnte. Da ihm an dieser Gelegenheit vieles lag, verfolgte er seinen eigenen Ansatz nicht weiter und pflichtete in der folgenden, zumeist von Gunis bestrittenen, Unterhaltung ihren Bedenken bei, die sich auf eine Begebenheit im Frühjahr des Vorjahrs konzentrierten. Eine fremde Marktfrau hätte Walther auf Gunis' Arm erspäht und ihm die Hand unter das Kinn gelegt. »So hübsch, ein Engelchen«, hätte die Alte gesagt. Daraufhin wäre das Kind – und Herrmann wüsste selbst, wie selten das passierte – in helles Schreien ausge-

brochen, was noch mehr für eine Verhexung spräche. »Der hat das gefühlt!« »Ja, wenn du meinst«, sagte Herrmann in geübter Ergebenheit in den Willen einer ewig Unzufriedenen.

So wurde der Priester bemüht, von Ried den steilen Weg zum Vogelweidhof erst auf- und dann wieder abzusteigen und den Knaben zu begutachten, ob er entweder zurückgeblieben oder verdammt war.
Der Priester, derselbe, der Herrmann auch schon anlässlich seiner ehelichen Sorgen beraten hatte, nahm sich auch wegen des langen Rückwegs Zeit mit dem seltsamen Kind, das ihn mit aufmerksamen Augen und an leichter Hand zu einem Platz auf der Wiese führte, wo es sich niederließ. Ohne Sorge oder Unsicherheit ging es mit dem fremden Mann von den Eltern fort.
Mit leiernder Stimme und mattem Pflichtgefühl begann der Priester dann, dem Kind die ritualisierten Fragen zu stellen, auf die er keine Antwort erwartete, nämlich, ob er den Teufel in sich trüge, ihm Unterschlupf gewährte, ihn befreundet hätte und dergleichen mehr, was einem so kleinen Wesen gar keine Vorstellung sein konnte.
»Nein, Ehrwürden«, sagte da das Kind deutlich. »Das tue ich nicht.«
Der Priester wäre fast hintübergefallen. Nur mühsam wahrte er die Fassung. Er sah sich verunsichert um.
»Wieso wolltest du hier auf die Wiese?«, fragte der Geistliche.
»Die Wiese ist schön«, antwortete das Kind.
»Und was machst du hier auf der Wiese?« Er setzte sich ächzend neben das Kind ins Gras. Es war feucht.
Der unwirkliche Kirschmund lächelte, aber er schwieg.
»Was machst du hier?«, fragte der Priester nochmals.
»Gott zusehen«, sagte der Kleine und redete erstmals in

verwischter Kinderart, sodass der Gottesmann noch einmal nachfragte, um sicherzugehen, dass er richtig gehört hatte. Nachdem dies – umso erstaunlicher – sichergestellt war, bekreuzigte er sich, und das Kind folgte artig seinem Beispiel. So gut es konnte, versuchte es zu erklären, was es tat, wenn es glaubte, »Gott zuzusehen«, und der Priester zog daraus den richtigen Schluss, dass dieser seltsame Knabe gerne auf der Wiese saß, um *nachzudenken*. Wenn es auch keinen Grund gab, in dieser Beobachtung satanische Besessenheit zu vermuten, war es doch höchst ungewöhnlich, womit das Kind sich unterhielt. Walther machte den Priester auf seine Erkenntnisse bezüglich des Verhaltens der Fliegen, Vögel und Bienen aufmerksam.

»Die streiten«, fasste er seine Gedanken zusammen; und der Priester konnte es nicht verhindern, dass er sich bei diesen Worten unwillkürlich nach den vom Hof her um die Stallecke lugenden Eltern umdrehte, die einen seltenen Moment der Einigkeit teilten, wenn auch nur Einigkeit in Neugierde. Der Junge lächelte vor sich hin, er schien heiter, fast amüsiert, als kenne er ein Geheimnis, das niemand sonst verstehen würde.

»Auf Wiedersehen, mein Kind«, beendete der Priester die ungewöhnliche Untersuchung schließlich und trat, selbst verwirrt, aber gesammelt, zu Herrmann und Gunis.

»Er ist nicht vom Teufel besessen, und er ist auch nicht krank im Kopf«, teilte er mit. Er fand des Kindes unschuldige Kritik an Gottes Schöpfung – »die streiten« – auf seine Art sehr zutreffend, fast göttlich wiederum in ihrer Einsicht und Genauigkeit. Trotzdem war etwas an dem jungen Walther, was einen vorsichtig sein ließ.

»Aber er ist seltsam«, bebte Gunis, die ihrerseits den Gedanken an etwas Außergewöhnliches, das sich in ihrem Leben ereignen könnte, nicht schon fahren lassen wollte.

»Er ist wirklich seltsam«, bekräftigte Herrmann in eilfer-

tiger Unterwürfigkeit. Alle drei sahen wie verabredet über die Schulter zu dem stillen Kind hin, als wäre es ein Vogel, eine Feldlerche, klein, heiter und viel zu leicht, die, durch Lärm oder üble Gedanken aufgeschreckt, einfach davonfliegen und ihren Blicken über den sie umarmenden Feldern entschwinden könnte.
»Ja«, nickte der Priester entschieden. »Er ist seltsam.«
Und dann, sich an Herrmanns vormaliges Anliegen erinnernd, fügte er in gut gemeinter männlicher Solidarität an: »Es wäre sicher besser für ihn, wenn er ein paar Geschwister hätte.«
Damit schlug er ein aufforderndes Kreuz über Gunis, die zu Boden sah. Im Innern Buße tuend für den Verdacht, den sie gegen ihr eigenes Kind gehegt hatte, ergab sich Gunis daraufhin den ängstlich tastenden Annäherungen ihres Mannes in zwei Nächten hintereinander. Herrmann fühlte sich deshalb so ungewohnt glücklich, leicht und befreit, dass er sich am dritten Abend in Ried betrank und erst am nächsten Morgen nach Hause kam.
Gunis' Gesicht zu seiner Rückkehr war ein deutlicher Hinweis, dass die vorherigen zwei Nächte von ihr inzwischen bedauerte Ausnahmen darstellten, und Herrmann wurde wieder traurig, schwer und ein Gefangener seines eigenen Hauses.
Er nahm Walther jetzt mit auf die Felder und trug ihm kleine Arbeiten an, die das Kind pflichtbewusst und nicht ungeschickt ausführte. Aber wann immer der Vater ihn nicht mit einer Aufgabe betraute, stand Walther, den Kopf leicht in den Nacken gelegt, auf erschreckende Art einsam in den Furchen oder Halmen, blickte in den Himmel oder nach den Bergen und sah Gott zu.

Auf den Festen im Dorf, zu denen sie ihn mitnahmen und auf denen er auch andere Kinder traf, fügte Walther sich ohne Schwierigkeiten in die Reihe jagender, spielender Dorfrangen ein; tollte mit ihnen, johlte um die gleichen Nichtigkeiten und bot ein überzeugendes Bild kindlicher Freude und Ausgelassenheit. Er hielt sich nicht abseits, starrte auch nicht vor sich hin, sondern mengte lachend und forschend mit bei den Spielen und Streichen, mit denen sich die Jungen und Mädchen seines Alters gemeinhin vergnügten.

Doch dann, auf der Hochzeit eines jungen Paares im Leyertal, sah Herrmann, wie Walther nach einer Hatz der Kindesmeute hinter einen Koben trat und sich erschöpft mit geschlossenen Lidern an die Wand lehnte. Herrmann wusste plötzlich, dass es nicht die Tollerei war, die das Kind ermüdet hatte, sondern die Gesellschaft, die es dabei hatte. Wusste mit eisigem Erschrecken, dass Walther ein glückliches Kind unter anderen Kindern zu sein nur gespielt hatte, nicht aber nur für einen Augenblick eines gewesen war.

»Walther«, rief er den Sohn besorgt zu sich. »Was ist denn mit dir?«

»Die sind alle so laut«, flüsterte der Knabe, und Herrmann fand, dass Walther plötzlich Schatten unter den Augen hatte, dass seine Haut nicht mehr milchig zart, sondern fast durchscheinend war. Er streckte die Hand aus und legte sie dem Kind auf die Stirn. Was auch immer dahinter vor sich gehen mochte, Herrmann nahm sich vor, es nicht mehr zu fürchten.

»Komm, wir gehen«, führte er den Kleinen fort und hielt ihn den ganzen Weg, bis sie zum Hof zurück waren, an der Hand. Vielleicht war es Zufall, aber an diesem Abend teilte Herrmann seiner Frau mit, dass es wohl keinen Sinn habe, auf weitere Kinder zu hoffen, und dass sie von nun an wie »alte Leute« zusammenleben sollten. Der Hinweis auf Alter als einzig natürlichen Grund für eheliche Enthaltsamkeit kränkte Gunis, gerade zweiundzwanzig geworden,

aber ihre Erleichterung, kein nächtliches oder gar morgendliches Tasten ihres Mannes mehr erwarten zu müssen, war ungleich größer.
»Ist wohl fürs Beste«, nickte sie mit verkniffenem Mund.

Herrmann hatte sich entschieden. Gleich ob es der Teufel, ein Engel, ein einfacher Mönch, ein Gaukler oder nur das Hirngespinst seiner eigenen Angst gewesen war, das ihm an Walthers Geburtstag zugeplätschert hatte, dass er den Sohn gehen lassen müsse, er glaubte nun, dass es in jedem Fall die Wahrheit war, die er gehört hatte. In den müden Augen des Kindes hatte er mit dem Mut seiner Fürsorge eine so zerbrechliche Feinheit gesehen, so ohne Vergleich zu allem, was Herrmann kannte, dass ihm klar wurde, diese Zartheit könnte auf dem Vogelweidhof keine Heimat finden. Es gab nichts in seiner engen Welt der harten, fordernden Berge, was der ernsthaften Empfindlichkeit in Walthers Blick ähnelte, doch eben dahinter hatte Herrmann eine ganze Welt gesehen, voller Farben und Länder, die ihm fremd, verheißungsvoll und doch unerreichbar waren.
Die Bestrebungen seiner eigenen Eltern, das karge Land zu erhalten und wenigstens etwas zu mehren, hatten zu der nahen verwandtschaftlichen Ehe mit Gunis geführt, aus der kein Glück gekommen war. Der nie ausgesprochene Pflichtauftrag an ihn, der ja auch ein Sohn gewesen war, diese Pläne zu guter Vollendung zu führen und weiterzugeben an die, die nach ihm kämen, erschien ihm nun völlig sinnlos.
Von Walthers Bettstatt aus ging er hinaus in den späten Abend und hörte, wie sein Sohn gesagt hätte, den Bergen zu. Dann schließlich griff er vor sich in den Staub und nahm eine Hand voll trockener Erde mit ins Haus. Er streute sie liebevoll in die kleinen ledernen Schuhe seines

Kindes. Wenn er gehen müsste, so sollte es zumindest der Sand vom Vogelweidhof sein, der ihm das Laufen befahl. Herrmann berührte die zarte Haut von Walthers Wange. Er blieb ein seltsames Kind, doch vielleicht war er das einzige Gute in Herrmanns Leben, das ohne ein Zuviel an sinnloser Arbeit trotzdem gedeihen würde.

Wenn ich ein anderer gewesen wäre ...

Wenn ich ein anderer gewesen wäre, wie sehr hätte ich meinen Vater geliebt für alles, was er mir zu sein versuchte. Ich wäre vielleicht auch dann mit ihm auf die Felder gegangen wie der, der ich war, aber ich hätte mehr zu ihm stehen können. Hätte vielleicht seine Hand genommen, wenn er sie mir entgegenstreckte. Ich sehe uns, wie es hätte sein können. Arbeitend, lachend, Sorgen teilend, zusammen. Wenn ich etwas gefunden hätte, was ich nicht verstand, dann hätte ich ihn gerufen. Hätte bei ihm auf den Schultern sitzen wollen, so wie andere Kinder mit anderen Vätern, die kleinen Hände auf der Stirn des großen Mannes gefaltet, klein und machtvoll, vertrauensselig und glücklich.

Ich sehe die Sonne untergehen, westlich vom Bissner-Land, die Berge errötend, der Himmel gewölbt, den abendlichen Hauch von Sterben in der Luft – und dann wir beide. Vom Feld kommend, ich auf seinen Schultern, lachend, er bockt wie ein Pferd, ich versuche mich festzuhalten: »Papa, Papa, nein«, quietsche ich und will doch, dass er weitermacht. Und er versteht es und bockt und galoppiert trotz des schweren Tages weiter bis hin zur Tür, wo ich »Hooo!« rufe, und er schnaubt und schüttelt sich. »Braves Pferd«, kichere ich, und er hebt mich herunter.

Wie sehr hätte ich meinen Vater geliebt. Ich stelle mir dieses nie gewesene Bild, diesen unschuldigen Ritt vor, vom Feld bis zur Tür. Aber dann wische ich es weg. Denn hinter

dieser Tür hätte Gunis uns erwartet, und all meine Vorstellung reicht nicht aus, mir auch noch zu denken, dass nicht nur ich, sondern auch sie eine andere hätte sein müssen, damit ich Herrmann so sehr hätte lieben können wie er mich.
Er war, wie er war. Ich hätte ein anderer sein sollen.

DER PFLAUMENBAUM

Im Sommer, bevor Walther sechs Jahre alt wurde, kamen Reisende, die den Weg nach Ried der einbrechenden Dunkelheit wegen nicht mehr bis zu ihrem ursprünglichen Ziel gehen wollten, schließlich zu der Entscheidung, lieber den schmalen, von Ziegenhufen ausgetretenen Pfad zum Vogelweidhof hinunterzusteigen, um bei Herrmann und Gunis um Nachtquartier zu bitten. Gunis entbrannte für den einen der beiden Fahrenden, einen Welschen, sofort in mädchenhafter Schwärmerei, die zuerst kaum ihrem Mann, umso mehr aber ihrem Sohn auffiel, dessen Fähigkeit zur Beobachtung kleinster Dinge sich mit den Jahren verstärkt hatte. Sie leckte sich die Lippen, sodass sie nach kurzem Glanz recht rissig davon wurden, und zog sich immer wieder für kurze Augenblicke aus dem Gespräch mit den Männern zurück, um sich das Haar neu zu setzen, wie sie sagte.
Walther nahm diese Begründung, abgelenkt durch das fesselnde Interesse, das er den Wanderern vom ersten Moment an entgegenbrachte, zunächst als wahrhaftig hin, stellte dann jedoch fest, dass Gunis den gleichen Satz wieder und wieder mit immer neuer Dringlichkeit in Richtung des Welschen formulierte. Der folgte ihr aber – sei es aus Sprachunkundigkeit oder mangelnder Begeisterung für Gunis – trotzdem nicht nach, wie es offensichtlich ihre heimliche Absicht war, wenn sie vor die Hütte trat und mit immer gleich gewundenen Zöpfen nach einiger Zeit zurückkehrte, den Gast umso zwingender anstarrend.

Der Welsche war in der Tat ein Mann von besonderem Aussehen, gänzlich anders, so stellte das Kind Walther, geleitet von den Blicken seiner Mutter, fest, als die hiesigen Bauern und selbst die Händler. Er war von geringerem Wuchs, doch dabei von einer lodernden Dunkelheit; trotz der langen Reise im Staub des späten Sommers glänzte sein Haar unter der Kappe, die er höflich abgenommen hatte, als er und sein Gefährte die Stube betraten.
»Wo kommt denn ihr zwei her?«, hatte Herrmann gefragt und einen Napf mit kühlem Wasser und einen Laib Brot auf den Tisch befördert. Es hätte an diesem Abend Grütze geben sollen, aber es wäre nicht genug für alle gewesen.
Der Welsche redete nichts, überließ die Erklärungen seinem Gefährten, einem überfreundlichen Mann mit schmeichelnder Stimme, der, wie er freimütig preisgab, aus Regensburg stammte. Die beiden Gäste waren Fahrende, der Welsche ein Scholar, der bei verschiedenen gelehrten Herren studiert hatte, um nun als Lehrer in seine römische Heimat zurückzukehren. Der Regensburger befand sich auf einer Wallfahrt und hatte sich ihm angeschlossen, wegen der vielfältigen Gefahren einer solchen Reise.
»Ja, da kommt ihr ja viel herum«, redete Herrmann freundlich, und Walther bemerkte, wie die gespannte Wachsamkeit des Welschen sich etwas erweichte, fast so, als veränderte sein Körper die Gestalt.
»Der Giacomo, das ist ein Misstrauischer«, erklärte der Regensburger auch gleich das stille Wesen seines Begleiters.
»Giacomo«, wiederholte Gunis hauchend den fremdländischen Namen und schlug sich dann mit der Hand vor den Mund, als wollte sie diesen unleugbaren Beweis ihrer sehnenden Gedanken wieder zurückbefehlen.
Herrmann schüttelte nur den Kopf.
»Wie das?«, fragte er, die peinliche Stille unterbrechend, »war Ärger unterwegs?«

»Ist für einen Welschen nicht so ganz einfach in den Städten«, erklärte der Regensburger. »Die Leute haben nicht viel übrig für die Römer. Wer für den Kaiser ist, kann ja nicht für den Papst sein.«
»Sicher, sicher.« Herrmann nickte mit dem Kopf, doch es entging Walther nicht, dass er den Gast dabei nicht ansah. Er vermutete, dass der Vater nicht wusste, um was es ging.
»Ha, so was!«, unterbrach Gunis, »diese Zöpfe. Ich geh mir mal eben die Haare aufsetzen.« Der Welsche starrte einfach weiter auf den Tisch, und Herrmann schüttelte in stummer Verzweiflung unmerklich den Kopf.
»Und deswegen spricht er nicht viel. Hat in der Nähe von Passau eine Abreibung von ein paar Übermütigen kassiert. Meist rede ich, aber er sieht ja nun auch so ausländisch aus, dass alle gleich nachfragen«, fuhr der Regensburger fort. Etwas in seiner Stimme war falsch, dachte Walther.
Gunis kam wieder herein, die Haare unverändert. »Ja, also, ein Wind ist das heute Abend!«
»Und wo wollt ihr nun hin? Seid ihr auf dem Wege nach Ried?«, fragte Herrmann schnell, um von der erbarmungswürdigen Vorstellung seiner Frau abzulenken. Der Regensburger erklärte die vor ihnen liegende Route, die Giacomo ihm anvertraut hatte. Er ließ nicht aus zu erwähnen, wie gefährlich die Reise sei, an deren Ende aber die größte Belohnung stünde, die ein Christenmensch sich erhoffen könnte: Rom zu sehen.
»Was«, fragte Walther, völlig ergriffen von den Worten des Reisenden mit der falschen Stimme, »was ist ein Rom?«
Der Vater und der Regensburger lachten, der Welsche aber schien erstmals von dem stillen Kind Notiz zu nehmen, hatte vielleicht aufgrund der einfachen Formulierung auch die Bedeutung der für ihn fremden Laute verstanden.
»Roma«, sagte Giacomo und legte beide Hände nach oben aufgefächert auf den Tisch, *»Roma est corona mundi.«* »Das

heißt Weltenkrone«, erklärte der Regensburger. »Nicht etwa Welfenkrone! Hahaha. Der Giacomo, der redet lateinisch. Ist eben recht studiert, der Welsche.«
Seine Fröhlichkeit blieb ob ihrer gewollten politischen Feinsinnigkeit unverstanden von den Gastfreunden und daher auch unbeantwortet, bis auf ein eher dümmlich anmutendes Lächeln von Gunis, die sich nicht entblödete zu sagen: »Ich wollte auch überhaupt immer schon mal nach Rom.«
Herrmann sah zu Boden.
Da klopfte es an die Tür, als wollte jemand das Holz einschlagen. Kaum eine Aufforderung zum Eintreten abwartend, kam der Lapps-Bauer in die Stube getrampelt.
»Beim Bissner ist ein Ast vom Pflaumenbaum abgebrochen! Ein ganz großer. Vom Wind!«
»Nein!«, rief Herrmann aus. »Das muss ich sehen.«
Und er lief sofort mit dem Nachbarn hinaus, als wäre der Retter der Welt auf dem vom Pflaumenbaum gestürzten Ast zu finden. Gunis, hin und her gerissen zwischen ihrer bislang unerwidert gebliebenen Bewunderung für den Welschen und der Angst, ein so wichtiges Ereignis des dörflichen Lebens zu verpassen, zuckte schließlich bedauernd die Schultern und verließ das Haus ebenfalls. »Walther, komm mit«, forderte sie ihren Sohn auf, sah sich aber kaum nach ihm um.
Walther blieb sitzen, wo er war, die beunruhigenden Augen auf den Regensburger geheftet, den er als das eigentliche Zentrum dieser unerwarteten Unterweisung begriff.
»Na, Kleiner«, redete der auch gleich in der unvorsichtigen Art, wie er sie Kindern gegenüber gerne als freundlich ansah. »Wie alt bist du denn, gehst du schon aufs Feld, wirst auch ein wackerer Landmann wie dein Vater?«
»Ich würde lieber noch ein paar Fragen nach diesem Rom stellen, wenn es Euch recht ist«, erwiderte der Junge, und

der Regensburger hätte nicht verblüffter sein können, wenn die Katze, die über dem Rauchfang lagerte, angefangen hätte, mit ihm zu sprechen.

»Was willst du? Was?«, fragte er nach.

»Ich möchte gerne wissen, was eine Weltenkrone ist und wieso man nicht für den Papst und den Kaiser sein kann, bitte«, trug das Kind sein Anliegen bescheiden und höflich vor. Der Kirschmund lächelte. Es lag etwas Unheimliches in diesem Lächeln, etwas Unberechenbares.

»Quid dixit?«, fragte Giacomo wachen Auges nach.

»Äh«, der Regensburger, vorher so weltläufig und erklärungswillig, hob abwehrend die Hand. »Das ist eine, also, Rom«, verzettelte sich der Gast und runzelte schließlich ungehalten die Brauen. Er schätzte, dass die Eltern eine Weile wegbleiben würden. Es gab keinen Grund mehr, sich gefällig zu verhalten. »Das ist alles noch viel zu schwer für so ein Kind. Geh dir nur die Pflaumen ansehen. Was weißt du schon …« Damit stand er auf und setzte sich, dem Begleiter und dem Knaben den Rücken gekehrt, an den Herd. Giacomo, der Welsche, aber lächelte dem Kind aufmunternd zu. »Roma«, sagte er und tippte sich zuerst auf das Herz und dann an die linke Schläfe. Walther nickte.

»Roma«, wiederholte Giacomo und mimte, als würde er sich frisches Wasser von einem Brunnen oder einer Quelle schöpfen und ins Gesicht spritzen.

»Habt ihr keinen Speck im Haus, Junge?«, fragte der Regensburger, dessen lustige Persona sich gleichsam mit der Abwesenheit der Eltern von ihm entfernt hatte. Er stand auf und begann das Innere der Stube auf eigene Faust zu erkunden, sah in Beutel und Krüge, wohl auf der Suche nach Vorräten, von denen er fürchtete, dass sie ihm durch die magere Gastfreundschaft der Bauern hier verwehrt bleiben würden.

»Corona mundi«, sagte Giacomo, völlig in seinem Spiel

für das Kind mit den seltsamen Augen gefangen, und ließ seine Hände auseinander fächern, wie eine Blume sich öffnete.
Da griff Walther verstehend den Welschen bei der Hand und zog ihn hinaus auf seine Wiese. Er deutete auf die Linde und die Berge und sagte auch: »Roma.«
Erst wollte der Fahrende ihn korrigieren, dachte, dass das Kind ihn doch missverstanden hatte, als Walther vorsichtig sprach: »Corona mundi. Hier.« Er zeigte auf sich und den Boden, auf dem er stand.
Der Welsche sah das seltsame Kind an und nickte: *»Si«*, sagte er, »tua corona mundi, hic.«
Die Sonne ging gerade unter, die Luft war von einer schmerzhaften Milde. Walther stand mit Giacomo in einem Moment dem Kind unbekannter Nähe und Verbundenheit. Die Eltern kamen vom Bissner-Hof her über den Hang zurück; Gunis hatte die Schürze voller Pflaumen.
»Was nicht alles so an einem Tag passieren kann«, rief sie ausgelassen, als sie ihren Sohn mit dem Gast unter der Linde stehen sah. Ihre Augen strahlten, und sie schüttelte ihren Kopf, dass ihr nun wirklich die Zöpfe verrutschten.
»Da denkt man nichts Böses und dann! Der ganze Ast ist einfach abgefallen! So auf eins. Ist das nicht schrecklich aufregend?! Komm, Walther, probier mal. Sind schon reif.«
Sie zog Walther auf die Haustür zu. »Ich wette, das sehen die in Rom auch nicht alle Tage«, fügte sie kokett an und gab durch diese kleine Eitelkeit dem Regensburger glücklich Gelegenheit, einen nicht angebotenen Streifen Speck zu verschlucken, bevor er gesehen wurde.

Am nächsten Morgen zogen die beiden schon früh weiter. Gunis war schlechter Laune und bemühte mit halbherziger Darstellung eine ihrer vielfältigen Krankheiten, um nicht aufs Feld zu müssen. Herrmann war es nur recht. Er wollte mit seinem Sohn sprechen, er hatte Walthers Interesse an den beiden Vaganten wohl bemerkt; und aus seinen eigenen Beweggründen fand er es an der Zeit für eine väterliche Unterweisung, wenn es auch nicht die war, die man von einem Bauern im Allgemeinen erwarten würde.

Nachdem sie eine Weile Hamster gejagt hatten, die in diesem Jahr eine furchtbare Plage waren, winkte Herrmann, dass Walther sich setzen sollte. Es war heiß.

»Machen wir eine Pause. Gott zusehen, ja?«, lockte er. Walther setzte sich in einigem Abstand zu seinem Vater und sah sofort auf den Boden, als gäbe es dort Wichtiges zu entdecken. »Na, die zwei, die werden jetzt schon in Ried sein, mindestens, oder schon durch, was meinst du?«

Walther blieb still. Der warme Wind fuhr in seine schönen Haare und ließ die blonden Spitzen wehen. »Besser, wenn sie vorm Herbst über den Pass kommen. Sonst schneit's. He?« Leutselig, obwohl er wusste, wie ungern sein Sohn diese Form von Berührung hatte, schlug er dem Kind sanft auf die Schulter. Er konnte sich nicht helfen.

Wie sollte man sich denn nur immer im Zaum halten, nicht einmal das eigene Kind zu herzen, es nicht zu drücken, wenigstens ihm hin und wieder durchs Haar zu fahren, alles Dinge, die von Walther mit abwartender Steifheit erduldet, aber nicht erwünscht wurden. Aus Liebe zog Herrmann dann auch die Hand zurück, die ebenfalls aus Liebe im Nacken des Jungen liegen wollte.

»Der Giacomo und der Diederich, das sind Fahrende. Die kommen viel in der Welt herum. Das sind so die Arten von Leuten, gell? Die Bauern, die bleiben, wo sie geboren werden, und die Fahrenden, die treibt's in der Gegend herum. Da kann man bis Rom kommen. Als Bauer kommt man nur bis Ried oder ins Leyertal.«

Walther schwieg, er sah weiterhin nach unten; aber Herr-

mann hatte das untrügliche Gefühl, dass das Kind ihm trotzdem zuhörte.
»Ja, so ist das«, fuhr er deshalb leichthin fort, »Bauern und Fahrende. Die einen so gut wie die anderen. Die einen bleiben, und die anderen gehen. Sonst gibt's keine Unterschiede.«
Mit dem Zeigefinger malte der Junge Kreise in den Staub. Herrmann versuchte es noch einmal: »Da soll man nichts Schlechtes über die Fahrenden sagen, nur weil einer Land und einen Hof hat, ist er noch kein guter Mensch. Manche haben eben Sand in den Schuhen.«
Ruckartig hob der Sohn den Kopf.
»Was ist das?«, wollte er wissen, in der Stimme eine drängende Neugier. »Sand in den Schuhen?«
Herrmann stiegen Tränen auf. Er räusperte sich, bevor er weitersprechen konnte: »Also, wenn einer Sand in den Schuhen hat, dann ist er kein Bauer. Dann muss er wandern, immer weiter. Von einer Straße zur anderen. Da drängt es ihn. Da kann er nichts machen. Das fühlt er.«
Er lächelte sein seltsames Kind an, das ihm schon jetzt so entrückt wie eine liebliche, aber schmerzhafte Erinnerung vorkam. Eine Libelle flog vorbei.
»Du bist Bauer«, sagte Walther schließlich leise, aber in eher fragendem Ton.
»Ja«, sagte Herrmann scheinbar unbeschwert, »das stimmt, ich schon.«
»Und ich?«, Walthers helles Stimmchen zitterte. »Bin ich auch Bauer?«
Er sah weiter auf den Boden. Der Wind wehte seine Wange frei, die Herrmann zugewandt war. Die liebliche Rötung seiner Haut, die großen Augen voll von ungeweinten Tränen, die anderen Kindern so leicht und schnell kamen, die kirschroten Lippen fest aufeinander gepresst, all diese Kleinigkeiten sah Herrmann in diesem Moment mit der

gleichen Bewunderung, die er den Altarschnitzereien in der Kirche manchmal entgegenbrachte, wenn er dem Priester nicht zuhörte.

Er legte seine rechte Hand, die wieder den Kopf tätscheln, den zarten Nacken streicheln wollte, fest in die andere in seinem Schoß.

»Na, was du bist, das wissen wir doch noch gar nicht. Du kannst das eine oder das andere sein. Nur weil ich ein Bauer bin, musst du das schließlich nicht auch sein! Ich sag ja, eins ist so gut wie das andere. Kann sein, dass du ein Fahrender bist.«

»Wirklich?« Die kleine Stimme schoss auf wie eine Lerche. »Das ginge auch?«

»Ja, sicher, das wird sich zeigen«, bestätigte Herrmann und hielt sich weiter an sich selbst fest.

»Wie merken wir es denn, was ich bin?«, fragte Walther aufgeregt. Herrmann musste das Gesicht abermals abwenden. Was er tat, brach ihm das Herz, aber vielleicht rettete es seinen Sohn. »Das ist so wie mit den Feldern, wenn man gesät hat, weißt du. Zuerst kommt man nur so vorbei und sieht den Acker, aber man weiß deswegen noch nicht, was mal darauf wächst.« Das Kind nickte eifrig.

»Und wenn es dann geregnet hat und die ersten Sprösslinge kommen, dann weiß man es auch noch nicht genau, wenn man nicht ganz nahe hingeht. Erst, wenn die Pflanzen ein wenig größer sind, dann kann man es sagen, dann gibt es keinen Zweifel mehr.«

»Wie bei der Gerste?«

»Genau, ganz genau wie bei der Gerste.«

Das Kind blieb still und dachte nach. Schwalben flogen, und oben über ihnen schrie eine Gabelweihe. Walther kaute an seiner Unterlippe. »Wenn man Sand im Schuh hat, das scheuert einen doch dann immer«, sinnierte er.

Herrmann nickte.

»Da ist es vielleicht doch besser, ein Bauer zu sein«, mutmaßte Walther, »sonst tut einem immer was weh.«
Herrmann schwieg. »Steh auf, Junge«, sagte er schließlich. »Gibt sicher Pflaumen heute, mit der Grütze vielleicht.«
Walther folgte, war aber noch in seinen Gedanken gefangen: »Kann man sich aussuchen, was man sein wird?«
»Ich glaub's nicht«, antwortete der Vater ernst. »Die Gerste kann es sich ja auch nicht aussuchen.«
»Oh«, sagte das Kind und blieb etwas zurück.
Herrmann stapfte weiter über den Acker. Wer auch immer der große Sämann war, der Bauern und Fahrende machte, Herrmann fand es schlimm, dass er sie dann nicht auch von Anfang an voneinander trennte, so wie man Gerste und Roggen auch nicht in den gleichen Säcken verwahrte. Wie sollte er diesen Sohn denn nur ziehen lassen, wenn es so weit wäre? Wie sollte er damit leben, zu wissen, dass, selbst wenn er ginge, dem Kleinen immer etwas wehtäte, vom Sand in den Schuhen? Wie sollte er nicht selber daran zugrunde gehen, dieses seltsame Wesen in eine Welt zu entlassen, die er selber nicht kannte und vor der niemand das Kind schützen würde, wenn die Zeit käme?

KIRMES IN RIED

Kurz nach den Heiligen Drei Königen gab es in Ried immer einen Jahrmarkt. Seit Allerseelen war auf den Berghöfen von nichts anderem mehr geredet worden, abgesehen davon, dass der morsche Pflaumenbaum vom Bissner im ersten Schnee gleich noch einen Ast verloren hatte, der zudem auf dem trunken heimkehrenden Großknecht Gerold gelandet war. Der Großknecht hinkte seitdem, und der Bissner hatte den Baum noch immer nicht gefällt, worüber alle viel zu sagen hatten.

Der Jahrmarkt fand einen Vollmond nach Dreikönig statt, und das ganze Dorf war in Aufruhr. Die Winterkinder von den abgelegenen Höfen wurden zur Taufe gebracht, und die Messe dauerte ganze drei Stunden, was den Priester schon seit der Heiligen Nacht bedrückte. Es waren noch drei Wochen bis zur Fastenzeit, und das hieß, dass der Jahrmarkt ein erschreckendes Besäufnis werden würde, für die meisten jedenfalls. Die Frauen würden wohl schon fasten, weil das Essen knapp war, und in der Kirche reihenweise ohnmächtig werden. Die Taufkinder würden brüllen, und die verkaterten Väter würden, säuerlich stinkend, schwankend daneben stehen. Noch am Abend vor der Messe betete der Priester inbrünstig, dass Gott ein Einsehen in die Köpfe der Bauern und Dörfler pflanzen möge, damit sie gewaschen und vor allem nüchtern zum Gottesdienst erschienen.

Doch wie so oft hielt Gott es für das Beste, etwas anderes zu tun als das, was sich der Priester wünschte.

Die Taufkinder schrien, die Frauen sackten bei jedem Amen zusammen, und die Männer schwankten mit schweren Köpfen mürrisch hin und her. Da half es wenig, dass der Priester besonders inbrünstig zu dem Bibelwort sprach, dass der Weg des Frommen besser sei als der der Gottlosen, die da wären wie Spreu im Wind.
Er redete seine Litanei herunter und wusste, dass die Frauen aus Furcht, die Männer der guten Ordnung halber in der kalten Kirche standen, dass aber alle, sobald er den Gottesdienst endete, sich wie eben die Spreu, die sie nicht sein sollten, unter den Marktschreiern und Gauklern verteilen würden, die nur darauf warteten, den Leuten ihr bisschen Geld aus der Tasche zu ziehen.
»Denn der Herr kennt den Weg des Gerechten«, mahnte der Priester in der Volkssprache und sah in seine Gemeinde, die, wie er ahnte, keine rechte Furcht vor ihm hatte. Er brachte nicht die nötige Statur mit, um ihnen Angst zu machen. Das bisschen Glauben, was er durch sein Leben für sich selbst hatte retten können, war nicht genug, um wie eine Flamme der Herrlichkeit durch die Kirche zu fahren. Er war mehr wie eine Öllampe, die nur durch die Nacht reichte, wenn man die Lohe nicht zu groß werden ließ. Der Priester dachte sich, dass seinen Gläubigen die Flamme der Herrlichkeit sicher lieber gewesen wäre – ihm selbst vielleicht auch.
Die Wagenmeisterin gähnte unverhohlen, dass ihr die Tränen in die Augen traten, und der Lapps-Bauer bohrte sich in der Nase.
»Aber der Gottlosen Weg vergeht«, verkündete der Priester mit schwacher Überzeugung; meist hatten die Gottlosen Glück, hatte er beobachtet. Da sah er den seltsamen Kleinen vom Vogelweidhof. Er stand neben seiner Mutter, dieser gefährlich unzufriedenen Frau, nicht an ihre Hand geklammert wie viele der anderen Kinder und auch nicht

verschlafen. Das Kind starrte den Priester mit brennenden Augen an, die Brauen leicht gerunzelt, mit den Lippen die Worte nachformend, die er gerade gehört hatte.
»Herr, wer darf weilen in Deinem Zelt? Wer darf wohnen auf Deinem heiligen Berge?«, übersprang der Priester ein paar Psalter, ohne recht zu wissen warum.
Das Kind von den Vogelweidbauern formte wieder Worte mit den Lippen. Herzog Friedehalm, der ganz vorn stand, räusperte sich gereizt, deswegen brachte der Priester alles schnell zu Ende. Vor der Kirche drückte er Hände und segnete die Alten, die den Frühling wohl nicht mehr sehen würden. Als die Vogelweidbäuerin vorbeikam, hielt er sie an: »Was hat euer Junge eben gesagt? Grade in der Kirche?«
Gunis' Augen wurden weit.
»Hat er etwa gestört, Ehrwürden?« Ihre deutlich ausgestellte Sanftmut verlor sich zugunsten allumfassender Scham: »Walther!«, begann sie zu schimpfen.
»Nein, nein«, beschwichtigte der Priester. »Er hat nicht gestört; ich wollte nur wissen, was er gesagt hat.«
»Los, Walther, gib Antwort«, zischte die Mutter und sah sich ängstlich um, ob jemand mithörte.
Das seltsame Kind mit den fremden Augen blickte auf.
»Corona mundi«, sagte Walther.
»Was?«, riefen der Priester und die Mutter wie aus einem Mund, wenn auch in verschiedenem Ton; der eine unsäglich überrascht, die andere ungehalten. Sie dachte, ihr Kind wäre entgegen seiner unbeteiligt entfernten Art plötzlich ungezogen, redete in einer frechen Plappersprache zu dem ehrwürdigen Geistlichen. Schuld keimte überdies in ihr auf, da sie doch vor ihm selbst den Sohn der Besessenheit bezichtigt hatte. Was, wenn er Walthers dummes Schnattern nun als Teufelswerk hören würde? Wie der Priester auch gleich mit bebender Stimme nachfragte, machte sie noch unbehaglicher. »Weißt du denn, was das heißt?«

»Weltenkrone«, sagte Walther zur gleichen Zeit, als Gunis mitkeuchte: »Natürlich nicht!«
»Wieso Weltenkrone?«, fragte der Kleriker.
»Wer darf wohnen auf Deinem heiligen Berge«, wiederholte Walther mit Selbstverständlichkeit den Psaltervers, der ihn an Giacomo erinnert hatte.
»Wo hat er das denn her?«, fragte der Priester entgeistert und wurde um seine Antwort betrogen, da in diesem Moment die Gaukler mit ihrem Krach anfingen und die Menge sich johlend um sie scharte. Gunis knickste noch entschuldigend, dann rannte auch sie vor, um die Musikanten und Feuerschlucker zu sehen und die peinliche Befragung ihres Kindes so zu beenden.
Walther, wie immer unangenehm berührt von Lärm und Gedränge, hielt sich unwillig an der Hand seiner Mutter, die ihn bald hierhin, bald dahin zog, Stoffe befühlte, Gewürze roch und sich von einem Wagen, auf dem unendlich teure Spiegel verkauft wurden, gar nicht wieder entfernen wollte.

Um Mittag kaufte sie sich selbst einen Schweinefuß und Walther ein paar Nüsse, da er für ihren Imbiss nicht zu begeistern war. Langsamer nun, weil sie aß und beide Hände für den Schweinefuß brauchte, schlenderte Gunis zur anderen Seite des Kirchhofs, wo bis vor kurzem ein paar Frauen getanzt hatten, die Schellen an den Füßen trugen.
»Ist denen nicht kalt?«, fragte Walther, da die Frauen barfuß gingen. »Das sind bloß Fahrende«, sagte seine Mutter nachlässig und leckte sich mit großer Aufmerksamkeit herabrinnendes Fett vom Handballen. Nach dieser Aussage interessierte sich Walther noch mehr für die Füße der Frauen. Er hoffte, dass sie nun bald Schuhe anlegen würden, damit er den darin befindlichen Sand sehen könnte.
Die Frauen setzten sich aber nur zu einem kleinen Feuer

und rieben sich die Zehen. Wahrscheinlich war ihr Auftritt nur kurz unterbrochen.
»Und nuuuuun!«, rief da plötzlich ein paar Schritte weiter ein dicker Mann, der einen ganz bunten Hut trug. »Nuuunn seht ihr Leute etwas, das habt ihr noch niiiieeee gesehen!« Er schüttelte ebenfalls ein paar Schellen, die er aber im Gegensatz zu den Tänzerinnen in der Hand hielt. Der Dicke trug Stiefel, wie Walther bedauernd feststellen musste, er war also wieder nicht in der Lage, den geheimnisvollen Sand zu sehen.
»Für euch kommen nuuuuun die beiden größten Dichter des Abendlandes!« Der Dicke drehte sich um die eigene Achse.
»Was ist ein Dichter?«, fragte Walther, aber Gunis gab keine Antwort.
»Hier sind Konstantin von Hindenthal«, der Dicke winkte einen unstet wirkenden Rothaarigen nach vorn, der sich noch im Laufen verbeugte, »und der unglaubliche Uolrich von Gelderland. Jahhaaaa!«
Der Dicke schüttelte seine Schellen, und ein paar Leute klatschten, während sich auch der zweite Mann verbeugte. Er trug lange blonde Locken und sehr enge Hosen. Die Frauen klatschten lauter, als er sich ein paarmal extra im Kreise drehte.
»Wart mal, Walther«, sagte Gunis abwesend. Der Rothaarige, deutlich neidisch auf den Empfang seines Kollegen, begann mit der Vorstellung. Walther starrte immer noch auf die Füße aller Fahrenden, sodass er die ersten Worte kaum hörte. Er hatte keine Vorstellung von dem, was Dichter taten.
»Ich, Konstantin von Hindenthal, ich schaff den Blonden allemal«, rief der erste große Dichter. »Denn einer, der aus Gelderland, dem geb ich nicht einmal die Hand.«
»Haha!«, rief der Dicke und schüttelte die Schellen, es regte

sich aber noch wenig Begeisterung für die künstlerische Darbietung.
Der Blonde wehte seine Locken von einer Schulter zu anderen: »Wie soll ich armer Mann hier singen, umringt von so viel Lieblichkeit? Zum Dichten muss ich schier mich zwingen, lieber wär ich fort zu zweit!«
»Eiei, hört ihr, hört ihr?«, rief der Dicke, und diesmal klatschten ein paar Frauen.
»Gefällt dir das, Walther?«, fragte Gunis, am Schweinefuß kauend, und machte Augen nach dem Blonden wie alle anderen.
Walther hatte die Füße vergessen und hörte staunend zu.
»Du eitler Schelm und Tunichtgut«, reimte der Erste wieder, »solltest dich schämen bis aufs Blut. Du kannst nicht singen und nicht dichten, man nimmt sich vor, dich hinzurichten!«
»Hört ihr, Leute, hört ihr«, schrie der Dicke schellenrasselnd. »Das ist ein echter Sängerstreit, was ganz Besonderes! Die beiden größten Dichter des Abendlandes.« Seine Begeisterung verlor sich wie sein Atem in der Kälte. Außerdem aßen zu viele, um mit beiden Händen klatschen zu können.
»Wo ist der feine zarte Mund, der kommt zu küssen mich gesund?«, fragte der Blonde mit innigen Gebärden. »Liebe, die der Menschen Freude mehret, ist mir, ach, lange schon verwehret.« An dieser Stelle musste der Dicke erstmals nicht einschreiten, um Beifall vorzutäuschen oder zu erzwingen. Auch Gunis klemmte ihren Schweinefuß unter den Arm, damit sie laut klatschen konnte.
»Das ist Dichtkunst, Walther«, belehrte sie ihren Sohn nun verspätet. »Was ganz Feines, das hören sonst nur die hohen Herrschaften. Wie der Herzog da drüben.« Sie wies auf den noch immer müden Friedehalm, der, in seinen Pelzkragen gähnend, aus trüben Augen das Spektakel

mit verfolgte, seine zwei Söhne neben sich. Die beiden eckigen Buben, zehn und zwölf Jahre alt, schubsten sich gegenseitig aus dem Weg, bis ihnen der Vater nachlässig in geübter Gebärde eins auf den Hinterkopf gab. Er schlug zunächst den Jüngeren und unterbrach kaum den routinierten Schwung seiner Hand, mit dem er dann auch den Älteren erwischte.

»Schickt sich das, ihr guten Leute?«, reimte der unstete Rothaarige auf verlorenem Posten weiter, »er sucht unter den Weibern Beute. Ich würd ihm wohl den Wanst versohlen, hätt meiner er ihr Herz gestohlen!«

»Tih«, machte die Bäuerin vom Leyertal verächtlich. Ihre Schwiegertochter suchte sich Essensreste aus einer Zahnlücke. Das Publikum, wiewohl ungeschult, hatte dennoch seine Gunst einheitlich dem Blonden zugewendet. Der angebliche Dichter aus Gelderland ging mit ausgebreitetem Mantel einen langsamen Kreis, wie ein Tier, das seine Beute umrundete. Er schüttelte erneut das Haar.

»Ich künde: Der Tag ist hell, die Nacht ist finster, doch treff ich dich am schönen Ginster! Dort in seinem kühlen Schatten will ich dich sehen und dann ermatten!«

Die fühlbare Tatsache, dass es eiskalt war, sodass niemand des Ginsters kühlen Schatten bedurfte, hielt die Leyertaler Frauen nicht davon ab, an dieser Stelle verzückt zu seufzen. Sie klatschten heftig, und der blonde Gelderländer versackte in einer Verbeugung, als sei die herbeigereimte Ermattung schon ohne das Treffen am Ginsterbusch eingetreten.

»Das waren der große Konstantin von Hindenthal«, brüllte der Dicke, der nun wieder in die Mitte des Kreises tänzelte, »und der unvergleichliche Uolrich von Gelderland, auch genannt der Schwärmer.«

»Ach!«, sagte Gunis interessiert und klatschte heftig. Herzog Friedehalm, durch seinen Stand zur Mildtätigkeit an Armen, Sängern und anderem Volk verpflichtet, warf wi-

derwillig ein paar Münzen in den Kreis und stieß seine missmutigen Söhne an, dass sie sich zum Aufbruch umwenden sollten.
Da klang eine kleine Stimme in die sich zerstreuende Menge: »Wenn einer schöne Haare hat und schmeichlerische Dinge sagt, dann hören ihn die Frauen an, auch wenn er sich beim Reimen plagt.«
Die Leute drehten sich erstaunt um.
»Walther«, gellte eine Frauenstimme. »Komm sofort her!« Ein kleiner Junge mit roten Wangen stand, wo gerade noch die beiden größten Dichter des Abendlandes ihre kostbare Poesie dargeboten hatten. Gunis bahnte sich einen Weg durch den sich neugierig wieder schließenden Kreis. Walther lachte über das ganze Gesicht. Gunis konnte sich nicht erinnern, ihr Kind jemals so strahlend gesehen zu haben. Strahlend, indem er ihr Schande machte.
»Hoho!« Schon war der Dicke mit den Schellen zur Stelle. »Da haben wir ja einen ganz jungen Dichter. Ihr müsst aber ein gebildeter Ort sein, wenn hier schon die Kinder dichten!« Die Dörfler lachten geschmeichelt und klatschten. Gunis fischte gereizt nach Walthers Hand. »Komm schon«, zischte sie, peinlich berührt, die Wangen nun so rot wie die ihres Sohnes. Der Dicke, der einiges Unerwartete an Zuwendung durch diese kleine Einlage witterte, schob die störende Mutter einfach beseite. »Ja, sag einmal, kleiner Dichter, wie heißt denn du?« »Walther«, gluckste das Kind, noch immer ganz berauscht von dem, was es so überraschend getan hatte.
»Leute«, rief der Dicke, »das hier ist der kleine Dichter Walther von Ried!«
»Ich bin vom Vogelweidhof«, berichtigte der glückliche Knabe kichernd.
»Leute«, rief der Dicke, »klatscht Beifall für den kleinen Walther vom Vogelweidhof! Ein echter Dichter.«

Das Kind an der gierigen Hand des dicken Gauklers war so fein gestaltet und so zart in seinen Zügen, dass es den Menschen warm ums Herz wurde, ihn nur anzusehen. Rosige Wangen von der Kälte, kirschfarbene Lippen und strahlend helle Augen ließen ihn aussehen wie einen Engel. Sie klatschten.
»Wie das liebe Jesulein!«, rief die Bissner-Bäuerin bebend und schlang die Hände vor dem Busen ineinander.
»Walther«, rief Gunis wieder und grapschte nach seiner Hand. »Lasst sofort mein Kind los«, fauchte sie den geschäftstüchtigen dicken Gaukler an.
»Was hör ich denn da?«, klang eine harte Männerstimme über den Tumult. Mit einem Mal wurde es totenstill. Füße scharrten, und die Dörfler verbeugten sich. Herzog Friedehalm trat in den Kreis. »Gibt es hier eine Unruhe? Ich dulde keine Unruhe auf diesem Jahrmarkt!«
Der dicke Gaukler ließ Walther gleich los und fiel ebenfalls in eine tiefe Verneigung: »Durchaus keine Unruhe, Euer Gnaden. Erlauben Euer Gnaden, dass wir armen Leute Euer Gnaden gratulieren, dass Euer Gnaden so begabte Dichter in Eurem Dorfe haben.«
Der Dicke schellte an dieser Stelle nicht, was ihn sicher einige Überwindung kosten musste.
Walther sah auf. Vor ihm stand ein großer Mann mit fleischigem Gesicht. Er trug einen fein gestutzten, dunklen Bart und hatte träge Augen mit hängenden Lidern, die nicht ihre Farbe sehen ließen. Sein Haar, ebenfalls dunkel, glänzend und gekämmt, trug er in feinen Wellen bis auf die Schultern fallend. Der Mann streckte seine Rechte aus, die in einem weichen ledernen Handschuh steckte, und tätschelte Walther mit den Fingerspitzen die Wange. Das Kind versteifte sich.
»Wo hast du denn das Dichten gelernt, Kleiner?«, fragte der Herzog mit dünnem Lächeln. Hinter ihm tauchten

nun seine beiden Söhne auf, die Walther mit unverhohlener Feindseligkeit musterten.
»Gerade eben«, sagte Walther leise und zog seinen Kopf von der ledernen Hand zurück.
»Und wo bist du her?«, wollte der Herzog wissen.
»Das ist meiner, Euer Gnaden.« Gunis hatte sich endlich auch durchgekämpft. Sie wollte knicksen und fiel gleich auf die Knie, weil sie durch zu viel Schwung das Gleichgewicht verloren hatte. »Mein Sohn, Verzeihung, Euer Gnaden.«
»Ja, so etwas!« Der Herzog nahm seine Hand aus Walthers Nähe und sandte Gunis einen Blick aus seinen trägen, verhangenen Augen zu, der Walther unruhig machte. »Du bist seine Mutter?«
»Ja, Euer Gnaden«, flüsterte Gunis und starrte den Herzog an.
»Das ist ja fürchterlich!«, sprach der Herzog langsam und ziehend; er schüttelte den Kopf. Die Menge hielt den Atem an.
»Oh, nein«, rief Gunis, »er ist ja noch ein Kind, er weiß ja nicht, was er sagt.«
Der Herzog wiegte weiter bedächtig sein schweres Haupt, als hätte das Kind tatsächlich etwas Anstößiges von sich gegeben. »Natürlich, natürlich.«
Er legte eine Hand ans Kinn unter den gestutzten Bart, als würde er nachdenken. »Aber es ist doch trotzdem fürchterlich, dass du seine Mutter bist.«
Gunis begann zu zittern. Die Dörfler wichen zurück. Vielleicht war Teufelswerk im Spiel. Das Treiben des Jahrmarkts schien Meilen entrückt, gedämpft durch die leise Boshaftigkeit in der Stimme des Herzogs.
»Fürchterlich, weil das dann am Ende heißt, dass du verheiratet bist. Ist das etwa so?« Der Herzog nahm Gunis beim Ellenbogen und zog sie auf die Füße.

»Ja, Euer Gnaden«, flüsterte sie. Ihre Lider flatterten. Walther verstand nicht, was vor sich ging.
»Ja, was?«, der Herzog hörte nicht auf, an Gunis zu ziehen, sie stand nun so nah vor ihm, dass ihr Atem die lange Feder, die ihm vom Hut hing, zittern ließ.
»Ja, leider, Euer Gnaden«, hauchte Gunis so leise, dass nur der Herzog es hören sollte. Doch Walther hatte es ebenfalls gehört. Im Bauch fühlte er einen Stich wie von unreifen Kirschen.
»Schade«, wisperte der Herzog auf eine seltsame Art, die Walther wütend machte. »Hier.« Herzog Friedehalm nahm eine Börse von seinem Gürtel und drückte sie Gunis in die rechte, beklommene Hand, die noch ganz fettig vom Schweinefuß war.
»Ich seh dich sicher mal wieder, Dichtermutter«, sagte er noch. Dann schubste er seine eckigen Söhne vor sich her und verschwand in der dienernden Menge.
»Wir gehen jetzt nach Hause«, keuchte Gunis und hielt an der Börse fest, als gelte es ihr Leben. »Platz«, keifte sie, »macht schon Platz!«
Walthers Augen waren schwarz, als wäre in seinem Innern ein Gewitter aufgezogen. Er redete kein einziges Wort mit seiner Mutter auf dem ganzen Heimweg, was ihr aber – wegen ihrer allgemeinen Eitelkeit und seiner allgemeinen Zurückgezogenheit – gar nicht auffiel. Ganz mit den Erschütterungen in ihrem Herzen beschäftigt, die die Nähe des Herzogs ausgelöst hatte, rannte sie die Wegstrecke aus Ried empor.
»Dein Sohn hat uns erst vor dem Priester und dann auch noch vor dem Herzog blamiert«, begrüßte sie Herrmann, der auf der Bank die Feldgeräte ausbesserte; angeblich auch der Grund, weswegen er seine Frau nicht hatte auf die Messe begleiten können. Sie spuckte ihrem Mann einen leicht abgeänderten Bericht der Kirmes in Ried vor die

Füße, wobei der blonde Dichter, der Schweinefuß sowie die Börse erstaunlicherweise gänzlich unerwähnt blieben und auch die kurze Unterhaltung mit dem Spender derselben.
»Er hat gedichtet?«, fragte Herrmann und verkannte damit tragisch die Schwere des Erlebten, die seine Frau ihm vermitteln wollte. Ihr war es um die Blamage gegangen, dieses schrecklich schöne Gefühl, von allen angestarrt zu werden.
»Ach, du!«, fuhr sie ihn bloß an und stürmte, beflügelt von ihrer Verachtung für den Gatten, ins Haus.
Der ging dem Sohn auf dem steilen Pfad entgegen. Walther wirkte verschlossener als sonst und hatte den Unterkiefer wie in großer Wut vorgeschoben, nur dass der Sohn doch solche Gefühle eigentlich nicht kannte.
»Du hast gedichtet, Walther?«, wollte Herrmann wissen. Das Kind nickte. »Einfach so?« Wieder nickte der Junge.
»Und war es, war es«, der Vater suchte nach Worten. »War es schön?«
»Es war, wie wenn es morgens hell wird«, erklärte Walther nach einigem Nachdenken. Besser konnte er es nicht sagen.
»Ja, so was!« Herrmann stieg mit seinem Sohn zusammen zum Haus hinunter. Er fragte nicht weiter, und Walther wusste, dass er ohnehin nicht vom Herzog hätte erzählen können. Die Schmach, den geflüsterten Betrug der eigenen Mutter am Vater erleben zu müssen, nahm ihm die Worte.
Aber die Kirmes in Ried hatte ohnehin noch ein Nachspiel.

Wenn auch Walthers Eltern beide ihre Gründe hatten, das Ereignis vom Kirmestag so schnell wie möglich zu vergessen, gab es aber dennoch einen, dessen Neugier über seine Befremdung siegte. Am Dienstag nach Lichtmess kam der Priester gegen die Mittagsstunde zum Vogelweidhof, diesmal ungeladen und im Wesentlichen – zumindest der Hausherrin – auch unwillkommen.

Er keuchte und schwitzte trotz des harschen Frosts, da er sich sehr geeilt hatte, um in seinem ungewöhnlichen Entschluss nicht wankend zu werden. Der Priester war ein scheuer Mann. Er neigte nicht dazu, wie so viele andere seines Fachs, sich den Bauern reihum für eine warme Mahlzeit aufzudrängen.

»Aber Ehrwürden!«, rief Gunis, schuldbeladen wegen vielfältiger nächtlicher Träume – auch Träume, die ohne Schlaf kamen – und wegen eines seltsamen Kindes, allzeit fürchtend, von der Kirche als Sünderin enttarnt zu werden.

»Was führt Euch denn her? Ist etwas geschehen?«

Sie bekreuzigte sich heftig und wich nicht von der Schwelle, sodass der Priester erst fragen musste, ob er hereinkommen durfte.

»Oh, natürlich«, flötete sie und reichte dem Geistlichen eine Schale Ziegenmilch, bevor er sich noch setzen oder seinen Umhang abnehmen konnte.

»Herrmann!«, schrie sie dann, ihren Mann in steter Erwartung von Unbill aus der Scheune lockend.

»Grüß Gott, Ehrwürden«, dienerte Herrmann, »was verschafft uns die Ehre?«
Der Priester trank schluckweise Ziegenmilch. Es war ein kniffliges Unterfangen, welches er zu beginnen hatte, und er wollte die verstockten Eltern des seltsamen Kindes nicht verschrecken.
»Setzt euch doch«, forderte er Herrmann und Gunis auf. »Es gibt keinen Grund zur Beunruhigung.«
Die Art, wie sich die Eheleute niederließen, so ganz voneinander entfernt wie zwei, die gelernt hatten, mit der störenden Gegenwart des anderen umzugehen, gab ihm einen Stich. Er wusste jetzt, dass es endgültig keine weitere Taufe am Vogelweidhof geben würde, und es dauerte ihn von Herzen.
»Ich komme wegen eurem Sohn«, redete er weiter, »ich würde gerne mit ihm sprechen, wenn es möglich wäre.«
Gunis wurde kalkweiß. »Ist er doch besessen, Ehrwürden?«, hauchte sie, die Hand an der Kehle. »Ist es wegen dem Jahrmarkt, was da geschehen ist?«
»Ach, sei doch still, du mit deiner Besessenheit«, fuhr sie ihr Mann an, und der Priester konnte es ihm nicht verdenken. Beschwichtigend hob er die Hände.
»Ganz ruhig, Frau Gunis«, sagte er dann auch nachsichtig und sprach mit ihr noch langsamer als sonst mit dem Landvolk. »Er hat halt ein lateinisches Wort gesagt, da würde ich gerne mit ihm sprechen, woher er es kennt, wisst ihr? Vielleicht ist er ja zum Priesteramt berufen oder zum Klosterleben.«
»Priesteramt«, flüsterte Gunis mit der gleichen unterdrückten Leidenschaft, mit der sie schon Besessenheit vermutet hatte. Offensichtlich war ihr der Gegenstand der Außergewöhnlichkeit, die sie durch ihren Sohn wünschte, völlig gleich, solange es nur etwas Besonderes war.
»Ich geh ihn holen, er ist auf dem Feld, Ehrwürden.« Herr-

mann erhob sich. »Ach, da komme ich am besten gleich mit«, ergriff der Priester die Gelegenheit, die Stube mit der merkwürdigen Frau zu verlassen. »Ich kann ja auch draußen mit ihm sprechen.«

Walther stand ein wenig entfernt auf dem höchsten Punkt des hausnahen Ackers und starrte in die Ferne jenseits des Bissner-Hofs. Hin und wieder stob eine Wolke seines Atems in die Luft vor ihm.

Herrmann verlangsamte seinen Schritt. »Ich hab was auf dem Herzen, Ehrwürden«, stieß er hervor und blieb stehen.

Der Priester fand, dass der Vogelweidhof, wenn auch nach dem Tod von beider Sippe von weiteren Katastrophen wie Bränden, Seuchen oder Kindstod verschont, auf seine Art doch ein richtiges Unglückshaus war. Es war ein stilles Unglück, in seiner Art kaum fassbar und schwer zu beschreiben, doch in ebendieses Unglück ganz und gar getränkt, sodass ein jedes Wesen, das hier lebte, von ihm durchdrungen war. Er wollte gerne der Frau die Schuld dafür geben, doch das durfte er von Amts wegen nicht – und es war auch nie so einfach, wie man wünschte, dass es nur einer wäre.

»Was denn, Herrmann?«, fragte er also nur.

»Manchmal hab ich Angst, dass ich ihn nicht beschützen kann, meinen Jungen! Dass er in die Welt geht und dass es ihm dann schlecht geht. Dass ihm ein Leids geschieht.«

»Herrmann«, begütigte der Priester ihn, »das brauchst du doch nicht. Du weißt doch, der Herrgott wacht über uns allen, Er wacht auch über deinen Walther.«

Herrmann schnaubte ein verzweifeltes Lachen, das viel zu echt war, als dass der Priester es als respektlos hätte verstehen können. »Der Herrgott wacht auch über mich, Ehrwürden, und über die Frau. Geht es uns gut?«

»Mühe und Plag, Herrmann, das weißt du doch, das ist Gottes Wille für uns.« Der Priester fühlte die kleine Flamme seines Glaubens vom Windstoß dieser wirklichen Hoffnungslosigkeit ernsthaft bedroht.
»Es ist ja auch in Ordnung für mich, Ehrwürden«, sagte Herrmann. »Aber für ihn? Für Walther?«
Seine verarbeitete Rechte deutete voller Zärtlichkeit in die Richtung der kleinen, reglosen Gestalt auf dem Acker; so undurchsichtig und doch so unschuldig, dass man es nur lieben konnte, dieses seltsame Kind, denn verstehen würde man es nicht. Der Priester nickte deshalb nur und ging weiter. Herrmann kam ihm nicht nach.
»Walther«, rief der Geistliche leise, als er näher heran war, um das Kind nicht zu erschrecken. Der Junge drehte sich um, die Wangen wieder so rosig, die Augen so glänzend, dass es einem das Herz aufgehen ließ.
»Grüß Gott, Ehrwürden«, sagte das Kind mit leiser Stimme und bekreuzigte sich wohlerzogen. Der Priester lächelte.
»Was machst du denn hier draußen?«, fragte er. »Siehst du wieder Gott zu?« Er lachte wie ein guter Onkel.
Das Kind blieb ernst. Es schüttelte den Kopf.
»Ich unterhalte mich«, antwortete es schließlich.
»Ja, mit wem denn«, rief der Priester in wohlwollender Neugier aus und drehte sich, darin ausgelassener als sein kleiner Gefährte, im Kreis. Niemand war weit und breit zu sehen. Herrmann war mit ungelöstem Kummer in der Seele zu seiner Arbeit in die Scheune zurückgekehrt.
»Ich übe nur«, bekannte Walther. »Die Alleinrede.«
»Die was?«, fragte der Priester mit erstaunt gehobenen Brauen. »Die Alleinrede«, wiederholte das Kind, höflich, doch auch etwas gezwungen, da es die Berührung der fremden Nachfragen unangenehm zu spüren begann.
»Was ist das denn, Alleinrede?« Der Priester beugte sich zu

dem Kind, als könnte er sich auf diese Weise der verborgenen Welt in seinem Innern nähern. »Ist das ein Spiel? Kannst du mir sagen, wie es geht?«

Walther sah den Priester mit seinen Augen voller fremder Länder an und entschloss sich, ihm sein Geheimnis zu erklären. »Seht Ihr den Baum?«, er deutete auf die Linde. Der Priester nickte.

»Im Sommer ein dunkler Himmel voll von grünem Regen, im Winter aber hungrig, voller Arme.«

Ohne eine Reaktion abzuwarten, wies der Junge auf die Berge: »Solange Tag ist, geht das Auge, doch wo es endet, geht der Weg in die Welt.«

»Der Horizont«, flüsterte der Priester ergriffen.

»Horizont«, wiederholte Walther vorsichtig, er hatte das Wort noch nie gehört, aber er fand es passend. Es trug eine Grenze in sich, die doch keine war. Er nickte.

»Eine Weltenkrone ist, wo man den Kopf hat und das Herz, so wie frisches Wasser im Gesicht, wie eine Blume, der man zusieht«, fuhr er dann fort. »Wie in dem, was Ihr in der Kirche gesagt habt, oder?«

»Junge«, der Geistliche war erschüttert, »was ist das, was du da tust? Wieso?«

Walther scharrte mit dem Fuß ein Loch in den feinen Schnee. »Alleinrede eben«, murmelte er trotzig.

»Aber was machst du mit all diesen Worten?«

»Manchmal heißen die Dinge anders bei mir«, bekannte das Kind noch immer leicht schmollend. »Die anderen Namen sind viel zu kurz. Baum!«, sagte es verächtlich und zuckte die Schultern.

»Du erfindest Worte für das, was du siehst!«, fasste der Priester seine unbegreiflichen Beobachtungen zusammen.

»Nur für mich. Alleinrede eben. Es ist schön.«

»Für was hast du noch solche Worte?«, wollte der Geistliche wissen.

»Manche Sachen eben. Weiß nicht.«
»Den Pflug?«, fragte der Priester. »Oder das Feld?«
Walther schüttelte den Kopf. Er schien nichts weiter aus der Schatzkammer seiner Alleinrede preisgeben zu wollen.
»Die Sonne? Den Schnee? Den Herd?«
Der Knabe drehte sich unwillig um und ging zum Haus zurück. Sein Besucher eilte neben ihm her und bot Wörter an, die aber keine weitere Erklärung erhielten.
Herrmann trat aus der Scheune und winkte zu den beiden Ankommenden hinüber. Walther blieb stehen, er spähte zu seinem Vater hinüber.
»Einer, der innen weint und außen hilft«, sagte er leise und rannte dann los.
Der Priester wartete eine Weile.
Er rang nach Atem, doch nicht wegen des Weges. »Einer, der innen weint und außen hilft«, wiederholte er und schüttelte den Kopf. »Wie Jesus«, stieß er lautlos hervor. »Wie Jesus.«
Das Kind erfand Worte für Dinge, die anderen nicht wichtig waren, die man übersehen konnte, wenn man nicht Acht gab, wie Bäume, wie den Horizont oder Herrmann eben. Der Priester kam nie dazu, nach dem Lehrer der Worte *corona mundi* zu fragen. Er hatte Angst, welche Wahrheit sich dahinter verbergen konnte.
Er ging auch nie zurück zum Vogelweidhof. Wenn er Walther in der Kirche sah, nickte er ihm respektvoll zu und erinnerte sich mit ehrfürchtiger Sorge an seine Alleinrede. Was würde die Welt mit einem Kind machen, das allen Dingen neue Namen geben konnte, schönere Namen sogar, das Dinge sah, die die Menschen verbergen wollten, und das umgeben war vom Unglück, das keine Worte kannte? Das durch Worte nie zu lindern wäre.
»Einer, der ein schweres Herz hat und eine goldene Zunge«,

versuchte der Priester seine Gedanken in die Worte dieses Kindes zu kleiden.
Aber er wusste, dass das nicht schon alles sein konnte.

Es war gut, dass der Priester sich frühzeitig seine Überlegungen betreffend den seltsamen Walther vom Vogelweidhof machte. Später, als Walthers unschuldige, zerbrechliche Seite hinter seiner Wut und seinem Argwohn, seinem Seelenschmerz verschwunden war, als seine Begabung anderen Menschen wie ein Dorn im eigenen Fleisch erschien, wurden die Fragen nach möglicher Besessenheit wieder laut, diesmal jedoch aus dem Dorf selbst. Die Lapps-Bäuerin und der Küchenmeister des Herzogs, der Wagenmacher und sogar der Küster kamen dann zum Priester und schlugen vor, den Jungen auf eine Begegnung und Verbindung mit dem Teufel zu prüfen. Der Priester, der seine Ahnungen von Walthers innerem Reichtum selbst nicht verstand, den die Ausmaße der Talente des Kindes und zugleich deren scheinbare Nutzlosigkeit so gedauert hatten, blieb dennoch auf seiner Seite; vielleicht nur, weil er das Bild eines kleinen Jungen im Herzen hatte, der einsam in einer verschneiten Ackerfurche stand und sich wundersame Taufnamen für das ausdachte, was ihn umgab. Ein kleiner Junge zerstrittener, zutiefst unglücklicher Eltern, der Gott und den Menschen zusah und zu jung herausbekommen hatte, was das ganze Elend war:
»Die streiten.«
Der Küchenmeister, der Wagenmacher, der Küster und sogar die Lapps-Bäuerin, die Walther doch schon als Kind gekannt hatte, sollten sich nie die gleiche Mühe machen. Im Gegenteil, ihre Beurteilungen dieses Jünglings, der nicht in ihr kleines Dorf und ihre kleine Welt passte, wurden härter. Sie neideten ihm seinen Geist, den sie nicht verstanden, der ihre eigenen Vorstellungen zurückließ wie

ein fliehender Hase eine Kröte. Sie hassten seine Fähigkeit, auf so verzaubernde Art zu sprechen, und mehr noch, von Dingen zu sprechen, die sie zu verbergen dachten. Sie hassten die milchzarten Wangen, die er auch nicht verlor, als er heranwuchs, die verblüffende Schönheit, die sich in ihrer unheimlichen Art noch verfestigte, die seltsamen Augen voll fremder Länder, die nichts mit ihrem Leben zu tun hatten. Und sie begriffen es vor allem nicht, dass er so überhaupt niemanden zu brauchen schien, weder ein Herzensliebchen noch einen Ziehvater, dass er ihre eigenen Verstrickungen aus Furcht vor der Einsamkeit verlachte, wie sie argwöhnten, dass er auf das bisschen Wärme verzichtete, mit denen sie einander das Leben zu erklären versuchten.

»Er ist nicht von dieser Welt«, würde dann in diesen noch fernen Tagen simpel bösen Neids der Priester zu dem geifernden Küster sagen, »zu gut, zu klug. Er spricht eine andere Sprache als wir.« Und der Küster sollte sich betrogen fühlen, weil der Priester nicht seine Seite wählte. »Er ist hoffärtig und eingebildet«, würde der Küster fauchen.

»Er sieht«, würde der Priester sagen.

»Der junge Walther ist sich selbst genug, doch er hat ein gutes Herz«, würde er auch der Lapps-Bäuerin erklären, die sich wogend und schwitzend bekreuzigte, unerfüllt von der Abweisung ihrer Klage, wie stets in ihrem Leben.

»Sein Wesen ist mit unseren Augen nicht zu sehen«, würde der Geistliche dem Küchenmeister bescheiden, der argwöhnte, der Jüngling sei kein Mensch, nur eine hohle Larve, ein Dämon.

»Einer, der ein schweres Herz hat und eine goldene Zunge«, würde er jedem der Kläger nutzlos erklärend zum Abschied sagen, aber das Misstrauen blieb, weil Walther einer blieb, der anders war. Und es sollte nicht seine Schuld sein, dass sich die unirdische Lerchenart, die ihn so anziehend machte, bald mit der niederen Galle menschlicher Enttäuschung vermischte, die ihn erstmals in dem Jahr überkam, als sein Vater starb.

Traurig war es allein, dass kaum noch einer da sein würde, der das Lerchenhafte erinnerte, dass sie nur das Wütende, das Wilde behielten und vergaßen, was vorausgegangen war.

Im Leben eines Bauern gab es immer etwas, das ohne Zweifel schlecht und ohne Zweifel gut war. Man musste sich auskennen in einer Welt, die sich nicht verändern durfte, sonst war sie zu nichts gut.

Ein Fahrender konnte sich eine solche Gesinnung nicht leisten. Was heute schlecht schien, konnte schon morgen gut sein. Später, als Walther ein Fahrender geworden war, behielt jedoch auch er die Gesinnung eines Bauern, die allzu fest nach Gut und Schlecht sonderte. Und viele sagten, dass er es deshalb, trotz all seiner Gaben, nie zu etwas gebracht hatte.

EIN SPLINT

Walther genoss den Frühling, der nach dem langen Winter, in dem auch die Rieder Kirmes stattgefunden hatte, endlich über das Land kam, auf seine Weise. Er hielt sich mehr denn je im Freien auf und entfernte sich von seiner Mutter auf eine Art, die in ihrer absichtslosen Stille schlimmer als feindselig war.

Gunis jedoch, beschäftigt mit schlecht versehenen Hausfrauenpflichten, wollüstigem Selbstmitleid und ihren Träumereien vom anderen Leben, die ebenfalls seit der Rieder Kirmes ein festes Gesicht trugen, war froh, weder von ihrem Mann noch ihrem Sohn allzu sehr behelligt zu werden. Sie kochte – nicht immer, doch immer lieblos, karg jenseits der Vorgaben ihrer Armut – und versah das Haus mit nur schlecht verborgenem Ekel. Obwohl Walther weder Herrmann noch ihr wirklich ähnlich sah, begann sie ihn in diesem Frühjahr auf die gleiche Art zu hassen wie ihren Ehemann, vielleicht, weil man Menschen, mit denen man so nahe lebt, wenigstens irgendein festes Gefühl entgegenbringen musste.

Herrmann, der mittlerweile nur noch auf der Ofenbank schlief, fühlte tief in seiner Brust eine seltsame Unruhe, die immer weiter anschwoll wie die Bergbäche in der Schneeschmelze. Nachts wachte er bisweilen auf und schwitzte trotz der Kälte, die bis zur Himmelfahrt noch nicht gewichen war.

»Lass ab, Loos«, flüsterte er dann ängstlich. »Lass ab von

mir.« Die Menschen in der Gegend von Ried glaubten seit jeher an einen nächtlichen Geist, genannt der Loos, der sich nachts auf der Brust von Schlafenden niederließ, die etwas falsch gemacht hatten. Der Loos kam zu ihnen und drückte ihnen die Luft ab, dass sie aufwachen sollten und sich Gedanken machen über ihre Verfehlungen.

»Ich weiß es nicht, ich will ihn doch gehen lassen. Aber es ist doch noch zu früh für ihn«, flüsterte Herrmann dann verzweifelt, aber der Loos wich dennoch nicht von ihm. Er blieb beharrlich auf seinem Opfer sitzen und lastete schwerer, drängender mit jeder Nacht.

Als die Gerste keimte, sah Herrmann endlich eine Gelegenheit, den Loos zu versöhnen. Er rief seinen Jungen zu sich und zeigte auf die Schösslinge. »Was siehst du, Walther?« Seine grobe Rechte, verarbeitet und schwielig, zeigte auf den Acker. »Es wächst«, antwortete das Kind mürrisch.

Es regnete, und der Wind war kühl an diesem Tag.

»Ja, aber kannst du sehen, was wächst?« Herrmann säte Roggen und Gerste wie alle Bauern seines Vermögens, es reichte meist nur für die eigene Familie, wenn die auch sehr viel kleiner war als sonst üblich, und für die Abgabe an den Herzog.

»Gerste«, maulte Walther und wischte sich die Stirn frei von den nassen Haaren. Er hasste es, wenn ihm der Regen die Kleider einfeuchtete und er sie wie eine dauerhafte Berührung auf der Haut spüren musste, der er nicht entwischen konnte und die auch nicht vor seinen Blicken und Wünschen zurückwich.

»Weißt du noch im letzten Sommer, als die zwei Fahrenden hier waren? Dieser Welsche und der andere, der Städter?«

»Giacomo und Diederich«, wiederholte Walther mit leicht ungeduldiger Überlegenheit. Er konnte sich alles merken und hielt es für unerklärlich, dass seinem Vater so wichtige Dinge oft einfach entschlüpften.

»Richtig!«, Herrmann lächelte stolz. Wie der Junge das nur alles behalten konnte! »Und weißt du auch noch, worüber wir da geredet haben, du und ich?«
»Bauern und Fahrende«, erwiderte Walther nun mit einem Hauch von Interesse in der Stimme.
»Und dann haben wir über dich gesprochen, was du bist, weißt du noch?«
»Hm«, brummte der Junge und wühlte mit dem Fuß in der nassen Erde.
»Ich glaub, wir könnten das jetzt langsam wissen, was du bist. Ich habe nachgedacht.« Herrmann zog den Jungen, sich umzuwenden, und ging mit ihm den Weg zwischen den Feldern entlang.
»Was denn?« Walther war noch immer in außergewöhnlich schlechter Stimmung – oder vielleicht gar nicht außergewöhnlich. Er hatte sonst nur einfach keine Stimmungen, die sich äußerlich feststellen ließen.
»Der Loos ist bei mir gewesen«, begann Herrmann seine Rede. »Ich habe wohl einen Fehler gemacht.«
»Du?«
Der Vater lächelte über die kindliche Ungläubigkeit, die in der jungen Stimme lag. Für einen Augenblick waren all seine Sorgen verschwunden. Dass sein so aufmerksamer, kluger und besonderer Sohn es für unmöglich hielt, dass der plumpe Vater, der er war, Fehler machen könnte, erfüllte ihn mit berauschendem, wiewohl unverdientem Stolz.
»Ja, ich hab einen Fehler gemacht, weil ich glaube, ich weiß doch, was du bist.«
Walther blieb ruckartig stehen. Hermann drehte sich nach ihm um. Er hatte mal gehört, dass Grafen und Herzöge und andere reiche Leute ihre Kinder einfach wegschickten, wenn sie so alt waren wie Walther. Nie hatte er sich weniger erklären können, wie so etwas möglich war. Er schluckte.

»Ich glaube, du bist doch ein Fahrender, Walther. Vielleicht nicht so wie die beiden da vom Sommer, aber du hast Sand in den Schuhen.«

Die seltsamen Augen des Kindes waren voll freudiger Überraschung geweitet. Dann verdüsterten sie sich. Walther schüttelte bedauernd den Kopf. Er hatte seine Schuhe seit dem Gespräch mit dem Vater im letzten Jahr mehrfach auf Sand untersucht und keinen gefunden. Herrmann musste sich geirrt haben, so schwer es war, das zuzugeben.

»Ich hab aber keinen Sand in den Schuhen, leider«, wandte der Junge leise ein. »Ich hab schon geguckt.«

»Doch, Walther.« Herrmann hielt voller Schmerz den Abstand ein, den sein Kind brauchte. »Ich habe ihn selbst gesehen, da warst du noch jünger. Er hat sich inzwischen wohl verlaufen und ist jetzt in deinem Herzen, weißt du? Er muss nicht immer in den Schuhen bleiben. Das ist, warum der Loos bei mir war, weil ich's dir nicht gesagt habe, dass ich den Sand gesehen hab.«

»Wirklich?«, gaffte der Kleine.

»Ganz wirklich! Darum, es kann sein, dass es für dich eine Zeit gibt, wo du dann wandern musst. Dann musst du wissen, dass es richtig ist zu gehen. Weil der Herrgott es so gewollt hat. Von Anfang an.«

Walthers Augen blickten ernster denn je. »Wirst du mir dann sagen, wann ich gehen muss?«, fragte er seinen Vater.

»Das verspreche ich dir ganz fest«, sagte Herrmann und bekreuzigte sich zur Verstärkung. »Gut, dass es regnet. Es war zu trocken bislang. Ich bin ja ein Bauer, für mich ist es wichtig, dass es regnet.«

Walther nickte. Er sagte nichts mehr und schien mit seinen Gedanken beschäftigt. Herrmann ging mit ihm am Feldrand entlang bis zu dem großen Findling, der seit Ewigkeiten das Feld des Bissners vom Vogelweidhof trennte. Es war

immer so gewesen; für Herrmann die Grenze seiner Welt. Er war ein bisschen froh, dass Walther mehr kennen lernen würde als die Felder zwischen Ried und dem Leyertal.
Herrmann ließ sich auf dem Findling nieder, schlug die Beine übereinander, stützte den Ellenbogen auf und setzte seinen Kopf in die schwielige Handfläche. Er wirkte sehr nachdenklich, als Walther ihm schließlich nachkam.
»Was machst du?«, fragte er den Vater. Herrmann drehte ihm das müde Gesicht zu, viel zu müde von den drängenden Besuchen des Loos, von denen er hoffte, dass sie nun endlich aufhören würden.
»Ich sehe Gott zu«, antwortete er und lächelte. Walther beschlich ein Gefühl der Unruhe, das so ganz im Gegensatz zu der erschöpften Gelassenheit seines Vaters stand. Er sah nicht aus wie einer, der den Loos besiegt hatte. Er sah aus wie einer, der alles verloren hatte, was wichtig war. Walther wollte ihm gerne etwas sagen, was ihn trösten könnte. Er konnte nicht wissen, wie sehr sich sein Vater nach einer Umarmung sehnte, nach einem Druck der kleinen Hände, einem feuchten Kinderkuss auf seine traurige Wange.
»Wenn du kein Bauer wärst, dann könntest du ja auch mit mir mitkommen«, brachte er schließlich hervor.
Herrmann nickte. »Man kann nicht alles haben«, sagte er gerührt und zuckte scheinbar leichthin die Schultern. Lass es mich aushalten!, betete er innerlich.
»Es wär aber sehr schön, wenn du mitkommen könntest«, bekräftigte sein Sohn mit der hellen Bubenstimme. »Finde ich jedenfalls.«
Der Vater räusperte sich mehrfach.
»Du kannst mir ja dann alles erzählen, wenn wir uns wiedersehen, zwischendurch, wenn du mal hier vorbeikommst. Dann setzen wir uns hierhin und du erzählst. Damit ist es doch fast so, als wäre ich dabei.«

Walthers Kirschmund lächelte: »Ja, das kann ich dann. Dann gehen wir aber wieder hierher, ja?«
»Natürlich.« Herrmann stand auf und streckte den Rücken. »Und nun müssen wir arbeiten. Ich muss den Küchengarten rechen.« Er wandte sich zum Gehen. Er war schon auf der Hälfte zum Roggenfeld, als er den kleinen Zug an seinem linken Ärmel merkte. Walther hatte den klammen Stoff von Herrmanns Jacke gefasst und hielt sich daran fest.
»Es dauert ja auch noch, bis ich gehe, oder?«, fragte der Sohn.
»Ja, sicher, das dauert schon noch.«
Herrmann ging langsamer. Er wollte das kleine Ziehen noch so unendlich viel länger spüren. Aber sie hätten ja Zeit, sagte er sich im Stillen, sie hätten viel und lange Zeit. Walther stand erst im siebten Jahr. »Das dauert noch«, wiederholte er. »Das dauert.«

Walther war nach diesem Bekenntnis seines Vaters aufgewühlt und fröhlich; die Aussicht, den Hof irgendwann verlassen zu können, um vielleicht bis nach Rom zu kommen, zur Weltenkrone, war etwas so unbeschreiblich Wundervolles, dass er sich am nächsten Tag kaum auf seine Arbeit konzentrieren konnte. Er machte Fehler und stieß den Wassereimer mitten vor dem Herd um. Gunis schimpfte fürchterlich. Er mochte nicht, wie ihre Stimme sich veränderte, wenn sie wütend war. Und über das mit dem Eimer ärgerte er sich selbst.
Als Herrmann später zum Abendessen hereinkam, fragte er aber nur nach Talg und wollte nicht essen. Er hatte sich einen kleinen Splint unter die Haut der linken Hand gerissen, weil der Rechen im Winter spröde geworden war. Gunis goss Branntwein auf einen Lappen und wollte die Wunde versorgen. Mit der verbissenen Wortlosigkeit, mit

der sie miteinander umgingen, nahm ihr Herrmann das Tuch ab. »Ich mach schon«, sagte er kurz.
»Na, dann«, sagte die Mutter noch kürzer. Walther legte sich früh schlafen. Er schloss die Augen und stellte sich einen großen Fahrenden vor, wie Giacomo, der ihn mitnehmen könnte auf die Straßen nach Rom. Sie kamen bis zu den Bergen, dann war er eingeschlafen.

Herrmann schlief nicht, denn der Loos kam erneut. In der gleichen Nacht setzte er sich Herrmann wieder auf die Brust, kalt wie ein Eishauch diesmal, sodass ihn fröstelte, egal wie nahe er an den Herd mit seiner Glut heranrückte. »Was willst du denn?«, wimmerte Herrmann. Er fühlte sich elend. Schweiß stand ihm trotz der Kälte auf der Stirn, und jedes einzelne Haar auf dem Kopf tat ihm weh. »Was? Was?«, fragte er voller Verzweiflung. Doch der Loos wich nicht. Er blieb mit seiner unerbittlichen Kälte, kroch Herrmann unter die Haut, pochte von innen mit knochigen Fingern gegen seinen Schädel und drückte ihm das Herz eng. Am Morgen nach dieser eisigen Nacht hatte Herrmann verwunderlicherweise hohes Fieber. Gunis, die sich zumindest mit ihren eingebildeten Krankheiten sehr gut auskannte, war tatsächlich besorgt. Sie wickelte Herrmanns Füße in Essigtücher und wollte ihm Brei füttern, den er aber nicht bei sich behalten konnte. Auch das Fieber sank nicht. »Wasser«, flüsterte Herrmann hin und wieder und war schon eingeschlafen, wenn sie ihm die Schale brachte. Seine linke Hand war grotesk angeschwollen und noch heißer als seine Stirn. Von der kleinen Wunde, die der Splint in der harten Haut hinterlassen hatte, wob sich eine rote Bahn über den Arm hin zu Herrmanns traurigem Herzen.
»Walther«, keuchte Gunis schließlich in heller Aufregung, »lauf zum Bissner. Seine Mutter soll kommen. Sag ihr, dass er krank ist.«

Walther wollte seine Mutter beruhigen und ihr sagen, dass der Vater wahrscheinlich nur müde wäre und sich ausschlafen müsste, weil der Loos so oft bei ihm gewesen war. Nun brauchte der Loos nicht mehr zu kommen. Aber er hatte das Gefühl und mehr noch die Erfahrung, dass er nicht auf sie hören würde. Er ging langsam, pfeifend, hielt sogar eine kurze Weile an dem Grenzstein an und freute sich auf die Zeiten, wenn er hier seinem Vater von seinen Abenteuern als Fahrender erzählen würde.
»Ist es arg?«, fragte die Mutter vom Bissner, die sich auf die Heilkunst verstand, als er schließlich ankam.
»Nicht so sehr«, sagte Walther, es war ja eigentlich bloß der Loos, den würde die Bissnerin auch nicht verscheuchen können. Der ginge erst, wenn Walthers Vater ihm alles über den Sand in den Schuhen gesagt hätte.
»Dann geh ich erst noch misten«, entschied die Mutter vom Bissner, denn der Dung musste auf die Felder. Es dauerte seine Zeit. Deswegen war Walther nicht zurück, als Herrmann starb.

»Das Kind, mein Walther …«, stammelte Herrmann hin und wieder.
»Immer nur das Kind«, fauchte Gunis, die ihrem Mann die Krankheit übel nahm. Jetzt würde sie aufs Feld müssen und er könnte hier so einfach auf dem Ofen liegen. Als ob sie nicht genug zu tun hätte, wofür sie schließlich nie ein Wort des Dankes hörte.
»Das Kind«, flüsterte der Sterbende wieder. Gunis wollte nicht mehr hinhören und holte ihm neues Wasser. Seine Lippen und Augenlider waren so verschwollen, dass er weder sehen noch verständlich reden konnte. »Sand in … gehen lassen«, röchelte er. Als er anfing, nach Luft zu ringen wie ein Ertrinkender, bekam sie es doch mit der Angst.
»Herrmann?«, fragte sie und hielt seinen Kopf hoch, um

ihm beim Atmen zu helfen. Das Röcheln wurde stärker, pfeifende Laute kamen von überall her, so schien es.
»Herrmann!!« Gunis schrie den Sterbenden an. »Herrmann, lass das! Du machst mir Angst!«

Dann war er tot. Mit einem Mal, so als sei ein Licht in seinem Innern verloschen, hörten das Röcheln und Winseln auf. Die Stille war ohrenbetäubend. In seiner Entstellung fast unwirklich, lag Herrmann wie geschmolzen auf der Ofenbank. Gunis heulte laut, aus Schrecken und Angst. »Herrmann«, schrie sie weiter, was die Bissnerin hörte und was doch nur ein paar Tage half, Gunis dünnen Ruf als trauernde Witwe zu begründen.
Die Bissnerin rannte trotz ihres hohen Alters geschwind auf den Hof und kam hinein, als Gunis den Toten wie von Sinnen schüttelte.
»Halt das Kind draußen«, befahl sie Gunis barsch, weil sie nicht wusste, ob es etwas Ansteckendes war. Gunis warf die Tür ins Schloss und riegelte ab ohne ein Wort der Erklärung für ihren Sohn.
»Was ist denn?«, fragte Walther vor der verschlossenen Tür, neugierig, ob sich der Loos vielleicht gezeigt hätte. »Was ist denn? Kann ich rein?«
Ein hoher Klageton, den Walther sich nicht erklären konnte, heulend, kam aus dem Innern des Hauses. »Heilige Maria«, sagte die Bissnerin immer wieder.
»Ich will rein!«, rief das Kind von draußen, nun leicht verunsichert. Vielleicht schrie so der Loos. Vielleicht war es besser, wenn er dem Loos alles erklärte, sein Vater kriegte es manchmal nicht so heraus, wie er es für sich dachte, das war Walther schon oft aufgefallen.
»Reiß dich zusammen, Gunis, du hast ein Kind da draußen«, hörte er die Bissnerin dumpf. Walther drückte sein Ohr ans Holz und vernahm ein Plätschern, ein Zischen

und das dumpfe Rumpeln wie von Schüsseln und Eimern. Dann konnte er die Geräusche nicht mehr unterscheiden. Schließlich, als weiter nichts geschah, war es ihm zu ungemütlich, weiter so mit verdrehtem Hals an der Tür zu stehen, und er setzte sich auf die Bank vor dem Haus. Er sah auf zu der blühenden Linde und pfiff ein Lied, das er sich so ausdachte.

Nach einer langen Weile öffnete sich die Tür, und die Bissnerin trat heraus. »Komm mal her, Walther«, sagte sie mit einem merkwürdigen Ton in der Stimme. Im Halbdunkel des Innern sah er seinen Vater mit gefalteten Händen auf der Ofenbank liegen. Zu seinem Kopf saß Gunis und wiegte in merkwürdiger Schwere den Oberkörper vor und zurück. Sie hielt beide Fäuste gegen den Mund gepresst und die Augen fest zusammengekniffen. Sie sah sehr hässlich aus, fand Walther.

»Walther«, die Bissnerin legte dem Kind eine Hand auf die Schulter. »Der Herrgott hat deinen Vater zu sich genommen. Du musst jetzt ganz tapfer sein.«

Die großen Augen des seltsamen Kindes starrten die alte Frau an. Er war sich ganz sicher, dass die Bissnerin sich irren musste, zumal doch der Loos gerade noch da gewesen war. »Nein«, sagte Walther, »das geht ja gar nicht.«

»Ach, du armer Junge.« Die Bissnerin fing an zu weinen. Ganze Tränenbäche stürzten zwischen den Runzeln in ihrem Gesicht hervor. »Ach, du armer kleiner Junge. Komm herein, sag ihm auf Wiedersehen.«

Sie schob den verwirrend ruhigen Walther durch die Tür. Gunis heulte laut auf und grapschte nach ihm, dass er sich schnell zu Herrmanns Füßen zurückziehen musste.

Die Bissnerin wischte sich mit der Schürze über ihr Gesicht. »Er hat sich einen Splint eingezogen«, versuchte sie zu erklären, da von Gunis nichts weiter zu erwarten war. »Das hat ihn getötet.«

Vorsichtig deutete sie auf Herrmanns geschwollene Linke, die der Tod nun schon etwas kleiner hatte werden lassen.
»Einen Splint?«, fragte Walther.
»Es hat das Blut schlecht werden lassen«, flüsterte die alte Frau. Sie war in gewisser Weise erleichtert, zu spät gekommen zu sein. Wenn das Gift schon so weit war wie bei Herrmann, hätte sie nur noch versuchen können, ihm den Arm abzunehmen, und es war ja auch der linke. Er wäre verblutet. Dann hätten sie ihr am Ende die Schuld gegeben. Die Bissnerin misstraute Gunis, sie hielt sie für arbeitsscheu. Kein Wunder, dass sie so ein versponnenes Kind in die Welt gesetzt hatte. Das kam vom Müßiggang.
»Einen Splint?«, wiederholte der Junge. »Daran kann man sterben?«
Bei Menschen und Tieren hatte Walther schon oft Tote gesehen. Tiere starben zumeist, weil man sie schlachtete oder heimlich jagte. Das geschah mit einem Messer, mit Pfeilen, einer Schlinge oder einem Beil. Dann bluteten sie und schrien, und man konnte genau sehen, wie schwer es war, sie umzubringen. Menschen starben, weil sie entweder alt waren, wie die Tante vom Lapps-Bauern, oder weil sie krank waren und lange herumlagen. Dann rochen sie schlecht, und Herrmann hatte immer gesagt: »Da riecht man's schon, das kann nur noch drei Tage gehen.«
Er hatte bei seinem Vater nichts Besonderes gerochen. Manche, die starben, brachen sich den Hals oder wurden erschlagen. Und Frauen starben, wenn sie Kinder bekamen. Man wusste immer genau, was passiert war, und es brauchte immer sehr viel, damit einer starb.
»Ja, Kind.« Die Bissnerin nickte und versuchte ihm über das Haar zu streichen, sah dann aber seine Augen und schlug hastig ein Kreuz. Walther legte den Kopf auf die Seite und besah sich Herrmanns linke Hand. Da, wo der Splint unter die Haut gerutscht war, sah man nur einen kleinen Schat-

ten. Dass einer an so etwas Kleinem sterben konnte, ließ das Leben noch unwägbarer und zugleich verlockender erscheinen. Walther hielt es für einen großen Vorteil, nun auch von einer solchen Todesursache Kenntnis zu haben, die er selbst nie in Erwägung gezogen hätte.

»Das ist aber gut zu wissen«, sagte er ernsthaft zu der alten Bissnerin, die es nicht glauben konnte. Öfter, als sie wollte, war sie in ihrem Leben dabei gewesen, wenn Kindern der Vater oder die Mutter starben. Sie hatte Erfahrung darin, weinende kleine Wesen auf ihren Schoß zu setzen und ihnen mit der Schürze die Tränen abzuwischen. Sie hatte Erfahrung darin, trauernden Witwen und Witwern ein paar aufmunternde Worte zu sagen. Aber hier, in diesem seltsamen Haus, passte nichts zusammen. Die heulende Gunis, von der alle wussten, wie sehr sie den armen Herrmann selig verachtet hatte, die sich nun aber aufführte, als sei ihr das Seelenheil verloren. Das ruhige Kind, das jeden Tag mit dem Vater auf dem Feld gewesen war, an dem zumindest der Vater so sehr gehangen hatte, der von seinem Sohn gesagt hatte: »Der Walther ist das Beste, was der Herrgott mir hat schenken können.« Und dieser Sohn sagte nun über den Tod des Vaters nur: »Gut zu wissen.«

Das Haus musste verflucht sein. Die Bissnerin bekreuzigte sich abermals. »Ich geh jetzt, Gunis«, teilte sie der eifrigen Witwe mit. »Ich schick dir den Sohn und die Schwiegertochter zur Wache, wenn er vom Feld ist, dass wir ihn dann nach Ried bringen. Zum Priester. Und nach dem Lapps-Bauern schicke ich auch; der sagt's den andern.«

Erstmals, seit die Bissnerin angekommen war, brachte Gunis einen verständlichen Satz heraus, wenn auch keinen, der die alte Frau dazu brachte, sich für sie zu erwärmen: »Was wird denn jetzt aus mir?«

Wenn ich ein anderer gewesen wäre …

Wenn ich ein anderer gewesen wäre, hätte ich es nicht ausgehalten, dass mein Vater starb. Es hätte mir das Herz gebrochen, so jung und schutzlos, wie ich gewesen wäre als ein anderer. Aber so, weil ich nichts hielt, überlebte ich, dass er verschwand. Ich erinnere mich an sein Gesicht, seine Augen, die immer weiter einsanken, die geschwollene Hand mit dem Splint, der den Tod so tückisch in unser Haus gebracht hatte. Wenn ich ein anderer gewesen wäre, dann hätte ich mich an dieser Hand festhalten und sie nicht loslassen wollen.

Auf der Ofenbank hätte ich versucht, ihn zurückzuholen. Ich hätte geweint und geschrien, nicht für mich selbst wie Gunis, sondern für ihn. Dass er gehen musste und nichts im Leben zurücklassen konnte außer gescheiterten Versuchen der Freundlichkeit. »Papa«, hätte ich geheult, mich festgekrallt an dem, was er für mich gewesen wäre, hätte versucht, ihm den Splint aus der Hand zu kratzen, hätte ihn waschen wollen, da sein, als er ging. Wenn mich mein Vater nicht hätte gehen lassen, wer weiß, ob ich ein Fahrender geworden wäre. Er ließ mich gehen, indem er ging. Wenn ich ein anderer gewesen wäre, dann würde ich ihn bis zum heutigen Tag so vermissen, dass ich es nicht aushielte. Wenn ich ein anderer gewesen wäre, hätte ich es nicht gekonnt. Aber was heißt das schon. Auch so habe ich vieles nicht gekonnt. Er hat alles versucht. Mehr kann man nicht erwarten. Ich habe nicht alles versucht. Ich bin anders.

DER TEUFEL AM BACH

Sie brachten Herrmann am nächsten Morgen auf der Bahre nach Ried. Sogar Gerold, der Großknecht vom Bissner, der immer noch hinkte vom Pflaumenbaum damals, kam mit. Jeder, der Herrmann gekannt hatte, würde ihm beistehen müssen, denn er war ohne Segen gestorben, also wartete am Bach der Teufel auf ihn.

Alle, die sich mit Herrmann gut gestanden hatten, natürlich auch Fede und Hannis, seine beiden Freunde, aber auch alle anderen, die ein bisschen Zeit erübrigen konnten, rannten nach Blumen und Bändern, um den Teufel abzulenken.

Wenn in der Gegend von Ried einer ohne Segen starb, dann wartete am nächsten Tag am Bach der Teufel auf ihn, so war es schon immer gewesen.

»Stirb vergeben und wach, triffst den Teufel nicht am Bach«, sagten die Alten im Dorf und auf den Höfen. Die Priester früherer Zeiten, die irgendwann einmal Erklärungsversuche bezüglich der Allmacht Gottes versucht hatten, gaben schließlich auf und folgten den Dörflern nun seit Jahrzehnten selbst zum Steg. Ihren Nachfolgern erklärten sie nachlässig, dass sie nichts weiter zu tun hätten, als das seltsame Ritual mit ein paar Segenssprüchen zu begleiten und sich nicht weiter darum zu kümmern, was für einen Mummenschanz die verschlagenen Bauern veranstalteten. Für Herrmann kam der Priester sogar gerne mit zum Bach, auch nachdem sie ihn schon gleich auf den Kirchhof gelegt

hatten und er ihn eingesegnet hatte. Der Teufel am Bach musste für das Dorf sein.
In einer langen Prozession unter dumpfen Gesängen, die längst bis zur völligen Unkenntlichkeit zersungen waren, schritten die Bauern und die Dörfler aus Ried heraus zum Bach. Sie sahen strikt auf die Erde, keiner durfte den Blick heben, denn wenn der Teufel es gesehen hätte, würde er sogleich Beute machen und die Seele dieses Armen mitnehmen.
In den Händen hatten sie Bänder und Blumen, ganz vorweg ging der Schulte, der einen Schellenbaum trug und ihn zwischen den leiernden Versen schwer und langsam schüttelte. Ihm folgten Fede und Hannis, dann der Priester mit einer Kerze und dann Gunis und Walther.
Nach ihnen kam die Familie des Bissners samt dem in Gesellschaft immer besonders vorwurfsvoll hinkenden Großknecht und der neugierige Lapps-Bauer, von dem man sagte, dass keine Ziege einen Bart wachsen lassen könnte, ohne dass der Lapps-Bauer zuvor die Haare darin gezählt hätte. »Der Herrmann, der Herrmann« und »Manche haut's früh dahin«, murmelten die Menschen.
Dann, in Paaren, gingen andere aus dem Dorf, die Herrmann mehr oder weniger gut gekannt hatten. Auf unbestimmte Art meinten sich plötzlich alle zu erinnern, den wortkargen Vogelweidbauern gern gemocht zu haben. Sie nannten ihn einen »aufrechten Mann« und einen »wackeren Kerl« und solche Dinge, die vor allem verbargen, dass sich kaum einer genau eine Vorstellung von Herrmanns Gesicht machen konnte, denn man hatte ihn wegen seiner Entstellung nicht mehr aus dem Leinsack herausgenommen.
»Hört her!«, rief der Schulte jedes Mal mit Grabesstimme, wenn er den Schellenbaum schüttelte, und die Prozession antwortete dann jedes Mal erschüttert: »Wir hören.«

Auch dies gehörte zu dem alten Ritual, wenn auch niemand wusste, warum. Am Bach angekommen, sollten die Menschen, die den Toten retten wollten, vom Steg aus die Blumen und Bänder ins Wasser werfen, sodass der Teufel, der natürlich am anderen Ufer wartete, durch die Farben abgelenkt wäre und sich nach dem Bachlauf umdrehte. Dann müsste der Tote nur schnell über die Brücke laufen und der Teufel hätte seine Chance verpasst, sobald Herrmanns rechter Fuß das andere Ufer berührte.
Walther war eingeschärft worden, den Blick nie und unter keinen Umständen zu heben, aber er fand den ganzen Aufzug so aufregend, dass er hin und wieder wenigstens zur Seite sah. Nur Händler und Fahrende gingen sonst über den Steg, die eingesessenen Rieder hielten hier alle Geschäfte an. Walther war sich ziemlich sicher, dass Herrmann selbst nie so weit gekommen war, und er freute sich für den Vater, dass sie nun auf gewisse Art doch gemeinsam Fahrende sein konnten. Walther hatte Herrmann am Morgen, als Gunis mit ihren Zöpfen beschäftigt gewesen war, ein bisschen Asche unter die Fußsohlen gerieben, weil die Stiefel zu fest geschnürt waren und weil er wegen des Regens keinen Sand finden konnte. Aber wenn einer starb, dann war er doch auch so etwas wie ein Fahrender, dachte Walther, denn schließlich ging er weiter fort als bis Ried oder ins Leyertal.
»Hört, hört«, rief der Schulte wieder, und bevor die Gemeinde antworten konnte, war es einen Moment so still, dass Walther das Wasser des Bachs rauschen hören konnte. Sie mussten also ganz nahe sein. Nachdem er schon den Loos nicht gesehen hatte, wuchs in Walther die unbezwingbare Neugier, zumindest den Teufel am Bach in Augenschein zu nehmen.
»Wir hören«, antworteten die Dörfler ernst. Jemand nieste.

Schließlich waren sie wohl nahe genug heran, dass der Zug stehen blieb. Den Blick weiter fest auf die Erde geheftet, stellten sie sich am Bachlauf nach stromabwärts hin auf. Gunis fing wieder an, fiepend zu schluchzen, und Walther sah, wie ihr Fede die Hand drückte. Daraufhin heulte Gunis noch lauter. Der Priester sprach einen Segen und wünschte Herrmann eine gute Reise ins ewige Leben. Dann machte sich der Schulte mit seinem Schellenbaum noch eine Weile wichtig und wünschte Herrmann ebenfalls eine gute Reise, allerdings bloß über den Steg.
»Nun auf«, rief der Schulte, »die Blumen! Die Bänder! Jetzt.« Die Gemeinde bückte sich sogleich, warf die Blüten ins Wasser und schubste sie mit den Händen an. Einige gingen in dem hellen Gurgeln des Wassers sofort unter, andere schwammen. »Sieh!«, brüllte der Schulte. »Sieh!«, echote das Dorf, um den Teufel zu verwirren, jedoch glotzten weiterhin alle wie angenagelt auf die Erde.
Walther hielt es nicht mehr aus und sah hoch. Vorn am Steg standen nur der Schulte mit den Schellen und der Priester. Ein Teufel war nicht zu sehen. Der Priester hatte den Kopf als Einziger nicht gesenkt. Er sah Walthers forschendes Gesicht und zuckte verschwörerisch lächelnd mit dem Kinn zum Bach hin. Die Blumen und Bänder, die in der Strömung trieben, sahen wunderschön aus. Sie sahen aus, wie sich das Fließen des Wassers anhörte, dachte Walther. Der Priester nickte ihm zu.
»Lasst uns umkehren«, befahl der Schulte gravitätisch. »Lasst uns gehen.« Der Trauerzug formierte sich in umgekehrter Richtung. Langsam gingen sie nach Ried zurück. Walther sah nicht mehr zu Boden. Er dachte an die Blumen und Bänder auf dem Wasser, wie sie trieben und sich in spielerischer Verschwendung um sich selbst drehten. Da er nun wusste, dass es keinen Teufel gab, der auf seinen Vater gewartet hatte, stellte er sich Herrmann zwischen den tru-

delnden Farben im ungetrübten Bachwasser vor. Einer, der so frei ist wie eine gelbe Blüte im klaren Wasser, dachte Walther und war froh. Es ging Herrmann jetzt sicher besser als auf dem Hof.

Die Dorffrauen sangen auf dem Rückweg lang gezogene Klagelieder, mehr heulend als ein Singen; einige der alten Weiber weinten der Übung halber lauter als die Witwe, die sich allerdings redlich Mühe gab und gestützt wurde von Fede und Hannis. Walther blieb ein wenig zurück und geriet in die Nähe der Klageweiber. »Uuuuuhh«, jammerte eine, die Walther gar nicht kannte, »ein Unglück, ein Unglück. Er war so gut, so gut.« Sie bedeckte das Gesicht mit der faltigen Hand, wohl um ihren allumfassenden Kummer auszudrücken.
Ihre Nachbarin schlug sich auf die hagere Brust und heulte mit: »Elend, es ist Elend!! Solch ein Mann! So gut!«
Die erste Klägerin senkte vertraulich den Kopf zur zweiten: »Wer war das denn noch mal?«
Da musste Walther lachen, und die zweite zischte erschrocken mit bedeutungsvollem Blick: »Das ist dem sein Sohn, der ist nicht ganz richtig im Kopf.«
»Ach«, machte die erste interessiert und nahm geschwind das Heulen wieder auf. »Er war so gut«, klagte sie erneut, ergriffen und kopfschüttelnd. Walther lief nach vorn.

Er zog neben dem Priester ins Dorf ein, seine Mutter hatte ohnehin keinen Blick für ihn, sie war voll damit beschäftigt, sich Fede und Hannis abwechselnd an den Hals zu werfen mit der seit Herrmanns Tod stetig wiederholten Frage: »Was wird denn nun aus mir?«
»Es wird sich finden«, sagte Hannis, der eine sehr eifersüchtige Frau hatte, und schob Gunis an Fede weiter, der überhaupt nicht verheiratet war und somit Gunis klam-

mernden Umarmungen nichts entgegenzusetzen hatte. Er hatte Angst, dass Gunis auf seine Hilfe baute und dass diese Hilfe eine Heirat zu ihrer Versorgung mit einbezog. Von Herrmanns diskreten Klagen wusste er, dass sie als Frau nicht unbedingt ein Gewinn war.

Die Trauergemeinde hatte inzwischen wohl begriffen, dass von den Vogelweidbauern kein Leichenschmaus zu erwarten war, und stand deswegen etwas unschlüssig auf dem Dorfplatz. Der Schulte, der fürchtete, dass man ihm diese Aufgabe der Verköstigung aufgrund seiner Position antragen könnte, erklärte, dass er den wertvollen Schellenbaum gleich wieder unterstellen müsste für das nächste Mal. »Gestorben wird immer, was, Ehrwürden?«, bellte er markig und schlich sich davon. Der Schellenbaum klingelte leise.

Da Walthers Mutter nicht in der Lage war, ihre wirkungsvolle Trauer gegen einen Plan einzuwechseln, übernahm die alte Bissnerin die Verantwortung und ging zu dem Jungen, der in seltsam vereintem Schweigen mit dem Priester zusammenstand. »Ehrwürden«, nickte sie ihm zu und redete dann das Kind an.

»Walther, du musst deine Mutter nach Hause bringen. Ihr müsst euch um die Felder kümmern. Wenn ihr's jetzt liegen lasst, ist euch alles hin. Gerade die Gerste. Dein Vater hat dir wohl gezeigt, wie man auf dem Feld arbeitet.« Das Kind nickte vorsichtig. »Dann macht euch auf!«, befahl die Bissnerin.

»Ich will es gern versuchen«, sagte das stille Kind da, »aber es wird ja nicht für lange sein, weil ich mal ein Fahrender werde.«

Der Priester und die Bissnerin starrten das Kind an, der Geistliche, als sei er auf die Lösung zu einem schwierigen Rätsel gekommen, die Bissnerin wütend, als hätte das Kind ihr einen faulen Dienst erwiesen. »Macht doch, was ihr wollt«, spuckte sie. »Los, wir gehen jetzt«, kommandierte sie ihren Sohn und den hinkenden Großknecht, die sich sogleich in Bewegung setzten. Fede stützte Gunis auf ihrem Weg zum Brunnen, wo sie sich das Gesicht abwusch, immer noch schluchzend, wenn auch inzwischen ohne Tränen.

»Du willst ein Fahrender sein, Walther?«, fragte der Priester den Kleinen vom Vogelweidhof leise, sodass es von den inzwischen verstummten Klageweibern nicht gehört werden konnte.

»Mein Vater hat mir gesagt, dass er wusste, dass ich einer werde«, strahlte das Kind. »Da kann ich bis nach Rom kommen.« Und verschwörerisch fügte er hinzu: »Corona mundi.«

Der Priester spürte eine seltsame Rührung aufsteigen. Er griff nach seinem Kreuz, um der Versuchung zu widerstehen, dem hübschen Kleinen die Wangen zu streicheln. »So ist das wohl«, sinnierte er und lächelte Walther an: »Mir hat er es auch gesagt.«

»Ja?«, fragte das Kind mit einem so reinen Glanz in den Augen, dass der Geistliche zum ersten Mal seit langen Tagen das Gefühl hatte, wirklicher Unschuld nahe zu sein.

»Ja«, bestätigte er und wollte schon unvorsichtig die Geschichte von der verwirrenden Mönchserscheinung am Tage von Walthers Geburt erzählen, da unterbrachen ihn vier Reiter, die von Süden her auf den Dorfplatz galoppierten, Herzog Friedehalm und drei Mann seiner Wache. Der Herzog brachte sein Pferd mit einer vollendeten Wendung zum Stehen.

»Was soll der Auflauf?«, fragte er herrisch und ließ das Pferd tänzeln. Ein leichtes weißes Tuch wehte um seinen Hals, und seinen Hut schmückten abermals fünf bunte Federn. Trotz des frühen Sommers trug er einen roten Umhang, der in weichen Falten über die Kruppe seines Pferdes

fiel. »Priester«, befahl er mit vorgerecktem Kinn, »wieso steht das Volk hier beisammen? Ist nichts zu tun? Da wundert es mich nicht, wenn sie dauernd über die Ernte jammern.«
Der Priester deutete eine Verbeugung an: »Es hat eine Beerdigung gegeben, Euer Gnaden, der Herrmann vom Vogelweidhof ist gestorben.«
»Alles, nur um keine Abgabe zu zahlen, was?«, rief der Herzog und drehte sich beifallheischend nach seinen Wachen um, die auch gleich die Köpfe zurückwarfen und lachten, als hätte der Herzog etwas wirklich Komisches gesagt. Er selbst zog die Augenbrauen über den schweren Lidern in die Höhe und schürzte die Lippen: »Ist der da mir dann zinspflichtig geworden?«, flötete er böse in Walthers Richtung.
»Er ist doch der kleine Dichter, nicht?« Auf einmal war das Interesse des Herzogs an dem Zinsertrag des Vogelweidhofs erloschen. »Wo ist denn die arme Mutter des kleinen Dichters?«, wollte er wissen.
Bleich stand Gunis am Brunnen. Ihre angestrengten Tränen waren schlagartig versiegt. »Ich bin hier, Euer Gnaden«, rief sie dem Herzog zu und stieß Fedes Hand von sich, der sie weiter seiner Stütze für bedürftig gehalten hatte. »Hier!«
Der Herzog ließ sein Pferd langsam auf Gunis zutreten.
»Dichtermutter«, hauchte er, ohne auch nur den Kopf zu neigen, aber Walther konnte jedes Wort hören, wie alle anderen, die still geworden waren. »Bist du nun Witwe, Dichtermutter, nicht mehr verheiratet?«
»Ja, Euer Gnaden«, bebte Gunis. Der Herzog ritt auf seinem Pferd um sie herum, die Wachen untersuchten gelangweilt ihre Sättel oder Waffen.
»Ja, was?«, fragte der Herzog, er zog die Zügel an, und Walther fühlte den gleichen Stich im Bauch wie am Kirmestag vor ein paar Monaten. »Ja, leider?«, wollte er wissen. »Heute auch ein ›ja, leider‹?«

Gunis, die bis vor wenigen Augenblicken nur ein heulendes Häufchen Frau gewesen war, zuckte mit keiner Wimper. »Nein«, sagte sie ganz leise, »nicht leider.«
Herzog Friedehalm lächelte und legte für einen ganz kleinen Moment seine Hand grüßend an seinen Hut. »Das dachte ich mir, Dichtermutter.« Er wendete sein Pferd und gab den gleichgültigen Wachen ein Zeichen, das Gleiche zu tun. »Ich seh dich wieder, Dichtermutter«, rief der davonreitende Fürst über die Schulter, »bald!«

Die Dörfler standen entsetzt, Gunis leckte sich die Fingerspitzen und strich über ihre Augenbrauen. Seit ihrer letzten Klage, was aus ihr werden sollte, war einige Zeit vergangen. »Ja, dann«, sagte sie in gänzlich anderer Stimmlage zu Fede, der noch immer mauloffen dastand. »Walther, komm. Wir gehen nach Hause.«
Walther konnte sich nicht bewegen, er sah, wie sich eine Gasse aus Menschen vor seiner Mutter bildete und wie sie völlig ungerührt hindurchschritt. »Walther?!«, drängte sie abermals. »Mit dir hat man auch nur Scherereien. Mach schon.« Walther sah auf seine Füße und dachte, dass er nun wohl auch krank werden würde. Die Fingerspitzen des Priesters berührten ihn an der Schulter: »Nicht urteilen«, raunte ihm der Geistliche zu. »Nicht urteilen.«
Dabei gelang es ihm selbst nicht.
Walther konnte den Blick vor Scham nicht heben. Er folgte seiner Mutter durch die Schneise der Ehrlosigkeit, die sie in die Gemeinde geschlagen hatte, und blieb auch auf dem Weg zum Vogelweidhof immer weit hinter ihr. Der Teufel hatte nicht am Bach gewartet, und er hatte es nicht auf Herrmann abgesehen. Der Teufel hatte einen Hut mit Federn getragen und war vor ihrer aller Augen auf den Marktplatz geritten gekommen. Niemand hatte zu Boden gesehen, und niemand hatte gemerkt, dass er da war. Nicht

der Priester, nicht der wichtigtuerische Schulte mit seinem Schellenbaum und nicht die Klageweiber.
Der Teufel, dachte Walther, ist etwas, was von außen schön aussieht. Der Teufel sprach mit schmeichelnder Stimme und schönen Worten und ritt auf einem Pferd.
Der Teufel ist einer, zu dem andere hochsehen.
Herrmann war frei wie eine Blüte im Wasser, aber Gunis hatte dem Teufel in die Augen gesehen, und er würde sie holen kommen, gerade weil es so leicht war.
Als sie am Hof ankamen, lief er trotz Gunis Anweisungen, die Ziege zu füttern, einfach zum Stein an der Grenze zum Bissner-Land. Er setzte sich auf den Findling, wie Herrmann es noch vor zwei Tagen hatte tun können, und wartete darauf, dass die Schmerzen in seinem Bauch verschwanden. Er ging erst nach Hause, als es dunkel wurde.

ETWAS KLEINES, AN DEM MAN STERBEN KANN

Am Tag nach Herrmanns Begräbnis entwickelte Gunis mehr hausfraulichen Eifer als in den letzten sieben Jahren ihrer Ehe. Sie schickte Walther zum Jäten in den Küchengarten und kam alle paar Augenblicke hinzu, um sich über Unkraut zu beschweren, das er vergessen oder übersehen hatte. »Was sollen denn die Leute von uns denken?!«, schloss sie ihre Beschwerden ab, als hätten sie jeden Tag Scharen von Besuchern auf dem Hof, die zur Begutachtung des Hausstands kamen. Allerhöchstens kam der Lapps-Bauer aus reiner Neugier vorbei und dreimal im Jahr vielleicht Fede oder Hannis, ansonsten nur Händler oder eben Fahrende, deren Besuche sich aber nicht voraussagen ließen und eher selten gewesen waren. Walther vermochte Gunis' plötzliche Unruhe nicht zu begreifen.

Drinnen scheuerte sie den Tisch und die Ofenbank, als wollte sie die letzten Spuren Herrmanns vertreiben. Sie schleppte Eimer um Eimer klaren Wassers vom Ziehbrunnen herein, und als sie Walther zum Essen rief, roch es im Haus nicht mehr, wie es ihm seit jeher vertraut war. Er hatte Mühe, den Brei zu löffeln, den sie ihm vorsetzte. »Was ist denn nur los mit dir?«, fragte sie ihn schließlich ungeduldig, so als wäre Herrmann nie gestorben, als gäbe es einen simplen Grund dafür, alles zu putzen und zu verändern, der ihm ebenso einsichtig sein müsste wie ihr. »Passt dir was nicht?«, bohrte sie weiter im selben Ton, in dem sie früher ihre Streitereien mit Herrmann begonnen

hatte. Walther sah nicht auf. »Walther, antworte mir!« Walther kaute den spelzigen Brei, er konnte ihn nicht schlucken, er konnte ihn nur mit der Zunge von einer Seite zur andern schieben und nicht zu ihr hinsehen.
»Walther! Antworte mir. Ich bin deine Mutter!«
Offenbar hatte sie mit der Kelle auf den Tisch hauen wollen, um ihren Respekt fordernden Worten Gewicht zu verleihen, dabei aber die Schüssel voll Brei übersehen. Der Stiel der Kelle traf den Rand der Holzschüssel mit voller Wucht, und die Schüssel überschlug sich zweimal. Brei flog überall in die saubere Küche, troff vom Tisch auf den Boden, hatte in einzelnen Spritzern die Ofenbank bedeckt, klebte an den frisch gescheuerten Wänden und den zwei polierten Töpfen, die über dem Herd hingen.
Walther schluckte nun endlich, was er im Mund hatte, hinunter. Dann stand er auf.
»Da hat er geschlafen. Er hat genau da gelegen«, sagte er mit fester Stimme und zeigte auf die besudelte Ofenbank.
Gunis sprang auf. »Raus!«, schrie sie mit hoher, schriller Stimme. »Mach, dass du wegkommst, du Unglückskind. Raus!« Sie sackte gleich darauf in sich zusammen, legte den Kopf auf die Arme und heulte wieder.
»Verschwinde doch endlich, verschwinde doch endlich«, flüsterte sie quäkend. Walther griff nach seiner Kappe.
»Er hat hier auf der Bank gelegen«, bekräftigte er noch einmal mit fürchterlicher Hartnäckigkeit und ging zur Tür.
Gunis stöhnte. Als das grässliche Kind, das sie geboren hatte, draußen war, richtete sie sich wieder auf und strich sich die Haare aus dem Gesicht. »Warum denn nur?«, fragte sie leise in den leeren Raum, der nun wieder voller Herrmann hing, als wäre er in Schwaden aus dem Kamin gequollen. Sie konnte kaum atmen. »Warum nur?«

Walther ging zur Gerste und zupfte ein paar Halme Unkraut aus den Reihen, wie Herrmann es ihm beigebracht hatte. Er sah auch nach den Schlingen, mit denen Herrmann manchmal Hasen fing. Es waren aber keine Tiere da. Wahrscheinlich hätte er sie sowieso freigelassen. Tiere, die in der Schlinge lagen, schmeckten nach Angst, hatte Herrmann ihm erklärt. Nur im Winter, wenn die Vorräte verbraucht waren, hatte er Tiere aus der Schlinge mit nach Hause genommen. Walther hatte weiter nichts zu tun und ging wieder zum Findling an der Grenze des Hofs. Er fühlte etwas kommen, auf das er nicht vorbereitet wäre, etwas Großes. Mit den Fingern klopfte er den Stein überall ab. Dann setzte er sich davor und summte Lieder, die er noch nicht kannte. Am Abend ging er beklommen nach Hause. Gunis tat aber, als wenn nichts gewesen wäre. Sie hatte den Brei von den Wänden gekratzt, sich dabei jedoch nicht so viel Mühe gegeben wie am Vormittag. Auch der Tisch und die Bank, die zwei Töpfe und der Boden waren wieder gescheuert. Sie schob ihm ein Stück Brot zu und eine Schale mit Ziegenmilch, die kurz davor war, sauer zu werden. Sie selbst aß nichts.

Das Kind stippte sein Brot in die Milch und saugte schlürfend an dem harten Kanten.

»Ich will mit dir reden, Walther«, sprach sie ihn plötzlich an. »Und ich will dir ganz ehrlich sagen, was ich denke und was ich tun werde.«

Gunis stand auf und stocherte im kalten Herd herum.

»Ich will nicht hier bleiben. Auf keinen Fall. Ich gehöre hier nicht hin. Das hab ich auch nie.« Walther sah dem Rücken seiner Mutter zu, wie er sich ihren harschen Bewegungen in ruckartigen Stößen anpasste. »Wenn ich eine Möglichkeit finde zu gehen, dann gehe ich. Und du kannst mitkommen, wenn du willst, oder du kannst zum Bissner auf den Hof. Ich bin sicher, die würden dich nehmen. Und später hast du ja all das Land hier. Machen wir uns doch nichts vor.«

Walther rührte mit dem Kanten Strudel in die Milch. Strudel wie die, in denen die Blüten für seinen Vater geschwommen waren.

»Du kannst es dir überlegen, aber wenn du mitkommst, dann mach mir keine Vorwürfe, und leg mir keine Steine in den Weg. Ich hab es so satt hier! Ich muss weg. Hier erstickt man ja.« Unerwartet drehte sich Gunis um und sah mutig in die fremden Augen ihres seltsamen Sohns. »Ich weiß nicht mal, wer du bist. Ich weiß nicht, warum ich hier bin oder warum ich ihn überhaupt heiraten musste. Ich weiß gar nichts.« Sie kam näher, verletzte den Abstand, den Walther brauchte, beugte sich so nahe zu ihm, dass er ihren Atem auf seinen Wangen fühlte; unwillkommene Berührungen lauter kleiner Finger der Fremdheit.

»Mein ganzes Leben lang hab ich gemacht, was andere mir gesagt haben, und immer hab ich gewusst, dass es nicht richtig ist für mich. Wenn ich jetzt endlich etwas anderes haben kann, dann nehm ich es mir. Hast du das verstanden, Walther? Ich gehöre nicht hierher!«

Der Sohn zog den Kopf etwas zurück, um die angemessene Entfernung wieder herzustellen, soweit es ihm möglich war. Gunis erschien ihm in diesen Momenten zum ersten Mal so anders und fremd, wie er sich ihr gegenüber immer gefühlt hatte. Deswegen war für ihn auch etwas Richtiges in dem, was sie sagte, etwas Entsprechendes oder Wahres. Er glaubte zwar ziemlich sicher, dass sie keine Fahrende war, dass es also neben der Erklärung, die ihm Herrmann von den zwei Arten von Menschen gegeben hatte, noch andere geben müsste, denn Gunis sagte die Wahrheit. Sie gehörten beide nicht hierher, aber sie gehörten auch nicht zusammen. Gunis hatte keinen Sand in den Schuhen.

»Von hier würd ich schon weggehen«, sagte er langsam und entschieden. »Aber nicht zum Bissner-Hof.«
Seine Mutter nickte: »Dann musst du eben fürs Erste mitkommen. Wir wissen ja jetzt beide, woran wir sind.«

Am nächsten Tag putzte sie wieder, aber weniger heftig. Am übernächsten wusch sie ihr Haar und ihre Kleider an der Pumpe, obwohl das Wasser noch so kalt war, dass sie überall am Körper blau wurde. Am dritten Tag saß sie den ganzen Tag auf der Bank vor dem Haus und wartete. Walther blieb in der Nähe der Linde, oder er streichelte hin und wieder den Findling. Außer dem Notwendigsten sprachen sie nichts, genau so wie es früher zwischen Gunis und Herrmann gewesen war. Am vierten Tag wurde sie unruhig, wanderte ein paarmal den von Ziegenhufen ausgetretenen Weg zur Strecke nach Ried hoch und spähte dort lang in beide Richtungen. Kopfschüttelnd kam sie den Weg wieder herunter und redete mit sich selbst, stellte sich wieder und wieder die Frage: »Hab ich mich denn so geirrt? Kann das denn sein?«

Abends kam überraschend die alte Bissnerin von Süden über die Felder, begutachtete kritisch die aufkeimende Gerste, den Küchengarten und den Stall, als wäre ihr von irgendjemandem die Oberaufsicht über den Vogelweidhof anvertraut worden. »Gunis«, rief sie schließlich mit ihrer herrischen Altfrauenstimme von draußen, klopfte nicht einmal an. Walthers Mutter stürzte vor die Tür, und grenzenlose Enttäuschung überflutete ihre Züge.
»Ach, Ihr seid das, Bissnerin.«
»Ja, ich«, die Alte wirkte streitlustig. »Hast du da jemand anderen erwartet?!«
Sie wartete Gunis' Antwort gar nicht erst ab.
»Ich komm wegen dem Hof«, fuhr sie fort. »Es ist ja so, dass

die Söhne alle schon verheiratet sind, aber der Gerold, der Großknecht, den wir haben, der ist ledig. Hinkt zwar, aber ist ein guter Arbeiter. Der Sohn und ich haben drüber gesprochen. Es wär das Beste, wenn du ihn nehmen würdest, dass ihr übers Jahr heiraten könnt. Muss doch ein Mann auf dem Hof sein.«

Gunis blinzelte: »Was?«

»Der Gerold, unser Knecht, du kennst ihn doch«, fügte die Bissnerin ungeduldig an. »Ich hab mit ihm gesprochen, er würd dich schon nehmen, auch mit dem Kind. Und dein Sohn könnt trotzdem alles erben. Hat der nichts dagegen. Der braucht nicht viel, der Gerold. Man müsste nur mit dem Schulten und dem Priester reden, wann die rechte Zeit wär. Am besten ja wohl aber vor der Ernte.« Die alte Frau legte den Kopf auf die Seite. »Sieht ganz ordentlich aus hier.«

Gunis kam einen Schritt näher: »Ihr wollt, dass ich Euren Knecht heiraten soll?«

»Ja, ich sag ja, die Söhne sind alle schon weg!« Die Bissnerin zuckte gereizt die Schultern, weil sie fand, dass Gunis sich anstellte. »Das wär natürlich besser gewesen, mit dem Land, dann wär ja alles zusammen, aber so geht's doch auch. Der säuft auch nicht, der Gerold. Jetzt mit dem Hinken ist der langsamer bei der Arbeit, aber sonst gut dabei.«

Walther kam hinter der Linde hervor, unter der er gesessen hatte. Er konnte genau sehen, wie Gunis' Rocksaum zitterte.

»Ich will den Gerold nicht«, brachte seine Mutter tonlos hervor.

»Nur, weil er schon älter ist!« Die Bissnerin warf wie in äußerstem Unverständnis die Hände in die Höhe und schnalzte mit der Zunge. Dann beugte sie sich vertraulich vor: »Es gibt natürlich noch eine andere Möglichkeit.« Sie begann zu flüstern, als hätte sie auf die Gelegenheit nur gewartet: »Dem Bertil seine Frau, die Marie, die ist grade

schwanger. Die taugt eh wenig. Lunge. Wenn's bei der nicht gut geht, dann kannst du auch den Bertil haben. Aber das wissen wir ja erst in ein paar Wochen. Wär aber auch noch zeitig zur Ernte. Musst du wissen. Dein Risiko. Den Gerold kannst du gleich haben.« Die Alte zog auffordernd die Brauen hoch.
Bertil war der jüngste Sohn der Bissnerin. Es war in der ganzen Gegend bekannt, dass er seine Frau mehrfach so geprügelt hatte, dass sie für Wochen nicht zur Kirche kommen konnte, nicht einmal zu Ostern in diesem Jahr, obwohl sie schwanger war. Er wusste nicht wieso, aber zum ersten Mal in seinem Leben hatte Walther das dringende Bedürfnis, ein bisschen näher bei seiner Mutter zu stehen. Er trat vorsichtig neben sie und wich auch nicht zurück, als sie ihre zitternde Hand auf seine Schulter legte. Irgendetwas gab ihm das Gefühl, dass sie es tun musste und dass er es zulassen musste, weil die alte Bissnerin unsichtbar etwas mitgebracht hatte, das für keinen von ihnen gut war.
»Ich will auch den Bertil nicht«. Gunis sprach sehr leise. Deswegen dachte Walther, dass die Bissnerin sie vielleicht nicht verstanden hätte; er hatte die Beobachtung gemacht, dass alte Leute weniger gut hörten.
»Wie?«, fragte sie.
Da wurde Gunis auf einmal laut: »Ich will den Bertil nicht! Und den Gerold will ich auch nicht! Ich will überhaupt keinen von Eurem Hof!« Die Hand krampfte sich um Walthers Schulter, aber er hielt es aus.
Die Bissnerin klappte den Mund zu und machte ihn dann wieder auf: »Na, dann schaff's dir doch alleine, mit deinem kleinen Verrückten da. Du wirst schon sehen, was du davon hast! Aber komm nicht jammern und renn zu mir um Hilfe, wenn du die Ernte nicht reinbringst und wenn's dir winters ins Dach reinregnet! Das bild dir nicht ein.« Die Bissnerin spuckte aus. »Hexe!«

Damit wandte sie sich um und ging geradewegs durch den Küchengarten und die Felder zurück zu ihrem Hof. Sie trat auf viele der jungen Pflanzen, und Walther dachte, dass sie es mit Vorsatz täte, weil sie schon hoch genug standen, dass auch eine so alte Frau sie sehen musste.
Gunis nahm die Hand schließlich von seiner Schulter. »Siehst du«, sagte sie nur ausdruckslos und ging ins Haus zurück. Und er hatte verstanden.

Am übernächsten Tag geschah endlich das Unausgesprochene, worauf Gunis seit Herrmanns Begräbnis gewartet hatte. Zwei Reiter in den Farben des Grödnertalers kamen vorsichtig den steilen Weg hinunter, die Pferde suchten tastend in den ausgetretenen Stellen Halt. Walther verbarg sich hinter der Linde, als sie vor dem Haus anhielten.
»Ist das hier der Vogelweidhof?«, fragte einer der Reiter laut, ein Rotgesichtiger, der unter dem Helm stark schwitzte. Es waren Soldaten des Herzogs Friedehalm. Sein Wappen leuchtete auf den Decken ihrer Pferde. Der zweite Reiter blies sich mit den Fingern die Nase.
»Ja, ist es«, antwortete Gunis, die, aufgeregt abwartend, doch nur die obere Türhälfte geöffnet hatte.
»Wir kommen von Seiner Gnaden Herzog Friedehalm vom Grödnertal«, murrte der Zweite und schüttelte seine beschneuzte Hand aus, weil er die Pferdedecke nicht beschmutzen wollte. »Wir sollen die Witwe Gunis fragen, ob sie mit uns auf die Burg kommen will. Der Herzog würde sie gerne einige Zeit als seinen Gast aufnehmen wollen«, leierte der Rotgesichtige. Unter dem Helm spähte er nach dem Brunnen und hoffte, dass dieses Bauernweib, nach dem der Herzog lechzte, wenigstens genug Benimm hätte, ihm einen Trunk Wassers anzubieten. Bauernpack! Ernte verstecken und Kinder machen war alles, was sie konnten.

»Der Sohn«, zischte der Zweite und wischte seine Hand schließlich an der Mähne seines Pferdes trocken.
»Ach so.« Der Rotgesichtige schluckte. »Und auch der Sohn der Witwe Gunis ist dem Herzog wohl willkommen.«
Gunis entriegelte die Tür und trat heraus. Sie wies auf die Tränke und bot den Reitern an, einen Augenblick auf der Bank zu warten. Walther fand, dass sie ihre Sache gut machte. Da rief sie ihn.
»Wir gehen jetzt, Walther«, teilte sie ihm mit. »Ich hab schon alles beisammen.« Plötzlich beschlich das Kind wieder das furchtbare Gefühl von den unreifen Kirschen im Bauch.
»Ich muss noch mal raus aufs Feld«, stammelte er. »Ich hab was vergessen.«
»Das ist doch egal, Walther«, drängte Gunis, die es nach den langen Tagen des Wartens eilig hatte. »Mach jetzt bloß keine große Sache draus.«
Er rannte einfach weg.
Am Findling angekommen, war ihm von dem schnellen Lauf schlecht geworden, er musste sich aufstützen und Atem holen. Als es ihm wieder besser war, fing er, ohne zu wissen warum, an, um den Stein herumzugehen, die Fingerspitzen fuhren an der harten, unebenen Oberfläche entlang. Er ging schneller, fing schließlich an zu laufen, rannte den kleinen Kreis immer wilder ab, bis seine Finger bluteten. Da fiel er auf die Knie und umarmte leise keuchend den viel zu großen Stein.
Vielleicht war es ja wirklich keine große Sache, aber es war doch ein Verrat, von dem Stein fortzugehen, auf dem sein Vater gesessen hatte und auf ihn warten wollte, wenn er ein Fahrender werden sollte. Und der Verrat war wie der Splint, der Herrmann unter die Haut gefahren war; etwas Kleines, an dem man aber doch sterben konnte.

Gunis war so aufgeregt, fortzugehen, endlich den verhassten Hof zu verlassen, dass sie Walther nicht einmal mehr ausschimpfte, als er wiederkam. Sie sah auch nicht, wie er seine Hand zugerichtet hatte. Mit dem Rotgesichtigen und dem anderen Soldaten ritten sie los. Einige Rieder Dörfler und Bauern, die sie unterwegs sahen, verbreiteten das Gerücht, dass Herrmanns Witwe zusammen mit dem seltsamen Sohn vom Herzog verhaftet worden sei. Wegen der Abgaben, die sie über Jahre hinweg versteckt hätten, hieß es in Ried. Wegen Hochmuts und Hexerei, behauptete die Bissnerin mit bitterer Überzeugung; weil der feinen Witwe Gunis einfach nichts gut genug sei, nicht mal das Beste, was anständige Leute ihr zu bieten hatten. Im Leyertal sagten sie, weil der Herzog sie als seine Kebse wollte, und hatten damit Recht, wie bald alle anerkennen mussten. Der Lapps-Bauer trug am nächsten Sonntag vor der Kirche alle drei Variationen vor, als wäre er selbst beim Beweis jeder einzelnen gegenwärtig gewesen.

Auf dem ganzen Weg zur Burg des Herzogs hatte Walther die Hoffnung gehabt, dass er vielleicht an den wunden Fingern ebenso sterben könnte wie Herrmann an seinem Splint, dass es ihn von dem Verrat befreien würde, den er begangen hatte. Aber es geschah nichts.
Sie erreichten die Burg erst am späten Abend. Gunis wurde sofort von einer strengen Dame abgeholt, und Walther wurde ohne Erklärungen in die Küche geschickt, wo er ein Honigbrot bekam, was er noch nie gegessen hatte. Eine der Mägde sah seine Hand und wollte, getragen von einer überbordenden Welle der Mütterlichkeit, das arme verletzte Kind zum Trost auf ihren Schoß setzen. Es verwirrte sie sehr, wie Walther sich sträubte, er machte sich ganz steif und knurrte schließlich vor Widerwillen, als sie ihn feucht und warm wie eine Kuh auf die Wange küsste.

»Nein«, schrie er da, weil sie ihn weiter umschlingen wollte; und am nächsten Tag hieß es schon überall unter dem Gesinde, dass das Kebsenkind etwas sehr, sehr Seltsames an sich habe.

Zu Mittag dann wurde Walther in die große Halle geführt, in der der Herzog mit seinen beiden eckigen Söhnen an einer langen Tafel saß, auf der trotz des hellen Tages vier Kerzen brannten. Ihm gegenüber thronte Gunis in einem neuen Kleid, mit neuem Haargewinde, das sie alleine nie fertiggebracht hätte, und einem glänzenden Kopfputz angetan und strahlte.
»Da! Der Dichter!«, rief Friedehalm falsch lachend und hob die Hände, »Heil dem Dichter!«
Gunis kicherte hoch und gackernd, als gäbe es dabei wirklich etwas, das lustig wäre. Mit einem Tuch wedelte sie sich affektiert Kühlung zu, wie wenn die übergroße Heiterkeit sie erhitzt hätte.
Walther sah zu Boden. Die Platten der Halle hatten ein Muster, das er sich gerne länger ansehen wollte.
»Lieber, werter Dichter«, der Herzog legte den Kopf in den Nacken und sah Walther unter seinen schweren Lidern lauernd an. »Deine Mutter und ich sind glücklich übereingekommen, dass sie auf weiteres bei mir bleiben wird. Das heißt, dass du und ich nun sehr gute Freunde sind.« Einer der eckigen Söhne, der ältere, gaffte böse über seine linke Schulter. »Ich hoffe sehr, dass meine bescheidene Gastfreundschaft dem großen Dichter gefallen wird.«
Gunis lachte abermals laut und schrill und schlug in die Hände. Walther bemühte sich, mehr über das Muster der Steinplatten herauszufinden.
»Redet wohl nicht immer, unser Dichter.« Herzog Friedehalm hatte seinen Ton leise verändert, er klang nun mehr, wie seine Augen aussahen. Ungeduldig schnippte er mit

den Fingern. »Entlausen und baden, und er kann Konstantins alte Sachen anziehen«, befahl er einem Diener, der plötzlich neben Walther stand. »Er kann dann auch bei den Jungen schlafen. Die sollen sich wohl vertragen.«
»Sehr wohl, Euer Gnaden.« Der Diener verbeugte sich.
»Komm mit, Junge«, sagte er zu Walther.
Der Knabe hob plötzlich den Kopf und sah Friedehalm gerade in die trägen, kalten Augen: »Es ist ein Kreuz aus lauter kleinen Kreuzen«, teilte er ihm mit, als wäre er danach gefragt worden und würde nun etwas verspätet die Antwort geben können. Dann ging er ohne Zögern mit dem Lakaien hinaus, der ihn in die Badekammer führte.
»Was meint er denn damit? Kreuz und Kreuze«, fragte der Herzog mit ungehalten gerunzelten Brauen.
»Ach, nur so Gerede, Kindergeplapper«, schwatzte Gunis schnell abwinkend, die Angst hatte, ihren großzügigen Gastgeber zu verärgern.
»Ts«, machte Friedehalm und griff nach einem Hühnerbein.
»Ich glaube, er meint den Boden, Vater«, warf leise Konstantin, der jüngere Sohn des Herzogs, ein. »Das Muster im Boden.«
Herzog Friedehalm legte das Hühnerbein wieder hin und starrte auf den Boden seiner Halle, als hätte er ihn noch nie zuvor im Leben gesehen. Aus lauter kleinen Kreuzen heller Steine formte sich über das ganze Ausmaß ein einziges riesiges Kreuz. Er hob überrumpelt die Augenbrauen über den schweren Lidern. »Na, so was«, sagte er und nickte ein paar Mal nachdenklich. »Na, so was«, aber es klang nicht freundlich.

DIE GERSTE, DIE ALLEINE STEHT

Der Vogelweidhof lag verlassen. Die Gerste, die Herrmann im Frühjahr noch selbst ausgesät hatte, mit deren Schösslingen er versucht hatte, Walther sein Schicksal zu erklären, wuchs noch eine Weile weiter vor sich hin, bevor sie im Spätsommer schließlich ganz und gar vom Unkraut verschlungen wurde und dann im Herbst einfach auf dem Feld verfaulte. Die Sippe vom Bissner-Hof, die aus Nächstenliebe allzu gerne die Ziege der verschwundenen Familie zu sich genommen hatte, hatte zuerst überlegt, das Feld, weil es ja so nahe am ihren lag, der Einfachheit halber mit abzuernten, aber die Alte hatte schließlich nichts davon wissen wollen, was die Sache entschied. Trotz dreier Söhne und einem bärenhaft starken Ehemann entschied auf ihrem Hof nur die alte Bissnerin über das, was getan werden sollte.

»Und dann kommt sie mit einem Mal wieder, die feine Frau Gunis, und plärrt nach ihrer Gerste, und wir hatten die Arbeit, und der Herzog kriegt sie umsonst, die Gerste«, lamentierte sie böse gegen den kleinen Plan zur Bereicherung, und der Ehemann und die Söhne fügten sich wie immer. Wenn sie am Findling vorbeigingen, um Feuerholz oder noch andere Dinge vom Vogelweidhof zu stehlen, spuckten sie nach den vereinzelten Ähren, die noch einige Monate versuchten, aus der tödlichen Umarmung des Unkrauts aufzustehen.

Allein, wie Herrmann es schon vor Jahren für sich beobach-

tet hatte, kam das Schlechte allzu leicht und ohne Zutun, das Gute schwer, blieb auch nach endloser Arbeit in Erhalt und Ergebnis ungewiss. Die Gerste, die alleine stand, ohne einen Bauern wie Herrmann, der sich trotz aller Verzagtheit mit Mühe um sie kümmerte, hörte zwar nicht auf, Gerste zu sein, doch sie wurde nie, was sie hätte werden können. Unter der Übermacht des schneller wuchernden Unkrauts verschwand sie fast, wurde erstickt und überwachsen; war für einen, der nicht wusste, dass das Feld einmal bestellt gewesen war, nicht mehr als solche zu erkennen.
Und so war es auch mit Walther.

An Friedehalms Hof gab es niemanden, der sich mit Mühe um ihn kümmerte.
Herzog Friedehalm vom Grödnertal war, wenn auch die Dörfler und Bauern den Herrscher der Welt in ihm sahen, doch nur ein Minderer aus dem Geschlecht der Babenberger, der selbst vielen anderen Herren zins- und lehenspflichtig war. Als solcher führte er nicht eben ein großes Haus, obwohl er das Glück hatte, kaum, eigentlich nie befehdet zu werden und auch sonst von keinerlei strategischem Interesse zu sein, das zu irgendwelchen Kriegshandlungen hätte führen können. Einmal im Jahr musste er zwar den unvorstellbar weiten Weg zum Hofdienst nach Wien reisen, vor Herzog Friedrich von Österreich, seinem Vetter, das Knie beugen und bald darauf etwas ärmer zurückkehren, war aber darüber hinaus von der allgemeinen Reichspolitik unbehelligt. Der anhaltende Friede schuf gute Arbeitsbedingungen für seine Bauern, die ihm viele Steuern zu zahlen hatten und von denen er seinen Teil an den Wiener Hof weiterleiten musste, wenn auch nicht den wirklich angemessenen Teil.
In Wien nannte man Friedehalm seiner trägen Augen wegen »das Murmeltier«.

»Solange das Murmeltier fett bleibt, soll es mir egal sein, wie sein Bau aussieht«, sagte Friedrich von Österreich jedes Mal, wenn der Kanzler oder der Rat seiner Fürsten drängte, die kleine Burg als strategischen Stützpunkt auszubauen, da das Reich an diesem Punkt gänzlich unverteidigt läge. »Das hieße, er würde herkommen«, rief Friedrich dann immer entnervt aus. »Wollt Ihr ihn beschäftigen, wenn er hier ist?«, ging er dann jeweils denjenigen an, der die Frage gestellt hatte. Aber niemand wollte Friedehalms unterhaltsamer Aufseher sein, und so blieben die Pläne, die ihn hätten höfischer machen können, Jahr um Jahr glücklich unausgeführt.

Friedehalm wusste, dass man ihn in Wien nicht unbedingt sehnend erwartete. Er war deswegen allenfalls verärgert, weil er gerne höfischer gewirkt hätte, als er war. Seine tatsächlichen Interessen höfischen Lebens beschränkten sich aber darauf, so oft als möglich auf die Jagd zu gehen, wobei er es stets vorzog, ein Tier zu hetzen, als es zu erlegen. Der Herzog war ein unzufriedener Mann, getrieben von etwas, für das er weder Worte noch Gedanken hatte. Die Buhlschaft mit Gunis, die er noch im Sommer ihres Einzugs auf der Burg zur linken Hand ehelichte, beschäftigte ihn wohl eine Weile, aber nichts konnte der grundlegenden Langeweile und dem verzehrenden Verdruss seines Wesens langfristig etwas entgegensetzen. Friedehalms Zerstreuungen langweilten ihn, sobald sie sich erfüllten. Das Wünschen machte ihn ärgerlich, die Erfüllung trübsinnig. Es war nichts zu gewinnen.

Seine beiden Söhne Ottokar und Konstantin ließ er eher nachlässig erziehen und schickte sie in jedem Sommer zu ihrer Mutter Amelia, einer dauerhaft verstimmten böhmischen Prinzessin, die es vorzog, von ihrem Gatten getrennt in einem Konvent bei Zwettl zu leben, von wo sie immerhin öfter als ihr Gatte an den Wiener Hof geladen wurde.

»Lieber eine Ewigkeit hinter Mauern als eine Woche mit diesem Schlamm fressenden Bergtölpel«, erklärte sie dann jedem, der es hören wollte, weswegen sie ihrem Zuhause fern blieb. Es wollte kaum jemand hören. Wen interessierte schon das Grödnertal? Auch bei ihren Söhnen, insbesondere Konstantin, dem als Zweitgeborenen ebenfalls nur das Kloster offen stand, sollte sein Bruder das Erwachsenenalter gesund erleben, zischte sie erbitterte Hasstiraden gegen den Vater hinter ihrem Schleier hervor.
»Ich seh ihn ja gar nicht so viel«, murmelte der freundliche Konstantin dann zu seiner halbherzigen Entschuldigung. »Er ist ja meist auf der Jagd. Da fällt es nicht so auf.«
Von Gunis sagte er nichts. Und Ottokar, der nicht so feinfühlend gewesen wäre, besuchte die Mutter nie.

Es schien, dass außer Gunis niemand durch die Veränderung der Verhältnisse zufriedener geworden war. Walthers Mutter war am Ziel ihrer Wünsche angekommen, auch wenn sie nie gedacht hatte, dass ihre Wünsche vom besseren Leben sich so wundervoll verfestigen könnten. Gunis war nun eine edle Dame. Und was daran nicht wundervoll war, verbannte sie mit der gleichen Hartnäckigkeit aus ihren Gedanken, mit der sie schon ihr früheres Leben zu ertragen vermocht hatte. Sie trug Kleider in Farben, die sie auf dem Markt in Ried nie im Leben gesehen hatte, jedes Jahr bekam sie wenigstens zwei neue und dazu passende Hauben und Schleier; und einmal sogar einen Pelz aus Böhmen, der eigentlich für Friedehalms Gattin Amelia bestimmt gewesen war, was er ihr aber nicht sagte, als er ihn ihr großspurig um die Schultern legte.
Gunis wusste natürlich, dass Friedehalm sich nebenbei mit Küchenmägden, vornehmlich den ganz jungen, und Kammerfrauen bettete, doch nichts davon beeinträchtigte ihren Status als inoffizielle Ehefrau, die sie durch die Ehe

zur linken Hand für alle Burgsassen geworden war, so war es ihr egal.
»Ich hab, was ich will«, sagte sie sich oft vor, wenn sie abends schlafen ging, in ihrer eigenen Kammer mit Kamin und drei Decken im Winter. »Es ist alles in Ordnung.«
Sie wusste inzwischen genau, bei wem sie ihr Bett gemacht hatte, und sie würde wegen einiger kleiner Störungen, die sie nicht hatte vorhersehen können, gewiss nicht daraus aufstehen. Ottokar und Konstantin grüßten sie als Frau Gunhildis von der Vogelweide, wie sie sich nun nannte, um ihre bäurische Herkunft zu verlieren, und bedienten sich im Umgang mit ihr einer nur leicht widerwilligen Höflichkeit. »Sie ist doch eigentlich immer ganz nett«, würde der friedfertige und freundliche Konstantin zu den gelegentlichen Ausbrüchen seines Bruders über die Kebse sagen, so wie er auch versuchte, den Vater vor den Worten der Mutter und die Mutter vor den Worten des Vaters zu schützen. Zu den eher rauen Festen, die Friedehalm für seine Jäger und Gefolgsleute gab, saß Gunis der Tafel vor, lachte über die derben Späße, bewunderte die mageren Trophäen, die herumgezeigt wurden, und machte ihre Sache nicht schlecht für eine Bauerstochter aus dem Rieder Land.
Wenn tatsächlich einmal adlige Vettern oder Bundesgenossen des Herzogs auf dem Weg nach Böhmen, nach Wien oder Rom durch das Grödnertal zogen, küssten diese ihr sogar die Hand und ließen sich die Zumutung, vor einer Gemeinen den Edelmann zu spielen, kaum je anmerken, weil Friedehalm das Murmeltier ohnehin keiner ernst nahm.
»Sie wird schon ihre Vorzüge haben«, lachte man in Wien, niemand wusste auch nur ihren Namen.
Für Gunis waren die ersten Jahre auf Friedehalms Hof trotz jener gewissen Einschränkungen, von denen noch die Rede sein soll, die Zeit ihres Lebens. Sie genoss, end-

lich mit Fug und Recht, nichts tun zu müssen, kommandierte die Kammerfrauen bald mit herrischer Gewohnheit und sorgte sich in der Hauptsache um ihre Hände, weil man ihnen zu sehr ansah, dass sie in einem anderen Leben einmal hatte auf einem Bauernhof arbeiten müssen. Von jedem Händler, der auf den Burghof kam, kaufte sie Salben und Öle, die die Haut weich machen sollten, selbst wenn es nur Schweineschmalz mit Rosmarin war, das findige Kaufleute in teure Tiegel gefüllt hatten.

»Hilft die denn auch wirklich?«, fragte sie voll bäuerlichen Misstrauens; und die Händler verbeugten sich mit gut verborgenem Lächeln und flüsterten vertraulich, dass selbst die Kaiserin, wie bekannt geworden sei, die gleiche Salbe nach einer streng geheimen Rezeptur aus Byzanz verwendete, deren Herstellung Monate dauere und ihren Ursprung in Ägypten genommen habe. »Ja, dann schon«, sagte Gunis mit ebenfalls bäuerlicher Leichtgläubigkeit und zahlte den viel zu hohen Preis voller Hoffnung, mit diesem weiteren Erwerb endlich einen sichtbaren Schritt weiter vom Vogelweidhof entfernt zu sein.

Sie schlief meist bis kurz vor Mittag, aß dann mit Vorliebe eine gesüßte Eierspeise und ließ sich anschließend für zwei Stunden ankleiden und frisieren. »Mach es doch höher, höher«, forderte sie von ihrer Zofe, wenn sie ihr das Haar aufsetzte, und besah sich dann stundenlang in einem kleinen Spiegel, der ihr wertvollster Besitz geworden war. Niemand erwartete von ihr, dass sie die Pflichten einer Hausfrau versah, für die schon lange, seit dem Auszug seiner Ehefrau, eine verarmte und verbitterte Base des Herzogs zuständig war. Am Nachmittag ging sie dann in die Kapelle und beichtete täglich lässliche Sünden der Eitelkeit vor dem mürrischen Kaplan, der auch die Söhne des Herzogs und Walther in den sieben freien Künsten unterrichtete, von denen er selbst aber kaum drei beherrschte.

»Ich habe mich wieder eitel im Spiegel betrachtet«, zischte sie, sich anklagend, unter dem gelben Schleier dem Kaplan zu und sah schon währenddessen wieder nach, ob die Falten des Tuchs auch richtig gefächert lägen. Kaplan Bernward war ein Geistlicher ohne den Hauch einer Berufung. Sein Latein war dünn, seine Grammatik bald erschöpft, und sein eingedrillter Glaube unterlag mehrfach täglich den vielfältigen Versuchungen einer verdorbenen Welt, die er aber eigentlich gar nicht so schlecht und verdammenswert fand, wie man es ihm im Kloster hatte beibringen wollen. Die Kebse des Herzogs war eine gute Einnahmequelle, mit deren Beichtzwang er sich einige Entschädigungen für das ihm aufgepfropfte Leben als Hauslehrer und Kleriker finanzierte. Er wusste, dass sie nie über das sprach, was wirklich auf ihrem Gewissen lastete, aber da sie keine Macht hatte, brauchte er in die Dunkelheit ihrer Seele nicht vorzudringen.
»Auch der Herr besah sich seine Schöpfung am siebten Tag«, hatte sich Kaplan Bernward daher mit der Zeit angewöhnt zu sagen, weil die Kebse ihm dann immer schuldbewusst ein paar Münzen zusteckte. Und schließlich beendete er die Beichte mit: »Die Schönheit anzusehen ist keine Sünde, Frau Gunhildis. Es ist Erbauung.«
Gunis war zufrieden mit den Bahnen, in die sie ihr Leben gebracht hatte. Des Abends speiste sie mit dem Herzog, wenn er nicht zur Jagd ausblieb, und sah ihm mit nachlassender Freundlichkeit dann zu, bis er sich genug betrunken hatte, um ins Bett zu gehen; manchmal mit ihr, mit den Jahren zunehmend ohne sie.
Um von den Einschränkungen zu sprechen, die ihr neues Leben wohl bald mit sich brachte, so hatten sie sich schließlich bis zu einem Punkt verschliffen, wo sie sie für ganze Tage einfach vergessen konnte, wenn sie wollte.

Zu Anfang ihrer Zeit auf der Burg hatte Herzog Friedehalm ständig nach ihr verlangt und Dienste von ihr gefordert, die auf für sie befremdliche Art und Weise damit zu tun hatten, seinen hohen Stand in ihrem Beisammensein gänzlich aufzuheben. Er forderte sie dringlich und fast ohnmächtig erregt auf, ihn mit vielen derben Worten als »Bauernlümmel« oder »nichtsnutzigen Knecht« zu beschimpfen, und bisweilen wünschte er von ihr, ihn auf von ihm genau vorgeschriebene Art mit einem Gürtel zu züchtigen, was Gunis eigentlich nur verdross, weil sie diese Worte des bäuerlichen Lebens für immer aus ihren Gedanken verbannen wollte. Sie half sich aus, indem sie die verhassten und quälenden Bilder des Ehelebens mit dem toten Herrmann heraufbeschwor und dem Toten an einem fremden Körper, dem des Herzogs, heimzahlte, dass er sieben lange Jahre ihr Mann gewesen war. Es war nach einer dieser frühen stellvertretenden Züchtigungen gewesen, dass der befriedigt erniedrigte Adlige sie selig bat, ihn zu ehelichen. »Wir gehören doch zusammen. Ich hab es gleich gewusst, als ich dich damals gesehen habe. Und jetzt weiß ich's noch mehr«, hatte er ihr selig ins Ohr gewispert. »Du musst hier bleiben.«

Die Ehe, wenn auch nur zur linken Hand, also ohne Erbansprüche und andere Sicherheiten, versprach ihr zumindest für Friedehalms Lebenszeit einen festen Platz auf der Burg, schöne Kleider, ihren Spiegel und ein ruhiges Leben. Friedehalm war gesund, und es stand keine Fehde an. Es würde auf Jahre hin gut gehen. Wer wusste schon, was danach käme?

An hohen Feiertagen begleitete sie Friedehalm ganz selbstverständlich zur Kirche und fühlte die urteilenden und zugleich unterwürfigen Blicke des Dorfes als glühende Bestätigung dessen, dass sie es geschafft hatte, sie alle für immer hinter sich zu lassen. Sie war am Ziel.

Aber während Gunis aufblühte, war Walther die Gerste, die alleine stand. Bald schon vom Unkraut seiner Umgebung überwuchert, sollten nur wenige Ähren die Jahre auf Friedehalms Burg überleben; und bald war das lerchenhafte Kind, das Herrmann so sehr geliebt hatte, dass er es sogar gehen lassen wollte, in einem tödlich schweigsamen Jüngling verschwunden, der sich wenig menschliche Zuneigung anbefehlen konnte und auf der Burg wie ein gefürchteter Schatten umherging.
Er schlief in der Kammer der beiden herrschaftlichen Söhne und ging mit ihnen in den täglichen Unterricht des Kaplans Bernward. Er trug Konstantins abgelegte Kleider, die er hasste, weil sie auch nach der seltenen Wäsche nach einem fremden Körper rochen und für ihn somit die ständige Berührung eines anderen darstellten. Herzog Friedehalm übersah ihn, wenn er konnte, und wenn es nicht ging, verspottete er ihn als den großen Dichter von Ried. Aber nur so lange, bis er plötzlich von einem wütend bleichen Kaplan Bernward erfuhr, dass der Kebsenjunge mit »teuflischer Begabung« gesegnet sei und nach nur einem halben Jahr seiner Unterweisung besser lesen, schreiben und Lateinisch könne als die beiden hochherrschaftlichen Söhne – und, wie bald klar wurde, vor allem besser als Kaplan Bernward selbst. »Ein solcher Verstand kann nicht christlich sein!«, urteilte Bernward und führte sich selbst zum Beweis an. Er, als Christ, war mit anständiger Mittelmäßigkeit vom Herrn bedacht worden. Was darüber ging, war von Übel. Er redete von Luzifer, Hochmut und Gottlosigkeit.
Danach hielt sich Friedehalm, wenn ihn auch solche theologischen Deutungen nicht interessierten, lieber daran, Walther still zu übersehen. Da Gunis sich selten nach ihm erkundigte und auch sonst keine besondere Sorge um ihr Kind zeigte, brauchte Friedehalm keine Eifersucht zu füh-

len, die Walthers unbemerktes, ungelenktes Leben gefährdet hätte.

Das Gesinde ging Walther ebenfalls aus dem Weg, obwohl es ihn anfangs voll Mitleids als einen der ihren hatte aufnehmen wollen. Die haselnussbraunen Locken, die zarten Wangen und der schöne Mund weckten weiterhin in den Menschen die Lust, dem Kind nahe zu sein, ihm wenigstens flüchtige Gesten der Zuneigung zu schenken. Doch seine fremden Augen verboten es mit wachsender Strenge, und sie alle hielten sich daran, wenn auch mit einer kaum erklärbaren Unruhe.

Es wäre für den, der es hätte sehen wollen, eine bedrückende Sache gewesen, zu erkennen, wie Walther den Menschen ferner wurde, je mehr er heranwuchs, obwohl seine erblühende Schönheit und seine augenscheinliche Klugheit ihn eigentlich unwiderstehlich machten. Noch immer wirkte er mehr wie ein Bild oder eine Idee denn wie ein Jüngling aus Fleisch und Blut, war er wie die Vorstellung eines besonderen Menschen, auf seine Art viel nobler als die beiden eckigen Prinzen, überlegener schon mit nur einem Dutzend Jahren als der Herzog – aber dennoch, dennoch war etwas an ihm, was die, die in seiner Nähe lebten, einen Schritt zurückweichen ließ. Und mit seiner täglichen Abwehr von Nähe kam die Kälte der anderen, denn die Zurückgewiesenen mussten sich erklären, dass sie ihn wohl nicht mochten, weil er sie nicht brauchte. Seiner Mutter legte er, einem weit entfernten Versprechen gemäß, keine Steine in den Weg und machte ihr auch keine Schwierigkeiten, die den Ausbau ihrer schändlichen Position betrafen. Er sah sie meist nur in der Messe. »Ah, Walther«, rief sie dann, »ganz gesund?«

Aber einfach nur Walther zu sein, ohne Bestrebungen, ohne Ziele, wurde bald – zu bald – eine Schwierigkeit in sich. Die Erkenntnis der Wahrheit, die schon das Kind in sich gehabt hatte, wuchs mit ihm heran. Wie der Knabe das Muster im Boden der Halle bei seinem ersten Besuch im Speisesaal in seinem aufgelösten und doch erkennbaren Zusammenhang begriffen hatte, so geschah es ihm auch mit den Menschen, denen er begegnete, ob er wollte oder nicht. Seine Fähigkeit, tief zu sehen eben seit jenen Tagen, als er, am Heuwagen angebunden, Fliegen, Ameisen und Käfer beobachtete, als er Gott selbst zugesehen und dessen Fehler erkannt hatte, wuchs. Und auch sie wuchs wild, wie der Rest dieses bemerkenswerten Kindes. Er war wissend und unwissend zugleich. Es gab zwar das Erkennen, aber ihm folgte kein Mitgefühl. Er verstand die Menschen nicht, weil er ihre Gefühle nicht teilen konnte.

Walther speicherte das, was andere nicht sagten, was sie sich nicht einmal getrauten zu fühlen – und was sie doch so sehr wollten, dass es ihr ganzes Leben verschlang.

Er wurde ein Lagerhaus nicht gelebten Lebens, gebrochener Versprechen und verhohlener Sehnsüchte.

»Die Welt ist außen schön«, sagte er in den Momenten der Alleinrede zu sich selbst, »aber innen voller Würmer, Verrat und Bosheit. Die Welt ist nur etwas Schönes, wenn man nicht lange hinsieht.« Die Welt, so fand er, war wie seine Mutter, stets beschäftigt damit, ein Bild ihres Selbst aufrechtzuerhalten, das niemandem außer ihr wirklich etwas bedeutete und das nur wie ein dünner Schleier über einer Wahrheit lag, die dadurch hässlich wurde, dass sie selbst die Lüge für schöner hielt.

»Wahrheit ist etwas«, sagte er zu sich, »das die Menschen den Kopf abwenden lässt.« Er selbst sah nie in den Spiegel, er wusste nicht, was er darin finden sollte, was er nicht schon längst gesehen hätte. Sein Spiegel wäre leer, verzweifelt in seiner Suche nach diesem nicht greifbaren Walther, der sich fürchtete und so vieles sah.

Mit jedem Jahr, das Walther an Friedehalms Hof verbrachte,

verschwand ein Stück des Kindes, das einsam auf dem Feld stand und seine Umgebung mit schöneren Namen taufte. Die Weltenkrone schöner Träume war verloren, zusammen mit Herrmann und dem Findling am Grenzstreifen. Ins Dorf ging er nur, wenn es sich nicht vermeiden ließ, meistens zur Kirche, wo er mit dem Priester auf Lateinisch reden konnte, aber nur heimlich und immer nur ein paar Worte; *corona mundi* war nie dabei. »Solange Tag ist, geht das Auge … Der Horizont«, erinnerte ihn der Priester einmal wehmütig beim Abschied, aber Walther sah nur, dass der alternde Mann noch immer keinen festeren Glauben gefunden hatte, und zuckte die Schultern.

Dann änderte sich etwas, eigentlich alles. Als Ottokar, der ältere der Söhne, zwanzig Jahre zählte, gab es auf der Burg ein großes Fest zu seiner Verlobung mit einer nie gesehenen, weit entfernt lebenden Gräfin aus Böhmen. Es war der Sommer, als die flatternden Jahre der Lerche endgültig ihrem Ende zugingen und die Hoffnung, dass Walther irgendwann doch mit dem Eichmaß des Üblichen zu messen wäre, sich zugunsten der unbeliebten Wahrheit verlor. Es war der Sommer, bevor Walther fünfzehn wurde.

IM RAUSCH

Das Fest begann an Johannis und sollte eine Woche dauern, worauf Herzog Friedehalm so stolz war, dass er Kaplan Bernward antrug, einen detailüberladenen Brief an den Wiener Hof aufzusetzen, dass seine reichen Verwandten dort von der großartig noblen Art auf seiner Burg erfahren sollten, um die Reputation, die sie ihm verschafft hatten, Lügen zu strafen. »Alles muss rein«, befahl er, »auch die Weine.« Friedehalm wollte, dass der Brief noch vor dem Fest abgeschickt werden sollte, mit genauen Listen der eingekauften Waren. Aber Bernward wurde nicht rechtzeitig damit fertig und machte seinem Herrn daher aufgeregt zitternd den schlauen Vorschlag, den Brief erst nach dem Fest mit einem farbigen Bericht des Hergangs loszuschicken. »Euer Gnaden hätten somit den Vorteil, dass auch die Rückwirkung der erlauchten Geschenke bei den Begünstigten mit in den Brief einfließen könnten!«, bemühte sich Bernward. Diesen Satz zu schreiben hätte ihn einen Nachmittag gekostet.

»Die Rückwirkung?«, fragte Friedehalm gereizt und hob die schweren Lider.

»Es ist politisch gedacht, Euer Gnaden, man sieht, wer Freund und wer Feind ist. Wenn einem ein Geschenk nicht gefällt, ist er feindlich gesonnen, das ist ja ganz auf der Hand.«

»Politisch …«, sagte Friedehalm langsam und erwärmte sich für die Idee. Es sollte vor allem ein weiterer Schritt zu seinem Ruhm werden, wie er sich vorstellte. Stattdessen wurde es der erste Schritt zu Walthers Ruhm.

Man hatte Ottokar mit Ludovica Wenzelava, der Tochter einer Schwester seiner Mutter verlobt und sogar vorsorglich einen verbindlichen Dispens eingeholt, damit die nahe Verwandtschaft die Ehe nicht später gefährden könnte. Noch vorsorglicher hatte man außerdem eine verbindliche Annullierung des Dispens vorbereiten lassen, falls die neue Ehefrau unfruchtbar oder sonst wie nicht zu gebrauchen wäre. Ottokar war seinem Vater ähnlicher als seiner Mutter, dies galt für die Beschaffenheit seiner träge tückischen Züge und mehr noch für seinen schnellen Überdruss und seine gewalttätigen Ausschweifungen, denen er im Dorf zum Kummer der Rieder nachging.

Er schlug seinen freundlichen Bruder Konstantin, er schlug die Dienerschaft, die Bauern und wen er sonst noch zu fassen bekam. An Walther traute er sich nicht heran. Er konnte nicht sagen, weshalb, redete sich daher ein, dass ihm dieser »Bauerntrampel« nicht wichtig genug wäre, sich daran die Finger schmutzig zu machen.

Die Braut wurde etwa drei Tage nach Johannis erwartet, wenn sich Ottokar, wie man hoffte, unter den anderen Frauen genug ausgetobt hätte, um ihr keinen allzu großen Schaden zuzufügen, zumindest keinen, der ihre Fruchtbarkeit beeinträchtigt hätte.

Am Tag vor Johannis selbst zogen die Fahrenden ein.

Friedehalm hatte Musikanten kommen lassen, Sänger und Tänzerinnen. Er hatte dem Dorf drei gebratene Ochsen zur Verfügung gestellt sowie zwei Dutzend Hühner, und seine verbitterte Base, die Vorsteherin seines Haushalts, hatte riesige Mengen Bier brauen lassen, von dem die weniger gut gegorenen Fässer ins Dorf gerollt wurden.

»Dies schenkt euch Herzog Friedehalm«, mussten die Knechte dauernd ausrufen, als die Fässer entladen wurden, »der Herr über dieses Land. Lang lebe Friedehalm!« Eine berittene Wache verkaterter Soldaten beaufsichtigte den darauf folgenden Jubel.

Walther stand im Hof herum, als der letzte Wagen abfuhr. Er wusste in diesen Tagen immer weniger mit sich anzufangen. Verloren im Labyrinth seiner Gedanken, streunte er durch die Ausweglosigkeit seiner Situation. Er beobachtete das beladene Schwanken des Bierwagens, als er die Zugbrücke passierte, und es schien ihm in diesem Moment, dass selbst der Kutscher auf diesem Wagen ein besseres und erfüllteres Leben führte als er.

»Eh, Kleiner«, rief ihn da eine Stimme an. Er drehte sich um. Eine der fahrenden Frauen, eine der Tänzerinnen vermutlich, hatte ihn angerufen. Sie streckte den Kopf aus dem mit Planen verhangenen Fuhrwerk, mit dem die Vaganten eingezogen waren. »Gehörst du zur Burg?«

Die Frau war vielleicht etwas älter als Gunis. Ihre Haare waren vom Schlaf durcheinander, und ihre Augen waren geschwollen. Sie sah unendlich müde aus, so als ob alle Nächte der Welt ihr nicht die Ruhe geben könnten, die sie brauchen würde. Trotzdem war sie schön, auf ebenjene müde Art, die Walther in den Feldern und Bäumen sah, wenn es Herbst wurde. Er legte den Kopf schief und ging langsam auf die Frau zu. Sie lächelte. »Bist du stumm?«

»Nein«, sagte Walther, »ich wusste nur nicht, was ich antworten sollte.«

»Du weißt nicht, ob du zur Burg gehörst?«, fragte die Frau amüsiert. Walther nickte. Er erwartete das übliche Kopfschütteln, das Zischen mit heruntergezogenen Mundwinkeln, das ungeduldige Abwinken, das ihm in langweiliger Vorhersagbarkeit widerfuhr, wann immer er sonst die Wahrheit sagte, wo die Menschen sie nicht hören wollten.

»Das kenn ich«, sagte die müde Frau und kratzte sich mit allen zehn Fingern am Kopf. »Ich weiß manchmal auch nicht, wo ich hingehöre.« Sie fand den Kleinen hübsch, aber auch irgendwie verrückt. »Willst du wissen, was ich dann mache?« Walther nickte. Die Frau kletterte aus dem Wagen und reckte sich. Mit beiden Händen packte sie ihre Haare und drehte sie im Nacken zu einem unordentlichen Zopf, den sie gleich wieder losließ.
»Wenn ich mir nicht sicher bin, wo ich hingehöre, dann denke ich mir immer, dass es wohl da richtig sein muss, wo ich gerade bin. Sonst wär ich ja nicht da.«
Walther überlegte, ob sie es ernst meinte, und forschte in ihrem Gesicht danach, dass sie ihn nur verspotten wollte.
»Hör mal, solange du überlegst, was du sagen willst, kannst du mir wohl einen Eimer Wasser holen, wenn du dich hier auskennst. Wir sind erst gestern Abend gekommen. Da war's schon dunkel.«
Sie wandte sich irgendwelchen Verrichtungen an der Seite des Wagens zu, wo eine Vielzahl an Utensilien angeknotet waren. Da sie sich nicht wieder umdrehte, ging Walther schließlich und holte ihr Wasser. Mit deutlichem, stummem Vorwurf, den er in dieser unerwarteten Heftigkeit selbst nicht verstand, setzte er den Eimer auf, sodass einiges herausspritzte. Vielleicht nahm er es ihr nur übel, dass sie freundlich mit ihm geredet hatte.
Die Frau drehte sich sorglos um: »Ach, das ist aber nett.« Sie tauchte die Hände ins Wasser und schöpfte es in ihr müdes Gesicht. »Ahh, schön ist das. Ich bin Mathilde. Ich soll hier singen, wenn das Fest anfängt. Ist ja wirklich nichts Dolles, eure Burg. Und das Gerumpel über die Straßen hierherauf!« Sie rieb sich den Rücken und suchte nach etwas im hinteren Teil des Wagens. »Wo ist denn nun mein Kamm«, murmelte sie zu sich selbst und schnalzte lockend mit der Zunge. »Weg! Einfach weg! Manchmal denke ich,

die Dinge, die man braucht, die muss geradezu jemand fressen. Immer dann, wenn man nicht guckt. Den hab ich in Wien gekauft, weißt du.« Walther runzelte die Brauen und wollte weggehen. Aber es ging nicht. »Bronze! Hat der alte Gauner jedenfalls behauptet, von dem ich den Kamm gekauft habe. Ha, da ist er ja doch. Das Gute ist, wenn uns was wegkommt, rennen wir nicht gleich los und schreien, die Fahrenden waren's. Das ist sonst was! Ich sag dir, wenn irgendwo auch nur ein Hufnagel fehlt, es sind immer die Fahrenden. Sieh bloß zu, dass du den Eimer nachher wieder wegstellst, wo du ihn hergeholt hast.«

Sie lachte und hatte angefangen, sich die Haare zu kämmen. Wann immer sie auf einen Knoten traf, machte sie kleine leidende Geräusche, zog, bis er nachgab, und plauderte dann weiter. Das Wort »Fahrende« schwang durch Walthers Kopf wie der Schlegel einer großen Glocke. Eine kaum verborgene Erinnerung wollte hochsteigen, vor der er sich fürchtete. »Fahrende«, flüsterte die Erinnerung.

»In Wien am Hof, da haben drei von den feinen Herren die Tochter von Jockl vergewaltigt. Die war erst zwölf und noch Jungfrau! Und als er was zum Haushofmeister gesagt hat deswegen, weißt du, was der ihm geantwortet hat!?« Mathilde begann ihre Haare zu flechten, dabei sah sie konzentriert auf den Boden. »Jeder der Herren würde einen seiner Diener auf den Vorplatz schicken, und Jockl dürfte dann um Mittag den Schatten der Diener mit einem Stock schlagen, aber jeden bloß einmal! Der ist jetzt nach Norden gezogen, nach Regensburg oder Augsburg oder was. Ob's da nun besser ist?« Sie zog den Zopf als Krone um ihren Kopf zusammen. »Bist du hier so was wie der Burgtrottel, Kleiner? Oder redest du nur einfach nicht gerne?« Die Erinnerung kam näher, und Walther fühlte, dass er ihr nicht würde ausweichen können. Trotzdem war es, als würde er nicht sprechen können.

»Fahrende«, zischte die Erinnerung wieder.
»Ist ja nicht schlimm«, fuhr die müde Frau fort. »Die meisten Leute haben nicht viel zu sagen. Ha! Nun hör mich einer reden. Ich quatsche den ganzen Tag. Aber man gewöhnt es sich so an, unterwegs. Glaubst du, du kannst mir auch was zu essen besorgen, keine Ahnung, wo die Männer hin sind. Wahrscheinlich in der Küche. Aber dass die dran denken, mir was mitzubringen, habe ich noch nicht erlebt!«
Walther sah ihre Füße, und es war ihm, als stünde Herrmann neben ihm, Herrmann, von dem seit fast zehn Jahren niemand mehr sprach. Tot war einer erst dann, wenn sich niemand mehr daran erinnerte, was er gesagt oder getan hatte. »Mein Vater«, brachte Walther schließlich leise hervor, »der hat gesagt, Fahrende haben Sand in den Schuhen, und ich …« Er verstummte.
»Sand in den Schuhen?« Mathilde lachte. »Ja, wenigstens etwas, oder? Ist er hier, dein Vater, ich meine, arbeitet er hier?«
»Mein Vater ist tot. Und meine Mutter ist die Kebse des Herzogs. Und der Herzog ist ein schlechter Mensch.« Er wollte nicht alles gesagt haben, es passierte einfach.
Die Frau nickte freundlich: »Verwandtschaft!«, sagte sie. Dann nichts weiter.
»Ich heiße Walther«, sagte er da, weil er wollte, dass sie es wusste. Danach ging er und holte ihr eine Schale Brei aus der Küche. Irgendetwas hatte angefangen, aber es hatte noch keinen Namen.
Am Abend begann das Fest. Feuerschlucker und Akrobaten wechselten sich mit ihren eher bemühten als gekonnten Darbietungen ab. Gunis durfte wegen der böhmischen Verwandtschaft Amelias nicht neben Friedehalm am oberen Tischende sitzen und schmollte in ihrer Kammer vor sich hin. Walther rechnete damit, dass sie ihren Verdruss spätestens morgen aufgeben würde, um nicht zu viel von

den Feierlichkeiten zu verpassen. Da die Braut noch nicht eingetroffen war, bestand sowieso kein Grund für die Frauen, an diesem Abend schon dabei zu sein. Es gab allerdings auch nicht wirklich viel zu sehen.
Walther fand es ganz hübsch, was die Feuerschlucker mit den Flammen machten. Das Spiel der Flammen an den Wänden gefiel ihm in seiner Unvorhersagbarkeit. Konstantin, der mindere Bruder, und er waren ans Ende eines der unteren Tische gesetzt worden. Verborgen in sich selbst, fühlte Walther sich wie immer fast unsichtbar, ein bedrückter und stellvertretend beschämter Geist in dem ziellosen, lauten Treiben, das niemanden richtig in seinen Bann zog. Es war ein seltsam zerfasertes Fest. Walther fand es auf seine Art sowohl Friedehalm als auch Ottokar angemessen. Er dachte, dass es so in beider Seelen aussehen müsste: laut, grell und ohne Führung. Viele Schüsseln mit Fleisch, Brote und Humpen standen überall herum, sodass trotz des Überflusses keine wirkliche Speisefolge zu erkennen war. Die Böhmer warfen die abgenagten Knochen im hohen Bogen hinter sich und hatten außerdem ihre großen, pelzigen Hunde mitgebracht, weswegen die Diener sich oft vor den fliegenden Knochen ducken und gleichzeitig den schnappenden Zähnen von unten ausweichen mussten. Das Hin und Her verhinderte, dass alle einen ungestörten Blick auf die Darbietungen hatten, und es war außerdem durch das Gegröle am Tisch sehr laut und stickig, weil auch die Fackeln rußten.
Erst nachdem alle Böhmer und ihre Hunde satt geworden waren, wurde es stiller in der Halle, und einer der Fahrenden, ein großer Mann, der vorher eine Eisenstange zu einem Huf verbogen hatte, kündigte die Frau an, mit der Walther sich am Morgen unterhalten hatte.
»Es singt nun für euch, ihr edlen Herren, die schöne Mathilde aus Burgund.«

Die Böhmer lehnten sich zurück und rülpsten laut, die Hunde verdauten ebenfalls, was die Luft noch schlechter machte. Einige wenige klatschten, aber immerhin hielt die vollgefressene Stille an. Walther stand leise auf und ging zur Wand, an der Friedehalm seine Wappen und ein paar Teppiche hatte ausstellen lassen. Er hoffte, von dort die Frau mit dem herbstlichen Gesicht besser sehen zu können.

Mathilde sah immer noch müde aus, aber sie hatte ein anderes Kleid angezogen, es war grün, zwar alt, aber weniger verschlissen als das, welches sie am Morgen getragen hatte. Sie brachte ein Instrument mit, eine große Laute, an deren Hals ein paar verblichene Bänder hingen, und nahm auf einem Schemel in der Halle Platz.

Sie lächelte unbestimmt und grußlos in die Runde auf die gleiche müde und nachlässige Art, mit der sie Walther aus dem Wagen heraus angerufen hatte; dann fing sie an zu singen.

»Wenn ich ein rauschendes Feld voll grünem Klee
im Sonnenuntergang eines Sommertags seh,
wenn ich einen Fluss höre, wie er von einem Berg stürzt,
oder den Wind, der im Herbst seine Lippen schürzt,
dann denke ich, auf seine Art ist alles wunderschön,
denn alles ist von Gott gemacht.
Das Gewitter, der Sonnenschein, der Tag und die Nacht,
auf seine Art der Sturm und ein Feuer, der Föhn,
wenn er die Blätter streichelt, der Wind,
wie er meine Gedanken mitnimmt.
Was ich sehe, kann niemandem gehören,
auf seine Art ist alles wunderschön.«

Sie sang die Worte nach einer einfachen Melodie, unrhythmisch untermalt vom dauernden Aufstoßen der Böhmer, dem Scharren der Humpen und dem vereinzelten Gekläff der Hunde. Walther wurde wütend, dass sich niemand die Zeit nahm, Mathilde wirklich zuzuhören, wenn es ihr selbst auch wenig auszumachen schien. Sie spielte die Melodie in wenigen Veränderungen noch ein paarmal, wiederholte den kleinen Kehrreim immer wieder und endete dann, indem sie das Lied leise ausklingen ließ.

»Bravo«, rief ein besoffener Böhme. Er war ein großer, dicker Mann, dessen Haar ebenso speckig war wie das dreckige Lederwams, das er trug. »Das ist mal ein feines Lied! Klee und Wind, recht so!« Um seinen Worten offenbar besseren Ausdruck zu verleihen, stand er schwankend auf und warf mit begeistertem Schwung seinen gerade geleerten Humpen an die Wand; er zerschellte keine drei Fuß neben Walther. »Bravo!«, applaudierte sich der Böhme selbst.

»Passt nur auf, Herr Wenzel«, rief Herzog Friedehalm scherzhaft tadelnd, der ebenfalls sturzbetrunken war, »da hättest du fast ein Unheil angerichtet und einen großen Dichter erschlagen.« Die Meute drehte sich zu der Wand, an der der Humpen zerbrochen war, und starrte Walther an, als hätte der Herzog einen Jokus gemacht, den man ihnen noch erklären müsste, bevor sie ihn komisch finden konnten. »Der junge Walther da«, grölte Friedehalm auch gleich, »der hat schon gedichtet, da konnte der noch nicht mal schreiben!«

Wenzel, der speckige Böhme, den Mathildes Vortrag angeregt hatte, seine Meinung bezüglich der Kunst zu äußern, fühlte sich berufen, auch zu dieser Feststellung seines Gastgebers etwas zu sagen: »Ich kann auch nicht schreiben«, rülpste er. Mit unsicherem Griff angelte er nach einem gefüllten Krug. »Komm her, Junge, darauf will ich mit dir trinken, dass wir beide nicht schreiben können. Schreiben ist was für Weiber, Pfaffen und Kastraten! Hahahaha.« Ei-

nige der Männer tranken ihm gleichgültig zu. In der Halle war es still zwischen Schläfrigkeit und Wachsamkeit.
Da Walther keine Anstalten machte, sich zu dem angekündigten kulturellen Umtrunk auf den Böhmen zuzubewegen, kam dieser nun selbst mit dem Krug auf ihn zu und wirkte dabei unmittelbar angriffslustig.
»Lasst gut sein, Herr Wenzel«, winkte Friedehalm ab, »der spricht nicht viel, der Junge. Das betrifft Euch nicht.«
»Ja, aber der kann wenigstens schreiben«, johlte böse Ottokar, der Walther dafür hasste, ihm an seinem Fest, wenn auch nur für einen Moment, die Schau gestohlen zu haben. Herr Wenzel aus Böhmen nahm nur wahr, dass man sich über ihn lustig machte, mehr erlaubten ihm die acht Humpen, die er schon geleert hatte, nicht zu verstehen.
»Ach«, ächzte er, indem er näher kam. Walther konnte seinen Schweiß und das säuerliche Bier in seinem Atem riechen. »Ach! Du kleiner Wicht bildest dir also was drauf ein, dass du schreiben kannst!« Walther war von dem Gestank gelähmt und konnte nicht ausweichen. »Wollen wir doch mal sehen, wie gut du noch schreiben kannst, wenn ich dir beide Arme am Ellenbogen breche.«
Herr Wenzel stieß noch mal auf, und Speichel und Bier liefen ihm das Kinn hinunter, Walther konnte genau sehen, wie die Fackeln das Kinn deswegen zum Glänzen brachten. Das kleine Fleckchen Glanz mit dem Widerschein des Feuers darin war das einzig Schöne an Herrn Wenzel. Der Böhme war jetzt bei ihm und packte ihn an der Schulter, es tat weh, und es war furchtbar, ihn so nahe zu haben.
»Lasst gut sein, Herr Wenzel«, wiederholte Friedehalm diesmal dringender. Er war sogar trotz seines Zustands aufgestanden. »Der Jüngling Walther ist mein Gast, so wie Ihr auch. Er hat Euch nicht beleidigt. Er redet nie viel.«
Es war jetzt ruhiger in der Halle, als es den ganzen Abend gewesen war, nur das vielfache Hecheln, Fiepen und Gäh-

nen der Hunde war zu hören. Wenzel schnaufte, Walther spürte die grob-dumme Kraft der wulstigen Finger, wie sie knirschend auf sein Schlüsselbein drückten.
Ich fliege einfach davon, dachte er, egal, was er tut, ich werde gar nicht hier sein! Trotzdem verspürte er weiter Angst und den Schmerz in seiner Schulter. Langsam drang Friedehalms Mahnung an das Ohr des Betrunkenen. Selbst in Böhmen verbot es das Gesetz, gegen den Willen des Gastgebers in seinem Hause einen Streit vom Zaun zu brechen. »He«, lachte der bullige Kerl kurz auf, »bist ja doch nur ein Hänfling, Kleiner. Also bild dir nichts ein.« Walther fühlte die Wärme des Mannes auf sich eindringen, er spürte, wie der Gestank ihn ausweglos umgab, er war in einem körperlosen Gefängnis eingeschlossen.
»Dann trinken wir jetzt eben!«, entschied sich Wenzel für seinen ursprünglichen Plan und hob den Humpen. »Wir trinken auf alle, die nicht schreiben können! Na, wie ist das, Kleiner, oder bist du dir dafür auch zu fein?«
Walther löste den Blick von Herrn Wenzels Arm, der ihn gegen seinen Willen mit ihm verband, ließ ihn aufsteigen und geradewegs in die dummen, trüben Augen seines Peinigers fliegen. Es warf den Böhmen fast um.
Er begann zu zittern, erst vor Schreck, dann vor Wut.
»Du beschissener Dreck«, fletschte er wenig sinnig zwischen den Zähnen hervor, dann nahm er blitzschnell die Hand von Walthers Schulter und packte ihn am Hals. »Wenn ich sage, trink, dann trinkst du!«
Er schlug dem Jungen den Humpen gegen die Zähne, schob seinen Kopf nach oben und schüttete Wein auf ihn ein; der Rand des Krugs riss ihm die Lippen ein. Walther hatte das nicht kommen sehen. Er hustete, würgte und schluckte schließlich, als der drohende Griff Wenzels nicht nachließ. Gedämpft hörte er das Scharren von Schemeln und Bänken, er hörte, wie die Gefährten des Böhmen ihn in ihrer keh-

ligen Sprache anriefen, aufzuhören. Er hörte das Murren anderer Gäste. Aber noch lauter hörte er das fortdauernde Schaben des tönernen Krugs, den der Schinder gegen seine Zähne presste, er hörte das Tosen seines eigenen Blutes in seinen Ohren, das laute, harte Glucksen, wenn er den unwillkommenen Wein schluckte, um nicht zu ersticken, sein hilfloses Japsen nach Luft. Und über allem, mit noch festerem Griff als Wenzels Faust, lag die wehrlose Scham, die er empfand, von diesem Vieh berührt zu werden. Der stinkende Bieratem blies über seine Augen und ließ sie ihn schließen. Ich muss hier weg, dachte Walther; er musste doch endlich wegfliegen. Der Druck des Krugs gegen seine Kiefer wurde noch fester, schmerzte noch mehr; und hörte dann plötzlich auf. Die Faust unter dem Kinn verschwand, der faule Atem entfernte sich. Walther hustete und würgte.

»Das ist doch ein Kind, Wenzel! Lass«, sagte jemand. Zwei andere Männer hatten den grässlichen Böhmen von ihm weggeholt, und Wenzel leistete, da der Junge nun die unverschämten Augen wieder aus den seinen abgezogen hatte, nur noch wenig Widerstand.

»Ist ja gut«, lallte er betreten und schüttelte die beiden anderen ab. »War ja alles nur Spaß.«

Ich muss hier weg, dachte Walther wieder und rieb sich röchelnd den Hals, wo ihn das Vieh gewürgt hatte. Konstantin stand plötzlich neben ihm und fragte vorsichtig: »Geht es? Soll ich dir vielleicht Wasser holen.«

Da kam der Rausch. Er kam so heftig wie der Angriff des Böhmen, doch auf seine Art noch viel machtvoller, wie ein Strom, der die große Welle nach der Schneeschmelze brachte. Er wusch ihn rein. Walther hätte auch später, als er sich längst mit diesem prachtvollen, dunklen Bewohner seiner Seele bekannt gemacht hatte, nie sagen können, woher er kam. Es war nicht der Wein, den ihm der Böhme die Kehle

hinuntergezwungen hatte, auch wenn es alle, die ihm helfen wollten, am anderen Tag behaupteten; der Wein hatte nur etwas geöffnet, was schon immer da gewesen war.
Der Wein hatte den Rausch aufgeweckt, nicht geschaffen. Es war etwas Ewiges darin, etwas, das so tief war, dass er es nie würde ergründen können, es brüllte und spuckte, es schrie.
Es war weder Feuer noch Wasser noch Wind – und doch alles zusammen, leuchtend, vernichtend und schaffend zugleich. Es nahm Walther den gerade wiedergefundenen Atem und brüllte in seinen Ohren.
Er hielt die Luft an, er stand auf der Schwelle zu einer so ungeheuren Erregung, wie er sie sich nie hätte vorstellen können; die Welle schwappte über ihm zusammen und trug ihn gleichzeitig obenauf fort. Er flog. Er stand vor der Wand mit Friedehalms Wappen, genau da, wo er gerade noch geknechtet unter den Pranken des viehischen Böhmen gestanden hatte, und flog.
»He, Herr Wenzel«, rief er mit der Macht des Rausches. Alle sahen zu dem stillen, seltsamen Jüngling herüber, in dem man eine solch fordernde, klare und wütende Stimme nie vermutet hätte. »Wenn Ihr mit mir trinken wollt, so will ich mit Euch dichten! Das ist doch nur gerecht, oder?«
»Walther«, versuchte Konstantin ihn zu beschwichtigen, doch Walther hörte ihn nicht. Er trat vor in die Mitte der Halle. Alle sahen ihn an.
»Walther, setz dich hin«, befahl Herzog Friedehalm ungeduldig. »Genug jetzt!«
»Herr Herzog, mit Verlaub.« Der Jüngling verbeugte sich. »Herr Wenzel war so frei, mich zu einem Wein zu bitten, nun muss ich diese Freundlichkeit ihm doch vergelten!« Seine Stimme klang wild, wundervoll auf eine gefährliche Weise. Er war ein rauschender Bach, eine helle Fackel, ein vibrierender Donnerschlag: Er flog.

Wenzel saß wieder mürrisch auf seinem Platz und tat so, als hörte er gar nicht zu. Innerlich verfolgten ihn die schrecklichen Augen des Kindes, die in ihn hineingesehen hatten. »Noch Bier«, brüllte er ängstlich. Auch er konnte den Rausch fühlen. Jetzt war er es, der gefangen saß.
Und der Rausch brodelte, strudelte und fegte weiter durch jede Faser von Walthers Körper.
»Herr Wenzel aus dem Böhmer Land, hier ist mein Gedicht auf Euch!«, rief er; dann begann er zu singen.
Die Melodie war einfach, und die Worte enthüllten sich ihm immer einen halben Schritt voraus. Er musste sie nicht suchen. Sie kamen zu ihm, breiteten sich vor ihm aus wie eine Wiese voller Blumen, und er pflückte sie mit zärtlicher Hand, jedes einzelne schillernd, fremd und farbenprächtig.

»Herr Wenzel aus Böhmen, das ist ein Streite,
wär ich ein stolzer König, der edle Kaiser gar,
diesen nur wollt ich an meiner Seite,
gesetzt den Fall, natürlich, dass nichts zu bekämpfen war!«

Ein paar von Friedehalms Jägern lachten, weil sie die Böhmen ohnehin nicht mochten und es ihnen übel nahmen, dass sie für die Zeit ihres Aufenthalts bessere Quartiere bekommen hatten. Walthers Zunge flog weiter vor ihm her, wirbelte durch die Halle und zwitscherte das Lied des Rausches. Die Wortblumen leuchteten, streckten sich ihm sehnend entgegen. Pflück mich, pflück mich!

»Nur eine Armee von Kindern, von Weibern oder Siechen,
die würde Herr Wenzel nach Mannesart besiegen
und sich dann, ganz wie gewohnt, in eine Ecke verkriechen.
Am besten lässt man ihn dort auch liegen!«

»Was«, grunzte Wenzel, dem langsam etwas dämmerte.

»Herr Wenzel ist Böhmens stolzeste Zier,
er focht in tausend Gefechten,
er siegt beim Wein und auch beim Bier,
und pisst sich ein in den Nächten!«

Die letzte Strophe hatte die Böhmen alle in ihrer Ehre gefordert, und sie brachte letztlich auch das ganze Elend, das folgen sollte, denn ein paar der Ritter Friedehalms klatschten und lachten. Wenzel selbst brüllte wie ein waidwundes Tier und schwang wie aus dem Nichts einen Schemel, mit dem er zwei von Friedehalms Männern niederschlug. Zum Glück waren Waffen bei Festen nicht erlaubt, sonst hätte kaum einer die folgende Schlägerei überlebt, die ausbrach, als hätte man eine der rußenden Fackeln gegen einen Ballen trockenes Stroh gehalten. Die Hunde kläfften, die Böhmen und die Grödnertaler rollten miteinander auf dem Fußboden herum, dessen Muster Walther bei seinem ersten Besuch in dieser Halle erkannt hatte. Und auch wenn er der Auslöser für diesen Höllenbrand der Wut gewesen war, so beachtete ihn doch niemand, als er, getragen auf den seidigen Flügeln des verebbenden Rausches, lachend aus der Halle schwebte.

DAS DUNKLE

Walther rannte durch die Gänge hinunter auf den Hof. Er suchte nach Mathilde. Es drängte ihn, ihr von dem Rausch zu erzählen; denn er war sich ganz sicher, dass sie ihn kennen musste. Vielleicht spürte sie ihn auch jedes Mal, wenn sie sich hinsetzte, um zu singen. Vielleicht war der Rausch ein Erkennungszeichen der Fahrenden und sie würde ihn mitnehmen, wenn sie die Burg wieder verließen. Dann würde er endlich mit Menschen sein, die wären wie er, die ihn verständen. Mit denen es so sein könnte, wie es früher mit Herrmann gewesen war, er wäre Gerste mit der Gerste. »Mathilde«, rief er leise und lief um die Wagen herum, bis er ihren endlich an dem ganzen Zeug erkannte, das an der Seite hing. Es musste schon spät sein, denn trotz Johannis war es inzwischen fast ganz dunkel. Der Mond war kaum zu sehen. »Mathilde«, rief Walther wieder vor dem Ende ihres Wagens und pochte mit den flachen Händen an das Holz. Er hörte Rascheln und Gemurmel. Aber er war so unendlich glücklich, dass er nicht weiter darauf achtete. Er stand vor der Klappe wie ein Falke, der rüttelt, der wusste, dass sich ihm nun zeigen würde, was er brauchte, um zu überleben.

Die Hand Mathildes schob die Plane zur Seite, genau wie am Morgen. Und genau wie zu diesem Augenblick war ihr Haar wirr und ihr Gesicht müde.

»Was willst du, Kleiner?«, zischte sie ungehalten, was Walther für einen Augenblick verwirrte.

»Ich habe gesungen, Mathilde«, flüsterte er strahlend. »Wie du!« Seine Hände krampften sich um das Brett der Klappe. Er musste sich festhalten, um nicht zu zerspringen. Alles in ihm siedete. »Es war unglaublich! Es war so wundervoll. Ich hab es mir alles selbst ausgedacht.«
Die Frau runzelte die Brauen in ihrem müden Gesicht. »Wieso erzählst du mir das? Was kommst du zu mir?« Und dann, fast ängstlich: »Hast du Ärger?«
Walther dachte, dass sie ihn noch nicht verstanden hatte, vielleicht hatte sie schon geschlafen.
»Ich will ein Fahrender werden! Wie du, Mathilde. Ich will auch durch die Gegend ziehen und singen – und das Gefühl«, er brach ab. Zum ersten Mal, seit der Rausch begonnen hatte, fanden ihn die Worte nicht mehr. Aber er war sich sicher, dass ihn Mathilde trotzdem verstehen würde, weil sie ihn verstehen musste. Es ging gar nicht anders. Wenn sie seinen Flug nicht verstand, dann würde er ja fallen. Das durfte nicht sein.
»Kleiner, lass mich in Ruhe, es ist spät, und ich bin nicht allein«, sagte die Frau aber stattdessen und wies mit dem Kinn verschwörerisch zum Innern ihres Wagens.
»Was?« Walther lachte unsicher, nun erst merkte er den Wein, den ihm der Böhme eingeflößt hatte, er konnte ihn an seinen feuchten Kleidern fühlen und riechen. Er machte ihn schwindelig, sodass er landen musste. Aber wie? Er konnte nicht landen. Er fiel! Nein, das konnte nicht sein.
»Wer ist denn da«, fragte eine ungehaltene Männerstimme aus dem Dunkel des Wagens.
»Nichts«, antwortete Mathilde ungeduldig. Dann zischte sie Walther zu: »Hau ab, Junge, mach mir keinen Ärger.«
Er fror. Er verstand nicht und versuchte es noch ein letztes Mal: »Ich will doch ein Fahrender werden! Wie du.«
»Ha!« Mathilde lachte bitter auf. »Ich würde mit eurer letzten Stallmagd tauschen, wenn ich dafür im Winter

ein Dach über dem Kopf hätte! Und du kleiner Lümmel, du weißt doch gar nicht, was das heißt, ein Fahrender zu sein.«
»Was soll denn das? Wer ist denn das?«, beschwerte sich der Mann von drinnen.
»Gleich«, fauchte Mathilde nach hinten. Walther hatte noch mehr das Gefühl, zu fallen, die Flügel waren lahm geworden. Der Rausch schlief ein.
»Aber die Worte«, flüsterte er. »Die Lieder.«
»Die Worte! Die Worte«, äffte Mathilde böse, und zum ersten Mal war ihr müdes Gesicht hässlich dabei: »Jetzt hör mir mal zu. Wenn du was über die Fahrenden lernen willst, dann ist die erste Regel, dass man sich gegenseitig keinen Ärger macht. Jeder für sich! Und jetzt hau ab.« Sie zog den Kopf wieder hinter die Plane zurück und raschelte vor sich hin.
»Was sollte das denn?«, maulte der Mann im Wagen. »Dafür bezahl ich doch nicht.«
»Ach, halt's Maul«, versetzte Mathilde gedämpft.
Walther wich zurück. Er verlor sich in der Dunkelheit und verstand noch immer nicht. »Aber warum denn?«, flüsterte er wieder und wieder vor sich hin. Der Aufprall war lautlos und vernichtend. Er konnte ihn nicht begreifen.
So völlig fassungslos fanden sie ihn noch am Morgen, wie er am Ziehbrunnen auf der Erde saß, die Knie zum Schutz gegen die Kälte und die Welt umschlungen, der Rausch verflogen, als hätte es ihn nie gegeben, einsamer als je zuvor. »Du kriegst Ärger«, zischelte ihm Konstantin besorgt zu. »Sag bloß nichts Freches!«

Ärger war nur eine milde Vorahnung dessen, was auf Walther zukommen sollte. Die Prügelei zwischen den edlen Herren auf beiden Seiten der Brautparteien hatte die gesamte Einrichtung vor Friedehalms festlich dekorierter

Halle in nutzlose Trümmer und beschmutzte Fetzen verwandelt. Dem Bräutigam, Ottokar, war die Nase gebrochen worden, und sie konnte nur schlecht gerichtet werden, weil der junge Prinz jedes Mal losbrüllte, als trachte man ihm nach dem Leben, wenn sich der Knochenrenker ihm auch nur auf einen Fuß Abstand näherte.

Herr Wenzel, der den Ausgang der Schlacht nicht mehr bei Bewusstsein miterlebt hatte, lag mit schmerzendem Schädel im Böhmerlager und röchelte nun, von Kater und Verletzungen gebeutelt, vor sich hin, als läge er auf den Tod. Die übrigen Böhmer machten viel Getue um seinen Zustand und starrten die Männer Friedehalms, die auch nicht eben glimpflich davongekommen waren, finster und wieder kampfbereit an. »Man sollte das mit der Vermählung noch einmal überdenken«, hatte Emmerich von Goswiny, der Unterhändler aus der Familie der Braut, Herzog Friedehalm am Morgen kühl mitgeteilt, und er hatte zum ersten Mal überlegt, ob sich Amelia, Friedehalms abwesende Gattin, in Briefen in die Heimat nicht doch zu Recht über ihren Mann beschwert hatte. Im Allgemeinen schenkte man den Klagen in die Ferne abverheirateter Prinzessinnen keine Aufmerksamkeit.

»Unter diesen Umständen erwiese ich meinem Herrn einen schlechten Dienst, seine Tochter in eine –«, hier hatte Emmerich wirkungsvoll gezögert, »Sippe einheiraten zu lassen, wo die Bankerte einer Kebse mehr Macht haben als der Herzog.« Emmerich hatte sich dabei auf eine Art verbeugt, dass es mehr eine Ohrfeige denn eine Ehrbezeugung gewesen war. Friedehalm war natürlich darauf hereingefallen und hatte sich fürchterlich aufgeregt.

»Was ist denn das für ein Wahngedanke, Herr Emmerich«, hatte er ausgerufen und sogar die lidverhangenen Augen weit dabei geöffnet. »In meiner Burg bin ich der Herr und niemand sonst!«

»Natürlich«, hatte Emmerich lächelnd und durch und durch respektlos gesagt, »natürlich, das haben wir gestern ja alle ganz deutlich gesehen.«

Daraufhin war Konstantin losgelaufen, um Walther zu warnen. Es half aber nichts. Friedehalm berief eine regelrechte Gerichtsversammlung in der zerhauenen Halle ein, um seine schlaffe Autorität vor den beleidigten Böhmen wiederherzustellen. Er ließ den Jungen, von zwei Wachen flankiert, vorführen wie einen Schwerverbrecher und hatte eine noch halbwegs unversehrte Tafel als Richtertisch quer stellen lassen. Neben ihm saßen Kaplan Bernward, Herr Emmerich von Goswiny, der krummnasige, verschwollene Ottokar und ein weiterer Gast, den Walther bislang noch nicht bemerkt hatte. Vielleicht weil nicht mehr heile Stühle oder Bänke zu finden waren, mussten alle anderen Anwesenden stehen, die Böhmen vor der verschmutzten Wappenwand, die Babenberger ihnen gegenüber. Die Hunde mussten diesmal draußen bleiben. An der hinteren Tür drängte sich das Gesinde, um neugierig herauszufinden, was es mit dem unheimlichen Walther nun gegeben hatte. Kaplan Bernward hatte ein ganz neues Pergament vor sich und sollte offenbar als Schreiber fungieren. Alle wirkten verfroren und übermüdet.

»Walther vom Vogelweidhof«, schnarrte Herzog Friedehalm. »Ich führe selbst schwere Klage gegen dich. Gestern, auf der Feier zur Hochzeit meines Sohnes und Nachfolgers, hast du einen meiner edlen Gäste schwer beleidigt und die Ehre der herrschaftlichen böhmischen Gesandtschaft befleckt.«

Herr Emmerich lächelte auf den fröstelnden Knaben herab; es war immer wieder ein Spaß, wenn Rechnungen so einfach aufgingen, wie man es sich gewünscht hatte.

»Gib Antwort, Walther«, befahl Friedehalm, der still hoffte, dass Gunis nicht vorzeitig von dieser Handlung gegen ihren Sohn unterrichtet würde, um nicht durch einen verspäteten Ausbruch mütterlicher Fürsorge für mehr Peinlichkeit und Gerede zu sorgen.

»Ich habe keinen edlen Gast beleidigt und auch keine Ehre hoher Herrschaften befleckt«, sagte Walther langsam. Friedehalm, der eigentlich nur mit dumpfem Schweigen oder einer so versponnenen Antwort, dass man sie nicht ernst zu nehmen brauchte, gerechnet hatte, rückte unwillig auf seinem Stuhl hin und her. »Walther, ich glaube, du solltest dich nun besinnen. Wir alle hier waren Zeugen, wie du Herrn Wenzel in seiner Ehre befleckt hast.« Walther sah sich um, er sah die verdreckten Männer auf beiden Seiten, Konstantin zwischen ihnen, sein ängstliches Kopfschütteln, er sah die ramponierten Wände, die unrasierten Wangen Friedehalms, das satte Grinsen des Böhmen neben ihm. Er musste lächeln: »Ach so, Herrn Wenzel«, sagte er leichthin, »ich dachte, Ihr hättet von einem edlen Gast gesprochen. Davon habe ich nämlich hier keinen gesehen.«

Die Böhmen polterten gleich los, nur Herr Emmerich beugte sich interessiert vor. »Ruhe«, rief Friedehalm. »Walther, weißt du, was du da sagst?«

»Die Wahrheit«, lachte der Jüngling und konnte gar nicht mehr aufhören, sich vor Heiterkeit zu schütteln.

»Jetzt ist er ganz verrückt geworden.« Friedehalm schüttelte verdrossen den Kopf. »Einen Verrückten kann man nicht ordnungsgemäß befragen.«

»Erlaubt mir«, neigte sich Emmerich von Goswiny noch ein wenig weiter vor. Friedehalm zuckte die Schultern. »Bitte.«

»Was oder wen hast du denn gesehen, Jung Walther«, fragte der lächelnde Böhme.

Walther strahlte gänzlich unbefangen zurück: »Ein Schwein in Hosen und eine Herde betrunkener Schafe auf der Hochzeit eines Vielfraßes.« Es war totenstill. »Ach, und

natürlich die Hunde«, fügte er noch an, als wäre dies eine wichtige Information, die er keinesfalls verweigern dürfte, um seiner Sache nicht zu schaden. Friedehalm starrte ihn nur an.
Dann sprach der durch die Schwellung sehr nasal klingende und nicht wirklich begreifende Ottokar: »Ich jetzt? Meint der mich?«
Friedehalm hob bebend vor Wut die Hand.
»Walther vom Vogelweidhof, wegen der Beleidigung meiner Gäste und meines eigenen Sohnes verfüge ich, dass du bis auf weiteres in das Verließ der Burg verbracht wirst. Schreibt es auf, Bernward. Ich werde später überlegen, was mit ihm geschehen soll.«
»Gebt ihn uns, Herzog«, grölte einer aus der Mannschaft der Böhmen, »wir wissen jetzt schon, was mit ihm anzufangen wäre!«
Kaplan Bernward ließ die beflissen eingetauchte Feder dankbar verharren, seine Augen hasteten von einem zum anderen.
»Ins Loch«, befahl Friedehalm, und Walther lachte, weil er sich vorstellte, dass Kaplan Bernward das vielleicht gerade noch so auf sein Pergament bringen könnte. »Und nichts zu essen«, fügte Friedehalm deswegen hinzu. Walther lachte noch lauter. Die Wachen zerrten ihn aus der Halle.
Im Gang segelte ihnen, von ihrer Kemenate herkommend, Gunis entgegen, der aufmerksame Frauen den drohenden Hergang der Ereignisse hinterbracht hatten.
»Walther!«, schrie sie, die Stimme bebend vor lauter Mütterlichkeit, und ihre Tücher und Gewänder wehten eindrucksvoll hinter ihr her. »Lasst meinen Jungen los.« Die Wache machte keinerlei Anstalten, den Befehlen der Kebse zu gehorchen. Es amüsierte Walther, dass seine Mutter nun ihren wahren Stand erfahren musste, ob sie wollte oder nicht. Sie kam ganz nahe heran.

»Walther, was hast du nur getan?«, begann sie, aber dann fiel ihr wohl ein, dass für Vorwürfe dieser Art keine Zeit war. »Geh dich gefälligst entschuldigen!«
Walther konnte nicht aufhören zu lachen. Sie packte sein Gesicht mit ihren stetig gesalbten Händen, an denen doch immer noch die Schwielen des Vogelweidhofs zu spüren waren. »Walther, es gibt auch einen Mittelweg. Man muss nicht immer alles auf die Spitze treiben.«
Sie sah ihm dringlich in die Augen.
Er fand es nicht mehr lustig; ihre Hände brannten auf seiner Haut. »Euer ganzes Fleisch stinkt nach Mittelweg, Mutter«, spuckte er und riss den Kopf aus ihrer süßlichen Umklammerung. »Los, gehen wir«, befahl er den Wachen.
Sie schrie ihm im hallenden Gang nach, rief seinen Namen, dass sie ihm fast leid tat. Er ging ins Dunkle, es konnte nur besser sein.

Der Walther, der an diesem Morgen die verschmutzte Halle Friedehalms verließ, sollte sie nie wieder betreten. Ein anderer würde statt seiner aus dem Kerker herauskommen, und er würde ihnen nicht weniger unheimlich sein. Er wäre nicht mehr still und brütend, erschreckend in seiner Erkenntnis menschlicher Unzulänglichkeit, sondern laut, kreischend laut, aus sich herausberstend, immer und immer wieder, eine Waffe, die nur er zu lenken verstand und gegen die es keinen Schutz gab.
Vielleicht war es ja der Monat im immerdunklen Verließ gewesen, den er nie mehr verloren hatte; aber es konnte auch schlimmer sein: Vielleicht hatte der Kerker nur in ihm an die Oberfläche gebracht, was es schon vorher gab, dass in ihm ein ständiges Dunkel lag, eine Urwüste, durch nichts zu begrünen oder zu versöhnen.

»Gut, dass er weg ist«, hustete Herr Emmerich von Goswiny, nachdem Friedehalm die Kebse ebenfalls brüsk fortgeschickt hatte, aber etwas an seiner Rechnung war doch falsch gewesen, er wusste nur nicht, was. Friedehalm gab Befehl zum Aufräumen der Halle, aber ein spürbares Schwingen von wilder Unordnung blieb zurück und streifte selbst die in so vieler Hinsicht ahnungslose Braut, die, als sie schließlich eintraf, an ihrer Hochzeitstafel sagen sollte: »Es fühlt sich an, als ob hier mal jemand anders gewohnt hat.«
»Halt die Schnauze«, orderte galant ihr junger Gatte Ottokar, damit sie gleich wusste, woran sie war.
Gunis musste in ihrer Kammer verschwinden und wütend warten, bis die Böhmen nach zehn Tagen wieder abgereist waren. Als Friedehalm schließlich auch mit dem Wunsch nach weiterer Züchtigung zu ihr kam, schlug sie heftiger zu als sonst. »Ein schöner Tag heute«, sagte er danach nur zu ihr.
Walther blieb dreißig Tage im Loch.

Die Wachen ketteten ihn, gleich nachdem sie ihn geduckt eine rutschige Treppe, eine Stiege mehr, hinabgeführt hatten, an eine Wand und traten ihm in die Rippen und zwischen die Beine, damit er aufhörte, sie auszulachen. Dann gingen sie. Es war dunkel, feucht und so einsam, wie Walther nur einen einzigen Ort bisher gekannt hatte: seine Seele. Er hatte das Gefühl, dass man ihn in sich selbst hinabgeführt hatte, zu dem Ort, vor dem die anderen seit jeher so vorhersagbar zurückschreckten, wenn sie ihn sahen. Er gehörte nicht auf den Hof und nicht auf die Burg, aber er wusste ganz sicher, dass er hierher gehörte. Er dachte an die Worte der Frau Mathilde, die ihn so enttäuscht hatte: »Wenn ich nicht hierher gehören würde, wär ich nicht hier«, hörte er lautlos seine eigene Stimme. Zuerst taten ihm wegen der harten Steinplatten die Beine weh. Sie hatten ihn so angekettet, dass er die Arme wohl neben sich legen konnte, aber nicht bis zum Kopf zu heben vermochte. Wenn er sich vorlehnte und die eisernen Bänder bis zum Äußersten, dessen er fähig war, spannte, konnte er sich auf die eigenen Fersen setzen. Zwischen Felsenwand und Boden liefen kleine Rinnsale der Kellerfeuchte herunter und nässten ihm die Kleider durch, sodass die Kälte bis an seine Schulterblätter kroch und sich nachhaltig einnistete. Als Nächstes, wohl schon nach ein paar Stunden, begannen die Muskeln im Rücken zu schmerzen. Obwohl er mehrfach versuchte, sein Gewicht zu verlagern, stach ihn der Schmerz wie mit glühenden Nadeln zwischen die Schultern und leckte dann in Feuerbahnen seinen furchtbaren Weg zu dem unterkühlten Becken hinab. Wenn er sich so bewegte, klickerten die Ketten über den rauen Stein. Hin und wieder rannte eine Ratte in seiner Nähe. Er hörte das Trippeln der eiligen Krallen. Als er sich das erste Mal einnässte, dachte er an Herrn Wenzel und lachte laut. Die kurze Wärme machte die nachfolgende lähmende Kälte noch schlimmer zu ertragen. »Ruhe«, röchelte eine Stimme, die irgendwo aus dem Dunkel zu seiner Rechten kam. Es war das erste Mal, dass er bemerkte, dass er nicht allein hier unten war. Er fragte nicht, wer da wäre. Es war nicht wichtig. Niemand war wichtig. Es gab auf der Welt nichts, was ihn jemals locken würde, aus diesem Kerker wieder aufzusteigen, dachte er. Die Welt war ein Witz, über den man nicht lachen durfte. Die Welt war angefüllt mit Männern wie Friedehalm und Wenzel und Frauen wie Gunis und Mathilde. Sie regierten sie in ihrer sinnlosen Eitelkeit, ihren brutalen Intrigen und ihrer Angst, die sie alle voreinander zu verbergen versuchten. Menschen wie Herrmann, der Priester aus dem Dorf oder der freundliche Konstantin waren nur Schimären, Trugbilder der Illusion, dass es auch anders sein könnte, und sie alle konnten nicht bestehen. Sie würden sämtlich an kleinen Dingen sterben, die einem Außenstehenden nicht verständlich wären, um den wirklichen Herrschern über Dummheit und Gier ihren vollen Platz wiederzugeben.

Irgendwann hörte er ein Schluchzen neben sich. Es klang so, wie der Mond manchmal aussah. Der Mond, dachte Walther, der Mond ist ein Schluchzen in der Dunkelheit.

Der Mond war die Traurigkeit der Menschen wie Herrmann, die sich ihrer unnützen Beschaffenheit wegen von der Welt entfernt hatten. Er fragte nicht, wer es war und warum der neben ihm im Dunkeln weinte. Vielleicht war der Loos bei ihm. Walther legte seine durch die Ketten beschwerten Hände im Schoß zusammen über der kalten und beißenden Feuchte seines Urins. Irgendwann sackte er vor Müdigkeit vornüber, soweit es die Eisen erlaubten, und schlief ein.

Am nächsten Tag schon scheuerten sich seine Unterarme an den Handfesseln wund. Er versuchte, die abgeschürfte Haut mit der Zunge zu berühren, und schmeckte das grobe Eisen. Der neben ihm hustete. Walther nannte ihn in seinen Gedanken »der Huster«. Die Ratten kamen jetzt näher. Eine saß sogar öfter auf seiner Schulter, ihre Schnurrhaare kitzelten seinen Hals. Der Huster schrie sie manchmal an, dass sie ihn in Ruhe lassen sollten. Aber die Ratten taten nur, was Ratten tun mussten, dachte Walther. Er ließ sie.

Irgendwann konnte er es nicht mehr verhindern, dass sich sein Darm entleerte. Danach hielt er lange die Augen geschlossen und fragte sich, was er fühlte.

Etwas Licht flackerte über ihm. Selbst der schwache kleine Schein einer Fackel tat seinen Augen weh, dass er nur blinzeln konnte. Die zwei Wachen kamen die Wendeltreppe herunter, die sie ihn hinabgeführt hatten. Wann war das

gewesen? Gestern? Vor zwei Tagen? Länger? Wie lange dauerte es, bis er verhungerte?
»Na, Kleiner, schon gut eingelebt?«, rief der eine ihm vom Treppenabsatz zu, und der Zweite lachte. »Gefällt dir dein Nachbar, Nepomuk?«, wollte er dann von dem Huster wissen.
»Ich hasse euch, ich verfluche euch!«, kreischte Nepomuk. Walther sah nicht zu ihm hin. Er hörte, wie ihm einer der beiden einen Napf in Reichweite stellte.
»So«, sagte er dazu fürsorglich. Der andere Wachmann urinierte auf Nepomuk, der winselte und fauchte. »Musst dich hier doch auch mal waschen«, sagte der Wachmann, als er abschüttelte.
»Hoffentlich hast du ihm nicht ins gute Essen gepisst?«, sorgte sich höhnisch der, der die Fackel trug. Er war schon wieder auf dem Weg zur Treppe.
»Wenn ich man bloß daran gedacht hätte«, ärgerte sich Nepomuks Peiniger, »jetzt geht's nicht mehr.« Dann schlurften sie nacheinander die Treppen hoch. Der Huster, der Nepomuk hieß, schluchzte wieder.
Der Mond geht auf, dachte Walther und angelte nach dem Napf. Es war eingeweichtes Brot, das schon einen scharfen Geschmack nach Schimmel hatte, es schmeckte grün und böse.
»Junge«, redete ihn der Huster plötzlich an, »warum bist du hier? Du bist doch noch ein halbes Kind.« Eine Ratte trippelte auf den Napf zu. »Komm, schon, Junge, red mit mir«, drängte der Huster. »Warum bist du hier? Bitte.«
»Ich habe gedichtet«, antwortete Walther. Der Huster keuchte. Vielleicht hatte er wieder angefangen zu weinen. »Gedichtet?«, fragte er völlig verwirrt nach einer Weile. Die Ratte zog wieder ab. »Ich bin hier, weil ich angeblich zu kleine Brote verkauft habe, auf dem Markt.« Walther sagte nichts, er stellte sich lauter kleine Brote vor, aus denen

Schimmel wuchs. »Dass man auch für's Dichten ins Loch kommen kann«, wunderte sich der Huster. »Dichte mal was!«, forderte er.
»Was?«, fragte Walther.
»Dichte mal was«, wiederholte der Huster.
»Worüber denn?« Walther fiel nichts ein.
»Was Schönes«, verlangte Nepomuk, »was von draußen.« Walther horchte in sich hinein. Der Rausch schlief. Er glaubte nicht, dass ihm ohne den Rausch etwas zu dichten einfallen würde. Er wollte schon sagen, dass es zwecklos war.
Da war es mit einem Mal, als wüsste er genau, was der Huster hören musste, dass er Worte zu finden hatte, die den Kerker aufschlossen, die den Schmutz des Wachmanns von ihm abwuschen. Worte, die für die da waren, die so sein mussten wie Herrmann, wie der Priester aus Ried, wie Konstantin oder eben der Huster. »Bitte«, sagte Nepomuk noch einmal.

»Als der Sommer gekommen war
und die Blumen durch das Gras gar
wunderherrlich sprangen,
als alle Vögel sangen,
da führte mein Weg zu einem Feld,
daneben floss ein Wasser, ein Brunnen,
dahinter stand ein Wald.«

Er schluckte trocken. Walther hatte es in der Dunkelheit genau sehen können, als wäre er den Weg wirklich gegangen, Nepomuk neben ihm.
»Weiter«, hauchte Nepomuk, »nicht aufhören.«

»In diesem Wald sang eine Nachtigall,
ich hörte ihren schönen Schall,

und auf dem Felde stand ein Baum,
darunter hatt ich einen Traum.«

Als die Wachen irgendwann wieder kamen, nach einem Tag, zwei Tagen, drei Tagen, wunderten sie sich über die Stille. Sie sengten Nepomuk den Bart an, als sie ihm ins Gesicht leuchteten, weil sie sicher sein wollten, dass er nicht tot war. Er lächelte bloß. »Was ist denn mit dir los«, blökte der Wachmann, der beim letzten Mal auf ihn gepinkelt hatte. Nepomuk sagte nichts.
»Der ist am Ende krank«, vermutete der andere Wachmann.
»Quatsch, der grinst«, erschreckte sich der erste. »Was ist los?«, er schüttelte den Gefangenen; um Walther kümmerten sie sich gar nicht. »Der dreht durch«, beschloss der erste Wachmann. Er hatte irgendwie keine Lust, Nepomuk diesmal ins Gesicht zu pinkeln. »Lass uns gehen«, murmelte er mit einem Gefühl des Unbehagens. Sie sahen sich über die Schulter um, als sie die Treppe hinaufstiegen. »Verrücktes Pack!«
»Weißt du«, sagte Nepomuk nachdenklich im Dunkeln, als sie wieder allein waren, »Brote backen ist gut, weil man was zu essen verkauft. Ich mache gerne Brote. Aber du machst was Besseres, Junge. Du machst Hoffnung.«
Kein Schluchzen in der Dunkelheit, der Mond ging im Kerker nicht mehr auf.
Nach langer, körperloser Zeit holten sie Walther schließlich wieder heraus. Seine Handgelenke bluteten, und zwischen den Beinen sowie am Gesäß hatte er einen schlimmen, eiternden Ausschlag von seinen eingetrockneten Ausscheidungen.
Seine Beine wollten ihn kaum tragen, als sie die Ketten lösten, sie fühlten sich knochenlos an, und er musste schon nach wenigen Schritten keuchen. »Geh für mich zu dem

Baum, Junge«, rief ihm der Huster nach. »Zu dem Baum mit der Nachtigall.«
Er hatte nie nach Walthers Namen gefragt.

Die Helligkeit war entsetzlich schmerzhaft.
Ich mache Hoffnung, dachte Walther. Aber nur für solche, die die Welt nicht ertragen. Auf den letzten Stufen kam das verrückte Lachen langsam zu ihm zurück, drängte sich seine Kehle empor und explodierte mit der gleichen Pein, mit der ihm die Sonne unter die Lider fuhr.
»Ihr Schweine«, flüsterte er dem Wachmann zu seiner Linken ganz zärtlich ins Ohr. Der unwirkliche Kirschmund, wenn die Lippen nun auch ein wenig eingerissen waren, lächelte: »Ihr auf ewig verfluchten Schweine.«

DER NEUE WALTHER

Sie führten ihn ins Badehaus und überließen es dort den Mägden, sich um seinen verdreckten Körper und die Wunden seines Kerkeraufenthalts zu kümmern. Zweimal musste er den Zuber wechseln, bis das Wasser klar blieb. Er sang die ganze Zeit dabei, zuckte nicht mehr vor den fremden Händen zurück, sondern drängte sich sogar der einen Waschmagd entgegen. Er fühlte durch seinen zerschundenen Körper, der getrennt von seinem Geist überlebt hatte, eine nie gekannte, ganz eigene Macht. »Na?«, fragte er, »willst du mal anfassen.«

»Gottes willen«, flüsterte die so Überraschte und dachte später aber doch darüber nach. Dann kleideten ihn andere abermals in Konstantins abgelegte Gewänder. Der Geruch des Ziehbruders erschlug die Freuden des Bades, doch diesmal, ohne dass Walther sich im Innersten vernichtet fühlte. Unter der zarten Rüstung des neuen Walther von der Vogelweide, die seine eigenen Körperausscheidungen, die Ratten und die feuchte Kälte des Kerkers angefressen hatten, lag ein innerer Mantel undurchdringlicher Härte. Vor dem Gefängnis hatte er gedacht – fälschlich, fand er nun –, dass ebendieser Mantel ein Käfig wäre, der die anderen zu seinem Schmerz von ihm fern hielt. Jetzt wusste er, dass diese heimliche Hülle seine Rettung war – die Trennung, die er so sehr brauchen würde, um nicht zu werden wie sie.

In der Welt, sagte sich Walther, als er, umschlossen vom

Geruch Konstantins, auf die Halle zugeführt wurde, gab es zwei Arten von Menschen. Da waren die wie Herrmann, wie der Pilger Giacomo, Nepomuk im Kerker oder der Priester unten im Dorf. Diejenigen, die Träume brauchten, denen man Hoffnung zufüttern musste wie einem zu klein geratenen Kalb. Ihnen würde er helfen können.
Und dann gab es die anderen: Gunis, Friedehalm, seinen Sohn Ottokar und Kaplan Bernward, die, eingelullt vom Moder ihrer Beschränktheit, nichts weiter wollten, als sich immer wieder neu zu bespiegeln. Sie wollten sehen, dass ihnen ihre Gauklerumhänge im richtigen Faltenwurf um die Schultern lagen, der Mantel eines falschen Priesters, eines schlechten Fürsten, einer Frau zur linken Hand.
Ihr ganzes Leben starben sie daran, dass sie glaubten, die Welt würde sie nicht gebührend in ihrer Großartigkeit verstehen.
»Mach schon«, blaffte die Wache an seiner Linken und gab ihm einen Stoß. Sie waren beinahe am Ziel.
Er würde ihnen geben, was sie brauchten. Den einen Hoffnung, und den anderen würde er, wann immer er konnte, einen Stein in ihre teuren Spiegel werfen, dass sie in den fallenden Scherben schließlich die Fratze erkennen müssten, die sie statt eines Gesichts trugen.
Da war die Pforte. Sie durchquerten die Halle. Walthers Schritte waren mit einem Mal leicht wie die eines Tänzers, und die Worte flatterten bereits in seiner Kehle, als sie ihn vor Friedehalm auf den Boden stießen. Er fiel und stand doch in diesem Moment höher als alle, die vor ihm saßen, um diese Posse zu Ende zu bringen.
»Nun, Walther.« Friedehalm gab sich Mühe, wie ein wirklicher Herrscher zu erscheinen. Die schweren Lider hielt er gesenkt, um die Dummheit in seinen Augen wenigstens ein bisschen zu verschatten. Seine wulstige Oberlippe zitterte. Gunis, in einer neuen Haube, saß neben ihm, die Hände

ineinander gewunden. »Grüß Gott«, hauchte sie. Wer sie so sah, hätte denken können, dass es Sorge um ihr einziges Kind wäre, die sie zu dieser Haltung marienhafter Besorgnis zwang. Doch Walther wusste, dass es ihre Gewohnheit war, die überteuerten und sinnlosen Salben, die ihr die Händler verkauften, zu stark und zu oft aufzutragen, um sie dann den ganzen Tag hindurch in schlierigem Glanz weiter zu verreiben. Ottokar, der nun seit dreißig Tagen mit der böhmischen Prinzessin verheiratet sein musste, lümmelte sich, als ein dümmliches Mahnmal seiner Machtlosigkeit unter der Hand seines Vaters, auf einem Sessel zu Friedehalms Rechter. Die junge Frau neben ihm, die Walther noch nicht gesehen hatte und der die Aussichtslosigkeit ihres Daseins in den Augen stand, spielte mit ihren gewundenen Zöpfen. Sie war blässlich. Sie brauchte Hoffnung. »Guten Tag«, sagte sie leise mit dem schweren Zungenschlag der Böhmen. »Psst«, machte Ottokar sofort.
Walther hatte sie gar nicht bewusst reizen wollen: Noch als sie ihn auf die Halle zuführten, hatte er keinen Plan, keine Idee im Kopf. Es passierte einfach. Das Lachen kam ihm mit dieser neuen Leichtigkeit, mit der es ihn seit der Kellertreppe umworben hatte.
»Wie schön, Euch zu sehen, Herr Herzog«, Walther strahlte. »Und Euch, Mutter!«
Gunis hielt im Reiben ihrer öligen Hände inne.
»Ottokar!« Damit rappelte er sich hoch und streckte dem jungen Mann, den er in seinem Leben noch nicht freiwillig angeredet hatte, die Hand hin. »Wie ist das Eheleben? Schade, dass ich nicht da sein konnte.«
Er machte eine halbe Drehung, geschmeidig trotz der Schmerzen wie ein Tänzer, zu der dunklen Gestalt in der zweiten Reihe: »Ich bin sicher, der Herr Kaplan hat eine ganz ergreifende Zeremonie gehalten.« Bernward zuckte. Sie starrten ihn an und konnten nichts sagen.

Er lächelte. Er war schön. Der Kirschmund lockte sie wie eine verbotene Frucht. Es war, was sie sich von ihm wünschten, immer gewünscht hatten, dieses Lachen, dieses Strahlen; was sie ersehnten, dass er das Versprechen seiner Schönheit einlöste und ihnen einen Abglanz schenken würde, sie endlich einließe in seine viel zu heimliche, viel zu ernste Welt, in der sich doch etwas Besseres verbergen musste als in ihrer. Seine Locken schimmerten vom Bad, die Wangen waren angehaucht von rosigem Schein, die Wangenknochen standen nach den Hungerwochen stärker hervor als sonst. Er sah fast erwachsen aus, nicht mehr der kleine, schweigsame Engel seiner Kindheit, sondern ein Seraphin, streitbarer Künder von überirdischer Herrlichkeit und Wahrheit.

Walther lauschte aufmerksam in die Stille, die einzig und allein seinen Sieg verkündete.

Friedehalm versuchte sich zu fangen: »Hast also was draus gelernt«, brummelte er. »Hast es dir überlegt, dass es so nicht geht.«

»Es ist mir ganz klar, dass es so nicht geht, Herr Herzog.« Geschmeidig fiel der Jüngling wieder auf die Knie, die Arme ausgebreitet, seine Augen glänzend wie glühende Kohlen, und nur Konstantin, der still hinter Gunis stand, und die böhmische Braut konnten in der Glut den lodernden Wahnsinn sehen, der diesen Jüngling von innen heraus verzehrte. Die anderen waren geblendet, machten in ihrem Innern einen verhängnisvollen Schritt auf das Feuer in Walthers Seele zu.

»Ich habe«, fuhr der Junge fort, »das Dichten völlig falsch verstanden. Ich habe es zu einem Instrument des Ärgers gemacht. Im Kerker hatte ich Zeit zu denken.«

»Ich will einen Widerruf«, bemängelte Friedehalm, der nicht zu schnell herübergewonnen werden wollte.

»In meinem Land lässt man die Verrückten in Ruhe«, flüs-

terte die böhmische Braut, mehr zu sich selbst, wie ein kleiner Versuch, ihr Heimweh zu zeigen.
»In deinem Land frisst man ja auch lauter schwachsinnige Sachen«, bellte Ottokar, der wohl Beschwerden zu Friedehalms Küche gehört hatte.
»Sei still, Ottokar.« Friedehalm schüttelte selbstgefällig sein Haar, als wollte er mit Walthers Locken in Konkurrenz treten. »Ich will einen Widerruf«, beharrte er.
Walther lächelte und senkte entgegenkommend den Kopf. Ihm war jetzt ein bisschen schwindelig. »Natürlich. Das ist ja nur zu begreiflich, dass Ihr einen Widerruf wollt.«
Friedehalm nickte wichtig.
»Jetzt gleich?«, fragte Walther nach. Friedehalm blinzelte. »Na ja«, machte er schließlich unentschieden. Gunis wisperte irgendetwas in sein Ohr. Er hob abwehrend eine Hand, gegen die sie dann ungerührt weiterflüsterte.
»Preist Friedehalm den Großen«, improvisierte Walther völlig ernsthaft, »den gerechtesten aller Fürsten.«
»Also, na ja.« Friedehalm wiegte den Kopf und sah sich unsicher nach Kaplan Bernward um, der wütend beide Lefzen hochgezogen hatte, aber vor lauter Ärger nicht sprechen konnte. Walther sah ihm in die Augen.

»Friedehalm, du Birke, du stolze, schlanke,
strahlend in der Schöpfung grünendem Hag,
du unser erster Gedanke
an einem jeglichen Tag.«

Friedehalm verlagerte sein Gewicht und zog den Bauch ein, um vielleicht etwas birkenähnlicher zu erscheinen.

»Du nur, Großer und Edler, bist Österreichens Stolz,
du nur, ein Hort des Friedens, aus allerfestestem Holz.«

Ottokar stand der Mund offen; lautlos die Lippen bewegend, empfand er jeweils Walthers letzte Worte nach und gaffte ansonsten bösartig. »Holz« formten seine Lippen unverständig.

»Vergib, mein großer Fürst, die Irrgänge eines Blinden,
lass mich verbleiben demütig, ein Käfer an deinen Rinden!«

Walther verbeugte sich und hielt den Kopf gesenkt. Friedehalm drehte sich über die rechte Schulter um und suchte mit einer auffordernden Aufwärtsbewegung seines Kinns Bernwards Blick. »Geht doch«, murmelte er dem verstimmten Kaplan halblaut zu. »So als Widerruf, meine ich.«
»Das müsst Ihr wissen, Durchlaucht«, dienerte Bernward missmutig. »Aber ein regelrechter Widerruf war es nicht. Rechtlich gesehen. Das heißt, nach dem Gesetz.«
Walther richtete sich auf. »Ach, Herr Kaplan«, lächelte er, »ich vergaß zu fragen, wie es der Frau Mathilde geht, die Ihr in der Nacht vor meiner Aburteilung so freundlich in Glaubensdingen zu beraten wusstet?«
»Was?«, Friedehalm fuhr herum. »Wer ist das denn? Was soll das denn jetzt?«
Bernward wurde erst rot, dann weiß und machte auf einmal beschwichtigende Gesten in Richtung des Herzogs. »Unwichtig, unwichtig, der Junge redet doch immer nur Unsinn, wenn er einmal redet. Nehmt den Widerruf an, mein Herzog, sonst sitzen wir hier noch zu Allerseelen.«
»Gibt's bald was zu essen«, maulte Ottokar dazwischen. Seine Braut betrachtete versunken die Haarspitzen in den Quasten ihrer Zöpfe. Die Versammlung hatte keinesfalls mehr die rechte Würde für eine Gerichtsverhandlung.
»Also gut«, brummte Friedehalm großzügig. »Die Sache ist dann erledigt. Du kannst dann jetzt wieder bei Konstantin

in die Kammer gehen. Aber keine Frechheiten weiterhin! Gerade wenn Gäste da sind.«

Gunis drückte mit ihren schlierigen Fingern Friedehalms Hand und gab ihm irgendwelche Zeichen mit den Augen, die Außenstehenden zwar peinlich sichtbar, aber dennoch nicht verständlich waren.

»Ich danke Euch.« Walther verbeugte sich abermals.

In dieser Nacht beschlief er erst eine der Waschmägde und dann eine Küchenhilfe. Er verhielt sich bei diesen ersten Paarungen kaum anders als ein Hund, vermied jede unnötige Berührung und verbot sich auch die harmlosen Tätscheleien, die beide Frauen ihm angedeihen lassen wollten. Keine von beiden musste er zwingen, nicht einmal lange überreden. Die Besorgnis einer jeden war es vielmehr, ob sie denn nun die Erste gewesen sei, damit in der morgendlichen Tratschrunde unter dem Gesinde auch gebührend mit dem Ereignis renommiert werden konnte. »Du weißt selber am besten, was du bist«, sagte Walther nur zu beiden und zog sich schließlich zurück. Er hatte vorher schon vermutet, dass es nichts bedeuten würde, jetzt war er sicher. Dinge, die auch Friedehalm oder seine Mutter tun konnten, würden nie etwas bedeuten.

Er selbst tat dieses Neue, zu dem er seinen Geist nicht brauchte, heftig und schnell. Dies nicht so sehr aus der Unerfahrenheit seiner Jahre heraus, als aus einem brennenden Zwiespalt, einen anderen Menschen berühren und gleichzeitig von sich wegstoßen zu wollen. Er tat es, um heimzuzahlen, und meinte doch gar nicht die Frauen, die er benutzte, sah sie nicht, fühlte auch keine wirkliche Freude, keine sinnliche Verzückung. Er bediente sich ihrer Willfährigkeit im Kampfgetümmel seiner eigenen Verwirrung, dem angstvollen Toben innerer Unterwerfung; woll-

te sie, hasste sie, hatte vergessen, dass sie da waren, wenn er seinen einsamen Höhepunkt erreichte.
»Man denkt, es ist etwas«, sagte Walther zu sich selbst in einem kurzen Moment der Alleinrede. »Aber es dauert nicht lange. Und dann weiß man, dass es nichts ist.« Er überlegte, welchen Namen er dem Vorgang dieser Nacht geben würde.
»Etwas, das nur so lange da ist, wie man hinschaut«, entschied er schließlich. Es hielt ihn aber nicht davon ab, diese neue Beschäftigung weiter fortzusetzen. Er gewann trotz der Machtgefühle dabei nichts, verlor eher etwas und konnte doch nicht aufhören, gerade weil es so einfach war, viel zu einfach.

Bis zum nächsten Frühjahr waren Gunis, Ottokars junge Frau Ludovica und Friedehalms verhärmte Base Hildegard die einzigen Frauen auf der Burg, mit denen er sich noch nicht gebettet hatte. Obwohl kaum eine der Frauen, die sich mit ihm eingelassen hatten, eine genaue Erinnerung an den eigentlichen Vorgang behielt, wurde es doch zu einer sich ständig steigernden Mode, sich mit dem »Verrückten« gepaart zu haben, insbesondere, wenn er bei entsprechender Aufforderung davor, dabei und in ganz seltenen Fällen danach auch ein Gedicht von sich gab, welches freilich die wenigsten seiner Gefährtinnen zur Gänze memorieren konnten. Auch wenn es allen Frauen deutlich war, dass es während dieser Begegnungen nicht um sie ging, so gefiel ihnen trotzdem Walthers seltsam ungebremste Leidenschaft, seine sinnlich-rohe Wut und seine völlige Selbstversunkenheit, die allerdings ohne jede Gewalt gegen sie war.
»Wie mit einem Tier«, flüsterte die Spülmagd ihrer Bettnachbarin in einer späten Bekenntnisstunde zu, und beide kicherten. Die Nachbarin überlegte laut, ob sie nun auch

den Versuch wagen sollte, sich dem Verrückten hinzugeben. »Mit einem Tier?«, fragte sie unsicher nach. Sie hatte Sorge, dass es etwas Teuflisches sein könnte. Man hörte ja immer wieder, wie sich der Teufel gewitzt Zugang zu den Leibern argloser Frauen verschaffte.
»Ist das nicht unchristlich?«
Die Spülmagd gähnte. »Alle machen es. Und es dauert ja auch nicht lange.« – »Muss man's denn beichten?«, erkundigte sich die andere.
Ihre Freundin drehte sich auf dem harten Strohsack zur Seite. »Das glaub ich nicht. Er erzählt's ja niemandem.«

Wenn ich ein anderer gewesen wäre ...

Wenn ich ein anderer gewesen wäre, hätte ich es zulassen müssen, im Kerker den Verstand zu verlieren. Die Dunkelheit, der Gestank, die Schmerzen, die furchtbare Angst, dort unten zu sterben, das alles hätte ich nicht ausgehalten. Ich war nicht stark, das ist es nicht. Ich war nur entfernt genug von allen Empfindungen, dass sie mich nicht überrennen konnten. Wenn ich ein anderer gewesen wäre, hätte ich Albträume gehabt und schreckliche Angst vor der Dunkelheit danach. Ich hätte gehen müssen, sofort, weil sie mich unterworfen hätten. So aber konnte ich auferstehen als ein Gespenst des Lebens.

Ich verging mich am Leben – wie ich mich an den Frauen verging. Später stand ich im Ruf eines erfahrenen Liebhabers, aber auch der hatte ich nicht sein können. Es waren nur entsetzlich viele. Am Anfang, als ich die Begattungen neu entdeckt hatte, habe ich jede genommen, die wollte, auch die Alten und Hässlichen. »Der lässt auch nichts aus«, hieß es dann. Aber das stimmte nicht. Es war alles gleich, es ging mir nur um dieses kurze Gefühl, mein Gefühl am Ende eines Aktes, mit dem ich mich dann wieder in mich selbst zurückziehen konnte. Ich weiß selbst nicht, warum es Mode wurde, mit mir zu schlafen. Es kann nicht schön oder bedeutungsvoll gewesen sein. Meist tat ich es wie ein Hund, um die Frauen so wenig wie möglich zu berühren. Wenn sie mich zwischen ihre Beine sperren wollten, schlimmer noch, wenn sie sich auf mich setzen wollten,

dann musste ich in Gedanken zählen oder Lateinvokabeln aufsagen, damit ich dabei bleiben konnte.
Wie wäre das gewesen, wenn ich anders gewesen wäre. Ich habe darüber dichten können, später, aber ich konnte es nicht tun. Habe ich etwas versäumt? Innigkeit? Ich mag das Wort. Es klingt so schön, dass ich dahinter auch ein schönes Gefühl vermuten würde. Manchmal, wenn ich auf einer Bergeshöhe stand, habe ich mir die unter mir liegenden Felder angesehen. Und wie ich sie mit meinen Augen abfuhr, konnte ich in meiner Hand spüren, wie sich wohl Haut anfassen sollte, wenn ich die Innigkeit gekonnt hätte.
Eins ging wohl mit dem andern. Ich habe den Kerker überlebt, dafür aber nichts anderes mit wirklicher Innigkeit fühlen können.
Ich hatte nur die Worte. Und warum nicht?
Der, der ich war, ist mit den Worten einen langen Weg gegangen.
Wer weiß, wohin die Gefühle mich gebracht hätten, wenn ich ein anderer gewesen wäre?

EIN MERKWÜRDIGER BRIEF NACH WIEN

Während Walther täglich neu und täglich erfolglos versuchte, sich in seiner eigenen Wut zu ertränken, sein neues Selbst und dessen überbordende Wildheit dem langweiligen Leben auf der Burg anzupassen, hatte Kaplan Bernward sein unverschämtes Auftreten nach seiner Freilassung als Einziger nicht so lustig und erfrischend hingenommen wie etwa Friedehalm.

Walthers Bemerkung, die ihm zeigte, dass er über seinen Besuch bei dieser fahrenden Hure Mathilde Bescheid wusste, war ihm äußerst gefährlich. Bernward hatte Aspirationen, eine größere Burg oder ein Kloster aufzusuchen, um sich zunächst als Schreiber und Chronist dort anzudienen und anschließend höheren Weihen zuzustreben. Dazu brauchte er einen einwandfreien Ruf. Als nun also Walther wieder in Ehren bei Konstantin in der Kammer einziehen durfte und aufgefüttert werden sollte, wurde Bernward tätig. »Ich bin ja wohl der Einzige hier, der noch klar denken kann«, redete er sich selbst zu.

Als Erstes erinnerte er Friedehalm demütig, aber bestimmt an den Brief, den er über die Hochzeitsfeierlichkeiten zu schreiben hatte und der in dem ganzen Trubel irgendwie nie ganz hatte fertig gestellt werden können.

»Wir wollen Wien doch wissen lassen, wie wir zu feiern verstehen, nicht wahr?«, sprach er beflissen. Friedehalm, dem die Lust, in Wien mit diesem Fest anzugeben, nach der Zertrümmerung seiner Prachthalle durch die Böhmen verloren gegangen war, brummelte eine halbherzige Zustimmung. Er erhoffte sich von Gunis ein wesentliches Entgegenkommen für die gnädige Wiederaufnahme ihres seltsamen Anhängsels und nahm schon den Gürtel ab, während Bernward noch auf ihn einredete.

»Macht mal, wir können ja darüber sprechen, wenn er fertig ist.« Damit strebte er Gunis' Bettkammer zu.

Es war das erste Mal im Scholarenleben des Kaplan Bernward, dass dieser einen Schriftsatz mit Feuer und eifrigem Bemühen aufsetzte. Er stand am Pult im Studierzimmer, scheuchte die Fliegen von seiner Brotzeit und schrieb mit den schönsten Buchstaben, deren er bei aller mangelnden Übung fähig war.

An den allerchristliechsten Hoff zu Wien, nahmetlich den Erzherzog Friedrich, unseren geschätzten Vetter und groszen Herrscher von Österreich.

Geliebter Vetter, wir entbieten dir unseren freundlichsten Grus. Wie ihr vielleicht bereids gehöhrt habt, hatten wir vor gut einem Monat das fröidige Ereignis einer Hochzeit hier auf der Burg gehabt. Euer Neffe, unserer teurer Erstgeborener Ottokar, hat sich mit einer Prinzessin aus Böhmen verlobt getan, der tuhgenthafften Maria Ludovica. Sie ist auch inzwischen eingetroffen. Deswegen sind sie nun wohl verheiratet. Zu hoffen ist, dass sie bald in Hoffnung geraten möge, damit sie auch zu was gut ist. Sonst hätte ihre Anschaffung nicht gelont. Es war ein rauschendes Fest, besonders vor Ankunfft der lieben Braut. Wir hatten Kapaune, mehrere Oxen, acht Schweine am Spieß und des weiteren viele edle Gäste aus Böhmen, gerade den vornemen Herrn Emmerich von Goswinni und einen Herrn Wenzel. Es gab Tanz und viel Gesang, da wir auch fahrendes Volk dabei hatten, welches uns delecktiehrt hatte. Besonders aber waren die Weine gut.

Kaplan Bernwards Feder war stumpf. Erschöpft machte er eine Pause. Es waren Rotweine gewesen, glaubte er sich zu erinnern. Er schüttelte die verkrampfte Rechte aus und überlegte, wie die Weine geheißen haben könnten, damit er sie einzeln nach Friedehalms Wunsch würde auflisten können. Er ließ den Kellermeister rufen und brüllte ihn an, wo die Liste der Weine bliebe. Da der Kellermeister noch weniger schreiben konnte als Bernward, einigte man sich, dass er Bernward je einen Becher der zum Fest gereichten Weine zum Verkosten bringen sollte, sodass der Geschmack Bernwards Erinnerung auf die Sprünge helfen könnte.
Als der arme Mann wieder entlassen war, schmierte der Kaplan mit neuem Kiel weiter.

Das Beste aber ist, dass wir uns hier einen eigenen Dichter halten. Er heißt Walther von der Vogelweide und weilt bei uns. Er dichtete zu Ehren unserer Gäste, wie es wohl auch ein Großer nicht besser könnte. Die Antwortt auf sein Vortrahgen war eine enorme. Dass man uns die Halle ganz gelassen hat, war alles. Ob ihr solch ein Tallent nicht auch bei Euch in Wien brauchen könntet, das überlehge ich zu Euren Gunsten, weil einem solchen Dichter hart beizukommen ist. Er ist noch junk an Jaren und doch schon sehr ausgebildet in seiner Fertichkeit. Ich lasse ihn durch meinen Kaplan selbst unterrichten, von dem der Junge freilich noch eine ganze Menge lernen kann. Der Kaplan soll wohl bald fortgehen und ein tüchtiker Klostervorsteher werden, vielleicht wisst ihr eine Vakanz, gerade in Wien, wo es doch eine erkleckliche Menge an Klostern hat. Wenn der nun geht, dann kann ich mit dem Dichter hier kaum Staat machen, weil er ohne Lehrer ist. Vielleicht wollt Ihr ihn zu Euch nehmen. Ich empfel ihn Euch.

Bernward krakelte noch eine Weile weiter und beschäftigte sich an zwei darauf folgenden Tagen mit seiner Epistel, obwohl er – wie er in sündiger Eitelkeit feststellen musste – kaum etwas zu verbessern fand. Eine Woche nach Walthers Freilassung fühlte er sich in der Lage, Friedehalm das Werk vorzutragen, wobei er ihm, der nichts außer seinem Namen lesen und schreiben konnte, einige Zeilen, wie die über den tüchtigen Kaplan Bernward selbst, unterschlug und ein paar andere abänderte.

»Wieso willst du denn den Jungen nach Wien empfehlen?«, fragte Friedehalm verwundert. »Was sollen die denn in Wien mit ihm?« Er rieb sich das linke Auge, wo ihn eine Mücke gestochen hatte. Das schwere Lid hing dadurch noch tiefer als sonst. Bernward verneigte sich: »Was sollen wir mit dem Walther hier?«, fragte er, das Kinn auf der Brust. »Er wird doch nur wieder lästig werden. Aber zweifelsohne hat er ein Talent zum Dichten, Euer Gnaden. In Wien könnte man vielleicht etwas daraus machen. Und wenn nicht, dann ist er jedenfalls erst mal weg hier.«

Friedehalm rieb weiter an seinem Auge herum.

»Ich weiß nicht«, meinte er unentschlossen.

»Doch, doch«, preschte Bernward vor. »Stellt Euch nur vor, wenn wir einmal Gäste hätten, die wichtiger wären als die Böhmen, und dann würde er …«

»Das juckt vielleicht«, unterbrach der Herzog seinen geistlichen Berater gequält. »Wir wollen später darüber sprechen.«

»Aber, Euer Gnaden«, versuchte es Bernward noch einmal.

Friedehalm winkte ab. »Ich brauch was auf mein Auge.«

So blieb der Brief nach Wien tatsächlich ein volles Jahr liegen, nämlich bis Friedehalm wieder einen seiner üblichen Berichte verfassen ließ und sich entschuldigte, nun im zweiten Jahr in Folge keinen Lehensbesuch in der Hofburg

machen zu können. Er fragte sich, wie lange sein glanzvoller junger Vetter diese Verzögerung noch dulden würde, da er auch die Steuereinnahmen nicht mitschickte.
»›Baldigst werde ich mich aber auf den Weg machen und Euch geben, was Euer ist!‹«, diktierte Friedehalm. »Habt Ihr das? Schreibt ihm, ich komme nach der Schmelze im nächsten Frühjahr.« Bernward quälte sich mit diesem Brief etwa eine Woche und legte dann mit letzter Hoffnung das Schriftstück vom Vorjahr einfach bei und hoffte, dass man die unterschiedlichen Zeiten nicht allzu sehr hinterfragen würde. Er machte sich weniger Hoffnungen, ein Klostervorsteher zu werden. Er fühlte sich, als hätte er den besten Zeitpunkt zur Abreise verpasst, und gab natürlich Walther die Schuld daran.
Die Langeweile fraß ihn langsam auf.

In Wien lachten sich Friedrich und seine Gefährten schier krank, als man die Briefe aus dem Grödnertal vortrug. In einem der kleinen Jagdzimmer hatte Friedrich nur die Auserwähltesten zu seiner Unterhaltung um sich versammelt. Das Schreiben des Murmeltiers in seiner bäuerlichen Dummheit war ganz lustig.
»Reinmar«, ließ Friedrich schließlich seinen alten Hofdichter hinzurufen. »Hört Euch das mal an! Wollt Ihr nicht einen Lehrling nehmen? Hier kommt einer mit Empfehlungen.« Mit dem Ärmel wischte Friedrich sich eine Träne aus dem Auge. Der Alte kam näher.
Reinmar von Hagenau war ein Mann in den Sechzigern. Er trug einen Bart wie ein Büschel Gras, und seine Haut war wie feine und sehr zerknitterte Seide.
Er sah die geifernden Höflinge und seinen viel zu stolzen, zu gutmütigen, zu jungen Freund Herzog Friedrich und lächelte nur. Reinmar von Hagenau machte sich Sorgen um Friedrich. Er trank zu viel, feierte zu viel und litt an sei-

ner sinnlosen, unerwiderten Liebe zu seiner eigenen Frau. Reinmar kannte ihn, seit Friedrich ein Säugling gewesen war. »Ich habe wohl nicht genau verstanden, Euer Gnaden«, lächelte er und verneigte sich trotz des Alters noch immer mit der Geschmeidigkeit eines Weidenzweigs.
»Das Murmeltier hat mal wieder geschrieben«, johlte ein Höfling. »Na ja, schreiben *lassen*«, beschwichtigte Friedrich, der sich durch Reinmars Anwesenheit plötzlich beschämt fühlte, allzu offen über seinen verblödeten Provinzvetter zu lachen. »Schreiben *lassen*!«
»Ja, schreiben lassen«, nahm ein anderer den Faden auf, »von einem ganz tüchti*k*en Kaplan!«
Die Männer bogen sich vor Lachen. Ein ganz Vorwitziger zog mit den Fingern die Augenlider herunter und torkelte, den Kopf zurückgeworfen, herum, um so wahrscheinlich seine Erinnerung an Friedehalm das Murmeltier darzustellen. »Wer bin ich«, rief der Possenreißer sinnlos, »wer bin ich?« Niemand antwortete. Das Lachen verebbte.
»Ah«, nickte Reinmar, als Stille einkehrte, »Herzog Friedehalm aus dem Grödnertal.« Seine Stimme klang rau und heiser, doch dabei sanft und freundlich, sie klang so wie Laub, durch das man in einem Herbstwald gehen musste, immer ein Flüstern unter dem Flüstern. Schon seit ein paar Jahren konnte er seine großen Gesänge nicht mehr selbst vortragen, doch wenn er sprach, lief vielen Menschen noch immer ein Schauder über den Rücken. Friedrich stand auf und lief auf seinen Hofdichter zu.
»Ja, und wisst Ihr, was er schreibt?!«
In jugendlichem Übermut zog er den alten Mann nahe zu seinem Thronsessel und verscheuchte den pontevinischen Gesandten, der auf einem Hocker daneben gesessen hatte. Reinmar setzte sich mit stiller Grandezza.
»Lies noch mal, Alwin«, forderte Friedrich. Die Höflinge wurden still. Herr Alwin zu Jödinsbruch, ein eleganter

Höfling, der mit Kaplan Bernwards Pergament am Fenster stand, versuchte das schwindende Licht des Sommertags einzufangen.

»Ich hab's gleich. Ah ja: ›*... dass wir uns hier einen eigenen Dichter halten. Er heißt Walther von der Vogelweide und weilt bei uns. Er dichtete zu Ehren unserer Gäste, wie es wohl auch ein Großer nicht besser könnte. Die Antwortt auf sein Vortrahgen war eine enorme. Dass man uns die Halle ganz gelassen hat, war alles. Ob ihr solch ein Tallent nicht auch bei Euch in Wien brauchen könntet, das überlehge ich zu Euren Gunsten, weil einem solchen Dichter hart beizukommen ist. Er ist noch junk an Jaren und doch schon sehr ausgebildet in seiner Fertichkeit.*‹«

Bei den letzten Silben schüttelten sich schon wieder alle vor Lachen. Friedrich strahlte Reinmar auffordernd an und legte schmeichlerisch wie ein kleiner Junge den Kopf auf die Seite: »Das ist doch komisch, oder? Das mit der Halle?«
Reinmar tat seinem jungen Herzog den Gefallen und legte die Runzeln in freundliche Falten. »Ja«, flüsterte er, »komisch.«
»Was meint Ihr, Reinmar? Monsieur Luc-Saint-Denis hat gerade vorgeschlagen, dass wir den Dichter doch mal einladen könnten, um zu hören, was dort im Grödnertal so einen Aufruhr verursacht.«
Der französische Gesandte lächelte triumphierend dem Ponteviner Hugh de Marbeyère zu. Die beiden Herren waren nur in Österreich, um einander zu bespitzeln. Verglichen mit den Höfen in Aquitanien und selbst mit dem mönchischen Paris war die Klosterneuburg in Wien wirklich ein armseliger, feuchter Bau im Nirgendwo.
Niemand hatte Ideen in Wien. Und der alte Reinmar in

Ehren – aber westlich des Rheins dichteten die Kinder besser. Die unbestrittene Überlegenheit ihrer entfernten Heimat war das Einzige, in dem sich die beiden Gesandten einig waren.
»Je vous en pris«, flötete Luc-Saint-Denis bescheiden.
Friedrich fasste die knöcherne, warme Hand des alten Mannes. Reinmars blaue Augen wurden seit ein paar Monaten stumpf. Er musste einem Schreiber seine Gesänge diktieren, der mit Mühe und Not eine Note von einem Fliegendreck zu unterscheiden wusste. Hin und wieder kamen junge Sänger und trugen ihm ihre erbärmliche, aufgeblasene, geltungssüchtige Kunst vor. Dabei waren sie so erfüllt von der angeblichen Sendung ihres Schaffens, dass Reinmar sich wunderte, wie sie noch beide Füße auf dem Boden halten konnten.
»Dann könnte er Euch vortragen, und Ihr könntet ihn vielleicht als Schüler nehmen«, schummelte Friedrich, weil er sich nicht so roh darstellen wollte, einen jungen Mann auf eine weite Reise zu schicken, nur um sich daraus einen Spaß zu machen. Reinmar sah ihm kurz in die Augen und stand dann mit einer leichten Verneigung auf. »Euer Gnaden haben immer die besten Ideen. Ein klarer Geist, ein gutes Herz und gute Ideen! Man wird sich lange an Euch erinnern, was für ein großmütiger und freundlicher Herrscher Ihr seid.«
Friedrich zuckte zusammen. Er hatte seit einer Woche wieder verstärkte Todesahnungen, von denen er nicht einmal seinem Beichtvater erzählte. Als Reinmar vom Erinnern gesprochen hatte, war es ihm durch und durch gegangen. Manchmal glaubte er, der Alte könnte seine Gedanken lesen.
»Ihr meint also auch, wir sollen ihn einladen, Reinmar?«, bettelte Friedrich noch einmal um die versöhnliche Zustimmung des Greises zu seiner billigen kleinen Posse,

Unterhaltung an einem langweiligen Nachmittag, vergessen schon vor dem nächsten Morgen. Reinmar war schon fast an der Tür.

»Unbedingt, Euer Gnaden.« Er lächelte und hustete ein leises Lachen, bevor er ging. »Ganz unbedingt.«

Friedrich blinzelte. Sein Herz schlug schneller.

»Herr Walther von der Vogelweide!«, flötete Alwin und flatterte mit Bernwards merkwürdigem Brief. »Vielleicht kann er ja herfliegen.« Die Männer lachten betulich. Der große Spaß war irgendwie vorbei.

»Gehen wir ausreiten«, befahl Friedrich trotz der drohenden Schwüle eines Gewitters. Er hatte das Gefühl, der Tod wäre in der Halle gewesen. Das Vorhaben, den jungen Dichter einzuladen, schob er beiseite. Der Gedanke war wahrscheinlich lustiger als die Umsetzung des Plans.

Reinmar indessen ging in seine Kammer und lauschte auf einen Namen, den er an diesem Nachmittag zum ersten Mal gehört hatte und der in seinem Innern doch bereits ahnungsvoll mit den Flügeln schlug. Walther von der Vogelweide.

Er setzte sich an den kleinen Fensterschacht und spähte mit seinen sich mehr und mehr eintrübenden Augen in die hereinbrechende Dämmerung mit ihren sich auftürmenden Wolken. »Ein junger Dichter«, flüsterte er dem Himmel zu. Reinmar war zu alt geworden in Österreichs Diensten, um sich vor den jungen Dichtern zu fürchten. Er fürchtete Untalent und Geltungssucht. Wenn nun einer käme, der wirklich ein Dichter wäre? Einer, der singen müsste, weil er Sachen sähe, die ohne ihn keine Namen hätten? Einer, den die anderen fürchteten, weil er in ihre Seelen blicken und Worte für seine Funde hätte? Ein Dichter, einer, der Worte hätte für das, was andere sonst zu schnell vergessen würden. Den Tod, die Ehre, den Verrat, die Liebe und das

Lächerliche. Für das bisschen Leben, an dem alle festhielten.

»Ein Dichter«, klang Reinmars Herbststimme noch einmal, und er dachte an die Zeiten, in denen Liebe, Ehre und Verrat nicht nur Worte für ihn gewesen waren. Jetzt erschien ihm einzig und allein der Tod wirklich.

Es fing an zu regnen.

In der Nacht träumte Reinmar von einem kleinen verschwommenen Mönch, Augen wie ein Vogel, sonst glitzernd wie ein Forellenfisch im Wasser, der vor ihm stand und seine Hand halten wollte. »Er wird kommen«, sagte der Mönch mit seltsam plätschernder Stimme. »Wer?«, fragte Reinmar und versuchte vergeblich, seine Hand zurückzuziehen. Ihm wurde kalt. Der Mönch hielt die Hand ganz fest.

»Er wird kommen«, wiederholte die Traumgestalt, »aber er kann nicht bleiben. Er ist nicht, was du willst. Der geht dir durch. Gewöhn dich nicht!«

»Lass mich los«, schrie Reinmar, »lass meine Hand los!«, und wurde davon wach, dass ihn der unselige Schreiber, mit dem er nun auch noch die Kammer teilte, an der Schulter rüttelte.

»Ihr träumt wohl, Meister Reinmar. Ihr habt mich aufgeweckt«, maulte der Schreiber.

Reinmar atmete heftig. Seine Stirn war feucht geworden.

»Er wird kommen«, wiederholte er flüsternd für sich.

Der Schreiber schüttelte den Kopf. Der Alte wurde immer wunderlicher. Vorsichtshalber bekreuzigte er sich dreimal, nachdem er auf seinen Strohsack zurückgekehrt war.

Der Sommer verging und auch der Herbst, im November wurde Walther siebzehn.

Niemand beachtete es, er selbst am allerwenigsten. Die Zeit auf der Burg war seltsam ausgehöhlt. Kunde von Kaiser und Papst, von Ungläubigen und Kreuzzügen plätscherten wie vereinzelte Regentropfen ins Tal. Niemand erwartete ernsthaft, dass Friedehalm oder Ottokar das Kreuz nehmen würden.

»Da gehen nur Habenichtse«, urteilte Friedehalm und blieb, wo er war. Konstantin sollte sowieso ins Kloster. Pferd und Rüstung für ihn wären völlig unnötige Ausgaben. Außerdem hatte Friedehalm seinen Söhnen nichts beigebracht. Verfall lauerte in allen Winkeln, ängstlich und ahnungsvoll umschlichen von allen.

Wie Kaplan Bernward hatte auch Walther das Gefühl, etwas unwiderruflich verpasst zu haben, als er nach Ottokars Hochzeit nicht mit den Fahrenden hatte verschwinden können. Er schlief weiter mit den Dienerinnen und Mägden, ging sich im Dorf betrinken und hin und wieder auch prügeln. Sonst geschah nichts.

Inzwischen wusste er nicht einmal mehr, worauf er irgendwann einmal gewartet hatte.

Und doch passierte alles, wie es sein sollte. Die Gerste war zerfallen. Auf dem leeren Feld entstand etwas Neues. Jemand, der sich kümmern würde, näherte sich, aber noch konnte es keiner sehen.

ANNA

Am Heiligen Abend, ein verwirrter junger Mann mit einem verwirrten zeitlosen Geist, floh Walther ins Dorf. Er hatte keinerlei Wunsch, sich das sinnlose, entwürdigende Treiben Kaplan Bernwards vor dem Altar in der Burgkapelle anzusehen oder, schlimmer noch, sein Gestotter durch die Heilige Schrift anhören zu müssen. Er wollte ins Wirtshaus, wie es in den vergangenen Monaten seine Gewohnheit geworden war, wenn der Sturm in seinem Innern ein Ausmaß erreicht hatte, das die Küchenmägde selbst in Vielzahl nicht mehr stillen konnten. Er hoffte, dass sich in dieser Nacht nur die übelsten Gesellen in der Wirtsstube aufhalten würden, dass es ihm leicht fallen müsste, einen Streit anzuzetteln, vielleicht nur durch sein bloßes Auftauchen. Einer wäre sicher da, sagte er sich vor, als er über den hart gefrorenen Weg ins Dorf schlidderte, der ihn erkennen würde, der eine Bemerkung über seine Mutter, über ihn und seinethalben – wenn doch der Zweck alle Mittel heiligte – auch über Herzog Friedehalm machen würde. Walther rutschte auf einer gefrorenen Pfütze aus und stellte fest, dass, wenn er es schaffen könnte, sich bis zum Dorf auf die Seite des Kaisers oder des Papstes festzulegen, er dann auch bereit wäre, sich für eine dieser beiden Parteien in eine Schlägerei zu werfen. Es ging ihm dabei auch weniger darum, seiner Wut Luft zu machen, indem er selbst jemanden prügeln wollte, sondern er hatte das dringende Bedürfnis, sich zu spüren, mehr und länger, als es ihm die paar Augenblicke im Körper einer Frau ermöglichen würden. Der Schmerz, mit Wucht in den Magen geschlagen zu werden, die Erschütterung seiner Zähne, wie sie gegeneinander krachten, wenn er eine Faust an seinem Kiefer fühlte, waren seiner Erfahrung nach Mittel, die weit länger vorhielten. Zumindest einen oder zwei Tage. Sein Atem lag weiß in der Luft, und in seiner Kehle ballte sich das Knurren eines Tiers. Dann hatte er das Dorf erreicht. Nur in ganz wenigen Häusern sah man den schwachen Schein eines Lichts. Es war ein kalter Heiligabend, und wahrscheinlich lagen die Dörfler, die dumpfen Leiber aneinander gedrückt, längst im erkaltenden Mief auf ihren Strohsäcken und schnarchten. Morgen früh mussten sie gleich zur Messe.

Walther schüttelte seine Locken und rannte in der plötzlichen Angst, dass selbst im Wirtshaus niemand mehr sein würde, die letzten Schritte über den Dorfplatz. Aus der Schänke grölte es verhalten. Der Kirschmund lächelte. »Der Tag des Herrn«, flüsterte er in die Dunkelheit und stieß dann die schwere, niedrige Tür auf. Er musste sich ducken, um nicht am Balken anzustoßen, dann endlich war er am Ziel. Die Luft war stickig, und auch hier brannten, Friedehalms neuer Steuern wegen, nur ein paar Kerzen. Die Wirtin saß am Feuer und kratzte sich ausgiebig unter der Haube. Zwei Wanderer hockten Rücken an Rücken an einem der beiden Tische und rieben sich die Füße. Sie wirkten entsetzlich müde und kein bisschen streitsüchtig. Der Wagenmacher schlief am zweiten Tisch, der Krug, aus dem er getrunken hatte, war umgefallen und hatte die Bohlen des Tisches überschwemmt. Vermutlich war er für das dumpfe Gröhlen verantwortlich gewesen, bevor ihn gerade bei Walthers Eintritt alle Lebensgeister verlassen hatten. Die Enttäuschung war grenzenlos. Für einen Augenblick schien es ihm, als wäre er so schnell gelaufen, dass er sich nicht einmal mehr erinnern konnte, wovon er sich eigentlich so dringend hatte entfernen wollen. Gewisslich aber gäbe es hier für ihn keine Chance, die erhoffte Rückführung zu sich selbst zu erleben, die er doch so sehr benötigte.

»Ach«, krächzte die Wirtin und gönnte ihren Läusen eine Pause. »Der, äh, der …« stammelte sie noch.

»Genau der«, schnappte Walther und entschied sich trotz aller Ausweglosigkeit, beim bewusstlosen Wagenmacher zu sitzen, da die beiden Wanderer schon bei seinem Anblick näher zusammengerückt waren, als könnte ihnen von dem jungen Mann ein Unglück drohen.

»Gesegnete Weihnacht«, brachte die Wirtin heraus und verkniff sich in Kenntnis des verrückten Vogelweidjungen jegliche weitere Frage danach, weshalb er die Heilige Nacht nicht auf der Burg verbringe.

»Jaja!« Walther nahm seinen Umhang von den Schultern und legte ihn auf die verdreckte Bank, um sich zu setzen. »Wein«, schnarrte er und warf ein Geldstück in die Pfütze, die der schlafende Wagenmacher hinterlassen hatte. Statt sich von ihrem Platz am Feuer zu erheben, drehte die Wirtin nur den Kopf in Richtung der hinteren Stube und gab den Ruf weiter. »Wein«, schrillte sie. Walther bedauerte sehr, dass er sie nicht zu einem Kampf herausfordern konnte. Bei Betrachtung der kläglichen Anwesenden des Abends erschien es ihm sicher, dass die Wirtin insgesamt den würdigsten Gegner abgegeben hätte. In der Küche klapperte etwas. »So ein Scheißdreck«, hörte man gedämpft die Stimme des Wirts.

»Was ist denn jetzt schon wieder«, stöhnte die Alte und verließ aus rein gewohnheitsmäßiger Neugier endlich ihren Platz am Feuer, um den Schaden, den ihr Mann angerichtet hatte, selbst zu begutachten. Einer der beiden Wanderer riskierte ein Auge auf Walther.

»Chchchch«, fauchte er und zeigte wie ein Hund die Zähne. Der Wanderer widmete sich sogleich wieder seinen Füßen. Walther konnte sein Unglück nicht fassen. Er erwog gerade, den Wagenmacher im Schlaf zu überraschen und ihm von der Seite in die Rippen zu stoßen, sodass sich daraus vielleicht ein Streit ergeben könnte, da setzte jemand leise einen irdenen Krug vor ihn auf den Tisch. »Gelobt sei Jesus Christus«, flüsterte eine Stimme dazu.

»Was?« Walther sah auf.

Das junge Mädchen, das ihm den Wein gebracht hatte, starrte erschrocken zurück, als hätte sie in dieser christlichsten aller Nächte ausgerechnet dem Teufel einen Krug Wein vor die Nase gestellt. »Gelobt sei –«, setzte sie an zu wiederholen.

»Wer bist du denn?«, blaffte Walther, weil sie ihn überrascht hatte, nicht weil er es wissen wollte. Sie war nicht besonders groß und erinnerte ihn an einen polierten Apfel.

Ihr Gesicht war rund und die Wangen gerötet, ihre Augen ebenfalls rund und von erstaunter Reinheit. Sie trug ein ausgeblichenes blaues Kleid und eine der alten Schürzen der Wirtin. Auch an ihrem Körper war alles rund und weich. Sie hatte dunkelblondes Haar, zu einem dicken Zopf auf dem Rücken geflochten. Walther schätzte, dass sie in seinem Alter sein mochte, ein bisschen älter vielleicht. Ihre Augenlider flatterten: »Ich, eh«, sie hustete, als hätte sie sich verschluckt, »Anna, ich bin Anna.«

Walther lächelte böse. »Ach so, dann ist ja alles ganz klar.« Er trank aus dem Krug, dass ihm einiges an Wein am Kinn vorbeilief. Das apfelähnliche Mädchen stand noch immer wie angewurzelt.

»Gelobt sei –«, fing sie wieder an.

»Jaja«, winkte Walther ab.

»Ach, da haben sich schon zwei bekannt gemacht.« Die

Wirtin kam aus der Küche. Sie leckte sich etwas Bratensaft von der linken Hand. »Das ist unsere Nichte, die Anna, sie kommt von Brixen her.« Das Apfelmädchen lächelte unsicher und knüllte ihre Schürze mit den Händen.

»Ich«, fing sie an, wusste dann aber nichts zu sagen.

»Das ist der Walther vom Vogelweidhof«, erklärte die Wirtin gutmütig und setzte vergleichsweise harmlos hinzu: »Er lebt auf der Burg beim Herzog.« Mit einer sehr unauffälligen, sehr geübten Bewegung putzte sie Walthers Münze vom Tisch und ließ sie in ihre unter der Schürze verborgene Rocktasche fallen. Walther war sich sicher, dass nach seinem Fortgehen eine andere Erläuterung zu seiner Person hinzugesetzt werden würde.

»Ist ja niemand hier heute Abend«, wandte er sich noch immer missmutig an die Wirtin.

Die Alte nickte bedauernd. »Was will man machen?«

»Kann ich bitte noch etwas Milch haben?«, fragte da einer der Wanderer schüchtern, und Walther warf ihm einen Blick zu, als wollte er diese Unterbrechung zum Vorwand nehmen, ihn zu fordern.

»Na, geh du schon«, scheuchte die Wirtin ihre Nichte und stützte sich mit den Ellenbogen ungewohnt vertraulich in die Pfütze auf Walthers Tisch. Ihre Schwatzsucht war so stark, das Publikum so schwach, dass eben Walther herhalten musste.

»Das ist vielleicht eine Geschichte mit dem Mädel. Erst stirbt ihr die Mutter, und dann haben sie den Vater erwischt, wie er ...« Die Wirtin sah sich absichernd um. »... wie er zehn Tage nach Allerseelen –«

Plötzlich stand Anna neben ihrer mitteilungsbedürftigen Tante. »Entschuldigung, bitte«, flüsterte sie. »Ich wusste nicht mehr, wie viel Wasser ich in die Milch schütten sollte.« Die Wirtin wurde purpurrot. Die Wanderer machten weite Augen und stießen sich mit dem Ellenbogen an.

»Was redest du denn für einen unheiligen Unsinn, Mädchen!« Die Wirtin sprach noch schriller als sonst.
Sie schlug die Hände zusammen. »Wasser in die Milch, na so was aber auch!«
Jetzt war es an der Nichte, rot zu werden. »Entschuldigung, bitte, recht vielmals«, stammelte sie. »Na komm, ich hol die Milch selber.« Ihre Tante stieß Anna in die Seite und trieb sie vor sich in die Küche wie ein irrwanderndes Schaf.
Walther schüttelte den Kopf und trank seinen Wein. Die beiden Wanderer zischelten miteinander, wahrscheinlich überlegten sie, ob in einem Wirtshaus, wo verpanschte Milch gereicht wurde, auch die Übernachtung Überraschungen bergen könnte. »Wir können ja einen Strohsack teilen«, schlug der Größere von beiden raunend vor. Der Wagenmacher stöhnte im unbequemen Schlaf. Die Wirtin, nun von ihrem Mitteilungsbedürfnis befreit, kam mit der Milch wieder und setzte sie vor die beiden Wanderer hin, die nun gänzlich misstrauisch und duckmäuserisch in den Humpen hineinspähten, sodass die Wirtin sich bemüßigt fühlte, eine Bemerkung über den Rahm zu machen, der deutlich sichtbar oben schwämme. »Das gibt's schließlich nicht überall!« Die Wanderer nickten unüberzeugt.
Walther trank den Rest des Weins und überlegte sich zu gehen. Da ging die Tür auf, und der Schulte torkelte herein. Er musste sich bereits zu Hause warmgetrunken haben, denn der Schweiß stand ihm glänzend auf der Stirn, und er trug seinen Umhang nur über der einen Schulter, mehr hängend als wärmend. »Branntwein«, brüllte er statt einer Begrüßung und setzte sich auf den Stuhl der Wirtin am Feuer.
»Ach, der Herr Schulte«, flötete die Alte aus der Hinterstube und schickte wenig später Anna mit einer Flasche Branntwein und einem kleinen Zinnbecher heraus. »Gelobt sei Jesus Christus«, grüßte das Apfelmädchen diesmal

noch schüchterner als zuvor. Der Schulte ließ ein dreckiges Lachen hören.
»In Ewigkeit. Amen«, grölte er dann zurück und streckte die Hand aus, wie um den Becher in Empfang zu nehmen.
»Bitte sehr, Herr Schulte«, Anna hielt ihm die Flasche und den Zinnbecher entgegen, um keinen weiteren Fehler zu machen.
»Ah, ein neues Gesicht!«, blökte der Mann und griff blitzschnell mit beiden Händen nach Annas unter dem blauen Kleid verborgenen Hinterbacken. Das Mädchen, die Flasche und den Becher noch immer vor sich, stand starr wie ein Stein. »Und was für ein hübsches Gesicht, heh?«, dröhnte der Schulte in Richtung der Alten, die beflisssen gackernd ihren Kopf durch den Türrahmen steckte, ohne den Übergriff auf ihre Nichte zu verhindern. Der Schulte grub seine Pranken noch weiter in Annas Hintern und schüttelte sie ein wenig hin und her. In dem apfelrunden Gesicht standen ihr die Augen und der Mund hilflos offen.
»Bitte, nein«, brachte sie schließlich hervor.
»Oh, aber bitte ja, würde ich doch sagen.« Der Schulte lachte und nahm eine Hand von Annas Hintern, um sie ihr auf die rechte Brust zu legen. Die beiden duckmäuserischen Wanderer massierten ihre Füße heftiger und taten alles, was der Schulte mit seinen Händen tat, mit ihren feigen Blicken. Der Schulte machte Anstalten, das erstarrte Mädchen auf seinen Schoß zu ziehen und zu küssen. Anna balancierte mit der Flasche. Das Wichtigste auf der Welt schien ihr in diesem Moment zu sein, keinen Tropfen des teuren Branntweins zu verschütten oder den kleinen Becher fallen zu lassen.
Sie war nicht der Papst oder der Kaiser, sie war nicht mal Friedehalm oder seine Mutter.
Aber in diesem Moment war sie für Walther der beste Grund, den er finden konnte, zu bekommen, was er wollte.

Er riss sie aus den Pranken des Schultheiß zurück und hieb dem wichtigtuerischen Kerl mit der flachen Hand ins Gesicht. »Sie hat nein gesagt!«, teilte er dem Schulten mit. Der Betrunkene brauchte eine Weile, bevor er verstand, was passiert war.
»Du«, spuckte er dann aus. »Was machst du denn hier?«
Walther lächelte sein allerschönstes Lächeln: »Ich bin dabei, Euch zum zweiten Mal in die Fresse zu schlagen«, kündigte er an und führte die Tat gleich aus.

Die Schlägerei hatte nicht lange gedauert. Als der Wirt Walther schließlich mit einem Fußtritt auf die Straße beförderte und seine Frau den Schultheiß unter freundlichen Entschuldigungen wieder auf den Platz am Feuer zurückführte, war es noch nicht mal Mitternacht. Walther saß lachend in der Kälte, die Unterlippe blutete ihm, und die Knöchel seiner rechten Hand hatten sich am unrasierten Schädel des Schulten aufgeschürft. Er spürte die Schläge des bulligen Mannes wohltuend und beruhigend in seinem Magen, an seinen Schlüsselbeinen und seine Tritte zwischen den Beinen. Langsam setzte die Entspannung ein, nach der er sich so gesehnt hatte. Es war ein Gefühl des Friedens und des Verstehens. Er starrte in den klaren Himmel und dachte an Herrmann.
»Heilige Nacht«, flüsterte er lautlos. Er hatte eine ziemlich klare Vorstellung davon, wie Gott sich gefühlt haben musste, seinen eigenen Sohn in diese Welt zu schicken.
In der Ferne seines Gedächtnisses sah er Herrmann auf dem Feld vor dem Schuppen des Vogelweidhofs stehen, die starken Schultern hängend, die Augen verzweifelt, voll von unausgesprochenen Worten und hilfloser Sorge. Wenn Gott wie Herrmann wäre, dann hätte er wohl schon damals in der Heiligen Nacht gewusst, dass es niemals gut gehen könnte, den Menschen einen als Retter zu senden, der anders war.

Walther folgte den eckigen Wegen der Sterne mit seinen fremden Augen und wünschte sich, dass er Herrmann einmal wiedersehen könnte, am Stein auf der Grenze zum Bissner-Land. Vorsichtig leckte er an der Stelle, wo das Blut ihm aus der Lippe lief. Er war jetzt müde genug, um wieder zur Burg zurückzuwandern und sich schlafen zu legen, um den Rest dieser Nacht hinter sich zu bringen. Die Tür klappte leise hinter ihm. »Entschuldigung.« Es war das Apfelmädchen. »Entschuldigung. Bitte, ich wollte mich nur recht herzlich bedanken, bitte.« Ihre runden Augen leuchteten vor ungläubiger Verbundenheit. Walther nickte ihr nur kurz zu. Das sollte reichen, dass sie den Mund hielt und wieder ging.
»Bitte, darf ich helfen«, sie streckte ihm ihre kräftige Hand entgegen. Bevor er es verhindern konnte, hatte sie ihn am Ellenbogen gepackt und zog ihn auf die Füße.
»Oh«, sagte er überrascht, dass seine alte Fähigkeit, die Menschen auf Abstand zu halten, an der Apfelrunden so gar nicht wirkte. »Bitte, ich hab auch was für die Wunde«, teilte sie ihm unaufgefordert mit und fing an, mit irgendeinem Lappen an seiner Lippe herumzuwischen. Nicht mal den Mägden, mit denen er häufiger schlief, gestattete er solche nutzlosen Vertraulichkeiten wie die Berührung seines Gesichts, schon gar nicht seines Mundes. Er küsste keine einzige von ihnen und wies die grabschenden Hände, die sich zu diesen Gelegenheiten in seinen Haaren verlieren wollten, sehr kurz und bestimmt zurück.
Annas Finger hielten ihn unter dem Kinn. »Hupsa«, schnappte sie kindlich, als ihr das Tuch, das sie über sein Gesicht führte, für einen Augenblick aus den Händen fiel. Sie fing es selbst wieder auf, bevor es den Boden berührte. »Ich bin auch ein Trampel!«, schalt sie sich selbst und schüttelte gleich lächelnd den Kopf wie eine nachsichtige Mutter.

»Kommt«, sie fasste ihn unter den Ellenbogen und zog ihn sanft von der Wirtschaft weg, »gehen wir ein Stück.«
Walther fiel nichts ein, was er darauf sagen konnte, weder etwas Scharfes noch etwas Witziges, noch ein einfaches Nein, was vermutlich genügt hätte. Ihre plötzliche Entschiedenheit verwirrte ihn. Unter ihrer anfänglichen Unterwürfigkeit und Schüchternheit kam außerhalb der Schänke ihrer Tante eine resolute Wärme zum Vorschein, gegen die Walther sich nicht wehren konnte. Er hatte sie, bevor der Schulte kam, so unwichtig gefunden, so wenig beachtet, dass er nichts an ihr gesehen hatte außer ihrer Rundheit und Unsicherheit. Nichts Heimliches, nichts Verborgenes, nichts Überraschendes. Er hatte einen Fehler gemacht. Und dann fing sie einfach an zu reden.
»Ich danke Euch sehr, dass Ihr mich vor dem Schulten bewahrt habt, Herr Walther, ich bin nicht gut fürs Wirtshaus. Ich hätte ins Kloster gehen wollen.« Die gefrorene Erde knirschte unter ihren Schritten. »Aber die Tante brauchte wohl wen zur Hilfe. Dabei hab ich eine schöne Stimme, wenn's keine Sünde ist, das von sich selber zu sagen. Fürs Kloster, meine ich, des Singens wegen.«
Sie blieb unvermittelt stehen und blies ihren Atem in die Luft. »Schnell, schnell«, rief sie aufgeregt und zupfte an Walthers Umhang. »Was seht Ihr, was seht Ihr?«
Walther schaute in die tanzende weiße Luft vor dem dunklen Himmel. Er sah einen Engel, der versuchte, die zu retten, die in solchen Nächten geboren wurden und die auf ewig verdammt waren, anders zu sein. Der Engel löste sich auf.
»Nichts«, murmelte er mürrisch und entwand sich ihrer freundlich runden Hand. »Ich muss wieder auf die Burg.«
Dann rannte er einfach los.
»Kommt mich doch mal wieder besuchen, Herr Walther. Ich werd wohl erst mal hier bleiben«, rief sie noch hinter ihm her.

Er sah sich nicht um. Trotz der pochenden Schmerzen zwischen den Beinen rannte er den ganzen Weg zur Burg hoch, bis er dachte, dass er seine Lungen würde ausspucken müssen. Trotzdem klang ein jeder Schritt wie »Anna«, und die Lippe brannte von ihrer Berührung mehr als von den tapsigen Schlägen des Schulten.

TUN, WAS MAN TUN MUSS

Am Weihnachtstag ging Walther wegen der Schwellungen im Gesicht nicht in die Kapelle, wo er aber auch nicht vermisst wurde. Zur Abendandacht würde sich die fürstliche Familie im Dorf zeigen, und auch dabei legte niemand Wert darauf, ihn im Gefolge zu haben. Es war ihm mehr als recht. Er riegelte sich im eiskalten sogenannten Studierzimmer ein und spitzte völlig mechanisch eine Feder. Dann stellte er sich ans Pult und wusste erst, was er geschrieben hatte, als er die geschwärzten, klammen Finger von dem stumpf geschriebenen, halb gesplitterten Kiel löste.

Ich habe dich in meinem Traum gesehen.
Und ich wollte fragen: Geht es dir wohl?
Du warst voller Trauer, so sehr,
dass ich dachte, es wäre meine eigene.
In dieser Trauer war ich bei dir. Du riefst mich.
Das Licht, das den Falter ruft, um ihn zu brennen,
ist kein böses Licht. Und der Falter ist nicht
auf der Suche nach dem Tod.
Der Falter tut, was ein Falter tut; und die Flamme,
sie brennt, weil es das ist, was sie tun muss,
brennen.
Wenn nun eins im anderen stirbt, so erfüllen
doch beide, was zutiefst im Innern ihr Leben ist.
Ich wollte, ich wäre der, der deine Hand halten könnte.
Ich wollte, ich wäre der, der bei dir ist und lebt.

Aber da ich es nicht sein kann, will ich der Falter sein,
der seinen Tod wählt, indem er bleibt, was er ist.
Kannst du verstehen, dass das eine wie das andere ist
in meinem Traum?

Er hielt den Bogen Pergament, der gewiss unendlich teuer war, in seiner zitternden Hand. Seine Buchstaben standen aufrecht und klar wie der Traum, der sich vor ihm ausgebreitet hatte. In dem Gedicht hatte er genau das gesagt, was er gefühlt hatte. Er wollte Anna wiedersehen. Er wollte bei ihr sein. Und er wusste, dass es nicht ging, dass es sinnlos war.
Er beschwor vor sich ihr apfelartiges Gesicht, ihre runden Augen und immer wieder die Hand, die sein Kinn hielt, während die andere mit dem alten Rupfentuch über seine Lippe wischte. Vielleicht müsste es nicht sinnlos sein. Vielleicht nur anders?
Mit einem Mal wusste er ganz genau, dass er sie sofort wiedersehen musste, das er nicht auf einen Zufall warten durfte oder das Vergessen. Er ließ das Gedicht fallen, wo er stand, und rannte wieder über den vereisten Weg nach Ried hinunter. Jeden Schritt war er nur siebzehn und sonst nichts, endlich für kurze Zeit befreit aus dem komplizierten Käfig seines Selbstbildes.
Auch das Dorf war in der Frühmette, der Marktplatz lag wie ausgestorben. Er näherte sich der kleinen Kirche und horchte. Unmöglich konnte er sich dazu bringen, hineinzugehen und von all den dumpfen Dörflern angestarrt zu werden, am besten noch, dass der Schulte Bemerkungen machen würde über den gestrigen Abend. So wartete er in der Kälte, bis sich der Gottesdienst schließlich auflöste.
Er verbarg sich hinter einer vorspringenden Hausecke und beobachtete die Kirchgänger, wie sie auf den Vorplatz strömten, hungrig, frierend, manche Frauen noch mit der

Ohnmacht oder Übelkeit durch den Weihrauch kämpfend.
Anna kam mit ihrer Tante heraus, die sie zu allen wichtigen Gestalten Rieds hinzog und sie vorstellte. Wer schon die Milch panschte, tat gewiss auch noch anderes, was nicht rechtens war, und brauchte deshalb gute Beziehungen.
Was für eine Verschwendung, dachte Walther.
Anna aber machte brav die Runde, die der krumme Weg ihrer Tante ihr vorschrieb. Walther sah sie knicksen und hörte sie ihr ewiges »Gelobt sei Jesus Christus« murmeln. Sie hielt die Augen gesenkt und reagierte zu keiner Zeit auf die neugierigen Blicke der Dorfburschen und Klatschbasen, die sich für die »Neue« interessierten. Es dauerte schier endlos, bis sich die Leute entscheiden konnten, in ihre Katen und Höfe zurückzukehren. Sie riefen einander »Gesegnete Weihnacht« zu und zerstreuten sich in der Kälte. Die Wirtin sperrte die Schänke auf und schob ihre Nichte vor sich in den verrußten Raum. Der alte Priester stand allein vor seiner Kirche und sah sich suchend um.
Walther ging. Er hatte sie gesehen. Den ganzen Weg zur Burg hoch war er still und erlaubte sich keinen einzigen Gedanken. Er schlich an den Torwachen vorbei und ging geradewegs zu der Kammer, die er sich mit Konstantin teilte. Er wusste, dass Friedehalms jüngster Sohn sich vermutlich den ganzen Weihnachtstag in der Kapelle aufhalten würde und für die Vergebung der menschlichen Sünden betete, die unter anderem sein Vater gerade in diesem Moment ausübte.
So war er allein. Die Kälte war über Nacht noch schlimmer, vor allem feuchter geworden. Er zwang sich daher, auch die Decken des Bruders um sich zu wickeln, bis er auf seinem Strohsack gefangen wie in einer weichen Höhle saß. Draußen rannten die Bediensteten hin und her. Um den Eingang zu seiner Höhle zu verschließen, machte Walther

die Augen zu. Er atmete tief ein und aus, bis er sich an den Geruch der Decken gewöhnt hatte und die Schritte auf den Fluren nicht mehr hörte.

Immer tiefer sank er in sich selbst zurück. Zuerst wurde die Höhle dunkel wie Friedehalms Kerker, danach immer heller. Schließlich sah er die ersten Bilder. Den Weg, das Dorf, den Marktplatz.

Dann traf er Anna. Er ging vor der Kirche durch die sich freiwillig teilenden Grüppchen der Dörfler und begrüßte sie mit einer Verbeugung. Sie lachte. »Herr Walther«, sagte sie überrascht. »Seh ich Euch so schnell schon wieder?«

»Mir kommt es gar nicht so schnell vor«, antwortete er, und sie lachte über die beiden geröteten Apfelwangen. Ihre Augen glänzten. Er konnte denken, dass er sie hübsch fand, Gedanken hörte keiner.

»Willst du ein Stück mit mir gehen?«, fragte er, und sie hakte ihn gleich unter, ohne auf die zischenden Unmutsäußerungen ihrer Tante zu achten. Ihre Finger hielten sich sanft an seiner Armbeuge fest, und er fühlte ihre Wärme neben sich. Es war überhaupt nicht unangenehm. Es war schön, weich, verbunden. Es gefiel ihm, dass sie so tat, als gehörte ihr dieses Stück seines Arms.

Zuerst gingen sie in Schweigen. Es gefiel ihm, dass sie still sein konnte. »Ich hab mal hier in der Nähe gewohnt«, erzählte er ihr und begann vom Vogelweidhof zu sprechen. Sie wanderten immer weiter, er sah gar nicht richtig, wohin. Er erzählte ihr von Herrmann und davon, wie er an einer ganz kleinen Sache gestorben war. Sie schnalzte hin und wieder ungläubig mit der Zunge oder schüttelte bedauernd den Kopf, aber sie unterbrach ihn nicht. Dann waren sie plötzlich am Stein bei der Grenze zum Bissner-Land. »Hier hat er gesessen«, erklärte er Anna, die plötzlich Tränen in den Augen hatte. »Ich hab ihm versprochen, wenn ich ein Fahrender werde, dann komm ich hierher zu-

rück und erzähl ihm von meinen Wegen, davon, wie es in Rom ist oder in Wien.«
»Das ist ja so schön von dir«, nickte ihm Anna in aufrichtiger Bewunderung zu. »Und dass du ein Fahrender wirst, finde ich großartig.« Walther wurde noch wärmer. Sie duzte ihn plötzlich, aber er fand nichts Schlimmes dabei. Er wünschte sich, dass sie sein Kinn noch einmal anfassen würde. »Weißt du noch, wie ich dich gestern Abend vor dem Schulten gerettet habe?«, fragte er deshalb.
»Ich bin dir ja so sehr dankbar dafür«, sagte Anna. »So etwas hat noch niemand für mich getan.« Sie machte noch immer keine Anstalten, ihn zu berühren.
»Er hat mich ganz schön erwischt«, verdeutlichte Walther deswegen. »Hier, am Kinn«, sagte er und zeigte die Stelle. »Oh, ja!« Annas Augen weiteten sich mitleidig. »Das ist ja schlimm.« Endlich streckte sie die Hand aus und legte ihre warmen Finger unter Walthers Kinn. »An der Schläfe auch«, wies er sie an, und sie nahm endlich seine ganze Wange in die Innenfläche ihrer Hand.
Darüber musste er dann eingeschlafen sein.
Als er wieder aufwachte, lagen die vielen Decken zum Ersticken schwer über ihm. Er musste husten und war sehr durstig, auch wenn die Kammer nach wie vor kalt und klamm war.
»Ist ja alles egal«, versuchte er sich wieder zu beruhigen. »War ja nur in Gedanken.« Es würde sich nichts ändern.
Aber er hatte Unrecht. Alles würde sich ändern. Es hatte schon angefangen zu geschehen. Und Walther, der Seher so vieler heimlicher Wünsche und verborgener Dinge, war nun, da es um ihn ging, ebenso blind wie alle anderen. Er war der Falter, der auf die Flamme zuflog.

Kaplan Bernward war nach der Frühmette in sein Studierzimmer gegangen, um nicht wegen der Vorbereitungen

zum Festmahl mit irgendwelchen niederen Aufgaben betraut zu werden oder Gunis die siebte Beichte in fünf Tagen abnehmen zu müssen.
Missmutig marschierte er durch den kleinen runden Raum und versuchte sich warmzulaufen. Er hatte tatsächlich jede Menge unerledigter Aufgaben; genau genommen, seit Jahren unerledigte Aufgaben, Listen, Steuerregister, Sterbelisten, Taufeinträge zur Zählung der Leibeigenen, Protokolle von Friedehalms so genannten Gerichtsverhandlungen, eine lang fällige Note nach Böhmen, um Maria Ludovicas Familie über eine bedauerliche Fehlgeburt zu informieren, die sie sich durch eigenes Verschulden, durch mangelnde christliche Gattinnenliebe nämlich, nach einem Disput mit ihrem Gemahl zugezogen hatte. Aber diese Dinge strengten ihn zu sehr an, sie waren so profan und unwichtig, redete er sich auch jetzt wieder ein.
Er kniete vor dem dunklen Herrgottswinkel im Erker nieder und faltete die Hände zu seinem üblichen inbrünstigen Gebet.
»Ich will ein Klostervorsteher werden«, wisperte er in den dringlichen Knoten seiner kalten, schwarz tintengesprengselten Hände, »mach, dass ich ein Klostervorsteher werde!«
Diese Fürbitte war eine tägliche Routine Bernwards, auch wenn er sie in den letzten Monaten mit mehr und mehr Gram vorgetragen hatte, da Gott leider nicht entsprechend tätig geworden war.
Nachdem er diesen dringlichen Befehl dennoch einige Male wiederholt hatte, regte sich in seinem Geist die Ahnung, dass er Gott vielleicht etwas zum Tausch für diese Leistung anbieten müsste, um das Verfahren zu beschleunigen.
Schließlich ließ auch er die Bittsteller als Erste vor, die es nicht versäumten, Bernward ein Ei oder einen Kohl zuzustecken, wenn sie zum Gerichtstag kamen. Da Gott

ihn schließlich zu seinem Ebenbild geschaffen hatte, zog Bernward den fast schon genial syllogistischen Rückschluss, dass entsprechend Gott einem kleinen Geschenk gegenüber ebenfalls nicht abgeneigt sein könnte.
Er dachte scharf nach. »Ich will die Böhmen benachrichtigen, mein Herr«, bot er schließlich an. »Mach mich dafür zum Klostervorsteher.«
Er wartete einen Moment, aber nichts geschah. Er musste sein Versprechen also als Vorleistung ausführen, dachte er. Ächzend drückte er seine schmerzenden Knie vom Boden hoch und ging zum Pult. Das Pergament, das er sich schon vor Tagen zurechtgelegt hatte, um seine Aufgaben vorzubereiten, war verschwunden. Bernward durchzuckte kalte Angst. War das ein Zeichen? Hatte Gott seinen Handel abgewiesen? War er Esau, den Gott hasste?
Ihm brach der Schweiß aus. Fahrig hob er alle Gegenstände, die auf seinem Pult lagen, auf, obwohl es klar war, dass das Pergament nicht darunter versteckt sein konnte.
Da trat er auf etwas. Unter seinen dünnen Ledersohlen sah er es, sein Pergament. Bernward atmete auf. Er war natürlich nicht Esau, Gott hasste ihn nicht. Fast hätte er lachen mögen. Dann, als er sich bückte, um das Stück aufzuheben, sah er, dass es beschrieben war. Seine Finger begannen zu zittern. Sprach so der Herr zu ihm? Hatte er seine Anweisungen für Bernward durch seine wunderwirkende Allmacht niederschreiben lassen, wie auf den Gesetzestafeln des Berges Sinai?
Nur einen Wimpernschlag später erkannte er Walthers Handschrift, und Zorn loderte in ihm auf. Blasphemie! Der Kebsenjunge hatte sich mit seinem Geschmier an dem eigens für ihn, Kaplan Bernward, bereitgestellten Pergament vergriffen! Als ob Pergamente etwa auf den Bäumen wuchsen. Bernward buchstabierte sich durch das Gedicht, das Walther wie in Trance verfasst hatte.

Er schnaufte vor Wut. »Das reimt sich ja nicht mal«, keuchte er nach den ersten zwei Zeilen. Aber irgendetwas war an dem Gedicht, das ihn innerlich anfasste.
Bernward sah den Falter und die Kerze geradezu vor sich, wie er sie schon hundertmal in seinem Leben bei ihrem sinnlosen Spiel von Anziehung und Tod beobachtet hatte, ohne sich auch nur einen Augenblick lang etwas dabei zu denken. Wieso war Walther etwas daran aufgefallen, und wieso schien etwas darin zu sein, das wahr klang. Wie konnte eine Kerze wichtig sein? Zu wem redete er überhaupt? Wessen Hand wollte er halten?
Bernward las das Gedicht noch einmal und dann noch ein drittes Mal. Er kaute an der Innenseite seiner Unterlippe und wartete, ohne sagen zu können, auf was. Vielleicht hatte Gott doch zu ihm gesprochen, vielleicht war es nur verschlungener, undurchsichtiger, als er es sich vorgestellt hatte. Bernward versuchte sich zu erinnern, wie er seinerzeit begonnen hatte, seinen Fortgang zu dem ihm bestimmten Schicksal als Klostervorsteher mit dem Dichterhandwerk des verrückten Kebsenjungen zu verknüpfen. Seit einem halben Jahr beinahe musste der Brief in Wien bei Friedrich sein. Es war nie Antwort gekommen. Bernward, der dazu neigte, sich als Kleriker auch den hochgeborensten Herrschaften gegenüber für geistig überlegen zu halten, legte die Stirn in nachdenkliche Wülste. Er hatte, auch wenn ihm dies ganz unbegreiflich schien, einen entscheidenden Fehler gemacht.
Er hatte versäumt, Proben von Walthers Tun nach Wien zu senden. Wer – und sei es der dümmste Bauer – würde denn eine Kuh kaufen, von der man ihm nur erzählt hätte? Gott hatte doch zu ihm gesprochen und ihm in seiner ewigen Güte endlich eine neue Chance gegeben, zu tun, was getan werden musste. Walther hatte bei all seiner Insolenz den-

noch nur das obere Drittel des Pergaments beschrieben, sodass für Bernward noch genug Platz blieb, einen Zusatz zu verfassen. Er beschloss, diesen ohne Friedehalms Wissen zu verfassen und auf anderen Wegen als den üblichen sogleich nach Wien zu senden.
Nachdem er sich etwa eine Stunde mit der passenden Anrede herumgeschlagen hatte, kam er zur Sache:

Sollst du nun nach dem Hören von dem, was unser Dichter so geschrieben hat, noch immer nicht den Wunsch haben, ihn an deinen Hoff zu beruhfen, so kann ich dir auch nicht helfen.

Bernwards Herz schlug schneller, als er diese Worte noch einmal las, immerhin schrieb er an einen Erzherzog, wenn auch getarnt als dessen Vetter.

Ich sage, höhr ihn Dir doch mal an, den Jungen. Oder hast Du keinen Kunstverstand, da wär's dann schade drum, weil ich ihn schon habe und weis, was Dir entgeht. Gesegnete Weihnacht.

Bernward überlegte, ob er unter Umständen noch ein Ultimatum anfügen sollte, verwarf diese Idee dann aber wieder. Zur Not würde er diesen Brief noch vor seinem Herrn rechtfertigen können; eine Drohung, die den Wiener Hof gegebenenfalls zu einer kleinen Fehde beflügeln könnte, ließe sich nicht so leicht erklären. Er fälschte mit zitternden Fingern Friedehalms Unterschrift, bei der es gar nicht so sehr darauf ankam, und erhitzte den Siegelklotz. Als er den Stempel eindrückte, mit ganzer Kraft, und beobachtete, wie das gelbliche Wachs zu beiden Seiten neben dem Schaft hervorquoll, war es Bernhard so, als spürte er Gottes Gegenwart. »Es sei!«, sagte er leise. Jetzt erst merkte er, wie kalt ihm geworden war, obwohl ihm der Schweiß auf der Stirn stand. »Es sei!«

Er steckte den Brief am nächsten Tag sogleich einem Krämer zu, der versprach, ihn in Wien abzuliefern, sobald er hinkäme. »Wahrscheinlich um Lichtmess«, teilte er mit. Bernward nickte ernst und sah dem davonrumpelnden Ochsenkarren nach.

DIE »ANNA-REDE«

Den ganzen restlichen Winter hindurch ging Walther, wann immer es notwendig wurde, den kurzen, weiten Weg nach innen in seine Deckenhöhle, um Anna erneut zu begegnen.

Er war außerdem häufig im Wirtshaus zu finden, wo sie immer noch schüchtern bediente und wo sie immer noch ihr ewiges »Gelobt sei Jesus Christus« leierte und damit den Branntweinkauf der Gäste für eine Weile unangenehm drosselte; jedenfalls so lange, bis man sich daran gewöhnt hatte. »Unser Nönnchen«, hieß sie bald bei den regelmäßigen Besuchern der Schänke, und die Wirtin, der es vor der Fastenzeit graute, ließ alle gewähren; oft mit einer Bemerkung, dass es Annas Anwesenheit nun doch viel angenehmer machte, nach Beginn des Fastens das ein oder andere Mal zu sündigen. Gleichzeitig, so registrierte Walther, wenn er fortsah, schützte es Anna vor weiteren Übergriffen, selbst der Schulte behielt seine haarigen Hände bei sich und steckte ihr hin und wieder etwas Geld zu, wobei er »nichts für ungut« murmelte. Das Geld musste Anna sofort bei ihrer Tante abliefern.

Walther redete nie mit ihr, wenn er ihr von Angesicht zu Angesicht gegenüberstand. Das konnte er nicht. Es erforderte mehr Mut, als er aufzubringen vermochte. Er versuchte es gar nicht erst. Er bestellte sich einen Wein oder manchmal auch das schlecht gebraute Bier der Wirtin und brütete vor sich hin. Wann immer er aufsah, fühlte

er die runden, reinen Augen Annas voller Bewunderung auf sich. Aber gerade deswegen wurde es immer unmöglicher, mit ihr zu sprechen. Manchmal lief sie ihm nach und bedankte sich draußen vor der Schänke wieder und wieder für seine Heldentat in der Christnacht. Wenn sie ihm so nachsetzte, riskierte er einmal einen Blick in ihre braunen Augen und sah sich, wie sie ihn sah, aufregend, wild, ungezähmt. Sie war zu rein, den Kerker zu sehen, in dem er lebte, zu freundlich für seine Dunkelheit.
»Ich muss gehen«, beschied er ihr immer und drehte sich gleich um.
Aber er behielt ihr Gesicht, das leicht zitternde Nicken ihres Kopfes, die einen Hauch geöffneten roten Lippen in seinem Gedächtnis, als wären sie ihm eingebrannt.
»Auf Wiedersehen, Herr Walther«, rief sie ihm nach, wenn er durch die anhaltende Kälte über den Marktplatz lief, manchmal betrunken, manchmal nüchtern, doch immer gleich verzweifelt.

Die einzigen Momente, in denen es ihm besser ging, waren die, wenn er sich mit ihr in der Höhle in seinem Innern traf. Er hatte die Alleinrede aufgegeben, da sie ihn, seit er ihr begegnet war, nicht mehr zufrieden stellte. Stattdessen hatte er nun die »Anna-Rede«.
Wenn er sich mit ihr traf in der Dunkelheit, dann konnte er mit ihr über alles sprechen. Sogar vom Kerker hatte er ihr schon erzählt, und schließlich wagte er auch, von seiner Aufteilung der Welt in Menschen wie Herrmann und Menschen wie Gunis zu berichten. Als er ihr dieses Geheimnis anvertraute, hatten sie unter der rauschenden alten Linde am Vogelweidhof gesessen, und es war Sommer gewesen. Die Lerchen flogen über das Feld, auf dem die Gerste und der Roggen hoch und gerade standen. Sie hatte genickt und eine Weile geschwiegen. Sie konnte immer schweigen,

wenn es darauf ankam. Und wann kam es nicht darauf an?
Dann jedoch stellte sie eine Frage, die ihn verwirrte:
»Und wem gehör ich zu in Eurer Welt?«
Sie sprach, wie seit dem ersten Mal festgelegt, nie von sich, wenn sie sich in der Tiefe der Höhle begegneten, und deswegen war es Walther sehr unangenehm, dass sie diese so sinnvolle Regel auf einmal verletzte. Er überlegte zu gehen, schon lösten sich die Bilder der rauschenden Felder auf, und die mächtige Linde begann zu schwinden, da bestand sie weiter auf ihrer Frage: »Na, sagt mal, bin ich wie Herrmann? Oder wie Gunis?« Walther musste tief atmen, er wollte ihr sagen, dass sie sich unvernünftig verhielt und dass er nun gehen müsste, wenn sie die Vereinbarungen ihres Zusammenseins so ungehörig über den Haufen warf. Deshalb konnte er die Felder schon nicht mehr sehen, und die plötzliche Dunkelheit verriet ihm, dass er schon wieder auf den Ausgang der Höhle zuging.
»Bitte, Walther«, rief sie da, »ich muss es doch wissen, wer ich bin für Euch!«
Er zitterte am ganzen Körper, als er sich wie gegen seinen Willen entschloss, zu ihr zurückzukehren. Sie war von der Bank aufgestanden, und der Wind wehte stärker als zuvor. Die Blätter der Linde, die er einen dunklen Himmel voll von grünem Regen genannt hatte, als er noch die Alleinrede hatte, flüsterten aufgeregt miteinander, und die Halme auf den Feldern neigten sich, um zu lauschen. Würde er antworten? Sollte er? Müsste er?
Annas verblichener blauer Rock bauschte sich um ihre nackten Füße. Er zwang sich, ihren Anblick auszuhalten, und er sah sie nun so ganz anders, als wenn er ihr seine Gedanken erzählte und sie aufmerksam, aber still zuhörend neben ihm saß.
Er sah sie auf die unbehaglich klarsichtige Art, wie in dem Traum, den er in der Christnacht gehabt hatte. Die Züge

voller Trauer, so dicht und schwarz und zäh wie seine eigene; er sah das apfelrunde Gesicht und die reinen, gläubigen Augen, die nur das Tor zu einem verborgenen, verwunschenen Reich waren, wie auch er es in sich trug, das man nicht zeigen durfte. Die schimmernden Wangen und der freundliche Mund, die starken Zöpfe und die sich von der vielen Arbeit immer mehr rötenden Hände, der runde Körper unter dem fadenscheinigen Kleid, an den zu denken er sich nie erlaubte, die vergeudete Jugend in ihrer beider Seelen; sie ihrem Gott und er seinem Nichts verschrieben.
»Wer bin ich, Walther?«, fragte sie noch einmal, dringlicher, er hatte das Gefühl, sie nähme sogar seine Hand dabei. »Ich weiß nicht«, versuchte er der Erkenntnis auszuweichen und hörte die Blätter der Linde lachen, wie er sich selbst so hinters Licht führen ließ.
Da nahm sie sein Gesicht in beide Hände, umfing ihn mit jenem Zauber einer warmen Berührung, mit der sie ihn damals von seinem Weg abgebracht hatte.
»Sagt mir, wer ich bin, Walther!«, befahl sie ihm.
Unter seinen fest geschlossenen Lidern wurden ihm die Augen feucht, und er begann zu schluchzen.
»Anna«, brachte er noch heraus, »du bist nur Anna, niemand sonst«, da riss ihm Konstantin in freundlicher Besorgnis die Decken fort, unter denen er sich verborgen hatte. »Wach auf, Walther.« Der sanfte und verlorene von Friedehalms Söhnen schüttelte ihn an der Schulter.
»Wach auf, du hast einen Albtraum!« Er zog weiter an den Decken, die Walthers Höhle bildeten, zerstörte in seiner brüderlichen Sorge den einzigen Ort, an dem dieser jemals und zum ersten Mal in seinem Leben seit dem Tode Herrmanns einem anderen Menschen von Angesicht zu Angesicht begegnet war.
»Mensch, darunter kannst du ja ersticken.« Konstantin hielt ihm einen Becher Wasser vor die Nase. »Ist dir denn

so kalt? Wirst du am Ende krank? Soll ich nach der Hildegard schicken?«
Walther war verstört. Er hatte nicht den üblichen Weg zurück aus der Höhle gehen können, nicht den sich langsam verdunkelnden Abstand zwischen sich und Anna legen können, den er brauchte, um wieder unbeschadet nach draußen zu gehen. Die Höhle war fort, und doch hatte er Annas Bild noch immer vor Augen, sah sie noch immer, hörte seine Stimme, die ihr das furchtbare Geheimnis seiner Erkenntnis anvertraut hatte, das nun abermals um ihn herum und durch den Raum flatterte, wie der Falter, von dem er geträumt hatte. Sie war Anna, niemand sonst. Er hatte sie gesehen. Er hatte ihr erlaubt, ihn zu sehen. Es war ans Licht gekommen.
Und wie der Falter es tun musste, würde auch dieser Gedanke in sinnlosem Streben seiner innersten Erfüllung auf das Licht zuflattern, das ihn unausweichlich vernichten müsste.
»Walther, he!« Konstantin war ernstlich besorgt.
»Schon gut«, flüsterte Walther und winkte ab.
Sein Ziehbruder versuchte ein dünnes Lachen. »Du siehst ja aus, als ob der Loos bei dir gewesen wäre.«
»Nein, nicht der Loos«, verneinte Walther und trank endlich von dem Wasser.
»Ja.« Friedehalms Sohn lächelte tapfer weiter. Er hätte Walther so gerne zu seinem Freund gemacht.
»Ist ja auch nur so eine Redensart.«
Walther stand auf und nahm seinen Umhang. »Ich muss gehen«, teilte er noch mit und ließ Konstantin dann einfach stehen, wo er stand.
Der Falter wies ihm den Weg.

Seitdem grüßte Walther Anna, ohne die Augen abzuwenden, und ihr schwärmendes Lächeln tat ihm nicht mehr

weh. Wenn sie »Gelobt sei Jesus Christus« sagte, nickte er ihr zu, um ihr zu zeigen, dass er verstanden hatte. Als sie ihm wieder einmal nachkam auf den Dorfplatz, rannte er nicht gleich fort. »Noch zwanzig Tage bis Ostern«, sagte sie ihm und schlug gleich ein Kreuz. »Wenn ich im Kloster wäre –«
Er unterbrach sie. »Wenn der Schnee fort ist, willst du dann mal mit mir spazieren gehen, Anna?«
Die Überraschung brachte sie fast aus dem Gleichgewicht. Das Apfelgesicht leuchtete auf: »Ja, aber sicher möcht ich das, bitte. Spazieren.«
Sie sagte es wie ein geheimes Zauberwort.
Der Falter seiner Erkenntnis gaukelte noch unsicher in der kalten feuchten Luft des ersten Tauwetters zwischen ihnen. »Es«, Walther wollte ehrlich sein, »es wär vielleicht nicht gut für deinen Ruf, weißt du. Man sagt, dass ich … Ich bin bei den Frauen oben auf der Burg …«
Die gläubige Lauterkeit ihrer Augen verbot ihm die Worte, die seine Wahrheit brauchte. »Aber, Herr Walther, ich weiß doch, dass ich Euch ganz vertrauen kann«, lächelte sie ihn an. »In einem Wirtshaus lernt man schnell, was ein Ruf ist.«
»Dann also, wenn der Frühling kommt«, vergewisserte sich Walther. Anna biss sich vor Freude auf die Lippen.
»Wenn der Frühling kommt«, nickte sie. Es war ein Versprechen.

Drinnen zankte ihre Tante sie in der Küche sofort aus. »Bist du verrückt, mit dem Kebsenjungen anzubandeln. Der ist verrückt, und seine Mutter ist die Hure vom Herzog. Wenn man euch sieht!« Verbissen rührte die Tante in der verwässerten Bohnensuppe. »Kein anständiges Mädchen aus dem Ried würde mit dem auch nur die Tageszeit wechseln! Wenn du hier aufgewachsen wärst, dann wüsstest du das. Ich hab dir gesagt, halt dich an den Wagenmacher, der hat einen Sohn, der kommt bald aus dem Leyertal zurück, wo er bei seinem Onkel war. Als Schmied. Das ist eine aussichtsreiche Sache.« Sie schnaubte verächtlich durch die Nase und fügte an: »Das wird das Erbe deines Vaters sein, das Liederliche! Gott vergeb meiner armen Schwester, dass ihre einzige lebende Tochter sich jetzt auch noch so benimmt wie eine Hure!« Sie goss noch mehr Wasser in den Kessel und warf ein paar starke Kräuter dazu, die Geschmack geben sollten. Viel Liebstöckl vor allem. Anna brachte kein Wort heraus.

Sie dachte an die warmen Worte ihrer Tante, dass sie ja nichts dafür könnte, was ihr Vater getan hätte. »Dir soll niemand etwas vorwerfen, mein Schäfchen«, hatte sie gesagt, als sie sie aus Brixen abgeholt hatte. »Komm zu uns nach Ried, da weiß keiner von der Sache.«

Die Tante schlürfte vom Holzlöffel und ließ noch mehr Gestrünk in die aufsteigenden Blasen des Kessels fallen.

»Was willst du im Kloster?«, hatte sie damals gefragt. »Bei uns verdienst du dein eigenes Geld, du findest dir einen reichen Mann. Alles kommt in Ordnung.«

Dieselbe Tante nannte sie jetzt eine Hure, weil sie mit einem jungen Mann, der sie vor einem Betrunkenen gerettet hatte, am helllichten Tag für ein paar Augenblicke auf dem Marktplatz gestanden hatte. »Na, was stehst du hier rum? Hast du nichts zu tun? Muss ich alles selber machen?«

Anna ging. Der Tante, überlegte sie, durfte man nicht glauben. Dann schuldete sie ihr auch nichts. Sie konnte es gar nicht erwarten, dass der Schnee schmolz, und betete voller Inbrunst dafür. Bei der Beichte am selben Abend saß sie dem alten Priester mit dem schwachen Glauben gegenüber und bekannte zwischen Zorn und Reue den Ungehorsam gegen ihre Tante und ihre Pläne, sich mit Walther zu treffen, sobald es Frühling wäre. »Mit dem Walther vom Vogelweidhof?«, fragte der Alte ungläubig nach.

»Ja, Ehrwürden.« Anna hielt den Atem an.
»Er will mit dir spazieren gehen, sagst du?«
»Ja, Ehrwürden.«
»Ach«, machte der alte Mann und schwieg eine Weile.
»Vielleicht«, überlegte er dann ganz leise, »vielleicht geht er mit dir dorthin, wo das Auge endet und die Welt beginnt?«
»Wie bitte, Ehrwürden?«
»Nichts, Anna, es ist in Ordnung, wenn du mit dem Walther gehen willst. Er ist ein guter Mensch. Anders, aber gut. Und du bist auch gut. Hast du noch so Träume vom Kloster?«
Anna begann zu schniefen: »Wie soll man's denn hier draußen schaffen, Ehrwürden? Es den Menschen recht zu machen und Gott? Ich weiß nicht.« Sie blies sich die Nase in ihre Schürze. »Wenn ich der Tante gehorche, dann versündige ich mich, aber wenn ich der Tante nicht gehorche, dann hab ich gar niemand mehr. Und ob sie mich nehmen im Kloster, weiß ich doch auch nicht. Und wie soll ich denn hinkommen?«
»Anna, Anna«, begütigte sie der Priester hilflos, »denk doch nicht immer so schwere Dinge. Du bist jung. 's wird Frühling, und du gehst mit dem Walther spazieren, so weit das Auge reicht.« Aber er wusste, dass es so einfach schon lange nicht mehr war, nicht für Walther und nicht für Anna. Trotzdem wollte er gern an etwas Schönes denken und prüfte seinen schwachen Glauben erneut, ob er noch mal vorhalten könnte bis zum Frühjahr.

Walther ging nicht mehr zurück in die Höhle unter seinen Decken. Wenn Walther jetzt mit Anna redete, so tat er es in seinen Gedanken und den Liedern, die ihm zuflogen. Er dichtete viel, für sie, für sich, und wartete auf die Schneeschmelze. Seitdem er die Höhle verloren hatte, schlief er auch nicht mehr mit den Mägden und Waschfrauen, obwohl sie ihm häufig zuzwinkerten und mit dem Kopf auf stille Winkel deuteten, in denen sie sich treffen könnten. »Was hat er denn auf einmal?«, fragten sich die Frauen untereinander und versuchten herauszufinden, wer als Letzte mit ihm zusammen gewesen war. Leider behaupteten mindestens sieben, die Letzte gewesen zu sein. Einen Grund für Walthers plötzlichen Rückzug konnte keine nennen. »Vielleicht kann er nur nicht mehr«, mutmaßte die Frau des Stallmeisters, deren Gatte ähnliche Probleme hatte, aber keine wollte daran so richtig glauben.

Weit entfernt, in Wien, wo es bereits eher taute, kam Anfang März ein arg verknittertes, kaum noch versiegeltes Pergament aus dem Grödnertal an, das ein paar Tage unter der übrigen Post und Verwaltungslast liegen blieb, bis es ein Sekretär achselzuckend an den Kanzler Friedrichs, einen intriganten Böhmen, den man Moldavus nannte, weiterleitete. Es war mehr der impertinente Ton dieses Waldherzogs da draußen, der Moldavus dazu bewog, seinem Herrn das Schreiben vorzutragen, als das Gedicht, aus dem er nicht viel Sinn machen konnte. Friedrich erinnerte sich nicht, dass schon einmal von einem Dichter die Rede gewesen sein sollte, nur ein dumpf unangenehmes Gefühl stieg in ihm auf, und er schüttelte abwesend den Kopf.
»Ach, na ja, das Murmeltier eben«, zuckte er dann die Schultern. Hugh de Marbeyère, der Ponteviner, witterte eine Chance, den verfeindeten Franzosen zu diskreditieren und gleichzeitig beim Kanzler ein kleines Guthaben abrufbarer Gefälligkeiten einzurichten. »Wissen Euer Gnaden nicht mehr?«, verbeugte er sich formvollendet, »Monsieur Luc-Saint-Denis machte damals den originellen Vorschlag, dass man den Dichter hierher einladen sollte.« Moldavus

lächelte dünn und signalisierte dem Ponteviner, dass er sein Eingreifen wohlwollend vermerkt hätte.
Der Franzose hingegen schoss einen finsteren Blick in Richtung seines Gegenspions. »*Mais non, mais non!* Ich habe nur –«, fing er an, doch eine Stimme wie knisterndes Laub unterbrach ihn.
»Es ist der Dichter Walther von der Vogelweide, Euer Gnaden«, sprach Reinmar der Alte, der zusammen mit dem echauffierten Kanzler eingetreten war.
»Hm?«, machte Friedrich unbestimmt. »Walther, Walther, ich kenne keinen Walther.«
Reinmar verneigte sich. »Dürfte ich Euer Gnaden dennoch um die Gunst bitten, das Gedicht zu hören, das Euer edler Vetter uns schickt.«
Der Kanzler zog die Mundwinkel nach unten, er hatte gehofft, dass man über den unverschämten Friedehalm sprechen würde, nicht ihn zu einem Vorleser oder Sänger zu missbrauchen. Moldavus nahm sich vor, bald einmal wieder ein Exempel seiner heimlich wachsenden Macht zu statuieren. Man musste nur den Zeitpunkt entsprechend wählen. Moldavus war ein Mann von erschreckender Geduld, wenn es um die Macht ging. »Sind gar keine Noten dabei«, knurrte er schließlich. »Das kann man doch so gar nicht vortragen.«
Der junge Herzog wollte nur endlich das Gefühl abschütteln, das sich seiner immer stärker bemächtigte.
»Ja, mein Gott, dann lest es eben nur vor, das wird ja nun nicht so schwer sein!«, fuhr er seinen Kanzler an, der erschrocken zusammenzuckte. Wie unbeherrscht der gnadenvolle Herrscher doch war. Aber wie günstig! Wie sehr er sich doch von seinen Gefühlen leiten ließ. Sehr interessant. Sehr wichtig, es sich für später zu merken …
»Los!«, forderte Friedrich. Moldavus verneigte sich.
Der Kanzler las Walthers Gedicht mit absichtlich aus-

drucksloser Stimme vor, um seinem Protest gegen diese Degradierung angemessen Ausdruck zu verleihen.
»... *Kannst du verstehen, dass eins wie das andere ist in meinem Traum?*«, endete er und zuckte die Schultern. Was das nun sollte! Falter und Kerzen. In ein Gedicht gehörten unerreichbare, edle Damen, spannende Heldentaten und schöne Worte, das wusste jeder, der nur ein bisschen was von Kunst verstand. Oder eben diese Mariengedichte, die der andere Reinmar draußen in Zwettl verfasste, das ginge auch noch, weil es ja Ausdruck eines anständigen Christentums wäre. Aber dies?
Friedrich indes war bleich geworden. Er hatte zutiefst verstanden, was der Unbekannte aus dem Grödnertal schrieb. Der Falter, das war er.
Ob er wollte oder nicht, er trieb auf den Tod zu, Philomena, seine schöne, böse Frau, würde ihn niemals wiederlieben, und nichts wäre daran zu ändern. Der junge Mann hatte das Gedicht ausschließlich für ihn verfasst, kam es ihm vor. War das ein Zeichen?
»Reinmar?«, sagte er nur mit wackliger Stimme. Und in diesem Moment, so kurz bevor er seine Furcht überwand, war sie größer als je zuvor.
Reinmar von Hagenau nickte dem erbleichten Fürsten beherrscht zu. Er hatte auch verstanden. Der Falter, das war er. Sein Bestreben nach sauberer und edler Kunst würde sich nicht halten lassen, sein ganzes Tun und Wirken würde verwehen, und vom Tod, der Ehre, der Liebe und dem Lächerlichen bliebe höchstens dieser als das Letzte übrig, um alles andere zu überdauern. Ein neuer Dichter hatte gesprochen, der jetzt, da er noch am Anfang stand, schon wusste, wie sich Reinmar kurz vor seinem Ende fühlte. Der Unbekannte musste ein größerer Dichter sein. »Ja, Euer Gnaden«, sagte der Alte. Es war ein Zeichen.

Friedrich sah eine Weile still auf den Boden.
»Lasst ihn herholen«, ordnete er dann an und gab dem Kanzler einen Wink, sich zu entfernen.
Der Kanzler gab nicht so schnell auf. Aus einer Fehde ließ sich eine Menge herausholen, Verbindungen mussten gemacht werden, Gelder würden gezahlt werden – an ihn: »Mit Verlaub, Euer Gnaden, der Rest des Briefes, der Tonfall, die Art und Weise!«
»Ich will nur den Jungen, Kanzler, der Rest ist egal. Das Murmeltier nimmt doch sowieso kein Mensch ernst.«
Reinmar nickte seinem Herzog abermals zu. Eins war wie das andere. Der Junge musste kommen.

AUGEN DES HERZENS

sumer unde winter beide sint
guoten mannes trost, der trostes gert.
er ist rehter fröider gar ein kint,
der ir niht von wibe wirt gewert.
da von sol man wizzen daz,
daz man elliu wip sol eren und doch die
besten baz.

ich weiz wol wiez darumbe si:
sin gesach min ouge lange nie.
sint ir mines herzens ougen bi,
so daz ih ane ougen sihe si?
daz ein wunder an geschehen,
wer gap im daz sunder ougen, deiz si zaller
mac sehen.

wirde ich iemer ein so saelig man,
daz si mich ane ougen sehen sol,
siht si mich in ir gedanken an,
so vergiltet si mir mine wol.
minen willen gelte ir.
sende mir gouten willen, minen den habe
iemer ir.

sommer und winter in ihrer folge sind
der trost eines wackeren mannes, der trost sucht.
er freut sich wie ein kind
über das, was ihm eine frau gewährt.
deswegen soll man immer dran denken,
frauen muss man ehren – und die besten unter ihnen
noch mehr.

ich weiß schon, wie es so ist:
sie hat mir nie lang in die augen gesehen.
sind die augen meines herzens bei ihr,
so dass ich sie immer ohne augen sehen kann?
das ist ein mysterium,
wer hat das so gemacht, dass man ohne augen
besser sehen kann.

werde ich jemals so glücklich sein,
dass auch sie mich ohne augen sieht?
wenn sie mich in gedanken vor sich sieht,
gibt sie mir zurück, was ich gab.
mein ganzes denken, das gilt ihr.
ich hoffe auf gute gedanken, die sollen immer
bei ihr sein.

Der Schnee schmolz langsam im Ried und in den Tälern und Bergen ringsumher, so als wollte er nicht, dass, was geschehen musste, zu schnell geschah. Walther stand oft am Burgtor und sah auf die Hänge hinunter. Dann schloss er Wetten mit sich selbst ab, bis wohin das Weiß am nächsten Tag zurückgefallen wäre. Er wollte nicht sofort am ersten Tag gehen, er würde warten, dass es etwas trocken war und nach Möglichkeit mild. Wenn er neben der schweren Zugtür stand, sah er, wie Kaplan Bernward auf dem Gang des Torüberbaus auf und ab ging und ebenso brennend wie er selbst auf die langsam tauenden Wege starrte.
Ein seltsames Sehnen lag über der Welt, wenn Walther sie ansah, und erstmals dachte er, dass sein eigenes Hoffen nur Teil so vieler anderer Wünsche war. Das erschien ihm unangenehm, simpel, so gewöhnlich. Es machte ihm auch Angst, wenn er Anna wiedersah. Woher wusste er, dass er nicht jedes Mal mehr wurde wie die anderen?
Wenn er sich mit ihnen verglich, schien die Hoffnung so unsinnig. Maria Ludovica, Ottokars arme böhmische Frau, die das Grödnertal hasste und heimwehkrank war, hoffte mal wieder auf einen Sohn, damit man sie danach vielleicht für einige Zeit nach Hause lassen würde. Friedehalm hoffte, dass er nicht allzu viele Steuern nach Wien nachzahlen musste, und war noch unzufriedener als gewöhnlich. Gunis hoffte, dass der Weg bald wieder für die Händler befahrbar wäre, da ihre Salbenvorräte zur Neige gingen.

Ottokar hoffte auf irgendein Abenteuer, eine Fehde vielleicht, seinethalben auch den Kreuzzug, der ihn endlich von zu Hause weggeführt hätte. Konstantin hoffte, dass man ihn im Sommer nach Zwettl schicken würde, damit er endlich das Klosterleben antreten könnte. Bernward hoffte auf einen Boten aus Wien und versuchte, nicht an seine versäumten Abrechnungen und Listen zu denken, die Friedehalm immer mal wieder unwillig anforderte.

Walther lehnte sich an die feuchte Mauer und spürte den sanften Frühlingswind in seinem Gesicht, eine körperlose Liebkosung von nirgendwoher.

Was ist es nur am Frühling?, überlegte er. Was war es nur, das jedem Menschen in jedem Jahr die neue Wahnidee schenkte, dass sich wirklich etwas ändern würde? Die Zeit verging und mit ihr so viele Pläne.

Ein Lied pochte in ihm.

Sommer und Winter sind Trost eines jeden, der Trost begehrt, fing es an. Er klopfte mit den Fingern einen Takt gegen die Mauern. *Und voller Freude, wie ein Kind, ist der, dem eine Frau dann Trost gewährt.* Er dachte an Anna, ihre apfelrundes Gesicht, ihr Lächeln, wenn er sie abholen käme, und lächelte. Hoffnung, Hoffnung auf Annas Blick. *Wollt Ihr wissen*, fragte er in sich die lachenden Blätter der Linde vom Vogelweidhof, *mit welchen Augen ich sie seh? Ich seh sie ohne die Augen, die ich in meinem Kopfe dreh. Ich seh sie mit meines Herzens Augen, für die auch Mauern und Wände dicker als diese nicht taugen.* Und er klopfte mit den Knöcheln gegen den fühllosen Stein. *»Werd ich je so glücklich sein«*, flüsterte er, *»dass sie auch mich mit diesen Augen sieht?«* Gewöhnlich hin oder her. Es war ein schönes Gefühl, an jemanden denken zu können.

Am Tag gleich nach Ostern ging er nach Ried. Es war warm und die Wege halbwegs trocken. Sie hätten bis zum Vogelweidhof gehen können. Anna schrubbte Tische in der leeren Wirtschaft, die sich vom ersten Ansturm nach der Fastenzeit erholte. Nach der langen Enthaltsamkeit war vielen Gästen am Vorabend der Wein nicht bekommen, und es stank erbärmlich nach Erbrochenem. Dieser Geruch allein wäre schon schlimm genug gewesen, doch er wurde von einem viel schlimmeren Gestank überlagert. Da die Schneeschmelze in diesem Jahr so langsam vor sich gegangen war, hatte der Bach nicht allen getrockneten Kot, den die Dörfler wie immer am Ende des Winters am verbotenen Bachlauf aufgeschichtet hatten, abgespült, sondern nur die Hälfte und den Rest zu einer riesigen Schlammpfütze verwässert, die zum Himmel stank. Obwohl es noch so früh im Jahr war, plagten mehr Fliegen als im Hochsommer das Umland, und viele Kinder, die weiter abwärts vom Wasser getrunken hatten, waren schon gestorben. Auf der Burg bekam man nicht allzu viel von diesem Elend mit, ihr Brunnen lag höher, aber der Schulte hatte einen schlechten Stand. Bittsteller, Trauernde und Kranke warteten Tag für Tag wütender vor seiner Tür.

Als Walther auf den Dorfplatz kam, traf ihn der Gestank noch heftiger als sonst in den schmalen Gassen. Er konnte kaum atmen. Wie hielten die Leute das aus?
»Herr Walther!« Anna hatte ihn gesehen, als sie draußen einen Eimer Spülwasser ausgoss. Er hob eine Hand zum Gruß.
»Heute?«, fragte er nur. Anna sah sich um.
Der Tante wäre es heute überhaupt nicht recht mit der ganzen Arbeit von gestern. Die Tante war seit Annas Ankunft immer häufiger gezwungen, den ganzen Tag im Bett zu liegen und gewärmten Wein zu trinken, da sie ein Leiden quälte, über das sie aber nicht viel sprach. Anna wusste nur, dass es abends nach vielen Bechern meist besser wurde

und sich zum nächsten Morgen wieder sehr verschlechterte. Den Putzlumpen in der Hand, zögerte sie einen Moment. Walther sah sie auffordernd an.
Der Wind wehte, und einen Augenblick schien sich der Gestank gnädig zu heben.
Sie fand ihn schön wie einen Engel mit seinen wehenden Locken, seinem ernsten, vollen Mund. Da stand er und wartete auf sie. Es war ihr egal, ob sie eine Sünde gegen die Tante oder die guten Sitten beging. Sie ließ den Eimer stehen und warf den Lumpen hinein. »Heute ist gut«, antwortete sie und lief auf ihn zu. »Wo sollen wir denn hingehen? Ich bin ja noch nie aus Ried herausgekommen, seit ich da bin.«
»Hauptsache, weg von dem Gestank«, sagte er und zog sie an der Hand mit sich fort. Sie wollte ihm die Hand wieder entwinden, um sie wenigstens an ihrer Schürze trockenzureiben, aber er ließ sie nicht los.

Obwohl sie niemandem auf der Gasse begegneten, wusste spätestens zu Mittag das ganze Dorf, dass die »Anna von der Wirtin mit dem Verrückten vom Vogelweidhof« auf und davon war. »Nein!«, sagten alle begeistert, die die Nachricht erfuhren, und glaubten gierig alle noch so unsinnigen Überlegungen, was diese zwei nun miteinander zu tun hatten. Die Anna war doch eine ganz Fromme. Jeden Tag in der Kirche, dazu freundlich und bescheiden; was die wohl mit dem Walther wollte. Der Walther ließ doch keinen Rock in Ruhe, hörte man von den Verwandten, die auf der Burg arbeiteten. Und verrückt war er – und seine Mutter! Wenn die Anna mit dem Walther fort wäre, das hieße doch dann … Man wagte es ja kaum zu denken!
»Jaja, die Anna, das ist ein Luder«, sagte voller Bestimmtheit der Schultheiß, der glücklich war, dass der Klatsch von den augenblicklichen Schwierigkeiten ablenkte: »Das ist

mir gleich aufgefallen, die guckt durch zwei Paar lederne Schürzen hindurch, wenn die einen Mann ansieht.«

»Na, wirklich?«, rief die Frau des Wagenmachers aufs Äußerste erschrocken. »Das sieht man ihr gar nicht an!« Sie hatte gedacht, dass die Anna vielleicht eine Partie für ihren Sohn sein könnte, wenn er zurückkäme aus dem Leyertal. Nach dem, was ihr Mann ihr erzählt hatte, konnte die Anna nämlich arbeiten wie ein Pferd und war immer freundlich.

»Man sieht's eben nicht jedem an«, führte der Schulte aus, »Aber wenn man eine Menschenkenntnis hat, da merkt man's bei der gleich! Soll ja auch was in der Familie vorgefallen sein.«

»Nein!«, zischte die Wagenmacherin und legte die Hände an die Wangen. Wenn sie ihrem Mann schon mal was glaubte.

Niemand sagte Annas Tante Bescheid, dass ihre Nichte abgängig war. Sie könnte sonst am Ende nach ihr suchen und sie finden, bevor etwas passiert wäre. Man wollte erst die Rückkehr geschehen lassen. Und trotz des Gestanks standen die Rieder an diesem Tag viel auf der Gasse und warteten.

Walther stieg mit Anna an der Hand die Allmendwiesen am Nordhang auf der anderen Seite gegenüber der Burg hinauf, bis der Gestank ihnen nicht mehr folgen konnte. Wie in den Traumbildern in der Höhle redete Anna nicht, aber auch er schwieg, stapfte voran, ohne sich nach ihr umzusehen, doch ebenso, ohne ihre Hand loszulassen, die zusammen mit seiner erst trocken und dann wieder feucht wurde. An einem kleinen Bachlauf oben, wo das Wasser noch klar war, hielt er schließlich an, und sie wusch sich ihr rundes, erhitztes Gesicht. Mit der Schürze wischte sie sich über die Stirn und lachte ihm schüchtern zu.

»Ich glaub, ich kann nicht mehr«, schnaufte sie schließlich, als sie noch etwas höher gestiegen waren. Es war schon Mittag vorbei und angenehm warm. Walther nahm seinen Umhang ab.
»Setzen wir uns«, bot er ihr an. Klein und verkrümmt lag das Dorf unter ihnen, die Burg am anderen Hang war weit weg. Walther hatte Brot aus der Burgküche mitgenommen und reichte Anna ein Stück.
»So weiß!«, bewunderte die den Kanten, bevor sie es aß.
Der Wind wehte, erst war es schön und kühlend, nach einer Zeit wurde es dann kälter. Die Sonne hatte noch keine rechte Kraft. Beide wussten, entgegen Walthers Höhlenträumen, in denen er Annas vielfältige Fragen zu seiner Person immer so wortreich beantworten konnte, nichts zu sagen. Sie fragte nichts, erzählte nichts, und ihm fiel nichts ein. Anna zog die Knie an die Brust und umarmte ihre Beine, um sich warm zu halten. Walther fürchtete, dass die Kühle sie bald zwingen würde, wieder hinabzusteigen, dass der Spaziergang, von dem er sich so vieles versprochen hatte, doch tatsächlich nur ein Spaziergang werden könnte. Warum hatte er unbedingt mit ihr hier sein wollen? Wieso war es ihm so notwendig erschienen, sie weit von allen anderen Menschen zumindest eine Zeit lang für sich zu haben? Er sah sie von der Seite her an. Die apfelrunden Wangen waren nun nicht mehr so rot wie zu Zeiten ihres Aufstiegs, ihre Augen wanderten über das Dorf im Tal zum gegenüberliegenden Hang, überallhin, nur nicht zu ihm. Seine Unfähigkeit, einfach so mit anderen Menschen zu sprechen, wurde ihm in diesem Augenblick wieder bewusst, nicht schmerzhaft wie sonst, eher etwas, das sich nicht ändern ließ, das er wohl ein für alle Mal akzeptieren musste, so wie einer, der einen Buckel hatte oder ein Hinkebein.
Aber ein bisschen kann ich vielleicht, machte er sich selbst

Mut und überlegte, was es war, das er von Anna wusste und das sich nicht dadurch schon erschöpfend erklärte. Da fiel ihm ein, dass sie ihm an Weihnachten gesagt hatte, dass sie gerne ins Kloster gegangen wäre. Danach könnte er fragen.
»Warum das Kloster«, bellte er unvermittelt, bevor ihn die Courage wieder zu verlassen drohte.
Anna zuckte. »Was?«
»Warum wolltest du ins Kloster?«
Sie wandte den Kopf ab, und Walther ärgerte sich, trotz seiner guten Absichten offenbar einen großen Fehler gemacht zu haben. Er wurde innerlich wütend. Er konnte es einfach nicht.
»Ich ... Das ist ein bisschen schwer zu erklären«, fing Anna da an. »Ich will Euch nicht langweilen.« Walther fühlte sich genauso schnell erleichtert, dass sie begonnen hatte zu sprechen, wie er wütend geworden war. Es war ein Schritt in die richtige Richtung. Er fand es sehr anstrengend, dieses Reden mit jemandem.
»Ich kann ja sagen, wenn es langweilig wird«, bot er höflich und in bester Absicht an. Anna lachte, obwohl er sich nicht bewusst war, etwas Lustiges gesagt zu haben.
»Na gut«, willigte sie ein und wurde gleich wieder sehr ernst. »Ich hab eine Schwester gehabt, die hat Irmingard geheißen, und die hat einen Burschen aus Brixen heiraten sollen. Der war ihr aber nicht gut genug, weil er nur ein Schmiedegeselle war. Da hat sie sich einen anderen ausgesucht, einen Wachmann vom Stadtrat.«
Das Heiraten schien überall eine sehr komplizierte Angelegenheit zu sein, die selten Glück brachte, stellte Walther still fest. »Nur, dass der Wachmann schon eine Frau hatte, und mit der hatte er auch ein Kind, eine Tochter. Die war gerade zwei Jahre alt.« Anna fuhr fort zu erzählen, dass die Schwester sich trotz elterlichen Verbots mit dem Wachmann eingelassen habe und ihm versprochen habe, dass

er von ihr einen Sohn bekommen würde. Um eine solche Leistung guten Gewissens in Aussicht zu stellen, hatte sie sich ein heidnisches Bündel von einer Alten geben lassen, die kein guter Christenmensch je freiwillig aufsuchen würde. Die Alte beriet die ganze Gegend bei Problemen mit dem Nachwuchs, und alle hatten Angst vor ihr.
Annas Schwester aber war voll Vertrauen darauf, durch die Annahme des Bündels nur Söhne zur Welt bringen zu können. Außerdem war sie sehr schön.
»Ganz anders als ich«, sagte Anna. Das Versprechen und die Schönheit zusammengenommen, schienen dem Wachmann immerhin so wichtig zu sein, dass er Irmingard trotz der Schande und des Geredes zu sich ins Haus holte, als »Dienstmagd« zunächst, bis sich eine Lösung gefunden hätte. Annas Familie war von Grund auf entehrt gewesen, dass jeder dachte, es könnte schlimmer nicht kommen. Zu diesem Zeitpunkt war es bereits klar gewesen, dass kein anständiger Mann in Brixen und Umgebung Anna zur Frau nehmen würde. Da hatten die Eltern das erste Mal vom Kloster geredet, und es war ihr nicht unlieb gewesen, auch wenn sie im Kloster allenfalls eine Scheuermagd gewesen wäre, bei dem bisschen Geld, was die Eltern hätten zahlen können. Aber nichts wäre schlimmer als diese Scham.
»Es ist dann aber doch noch schlimmer geworden. Die Frau von dem Wachmann hat sich zusammen mit ihrer Tochter ertränkt, weil sie das Gerede nicht mehr ausgehalten hat.«
Anna schluckte und kämpfte mit den Tränen. Walther saß völlig starr und verwundert, dass tatsächlich jemand anderes auf der Welt ein ähnlich schweres Schicksal wie er tragen konnte. Oder am Ende schlimmer? Damit hatte er nicht gerechnet. Die Rührung aus seinem Traum fasste ihn an, er dachte an Annas Augen, die voller Trauer waren.
»Und dann hat sich einen Monat später meine Mutter an derselben Stelle ertränkt, weil sie es auch nicht mehr ausge-

halten hat. Alle haben gesagt, sie wär in den Fluss gefallen, weil sie krank war. Aber ich weiß, dass es so nicht gewesen ist. Immerhin haben wir sie begraben dürfen. Da habe ich gedacht, dass ich jetzt unbedingt ins Kloster gehen sollte, um für ihre Seele zu beten, weil Selbstmord doch so eine schlimme Sünde ist. Die allerschlimmste. Wenn sich wer umbringt, der ist für immer verdammt, das ist so ganz gegen Gottes Ordnung!« Anna machte eine Pause. Der Wind war noch kühler geworden, und sie zog sich immer mehr ins Innere ihres apfelrunden Körpers zurück. Walther wusste, was sie da versuchte; sie versuchte, dass es nicht mehr weh täte, an diese Dinge zu denken. Aber sie war nicht begabt dafür. Bei ihr war alles außen. Sie konnte nichts daran machen. Sie trug keinen Panzer unter der Haut.

»Und dann, als alle immer weiterredeten, da hat der Wachmann es auch nicht mehr ausgehalten und hat meine Schwester erschlagen. Und weil sie ja entehrt war, hat niemand etwas dagegen gesagt. Er hat ihr vorher einen Sack über den Kopf gezogen.«

Sie sah Walther nun das erste Mal an diesem Nachmittag, seit sie losgegangen waren, voll an. Er fühlte sich weiter so unangenehm berührt.

»Es ist noch nicht langweilig«, sagte er deswegen schnell.

Anna lachte kurz, sie nahm es ihm nicht übel. Das Leben hätte anders sein müssen dafür, dass sie noch etwas übel nehmen könnte. Mit dem Handballen rieb sie über ihr rechtes Auge, als hätte sie nicht weinen müssen, sondern als juckte es sie nur.

»Dann waren nur noch mein Vater und ich übrig.«

Annas Vater hatte durch die Reihe der furchtbaren Ereignisse seine Sprache verloren. Er ging auch nicht mehr arbeiten und fing an zu trinken. Trotz ihres dringenden Wunsches nach dem Kloster dachte Anna, dass sie ihn so nicht sich

selbst überlassen dürfte, um nicht auch noch seinen Tod herbeizuführen. In dieser Zeit erhielt sie viel religiöse Unterweisung durch den örtlichen Pfarrer, der ihr erklärte, dass alle Frauen in ihrer Familie verflucht und sündig seien, ebenso wie alle Frauen in der Welt, nur eben in besonders verschlimmertem Maße. Das war eine Tatsache, der sie sich bis zu diesem Zeitpunkt nicht voll bewusst gewesen war. Es gäbe auch kaum eine Rettung, hatte der Pfarrer erklärt, selbst das Kloster könnte Annas Mutter und Schwester wohl nicht aus den Höllenqualen des Fegefeuers retten, zu denen sie bereits verdammt waren. Er entließ sie aus jeder Belehrung mit dem Hinweis, dem Vater zu gehorchen, und mahnte sie, dass sie nun umso gefährdeter sei, dass die Sündenneigung, die sich an ihrer Verwandtschaft gezeigt hätte, bald auch bei ihr ausbrechen würde.
Anna lag infolgedessen wochenlang nur noch auf den Knien und betete, insbesondere, als Allerseelen nahte und sie nachts nicht mehr zu schlafen wagte, wegen der Albträume, die sie von Mutter und Schwester in einem riesigen Kochtopf hatte. Den Kochtopf und die Qualen des Gekochtwerdens hatte ihr der Priester bis hin zu den Hautveränderungen wortreich in allen Details beschrieben. Dem verstummten und weiter verwahrlosenden Vater ging die Frömmelei seiner einzig verbleibenden Tochter schließlich zu weit. Bei den Zöpfen riss er sie aus dem Herrgottswinkel, der ihr bevorzugter Aufenthaltsort geworden war, heraus und schleifte sie durch die Stadt bis zum Stadthaus, wo er laut gegen die Wände brüllte, wer der eigentliche Verursacher dieser Tragödie sei, der Wachmann nämlich. Annas Vater beschimpfte ihn als Hurenbock und Teufel, der von allen gedeckt würde. Ganz Brixen stand hinter den Fensterläden oder an den leicht geöffneten Türen und lauschte. Die weiter entfernt Lebenden schlichen bis zu den Anfängen der Gassen, die auf den Marktplatz zuführten. Sonst

regte sich nichts. Anna, deren Zöpfe der Betrunkene weiter festhielt, wimmerte und betete um Rettung. Und zuerst wähnte sie schon, erhört worden zu sein, denn der Priester eilte hinzu und vollführte beschwichtigende Gesten. Er hielt dem Vater das Kreuz entgegen, als wollte er einen bösen Geist bannen oder einen Heiden bekehren. Annas Vater ließ ihre Zöpfe los und machte den Priester nun in nicht weniger rauen Worten für den religiösen Wahn seiner einzig verbleibenden Tochter verantwortlich.

»Sie isst nicht mehr, sie schläft nicht mehr! Und Ihr redet ihr noch ein, dass sie schlecht ist«, brüllte er; und Anna wunderte sich, dass der Vater das mit dem Essen und Schlafen überhaupt wahrgenommen hatte.

»Das ist mein Kind, du Pfaffe«, hatte er geflucht, »kapierst du, was das heißt, mein Kind! Mein kleines Mädchen! Und du hast sie kaputtgemacht, du Schinder!«

Für einen Augenblick war es ganz ruhig gewesen, Annas Vater hatte sich zu ihr umgedreht, und so leise, dass es außer ihr niemand hätte hören können, hatte er gesagt: »Ach, Ännchen«, wie er sie früher genannt hatte, als sie noch eine Familie waren, Ännchen und Immi und die Eltern. Dann drehte sich der Vater genauso unvermittelt wieder dem Priester zu und schlug ihn nieder. Der Priester, das Kreuz noch fest in der Hand, war völlig geräuschlos zu Boden gegangen.

In diesem Moment war das Leben in den lauschenden und spähenden Brixenern erwacht. Sie stürzten mit Kriegsschreien hervor, überwältigten den Vater innerhalb von Sekunden und führten ihn ab. Anna, die erst versteinert stand, wusste nicht einmal, wohin.

Eine mutige Nachbarin erschien schließlich und führte sie hastig fort. »Wir suchen ihn morgen«, redete sie Anna zu und blickte sich bei fast jedem Schritt über die Schulter um. Am nächsten Morgen wusste allerdings niemand, wo

Annas Vater auch nur sein könnte, und man bedeutete der Nachbarin, die das verängstigte Mädchen an der Hand hielt, dass es auch nicht klug wäre, viel nachzuforschen. »Und wenn die Anna anderswo einen Platz hätte, wo sie hingehen könnte«, flüsterten einige, »wäre das eine gute Sache.« Anna erinnerte sich an eine Tante, die im Grödnertal lebte. Sie redete sich ganz fest ein, dass sie, wenn sie erst einmal aus Brixen heraus wäre, dann bald in ein Kloster gehen könnte, um für die Vergebung ihrer armen Familie zu arbeiten und zu beten.

»Es ist ja auch nicht gut für die Tante«, fuhr sie nach einer Pause fort. »Ich mein, wenn die Sünde aus mir dann herausbricht und es fällt am Ende auf sie zurück, das wäre doch schrecklich. Manchmal glaub ich, ich bringe allen nur Unglück.«
Die Sonne ging unter. Walther starrte auf seine Stiefel, die früher einmal Konstantins Stiefel gewesen waren. »Anna«, wollte er sagen, »glaub doch so etwas nicht. Du bist doch kein Unglück.« Aber er sagte nichts, er wusste, wie man etwas von sich glauben konnte, das so schwarz und finster war, dass nicht mal der Kerker in Friedehalms Burg schlimmer sein konnte.
»Ich hab auch dem Priester hier alles gebeichtet, alles. Der meint es ja gut. Er sagt, ich soll mir nicht so viele Gedanken machen, aber manchmal denke ich, er hat selber gar keinen rechten Glauben, wisst Ihr.« Walther nickte und wunderte sich, dass sie es auch gesehen hatte. Er hatte gedacht, dass nur er Sachen sähe. Und Anna, stellte er zudem fest, sagte es so viel freundlicher, verständiger, ohne dass die Wahrheit darunter gelitten hätte.
»Und nun würd ich doch so gern ins Kloster gehen, und die Tante braucht mich aber, weil sie krank ist. Der Onkel allein könnte es nicht schaffen.«

Walther roch die Lügen der Tante und des Onkels bis hierherauf, sie verpesteten den kühlen Wind und die frischen Gräser. Wieso ließ sie sich dann von den beiden hinters Licht führen, wenn sie doch so viel anderes sah.
»Aber ich hab gedacht, wenn ich nicht ins Kloster gehen kann, vielleicht kann ich ja auch hier so leben, als wenn ich im Kloster wäre, oder? Ich meine, jeden Tag in die Kirche gehe ich sowieso, und ich kann auch lange fasten, das macht mir nichts. Und unverheiratet bleib ich sicher auch.« Anna wurde rot, während sie die letzten Worte aussprach. Ohne zu wissen, warum, errötete Walther mit ihr. Sie wandte sich ihm wieder zu: »Ihr wisst gar nicht, was es für mich bedeutet hat, dass Ihr mich an Weihnachten gerettet habt, Herr Walther! Als mich der Herr Schultheiß gepackt hat, da hab ich gedacht, dass er das jetzt gesehen hat, mit der Sünde, und dass es zu spät ist.« Sie lächelte über das ganze Gesicht: »Und dann seid Ihr gekommen. Wie ein Schutzengel.«
Jetzt waren es seine eigenen Lügen, die Walther erstickten, seine mitleidige Beschränkung auf sich allein, wie er den Schulten nur benutzt hatte, um sich an diesem Abend wieder zu spüren, sich zu beruhigen von der heuchlerischen Langeweile, die um ihn war. Er musste es ihr sagen, sie durfte dieses Märchen nicht glauben, das sie ihr alle erzählt hatten.
»Das stimmt nicht, Anna«, seine schöne Stimme klang metallisch, harsch. »Ich bin bestimmt kein Engel! Und gerettet hab ich dich auch nicht, ich bin kein … Ich …« Er suchte nach den erlösenden Worten, die erklären könnten, was es mit ihm war, dass ihn so fernhielt von allem: »Ich! Ich!«, bellte er schließlich. »Mehr kann ich nicht.« Anna lächelte weiter, etwas gedämpfter zwar, doch ungetrübt.
»Das macht nichts. Ich hab Euch auch so sehr gern, Herr Walther«, sagte sie und umschlang ihre Knie noch fester.

»Es ist schön, dass wir zusammen hierherauf gekommen sind.«

Vor vielen Jahren einmal hatte ein Bauer, an den sich später fast niemand erinnern würde und der damals an etwas ganz Kleinem gestorben war, neben seinem Sohn auf dem Feld gesessen. Er hatte ein Kind, das nicht gern angefasst wurde und das die Leute für seltsam hielten. Und während er neben ihm saß, versuchte er einer unheimlichen, doch zwingenden Prophezeiung zu folgen und erklärte seinem Sohn, dass er ihn eines Tages gehen lassen müsste, damit dieser ein Fahrender werden könnte, allein in einer fremden Welt. Und der Bauer hatte dieses Kind so sehr geliebt, dass er ihm trotz dieser Liebe nicht übers Haar strich, es nicht in seine Arme nahm und an sich drückte, um einen einzigen geborgten Moment lang zu denken, dass er es schützen könnte.
Er hatte es so sehr geliebt, dass er sich eher das Herz aus dem Leibe gerissen hätte, als diesem Kind einen Kummer zu verursachen. Und das Kind hatte es vielleicht nicht einmal gewusst. Es hatte dagesessen und seine eigenen Gedanken gehabt, in denen dieser Vater nicht vorkam.
Und nun, so viele Jahre später, saß das Kind, das ein junger Mann geworden war, neben einem jungen Mädchen und verstand, was das für ein Gefühl war, dass man sich lieber das Herz aus dem Leibe reißen wollte, als dem anderen einen Kummer zu verursachen.
»Der Walther«, sagten die Knechte und selbst die Reiter anerkennend auf der Burg, »der kann mit Frauen«; und sie meinten die Mägde und Scheuerfrauen, die gelegentlichen Besucherinnen für Friedehalm.
»Der Walther«, ging ein scheußliches Wort, »der weiß von jeder Stute, wie man sie anfassen muss!«
Es war alles gelogen, die vielen Nächte mit den gesichtslo-

sen Körpern unbekannter Frauen waren nichts als das Netz einer einzigen großen Lüge, die Walther vor sich hertrug, um darin weitere, immer schalere Eroberungen zu fangen. Er wusste nichts. Er wusste nicht, wie er Annas Hand halten oder ihr über die Wange streichen sollte. Er wusste nicht, wie er ihr die Hand auf den Rücken legen könnte, ohne sie zu verschrecken. Er wusste nicht, wie das gehen sollte, mit jemandem zusammen zu sein, den man gesehen hatte, den man nicht vergessen würde.

Sie waren allein, niemand konnte sie hier sehen. Es war Frühling, und es wäre so leicht gewesen, sie zu verführen, vielleicht wünschte sie es sich sogar tief im Herzen trotz aller Frömmigkeit und Buße, ein bisschen Vergessen, eine kleine Leihe Glücks. Ein bisschen Fühlen, Haut, ein paar Worte. Es wäre vielleicht möglich gewesen, mit ihr so zu sein wie mit den Frauen auf der Burg. Leicht und schrecklich. Ein Gedicht, ein wilder Blick, und schon konnte man beginnen. Und wenn er sang, dann hatte er sowieso gewonnen. Sie hätte er sogar küssen wollen.

Wie er mit den Frauen auf der Burg war, war das Einzige, was er kannte, aber es ging nicht.

Und so wie Herrmann damals verstanden hatte, dass er, um seinen Sohn zu lieben, ihn nicht berühren durfte, verstand Walther, dass er, um Anna zu lieben, Anna nie lieben durfte. Was sie brauchte, würde er ihr nie geben können. Und es tat ihm unendlich leid.

»Ich find es auch schön, dass wir hier sind«, sagte er leise, und sie nickte still vor sich hin, so entwöhnt von der simpelsten Erfahrung glücklicher Zufriedenheit, dass sie schon fürchtete, sie nur durch ein Lachen wieder zu verscheuchen.

ABKOMMEN

An diesem Tag, als Walther auf den nördlichen Bergwiesen die Wahrheit über Anna lernte, kam ein Reiter aus Wien in den Farben Erzherzog Friedrichs auf Friedehalms Burg an, der alle Mitglieder des Hofes fürchterlich erschreckte. Der Mann war in nobler Gewandung, jedoch ohne Gefolge angereist, was seinem Besuch eine mysteriöse Wichtigkeit gab, die angesichts der verschleppten heimischen Lage nur Übles verheißen konnte. Friedehalm dachte an die Steuergelder, Bernward an die unerledigten Aufgaben; Gunis an ihre noch nicht gelieferten Salben, Konstantin besorgt an seine Mutter, und Ottokar und Maria Ludovica dachten an eine Reise, allerdings in sehr unterschiedliche Richtungen. Der berittene Bote, der solchermaßen in einer Atmosphäre angehaltenen Atems in der großen Halle begrüßt wurde, wirkte seinerseits mehr gespannt und neugierig, als man es sich angesichts der verschiedenen Erwartungen erklären konnte.

Er beäugte insbesondere Konstantin und Ottokar mit einem skeptischen Stirnrunzeln, noch bevor er sich verbeugt hatte.

»Ich grüße Euch, Herzog Friedehalm, mit den besten Wünschen Eures edlen Vetters Friedrich zu Österreich.« Mit diesen Worten fiel der Fremde dann in einen Kratzfuß.

»Wer ist das denn?«, fragte Ottokar eine Spur zu laut, und der Fremde verneigte sich ironisch auch noch einmal gegen den Erben des Murmeltiers, der dessen blöd-trägen

Blick ebenso geerbt zu haben schien wie dessen mangelnde Geistesschärfe. Auch der andere konnte im Leben nicht der Dichter gewesen sein, von dem in dem Brief die Rede war. Aber die Burg gefiel ihm, gefiel ihm sogar sehr. Gutes Land ringsherum. Hier könnte man reich werden, bevor das Weltenende käme.

»Ich bin, ehrwürdiger Herr Ottokar, Alwin zu Jödinsbruch, ich hatte bereits das Vergnügen, Euch einmal bei Eurer Frau Mutter zu begegnen.« Ottokars Züge spiegelten seine schiere Ahnungslosigkeit. Friedehalm griff die Vorstellung dankbar auf. Er ahnte, dass er dem noblen Herrn Alwin in Wien einmal vorgestellt worden sein musste; einer von Friedrichs jungen Männern, die in seiner Halle herumhingen und sich gegenseitig mit Wortspielen und kleinen Neckereien, die Friedehalm nie verstanden hatte, den lieben langen Tag vertrieben.

»Grüß Euch Gott, Alwin von Jödinsbruch«, er nickte dem Abgesandten, den er längst für einen inoffiziellen Steuereintreiber hielt, gemessen zu. »Was führt Euch zu uns aus dem wonnereichen Wien?« Auf diese Wortschöpfung war Friedehalm einen Moment lang stolz, bevor ihn seine Sorgen wieder überrannten. Alwin zu Jödinsbruch, einer der besten Imitatoren des Murmeltiers am Wiener Hof, nahm sich vor, diese Formulierung keinesfalls zu vergessen. Er nahm sich weiter vor, das Murmeltier ein wenig zappeln zu lassen, und spielte seine Rolle *à la mauresque*, wie man es an den großen Höfen nannte, wenn es eine Mitteilung zu verzögern galt. Niemand konnte so lange und nutzlose, dabei doch wunderschöne Vorreden halten wie die Mauren und Sarazenen. Diese Sitte war jetzt überall große Mode, und Herr Alwin bildete sich viel auf seinen geschulten *Mauresque*-Stil ein. Wenn sie endlich zum Punkt kamen, diese Heiden, war man schon ganz besoffen gequatscht worden. Er fing also an, von den Freuden des Frühlings zu schwa-

feln, von den herrlichen Winden, die ihn flugs hergeleitet hätten und die doch mit aller Kraft seinen Wunsch, hier bei Friedehalm – Verbeugung – anzukommen, nicht hätten schneller vorantreiben können, als Alwins Ergebenheit für Friedrich ihn ohnehin schon zu der bereitwilligen Annahme aller Strapazen ... und so weiter und so weiter.
Einzig Frau Gunis war von den eleganten Ausführungen Alwins ganz eingenommen. Sie verbarg ihre Hände in den weiten Ärmeln ihres neuen Gewands, für das sie Friedehalm zwei Abende hintereinander hatte fesseln und in den Weichteilen mit einer Zange zwicken müssen, und starrte den Gesandten aus Wien an. Sie leckte sich die Lippen und ließ dieselben dann sanft auseinander klaffen in der Hoffnung, verführerisch und gewandt zu erscheinen.
Herr Alwin verbeugte sich auch vor Gunis und nahm in seinem Exkurs nunmehr die höfische Wendung, dass er gut verstehen könnte, weswegen Friedehalm sich so lange nicht in Wien habe blicken lassen, wenn eine solche Blume an Schönheit (er konnte gar nicht glauben, wie die alte Schachtel das fraß) wie sie, die »schönste Frau«, ihm den kältesten Winter doch in beständige Maienzeit verwandeln könnte. Friedehalm und seine Söhne hatten natürlich nie im Leben etwas von einer Vortragsweise *à la mauresque* gehört. Während Konstantin die vielen Worte des Boten recht schön fand, wie eine Musik auf ihre Art, begriff Ottokar nicht einmal jedes vierte Teil eines Satzes. Friedehalm selbst lauschte dem nimmer endenden Schwall der eleganten Floskeln mit angestrengter Miene und lauerte ängstlich, das Wort »Steuern« nicht zu verpassen, das er bislang aber in dem Gerede von Maienzeit und tragenden Winden nicht hatte ausmachen können. Kaplan Bernward drückte sich in einer dunklen Ecke der Halle herum und wartete ebenfalls.
Er witterte etwas Furchtbares.

Herr Alwin lächelte nun Ottokars arme Frau Ludovica an und begann von den herrlichen Weiten des Böhmerlandes zu reden, namentlich seinem edlen Freund Herrn Emmerich von Goswiny, der der liebreizenden jungen Herrin doch bekannt sein müsste. Ludovica, deren Heimweh mittlerweile Ausmaße erreicht hatte, dass sie beim Anblick eines böhmischen Knödels in haltloses Weinen ausbrechen konnte, vergoss auch nun erwartungsgemäß Ströme von Tränen, sodass Herr Alwin gleich erschrocken wieder abdrehte.
Friedehalm nutzte die Pause, um den endlosen Redeschwall des Boten zu unterbrechen: »Was wollt Ihr denn nun hier?«, fragte er roh und unhöflich. »In welchem Auftrag schickt Euch mein Vetter zu uns?«
Herr Alwin lächelte in Erinnerung an die tatsächlichen Worte Friedrichs, die er so im Leben nicht weitergeben würde: »Ich will mein Geld und diesen Dichter!«
Vielleicht wäre es am besten, mutmaßte Herr Alwin, beim Dichter zu beginnen.

Auf der Bergwiese war es nun schon ganz dunkel geworden. Anna und Walther hielten beide die eigenen Knie fest umarmt und wollten nicht ins Dorf hinabsteigen. Sie starrten vor sich hin und verleugneten die fallende Nacht. Walther wollte sie nicht zurückbringen in den Gestank aus Lügen und Selbstsucht, in dem sie von nun an ihr Leben verbringen würde. Und Anna wollte sich nicht trennen von dem einzig Schönen, was ihr im letzten Jahr widerfahren war, Walthers Gegenwart. Sie sah das Wilde an ihm, den flackernden Wahnsinn in seinen Augen und auch seinen Ärger, seine Wut, aber mehr noch sah sie in ihm einen, der Kraft haben könnte für das, was sie nicht tun könnte.
»Weswegen geht Ihr nicht fort von der Burg, wenn es Euch dort nicht gefällt?«, fragte sie. Er hatte von Friedehalm und

Ottokar gesprochen, von Gunis, Kaplan Bernward und seiner verzehrenden Langeweile.

»Mein Vater hat mir immer gesagt, dass ich mal ein Fahrender werde«, sinnierte Walther. Er wusste in diesem Moment selbst nicht, warum er nicht einfach gegangen war, und musste sich schon in der Sekunde danach mit schrecklicher Wahrheit eingestehen, dass er es nicht getan hatte, weil ihm, dem Einfallsreichen, die Vorstellung fehlte, wie er es anstellen sollte.

Seit er damals mit Mathilde gesprochen hatte, seit ihm der Rausch für diesen einen herrlichen Augenblick Flügel verliehen hatte, war er tiefer gefallen, als er es hätte vor sich selbst zugeben können. Er war von seinem eigenen einsamen Himmel heruntergestürzt und hatte sich nicht fangen können. Die Schale seines Selbst war zerbrochen, dahinter nur ein hilfloser Haufen Wut und Verwirrung.

Wenn er es sich erlaubt hätte zu sehen, in diesen Tagen im Kerker, den weinenden Mond neben sich in unentrinnbarer Dunkelheit, er hätte es vielleicht nicht überstanden. Aber seit damals waren fast alle Gedichte nur in seinem Kopf entstanden, nicht an jenem geheimnisvoll wahren Ort, an den ihn der Rausch geführt hatte. Er hatte nicht die Fähigkeit zur Erkenntnis verloren oder den Blick, der alles sah, was in den inneren Welten verborgen sein sollte, aber es fehlte ihm das Feuer in seinem eigenen Selbst, das früher alle Worte hatte glänzen und fliegen lassen. Nur als er von Anna geträumt hatte, war es wieder auf diese andere Art zu ihm gekommen. Die stumpfsinnige Langeweile an Friedehalms Hof hatte ihn fast erlöschen lassen. Auch das erkannte er jetzt.

»Wenn ich ein Mann wäre, dann würde ich machen, was ich wollte«, erklärte Anna. »Dann wär ich schon lange im Kloster.«

Walther nickte unüberzeugt. Was er gerade herausgefunden

hatte über die Trägheit seines eigenen Wesens, erschreckte ihn. Er hätte das nicht für möglich gehalten! Dass er nicht geblieben war, weil er musste, sondern nur, weil ihm nichts Besseres anzufangen eingefallen war. Was für ein Feigling er war. Ein Lügner, der mit der Wahrheit nur spielte, solange sie ihn nicht betraf.

»Euch ist die Kirche nicht so wichtig, nicht?«, fragte Anna schüchtern, die zwar das Richtige erkannt, es aber in diesem Moment aus einer völlig falschen Richtung her abgeleitet hatte. Walther wusste nicht, was er dazu sagen sollte, er wollte ihr, die bereit war, ihr Leben zu opfern für diese Kirche und diesen Gott, der seinen eigenen Sohn an solche wie Friedehalm verschwendete, der solche wie Bernward zu seinen Kündern erlaubte und der Herrmann hatte sterben lassen, den Glauben an seine guten Seiten nicht zerstören. Er zuckte die Schultern.

»Vielleicht«, schlussfolgerte Anna, »ist das für Euch nicht so schlimm.« Sie lächelte ihr Apfellächeln in der Dunkelheit neben ihm. »Ich meine, ich würd Euch immer in mein Gebet mitnehmen, wenn Ihr wollt, als Dank, dass Ihr mich gerettet habt.« Sie fuchtelte plötzlich aufgeregt mit den Händen in der Luft herum, als sei ihr etwas ganz Wichtiges aufgegangen, das sie nicht ihrem Mangel an Erklärungsfähigkeit opfern dürfte: »Und dann könnt Ihr machen, was Ihr wollt, aber der Herrgott kann's Euch nicht übel nehmen, weil ich ja für Euch mitbeten würde.« Und nach einer kleinlauten Pause fügte sie an: »Egal, wo Ihr dann seid.«

»Ich weiß ja noch gar nicht, ob ich wohin gehe«, schnauzte er zurück, mit seinen Gedanken beschäftigt, nicht mit ihren. Anna konnte es aber nicht sein lassen. Sie hatte etwas entdeckt, von dem sie keine Ahnung hatte, was es werden würde: »Ja, aber wenn! Und wenn Euer Vater es Euch doch gesagt hat. Und glücklich seid Ihr hier doch auch niemals gewesen. Das seh ich Euch doch an.«

Walther wandte den Kopf ab. Der Falter war wieder da. Und das Licht brannte nun so hoch, dass er sich hineinstürzen müsste. Er kam immer näher.

Ich wünschte, dachte Walther, wie er es in seinem Traum gehört hatte, ich wäre der, der bei dir sein und deine Hand halten könnte. Annas Hand lag nur einen Arm weit von ihm entfernt auf ihren angezogenen Knien. Ihr war kalt, und es wäre nur ein bisschen Wärme in so einem Händedruck. Walther schluckte: »Wenn man ein Fahrender ist, dann hat man Sand in den Schuhen, man kann nirgendwo bleiben. Und wenn man etwas findet, das einem wirklich gefällt, so sehr, dass man denkt, dass man deswegen da bleiben könnte, wo es ist, dann muss man trotzdem weiter.« Er fragte sich, ob sie verstehen könnte, was er versuchte zu sagen.

»Wie Feuer«, sagte Anna. »Was?«, fragte er.

»Wenn's brennt«, versuchte sie zu erklären, »das Feuer bleibt immer nur da, wo es was findet, das es verbrennen kann. Und wenn das aufgebraucht ist, muss es weiterziehen.« Sie hatte nicht verstanden.

Es war auch ihm nicht mehr klar, wer von ihnen beiden der Falter und wer die Flamme war. Aber nur als diese beiden würden sie beieinander sein können. Die Stille um sie herum zog sich zusammen.

»Sollen wir vielleicht wieder ins Dorf gehen, Anna?«, fragte er ernüchtert.

Zur Antwort stand sie sofort auf, als hätte sie seit Stunden auf diesen Vorschlag gewartet und nur aus Höflichkeit nicht ihrerseits gebeten, den Rückweg anzutreten. Schweigend, wie sie gekommen waren, wanderten sie die Wiesen wieder hinunter, vorsichtiger nun, da sie Steine und Löcher auf ihrem Weg nicht sehen konnten, denn es waren Wolken mit dem Wind gekommen, die den Mond verdeckten.

Auf einmal blieb er stehen und griff doch nach ihr, griff ungeschickt und grob nach ihrem Arm, drehte sie zu sich und hielt sie zitternd fest. Ihre Apfelaugen weiteten sich erschrocken.

»Ich bin ein Tier, Anna, das ich allein an der Leine hab, aber ich kann's nicht mehr lange halten.«

Sie fröstelte, er konnte den Schauder auf ihrem Arm spüren, als liefe er ihm über die eigene Haut. Aber sie musste es wissen.

»Ich weiß nicht, wohin mit mir, ich bin so allein und so schrecklich, ich versteh nicht, wie alle anderen sein können, als wär alles gut. Die tun so ... Ich weiß es doch auch nicht.«

Der Atem würgte ihn, mit solcher Wucht stieß er die Worte hervor. »Und früher, da war's noch schlimmer. Aber besser wird es auch nicht wirklich.« Er konnte sie nicht loslassen. Undeutlich hatte er das Gefühl, wirres und ungereimtes Zeug zu reden, das auch sie nicht verstehen konnte, das sie aber unbedingt hören musste, das endlich mal einer unbedingt hören musste.

»Und noch schlimmer ist es, wenn sie alle so sinnvoll sind, so arbeitsam! Wofür denn auch immer? Ich habe solche Angst, die ist ohnegleichen! So eine Angst, die kann sich keiner vorstellen. Weißt du, wie es sich anfühlt, wenn alle denken, dass man verrückt ist, wenn sie einen sehen, als wär man kein richtiger Mensch? Oder vom Teufel besessen?« Obwohl Anna sicher nur mit Mühe das Wort Teufel hören konnte, ohne sich zu bekreuzigen, hielt sie ganz still. Immer schneller sprudelten die Worte aus ihm heraus. Er wusste nicht, was er dachte, alles passierte wie gegen ihn, oder wenigstens ohne ihn.

»Ich platze, Anna, ich will doch so gerne raus. Ich habe so viele Fragen an dich. Nur wie – ich bin so klug, weißt du, ich meine, ich weiß, dass ich klüger bin als die alle.«

Er zeigte verwaschen in Richtung der Burg und des Dorfes. Seine Hand war schwer und müde.
»Aber wenn man nichts draus macht, und wie soll ich das? Bitte, Anna, du musst mich verstehen, du musst mich gern haben.« Es schüttelte ihn bei diesen Worten, er hätte nie gedacht, dass sie in ihm wohnten, aber jetzt, da er sie sagte, wurden sie wahrer mit jedem Augenblick, den sie in der Freiheit verbrachten. Längst hatte er sie losgelassen.
»Einfach glauben reicht doch auch nicht aus! Man muss selber suchen, aber ich hab verloren, wo ich suchen könnte. Manchmal denke ich, dass alles tot ist, auch die Menschen, die mir begegnen. Und dann wieder denke ich, dass das Wasser lebendig ist, dass Regentropfen Tiere sind und dass die Blätter reden können. Da war ich noch ganz klein. Vielleicht bin ich ja auch verrückt, ich weiß es doch auch nicht. In meiner Gegenwart tun alle, als wär ich gar nicht da und dann wieder, als wär ich gefährlich.«
Er fing an zu schluchzen. Es quoll aus ihm heraus, auf der Woge eines uralten Stöhnens, ein Jammerschrei des Menschen auf der Suche nach sich selbst. Walther sackte auf die Knie und schwankte vor und zurück.
»Wer bin ich denn, Anna?« Seine Stimme war nur noch ein Fiepen, er schluchzte, griff sich mit beiden Fäusten ins Haar, als wollte er so die marternden Gedanken bei den Wurzeln ausreißen: »Wer bin ich denn?« Immer leiser, die Stimme ertrinkend unter seinem Kummer, wiederholte er die Frage. Der Falter war jetzt ganz nah an dem Licht, das ihn immer heller rief.
»Wer denn, Anna?«, wisperte er nur noch: »Bitte, wer denn?«
Da umarmte sie ihn. »Schsch«, machte sie, als würde sie ein Kind trösten. »Schsch.« Sie hielt ihn an sich gedrückt, leicht und doch sicher, und strich ihm mit einer etwas zitternden Hand über das Haar. Er heulte in ihre Schulter,

drängte seine Tränen in ihre Zöpfe, in die weiche Haut an ihrem Hals, und er wusste voll Dankbarkeit und Schuld, dass sie für immer in ihr Herz fallen würden. Er roch ihren Körper, den Schweiß, den Mief des Wirtshauses, die Küche, er roch genau, dass sie ein anderer Mensch war, aber zum ersten Mal störte es ihn nicht.
»Wer denn, Anna?« Seine Lippen waren geschwollen und zitterten: »Ich weiß es doch nicht, wer ich bin.«
Die restlichen Worte verglühten in seiner Kehle.
Sie wiegte ihn leicht hin und her, und er fühlte, wie er müde wurde. Er wollte einschlafen und nie wieder aufwachen in dieser Welt voller Fragen und Schmerz. Selig und ruhig wollte er in ihren Armen verloren gehen, sich auflösen wie die närrische Schimäre, die die anderen in ihm sahen. Verwischt wünschte er sich, dass das einsame, wirre und wilde Wesen, das er war, in dieser verzeihenden Umarmung verschwinden könnte, auf Annas beruhigendem Atem zu den Sternen fliegen, wie die Wolke in der Christnacht, mit der sie ihm zuerst den schrecklichen Weg zu sich selbst gewiesen hatte, ein Engel, der gekommen war, die zu retten, die anders waren. Seine Muskeln erschlafften. Das Schluchzen schlief zuerst ein. Dann wurde sein Atem ruhiger. Er war sicher, ganz nah dran zu sein, nur noch eine kleine Weile, und er wäre fort, verflogen, ohne eine Spur zu hinterlassen.
»Nicht einschlafen«, forderte da Annas resolute Stimme. »Es ist viel zu kalt.« Sie tätschelte ihm die Wange: »Los, aufstehen.« Sie zog ihn hoch, obwohl er sich schwer machte wie ein Sack nasses Mehl. »Steh auf, Walther, mach schon.« Sie duzte ihn jetzt endlich, wie in seinen Höhlenträumen.
»Wir wollen einen Handel miteinander abschließen«, teilte sie ihm mit.

Auf der Burg hatte der eigentlich unschuldige Alwin von Jödinsbruch, der doch nur zwei einfache Aufträge auszuführen hatte, eine ganze Reihe von Katastrophen ausgelöst. Weder war der Dichter aufzufinden, den man ihn mitzubringen angewiesen hatte, noch waren Steuergelder in einer Form aufgelistet, dass es auch nur grob verständlich gewesen wäre. Die Schwiegertochter des Murmeltiers schlich ihm nach wie ein Geist, wohin er auch ging, und versuchte ihm irgendetwas einzuflüstern, das zu enträtseln er sich gar nicht die Mühe machen wollte. Der »tüchtike« Kaplan, der Friedehalm die Bücher führen sollte, war, seit man ihn mit der Bitte um deren Herbeischaffung aus der Halle geschickt hatte, abgängig. Die Mätresse des Murmeltiers, die schon vor fünf Jahren niemand mehr als jung hätte bezeichnen können, tauchte immer wieder unter irgendwelchen Vorwänden auf und leckte sich in eindeutiger Absicht einer Botschaftsübermittlung die Lippen, dass es Alwin grauste. Friedehalm selbst hatte mit irgendwelchen verlausten Handlangern, die er als seine Höflinge bezeichnete – Herr Alwin hatte das Lachen nur mit äußerster Beherrschung zu unterdrücken vermocht –, seine Schatzkammer aufgesucht und zählte mit gerunzelter Stirn und ohne erkennbares System die Gelder für Friedrich ab.
Zunächst hatte Herr Alwin, mehr aus Höflichkeit denn aus Argwohn, dieser absonderlichen Zeremonie beigewohnt und war dann von dem einzig normalen Menschen auf der ganzen Burg, dem Zweitgeborenen des Murmeltiers, in die Halle zurückgeführt worden, wo man ihm wenigstens etwas zu trinken und zu essen anbot. Auf die Idee, ihm die staubigen Kleider zu reinigen oder ein Bad zur Verfügung zu stellen, kam niemand. Herr Alwin hatte gedacht, dass die kleine Landpartie eigentlich ganz lustig werden könnte, aber seit er in dieses elende, verstunkene Dorf einge-

ritten war, hatten sich die Ereignisse mehr und mehr als verstörend entwickelt.
In Herrn Alwins Gedanken verfestigte sich ein Plan.
Er nahm sich vor, seinem Herrn Herzog Friedrich dringlich mitzuteilen, dass es besser wäre, wenn ein neuer Geist in diese Feste einzöge, auch wenn man dafür den Geist des Murmeltiers und seines närrischen Gefolges erst einmal der Ewigkeit zuführen müsste. Aber so wie Herr Alwin die Lage der Steuergelder einschätzte, gab es mehr als genug Grund für eine kleine Fehde; allein dass das Murmeltier seit zwei Jahren keinen Hofdienst geleistet hatte, stellte einen unvertretbaren Bruch des Lehenseids dar, das könnte Herr Alwin mit beiden Händen schwören. Und Herr Alwin hatte eine gute Idee, wer die dann ausgeräumte Burg anschließend beziehen könnte.
Aber gemach, gemach! In Wien gingen die Dinge nicht so schnell. Solche Pläne erforderten Vorbereitungen, Verbündete, vor allem einen wohl gesonnenen Kanzler …

Der blässliche Zweitgeborene des Murmeltiers machte unterdessen verzweifelt Konversation, fragte nach seiner lieben Mutter (von der Herr Alwin nur wusste, dass sie Haare auf den Zähnen haben solle, und deshalb antwortete, dass sie sich glücklich bester Gesundheit erfreute), nach der Verfassung des edlen Friedrichs und nach den Zuständen der Wege bis nach Wien. Jedes Mal, wenn ein Thema abgehandelt war, entstand eine peinliche Pause.
Herr Alwin versuchte aus lauter Mitgefühl, wieder selbst etwas zur Unterhaltung beizusteuern: »Wie schätzt Ihr denn selbst den Dichter von der Vogelweide, lieber Herr Konstantin?«
Längst war es Abend geworden, und Herrn Alwin hing der Magen auf den Knien. Da aber das Murmeltier rechnend in seinen Schätzen grub, dachte augenscheinlich keiner

daran, das versprochene Abendessen aufzutragen. »Walther«, antwortete Konstantin versonnen, »ist für mich wie ein Bruder.«
Herr Alwin nickte freundlich und dachte: O Gott! Ein Schwärmer.
»Wir haben hier selten das Vergnügen, von Dichtern oder Gelehrten besucht zu werden. Es sind eher Fahrende, Tänzer und Spieler, die bei dem Volk auf der Kirmes ihr Brot verdienen.«
Was du nicht sagst, dachte Herr Alwin höhnisch und lächelte interessiert nickend weiter.
»Deswegen vermöchte ich nicht mit Aufrichtigkeit einzuordnen, ob Walther ein besserer Dichter ist als die, die Ihr sicher jeden Tag in Wien zu hören bekommt, Herr.«
Herr Alwin fand, dass eine bescheidene Verbeugung an dieser Stelle angebracht wäre, und der Blasse sprang sogleich auf und verbeugte sich zurück. Es war hoffnungslos.
»Aber eines kann ich sagen, wenn es auch nur das unerfahrene Urteil eines jungen Mannes ist, Herr: Walther, der denkt, wie andere zuschlagen. Und er trifft immer ins Schwarze. Er …«, der Zweitgeborene suchte nach den angemessenen Worten. »Er atmet alles um sich herum ein. Es ist einem manchmal alles zu viel an ihm. Er kann laut werden wie ein Jahrmarkt, und dann wieder verstummt er, und nichts kann ihn aus sich herauslocken. Es ist, als ob er eine andere Sprache spricht als wir alle. Er kann uns zwar verstehen, aber wir ihn nicht. Nicht nur wegen des Dichtens. Er ist wie Glas und auch wie ein Messer.« Konstantin lächelte melancholisch. »Wenn er mit Euch fortgehen wird, dann werde ich ihn sehr vermissen, Herr.«
Herr Alwin räusperte sich, um ein neuerliches Magenknurren zu überdecken, und lächelte zurück. Wie Glas und ein Messer …
Was hatte er sich da nur eingehandelt?

Wenn ich ein anderer gewesen wäre …

Wenn ich ein anderer gewesen wäre, hätte ich Anna geliebt, an jenem Abend auf der Wiese. Wie oft habe ich mir diese Erinnerung hervorgeholt und angesehen. Ich habe öfter an dem gefeilt, was an diesem Abend nicht geschehen ist, als am besten meiner Gedichte. Es wäre meine Chance gewesen, ganz zu werden, ein Mensch zu sein, heil – mich retten zu lassen.

»Anna«, hätte ich ihr gesagt, statt zu heulen und zu wimmern. »Anna, lass sie uns alle vergessen, deine Tante, meine Mutter, die im Dorf, lass sie uns vergessen ineinander …«

Innigkeit, das Wort klingt durch und durch nach Anna. Ich sehe uns auf der Wiese, golden und verletzt in unserer Unerfahrenheit, richtig füreinander, rettend füreinander. Wenn ich ein anderer gewesen wäre, hätte ich es für sie sein können, nicht nur sie für mich.

Zarte Küsse unter dem Mond, Schreie eines Nachtvogels und das Verlorengehen an ihrer warmen Haut. In ihr zu sein und zu wollen, dass sie mich fühlt, sie zu fühlen, überall, nicht nur für ein paar Augenblicke wie einen Handschuh … Berührungen wie Worte. Jede Liebkosung ein Gedicht.

»Anna«, hätte ich ihr gesagt, »ich will mit dir zusammen sein, immer«, und ich hätte ihr mein ganzes junges krummes Leben geschenkt. Wir wären irgendwann von der Wiese wieder herabgestiegen, und ich hätte sie nach Hause gebracht. Und dann hätte ich mir Gedanken machen müssen, weil ich doch nichts konnte und niemand war. Und

weil mein ganzes Leben mich zu jemandem gemacht hätte, den Anna nicht hätte wählen können und sich sicher fühlen. Niemand mochte mich, niemand nahm mich ernst, niemand würde mich, so alt wie ich damals war, noch in die Lehre nehmen. Ich hätte die Tante anbetteln müssen, dass sie mich im Wirtshaus helfen lassen würden. Walther, der Wirt ... Oder wir hätten auf den Vogelweidhof ziehen können. All die Arbeit. Sie wäre mitgegangen, glaube ich. Sie hätte bei mir gestanden und mich geleitet, ohne dass ich es merkte. Anna hätte es gekonnt. Jedenfalls wäre ich niemals aus dem Ried fortgegangen, wenn ich sie hätte lieben können an jenem Abend. Ich wäre nie der größte Dichter meiner Zeit geworden, auch wenn ich das damals noch nicht wusste. An Anna zu denken, so wie ich nun mal bin, ist am schwersten, weil sie sogar den liebte, der ich war, weil sie mich nicht anders wollte. Aber ich wollte anders sein. Ich lief vor mir selbst fort und damit auch vor ihr.
Wenn ich ein anderer gewesen wäre, dann wäre ich geblieben. Ich sehe es vor mir mit allen Einzelheiten, die mir mein Leben Zeit gab, mir im Verborgenen zu wünschen, eine heimliche Schnitzerei meines Herzens. Anna und ich. Aber es ging nur so, wie es ging.
Ich war nie bei ihr. Ich war nie ohne sie.

DAS LEBEN GEHT WEITER

Trotz aller Vorsätze war noch niemand in Ried wach, um die Rückkehr Annas in direkten Augenschein nehmen zu können. Am nächsten Morgen lag sie wie immer auf ihrem Strohsack neben der Feuerstelle in der Küche. Sie wachte mit den Hühnern auf, betete, noch bevor sie die Augen aufschlug, und ertrug das Gezeter ihrer Tante mit einer überraschenden Gelassenheit, aber auch ohne Erklärungen. Als sie in die Frühmesse ging, tuschelte das ganze Dorf, jedoch auch den scharfäugigsten Weibern gelang es nicht, an der Gestalt des Mädchens einen leicht verhinderten Gang abzulesen, der ihre Mutmaßungen über den Verlauf des gestrigen Tages bestätigt hätte. Niemand wagte sie direkt zu fragen, und die Tante wusste nichts, bestritt aber sicherheitshalber im Namen der Nichte, irgendetwas Unlauteres könnte vorgefallen sein.

Sie hätten auf der »Wiese gesessen«, machte schließlich ein Wort die Runde, das alle mit enttäuschtem Kopfschütteln entgegennahmen. Von Walther hatten sie wirklich mehr erwartet.

Drei Tage später ritt Walther auf Friedehalms ältestem Pferd neben einem vornehmen, unbekannten Herrn in fremden Farben aus dem Dorf hinaus. Anna stand neben der Tür zur Wirtschaft und hob stumm die Hand, als er an ihr vorbeiritt. Der wirre Vogelweidjunge grüßte, indem er den Kopf einen Augenblick neigte. Die beiden hatten nicht mal ein Lächeln füreinander.

Gerüchte sickerten von der Burg herab wie der Schlamm, der aufgrund des starken Regens von den Bergen rann. Walther sei wegen Ketzerei verhaftet worden, hieß es zuerst, dann, dass er den Kaiser beleidigt habe. Schließlich kam der Schultheiß mit der unglaublichen Botschaft, man hätte Walther als Dichter an den Wiener Hof berufen. Alle drei Varianten waren so herrlich unwahrscheinlich, dass man sich für keine entscheiden konnte. Wenn sie im Wirtshaus diskutiert wurden, blickte man Anna scharf ins Gesicht, aber sie zeigte keine erkennbare Reaktion. Irgendwann wurden andere Dinge wichtiger, der Regen hatte den Bachlauf endlich anschwellen lassen und die Reste des stinkenden Schmutzes weggewaschen. Man konnte wieder der täglichen Arbeit nachgehen. Der Schulte war aus dem Schneider.

Zu Johannis sollte es einen Jahrmarkt geben, und Fahrende kamen mit Neuigkeiten aus der weiten Welt, in der es Ungläubige und Hexerei gab und edle Herren, die höchstpersönlich nach Jerusalem ritten, um den Teufel von dort zu verjagen, wo dieser bekanntlich Wohnung genommen hatte. Nach drei Tagen war dann alles wieder vorbei.

Anna zeigte nach diesen vergangenen Monaten noch keine Anzeichen einer Schwangerschaft, sodass auch die Hartnäckigen schließlich aufgaben, ihr etwas anhängen zu wollen. Was auch immer vorgefallen war, als sie mit dem Verrückten »auf der Wiese gesessen« hatte, es wurde uninteressant.

Der Sohn des Wagenmachers kehrte im Sommer aus dem Leyertal nach Hause zurück, und seine Mutter redete sofort auf ihn ein, dass er sich verheiraten müsse. Sie schickte ihn mit seinem Vater ins Wirtshaus, dass er sich die Anna erst mal in Ruhe ansehen sollte. »Die ist fromm, die kann arbeiten, was willst du mehr.«

Nach ein paar Bechern Wein hatte der Sohn durchaus keine

Einwände und erlaubte seiner Mutter bei seiner trunkenen Heimkehr, dass sie mit Annas Tante das weitere Vorgehen besprechen könnte. Die Wagenmacherin fing die Wirtin am Morgen nach der Messe ab und überbrachte ihr die frohe Kunde von der Werbung. Vor lauter gerührter Berechnung vergoss die Alte Tränen. Der Wagenmachersohn, ein Schmied! Das war bares Geld.
»Das wird ein Paar!«, schnalzte sie.
Die große Ernüchterung kam umso unerwarteter. Mit einem freundlichen Lächeln auf den Apfelwangen wies Anna die Werbung des aussichtsreich schmiedenden Sohnes ab.
»Ich kann nicht«, sagte sie leise und mit sanfter Entschiedenheit in Richtung ihrer Tante. »Ich hab was zu tun.« Die Tante flehte geradezu, dass Anna sich die Sache doch überlegen sollte, an eine bessere Partie als den Sohn der Wagenmacherin käme sie im ganzen Leben nicht. Anna nickte. »Es geht ja nicht gegen Euren Sohn.« Sie hielt der Wagenmacherin so freundlich die Hand, dass es dieser später nicht gelang, auf Anna wütend zu sein. »Ich werde nie heiraten. Ich hab mich anders versprochen«, sagte sie seltsam geheimnisvoll. Die Wagenmacherin schmollte noch ein bisschen und ließ es dann gut sein.
Am nächsten Sonntag erschien Anna in der Kirche mit einer selbst gefertigten Haube, die Zöpfe nicht mehr auf dem Rücken, sondern zum Kranz geflochten wie eine verheiratete Frau. Das Wispern wogte durch die Kirche wie ein aufgewühlter See. Man erwartete, dass der Priester diese furchtbare Ungehörigkeit strengstens und sofort maßregeln würde, aber er lächelte Anna zu und nickte sogar wie zu einer Bestätigung, als sie das Abendmahl nahm.
»Vielleicht hat sie den Walther heimlich geheiratet«, fachten die Frauen den alten Klatsch wieder an. Von der Burg war der Kaplan verschwunden, hatte man gehört, etwa um

die Zeit, als Walther und Anna »auf der Wiese gesessen« hatten. Unter größter geistiger Anstrengung versuchten die Weiber eine mysteriöse Trauung durch den abgängigen Kaplan zu rekonstruieren. Aber so richtig glaubte es niemand. Das wäre eine Geschichte für eine Liebeslegende, und so etwas passierte weit weg, im Ausland, nicht in Ried. Eine Zeit lang fanden sie es trotzdem lustig, Anna die »Walther Wittib« zu nennen, denn leben könnte man mit so einem ja wohl nicht, auch wenn er noch hier wäre. Dann war Annas Haube normal geworden. Bevor Anna das zwanzigste Jahr erreicht hatte, behandelte man sie wie eine alte Jungfer oder eher eben eine Witwe. Was wirklich geschehen war, hatte niemand erfahren.
Nur dem alten Priester hatte sie von ihrem Handel erzählt: »Wenn man ihm in die Augen sieht, dann fällt man«, hatte sie gesagt, und der Priester hatte genau gewusst, was sie meinte. Er hatte einem Kind in die Augen gesehen, das war wie eine Lerche. Ein Kind, das schönere Namen für alles erfand, was es für wert befand, und das Gott zusah.
Die Zeit der Lerche war vorbei, sie war entflogen und kam wohl kaum zurück.
Der Priester versuchte sich an etwas zu erinnern, das ihm Walthers Vater erzählt hatte, irgendetwas mit einem Mönch, aber es war zu lange her.
Er lächelte Anna begreifend zu.
»Ich kann nicht mehr zurück, Ehrwürden, ich hab es Gott und mir selber versprochen.« Der alte Mann nickte und bewunderte das Mädchen für seinen Glauben, an dem er nun endlich für die letzten Jahre seinen eigenen verankern konnte.
»Wenn das Gute und das Böse vom Anfang der Welt da waren und das Böse wäre wirklich stärker«, überlegte sie laut, bevor sie wieder aufstand, »dann hätte es doch längst alles verschlungen.«

In seltsamer Heiterkeit zuckte sie die runden Schultern: »Also muss es so sein, wie wir es abgemacht haben: eins für das andere.«
Was mit Walther wirklich geschehen war, wusste noch immer niemand. Und wen sollte es auch schon interessieren? Jeder hatte doch letztendlich genug mit sich allein zu tun. Das Leben war hart, nicht jeder war ein Herzog.

TEIL II

Die Jahre der Nachtigall

1189 – 1205

JENSEITS DES VERSTEHENS

Wenn ein Leben sich ändert, ist es nicht immer so klar festzumachen. Für manche kommt es schleichend wie ein Nebel, der sich unmerklich heben oder senken kann, für andere so, als wäre blitzschnell ein Vorhang gefallen, den man ohne weiteres nicht mehr zurückziehen kann. Walther war dankbar für seinen Aufbruch. Ried, die Burg und auch die immer ferneren Erinnerungen an den Vogelweidhof würden von nun an hinter dem Vorhang seiner Vergangenheit liegen. Alles, was seine unglückliche und erstickende Jugend ausmachte, würde zurückbleiben. Alles, außer Anna, deren Handel ihn einzig am Leben halten könnte.
Zu der Zeit, als er an der Seite von Friedrichs elegantem, schwatzhaftem Boten nach Wien ritt, hätte er das alles noch nicht so genau benennen können. Walther ging ohne den dramatischen Vorsatz, niemals zurückzukommen, doch auch nicht mit einem Plan wie etwa, über Jahreszeit wiederzukehren.

Herr Alwin zu Jödinsbruch reiste seinerseits in schlechter Stimmung mit seinem Fang nach Osten, denn es war ihm, als habe man ihn nicht nur mit den Steuergeldern betrogen (dieses zudem ganz offensichtlich), sondern auch mit dem angeblich so begabten Dichterjüngling, der wie sein eigenes Gespenst auf dem Pferd hing – insofern der Schindmähre, die das Murmeltier herausgerückt hatte, an Gestalt voll angemessen – und den Mund nicht auftat.

Herr Alwin hatte, da er nun schon acht Jahre am Hof weilte, das Vergnügen gehabt, kultureller Unterhaltung aller Art beizuwohnen. Und da die ausländischen Gesandten am Hof, namentlich der Franzose und der verfeindete Ponteviner, hin und wieder Besuch aus ihren sich so furchtbar überlegen fühlenden Heimatländern empfangen hatten, war ihm auch ausländisches Brauchtum bekannt. Mit Fug und Recht, so legte es sich Herr Alwin auf dieser von ihm unverschuldet mundfaulen Reise zurecht, könnte er sich geradezu einen Experten auf dem Gebiet internationaler Dichtkunst halten. Er verstand zum Beispiel nicht, warum Friedrich sich den alten Hagenau noch immer als Hofdichter hielt, da dessen bevorzugte Themenwahl inzwischen in eine durch und durch vergreiste Schaffensphase ältlichen Gewimmers eingetreten war. Tod und Vergänglichkeit, Eitelkeit und Jammertal, solcherlei Dinge hörte man in der Messe genug, am Abend wären andere Sachverhalte zu diskutieren, fand Herr Alwin. Er selbst, wie jeder Mann von Geist und Mode, schätzte die erlesenen Minnegesänge der Provenzalen am meisten, die über die letzten Jahre unter der alten Hexe Eleonor einen solch verfeinerten Stand erreicht hatten, dass man fast gar nicht mehr verstehen konnte, worum es ging. Die Liebe sollte doch etwas einfacher sein, eine Zerstreuung mehr.

Nur die Worte klangen schön. Und wenn man es mal nicht so fein wollte, dann konnte fast jeder von Friedrichs Herren das ein oder andere Lied vortragen, in dem das Thema Liebe eindeutiger, zu eindeutig für die Anwesenheit von Damen jedenfalls, behandelt wurde.

Unter brüllendem Gelächter über die Allmacht ihrer Erektionen singend, hatten Herr Alwin und die Gefährten schon so manchen lustigen Abend verbracht.

Die Erinnerung an solch feinsinnige Vielfalt seiner Kenntnisse ließ ihn anerkennend schmunzeln und hob seine

Laune ein wenig. Er sah sich im Reiten nach dem Vogelweidjungen um und fand den Halbwüchsigen noch immer in einer Trauerhaltung auf dem Pferd, als wäre ihm das Himmelreich verwehrt. Die Nase hing ihm bald in der strohigen Mähne des Gauls.

Alwin dachte, dass er zumindest wusste, was sich gehörte, und dass es unhöflich von ihm wäre, den Jungen ohne jegliche Unterhaltung zu belassen. Er ließ sein Pferd etwas zurückfallen, bis er mit Walther auf gleicher Höhe war. Leutselig wies er mit der ausgestreckten Hand auf die vor ihnen liegende Landschaft: »Ah«, machte Herr Alwin, lind aufseufzend, »der Frühling! Unsere schöne Heimat. Na, Junge? Ist das nicht herrlich?«

Der komische Dichter sah nicht mal hin. »Sagt, Jung Walther«, versuchte es Herr Alwin weiter, »wie gedenkt Ihr Euch denn einzuführen auf der Burg?«

Walther wandte dem Wiener sein verschlossenes Gesicht zu. Ein Teil der eleganten Leutseligkeit Alwins verflog unter dem seltsamen Blick des Jungen. Er war nicht fragend und auch nicht unfreundlich, eher bodenlos auf eine Art, die den Betrachter frösteln machte.

»Ich meine, wollt Ihr Romane dichten?« Alwin hustete einmal tief durch und spuckte zielsicher neben sich. »Oder Minnegedichte? Oder Pfaffenlieder? Nichts für ungut«, fügte er schnell an, als Walther eine Braue hob.

»Man muss sich ja heutzutage spezialisieren, wenn man sich einen Namen machen will, junger Freund, überlegt es Euch nur beizeiten, nicht dass Ihr dann dasteht und außer einem Vers oder zweien nichts aus der Tasche zu ziehen wisst!« Ein paar Elstern flogen vom Feld auf. Walther sah sich nach dem Geräusch um, das ihre Flügel machten.

»Ich meine es nämlich gut mit Euch.« Herr Alwin gestattete sich die Vertraulichkeit, vom schwankenden Pferderücken aus dem jungen Mann die Hand auf die Schulter zu legen. Doch ohne zu wissen warum, zog er sie gleich darauf zurück, als hätte ihn was gebissen. Die Miene des Jungen war ungerührt.

»Das Leben in Wien ist ein anderes als das, was ihr kennt, wisst Ihr? Man muss auf sich Acht geben. Es ist in dieser Zeit ja eine rechte Schwemme von Dichtern, könnte man meinen. Da hat einer grad schreiben gelernt und vielleicht auch eine Stimme, und schon glaubt er, dass er dichten muss. Sind ja doch meist alles nur Zweitgeborene, nichts für ungut«, setzte Herr Alwin seine ungebetene Beratung fort. »Oder Pfaffen, denen es zu langweilig geworden ist beim Beten. Das auch, Pack eben, Fahrende, bisschen Latein, bisschen dichten, manche sind mal in Paris gewesen, da denken die schon, dass sie Kanzonen scheißen. Hahaha.«

Walthers Begleiter lachte über seinen eigenen Sinn für Humor. »Mit den Romanen, da ist es natürlich was anderes, dauert ja ewig, bis man so ein Ding gehört hat. Wir hatten mal den, äh, den Dings, komme grad nicht drauf, den, äh, na, egal, also den, der über diesen Erdmann oder Ermanrich oder wie er hieß gedichtet hat. Ist ja nicht so wichtig. Aber: e-lend, kann ich Euch sagen, e-lend. Zwei geschlagene Monate, jeden Abend immer wieder. Den Damen soll es ja gefallen haben. Kunststück, wenn ich nur über nackte Helden reime. Und so langweilig. Also wirklich, ja?«

In der Erinnerung an die überstandene Qual schüttelte Alwin den Kopf. »Aber, hier!«, er klopfte mit der flachen Hand auf die unter der Satteldecke verborgenen, unterernährten Geldsäcke, die Friedehalm ihm nach den endlosen Stunden des Rechnens mit verkniffener Miene überlassen hatte: »Ist natürlich lohnender, wenn man sich so irgendwo einnisten kann. Ich rat Euch gut, Herr Walther, ich rat Euch gut, macht Euren Einstand in Wien richtig.«

Der unerschöpfliche Informant und Kunstexperte senkte verschwörerisch die Stimme. »Der alte Hagenau hat viel-

leicht noch zwei Jahre, höchstens fünf, sieht auch nicht mehr gut. Dann braucht der Herzog einen neuen Hofdichter.« Der Schwatzende zog die Mundwinkel nach unten und kniff ein Auge zu, als hätte er aus reiner Herzensgüte einen unendlich wertvollen Hinweis an einen Bedürftigen weitergegeben. Belehrend hob er den Finger: »Aber denkt an meine Worte. Ihr müsst Euch spezialisieren, nicht mal so und dann mal so. Will keiner, braucht keiner! Viel zu viele Dichter, sowieso übers Ganze! Und man braucht Beziehungen.« Herr Alwin war etwas erschöpft.
Endlich hielt er den Mund und starrte Walther erwartungsvoll an. »Ist gut«, sagte Walther, weil er das Gefühl hatte, dass der Geschwätzige das von ihm erwartete. Herr Alwin trat seinem Pferd ein bisschen in den Bauch und ritt wieder vor. Das konnte ja was werden mit diesem Stoffel.
»Du musst dein Leben leben, um es herauszufinden«, hatte sie gesagt. Walther schüttelte still den Kopf. Es war ein Handel, er hatte zugestimmt. Aber er fühlte sich so unendlich müde. Nun ging er nach Wien. Würde das etwas ändern?

Wien änderte in der Tat alles, außer den Dingen, die sich eben nie ändern lassen würden. Es war gut, dass Walther in seiner umfassenden Erschöpfung sich keinerlei Vorstellungen gemacht hatte von dem, was ihn erwarten könnte, denn Wien war alles, was er nicht kannte. Er kam an der Burg in einem Stupor jenseits des Verstehens an, folgte schnellen Füßen vor sich, die durch verschlungene Gänge hasteten, hörte Rufe, die ihm nichts bedeuten konnten, und wurde gebadet. Nachdem er dem Zuber entstieg, erhielt er zum ersten Mal seit über zehn Jahren neue Kleider. Es war der einzig klare Moment seiner Ankunft, wie er da stand, sauber, das Wasser rann ihm noch aus den Haaren, wo man ihn rasiert hatte, brannte die Haut, und er hielt

seine neuen Kleider. Auch später, wenn er versuchte, sich an die ersten Tage in Wien zu erinnern, begriff er sie nicht. Aber immer sah er die Kleider vor sich, deren Stoffe nach niemandem rochen. Und erst in dem Moment, als er sie anlegte, hatte er das Gefühl, eine wirkliche Chance zu haben. Zwei Dinge nahm er sich in diesem Moment vor. Zum Ersten: Er würde die Chance nutzen, auch wenn er nicht wusste, wohin sie ihn führen mochte, und zum Zweiten, dass er nie wieder die Kleidung eines anderen Menschen tragen würde, der ihn mit seinem Geruch verfolgen und sein empfindliches Selbst bedrängen könnte.
»Ins Feuer«, sagte er sehr bestimmt über die Schulter zu dem Diener, der Konstantins alte Sachen aufgesammelt hatte und sie ihm fragend vorhielt.
Dann wurde er von einem anderen Bedienten abgeholt, lief wieder hinter hastenden Füßen durch unbekannte Gänge, von Fackeln erhellt, Kot in den Ecken und Hundegebell, das gedämpft herüberklang. Schritte, immer mehr und schnellere Schritte, ein Anrempeln, schnelle Worte in einer viel verfeinerteren Mundart, als man sie dort sprach, von wo er aufgebrochen war. Der Rücken schmerzte ihm vom Reiten.
»Ist Herr Alwin schon unterwegs?«, schnauzte der Diener, der ihn führte, einen anderen an, der wortlos die Achseln zuckend weiterhuschte.
Dann endlich ein Anhalten in einer Vorhalle, der Befehl: »Wartet hier!« Augen überall, die sich abwandten, wenn er sie zu sehen versuchte, neugierige und tückische und gleichgültige Augen. Nicht einmal auf dem Rieder Jahrmarkt, kam es Walther an diesem ersten Tag vor, hatte er je so viele Menschen auf einmal gesehen. Wieder Schritte, der geschwätzige Herr Alwin nahte, ebenfalls gebadet und seinen Gürtel bindend: »Schon bereit?«, fragte er sinnlos und fügte dann nochmals an: »Denkt daran, spezialisieren und Beziehungen! Ich mein es gut.«

Danach rief gleich eine Stimme von jenseits einer großen, tapisserieverhangenen Tür:
»Der edle Herr Alwin zu Jödinsbruch und der Dichter Walther von der Vogelweide.« Die Tür wurde aufgerissen und Walther weisend angerempelt, dass er dem eiligen Herrn Alwin ins Unbekannte folge. Es war die größte Halle, die er sich denken konnte, Friedehalms Prachthalle hätte viermal hineingepasst. Noch mehr Menschen als im gedrängten Vorraum, zehnmal, zwanzigmal so viele befanden sich in diesem endlosen Saal. Sie saßen auf Bänken, standen an den hohen dunklen Säulen, in Gruppen, wenigstens zu zweit, alle ausgerichtet wie ein scheinbar tatenloser Bienenschwarm zur Stirnseite hin, wo unter weiteren Fackeln Friedrichs Thron stand. Ein dröhnendes Murmeln ging von den vereinzelten Gruppen aus, schwingende Stimmen aufreizenden Unbeteiligtseins, die die spähenden Augen Lügen straften. Friedrich selbst stand unglücklich neben seinem Thron, wie es seine Gewohnheit war, als versuchte er auf diese Weise, dem Amt, das er verfluchte und brauchte wie sein ganzes Leben, zumindest auszuweichen. Er redete mit vier jungen Herren, alle wie Jäger gekleidet, aber in so feinem und sauberem Leder, dass sie nicht aussahen, als hätten sie je in diesen Kleidern auch nur ein Karnickel gejagt. Friedrich sagte etwas zu den Herren, und alle warfen gleichzeitig die Köpfe zurück und lachten. Walther glaubte zu bemerken, dass Herr Alwin sich ein wenig versteifte und noch schneller ausschritt, um den Weg zum Thron hinter sich zu bringen. Bisweilen nickte er zur einen oder zur anderen Seite, lächelte starr und war doch blind für alles. Dann, in etwa zehn Schritten Entfernung zu den Thronstufen, blieb er so plötzlich stehen, dass Walther ihm fast in die Fersen gerannt wäre. Ein paar, die das versäumte Missgeschick hatten kommen sehen, lachten dünn und zeigten mit huschenden Fingern auf Walthers Füße.

Herr Alwin vollführte eine schwungvolle Verbeugung und blieb, den Kopf so tief gesenkt als eben möglich, stehen. Walther verbeugte sich auch, sein Rücken schmerzte noch mehr. Friedrich machte erst noch eine andere murmelnde Bemerkung zu den feinen Jagdgewandeten, dann nahm er Alwin, den er so wie alle anderen hatte kommen sehen, zur Kenntnis.

»Herr Alwin«, rief der junge Herzog und breitete die Arme aus, als wollte er den Ankömmling umarmen. Alwins Kopf sackte darauf noch tiefer. »Erhebt Euch, Herr Alwin«, orderte Friedrich lächelnd. »Wir haben Eure beredte Gesellschaft während der Wochen Eurer Abwesenheit sehr vermisst. Dabei haben sich die Herren alle Mühe gegeben, mich so schön zu unterhalten, wie nur Ihr es vermögt«, sagte der Herzog und wies in Richtung der jungen Männer, die berechnend dienerten. Einer von ihnen hob kurz den Kopf und spitzte die Lippen in Alwins Richtung wie zu einem höhnischen Kuss. Friedrich sah es nicht.

»Gewiss, Euer Gnaden«, stimmte Herr Alwin zu, und Walther hörte die Wut in seiner Stimme. Er selbst hatte noch nicht gewagt, sich aufzurichten, da er noch nicht angesprochen worden war. Sein Rücken fühlte sich an, als müsste er gleich entzweibrechen.

»Und der junge Mann?«, fragte der Herzog, als wüsste er nicht ganz genau, wer ihm da in die Halle gebracht worden war. Walther quälte sich in die Senkrechte.

Herr Alwin paradierte zur Seite, im Halbkreis um Walther herum, und stellte vor: »Der Dichter Walther, dem Euer Gnaden die Gunst gewährten, vom Hofe Herzog Friedehalms an den Euren überzuwechseln, Euer Gnaden.« Walther wusste nicht, was von ihm erwartet wurde, und stand einfach nur da. Dabei war es nicht nur eine Unkenntnis der höfischen Manieren, wie sie hier erwartet wurden, die ihn lähmten. Sondern zum ersten Mal in seinem Leben befand er sich in der Gesellschaft anderer Menschen, die nicht wussten, dachten, fürchteten oder urteilten, dass er verrückt wäre. Die nichts von Gunis wussten oder Herrmann, von seinem Schweigen, von den Küchenmägden und dem Kerker, glückliche Ahnungslose, die nie den Anfang seiner Welt gesehen hatten. Während der wenigen Augenblicke, in denen er dastand, wartend, unwissend, leer, überfiel ihn mit einem Mal die Erkenntnis einer unfassbaren Freiheit, so berauschend wie der erwartungsvolle Duft seiner ungetragenen Kleider.

Er lächelte. Es war das verheißende Lächeln des Kirschmundes seiner Jugend, doch mit dem Glanz eines neuen, unentdeckten Zeitalters darin, so unbekannt, unverbraucht und eigenartig versprechend, dass alle, die es sahen, erstaunt und verunsichert zurücklächelten und alle, die nur diese Reaktion sehen konnten, die Hälse reckten, weil sie fürchteten, etwas verpasst zu haben. Es war ein Lächeln, das Türen öffnete, das Lächeln eines Siegers, der die Schlacht um sich herum nicht einmal bemerkte; das Lächeln eines Menschen, der es sich leisten könnte, selbst in dieser Gesellschaft, allein zu stehen.
Selbst Friedrich kostete es einige Mühe, diesem Lächeln zu widerstehen, von dem er sich nicht zu schnell hinübergewinnen lassen durfte. »Der Dichter Walther?«, wiederholte Friedrich also und spielte weiter den Erinnerungslosen. »Ein Neffe meines Vetters? Ein Ziehsohn, was war es doch gleich?«
»Nichts dergleichen, Euer Gnaden«, hob Walther seine Stimme. Voll und klar klang sie durch die Halle, als trüge sie schon die Vorahnung seiner ungeschriebenen Lieder, die er hier singen würde, in sich. »Ich bin schlicht Walther von der Vogelweide, ein Gast aus dem Süden.«
Herr Alwin atmete erleichtert auf, das hatte der Junge gut

gemacht. Es wäre sonst nämlich sehr schwierig für ihn gewesen, den Steuerbetrug des Murmeltiers und seine entsprechenden Vorschläge zur baldigen Fehde zu unterbreiten, hätte sich Walther als Ziehsohn des Grödnertalers eingeführt. Er hatte sich schon vor seiner Abreise entsprechend mit Kanzler Moldavus besprochen. Denn Herr Alwin hatte große Pläne mit dem Grödnertal, von denen außer dem Böhmen keiner wusste. Er hoffte, wenn er das nächste Mal Friedehalms Burg sähe, es als deren Herr wäre.
»Ein Gast aus dem Süden, Dichter Walther?«, wiederholte Friedrich kühl. »Und sehr jung, nicht? Jung und unbekannt.« Ruckartig wandte er sich nach hinten um: »Reinmar?«, fragte er in die ebenfalls von Tapisserien verhangenen Schatten hinter seinem Thron. »Sagt, Freund Reinmar, kann ein Dichter so jung sein?«
Hüstelndes Lachen wallte durch die Menge der Anwesenden, rollte von einer Seite zur anderen, unbeteiligt, doch wachsam. Ein alter Mann trat aus den Schatten. Seine Augen waren anders als die des Hallenvolks, nicht nur wegen ihrer Trübung, sie waren suchend, nicht gierig.
»Mit Demut, Euer Gnaden«, sprach der Alte mit dieser Stimme, die klang, als liefe jemand durch gefallenes Laub. »Mit Demut und Gottes Gnade ist auch die Jugend in all ihrer Vergänglichkeit fähig, etwas zu sein, das man ihr nicht ansähe.« Der Alte senkte das Haupt. Walther wusste nicht, was er von diesem Gerede halten sollte. Wer war das überhaupt? Er entschloss sich, die Verbeugung des Greises nicht zu erwidern.
»Demut?«, wiederholte Friedrich laut. »Er sieht mir aber nicht so sehr nach Demut aus.« Die Woge falschen Gelächters brandete wieder durch den Saal.
»Na, ist gut«, schloss der Herzog schließlich mit beifallheischenden Blicken in Richtung des Alten seine Befragung ab. »Wir werden es ja dann beizeiten hören, nicht?« Er

machte eine leicht scheuchende Bewegung mit der Hand, und ein Diener wies Walther an, wohin er seitwärts zu verschwinden hatte.

»Jetzt aber zu den wichtigen Dingen, Herr Alwin«, hörte Walther noch die Stimme des Herzogs: »Wo sind meine Steuern?«

EINER, DER SICH KÜMMERT

Walther hatte nie einen Lehrer gehabt, nicht mal einen, der sich um ihn kümmerte, seit Herrmann gestorben war. Verwildert in Geist und Seele, allein das Herz seit kurzer Zeit an eine nun weit entfernte Hoffnung, einen Handel geheftet, verstörte ihn selbst eine so unzärtliche Zuwendung wie die des alten Reinmar von Hagenau. Er wusste nicht, wie man sich belehren ließ, wie man Wissen annahm, wie man zuhörte, ohne sich zu wehren gegen die neue Fremdheit, die mit diesem Wissen kam. Verschlossen wich er den weisenden Worten des alten Dichters aus, wie den Händen, die ihm früher über das Haar hatten streichen wollen. Er duckte sich unter den Ratschlägen, floh vor Kenntnissen, die er nicht hatte, und versteckte sich vor dem Tadel, den er in allem wohnen sah, das der Alte sagte.
Die sehnende Vorstellung, die sich Reinmar von dem jungen Mann gemacht hatte, als er sein Gedicht gehört hatte, musste sich bald geschlagen vor der Wirklichkeit zurückziehen. In seiner Vorstellung hatte sich der junge Dichter ihm lauschend zu Füßen gesetzt, hatte aus den Worten seiner Weisheit mit der Kraft der Jugend, die ihm, Reinmar, nun fehlte, Melodien und Bilder gewoben, die sich anschlossen an sein eigenes Werk, welches ihm die nutzlosen Schreiber nun verschandelten. In dem Bild seiner fernen Hoffnung war der Junge eine Anleihe an ewiges Leben gewesen, ein Gefäß für Reinmars Worte und Gedanken, die in einem neuen Körper, einem von ihm vorsichtig be-

füllten Geist noch lange Jahre durch die Welt gehen konnten. In der ernüchternden Wirklichkeit aber schwankte der Junge zwischen nutzloser und eitler Wut, wenn ihm etwas nicht gleich gelang, und hochfahrenden Jubelsprüngen, wenn ihm etwas eingefallen war, was er für gut oder – schlimmer noch – für neu hielt.
Reinmar wollte nicht sagen, dass Walther kein Talent hätte, er war insofern schon noch der Dichter, dessen Worte ihn und den jungen Herzog damals so getroffen hatten, aber es war eben nur Talent, nichts weiter.
Talent war nichts!
Staub auf dem Ärmel der Zeit, den sie bei erster Gelegenheit abwischen würde. Zudem waren seine Kenntnisse äußerst begrenzt, was die Dichtkunst anging, war der Jüngling im Wesentlichen ganz ungeschult. Seine Reime waren bäurisch, wie fahrendes Volk sie zu verfassen neigte, seine Verse ohne die elaborierte Metrik, die Reinmar so firm beherrschte und der Poesie für absolut notwendig erachtete. Außer leidlichem Latein und einem eher indifferenten Schreibstil hatte man Walther wohl kaum Wissen vermittelt. Reinmar verlor oft die Geduld mit ihm. Dann ging der Junge entweder einfach fort, um schließlich wiederzukommen, wenn es ihm beliebte, oder er war völlig unberührt von der Zuchtstrenge seines Lehrmeisters. Ohne Ehrfurcht und Reue fragte er am Ende einer Rüge nur: »Wollen wir dann weitermachen?«
Es fehlte ihm auch die Disziplin, an den kleinen Dingen zu arbeiten, das weniger Wichtige immer und immer wieder zu wiederholen. Wenn er ihn fragte, welches Gedicht er Herzog Friedrich denn nun zu seiner Einführung, die bald bevorstand, vortragen wollte, zuckte Walther die Schultern. »Das wird dann kommen«, erklärte er und meinte den Rausch, den er, seit er in Wien war, langsam in sich brodeln fühlte. »Das hat Zeit.«

So begegneten sie einander über Wochen hin jeden Tag auf dem Schlachtfeld der Eitelkeit und Verstiegenheit ihrer kleinen Welt, die sie widerwillig miteinander teilten. Vor den gelegentlichen Nachfragen seines Herzogs gab Reinmar aber den Fehlkauf des Jungen zu seinem eigenen Unverständnis nicht zu. »Er macht sich«, sagte er ihm dann lächelnd oder: »Er trägt beachtliches Versprechen.«
Und Friedrich sagte etwas wie »Gut, gut« oder »Weiter so!« und hatte sein flatterhaftes, fliehendes Interesse schon wieder anderen Dingen zugewendet.

In einer Woche, anlässlich des Namenstags der Herzogin Philomena, sollte Walther vor dem Hof seinen offiziellen Einstand geben. Aber immer noch winkte der Unverschämte vor den Forderungen seines Lehrers ab, wiederholte: »Das hat Zeit.«
Reinmar hatte keine Zeit, er sah immer weniger, und manchmal, wenn er sich hinlegte, blieb ihm die Luft weg. Weil er sich immer öfter schwach fühlte, musste er sich immer öfter hinlegen. Es kochte in ihm, und er fühlte sich nun zu schwach, mit dieser Hitze fertig zu werden.
»Schau mich an«, schrie er schließlich seinen Zögling am Vorabend seines Auftritts an. »Du hast keine Zeit! Das Alter ist ein Witz, den verstehst du erst, wenn es zu spät ist!« Er streckte Walther seine alten, verfärbten Hände mit den ewig schwarzen Fingerkuppen entgegen, verdorrt wie knorrige Baumwurzeln. »Dieser Körper ist ein Judas an unserem Geist und unserer Seele! Schau mich an«, wiederholte er wütend. Die sonst so leise Stimme in der Farbe raschelnden Laubs war drohend, verzweifelt.
Walther hielt ganz still unter der Welle dieser Wut. Zum ersten Mal dachte er, etwas mit Reinmar gemeinsam zu haben. Der Alte hustete und sackte in sich zusammen: »Manchmal«, flüsterte er heiser, »manchmal wünsche

ich mir nichts mehr, als dass ich noch einmal auf einen Baum klettern könnte. Weißt du, wie das ist? Wenn man sich wünscht, dass man etwas so Einfaches noch mal tun könnte? Und die Antwort ist immer nur ein ›Nie Wieder!‹ Weißt du das?« Er beantwortete die Frage, die seinen Ausbruch mit sich getragen hatte, verbittert selbst: »Du bist jung. Du weißt nichts. Du bist nichts. Du kannst nichts.« Damit stand er, der Lehrer, der keiner sein konnte, auf und ging – wie Walther sonst, wenn er sich eine Zurechtweisung nicht gefallen ließ.
Der Schüler, der keiner sein konnte, blieb zurück und dachte nach. Vielleicht würde er es wirklich nicht verstehen können und hatte es auf seine Art doch längst getan. Denn bei ihm war es seine Seele gewesen, die schon immer ein Judas war, der den Körper verriet, den Geist und nun vor allem jene, die sich trotzdem an ihn versprochen hatte. Walther lauschte Reinmars Wut nach und ahnte plötzlich, dass sie vielleicht alle auf die ein oder andere Art verraten wurden, von ihren Herzen, ihren Körpern, ihren Gedanken und am meisten von ihren Träumen, dass alles anders sein könnte, als es war. Er bedachte die Geschehnisse hier am Hof, die kleinen Gruppen, die überall standen, die Intrigen, die sich um einen Platz an einem Tisch drehen konnten, die heimlichen Abkommen und Verbindungen, die Alwin »Beziehungen« genannt hatte. Bosheit, die allgegenwärtig durch die Versammlungen schlich und auf Schwäche lauerte, auf Versagen, und am tödlichsten auf die wartete, die etwas konnten, etwas taten. Es wäre widerwärtig gewesen, wenn es nicht doch nur ein kindhafter Abglanz dessen wäre, was der eigentliche Verrat des Menschen an sich selbst bergen würde. Ein Körper, der alterte und einen Ehrgeizigen zur Demut zwang. Eine Seele, die sich in sich selbst verloren hatte und einen Liebenden zu einem Einsamen machen musste. Der schlimmste Judas

eines jeden war, was dieser nicht ändern konnte, dachte Walther.
Wie um Reinmar zu trösten, kopierte er blitzschnell drei seiner berühmtesten Gedichte in Versmaß und Stil, nur in anderen Worten, und legte sie ihm auf das überhäufte Pult. Dass der Alte es nicht lesen konnte, kümmerte ihn nicht. Sein Geschenk, das Reinmar nicht würde annehmen können gehörte zu dieser bitteren Mischung aus Lüge und Hoffnung, die sie ineinander quirlten wie Honig und Galle und sich selbst betrogen, nur den Honig schmecken zu wollen.

Nach einiger Zeit kam Reinmar zurück, spähte mit zusammengekniffenen Augen dahin, wo er Walther vermutete, und fragte: »Bist du da?«
»Meister Reinmar«, antwortete Walther, ohne dass man an seiner Stimme etwas hätte ablesen können. Der Alte war entschlossen, das Vorgefallene zu ignorieren, er schämte sich, dass ihm so viel Wahrheit entwichen war.
»Es wird auf mich zurückfallen«, sagte er mit seiner Herbststimme, »wenn du am großen Tag schlecht vorbereitet bist. Nur deswegen bin ich zurückgekommen, du undankbare Kreatur.«
»Und?«, fragte Walther, noch genauso ausdruckslos wie zuvor.
»Es ist der Namenstag der Herzogin nächste Woche, man wird erwarten, dass du auf sie dichtest.«
»Ich kenn sie doch gar nicht!«
Der Alte schüttelte mühsam beherrscht den Kopf: »Frau Philomena ist die erste Dame am Hof, das heißt, sie ist die schönste Frau, die du je gesehen hast.«
»Schönheit ist gar nichts«, versetzte Walther, der an ein Mädchen dachte, die wie ein Apfel aussah und in deren Augen die gleiche Trauer wohnte wie in seinen.

»Halt den Mund«, brüllte Reinmar heiser. »Du wirst dich morgen aufführen, wie man es von dir erwartet, das bedeutet, dass du ein artiges Liebeslied auf die Herzogin singen wirst.« Nun war es an Walther, verblüfft zu sein. Er war zwar von einigen der höfischen Sitten schon sehr überrascht worden, doch hätte er – wenn man schon immer von Artigkeit redete – nicht erwartet, dass es jemand wie Herzog Friedrich als freundliche Aufmerksamkeit begreifen könnte, dass ein Neuankömmling am Hof ein Liebesgedicht auf seine Frau verfasste. Zudem, wenn ihm diese völlig unbekannt war, solches aber eine geheime Kenntnis der Dame angedeutet hätte. Vorsichtig, um den Alten nicht weiter zu reizen, versuchte Walther, seine Zweifel zu Gehör zu bringen. Reinmar schien nun wirklich erschöpft: »Die Liebe, von der ich rede, du Trampel, ist eine höhere Liebe als das, was du vielleicht verstehst. Es ist eine Liebe, die den Mann adelt, weil sie sich ihm versagt.«

»Welchen Mann? Ich dachte, ich soll auf die *Herzogin* singen?« Walther hatte das Gefühl, dass man ihn hereinlegen wollte. War er selbst schon zum Opfer einer Intrige geworden? Versuchte der Alte, ihm auf diese Art eine Falle zu stellen?

»Mund halten!«, fauchte Reinmar und schlug mit der Krücke aus Haselholz, die er mittlerweile zum Laufen benutzte, blind vor Wut in den Raum vor sich. Walther erwischte er nicht. »Die höfische Liebe«, keuchte er dann mühsam beherrscht, »besteht zwischen einer Herrin, die unerreichbar ist, so wie die Herzogin für dich, und einem Minderen, der sie verehrt.« Es erschien Walther sinnvoll, nun nicht mehr zu unterbrechen, auch wenn Reinmars Ausführungen ihn noch immer sehr misstrauisch machten.

»Er beschreibt sie mit den Augen eines Liebhabers, eines Sehnenden, der sich verzehrt. Er kann nicht schlafen, nicht essen, nur an sie denken, er weiß jede Einzelheit ihres Gesichts, kennt ihre Hände, ihre Augen, ihre – alles! Verstanden?!«

»Hm.«

»Aber er wird sie nie auch nur berühren. Nie seine nutzlosen Hände auf den Saum ihres Kleides legen, nicht einmal erhoffen, dass sie ihn ansieht, seinen Namen weiß oder merkt, dass er lebt. Nur sie hin und wieder zu sehen ist ihm Dank genug.« Reinmar rang nach Luft. »Und selbst wenn sie hässlich wäre wie die Nacht, uralt oder bucklig, die Dame, dann wirst du über sie dichten, als wäre sie schön wie eine Rose. Schöner noch.«

Eine Weile war es ganz still. Walther traute sich nicht, noch einmal nachzuhaken, obwohl er noch immer nicht begriff.

»Na, sag's schon«, grollte der Alte.

Walther schluckte: »Aber warum?«, fragte er so harmlos wie möglich.

»Die Wahrheit?« Reinmar hatte plötzlich ein Lächeln auf dem Gesicht. »Weil Männer Tiere sind und Frauen eitel.« Reinmar ließ der Wirkung seiner unerwarteten Aufrichtigkeit Zeit. Nie hatte er so zu einem anderen gesprochen. »Den einen gefällt es, dass sie denken könnten, es gäbe wenigstens einen, der sie anders sieht als ihr eigener Ehemann, der es lieber mit den Küchenjungen oder Kammerzofen treibt und ihnen einmal im Jahr zu Johannis eine neue Schwangerschaft beschert.« Walther war verblüfft, dass der vorsichtige, laubraschelnde Reinmar zu solcher Direktheit fähig war. »Einer, der ihnen nicht sagt, dass sie schon wieder einen Zahn verloren haben oder dass ihnen der Bauch auf den Knien hängt vom vielen Werfen oder dass sie nur wegen ihrer Mitgift geheiratet wurden.« Der greise Dichter vertiefte sein Lächeln. »Und den anderen gefällt es, zu denken, dass es eben irgendwo eine Frau gibt, die so schön und edel ist, dass sie sie nicht verdienen, dass sie nicht mal von ihr träumen dürften. Dann macht es ihnen erst den richtigen Spaß.«

»Was?«, fragte Walther.

»Das Träumen«, sagte Reinmar spöttisch, holte noch einmal Luft und beließ es dann dabei. Er stand auf und tastete sich zum Pult vor.

»Friedrich, das ist so eine Sache. Der ist wirklich in seine Frau verliebt, vom ersten Augenblick an«, fuhr er dann leise fort und zeigte Walther das Geheimnis des Herzogs nur vorsichtig. »Phi-lo-me-na«, singsangte er bedeutungsvoll ihren Namen. »Und sie hasst ihn – auch vom ersten Augenblick an. Sie hatte sich damals in irgendeinen landlosen Kreuzfahrer vergafft, das kam natürlich gar nicht in Frage. Nach der Hochzeit hat sie Friedrich nie wieder in ihre Kammer gelassen. Kein Erbe und kein Glück. Jeder würde es verstehen, wenn er sie verstoßen würde, aber er wartet und leidet sich halb ins Grab.« Der alte Mann drehte eine der Federn zwischen seinen schwarzen Fingern. »Für ihn ist es wirklich in diesen Gedichten, verstehst du? Das Warten, das Hoffen auf einen Tag der Erlösung.« Die beiden sahen sich an; Reinmars trübe und Walthers unglückliche Augen trafen sich in einem seltenen Augenblick des Verstehens.

Friedrichs Judas war sein Herz, das sich verschenkt hatte und wider allen besseren Rat nicht zurückkam.

Walther dachte an einen Kerker, der weit entfernt war, und an einen Mann, der ihm erschienen war wie der Mond, ein Schluchzen in der Dunkelheit, einer, der Hoffnung brauchte, die ihn weiter aushalten ließ. Er dachte an …

»Ich glaub, das kann ich«, sagte er zu Reinmar. Dann ging er einfach. Seltsamerweise war sein Lehrer diesmal nicht beunruhigt. Er hatte das Gefühl, Walther zum ersten Mal etwas beigebracht zu haben.

EINE NEUE STIMME

Das Fest zum Namenstag der Herzogin wurde mit einer Verschwendung begangen, die den vielen unzufriedenen Parteien die doppelte Gelegenheit gab, sich über Friedrichs Unvernunft zu beschweren und gleichzeitig einen guten Teil der so leichtsinnig verteilten Gelder zur Vorbereitung in die eigenen Taschen fließen zu lassen, ohne dass der Herzog etwas gemerkt hätte. Moldavus, der böhmische Kanzler, und einige sehr gut bezahlte, vernünftig schweigsame Zuträger waren die Einzigen, die alles wussten. Der Böhme wusste, wo jede dieser verschwundenen Kupfermünzen verblieben war, und er ließ es geschehen, zum einen zur Sicherung künftiger Bündnisse, zum anderen, um zu gegebener Zeit einen Skandal wegen Veruntreuung glaubwürdig aufdecken zu können.

Die Farben in der Halle waren an diesem Tag nicht die der Babenberger, sondern die des Hauses, dem Friedrichs Gattin entstammte, obwohl das niemand für politisch klug hielt, da sich ihr Vater und ihr älterer Bruder beide sehr öffentlich für das Wohl der Welfen interessierten.

Aber Friedrich in seiner verliebten Verblendung, der ewig Unzufriedenen wenigstens an diesem Tag eine Freude machen zu wollen, hörte niemandem zu, der delikate Einwände vorbrachte. Die jungen Herren Jäger, die in der Tat nur wie Jäger gewandet waren, hatte er zudem schon vor Wochenfrist mit der blödsinnigen und schier unlösbaren Aufgabe betraut, seiner Frau einen weißen Hirsch zu

schießen, den er ihr zum Höhepunkt der Feier selbst zu Füßen legen wollte.
»Ich nehm ihn mir erst so um die Schultern, so. Ja?«, hatte er gesagt, »und dann zeig ich ihn ihr. So ...«
Die jungen Herren, samt und sonders auf große Lehen oder ertragreiche Ämter hoffend, keiner von ihnen in der Lage, ein Huhn mit einem Katapult zu erlegen, selbst wenn das Huhn schon bewusstlos gewesen wäre, hatten in ihrer Not Moldavus mit Geld bestochen, das sie gar nicht hatten. Der Kanzler hatte auch wie immer einen eleganten, wiewohl leider teuren Ausweg gewusst. Er hatte einen mittelgroßen Hirsch aus Friedrichs übervollem Gehege töten lassen und zahlte nun einem verschuldeten Gerber einen geringen Lohn für die ungewöhnliche Aufgabe, das Tier ungebästet, mit dem Fell noch am Leib, so hell zu bleichen, wie er könnte, ohne dass das Wild dabei sichtbaren Schaden nähme. Am Nachmittag war dann in großer Hitze ein sehr fleckiger, hellbeige gefärbter Hirsch bei den jungen Herren abgegeben worden, der schon etwas streng roch und keinesfalls imposant wirkte. »Ist ja dunkler in der Halle«, mutmaßte einer der Herren, als sie ratlos den Kadaver umstanden und sich fürchteten, ihre Chancen vertan zu haben.
Es waren mehrere Musikanten und Tänzer anwesend, Frauen, die auf einem Seil tanzen konnten, und sogar ein dressierter Bär, der betrunken von dem Wein, den ihm sein Wärter gab, und wund von seinen Ketten im Hof böse vor sich hin stierte und durch seinen Gestank die Pferde nervös machte.
Walthers Auftritt sollte einer von vielen sein, ein kleiner Tribut in einer Reihe lächerlich sinnloser Liebesbeweise des Herzogs an seine kalte Gattin, die Worte eines neuen, unbekannten Dichters, die ihr schmeicheln könnten, wenn sie ihn denn anhören würde.

Philomena war dafür bekannt, dass sie Künstlern, die ihr nichtswürdiger Mann zu ihrer Unterhaltung bestellte, eine Gnadenfrist kurzen, kritischen Zuhörens gewährte. Wenn ihr der Sänger, Tänzer, Dichter oder wer auch immer dann nicht gefiel, was meistens der Fall war, wendete sie sich zu einem nahe Stehenden – niemals jedoch zu Friedrich – um und sagte laut: »Es sind ja viele Leute hier. Man fragt sich, warum?« Der so Vernichtete musste die Burg noch am gleichen Tage verlassen und durfte nie auf eine Rückkehr, oftmals nicht einmal auf eine Entlohnung hoffen.

Reinmar, der gewissermaßen zum Inventar gehörte, als Philomena zu ihrem eigenen Grimm nach Wien verheiratet wurde, hätte sie nie derartig bloßstellen können, seine Darbietung nahm sie huldvoll lächelnd hin. Der Alte hatte Walther nicht unnötig verunsichern wollen, hätte vielleicht auch nur seinen Trotz herausgefordert, deswegen hatte er ihm diesen drohenden Absturz, der sich bei seinem ersten Auftritt ereignen könnte, nicht nahe gebracht.

Als der Abend kam, ging Walther völlig ungerührt, wie es nach außen schien, mit dem Strom der Gäste in die Halle, er fühlte eine unbestimmte Neugier. Eine prickelnde Erinnerung an das letzte große Fest, das er erlebt hatte, ließ ihn still vor sich hin lächeln, sodass ihm schon drei Damen überrascht zugezwinkert hatten. Während man auf den Einzug des Herzogspaares wartete, stand plötzlich Herr Alwin zu Jödinsbruch neben Walther.

»Gott zum Gruße, Jung Walther«, neigte der geschwätzige Höfling das Haupt. Walther nickte ihm zu. »Heut ist der große Abend, was? Ich hoffe, Ihr seid gut vorbereitet, hab Euch ja gesagt, worauf es ankommt. Denkt daran, wie?« Herr Alwin strich nervös mit den Händen über seinen wachsenden Bauch. Seine zeitaufwändige Reise ins Grödnertal hatte ihn furchtbar aus Friedrichs engstem Kreise verdrängt. Er hatte dem Kanzler schon ein Vermö-

gen zahlen müssen, dass dieser weiter auf Fehde mit dem Murmeltier drängte und dabei immer wieder Herrn Alwin erwähnte als einen möglichen neuen Lehensdiener, wenn man das Murmeltier mal aus dem Bau gesetzt hätte. Aus irgendeinem Grund hatte Herr Alwin den Aberglauben, dass ein gutes Abschneiden Walthers an diesem Abend ihm helfen würde, seine eigenen Pläne voranzutreiben.
»Hab's schon läuten hören«, schwatzte Herr Alwin weiter, »Ihr dichtet natürlich auf unsere Herzogin, he? Ist ja klar, die beste Wahl für den Anlass natürlich.« Er wischte sich den Schweiß von der Stirn: »Heiß heute, oder?« Zu seiner Verwunderung nahm Walther wahr, dass ihn weder die in der Tat große Hitze noch die weiter hereinströmenden Menschenmassen in irgendeiner Form bedrängten. Im Gegenteil, er fühlte sich trotz der nahenden Prüfung so leicht und frei, als säße er mit Anna auf der Wiese. »Anna«, stach ihn das Wort in diesem unbewachten Gedanken, und er schnappte nach Luft.
»Jaja«, bestätigte Herr Alwin mahnend, »passt nur auf Eure Stimme auf! Mein Gott, mein Gott. Wird denn der Alte auch singen? Wahrscheinlich ja nicht, ist vielleicht auch alles ein bisschen viel. Jetzt stehen wir hier erst mal. Aha, soso. Das kann dauern.«
Herr Alwin wippte von den Zehen auf die Fersen und spähte über die vielfarbigen Hauben der anwesenden Damen und die teils gelichteten, teils haarigen Hinterköpfe der Herren, als suchte er etwas.
»Tss«, machte er schließlich befriedigt. »Jetzt schaut Euch das an, muss der aber wieder den Hut auflassen!«
Er deutete mit seinem durchschnittlichen Kinn in Richtung Leopold, Friedrichs jüngeren Bruder, der sein theoretisches Recht, in Gegenwart des Herrschers den Hut auf dem Kopf zu behalten, abermals zu einer kleinen, bösen Demonstration seines eigenen, stets wachen Machtwillens

werden ließ. Ein junger Mann, der vor Herrn Alwin stand, wandte sich interessiert um. Überrascht klappte dieser den Mund zu und sah zu Boden. Leopold stand mit Moldavus im Bunde, hieß es, und Moldavus hatte seine Spitzel schließlich überall. Herr Alwin hätte sich in den Hintern beißen können. Wenn dieser Vogelweider nur jemals geredet hätte, dieses Schweigen, das verführte ja selbst den Frömmsten, etwas Dummes zu sagen!
Endlich wurden die großen Türen verschlossen, man konnte kaum noch atmen in dieser Menge. Walther nickte Herrn Alwin zu und bahnte sich vorsichtig einen Weg zu der Nische, in der sich die Vortragenden versammelt hatten. Die Hofmusiker hielten eingebildet Abstand zu den Seiltänzerinnen und dem stinkenden Bärenzähmer, der sein Tier einstweilen noch draußen gelassen hatte.
Plötzlich schwieg die Menge und verfiel dann in ehrfürchtiges Raunen, die großen Türen hatten sich wieder geöffnet, und ein sinnlos stolzer Friedrich führte seine Philomena herein.

Als man die beiden vor sieben Jahren verheiratet hatte, wusste keiner von ihnen mehr als den Namen und Rang des zukünftigen Gatten. Friedrich, gerade sechzehn, war schon damals ein friedfertiger, leicht versponnener Knabe gewesen, der bereit war, freudig zu nehmen, was der Fürstenrat seines Vaters ihm ausgesucht hatte. Als er sie dann sah, Philomena, eine hochgewachsene, eingebildete Vierzehnjährige mit schmalen Augen, eng und flach geschnürt, blau gewandet, erblickte er in dieser ihm bestimmten Gemahlin eine irdische Vertretung der Jungfrau Maria.
Er wusste vor lauter Bewunderung und Ehrfurcht nicht, wie er sich ihr in der Hochzeitsnacht nähern sollte.
»Liebste«, hatte der sechzehnjährige Friedrich gewispert, zitternd vor Glück und keuscher Erregung, »dass es so

etwas wie Euch gibt, so etwas ganz Schönes, das hätte ich nie gedacht.«
Seine Braut hingegen hatte einen Blick auf ihn abgeschossen wie einen Armbrustpfeil. »Bringen wir's endlich hinter uns«, hatte sie voller Ekel gesagt und schon die Röcke gehoben. »Mach schnell.«
Diese Beiwohnung, an die Friedrich seither jeden Tag dachte, war die einzige gewesen, die ihm seine fremde Frau je zugestanden hatte. Er drängte nicht. Seine Ehrfurcht hielt ihn zurück.

Als das ungleiche Paar, er so sehnend, sie so verächtlich, schließlich zum Fest die Halle betrat, reckten alle, die sich nicht gleich verbeugen mussten, die Hälse, um keine Einzelheit zu versäumen. Nur mit der Spitze eines Fingers, unter die sie sogar noch ein Taschentuch in unbekannten Farben gebreitet hatte, ließ Philomena sich an der Hand ihres Mannes leiten. Sie trug einen zweischnäbligen weißen Kopfputz, mit gelber Seide überhangen, dazu ein gelbes Untergewand, das von einem blutroten, eng geschnürten Überwurf fast verdeckt wurde. Ein Gürtel mit Gold und Rubinen besetzt hing ihr auf den schmalen Hüften, die noch keine Geburt auseinander gedrückt hatte, sehr zum Neid der anwesenden Damen, die sich weder solch ein Kleid leisten konnten noch einen solchen »Hurengang«, wie man zischend sagte, wenn die Herzogin außer Hörweite war.
Auch um den Hals hingen ihr Rubine, ein langer, schmaler Hals, der großartigste Träger ihres feinen Kopfes. Niemand, auch nicht ein Dichter hätte lügen müssen, um Philomena als schön zu bezeichnen. Walther spähte ebenfalls nach dem Objekt seines Gedichts aus und sah sie sich genau an. Ihr Gesicht hatte sie so weiß gepudert, dass jedes Leben daraus verschwunden war, die Augenbrauen und

Wimpern geradezu unsichtbar, der Mund aber rot wie zerdrückter Mohn, ein leuchtender Spott an Friedrich, den sie nicht einmal an diesem Tag, zu diesem Anlass, vor all seinen Vasallen, Verbündeten und Untertanen, zu berühren geruhte. Und er, der Verhöhnte, bemerkte nichts, schwebte selig lächelnd, huldvoll grüßend neben seiner kalten Schönheit die sich teilende Gasse menschlichen Neids entlang und freute sich. Die Welle der Verbeugungen, die dem Paar folgte, ebbte schließlich an den Thronstufen aus, von denen sich Leopold gerade eben herunterbemühte, um seiner Schwägerin für einen kurzen Augenblick – die nahe Stehenden sahen es schockiert – mit der Zungenspitze die Hand zur Seite des kleinen Fingers hin statt eines Kusses anzulecken.

Die Herzogin verzog keine Miene, was dem Übergriff eine furchtbare Selbstverständlichkeit gab und so Friedrich noch lächerlicher machte.

Unter dem Beifall der Halle nahm Philomena steif neben ihrem Ehemann Platz, der sogleich wieder aufsprang und wie der junge ungestüme Mann, der er war, den Gang wieder hinablief.

»Liebste! Liebste! Ich hab was für Euch«, rief er stolz wie ein Kind und strauchelte nach kurzem Verschwinden mit dem fleckigen Hirsch herein. Zwischen Entsetzen und Erstaunen hörte man das geladene Volk murmeln.

»Hier«, rief Friedrich schwitzend, das schwere Biest lag erdrückend auf den Schultern, der massige Kopf schlackerte hin und her, hieb ihm behindernd an die Knie, der Gestank zwar in der Masse der schwitzenden Menschen nicht gleich deutlich ruchbar, aber doch schleichend in schneller Verbreitung. Friedrichs Nacken schmerzte, er konnte den Kopf nicht heben, ohne dass ihm das Gewicht des Tiers den Hals brechen würde. Die letzten Meter waren eine Tortur.

Leopold verdrehte höhnisch die Augen vor der dumm-romantischen Geste seines Bruders, dessen Frau er längst auf jegliche von der Kirche unerlaubte Art beschlafen hatte. Endlich polterte das leblose Vieh zu Boden, Friedrich musste schwankend an einem Beistehenden Halt suchen: »Hier«, japste er: »Für Euch, Liebste! Ein Wunder, ein weißer Hirsch! Ein Zeichen meiner Liebe!« Totenstille, nur gebrochen von Friedrichs eigenen, heftigen Atemstößen, folgte. Dann wandte sich Philomena mit ihrem weiß geschminkten Gesicht an den grinsenden Leopold: »Das Schwitzen ist doch etwas durch und durch Bäurisches, nicht?«

Das Fest nahm seinen Lauf. Der Bärenzähmer hatte sein müdes und gereiztes Tier ein paar Runden drehen lassen, die alle beklatscht hatten, bis das Biest mitten in der Nummer in überraschender Menge auf den Boden pinkelte und der Zeremonienmeister eine drastische Bewegung des Halsabschneidens machte, um das Ende der Vorführung anzudeuten. Die Frauen, die Seiltanzen konnten, hatten sich zweimal vom einen Ende des Seils, das in Kopfhöhe gespannt war, zum anderen bewegt, aber da keine Lebensgefahr bestand, war auch diese Vorstellung kaum bewundert worden. Dann hatte ein provenzalischer Kastrat, ein Geschenk des Ponteviners Hugh de Marbeyère, ein endloses Lied gottlos hoher und eitler Koloraturen gesungen, das aber alle großartig finden mussten, wenn sie nicht für unkultiviert gelten wollten. Niemand außer der Herzogsfamilie und dem alten Reinmar durfte sitzen, getanzt wurde auch nicht, immer mehr Laute erschöpften Gähnens wurden hörbar. Alle wünschten sich ein Ende der armselig überladenen Vorstellung herbei.
»Es singt nun«, rief da der Zeremonienmeister, »zu Ehren der edlen Herrin Philomena, der Dichter Walther von der Vogelweide.« Jemand stieß Walther von hinten an, dass er

vortreten sollte. Das müde Gemurmel brach nicht ab, als er dann vor den Stufen stand und das Gesicht der Herzogin nun aus der Nähe sehen konnte. Neben ihr sagte der nimmermüde liebende Narr Friedrich leise zu ihr:
»Das ist ein ganz neuer Dichter, den ich extra für dich habe kommen lassen, Liebling. Den hat sonst noch keiner gehabt.« Als Antwort gähnte die Herzogin mit spitzen Lippen in ihr Taschentuch. »Na, dann mal los, Junge«, feuerte Friedrich seinen letzten Trumpf des Abends an, »lass hören.«
Die Menge summte in ihrer gewöhnlichen Mischung aus wachsamem Desinteresse und Selbstbezogenheit. »Ruhig doch mal«, rief einer vergebens, »ruhig doch mal!«
Das war Herr Alwin, der wegen des Vortrags um seine eigene Sache bangte.
Walther sah alles in einem auseinander gesprengten Detailreichtum, der ihn verwirrte. Er sah Philomenas überpuderte, weiße Wimpern, das flehende Zittern in den Lippen Friedrichs, wie Leopold mit seinem Fingernagel die Maserung seines Sessels vertiefte, er sah das ausweglose Tasten in Reinmars eingetrübten Pupillen, die langgezogene, feuchte Oberlippe des Kanzlers Moldavus. Nur konnte er diese Bruchstücke nicht zusammenfügen, sie verbanden sich zu einer farbigen Hetzjagd, die sich um ihn herum zu drehen begann und ihn schwindeln ließ. Bis jetzt hatte er nicht gedacht, dass er aufgeregt sein würde, er hatte auf den Rausch gehofft, gebaut, aber der Rausch blieb aus. Sein Hals war trocken, er räusperte sich.
Walther stand genau dort, wo Friedrichs unglücklicher, fleckiger Hirsch gelegen hatte. Wahrscheinlich würde ihm die gleiche Wertschätzung zuteil werden.
»Herr Walther, singt!«, befahl ihm der Herzog wütend, lächerlich gemacht nun auch noch durch das Versagen eines Unbekannten.

Die Herzogin lächelte zufrieden: »Ich werde mich zurückziehen«, kündigte sie an, »so viel wunderbare und geistvolle Unterhaltung, das kann ja nur ermüden auf die Dauer.« Aus ihrer Stimme troff kaltes Gift; Friedrich sah sie zerstört an. Alles aus.

»Man soll nicht übel von mir sprechen,
denn schon die Rede zwingt mich nieder.«

Walther hatte gesungen, dabei hatte er sich selbst am meisten überrascht. Die Töne kamen zu gequetscht, die hohen zu schrill, er wusste nicht, wie es weitergehen sollte. Die hochmütige Herzogin seufzte und drehte die Augen zur Decke.
»Seht mal, er singt ja schon«, beschwichtigte Friedrich.
Überflüssigerweise deutete er auf seine fehlerhafte Anschaffung hin, gierig nach der Hoffnung, alles könnte sich noch wenden.
Walther blickte in Reinmars Richtung, der Lehrer, der keiner sein konnte, hielt die Augen geschlossen und klopfte mit seinem alten Fuß den Takt, damit Walther ihn nicht verlieren sollte.

»Ich weiß, die Liebe wird mich rächen,
denn Liebe schützt der Liebe Diener.«

Er hatte seine Stimme gefunden. Das Gemurmel der Menge legte sich.

»Sagt mir, wer der Liebe würdig sei,
sagt mir, ist der, der ihr Sklave ist, frei?
Die, die ich meine, kennt sie mich?
Die, der ich gehöre, sieht sie mich?«

Auf einmal lag kein Stein mehr in seinem Weg, seine Gedanken und die Worte, die Töne, die Weise, alles verband sich zu einem Augenblick schlimmster und schönster Wahrheit. Er sang von sich, doch er meinte sie alle.

»Ich geh in den Ketten einer Liebe voller Licht,
die grausam ist, doch hat sie mich so leicht durchdrungen,
sie tötet alles in mir, was sich ihr nicht selbst verspricht.
Doch in ihren Banden bleib ich ungezwungen,
in ihrem tiefsten Kerker bleibt mehr Segen,
als in den reichen, goldenen und schalen Wohnungen derer,
die nicht lieben können, gelegen.«

Jetzt wusste er nicht mehr, wo er war. Es gab nur noch sein Lied, seine Worte, sein Wissen um etwas, das er nie gelernt hatte, nicht von Reinmar, nicht von Herrmann, nicht von irgendeinem. Das tiefste Wissen eines Ungeschulten, die letzte und erste Wahrheit zugleich.

»Ihr Lächeln macht mich leicht,
auch wenn ich weiß, sie lächelt nie für mich.
Ihr Glück macht mich reich,
auch wenn ich in ihren Augen der Ärmste bin.
Sie ist meine Königin und ich ein Diener.
Sie folgt meiner Herrin nicht, sie weiß nichts von ihr,
sie ist ganz frei und das ist, was mich dauert,
denn so ledig, wie sie geht, wird sie nie haben,
was ich habe, was mich erdrückt und selig macht,
die Qual, zu gehören, den Schmerz, verschenkt zu sein.
Sie ist frei, ihr Herz ist ruhig, meins verblutet,
ich hab es ihr gegeben, auf dass es ewig lebe,
selbst der Tod bedeutet mir nichts, denn für immer
ist er bei ihr, in einem Augenblick, im Vorbeigehen
an ihrer kühlen Seite.«

Bei den letzten Silben war ihm schließlich die Stimme heiser geworden, so laut hatte er alles herausgestemmt, hatte es sie hören lassen wollen, nicht die kalt-bleiche Philomena und nicht die jetzt so aufmerksam Lauschenden in der Halle. *Sie*, auf die es ankam, hatte ihn hören sollen, hatte wissen sollen, dass sie Recht gehabt hatte, dass der Handel zu wirken begann, dass er sie nun verstand. Es war ganz still, nachdem er geendet hatte. Seine Bauchdecke hob sich schnell wie bei einem Tier, das gejagt wird, langsam kamen die Bilder seiner Umgebung in ihrer ganzen leisen Erstarrung zu ihm zurück. Zuerst Reinmars Fuß, der nicht mehr klopfte, dann Leopolds Finger, der nicht mehr ritzte, Friedrichs Mund, der nicht mehr zitterte – und dann, unerwartet, fast erschreckend, Philomenas weiße Hände, die sich, das Tuch in den fremden Farben noch immer zwischen den schlanken Fingern verflochten, ineinander legten, wieder und wieder. Ein Klatschen langsam und leise zuerst, nicht mehr als das Geräusch beim vorsichtigen Schließen oder Öffnen eines mit Samt ausgeschlagenen Kastens. Walther starrte auf diese leicht klappenden Finger, er und Friedrich und Moldavus und alle, die anwesend waren. Die Herzogin klatschte, klatschte ohne eine Regung in ihrem bleichen Gesicht, die Augen weit über Walthers Kopf auf die ferne Mauer am anderen Ende des Saals gerichtet.

Niemand konnte es fassen, obwohl es alle sahen und hörten.

»Bravo«, flüsterte Friedrich, die Augen ungläubig auf ihren Händen mit dem bösen Tuch, das ihn ins Herz treffen sollte. »Bravo«, rief er und klatschte nun selbst, laut, unbeherrscht, ein Verdammter, der nicht mehr darauf hoffte, erlöst zu werden. »Bravo.« Und die Menge fiel ein, erholte sich in ihrem eigenen Lärm von dem, was sie in der Stille gehört und vielleicht auch verstanden hatte, applaudierte,

rief Jubel und feierte plötzlich einen, der nur mühsam wieder zu sich selbst zurückkehrte.
»Ihr solltet Euch nun verbeugen, Herr Walther«, flüsterte die beherrschte Stimme des böhmischen Kanzlers plötzlich aus dem Nichts in Walthers Ohr, und Walther ließ seinen Kopf nach vorn sacken, erschöpft, verwirrt.
Dann wurde ihm noch in der Verbeugung klar, dass sie ihn meinten. Sie alle. Dass das Tosen des Beifalls, das gar nicht mehr enden wollte, seinen Worten galt, seiner Stimme. Ihm! Walther! Er lachte. Auf einmal wurde alles ganz leicht. Im Aufrichten sah er den jungen Herzog an, der weiterklatschte, so laut er konnte, und Jubelrufe ausstieß, weil er es gar nicht begreifen konnte, was geschehen war. Philomenas leblose Augen blieben weiter auf die weit entfernte Mauer geheftet, Leopold starrte ihn finster an und suchte den Blick Moldavus'. Reinmar nickte vor sich hin. Walther drehte den Herrschaften den Rücken zu und verbeugte sich nun vor der Schar der Geladenen. »Walther!«, schrie jemand. »Hoch, Walther«, ein anderer.
Frauen wedelten mit dünnen Tüchern und hatten Tränen in den Augen, alte Haudegen, die noch Friedrichs Vater gedient hatten, nickten Walther anerkennend zu und zeigten ihm eine bestärkende Faust, als hätte er einen Feind besiegt. Einer sprang jubelnd wieder und wieder in die Höhe und streckte beide Arme zur Decke: Herr Alwin!
»Ich hab ihn schon gekannt«, teilte er juchzend zwischen seinem Hüpfen und Klatschen dem indignierten Spitzel des Kanzlers mit, »da hat er noch im Grödnertal gelebt! Ich hab ihn nach Wien gebracht!« Er sprang noch einmal: »Ich bin quasi sein bester Freund hier am Hof!«
Der Jubel nahm kein Ende.
Die meinen alle mich, dachte Walther und fühlte den Rausch endlich ganz zu sich durchbrechen, nur mich!

STOLZ, VERGÄNGLICHKEIT UND EIN VERRAT

Der Abend seines ersten Triumphs sollte sich für Walther später in ein einziges Geräusch verwandelt haben; die vielen so klar gesehenen Einzelheiten waren lauter bunte Fäden, die nicht mehr voneinander zu trennen waren, ineinander verschlungen und verwoben, am Ende verfilzt und abgenutzt von der Zeit und der Häufigkeit, mit der er es in den späteren Wiener Jahren aus den Taschen seiner Erinnerung hervorziehen musste, als ihm das Leben am Hofe die Hoffnungen verdarb. Und dieses Geräusch war das flügelleichte Klatschen der kalten Herzogin, in das dann die Hochrufe ihres Gatten einfielen, der mit seiner Stimme all die Menschen in der Halle aufschreckte, sodass es klang, als stiebe eine Herde Wildgänse in die Höhe. Und der köstliche Gedanke, der aus diesen Tönen wuchs, dass sie ihn meinten, Walther. Dass sie einen Dichter in ihm sahen, einen Dichter! Keinen Verrückten, keinen Kebsenjungen, keinen Bauerntölpel vom Vogelweidhof. Sie alle verschwanden unter den vielen Flügeln der jubelnden Hände, verließen ihn, befreiten ihn.

Sie gaben seinen scharfen Augen, seinen bösen Worten, dem schweren Sehnen an den sich neigenden Tagen und den Beobachtungen seines ganzen kurzen Lebens einen Sinn. Es war der erste Schritt zu seiner Ewigkeit, seiner Erfüllung, der Weg, den er gehen musste.

Anderes würde er später vergessen haben: die vielen Hände, die ihm auf den Schultern lagen, die Lobpreisungen:

»Ganz großartig!« – »Ihr habt mich zutiefst berührt, junger Mann.« – »Ganz kunstvoll, ganz meisterlich.« – »Dichtet Ihr nach Morungen?«
Herr Alwin, der ihn umarmte wie einen beinah Verlorenen, der noch in letzter Minute gerettet werden konnte: »Es war einzigartig! Gelungen. Sie hat geklatscht, habt Ihr gesehen? So müsst Ihr das jetzt immer machen.«
Der undurchsichtige Kanzler, der ihn bat, sich noch einmal dem Herzogspaar zu zeigen, Kälte in der Stimme. Friedrichs erleichtert verblendetes Gesicht – Leopolds Hass. Aber Walther spürte nur Flügel an den Füßen, wie er durch die Gassen seines Sieges schritt, die sich vor ihm aufzutun schienen, egal, wo er hinging. Küsse von schönen Damen unter Tränen, bei denen er sich zum ersten Mal nicht entscheiden musste, ob diese falsch oder echt waren; geflüsterte Verheißungen; Anweisungen, zu welchen Kammern er kommen sollte. Der Unsichtbare wurde gesehen. Der Stumme wurde gehört. Der Geschmähte wurde bewundert.
Walther wurde Walther. Und mit dieser sonderbaren Geburt wurde auch das Fest ein Fest. Er konnte gar nicht alles genug hören und sehen, was um ihn herum geschah. Reinmar versuchte auf ihn zuzukommen, wurde in der Menge der Gratulanten aber abgedrängt. Dann plötzlich spielten die Musikanten auf, und die Menge begann zu tanzen. Philomena konnte sich nun nicht mehr zurückziehen, ohne sich wirklich Feinde zu machen. Als der Strom seiner Bewunderer abebbte, schlich sich Walther nach draußen, um für einen Moment Erholung zu finden in der Leere und Dunkelheit eines verlassenen Gangs, in dem noch der Schweiß des Bärenzähmers hing. Er lehnte sich an die Mauer. Anna, dachte er und schloss die Augen, beschwor ihr Gesicht, ihre Apfelwangen vor sich: Anna. Hast du gehört? Sie hatte Recht gehabt, er wollte es ihr sagen, dass

sie diejenige gewesen war, die ihm diesen Tag durch ihre Klugheit geschenkt hatte, durch ihren Handel.

»Bist du wenigstens anständig bezahlt worden?«, lallte da eine verwaschene Stimme aus der Dunkelheit. Walther erschrak und wich zur Seite aus. »Das da drinnen«, fuhr der unbekannte Betrunkene fort, »das dauert ein paar Minuten.« Ein Schlürfen war zu hören. »Und du denkst, es ist etwas.« Der Mann schnaubte verächtlich. Walther fragte sich, ob es der Bärenzähmer war. Er konnte nichts sehen. »Und du denkst, du bist jemand, weil sie dir ihre Tücher zustecken, sich von dir decken lassen und jubeln.« Wieder ein Schlürfen. »Tja, und dann ist es vorbei, und der Winter kommt, und du frierst in irgendeinem Hurenloch vor dich hin.« Die körperlose Stimme lachte höhnisch. »Dann geh mal hin zu denen, die dich gefeiert haben, denen du« – die Stimme verzerrte sich – »uunvergessen bist!« Walther schluckte, er war verunsichert, weil der Unsichtbare in einem Anna-Moment zu ihm gesprochen hatte, als er verwundbar war und weich, ohne die Rüstung unter der Haut. »Dann kennt dich keiner mehr, kein Schwein.« Ein Becher klapperte auf dem Steinboden, und der Schweißgeruch kam näher, der Betrunkene rappelte sich irgendwo hoch. Plötzlich aus dem dunklen Nichts fiel eine Hand auf Walthers Schulter. Zornig gruben sich Finger in seine Schlüsselbeine. Eine Wolke von billigem Wein schlug ihm ins Gesicht. Es musste doch der Bärenzähmer sein. »Nicht jeder hat später so ein schönes, warmes Bett wie der alte Reinmar, weißt du? Das hier«, und er drückte Walther mit dem Gesicht in die kalte Mauer, »das hier ist, was wir haben.«

»Du bist doch gar kein Dichter«, presste Walther hervor; langsam versuchte er sich zu fassen. »Du und dein stinkender Bär, was seid ihr schon!« Die Hand des Unbekannten ließ ihn los, lachend drehte er sich zur Seite, als hätte Walther etwas unglaublich Komisches gesagt.

»Ach, Junge«, die Stimme klang nun nur noch müde, »lass dich bezahlen, und find es selber raus. Lass dich in ihre Bücher schreiben, damit du sie später an was erinnern kannst, wenn's dir kalt wird. Glaub nicht an das Geklatsche da drin.« Walthers neugeborene Eitelkeit loderte wütend auf, niemand sollte ihm diesen Abend zerstören dürfen, an dem er sich selbst geboren hatte.
»Halt doch den Mund«, blaffte er den Betrunkenen an und trat mit dem Fuß dorthin, wo er ihn vermutete. »Was weißt du schon? Du bist gar kein Dichter!«

Dann ging er in die Halle zurück, wo sogleich wieder Menschen um ihn herum waren. Er hatte Anna doch von seinem Erfolg erzählen wollen. Wie sie es vereinbart hatten, hatte er sich nach Südosten kehren und dem Himmel alles erzählen wollen, dass es bei ihr ankäme. Das musste er unbedingt gleich noch tun. Es war Teil des Handels.
»Herr Walther?«, sagte da eine sehr beherrschte, sehr kultivierte Stimme hinter ihm. Er drehte sich um und sah eine von den herzoglichen Hofdamen vor sich, eine Frau mit leicht gelblicher Haut, von der er gehört hatte, sie käme aus Zypern.
»Ja«, sagte er überrascht.
»Folgt mir. Nicht zu dicht«, befahl die Hofdame leichthin und schritt durch die Tanzenden hindurch. Walther fasste sich kaum, folgte dann in gemessenem Abstand der Zypriotin und grüßte leicht zerstreut die nicht endenden Gratulanten und Bewunderer. Was sollte das denn?
Die Hofdame ging durch eine der kaum beachteten Seitentüren und schritt schnellen Fußes durch Gänge, in denen er noch nie gewesen war, wo es nicht nach Urin und Kot stank, wo wunderbare Vorhänge und gewebte Bilder an den Wänden hingen und Blumen. Auf dem Boden lagen Teppiche. Statt rußenden Fackeln brannten unendlich

viele, teure Kerzen in zierlichen Haltern, erhellten Winkel mit edelsteinverzierten Kreuzen, Amphoren und Bechern. Er staunte und gaffte und rannte der Dame nach, die sich nicht weiter nach ihm umsah, bis sie an einer dunklen Tür aus so glänzendem Holz anhielt, dass Walther glaubte, sein eigenes Gesicht darin erkennen zu können. Die Dame zog schweigend einen Schlüssel aus ihrem Gewand und öffnete die Tür. Mit der kühlen Andeutung eines Lächelns wies sie ihn an, einzutreten.

»Es dauert nicht lange«, teilte sie ihm mit und schloss die Tür wieder hinter sich.

Zu seinem Erschrecken hörte er, wie sie den Schlüssel wieder im Schloss umdrehte. Er sah sich um. Drei schlanke Kerzen warfen ein gelbes Licht. Die Kammer war nicht sehr groß, schwere rote Vorhänge verdeckten das Fenster, es war somit sehr stickig. Walther wurde die Stirn feucht. Er trat zu dem mit weißestem, zartestem Leinen verhangenen schmalen Bett, das in der Mitte der Kammer stand. Vielleicht, so ging es ihm plötzlich auf, bekäme er durch eine Gunst der Herzogin nun sein eigenes Zimmer, eine unerfragte, schnelle und glückliche Antwort auf die bösen Bangemachereien des trunkenen Bärenzähmers. Er fühlte die Weichheit des Stoffes mit vorsichtiger Hand und lächelte. Das würde ihm schon gefallen, so ein Zimmer. Es war zwar stickig, aber er konnte, egal wie tief er die Luft einsog, nicht den entferntesten Geruch einer anderen Person erschnuppern. Man müsste natürlich trotzdem erst mal die Fenster aufmachen können, überlegte er gerade, und ein Pult würde er auch brauchen. Da knirschte das Schloss erneut, und die Tür öffnete sich. Walther klappte den Mund auf und wieder zu. Hastig die Tür hinter sich schließend, trat die Herzogin Philomena selbst in die Kammer. Er wusste nicht, was er tun sollte.

»Verbeug dich«, befahl die Herzogin, und Walther kam dem

Befehl in beschämter Eitelkeit nach. Sie schritt auf ihn zu.
»Es hat mir gefallen, dein Lied«, sagte sie und ging dann nahe an ihm vorbei zu einem Sessel hin, der am Fußende des Bettes stand, wo sie sich niederließ, die blutroten und gelben Gewänder zu ihren Füßen wie Unheil verkündende Wolken des Weltuntergangs gebauscht. »Ja«, seufzte sie dann nachdenklich und sah zu Boden. Trotz ihrer augenscheinlichen Schönheit und Staffage wirkte sie auf Walther in diesem Moment kein bisschen wie eine Frau, eher wie ein verzogenes Kind. »Ist natürlich völliger Unsinn, das ganze Gerede von Liebe und Leid und tatatata.« Mit einer nachlässigen Handbewegung wischte sie sich den zweischnäbligen Kopfputz vom Haupt und warf ihn achtlos an die Wand zu ihrer Rechten, wo er auf einer kleinen Truhe landete. Ihr Haar war dunkel und fein, von der aufwändigen Haube in einen engen Flaum an den Kopf gedrückt.
»So«, sagte Philomena dann, als hätte sie etwas ganz Wesentliches festgestellt, und hob den Blick.
»Ausziehen«, kommandierte sie anschließend.
Walther zuckte zusammen. »Bitte?«, fragte er nach.
»Du – sollst – dich – ausziehen«, wiederholte die Herzogin langsam und überakzentuiert, als spräche sie zu einem Blöden.
Und er hatte es nicht kommen sehen. In diesem Moment zerplatzte Walthers Traum von einer Kammer mit weißem Leinen und Schreibpult, kam die Wirklichkeit in ihrer zynischen Vorliebe für das Niedrige wieder mit ganzer Klarheit zu ihm zurück.
»Meinst du, wir haben den ganzen Abend Zeit?«, fragte Philomena und machte eine ungeduldige Handbewegung.
»Ich, bitte, ich«, Walther konnte sich nicht bewegen.
Die Herzogin verzog unendlich gelangweilt ihr Gesicht: »Oh, nein, bist du am Ende einer von den Gottlosen?«
»Den was?«

»Ein Warmiz!«, erklärte sie entnervt und murmelte dann mehr zu sich selbst. »Leopold sagt's ja immer: Männer, die schreiben können, treiben es nur mit Männern.«
Walther hatte nun eine vage Vorstellung, was sie ihm sagen wollte. Aus irgendeinem Grund fühlte er sich durch die Unterstellung getroffen, vielleicht nur, weil er so kurz nach seiner Geburtsstunde als gefeierter Dichter nicht gleich wieder ausgesondert werden wollte.
»Nein, ich – ich meine, ich«, stammelte er weiter ins Ziellose.
»Na, gut«, kehrte Philomena, wenn auch ohne erkennbaren Enthusiasmus, zu ihrem ursprünglichen Plan zurück. »Dann ausziehen.« Trotz der scheinbaren Leichtigkeit in ihrer Stimme war, was sie verlangte, das Schlimmste und Niedrigste, was Walther je widerfahren war. Friedehalms Kerker, die täglichen Schmähungen im Grödnertal, alles, was er in seinem Leben an Übeltaten erfahren hatte, verblasste in seiner roh-plumpen Gewalttätigkeit vor der kalten Stimme, den unbeteiligten Augen der Herzogin, die sich an seinem Körper festhefteten, als er sich entkleidete. Sie selbst nahm dabei nur ihre Armbänder von den Handgelenken, saß noch in vollem Festgewand, blutrot über gelb, vor ihm, als er ganz nackt in der stickigen Kammer stand. Trotz der Wärme hatten sich alle Haare an seinem Körper aufgestellt. Er fühlte sich klein, elend und verraten. Nichts von dem Walther, der mit Küchenmägden und Waschfrauen gleich im Dutzend schlief, war in diesem Moment übrig. Es war kein Zug seines Wesens mehr vorhanden, den er um Hilfe hätte anrufen können, keine Rüstung unter den Haut. Nur der schutzlose Junge, der sich für ein paar Augenblicke als ein Dichter gefühlt hatte, jemand, der einen Platz hätte haben können in der Welt. Leise begannen seine Zähne zu klappern, und er biss sie fest zusammen. Philomena zeigte keine Regung.

»Na ja, gut«, sagte sie schließlich wie einer, der weiß, dass er bei einem Kauf nicht bekommt, was er eigentlich wollte, und stand auf. Sie ging zum Bett und machte sich daran, das rote Obergewand aufzubinden. Trotz seiner komplizierten Schnürungen verlangte sie keine Hilfe, ließ ihn unbeteiligt und entblößt warten, tat nichts, was wenigstens einen kurzen Moment der Verbindung hätte schaffen können. Später dachte Walther oft, dass er in diesem Augenblick noch hätte gehen können.

Er wusste, dass er Anna verraten würde, wenn er blieb, dass er sich selbst verraten würde, wenn er blieb. Das blutrote Kleid sank zu Boden, die weiß gepuderten Hände zogen die Leinenvorhänge des weißen Bettes auseinander. »Jetzt mach schon«, befahl sie.

Er tat es, auch wenn er nicht wusste, wie. Und er sollte die Erinnerung an diesen seinen schlimmsten Verrat nur mit äußerster Mühe aus seinem Gedächtnis verdrängen können. Sie kam oft, immer ungerufen, immer in unerwünschten Momenten zurück zu ihm, zeigte ihm Bilder, die das Gegenteil von Liebe waren, die nicht einmal Leid waren, sondern etwas zutiefst Schmutziges, das unter seine Rüstung geraten war und ihn von diesem Tag an wund scheuerte. Dann sah er ihre weißen Wimpern, die ausdruckslosen Augen, die sie keinen Moment schloss, das faltig hochgeschobene gelbe Gewand über der bleichen Haut, die Hände, die ihn kaum berührten, die immer noch an diesem Taschentuch festhielten. Er fühlte wieder ihren Körper unter sich, trotz der Wärme etwas Totes, etwas ganz und gar Totes, das sich wütend und zerstörerisch bewegte. Er hörte wieder ihre Befehle, seine Richtung, seine Geschwindigkeit oder Haltung zu verändern, die ihr bei aller Genauigkeit seines Gehorsams dennoch kein Vergnügen zu bescheren schienen.

Er musste die Augen schließen, um überhaupt weitermachen zu können, er musste an etwas anderes denken und wusste nicht, an was. Und wenn er sie dann doch wieder ansah, hilflos, angewidert, ängstlich, dann war es noch schlimmer, als hätte sie diesen Moment seines Rückzugs erwartet, würde ihn nun noch weiter vernichten. Da plötzlich, ohne erkennbaren Grund, befahl sie ihm aufzuhören, »genug jetzt«, und stieß ihn von sich. Und gekrümmt, zitternd, als hätte ihn einer geschlagen, zog er sich zurück und raffte seine Kleider an sich. »Gib mir deinen Gürtel«, forderte sie. Halb angezogen reichte er ihn ihr. »Du weißt, wie sich unser aller edelster Herzog fühlen würde, wenn er erfährt, dass du mir zu nahe getreten bist?«, fragte sie und lächelte nun erstmals. »Ich schweige nur aus ängstlicher Sittsamkeit.« Das Lächeln wurde breiter, entblößte zwischen den roten Lippen eine fast intakte Reihe gerader Zähne, stumpf gelblich gegen den weißen Puder.

»Wenn irgendetwas geschieht, an dem du beteiligt bist, das mir nicht gefällt …« Sie ließ bedeutungsvoll seinen Gürtel in ihren Fingern pendeln. »Ach ja, und ich will mehr solcher Gedichte auf mich. Das war ganz gut.«

Nun musste sie lachen, legte den Kopf auf die Seite und lachte. Immer lauter, immer enthemmter, sie kreischte vor Lachen. Es war unheimlich.

»Geh schon, Herr Walther.« Sie musste nach Atem ringen, so amüsiert war sie.

Bevor er die Tür zuzog, sah er sie einmal wirklich an.

Der Teufel, dachte Walther, ist etwas, was von außen schön aussieht. Eine uralte Erinnerung regte sich.

Der Teufel ist einer, zu dem andere hochsehen. Und die Welt ist außen schön, aber innen voller Würmer, Schwärze, Verrat und Bosheit. Die Welt ist nur etwas Schönes, wenn man nicht lange hinsieht. Er betrachtete sie genau, ihr Gesicht, die tote weiße Haut, die schmalen Hände und den hohen Hals. Von außen sah er eine schöne Frau, aber er sah jetzt genau, was innen war, Gewürm und Schlangen eben, die er gerade noch berührt hatte, denen er im Verrat seiner selbst, im Verrat Annas die Hand gegeben hatte. Ihm wurde übel.

Draußen erwartete ihn die Hofdame mit unbewegter Miene und eskortierte ihn zur Halle zurück, wo das Fest bislang nicht aufgehört, nicht einmal pausiert hatte.

Die Trunkenheit hatte zugenommen.

Walther betrank sich auch, einen Humpen nach dem anderen. Die neuen Kleider bald in Wein getränkt, suchte er dann nach einem, der ihn schlagen könnte, erhoffte sich nach dem Rezept, das ihm in Ried geholfen hatte, Vergessen, Reinigung, aber niemand bot sich an. Herr Alwin hing stark bezecht in einer Fensternische und sabberte auf sein Wams. »Steh auf, du Hund«, pöbelte Walther ihn an.

Herr Alwin riskierte ein verschleiertes Auge auf die Quelle der Störung. »Walther! Mein Freund Walther«, freute er sich dann und machte Anstalten, aufzustehen, um den Dichter zu umarmen. Es gelang ihm nicht. Eine Pfütze unter Herrn Alwin auf der Bank gab Auskunft darüber, dass er nichts mehr unter Kontrolle hatte, was ihn zu einem Kampf hätte befähigen können.

»Walther«, rief Alwin abermals und hoffte selbst in seinem weit von sich selbst entfernten Nebel, dass jemand das Zusammentreffen der beiden »alten Freunde« bemerkte; »ich bin dein Freund, Walther.«

Er hob mahnend einen Finger: »Spezialisieren, hab ich ja gesagt, auf die schöne Philo-, -dings, immer spezialisieren …« Mitten im Satz schlief er ein. Walther schwankte. Die Halle begann sich zu drehen.

Ihm war speiübel, er rannte durch die Gänge, bis er auf den Burghof fand, wo die Fahrenden nächtigten. Hier übergab er sich. Er zitterte am ganzen Körper. Beschmutzt, innen

schlimmer als außen, wusste er, dass er trotzdem vergessen musste, dass er weitermachen musste.
Wien war seine Chance. Eine andere sah er nicht.
»Ich bin ein Dichter«, sagte er sich flüsternd immer wieder vor, das Einzige, was in ihm vielleicht noch unversehrt war nach diesem Abend. »Ich bin ein Dichter.« Das wenigstens musste er behalten, musste er retten können.
Er glaubte, ein höhnisches Lachen aus dem Ring schlafender Körper der Fahrenden zu hören, aber sicher war er nicht.

Walther bekam keine Kammer und kein Schreibpult. Er schlief weiterhin in dem überfüllten Raum mit den anderen Schreibern und Sekretären, jeder ein Spitzel für irgendwen, die meisten natürlich für Moldavus. Am Morgen nach Philomenas Fest hatte Walther einen kleinen Beutel mit Münzen erhalten. Beim Kanzler hatte er dann – wie gegen seinen Willen den Rat des Trunkenen befolgend – darum gebeten, dass sein Erscheinen in der Chronik festgehalten würde. »Natürlich, natürlich«, hatte der Böhme, den sie Moldavus nannten, genickt und gleich Anweisung gegeben. Unter Walthers Augen waren folgende Zeilen eingetragen worden: *sequenti die, ad celebrationem pulchrissimae duxae: cantabat waltherus cantorus de vogelweide.*

Zur Feier der schönsten Herzogin habe der Sänger Walther von der Vogelweide gesungen, übersetzte Moldavus mit herablassender Verachtung.

»Ist gut«, dankte Walther dem Kanzler und hatte das Gefühl, etwas Richtiges getan zu haben. Als Walther wieder gegangen war, ließ Moldavus die Zeilen gleich auskratzen, noch bevor die Tinte trocken war.

Nichts sollte von diesem Bauerndichter übrig bleiben, niemand würde sich später an seinen Aufenthalt in Wien erinnern. Moldavus hatte weitreichende Pläne mit dem Bruder Friedrichs. Der Alltag verfloss den meisten unbemerkt zwischen den Fingern. Aber er hob das Wasser der Zeit

auf; er wusste, wie sich die Dinge entwickeln würden nach seinen Wünschen.
Leopolds Zeit würde kommen, und wenn sie da wäre, dann würde der Grödnertaler Laffe sich schneller vor dem Burgtor wiederfinden, als er sich vorstellen könnte.

Reinmar blieb auch nach dem großen Abend unzufrieden mit seinem Schüler, der nun weniger denn je zu belehren war. Walther dichtete zwar immer neue Lieder auf die Herzogin, alle recht artig in ihrem Kanon von verschmähter Liebe, doch es war nichts Besonderes mehr darin. Sie waren, wie Reinmar zu seiner unerklärlichen Unzufriedenheit feststellte, so, wie sie sein sollten, wie er sie auch geschrieben hätte, wie jeder sie hätte schreiben können. Ihnen fehlte das, was sie hätte besonders machen sollen, ein Ton, eine Farbe, einfach alles, das Walthers Zunge hätte sein sollen.
Da sie aber offensichtlich von höchster Stelle abgesegnet wurden – zumindest kamen keine Klagen oder Nachfragen –, war es nicht an Reinmar zu urteilen. Zudem besserte sich Walthers Versmaß, und auch seine Melodienvielfalt erweiterte sich von den einfachen Stampfgesängen, wie man sie in jedem Wirtshaus hätte hören können, zu größerer Feinheit, aber das schien nicht wirklich ein Gewinn. Jedenfalls nicht der Gewinn, den Reinmar erwartete, von dem er wusste, dass er da wäre. Er hatte doch immer so ein Gefühl zu Walther gehabt, eine unausgesprochene Hoffnung. Was war damit geschehen?
»Das ist es nicht, das kann es nicht sein«, grollte Reinmar, wenn ihm der Schreiber Walthers neue Dichtungen vorlas, und schüttelte ärgerlich den Kopf. Während Reinmar sich also sorgte, wütend, unfreiwillig, dass der wirkliche Walther noch irgendwo unentdeckt im Innern dieses jungen Mannes schlummerte, verausgabte sich der Dichter

selbst in einem schier endlosen Lauf von sich selbst fort. Er dichtete die befohlenen Verse auf Philomena, deren schreckliche Macht er zu vergessen suchte, und trug sie zu den befohlenen Anlässen auch vor. Schlichte Verse im Geschmack, wie Reinmar ihn erklärt hatte: Der arme Ritter sucht Erlösung bei der unerreichbaren Herrin. Er vergaß sie, sobald er die Feder hinlegen konnte und das Werk bei Moldavus abgeben musste. Vergaß sie und vergaß sie doch nicht, wurde in jedem von ihnen an seinen Verrat erinnert, an die Lügen, die er sich jeden Tag erzählen musste, um bleiben zu können. Sein Durst nach Wahrheit wuchs und quälte ihn, aber er fand kein Ventil dafür.
Seine öffentlichen Darbietungen und der Beifall – wenn auch nie mehr so unglaublich wie bei seinem ersten Auftritt – gefielen ihm. Man gewöhnte sich an, von Walther als von einem »vielversprechenden jungen Dichter« zu reden. Und er wollte ein Dichter sein, unbedingt. Zum ersten Mal im Leben hatte er etwas, das ihm etwas bedeutete, das er behalten wollte, das er nicht bereit war, gleich wieder aufs Spiel zu setzen. Natürlich war Reinmars Position als Hofdichter schon seines Alters wegen unbestritten, aber ohne es offen zu sagen, hatten alle begonnen, Walther als seinen Nachfolger zu sehen.
Es gefiel ihm auch in Wien. Er ging oft in die Stadt, blieb für ein paar Tage, trank in den Wirtshäusern und schlief bei den Huren. Allen erzählte er, dass er ein Dichter bei Hofe sei.
»Du«, gackerten die Mädchen dann zuerst, »du hast doch noch gar keinen richtigen Bart.« Dann sagte er ihnen in seiner harschen Art wunderbare, verzauberte Worte, die sie besoffener machten als der Branntwein, schenkte ihnen mit ein paar Sätzen das Gefühl, eine Herzogin zu sein – und sie hörten auf, ihn zu verspotten.
Gut zwei Jahre nach seiner Ankunft in Wien war er in jedem

guten und erst recht in jedem der schlechteren Wirtshäuser der Stadt bekannt wie ein bunter Hund. Er kam immer nur, wenn er wollte, manchmal monatelang nicht, dann fast eine ganze Woche jeden Abend hintereinander. Die Verlorenen und Ermüdeten der Wirtshäuser nahmen ihn hin wie andere Unwahrscheinlichkeiten dieses Lebens, das ihnen schon lang zu viel geworden war. Einer wie Walther, warum nicht?

Er sang, er grölte mit ihnen ihre Lieder, die Lieder der Fahrenden, der Trinker und Gauner. Er zeigte seine Zähne und fauchte, tanzte, sprang und soff.

»Der will was vergessen«, sagten die Huren hinter seinem Rücken über ihn, aber niemand hier hielt ihn für verrückt. Wenn er dann zur Burg zurückschlich, im Morgengrauen oder in der Mitte der Nacht, sah er in den Himmel und redete mit Anna. Dann saßen sie nebeneinander auf der Wiese, und sie hörte ihm zu. Er log fast immer, er sprach weder von den Huren noch von den Hofdamen, mit denen er schlief, und schon gar nicht von seiner Nacht mit Philomena. Stattdessen erzählte er ihr, wie schön das Leben an so einem großen Hof wäre, vom vielen Essen, den Früchten selbst im Frühjahr, von der Milde Herzog Friedrichs, von Reinmars Bemühungen, ihm das Dichten beizubringen, und dass er das alles nur ihr verdankte. Er sah das Lächeln auf ihrem Apfelgesicht, wenn er ihr vormachte, wie groß die Schüsseln auf den Tischen wären und wie viel Fleisch er am letzten Weihnachtstag für sich allein gegessen hätte. »Geht es dir wohl, Anna?«, fragte er dann leise, bevor sich ihr Gesicht vor den nahenden Mauern der Burg auflöste. Manchmal glaubte er, dass sie nickte, aber eine Antwort hörte er nie. Die Zeit verging.

In seinem dritten Jahr in Wien zog ein kleiner Heertrupp von nur einhundert Mann unter Leitung eines beglückten Alwin zu Jödinsbruch zur Fehde ins Grödnertal. Das Murmeltier sollte wegen seiner Steuerschuld und endlos säumigen Hofdiensts nun endlich aus dem Bau vertrieben werden. Herrn Alwin, dessen langjährige Bemühungen und stetig wachsende Gaben an den Kanzler sich über lang ausbezahlt hatten, war das neue Lehen mit der kleinen Auflage verliehen worden, den bisherigen Vasall, Herzog Friedehalm das Murmeltier, zur schnellen Abdankung zu bewegen. Walther, der sich nicht für Politik und die ständig wechselnden Intrigen der Gesellschaft interessierte, der sich eigentlich für überhaupt nichts interessierte, erfuhr von dem Vergeltungsschlag gegen seine alte Heimat erst, als Alwin schon gut fünf Wochen fort war. Zuerst lachte Walther, als er hörte, dass es Herzog Friedehalm an den Kragen gehen sollte. Das geschah ihm recht, hoffentlich erwischten sie Ottokar auch. Er hatte nicht mal einen Gedanken an seine Mutter. Erst als einer der kaum zu unterscheidenden jungen Herren aus dem herzoglichen Gefolge an seinem Tisch nachfragte: »Kommt Ihr nicht aus der Gegend da, Vogelweide? Da würdet Ihr wahrscheinlich kaum noch was wiedererkennen, wenn unsere Leute mit der Burg fertig sind. Steht kein Stein mehr auf dem anderen«, da packte ihn Angst. Er konnte sich nicht erklären, wie er so lange taub und blind gewesen war.

Umso härter kam es ihn nun an.

Angst um Anna. Er hatte zwar in seinem Leben noch keine Fehde mitgemacht, aber mehr als genug Berichte darüber gehört, wie es dabei zuging. Berichte, denen er mehr gelangweilt als erschrocken gelauscht hatte. Burgen mochten Fehden wohl überleben, schön für denjenigen, der dort einziehen wollte, Dörfer nicht. Was war mit Anna geschehen? Er ging zu Moldavus und bat mühsam beherrscht um Urlaub und ein Pferd, als hätte er wohl schon Geschehenes noch verhindern können. Der Kanzler versprach ihm ernsthaft, sein Anliegen beim Herzog vorzutragen, und tat natürlich nichts dergleichen. Auch wenn dieser junge Dichter zu unwichtig war, sich um ihn Sorgen zu machen, stand er doch, soweit man wusste, in irgendeiner alten Loyalitätsbeziehung zum lieben Murmeltier Friedehalm. War er nicht sein Bastard gewesen? Oder ein adoptierter Sohn? Bei einer Fehde könnte man das nicht gebrauchen. Zudem konnte Walther schreiben, da ließen sich Nachrichten durchschmuggeln.

Als Walther am nächsten Morgen wiederkam, aufgeregt, drängend, vertröstete ihn Moldavus: »Wir sind nicht dazugekommen, mein Lieber, aber morgen. Morgen bestimmt werd ich für Euch Nachricht haben!«

Nach acht weiteren Tagen mit dem gleichen Ergebnis war Walther zumindest im Schutz der letzten durchwachten Nacht zu dem Schluss gekommen, dass er auch ohne Urlaub gehen würde, selbst wenn es ihm eine Rückkehr nach Wien verwehrte. Als er sich noch einmal bei dem Böhmen melden ließ, signalisierte dessen langgezogene Oberlippe ein Lächeln der Zufriedenheit: »Herr Walther! Ich habe frohe Kunde für Euch. Alles in Ordnung. Die Fehde im Grödnertal ist beendet. Herr Alwin ist bereits zum letzten Vollmond als neuer Herrscher in die Burg eingezogen. Gestern kam ein Bote. Ist das nichts?!«

»Und das Dorf«, fragte Walther innerlich zitternd, »das Ried?«

Moldavus runzelte überrascht die hohe Stirn. »Falls Ihr es in den vergangenen Jahren noch nicht bemerkt habt, junger Mann, hier beschäftigen wir uns nicht sehr mit so etwas wie Dörfern. Wir sind hier nämlich an einem Hof.«

Damit wandte er sich wieder der Unzahl von auf seinem Pult geschichteten Schriftrollen und gesiegelten Pergamenten zu, um dem unnützen Dichter einen Hinweis zu geben, wie beschäftigt er sei.

Walther verließ das Kontor, rannte los und durchsuchte die Gesindequartiere, bis er den Boten fand. Er rüttelte den Mann aus dem Schlaf und hatte zu seiner Überraschung ein Messer unter der Kehle, sobald der Kurier die Augen öffnete.
»Nicht«, japste Walther, »ich will nur wissen, das Ried?«
»Was willst du?«
»Du warst doch im Grödnertal, bei der Fehde. Steht das Ried noch, ist was mit dem Dorf passiert?« Der Bote verpasste Walther einen Kinnhaken und legte sich zufrieden wieder hin, als er das ungeschickte Poltern des fallenden Körpers gehört hatte.
»Das verdammte Dorf interessiert doch niemanden, war sowieso langweilig. Hat kaum einen Kampf gegeben.«
»Bitte«, Walther kroch auf den Knien zu der Schlafstatt. »Bitte, das Wirtshaus!« Er weinte fast aus Scham, wegen seiner Feigheit, wegen seines Verrats an dem einzigen Menschen, der etwas in seinem Leben bedeutete. Wegen seiner Unfähigkeit, irgendetwas anderes zu können, als nur er selbst zu sein.
»Das Wirtshaus, das Wirtshaus«, äffte der Bote, schlug aber nicht noch mal zu. »Ich weiß nichts von deinem Wirtshaus, bist du von da, oder was?« Walther nickte. Der Grantige setzte sich auf und rieb sich die Augen. »Wie hieß das, Ried?«
»Ja, Ried. Ein Dorf, gleich bei der Burg, im Tal.«
»Da hatten wir schon gewonnen«, gähnte der Kurier. »Ich glaub, das meiste war wohl im Leyertal oder so gewesen. Der weiß aber nicht viel vom Kriegführen, Euer Herzog da unten.«
Walther nickte wieder. »Leyertal«, echote die endlos weit entfernte Welt seiner Kindheit in seinem Kopf, aber er hörte nicht hin: »Ried steht noch?«
»Ja, ich glaub schon«, der Bote zuckte die Schultern, »ich

glaub, es waren alle in der Kirche versteckt, als wir durchgeritten sind. Hätte man natürlich gut anzünden können. Dann wären alle auf einmal erledigt gewesen, wie in Vitry, hehe. Aber wir sind ja keine Heiden.« Der Kurier gähnte wieder.

»Und der Herzog«, traute sich Walther noch, eine letzte Frage zu stellen.

»Abgehauen«, war die Antwort, »erst verloren und dann abgehauen. Nach Süden oder Böhmen oder so.« Er drehte sich auf die Seite und erklärte die Audienz damit nun endgültig für beendet.

Walther stand langsam auf und verließ den muffigen Raum. Er wollte etwas tun, wusste aber nicht, was.

Um ein Haar hätte Anna tot sein können, vergewaltigt, verbrannt mit allen anderen in der Kirche.

Was war im Leyertal passiert? Sein Vater war mal mit ihm bei einer Taufe gewesen. Oder einer Hochzeit? Er erinnerte sich dunkel an ein Fest, fröhlich schreiende, laute Kinder, und sein Kopf tat ihm weh. Herrmanns Hand, an der er über sanft ansteigende Wege und weite Wiesen nach Hause ging, nach Hause auf den Vogelweidhof, an dessen Grenzstein Herrmann hatte auf ihn warten wollen.

Alles zerstört – durch einen geschwätzigen Narren wie Herrn Alwin. Anna hätte tot sein können? Könnte tot sein. Jeden Tag. Etwas musste sich ändern. Es war Zeit, dass er seinen Teil des Handels besser erfüllte als durch das mürrische Dichten von ein paar Minneliedern.

Drei Jahre nachdem Walther in Wien angekommen war, begann er, seine Augen zu öffnen und zuzuhören, auch wo es nicht um ihn ging. Er beschloss, Fragen zu stellen. Der Schüler, der keiner sein konnte, begann zu lernen.

Zuerst ging er zu Reinmar. »Was ist ›Vitry‹?«, fragte er brüsk.

»Vitry, Vitry?«, überlegte der Alte. »Kenn ich nicht. Wo soll der denn dichten? Klingt doch eher welsch oder französisch oder aquitanisch. Paris, vielleicht.«
»Ich glaube, es ist ein Ort«, warf Walther ein.
»Ein Ort?« Reinmar zuckte die Achseln. »Frag den Franzosen oder den Ponteviner«, wies er ihn an. Orte interessierten ihn nicht. Seine Gesundheit interessierte ihn und seine neuen Gedichte, die ihm niemand vorsingen wollte.
Also suchte Walther weiter nach seinen Antworten. Durch Zufall traf er Hugh de Marbeyère, den hypochondrischen Ponteviner, zuerst. Sie begegneten sich im großen Gang, der zum Badehaus führte. Walther verbeugte sich und verzichtete auf die gedrechselten Einleitungen, die dieser Ausländer jederzeit stundenlang von sich geben konnte. »Monsieur«, fing Walther an, »ich hätte ein Frage an Euch.«
»Was hat ein armer Unwissender wie ich der Kunst schon zu bieten, dass die Kunst nicht seit jeher –«
»Verzeihung, Monsieur, was ist ›Vitry‹?«
Walther hätte im Leben nicht vorhersehen können, wie sehr die Nennung dieses Namens das Gesicht des Ponteviners aufleuchten ließ. »Vitry«, strahlte er. »Monsieur le Poète interessieren sich für Vitry! Da ist es gut, dass Ihr zu mir gekommen seid!«
Walther überlegte, ob der Mann vielleicht in diesem seltsamen Ort geboren wäre, dass er sich so freute. Da verfinsterte sich das aufgeschwemmte Gesicht des Gesandten ebenso schnell, wie es zuvor gestrahlt hatte.
»Kommt Ihr von Luc-Saint-Denis? Ist dies ein Spaß auf meine Kosten?«
Walther schüttelte den Kopf: »Nein, ich wollte einfach nur wissen, was Vitry ist.«
Marbeyère beäugte ihn misstrauisch, entschied sich dann

aber doch zu antworten. »Das könnte ihm nämlich so passen, ja, Lügen zu erzählen über Vitry le brûlé.«
Der Ponteviner blickte sich um, ob niemand allzu offensichtlich lauschte. »Viele Lügen«, flüsterte er, »aber Marbeyère kennt die Wahrheit, haha!« Er zog Walther näher an sich heran. Der Lavendelduft, der den Ponteviner jederzeit umgab, stach Walther in die Nase. Er begann so leise zu wispern, dass Walther mehrfach nachfragen musste, ohne danach sehr viel mehr verstanden zu haben.
Was ihm aus der Begegnung mit de Marbeyère begreiflich blieb, war Folgendes: König Ludwig von Frankreich, Ehemann in erster Ehe der Eleanor von Aquitanien, nun verbannte Königin von England, hatte vor vielen Jahren in einem seiner Feldzüge gegen den »Vater des zukünftigen, zweiten Mannes seiner damaligen Gattin«, wie Marbeyère sehr verwirrend gesagt hatte, mehr aus Versehen während der Belagerung eines Dorfes – Vitry – die Kirche abgebrannt, in die sich alle Bewohner – »nur Landvolk, *paysans, pas grave*, nicht wirklich schlimm« – dieses Ortes zum Schutz geflüchtet hatten. Dieses Missgeschick – »eine Kirche, Monsieur, ich bitte Euch, eine Kirche! Eine Scheune, ja – aber eine Kirche?« – hatte dazu beigetragen, Ludwig in ganz Europa einen Ruf als dümmster Feldherr aller Zeiten zu verschaffen, was seinen nachfolgenden schwierigen Umtrieben auf Kreuzzügen und Fehden gegen die ehemalige eigene Frau immer den Beigeschmack drohender Unbeholfenheit, ja geradezu Lächerlichkeit gab, zumal er von seinem Kreuzzug unverrichteter Dinge, nur als mehrfacher Hahnrei bekannt, zurückkehrte. »Vitry le brûlé, Louis le dupé!«
Der Ponteviner hatte an dieser Stelle genussvoll die Augen verdreht. Seitdem war Frankreich eifrig bemüht, Vitry als Teufelswerk der ehemaligen Königsgattin Eleanor darzustellen, eine Version, so Marbeyère, die insbesondere

der französische Gesandte Luc-Saint-Denis beim Kanzler entsprechend in die Chroniken Wiens zu verkaufen suchte. »Lügen, Monsieur le Poète, nichts als infame, dumme Lügen!« Weiterhin erfuhr Walther noch, dass Frankreich sich seit dieser Zeit mehr in einem familiär verstrickten Zweifrontenkrieg mit England zum einen – weswegen bedauerlicherweise auch kein englischer Gesandter am Hof weilte – und dem Languedoc zum anderen befände, was die Teilnahme an den Kreuzzügen natürlich zu einem noch feiner abzuwägenden Politikum machte, als es dies ja ohnehin sei. »Und hier ist ja auch noch die Sache mit dem Kaiser, sehr kompliziert! Da halten wir uns nun aber heraus.«

Damit hatte sich der schmerbäuchige Ponteviner noch einmal nach allen Seiten umgesehen und war leise winkend entschwunden. Wie Walther überrascht feststellte, hatte die Antwort auf die Frage, was Vitry sei, nun eine ganz andere Herde von Fragen aufgescheucht. Walthers Kenntnis über Kaiser und Kreuzzüge war zu seinem eigenen Erschrecken auf das begrenzt, was alle in Ried dachten und zu wissen glaubten:

Der Teufel in Gestalt von ungläubigen, heidnischen Kreaturen mit schwarzen Gesichtern und Fischschwänzen statt Beinen hatte sich in Jerusalem niedergelassen, um das Christentum zu verspotten. Edle Ritter und Verteidiger des rechten Glaubens waren aufgerufen, dem Papst, als dem Einzigen, der es mit dem Teufel aufnehmen konnte, im Kampf gegen diese Ungetüme zur Seite zu stehen. Mit Gottes Segen und Führung schifften sich die Helden des Abendlandes auf weißen Booten mit glänzenden, goldenen Segeln irgendwo im Süden ein und fuhren gen Jerusalem, was vermutlich noch weiter im Süden lag, sodass der Teufel es von der Hölle aus schnell erreichen konnte. Der Kaiser war in dieser bäuerlichen Vorstellungswelt so etwas wie der beste Freund des Papstes, sein starker Arm, mit dem er den Satan zu vernichten aussetzte, siegreich, daran zweifelte keiner. So sah man es im Dorf. Hier am Hof hatten die Kreuzzüge aber offensichtlich eine andere Dimension.

Zwar hatte Walther sich bisweilen über diese Erzählungen lustig gemacht, aber eben nur um des Spottens willen, nicht weil er tatsächlich andere Vorstellung gehabt hätte. Im Grödnertal war Friedehalm der Herr, dem alle gehorchen und Abgaben zahlen mussten. Und dann hier in Wien war Friedrich eben ein noch größerer Herr, dem sogar Friedehalm zahlen musste, wenn es nicht zu einer Fehde kommen sollte, wie nun gerade geschehen. Und der Dorfschulte? Die Stadträte? An wen musste Friedrich etwas zahlen? Direkt an den Papst? Oder an den Kaiser?

Walther schwirrte der Kopf. Wie hatte er so blind sein können? Wieso hatte Herr Alwin das Lehen Friedehalms bekommen und nicht Ottokar, sein Sohn? Kirchenmänner hatte er Kaplan Bernwards wegen nie ernst genommen. Er hatte sie alle für dumm gehalten oder für schwach, wie den alten Priester im Dorf, der keinen Glauben finden konnte.

Mehr und mehr Erinnerungen aus dem verschwundenen Land seiner wunden Kindheit kamen hoch: zwei Wanderer im Vogelweidhof, einer, der Speck stahl, und einer, der »Roma« und »Weltenkrone« sagte. Walther schüttelte sich wie ein nasser Hund, um die Gedanken in seinem Kopf auseinander zu halten. Er musste weiter lernen, er wollte mehr wissen.

Es würde etwas ändern, glaubte er. Aber er wusste nicht zu sagen, was.

DIE ORDNUNG

Walther entwickelte in den nächsten Monaten einen Lerneifer, der an Leidenschaft nur mit seinen vorherigen Saufgelagen und Zechnächten in der Stadt vergleichbar gewesen war. Seine anfangs ziellosen Fragen, mit denen er sich zu Gesandten, angereisten Vasallen und Schreibern gewagt hatte, erregten bald das Interesse des Kanzlers Moldavus, der durch die Vielzahl seiner Spitzel Wort bekommen hatte, dass »der Vogelweider sich klug machen« wollte, was nur bedingt in Moldavus' Interesse lag. Dies hatte weniger mit seiner Einschätzung Walthers zu tun als vielmehr mit einer generellen Vorsicht gegenüber der Gegenwart von Personen, die sich für mehr als ihre eigenen Angelegenheiten begeistern konnten, namentlich dann, wenn sie nicht für Leopolds Sache zu gewinnen waren. Moldavus besprach die Angelegenheit bei einem der klandestinen Treffen mit dem Herzogsbruder, auch wenn dieser gewöhnlich nicht mit so unwichtigen Einzelheiten ihres viel zu langsam voranschreitenden Plans behelligt werden wollte.

Leopold und Moldavus hatten sich wie seit Jahren üblich in einer Kleiderkammer des Frauentrakts getroffen – Philomenas Kammer. Durch eine Klappe in der Wand hörte sie den Verschwörungsplänen ihres Schwagers gegen den eigenen Ehemann zu. Nur Moldavus wusste, dass die Gespräche belauscht wurden. Er selbst hatte mit Philomena die Zeit verabredet.

Die Pläne wuchsen langsam, wie Gutes wachsen muss, wusste Moldavus. Leopold, der Hitzkopf, der Unfähige, war ungeduldig. Er verstand die Zeit nicht, die Abwägungen, die komplizierten, geheimen Gewebe aus Gefallen und Verbergen, die es zu knüpfen und zu benutzen galt.
»Ich will, dass endlich mal was passiert, Mann«, schnauzte er seinen Verschwörer an. »Soll ich hier ewig sitzen? Ist ja ganz nett, dem seine Alte zu decken, aber wenn das nun die große Politik ist, von der Ihr immer schwafelt, das konnt ich schon vorher.« Moldavus verbarg ein Lächeln, und Philomena hinter ihrer Klappe verdrehte die Augen. »Es gibt Schwierigkeiten, Euer Gnaden«, begütigte der geduldige Kanzler, »die Ihr nicht kennt.«
»Nä«, machte Leopold im Ton eines Mannes, der nicht die geringste Lust hatte, diesen Zustand zu ändern, »kenn ich auch nicht. Ist mir auch egal. Ich will was tun! Ich will Fehde machen!«
»Einstweilen, Euer Gnaden, gilt es noch zu beobachten, wer auf unserer Seite stände. Seht Ihr, da sind so viele kleine Dinge, die plötzlich ein großes Problem werden könnten.«
»Tih.« Leopold verschränkte die Arme.
Moldavus beschloss, dass er seinem unbedarften zukünftigen Herrscher einen Knochen hinwerfen musste.
»Seht, Euer Gnaden, Unwägbares sprießt heran allerorten. Da ist zum Beispiel die Materie mit dem Vogelweide. Ich höre vermehrt, dass er unbequeme Fragen stellt. Er erkundigt sich nach Erbfolgen, Familienverbindungen, Befugnissen. Das muss beachtet werden – und das ist doch nur ein Scheitholz in einem ganz großen Feuer, welches wir mit Eurer Weisheit schüren.«
Philomena erstickte ein Lachen mit ihrem Taschentuch. Der Bruder des Herrschers aber fraß den Köder.
»Der Dichter?«, fragte Leopold befremdet nach, »dieser

Schüler von Reinmar? Wieso will der was über Erbfolgen wissen?« Der Kanzler antwortete, dass man über die genauen Motive des jungen Mannes noch nichts herausgefunden habe. »Wird er von irgendwem bezahlt, zahlt Friedrich ihn?«, argwöhnte der Verräter am Herzog.
Moldavus glaubte diese Möglichkeit mit Sicherheit ausschließen zu können.
»Mir wird hinterbracht, dass ihm an Geld wenig liegt. Er zeigt überhaupt – wenn man dem Alten glaubt – wenig Ehrgeiz, nicht mal zum Hofdichter.« Leopold war misstrauisch geworden: »Fragt er nur nach uns – oder auch nach anderen?«
»Wenn ich vollständig unterrichtet bin, interessiert er sich für jeden Bischof und jeden Fürsten von hier bis Passau und darüber hinaus, selbst nach Thüringen und Sachsen soll er gefragt haben.«
»Thüringen?« Leopold verzog das Gesicht. »Wieso denn Thüringen? Kein Mensch hat Nutzen von Thüringen.«
»Die Thüringer gedenken sich mit Philipp von Schwaben zu verbünden, die Sachsen übrigens auch«, warf der Kanzler ein, auch wenn er wusste, dass Leopold nicht gerne auf Wissenslücken aufmerksam gemacht wurde. Leider aber verfügte der Herzogsbruder in ungünstiger Konstellation zu dieser Abneigung über eine stattliche Vielzahl von Wissenslücken.
»Das ist Blödsinn«, wies Leopold denn auch unwillig seinen heimlichen Bundesgenossen zurecht. Er dachte nach. »Kann man ihm keinen Pfaffen zuweisen, als Lehrer, meine ich, wenn er so viel wissen will? Das wäre doch am einfachsten.«
Moldavus, der diesbezüglich längst Anweisungen und Gelder verteilt hatte, verbeugte sich eine Spur zu servil: »Euer Gnaden haben in der Tat die Ideen eines großen Herrschers.«

So kam Walther zu den fortschreitenden Tagen seines Lerneifers in den überraschenden Genuss eines Tutors. Wie man ihm sagte, handelte es sich dabei um eine Anerkennung des Herzogs für seinen Lerneifer, dass seine Wissensgier nicht auf gottlose Abwege gelangte, wie es ja immer wieder bei Gelehrten zu beobachten sei, man denke nur an diesen gekappten Franzosen Albert, oder wie er geheißen habe. »Abélard«, wusste Walther zu diesem Zeitpunkt schon den Spitzel unbedacht zu korrigieren, der ihm die Nachricht überbrachte; und der Spitzel erbleichte. Das mit dem Tutor wurde höchste Zeit. Am nächsten Tag ließ man Walther in ein Studierzimmer rufen, wo er einem kleinen Kleriker in braunem Gewand vorgestellt wurde.

»Dies«, sagte der Spitzel, der angeblich im Auftrag Friedrichs handelte, »ist der ehrwürdige Frater Martino.« Der kleine Mönch lächelte Walther zu. Er war in seinem Alter und leuchtete geradezu vor Sendungsbewusstsein.»Gelobt sei Jesus Christus«, grüßte er den Dichter milde und wunderte sich, dass dieser daraufhin zu schwanken begann, als hätte ihn wer geschubst.

»Ich ziehe mich nun zurück«, kündigte der Spitzel nach der vermittelten Begrüßung an. »Auf dass die beiden Herren sich ganz dem Lernen widmen können, das heißt«, er dienerte in Richtung des Mönchs, »Ihr ja dem Lehren.« Dann klappte die Tür zu. Da dieser Dichter keine Anstalten machte, Fragen zu stellen, sondern nur bäurisch zu Boden starrte, beschloss Fra Martino, der ein freundliches Gemüt und großes Verlangen nach einem Schüler hatte, die Lektion einfach zu beginnen.

»Wir wollen der Einfachheit halber mit der Ordnung aller Dinge beginnen.« Fra Martino schritt auf seinen groben Sandalen zu einem Pult, auf das er einige Schriftstücke gelegt hatte.

Der Dichter schnaubte: »Mit der Ordnung *aller* Dinge? Der Einfachheit halber!«
Man hatte den Ordensbruder zum Glück vorgewarnt, dass der betreffende Schüler wohl hochfahrend, eitel gar, sein könnte. Umso demütiger, da er sich wohl präpariert fühlte, lächelte er nun auf diese erste Ungebührlichkeit hin: »Die Ordnung aller Dinge«, bekräftigte er: »Gott ist der Herr, Schöpfer des Himmels und der Erde. Alles, Gut und Böse, wurde von ihm in seiner Allmacht geschaffen. Er ist der Herr, der –«
»Ich wollte eigentlich etwas über die Schenkung König Konstantins wissen«, unterbrach ihn der Unverschämte. »Wo genau befindet sich das Papier? In Rom doch, oder?«
Fra Martino schluckte. »Dies mag später Teil Eurer Unterweisungen sein, zuerst beginnen wir mit der Ordnung. Denn die Ordnung steht am Anfang.«
Mit größter christlicher Mühe zwang er sich ein weiteres demütiges Lächeln ab.
»Ich glaube, Konstantins Schenkung steht am Anfang, und ich glaube, Papst Innozenz glaubt das auch.« Der unverschämte Dichter lächelte zurück. Sollte er um Demut bemüht gewesen sein, was Fra Martino bezweifelte, hätte diese gänzlich versagt; nichts als Stolz und Hochmut sprach aus seinem Lächeln. Das Lächeln an sich, musste der Mönch jedoch kurz in seiner Empörung einräumen, war allerdings bestrickend, schön auf eine Weise, die Fra Martino vorsichtshalber als sündhaft befand und deren Wertschätzung er gleich nach seiner Rückkehr beichten würde. Er machte sich diesbezüglich eine geistige Notiz. »Die Ordnung«, beharrte er nun schon sehr aufgeregt wegen des beständigen Ungehorsams, »wir beginnen mit der Ordnung aller Dinge.«
»Ist ja gut«, beschwichtigte der lächelnde Dichter und setzte sich herausfordernd rittlings auf einen Schemel. »Ich höre zu, die Ordnung aller Dinge.«

Nach einem für Fra Martino sehr anstrengenden, geradezu erschöpfenden Monat war dieser von seinem eitlen Wunsch, ein Lehrer zu sein, für immer kuriert. Ohne Sentimentalitäten trennten sich der Ordensbruder und der Dichter, Walther kaum reicher an Wissen, dafür Sieger in einer Vielzahl von Scharmützeln mit dem armen Kirchenmann, der seinen Glauben an die Ordnung aller Dinge nun nötiger denn je brauchte. Fra Martino war erschöpft.
Wo Walther in dieser Ordnung hingehörte, diese Frage jedoch hatte er noch nicht zu lösen vermocht. Wenn er ein Ketzer wäre, dann wäre es einfach, er wäre ein Teil des Bösen, das von Gott geschaffen war, um das Gute gewinnen zu lassen. Aber Fra Martino hielt ihn nicht für einen Ketzer.
»Es ist ja wichtig, dass die Menschen glauben«, hatte Walther an einem dieser schwarzen Tage seiner Unterweisung gesagt. »Manche glauben so sehr, dass es für die ganze Welt mit reichen könnte. Aber wieso hat der Papst Macht über einen Kaiser und nicht umgekehrt, wenn sie doch beide gute Christen sind und Verteidiger des Glaubens? Warum stehen sie nicht gleich?«
Das war eine dieser furchtbaren Fragen gewesen, die Fra Martino von sich aus nicht einmal gedacht hätte. Noch im Nachhinein musste er den Kopf schütteln. »Hat Konstantin doch ein bisschen zu viel verschenkt, was?«, hatte der Unverschämte noch nachgelegt und wieder auf diese Art gelächelt, die man beichten musste.
Ein Ketzer war er nicht, aber was dann? Ein Dichter! Was hieß das schon, der war doch kaum zwanzig. So jung konnte man gar kein Dichter sein, beruhigte sich der Mönch auf seinem letzten Weg von der Burg zurück zum Kloster. Reinmar, der war ein Dichter und der war mindestens, also jedenfalls schon in einem anständigen, gottgefälligen Alter, in dem das Dichten wohl anging. Er hatte jedenfalls noch nie etwas von diesem Walther gehört oder für ir-

gendwelche Sammlungen kopiert und auch niemand von den Brüdern im Scriptorium, die er gefragt hatte. Dichter! Von einem, der schon die Ordnung aller Dinge bezweifelte, würde man sicherlich nichts Gescheites zu hören bekommen. Der könnte ja auf Jahrmärkten auftreten, dieser Dichter. Er hoffte, nie wieder von Walther von der Vogelweide zu hören. Aber schon in dem Moment, als er das sehnende Gebet ausschickte, hatte Fra Martino das eigenartige Gefühl, dass ihm sein Wunsch nicht gewährt werden würde. Es würde nur einige Zeit dauern, Gottes Zeit eben, die zu diesen Tagen weder der Mönch noch der Dichter verstanden.

In der Tat bekam man nun überall mehr von Walther zu hören, endlich brach in ihm jene Schaffenskraft durch, die Reinmar sich fast gegen sich selbst gewünscht hatte. Walther schrieb und komponierte wie besessen, probierte auf jeden Ton sechs verschiedene Strophen, verwarf dann alles, verbrannte, was doch schon gut geklungen hatte, ohne dass Reinmar es verhindern konnte – und schrieb weiter. Er redete immerzu vor sich hin, manchmal selbst bei Tisch, unzusammenhängendes Zeug, manchmal nur Endreime oder Wortspiele. Wenn man ihn dann räuspernd anstieß, lächelte er nur zurück, und das Lächeln wurde immer schöner, immer größer, immer gefährlicher. Man nannte ihn nicht mehr vielversprechend. Das Versprechen entpuppte sich, und diejenigen, die es genug interessierte, fürchteten, dass der junge Mann mehr einlösen könnte, als gut für ihn wäre. Dabei fürchteten wenige für Walther, die meisten aber für sich selbst. »Was will er?«, wurde Moldavus immer wieder von einem allgemein unruhigen und sehr gereizten Leopold gefragt: »Auf wessen Seite steht der?«
Und zu seinem eigenen Ärger wusste der Kanzler keine

Antwort. »Ich beobachte ihn sehr, sehr genau«, war alles, was er sagen konnte.

Zum Ostertag seines vierten Jahres in Wien trug Walther dann erstmals statt Liebesballaden und Lobpreisungen ein politisches Stück vor, das er den ganzen Winter über mit größter Sorgfalt bearbeitet hatte. In keinesfalls missverständlichen Worten kritisierte er die Rolle gewisser Bischöfe, die den ohnehin leicht zu beeinflussenden Friedrich drängten, das Kreuz zu nehmen und nach Jerusalem zu fahren.
Sein Vortrag hatte eine viel beflüsterte Vorgeschichte, die alle Hauptakteure des Hofs mit einbezog, wie genau, wusste keiner.
»Das Ganze riecht nach Leopold«, flüsterten Mutige. Es stank auf jeden Fall zum Himmel nach Moldavus, dachten alle, aber niemand war so lebensmüde, es auch zu sagen.
Es ging nämlich schon einige Monate:
Zuerst war es nur Gerede. Gerüchte von Friedrichs wachsenden Todesängsten, allein seiner treuen Ehefrau in neuerdings großzügig von ihr gewährter Zweisamkeit anvertraut, waren in erschreckenden, köstlichen Einzelheiten nach außen gedrungen. Zwischen dem jungen, schwermütig gewordenen Herzog und seiner von ihm mariengleich verehrten Philomena hatte sich einiges gewandelt.
An einem für ihn unbegreiflich seligen Abend hatte sie ihn zu sich in ihre Kemenate gebeten und ihm erlaubt, vor ihr auf dem Boden zu knien und seinen Kopf auf ihre Knie zu legen, während sie mit geschickt-bösen Fingern seinen Hinterkopf kraulte. »Ich komm jetzt doch dazu, dass ich dich gern hab, mein Freund«, hatte sie ihm bei dieser ansonsten stillen Zusammenkunft gesagt. Das wusste man, weil Friedrich es an seinen Kammerherrn weitererzählt hatte, der auf Moldavus' Gehaltsliste stand.

Seither durfte der Herzog mehrmals in der Woche zum Kraulen in die Kammer seiner entfremdeten Gattin kommen und über seine Sorgen sprechen.
Man war sich ziemlich sicher, dass Philomena, in Leopolds Auftrag handelnd, Friedrichs Vertrauen nur ausnutzte und seine alte Furcht vor einem frühen, schrecklichen Tod an offene Ohren des Klerus weiterbeichtete.
Seit dem verbesserten Einverständnis der Ehegatten waren diverse geistliche Herren nämlich auch hoch in der Gunst des Kanzlers, sonst kein Glaubenseiferer, der den beredten Boten Roms häufige Privatunterredungen mit dem Herzog vermittelte, dieses auch ganz außer der Reihe.
Der ganze Hof hatte sich gewundert, ob »Friedrich etwa plötzlich die Religion bekommen hätte«, dass er so viel des Beistands seiner neuen spirituellen Führer bedürfte. In einer Zeit, wo ungehorsame Fürsten rechts und links exkommuniziert wurden, war es sicher keine schlechte Idee, sich mit den Pfaffen gut zu stellen, aber gleich so viele? Und so oft?
Dann hörte man, dass der gute Friedrich auf einmal ernsthaft vom Kreuzfahren redete, was doch für ihn, der weder Kaiser werden wollte noch arm war noch ein Zweitgeborener, nun eigentlich gar keine Perspektive sein konnte. Zumal ohne einen Erben an der Hand, nur den Bruder, der ihm sogar mit dem Hut trotzte.
Nur Abenteurer, Habenichtse und die ganz Ehrgeizigen ließen sich auf dieses neuerlich dubiose Unterfangen ein. Der Weg nach Jerusalem war lang und führte schneller ins Grab, als manchem lieb war. Wen die Ungläubigen nicht meuchelten, die meist gar nicht erst in offener Schlacht angetroffen wurden, den erledigten Hitze, Krankheiten und bedauerlicherweise auch der allgegenwärtige Dolch heimischer Interessenvertreter in Erbschaftsfragen oder Bündnisabkommen. Außerdem wurden die Menschen

dort unten, egal, wie heilig das Land war, scheinbar schnell wunderlich. Die wenigen, die zurückkamen, äußerten befremdlich zögerliche Ansichten zur militärischen Lage der christlichen Welt, wurden »philosophisch« (das war nur noch einen Schritt von offenem Ketzertum oder dem Narrenhaus entfernt), oder sie saßen vor sich hin starrend in irgendwelchen Ecken und hatten einen finsteren Blick. Niemand konnte sich vorstellen, dass es gerade dem sanften, unsteten Friedrich gut tun würde – politisch oder seelisch –, ins Heilige Land zu fahren. Und niemand konnte sich vorstellen, dass es den Daheimbleibenden gut tun würde, so ganz einer offenen Regentschaft Leopolds und Moldavus' ausgesetzt zu sein. Natürlich sagte das niemand laut, aber man wusste Bescheid.

Walther hatte die geflüsterten Vermutungen ebenso gehört wie jeder andere. Und er sah seine Zeit für gekommen, Friedrich zu zeigen, dass er sich schützen müsse. Deswegen hatte er dieses Gedicht verfasst, eine Mahnung, ein Alarm, seine Hilfe gegen den Gestank der Verschwörung, vor dem alle ihre Nasen versteckten.
Walthers Gedicht würde aussprechen, was viele dachten, dazu in ehrlicher Besorgnis um den Herzog, um Wien, um das, was gut war. Es war ein Werk der Wahrheit und der Leidenschaft, die sich ausnahmsweise in seinen Versen nicht im Wege standen.
Ihm selbst erschien es das Beste, was er je geschrieben hatte, genau, scharf, witzig und bestechend ehrlich.
Der heranbrechende Ostertag war ein hervorragender Zeitpunkt für den Vortrag, es würde eine Sensation werden, Walther wusste es tief in sich.
Die Halle stand in stiller Andacht. Fromme Mienen, saubere Gewänder, ein jeder machte ein Gesicht wie frisch auferstanden, leuchtete in Heuchelei.

Wie er sie verachtete! Wie er sie brauchte, um anders sein zu können, eine Ahnung zu haben, wer er war …
Und er sang sich das Herz aus dem Leibe, als es so weit war. Seine Stimme hatte größere Fülle, vielfältige Farben und einen langen Atem erreicht. Es war eine Freude, ihn zu hören.

»Und wenn auch keiner wissen will,
was heimliche Zungen sprechen,
so bleibe ich nicht länger still,
werd dumpfe Dummheit brechen.
Dass man sich endlich nun bekümmert
um Pfaffen und um Papstestat,
dass man nicht länger hilflos wimmert,
das, teure Freunde, ist mein Rat.«

Auf einer fast kirchlich ironisierenden Note endete das Stück. Und dann geschah nichts. Walther, der erst vermutete, dass der Applaus vielleicht nur nach einer Weile schockierten Entzückens einsetzen werde, verbeugte sich länger als gewöhnlich. Aber das Wunder seines ersten Vortrags wiederholte sich nicht. Es geschah nichts!
Niemand klatschte, niemand jubelte, niemand schien auch nur von seinem Gesang Notiz genommen zu haben. Langsam setzte das übliche Gemurmel langwieriger Veranstaltungen ein, die Zuhörenden wandten sich einander zu, beklagten sich über die harten und begrenzten Sitzgelegenheiten, und irgendjemand fragte laut nach: »Meister Reinmar? Wann kommt der Meister Reinmar denn dran?«
Wann der denn drankäme?
Völlig erschüttert richtete Walther sich auf.
Selbst Herzog Friedrich sah nicht zu ihm hin, sondern unterhielt sich in leichtem Plauderton mit ebenjenem Reinmar von Hagenau, an dessen zerknittertem Gesicht

ebenfalls niemand eine Reaktion auf das Vorgetragene abzulesen vermochte.
»Darf ich mal«, sagte eine klingende Stimme hinter Walther. Es war der junge Kastrat aus Apulien, der nun seit dem letzten halben Jahr meistens Reinmars Lieder vortrug. Mit zarter Hand – »'Scusi!« – berührte der Welsche Walthers Schulter und trat, als dieser noch immer verstört zurückwich, mit einem Lächeln auf seinen Auftrittsplatz. Sofort fing alles an zu klatschen.
»Es besingt nun das Wunder der Auferstehung mit den Worten Reinmars von Hagenau«, tönte der Zeremonienmeister und musste bei der Nennung des Namens höflich pausieren, weil alle nochmals heftig applaudierten, »unser Gast Enzo.«
Walther traute seinen Ohren nicht. Der Beifall schwoll noch weiter an. »Enzo, Enzo!«, kreischten gleich einige der Frauen, und der Kastrat warf eine affektierte Kusshand in ihre Richtung. Herzog Friedrich unterbrach seine Plauderei mit Reinmar dem Alten und strahlte ebenfalls den Welschen an. Nichts hätte daran erinnert, dass Walther auch nur einen Mucks von sich gegeben hatte, wenn er es nicht noch deutlich im Hals fühlte, dass er gesungen hatte.
Der Welsche tirilierte sich durch Reinmars ewig langen Erguss darüber, dass Christus auferstanden sei, über Schuld und Sühne und das »liebe Osterfest«, eine Wortkombination, die Walther abscheulich geschmäcklerisch fand.
Am Ende tobten wieder alle in Begeisterung. Somit fiel auch die Möglichkeit aus, an die sich Walther in Gedanken während des Vortrags verzweifelt gehängt hatte, dass nämlich aus Pietät bis zum Ende aller Vorträge mit dem Klatschen gewartet würde.
»Viellieber Enzo, Meister Reinmar.« Friedrich erhob sich, als das Festvolk sich offenbar müde geklatscht hatte, mit einem mild-ergebenen Lächeln, das er sich im letzten Jahr

seiner vorangetriebenen Glaubenssuche angewöhnt hatte und das so gar nicht zu seiner Jugend passte. »Welch einen erhabenen Genuss habt Ihr Uns geschenkt!« Er gab ein Zeichen, und ein Diener rannte mit einer Schatulle herbei, die Friedrich alsdann öffnete.

»Meister Reinmar«, sagte er mit echter Wärme, »nie kann ich Euch die vielen Stunden vergelten, in denen Eure Worte Unsere Herzen und Seelen jenseits Unserer Hoffnungen erhoben haben. Nehmt dieses Kreuz als geringes Zeichen Unserer größten Dankbarkeit.« Er reichte dem blind tastenden Alten ein handgroßes Kreuz aus Silber, das mit allerlei Edelsteinen besetzt war und selbst im schlechten Licht der Halle strahlend aufblitzte. Die Menge machte ehrfürchtige und begeisterte Geräusche. Reinmar verbeugte sich artig und wurde unter gerührtem Jubel von seinem jungen Herzog mit Zuneigung umarmt. Selbst Leopold – mit Hut – klatschte beseelt.

»Und unser lieber Enzo«, fuhr Friedrich dann fort, nachdem er sich geräuspert hatte. Alle in Wien hatten sich angewöhnt, von dem welschen Sänger wie von einem geliebten Schoßhund zu sprechen, was dieser klug genug war, nicht abzuwehren. Er war infolge dieser Verehrung in den sechs Monaten seines Aufenthalts an der Burg schon ziemlich reich geworden.

»Wie viel Glanz, wie viel Schönheit habt Ihr durch Eure Stimme zu Uns gebracht!«

»Ohhh«, machten alle Anwesenden gerührt, als der Herzog dem bleichen Jüngling eine Perlenkette über das gebeugte Haupt streifte.

»Jede dieser Perlen«, schwafelte Friedrich, »ist wie ein Ton von Euren Lippen.«

Nur mit allergrößter Beherrschung konnte Walther es vermeiden, die Augen zu verdrehen. Jetzt war er wohl endlich an der Reihe. Aber Friedrich rief zuerst eine Gruppe pon-

tevinischer Tänzerinnen zu sich, deren Darbietung eines so genannten Passionstanzes in knappem Gewand von einigen Anwesenden eigentlich als ein bisschen anstößig befürchtet worden war. Durch Hugh de Marbeyère, inzwischen noch dicker, noch besorgter um seine Gesundheit, ließ Friedrich den Frauen ausrichten, dass ihre Anmut in gelungener Verbindung mit christlicher Demut ihn und alle Anwesenden durch und durch bezaubert habe. Leopold leckte sich die Lippen.
Die Pontevinerinnen tänzelten hüftschwenkend mit je einem goldenen Ring und Armreif zur Halle hinaus.
Jetzt aber, dachte Walther und straffte die Schultern.
Friedrich klappte die Schatulle zu und schickte den Diener wieder fort damit.
Was soll ich denn kriegen?, wunderte sich Walther. Ein Pferd vielleicht?
Ein Pferd wäre wundervoll. Die alte Mähre, die er aus dem Grödnertal mitgebracht hatte, war längst an einem vergangenen Wintertag für Hundefutter hingemacht worden. Doch Friedrich hob nur einladend priesterlich die Arme und erklärte die Versammlung für beendet, da er sich nun dem bedauerlichen Gesundheitszustand seiner geliebten Frau widmen müsse. Philomena war der Osterfeier wie üblich fern geblieben wegen einer angeblichen Verkühlung, die sie jedes Jahr mehrfach und aus gegebenem Anlass immer dann wieder heimsuchte, wenn es ihr gut passte. Das Volk klatschte noch einmal, tratschte gleich flüsternd über Philomenas Unverfrorenheit, verbeugte und zerstreute sich.

Nur einer kam nicht von der Stelle. Walther blieb der Mund offen. Nichts! Wie Lots Weib stand er da, zur Salzsäule seines Erstaunens erstarrt.
Er hatte nichts bekommen. Nicht eine Kupfermünze. Sein

Gedicht war nicht erwähnt, nicht beklatscht und nun noch nicht einmal belohnt worden.
»Ist Euch nicht wohl, Herr Walther?«, fragte eine höhnische Stimme neben ihm. Einer von Moldavus' Spitzeln grinste ihn an: »Ihr seht ja so sehr verwundert aus.«
Moldavus! Natürlich, der steckte dahinter.
Walther schluckte: »Es ist doch auch ein Wunder, oder?«, brachte er hervor. Nichts anmerken lassen.
»Wie meinen?«, erkundigte sich der Spitzel zuvorkommend.
»Ein Wunder!«, wiederholte Walther nun mit fester Stimme und seinem unverschämten Lächeln.
»Überall regnet's in Strömen, und ich kriege nicht mal einen Tropfen ab. Das ist doch ein Wunder, meint Ihr nicht?«

DER WIENER HOFTON

mir ist verspart der saelden tor,
da sten ich als ein weise vor:
mich hilfet niht, waz ih daran geklopfe.
wie möht ein wunder groeszer sin:
es regent bedenhalben min,
daz mir des alles niht enwirt ein tropfe.
des fürsten milte uz sterriche
fröit dem süezen regen geliche
beidiu leute und ouch daz lant.
er ist ein schoene wol gezieret heide
dar abe man bluomen brichet wunden:
braeche mir ein blat dar under
sin vil richiu hant,
so möhte ich loben die liehten ougenweide.
hie bi si er an mich gemant.

das tor zum glück ist mir versperrt,
ich stehe davor wie ein armes waisenkind,
und es hilft nichts, egal wie viel ich klopfe.
wie kann denn ein wunder größer sein:
es regnet überall um mich herum,
und ich kriege nicht einen tropfen ab.
die großzügigkeit des fürsten aus österreich
erquickt wie der süße regen
die menschen und das ganze land.
er ist wie eine edle blumenwiese,
von der man viele blumen pflücken kann:
wenn mir seine reiche hand
auch nur ein blättchen geben würde,
würde ich diesen strahlenden menschen preisen.
hiermit möchte ich mal ein bisschen an mich erinnern.

SAND IN DEN SCHUHEN

In Wien schlossen sich langsam die Türen, eine nach der anderen. Moldavus war für Walther nun in keiner noch so dringlichen Angelegenheit mehr zu sprechen, egal, wie oft er bei dessen Sekretären vorstellig wurde. Man machte sich nicht einmal mehr die Mühe, Ausreden für den Kanzler zu erfinden.

»Nicht jetzt, Vogelweide«, hörte Walther, wann immer er in die Schreibstube vorzudringen vermochte, was auch nicht leichter gemacht wurde. Die täglichen Versprechungen, dass der Kanzler bald benachrichtigt und sogleich nach ihm schicken würde, wurden nie erfüllt, und niemand versuchte, die offensichtliche Unhöflichkeit gegen ein festes Mitglied des Hofstaats, als das Walther eigentlich angesehen wurde, zu bemänteln. Diejenigen, die ihn »vielversprechend« genannt hatten, zuckten nun nachlässig die Achseln. Wenn Walther nicht so wütend gewesen wäre, hätte er sich Sorgen gemacht.

»So großartig ist der ja mal auch nicht«, hieß es, wenn man jetzt von Walther sprach. Und Herr Alwin (der jährlich brav zum Hofdienst kam, ein Beutel für Friedrich, einer für Moldavus), von den neuesten Entwicklungen in Kenntnis gesetzt, urteilte fachmännisch, dass der Vogelweider immer nur ein mittelmäßiger Sänger ohne nennenswerte Anlagen gewesen sei. Ihm selbst stehe der Sänger keinesfalls nah, wie manche so missverständlich andeuten wollten, verwahrte sich Walthers ehemals »bester Freund«.

»Unter uns«, erläuterte der neue Herr im Grödnertal den Zuhörenden, »wo er herkommt, halten ihn alle für ein wenig – wunderlich. Vorsichtig ausgedrückt, wohlverstanden.«
»Ach«, machten die Leute.
»Jaja, und für einen Dichter hält ihn auch niemand. Ich sagte neulich noch zu unserem verehrten Kanzler, dass ich mich ja damals mit Händen und Füßen gewehrt habe, den Jungen herzuholen. Der hatte nichts, das sah man leicht.« Den geschwätzigen Mund herablassend verzogen, schüttelte Herr Alwin den Kopf: »Schade, nicht? Man wünscht so einem jungen Menschen ja ein bisschen Erfolg. Aber er hat sich auch nicht richtig spezialisiert. Das ist es natürlich gewesen.«

Auch Reinmar wurde mit wechselndem Wind zunehmend vorsichtig. Nachdem er sich Walthers neue Dichtungen immer heimlich hatte vorlesen lassen, war er zuerst von seiner »neuen« Idee mit dem Gegenkreuzzugslied begeistert gewesen, schon allein, weil auch er ernsthaft um Friedrich besorgt war. Ihm gefielen sie schon gleich nicht, die Heere von gewandten Kirchenmännern mit ihren päpstlichen Grüßen, Briefen und ihren wohlgesetzten Worten, die Friedrich in tiefe Grübeleien über Vergänglichkeit und Sünde des Erdenlebens stürzten. Und weder Leopold noch Philomena traute er Gutes zu. Bei Moldavus war er sich nicht sicher.
»Reinmar«, hatte Friedrich dann auch noch zu ihm gesagt, als die täglichen, zehrenden Unterweisungen durch die Kaplane und Legaten begannen, »ist denn wirklich alles Sünde, wenn es nicht nur für Gott ist? Mein Leben? Dass ich gern auf die Jagd gehe? Ich dachte immer, wenn man sonst nichts Böses tut ...«
Und er wartete nicht einmal eine Antwort ab, fing an, mit-

ten im Jahr zu fasten, härene Hemden zu tragen, und wollte nur noch fromme Lieder hören. Natürlich hatte Reinmar erst gedacht, dass Vogelweide einen guten Einfall gehabt hatte, dass es Friedrich vielleicht helfen könnte, wenn einer aussprach, was alle sahen und fürchteten.
Aber es dann zu hören mit dieser strotzenden, stolzen Stimme, die dachte, es mit jedem und allem aufnehmen zu können, als er es mit den vorsichtigen, um sich selbst besorgten Ohren aller Anwesenden hörte, da war es dann doch etwas anderes gewesen. Die Wahrheit war ihm nicht mehr hilfreich vorgekommen, sondern vulgär, die scharfsinnigen Beobachtungen schienen böse und die ironischen Warnungen vermessen. Wem nützte solcher Ungehorsam? Niemandem! Dadurch ging es Friedrich auch nicht besser.
Hinzu kam, dass Walthers Liebesgedichte ebenfalls vom Kurs abwichen. Er weigerte sich, auf Philomena zu dichten in der Fasson, der er doch seinen hauptsächlichen Ruhm – na ja Ruhm, seinen Stand, besser gesagt – verdankte. »Das kann jetzt vielleicht mal jemand anderer machen«, hatte er zu der verlangten Ode an ihrem letzten Namenstag im Sommer gesagt. »Sie sieht ja wahrscheinlich kaum anders aus als letztes Jahr. Und wenn – unter der Schminke sieht es sowieso niemand.«
Undankbarer Wicht! An ihrem Namenstag war er als Dichter geboren worden; ohne dieses Lied, das er damals mit Ach und Krach auf den letzten Drücker herausgepresst hatte, würde er heute wahrscheinlich nur auf Jahrmärkten singen. Wenn überhaupt.
Reinmar stellte sich nun nicht mehr schützend vor ihn, wenn Moldavus Walthers Nutzen für den Wiener Hof offener und dringlicher in Frage rückte.
»Wofür brauchen wir ihn, Meister Reinmar? Wir haben doch – Gott sei's gedankt – Euch, lieber Meister. Ein Dich-

ter, ein wirklicher Dichter, ist eine Zierde für unser Haus. Eine zweite Stimme dazu, macht sie nicht nur Lärm?«
Von Anfang an hatte Moldavus Walther zwar so verdrängen wollen, aber in den ersten Jahren hatte Reinmar immer noch etwas Hilfreiches zu sagen gewusst: »Er wird eine große Stimme sein, Kanzler« oder: »Gebt ihm Zeit, es wächst vieles in ihm.«
Aber nun, Jahr für Jahr, war Moldavus direkter: »Sagt ehrlich, Reinmar, er ist nicht Euer Schüler, jeder meiner Schreiber könnte für Euch tun, was er tut, besser wahrscheinlich. Besser für Euch! Achtungsvoller«, hatte er im letzten Jahr gesagt. Walther war zwar nicht beliebt, wusste Moldavus, aber der alte Reinmar umso mehr. Deswegen war es wichtig, dass Reinmar sich nicht auf die falsche Seite schlug. Nach weiteren Gesprächen im letzten Jahr war Moldavus aber schon fast beruhigt gewesen.
Und heuer legte er dann vor: »Er ist hier nur noch geduldet, Meister Hagenau, und nicht mehr lange. Es wäre klug, Ihr hieltet Euch von ihm fern.«
Reinmar der Alte, nun fast ganz blind, kränklich und doch unverwüstlich mit seinen fast siebzig, hatte schließlich genickt und dem Herrn Kanzler für seinen umsichtigen Rat gedankt.
Er wies seinen Helfer an, dass man Walther nichts mehr aus seinem privaten Vorrat an Pergamenten geben dürfte, und ebenso von seinen Utensilien und von seiner Tinte bekäme Vogelweide keinen Tropfen mehr. »Auch nicht den krummsten Federkiel!«
Und der Schreiber, dem über die Jahre eine gehörige Angst vor Walthers faszinierenden Gefühlsausbrüchen gewachsen war, schloss nun oft die Tür von innen ab und tat leise atmend so, als wäre niemand in der Kammer, wenn Walther eintreten wollte, um zu dichten.

So drastisch sein Leben sich verändert hatte, als er nach Wien berufen worden war, so leise wandelte es sich nun, da Wien ihn langsam ausspeien wollte und ihn somit endlich dem Schicksal der Straßen zuführte, das schon immer seines hatte werden müssen. Wie im Grödnertal hielt ihn niemand in Wien davon ab, zu gehen, um sich etwas Besseres zu suchen.

Aber Walther hatte sich gewöhnt. Er kam gar nicht auf die Idee, dass es etwas Besseres für ihn geben könnte als die leidliche Bequemlichkeit seines wenn auch neuerdings überschatteten Lebens an der Burg. Alles in allem ging es ihm immer noch besser als jemals zuvor. Walther hielt sich die Augen zu für die Möglichkeiten, die seine hätten werden können, starrte durch die verschränkten Finger nur auf das kleine bisschen Sicherheit, das er kannte. Er, der nichts sein konnte als nur er selbst, der glaubte, keinem Herren zu dienen als den Worten, die ihn berühmt gemacht hatten, war ein Sklave seines bescheidenen Wohlstands geworden, seines Gesehenwerdens, Gehörtwerdens, ein Sklave solcher Wörter wie »vielversprechend« oder »talentiert« – am meisten: »Dichter«.

Er nahm die Feste, den Jubel, das weiße Brot und die stets neuen, ungetragenen Kleider als das einzige Leben hin, das ihm zustand. Wenn er an Anna dachte, dann war es mittlerweile mehr wie das verstohlene Hervorziehen eines Heiligenbildchens, das allein noch für eine Idee, nicht mehr eine wirkliche Person stand. Er glaubte noch an den Handel, glaubte an ihn besonders an den schlimmen Tagen, forderte ihn dann mit harscher Stimme, die tiefen Augen in den Himmel gebohrt, von ihr ein, doch wenn sein Hoffen und sein Suchen sich erledigt hatten, legte er die Erinnerung wieder beiseite. Damals vor so vielen Jahren, befreit aus dem Kerker seiner Einsamkeit, endlich bejubelt, endlich geliebt, endlich ein Dichter, hatte er sich nicht nur an

Philomena verkauft. Er brauchte den Hof zu Wien, weil er nur hier sein konnte, zu was ihn der Hof zu Wien gemacht hatte. Und wenn diese anderen Augen ihn nicht mehr sähen, wenn diese anderen Ohren ihn nicht mehr hörten, die Stimmen nicht mehr seinen Namen riefen, was blieb dann übrig? Walther, der Unsichtbare, brauchte die Augen und Ohren, egal, was sie über ihn sagten, solange sie nur von ihm redeten und bestätigten, dass er da war, dass er jemand war. Nur wer? Was war denn anders?
Die gleiche gekrümmte Larve, die Anna damals im Schoß gelegen und um das Verschwinden gebettelt hatte, in der nun nur, gedämpft von Erfolg und Gier, noch immer der gleiche Verzweifelte nach einer Antwort schrie auf die Frage: »Wer bin ich, sag mir doch, wer bin ich?«

Zwischen ihm und dem Nichts stand allein das Wort Dichter, deswegen brauchte er die anderen.
Aber das Leben drängte dennoch unbeirrt danach, sich zu erfüllen, auch gegen seinen Willen, wenn es sein musste. Der Sand in den Schuhen, der einmal Staub von der Schwelle des Vogelweidhofs gewesen war, gestreut von Herrmanns sich ergebender Hand, sammelte sich unter seinen Fußsohlen. Er trat eine Weile leise, damit er es nicht merkte, aber es musste doch geschehen. Walther würde gehen.

Zuerst aber ging ein anderer: Herzog Friedrich, unglücklich, verstört und voller Reue für nicht begangene Sünden, nahm das Kreuz und fuhr mit ein paar anderen Unglücklichen und Hungrigen gen Jerusalem. Die weltlichen Staatsgeschäfte zu Wien überließ er einem ihn gesammelt verabschiedenden Kanzler aus Böhmen und seinem lächelnden Bruder, der ihm zum Abschied mit überraschend gezogenem Hut nachwinkte.

»Geh mit Gott, mein Geliebter«, schluchzte ihm Philomena beim Abschied laut und unter dem Nicken der Pfaffen ins Wams. »Und wenn du wiederkehrst …« Das unvollendete Angebot musste erwartungsgemäß nie ausgeführt werden.
Im Jahre des Herrn 1198 starb Friedrich von Österreich auf dem dornigen Weg zur Befreiung des Heiligen Landes.
»Also doch«, so sagten Zeugen, seien seine letzten Worte gewesen.

Am Tag nachdem die schreckliche Nachricht Wien erreicht hatte, wurde Walther entlassen.
Moldavus, beschäftigt und zugleich gemessen trauernd, ließ es sich nicht nehmen, Vogelweide höchstselbst vor die Tür zu setzen. Er rief ihn in seine Amtsstube und schickte Schreiber und Handlanger sämtlich fort. »Lieber Herr Walther«, begann er. Die Stube hatte keine Fenster, Kerzen flackerten, es war dunkel, die Pulte aus schwarzem Holz schluckten jedes Licht. Draußen huschten Schritte. Moldavus lächelte unbestimmt und hustete vornehm.
»Da sich Euer Ruhm sicher Eurem Können angemessen verbreitet hat«, erklärte der Kanzler dann bestimmt, »wird es Euch nicht schwer fallen, nun anderen Herren zur Zierde zu gereichen.« Walther starrte den Böhmen an mit Augen, in denen die Hölle kochte. Er sagte kein Wort.
»Wir hier«, fuhr Moldavus fort, »sind gesegnet, dass uns der Herrgott weiterhin die betagte Gegenwart des großen Reinmar von Hagenau sichert. So haben wir keinen Mangel an Dichtern. Und eben auch nicht an Schreibern oder anderen Gehilfen.« Er langte in die Falten seines weiten Trauergewands, das die Schneider beachtlich schnell hergestellt haben mussten, und zog einen Beutel hervor, den er einstweilen wie unbeteiligt auf den Tisch legte, der zwischen ihnen stand. Walther zwang sich, den Beutel nicht anzuse-

hen, was Moldavus ein wenig die Freude verdarb. »Aber der Hof zu Wien, lieber Freund«, flötete der Intrigant, »bleibt ein großer Hof, ein großzügiger Hof, strahlend. Nicht ein Flecken auf seinem Ruf.«

Walther fragte sich in seinem stummen Ärger, ob das eine Drohung an ihn sein sollte, er konnte sich nicht erklären, wieso.

»Ihr bekommt ein Pferd, lieber Freund.« Moldavus erhob sich. Walther hatte er die ganze Zeit über stehen lassen. »Es ist mindestens drei Mark wert, passt gut darauf auf, das ist viel Geld in diesen Zeiten und schwer zu verdienen, wenn es auch leicht zu verlieren ist.« Er nahm schmunzelnd den Beutel auf und wog ihn in der Hand. »Alles Gute, lieber Walther. Alles erdenklich Gute.«

Er hielt dem Verstoßenen den Beutel hin.

Da Walther nicht die Hand ausstreckte, um ihn zu empfangen, legte Moldavus ihn wieder auf den Tisch: »Nehmt ihn ruhig, wenn ich gegangen bin, das ist dann wohl einfacher.«

Der Kanzler ging zur Tür. Die Hand auf der Klinke, drehte er sich noch einmal um: »Wie fühlt es sich an, Walther?«, fragte er, ohne das üblich selbstzufriedene Gift in der Stimme, eher wie einer, den es wirklich interessiert. »Wenn man so ganz frei ist, das muss doch etwas Besonderes sein, oder? Nur Ihr selbst, keine Bande, keine Pflichten. Keine Geheimnisse, die man verbergen muss, nur Ihr. Das Unbekannte.« Er schüttelte, versunken in seine vielen Fragen, den Kopf. »Na ja, von innen und von außen, das ist wohl immer ein Unterschied, nicht? Bei uns allen.«

Dann endlich ging er. Aufreizend leise schloss er die Tür.

Walther war allein mit sich, seiner Wut und dem Beutel auf dem Tisch.

Niemand hatte ihm beigebracht, auf den Straßen zu leben, die ihm nun bestimmt waren. Einer, der kein Schüler sein

konnte, würde wohl sein ganzes Leben erst dann lernen, wenn er schon mittendrin war.
»Wenn man so ganz frei ist«, hatte Moldavus gesagt.
»Bin ich frei?«, fragte sich Walther leise, als er den Beutel nahm. Es würde dauern, bis er sich umgewöhnt hätte an dieses Neue. Das war das Einzige, das er jetzt wusste, dass es dauern würde, bis er sich zurechtfand. Mehr nahm er nicht mit.

Er verabschiedete sich nicht von Reinmar oder irgendjemand anderem am Hof. Sie hatten ihm wirklich ein schönes Pferd gegeben. Einen Wallach, noch jung und gut im Futter, das Sattelzeug heil und nicht zu reich, um gleich Diebe anzuziehen.
»Soll ich Euch helfen, Herr?«, fragte der Stallknecht, der das Tier gebracht hatte, und hielt schon vorauseilend den Steigbügel. Walther sah ihn überrascht an: einer der Namenlosen, Gesichtslosen, die trugen, eilten, sorgten, damit das kleine, sinnlose Spiel der Burgsassen ohne Störungen von einem Tag zum anderen weitergehen konnte.
Walther saß auf wie im Traum.
»Gottes Wege, Herr, Euch befohlen«, dienerte der Stallknecht und entfernte sich auf dem Weg zu neuer Arbeit. Manche waren Stallknechte, manche Kanzler, manche Dichter. Er war nun gar nicht mehr stolz, nicht mal mehr wütend. Das Unbekannte lag vor ihm, mit jedem Schritt, den das Tier unter ihm tun würde. Wie war das so schnell geschehen? Was hatte er nicht kommen sehen?
Es gab keine Entschuldigungen mehr.
Wie fühlte es sich an? Hatte er von Wien gestohlen oder Wien von ihm? Er drückte dem Tier die Schenkel in die Flanken, und langsam, dem neuen Reiter ungewohnt, setzte es sich in Bewegung. So unangenehm es war, er wurde das Gefühl nicht los, dass sich an diesem Tag zwei

Diebe trennten, die beide mit der Beute am anderen nicht bekommen hatten, was sie wollten. Wieso hatte er dieses Spiel so lange so amüsant gefunden?
Walther von der Vogelweide war siebzehn Jahre gewesen, als er mit Alwin zu Jödinsbruch nach Wien einritt auf dem Weg zu einem neuen Leben, das er sich auch damals nicht hatte vorstellen können.
Er war vollendete siebenundzwanzig Jahre alt, als er wieder durch das Tor der Wiener Burg ritt, diesmal um sie zu verlassen. »Wie fühlt es sich an?«
Er wurde die Frage nicht los.
Vor ihm lang nichts als das Neue, nein, vor ihm lag das Nichts selbst.

In Wien würde nichts von ihm übrig bleiben, kein Eintrag in den Akten oder Chroniken würde jemals daran erinnern, dass der Dichter Walther von der Vogelweide auf der Wiener Burg gedient hatte.

Vor Wiens Toren richtete Walther noch immer wie ein Schlafwandler sein Tier nach Nordwesten.
Er ritt ins Nichts – und vielleicht in die Freiheit.

Wenn ich ein anderer gewesen wäre …

Wenn ich ein anderer gewesen wäre, hätte ich alles daran gesetzt, in Wien zu bleiben. Es ging mir gut, ich hätte eine Stellung fürs Leben haben können. Zwar auf unbestimmte Zeit in Reinmars Schatten, aber es wäre mir gut gegangen. Feste, Gäste, Auftritte, die Frauen auf der Burg und die Huren im Wirtshaus. Warum habe ich es kaputtgemacht? Denn es gibt keinen Zweifel, dass ich es war, der sie dazu brachte, sich von mir abzukehren. Ironischerweise wählte ich, der Fachmann, die falschen Worte, um dann in tumbem Entsetzen auf die Scherben dessen zu schauen, was ich doch selbst zerbrochen hatte. Wenn ich in Wien geblieben wäre, dann hätte ich mir einen Namen als Reinmars Schüler gemacht, ewig die gleichen Liedchen geträllert, auch irgendwann vom »lieben Osterfest« … Na, und? Wäre das so schlimm gewesen? Besser, als in einem Straßengraben zu frieren, in einem Hohlweg über den Haufen geritten zu werden – besser, als frei zu sein. Ich habe lang aufgehört, mir deswegen was vorzumachen. Ich wollte weg aus Wien, ich wusste nur nicht, wie, und ich wollte nicht derjenige sein, der entschied, wann. Ich wollte, dass mich ein anderer in den Hintern trat, damit ich weiter jammern konnte über Ungerechtigkeit und grausames Schicksal. Wie lächerlich. Wenn ich ein anderer gewesen wäre, hätte ich bleiben können. Ich war nur zu feige, es zu sagen, zu denken sogar – und vor allem immer zu feige, mich zu ändern.

NEUE HERREN

Unvorbereitet auf das Leben auf den Straßen, das Leben, das doch – wie Herrmann schon so früh unter Schmerzen anerkannt hatte – eigentlich schon immer das seine hatte werden sollen, hatte Walther nach kaum zehn Tagen fast sein ganzes Geld ausgegeben. Er warf es sogar fort, voll eilfertiger Zerstörungswut: einmal, um zu speisen, wie er es von Wien gewohnt war, und dann, um in Herbergen zu übernachten, wo er immer ein wenig extra bezahlte, damit niemand anders, auch kein Spätankömmling ihm noch zur Nacht ins Bett gelegt wurde. Nach zehn Tagen, als Wien hinter ihm lag, aber nicht die Wiener Gewohnheiten, als sich Wiens Lohn verflüchtigte, nicht aber die Verwirrung, die er zusammen mit dem Beutel an sich genommen hatte, musste sich Walther betrübt entscheiden, ob er den Rest des Geldes für ein Nachtlager oder für eine Mahlzeit ausgeben sollte.
Er war bislang nur bei Tag geritten und hatte auch das Tageslicht nie – wie doch alle anständigen Reisenden es taten – voll ausgenützt. Meist schlief er bis weit nach Sonnenaufgang und ritt dann langsam, als hätte er alle Zeit der Welt, auf den gefährlichen Straßen des Deutschen Reiches, das nicht wusste, welchem Herrn es gerade diente. Gegen die Abenddämmerung kehrte er dann in eine Schänke ein, fing früh an zu trinken und hörte meist als Letzter damit wieder auf, um auf den schmierigen Rupfenlaken seines ertrotzen Einzelbetts wieder bis zum nächsten Tag zu schnarchen.

»Ihr macht es richtig, Gevatter«, rief ihm einmal ein zu Pferde vorbeieilender Kaufmann zu, der seinen teuren Pelzhut und seine weichen Handschuhe schnell vor den abschätzenden Blicken wegelagernder Spione in eine Herberge retten wollte, »immer langsam, immer langsam. Die Wege bleiben ja doch gleich lang.« Walther sah die Augen der Auskundschafter auch, die sein Pferd streiften, aber es war zu wenig dran an seinem Zaumzeug und seinen Taschen, und ein Pferd stahlen die Diebe nur im Winter, im äußersten Notfall, um es gleich zu essen. Jetzt kam schon der Frühling. In den dichten Wäldern, wo die meisten Räuber und Gesetzlosen hausten, konnte man kein Pferd gebrauchen, es hätte sich nicht gut verstecken lassen, und man könnte sich damit sowieso nicht auf den Straßen sehen lassen. Die Tiere hatten Hufeisen mit eingeritzten Namen der Schmiede, manchmal hatten sie Brandzeichen. Sie wären zu leicht wiederzuerkennen, jedenfalls leichter als Münzen, Ringe oder Pelze. Ohnehin nahm Walther in seiner anhaltenden Erschütterung wenig wahr von dem, was andere taten oder dachten. Bis vor ein paar Tagen war er ein Dichter gewesen, bis vor ein paar Tagen hatten ihn fein gewandete Menschen vornehm gegrüßt und ihm höfliche Bemerkungen über den Fortschritt seiner Arbeit zugerufen. Wenigstens kam ihm das jetzt, da er dieser süßen Erkenntnis seines Selbst roh entrissen war, so vor.
Er musste sich zwingen, das »andere«, wie er es bei sich nannte, in seinen Gedanken zuzulassen. Die Unhöflichkeiten, die sich gemehrt hatten, die Art, wie sich immer mehr Hofvolk schnell beiseite drehte, wenn er einen Gang entlangkam oder eine Halle durchschritt. Wie man ihm keine Tinte mehr gegeben hatte, keine Pergamente, den Zutritt zu den Schreibkammern verweigerte.
Was war Wien gewesen?, fragte er sich, nun da es verloren war. Ein Fest, lachende Kunst und bewundernde Augen.

Ein Dichter, hatten sie gesagt, und das Wort hatte ihm Halt gegeben.
»Walther von der Vogelweide, ein Dichter«, sagte er zu sich selbst, im trägen Schwanken seines ihm so fremden Pferdes wie in Trance gewiegt. Er dachte an den Applaus. War nicht der Applaus das Schönste überhaupt gewesen, das er gehört hatte, dieses schnelle Klatschen unzähliger Hände, das ihm bestätigte, wer er war.
»Walther, Walther«, hatten sie geschrien, so wie sie jetzt vielleicht gerade »Enzo, Enzo« schrien.
Walther, Walther, wer war das? Früher ein verwahrloster Halbverrückter mit scharfen Augen, bitterster Galle in jedem Wort und so viel Schmerz, so viel Angst und Wirrnis. Und dann von einem Tag auf den anderen jemand Besseres, der neue Kleider bekam, der singen durfte und den so viele bewunderten. Wer fragte schon nach dem Warum, wenn ein Handel besser ausfiel, als man erwartet hatte. Alle kannten ihn irgendwie, wenigstens kannten sie, was er tat, aber er selbst kannte kaum jemanden. Er dachte an Philomena und musste sich unwillkürlich schütteln. Da wäre Reinmar, Reinmars Schreiber – er durchforschte sein Gedächtnis nach dem Namen des frösteligen Männleins, mit dem er sich um das Pult, Schreibweisen und schließlich um Pergamente hatte zanken müssen. Wie hatte der geheißen? »Das darf doch nicht wahr sein!«, murmelte er, wirklich überrascht. Fast zehn volle Jahre hatte er den blöden Bleichling jeden Tag gesehen, hatte sich dieser vor ihm verbeugt und in lähmender Eintönigkeit immer wieder »Grüß Euch Gott, lieber Herr Walther« geleiert. Walther musste doch seinen Namen kennen. »Mein tüchtiger junger Freund«, hatte Reinmar mit seiner Herbstlaubstimme über ihn gesagt. Dabei mochte auch Reinmar den bleichen Schreiber nicht, es war zu offensichtlich gewesen, dass er einer von Moldavus' Spitzeln gewesen war. »Moldavus.«

Walther sagte das Wort laut und lauschte ihm nach. Die Hufe des Pferdes setzten dumpf auf der Straße auf. Zu seiner Rechten in weiter Ferne arbeiteten ein paar Bauern mit gebückten Rücken auf dem Feld. Zehn Tage nach Wien, und niemand hier wüsste, wer Moldavus wäre. Da er, wie ihm klar war, keine Freunde in Wien zurückgelassen hatte, war es ihm nun fast willkommen, dass er immerhin einen Feind gehabt hatte, den er hinter sich lassen musste.
Vielleicht war es das gewesen, was er an Wien nun so vermisste: Er hatte etwas an dieser Welt verstanden, so tückisch sie auch war. Im Nichts kannte er nicht einmal sich selbst. Und auch das Wort vom »Dichter« war fort. Wüsste er denn, ob jemand in den fremden Burgen von ihm gehört hätte?

Es fing unerwartet und sehr heftig an zu regnen. Walther trieb sein Pferd an, als könnte er den Tropfen so schneller entkommen. Früher, da hatte er gedacht, dass der Regen ein Tier war, zitternd und vielgestalt. Früher, da hatte er Worte gehabt, auch für das, was er nicht verstanden hatte. Er ritt über die Hügelkuppe und sah das nächste Waldstück auf sich zukommen. Vielleicht könnte er dort Schutz suchen. Das Pferd begann zu schwitzen, und Walther, Laute des Ansporns rufend, überlegte, wie er das Tier bloß trockenreiben sollte, wenn es kühl würde zur Nacht. Im Wald angekommen, war es unter den noch kahlen Kronen der Bäume nur wenig trockener, die Äste knarzten im Sturm, und der Weg war schlammiger als auf freiem Feld, wo ihn der Wind immer wieder abtrocknete. Walther saß ab und führte seinen Wallach am Zügel auf eine Gruppe eng beieinander stehender Buchen zu. Das Wasser rann schon an den Stämmen herab. Walther zog sich seinen Hut über die Ohren, das Pferd schnaubte, und seine Flanken dampften. War es nun klug zu warten, oder war es besser für das komische Vieh, dass er weiterritt? Er wusste so wenig von Pferden. Dass er sich auf einem halten konnte, war fast schon alles.

»Hör mal, du«, bellte da eine Stimme in seiner Nähe, »das Biest taugt bald nur noch für Suppe, wenn du's da lange so stehen lässt!« Heiseres Gelächter aus vielen Kehlen folgte. Walther wurde es kochheiß, er sah sich gehetzt um und entdeckte schließlich in der Nähe eine Gruppe von Menschen in bräunlichen Umhängen an einem fast erloschenen Feuer, die alle schadenfroh lachend zu ihm herübersahen. Zwischen den Lachsalven husteten sie. Wegelagerer!, dachte Walther entsetzt. Er schätzte den Abstand zu der Gruppe, sah, dass alle mit untergeschlagenen Beinen saßen, und überlegte, dass er es schaffen müsste, aufzusitzen und loszureiten, bevor sie ihn hindern oder die Zügel seines Pferds erwischen konnten. »Jetzt erschreck den Jungen doch nicht so«, keuchte einer der Erheiterten, »der denkt noch, wir wollen ihm ans Leder!« Walther stand erstarrt. »He, junger Mann, komm ruhig mal rüber, in Gesellschaft friert es sich besser.« »Der hört vielleicht nicht gut«, mutmaßte eine der Gestalten, weil Walther noch immer keine Anstalten machte, zu fliehen oder näher zu kommen.

»Oder Ausländer?«, schlug ein weiterer vor. Ein paar der Männer verdrehten die Augen und machten Geräusche, als wäre ihnen diese Abfolge der Ereignisse sehr vertraut.

»Kann doch sein«, verteidigte sich der, der Walther für einen Ausländer halten wollte. »Kann alles sein. Manche sind eben Ausländer, so wie der Dingsda, wie hieß der noch?« Keiner gab ihm eine erhellende Antwort.

»Ecce!«, rief nun ein anderer, der sich schließlich auch erhob. »Amici sumus. Non vadete!«

»Ach so«, beschwerte sich der Vorherige, »Ausländer ist der nicht, aber Latein können kann er.«

»Halt doch mal den Schnabel«, versetzte der, der lateinisch gesprochen hatte, »es ist doch nur ein Versuch.«
»Deine Versuche kenn ich, kommt schön was bei raus!«
Walther runzelte die Stirn; jetzt, wo der erste Schrecken nachließ, glaubte er nun eigentlich nicht mehr, dass die sich so sonderbar streitenden Männer Wegelagerer waren. Vorsichtig machte er einen Schritt in ihre Richtung, das Pferd so fest am Zügel, dass ihm die Faust zitterte.
»Guck mal«, kommentierte wieder einer, »nu kommt er ja.« Unter Ächzen und Stöhnen rappelten sich auch andere Männer aus der Gruppe auf. Sie trugen unter den durchnässten bräunlichen Umhängen ähnlich bräunliche Gewänder, aber Mönche waren sie eindeutig nicht. Sie hatten langes Haar und hielten keine Gebetsperlen oder Kreuze. Wieso sprachen sie lateinisch? Sieben zählte Walther.
Der, der lateinisch gesprochen hatte, war wohl eine Art Anführer dieser seltsamen Gestalten. »Guten Tag, junger Freund.« Der vermeintliche Anführer lächelte Walther an.
»So jung ist der auch nicht mehr«, ließ sich eine Stimme vernehmen. Die Männer bellten ihr heiseres Lachen, zu dem sie offensichtlich jede Gelegenheit nutzten.
Walther nickte den Umstehenden zu, alle sahen ihn neugierig an. Da fiel ihm ein, dass er sich vielleicht vorstellen sollte: »Walther von der Vogelweide«, sagte er mit einer ihn selbst überraschenden Schüchternheit.
»Ohhh!«, machte einer aus der Gruppe, als fände er irgendetwas schön oder rührend.
»Siehste«, meckerte der, der Walther für schwerhörig gehalten hatte: »Der ist nämlich gar kein Ausländer.«
»Was weißt denn du, wo Vogelweide ist?«
»Ihr müsst meine Gefährten entschuldigen, Herr Walther«, sprach schließlich der Anführer ein Machtwort. »Wir sind zu sehr an unsere eigene Gesellschaft gewöhnt, als dass wir anderen noch genug Höflichkeit widerfahren lassen

könnten, um für wirkliche Menschen zu gelten.« Walther blinzelte heftig.

»Ich, eh«, stotterte er. »Ich komme aus Österreich. Bin ich noch in Österreich?« Wieder bellten die Männer vor Vergnügen.

Der Anführer schüttelte milde den Kopf. »Ihr seid nun in Bayern, Herr Walther, aber was für eine feine Sprache Ihr doch sprecht. Wir wollen einem hohen Herrn wie Euch unsere rohe Gegenwart nicht aufdrängen.«

»Ich bin gar nicht fein«, brachte Walther heraus. »Ich bin bloß ein Dichter.«

Die Männer schwiegen, nicht ohne eine gewisse Betroffenheit, die Walther noch mehr als die ohnehin fast unwirkliche Situation verwirrte. »Und da hat der ein Pferd!«, flüsterte einer. Der Anführer sandte einen unfreundlichen Blick zur Quelle dieser Aussage.

»Wir sollten uns auch vorstellen.«

Er wies auf die durchnässten, grinsenden Männer und sagte: »Septimus, Sextus, Quintus, Quartus, Tertius, Secundus – und ich selbst bin Primus.« Mit einem ungebrochen freundlichen Lächeln deutete er eine Verbeugung an.

»Das sind doch Zahlen«, wagte Walther einen Einwand.

Die Nummern vier bis sieben lachten wieder. »Ganz fein beobachtet, Herr Walther«, nickte Primus. »Wir finden, es erspart uns eine Menge Arbeit – und einige von uns sind, nebenbei bemerkt, mit ihren Geburtsnamen nicht so zufrieden.«

Walthers Schultern waren inzwischen, obwohl der Regen langsam nachzulassen schien, tropfnass geworden. Er spürte einen Muskelkrampf in der linken Schulter. Wenn das so weiterging, wollte er gar nicht an die Nacht denken.

»Und was macht Ihr hier?«

Quintus nieste donnernd.

Primus lächelte: »Wir sind die Ränder der guten Ordnung, Herr Walther. Das, was übrig bleibt, wenn nicht alle Pläne aufgehen.«
»Was?«, sagte Walther.
»Scholaren«, erklärte Quintus, bevor er abermals nieste.
»Vaganten«, sagte Septimus, »studiertes Volk, das keinem Herrn und keinem Knecht gut genug war.«
»Zwischen uns«, schaltete sich Quartus ein, »findet Ihr die sieben freien Künste in ihrer ganzen Schönheit.«
Tertius verdeutlichte: »Mindestens. Ich selbst habe in Paris studiert, wisst Ihr!« Ein paar der anderen verdrehten die Augen. »Und der da«, er zeigte auf den erkälteten Quintus, »der sollte mal ein Priester werden und war bis Palermo.«
»In Palermo ist es jedenfalls wärmer als hier«, kommentierte Quintus nur, als wäre das ein wesentlicher Beitrag.
»Hmhm«, räusperte sich Secundus.
»Ach so, ja, und der da, der war sogar im Heiligen Land unter den Ungläubigen. Fast Jerusalem«, erklärte Tertius.
»Ich glaube«, übernahm der Anführer wieder das Wort, »wir haben uns trotzdem noch nicht gut genug erklärt. Seht Ihr, Herr Walther, wenn einer auch viel gelernt hat, aber nicht, wie er sich damit eine gute Anstellung sichert, dann muss er wandern, um zu überleben. Der Gedanke ist Euch vielleicht nicht ganz fremd.« Primus lächelte verschwörerisch.
»Ich war zehn Jahre lang am Wiener Hof«, brachte Walther weit schärfer hervor, als er es beabsichtigt hatte. Er hatte eine unbestimmte Angst, mit den sieben nassen Vaganten auf einer Stufe zu stehen. Ein nasser, gebückter Mann in irgendeinem Wald, der dauernd Witze reißen musste – das wollte er auf keinen Fall sein. »Ich bin nur auf Urlaub«, fügte er sicherheitshalber eine Lüge an.
»Sind wir das nicht alle?«, krähte Sextus, und wieder bellten die Männer.

»Jetzt lach doch mal! Sauertopf!«, forderte Septimus neckisch.
»Wohin seid Ihr denn unterwegs, Herr Walther?«, fragte Primus. Walther schluckte. Er suchte nach einem Namen, der ein Schild wäre gegen diese verlorenen Gestalten; gegen das Übrigbleiben, gegen das Scheitern. Schnell. Sieben Augenpaare sahen ihn neugierig an. Er atmete tief durch. Bayern, er war in Bayern. Schneller! Bayern – Wittelsbacher! Nein! Waren zu befreundet und zu verwandt mit den Babenbergern. Er würde niemanden in Bayern finden, der ihn aufnahm. Wer kam nach den Bayern?
»Sch-Schwaben«, stotterte er, »Philipp von Schwaben.« Er ließ den Namen wirken.
»Soso, die Staufer?«, sagte Secundus vergleichsweise ausdruckslos. »Was sagst du, Palermo?«, wandte er sich an Quintus, der sich mit dem Ärmel die Nase wischte. »Hat das Zukunft beim schönen Philipp?«
»Staufer sind Staufer.« Quintus zuckte die Achseln, als hätte er damit etwas erklärt.
»Wir wollen Euch gewiss nicht belästigen, Herr Walther«, sprach Primus, »aber wenn Ihr heute Nacht mit uns Lager machen wollt, wir kennen im nächsten Dorf eine Scheune, die hatte vor drei Jahren noch ein ganzes heiles Dach.«
Er lächelte wieder freundlich.
»Wenn das Dorf noch steht!«, warf einer ein. Die linke Schulter tat Walther jetzt so weh, dass er dachte, der Arm müsse ihm abfallen. Er hatte kein Geld und keine Ahnung, ob er überhaupt vor Einbruch der Dunkelheit eine Herberge finden würde. Und immerhin würden ihn die sieben Sonderbaren hier nicht umbringen.
»Gut«, sagte er zu Primus. Damit hatte er wohl, ohne es zu wissen, das Zeichen zum Aufbruch gegeben. Die sieben Sonderbaren trotteten auf die nasse Straße zu, und Walther führte sein Pferd am Zügel.

Tertius bückte sich: »Wallach, he?«, fragte er, nachdem er unter den Bauch des Tiers gespäht hatte.
Walther nickte.
»Hat der auch einen Namen?«
Die Antwort kam nur einen Wimpernschlag vor dem überraschend wiederkehrenden Lächeln, das Walther in den letzten zehn Tagen verloren hatte: »Enzo«, sagte er. »Er heißt Enzo.« Das Lächeln wurde ein Strahlen.
Tertius fühlte sich, ohne zu wissen, warum, durch das plötzliche Strahlen im Gesicht des Fremden verschreckt. Vielleicht ging der wirklich zu Philipp von Schwaben.
»Enzo?«, wiederholte er. »Na, dann.«

Die sieben Sonderbaren und Walther fanden das Dorf und die Scheune, wenn auch gealtert, dennoch in einem wünschenswert unzerstörten Zustand vor. Sextus und Secundus gingen zusammen los, um sich ein Nachtmahl zu verdienen, wenn sie auch keine genaue Vorstellung hatten, was sie den Bauern als Gegenleistung anbieten sollten. Grammatik? Astronomie?
Walther saß neben dem neugetauften Wallach, der Heu fraß, und hörte mit einem Ohr der Unterhaltung der restlichen Vaganten zu. Primus war der Mahner, derjenige, der sich gerne als weise sehen wollte. Er bemühte sich um eine tiefe Stimme und die Darstellung innerer Ausgeglichenheit. Walther hörte auf die falschen Töne der Stimme und dachte, dass Primus sicher zu beachtlichen Wutausbrüchen neigte. Quintus kam zu Walther herüber und ließ sich, ausgiebig ächzend, neben ihm nieder. »Schon besser, was? Trocken ist schon die halbe Freude, satt ist die doppelte«, teilte er eine Grundweisheit der Fahrenden mit.
»Und die ganze?«, fragte Walther und ließ sich hintüberfallen. Durch das heile Dach der Scheune sah er Fetzen der Abendwolken.

Quintus zuckte die Schultern. »Für jeden was anderes. Wein, Frauen, ein Schmuckstück, eine ruhige Nacht, keine Schmerzen, ein Kind. Was weiß ich.« Der Fahrende schwieg eine Weile.
»Wollt Ihr wirklich zu Philipp?«, fragte er dann so leise, dass es die anderen auf keinen Fall hören konnten. Walther richtete sich wieder auf. »Ja«, raunte er tonlos.
Quintus' Gesicht war sehr ernst. »Mit den Staufern kann man weit fahren«, flüsterte er. »Aber auch geradewegs in die Hölle. Die können übers Wasser gehen, diese Kerle, wisst Ihr, wie? Auf den Leichen derer, die sie vorher ersäuft haben.« Er kratzte sich an der Stirn. »Wenn einer Schreiber war bei den Staufern, der konnte selbst bei den Mauren ganz schön was werden. Oder der hatte plötzlich keine Hände mehr.«
»Ich bin ja Dichter«, korrigierte Walther ein wenig besorgt, »kein Schreiber.«
»Lieber Herr Walther«, flüsterte der Verschnupfte, »für Euch mag es ja bedeutsam sein, was Ihr seid, aber glaubt mir, für die Staufer ist das sehr, sehr unwichtig. Die wollen so hoch hinaus, denen hängt der Mond noch zu tief.«
»Und was heißt das jetzt?«
»Das heißt, dass Ihr Euch beizeiten einen guten Freund in der Kirche suchen solltet, wenn Ihr ähnlich hoch hinauswollt. Und dass Ihr an Philipps Hof nicht ohne das beste Gedicht aller Zeiten vorsingen solltet.«
Walther lachte höhnisch und zugleich von Ehrgeiz gepackt: »Das beste Gedicht aller Zeiten! Wenn's weiter nichts ist!«
Quintus legte ihm eine freundliche Hand auf die Schulter: »Nur was wir nicht wagen, bleibt unerreichbar, Herr Walther.«
»Sehr weise!«
Quintus lächelte gutmütig: »Nicht wahr. Das ist von Seneca. Der hat was davon verstanden.« Der Fahrende, der in

Palermo gewesen war, rappelte sich auf. »Mittelmäßigkeit muss man sich leisten können, mein Freund. Ihr habt zu viel Wut für die Mittelmäßigkeit. Und zu viel Unrast. Also probiert lieber gleich das Beste, dann habt Ihr Euch nichts vorzuwerfen.«

Walther wollte etwas entgegnen, aber er kam nicht dazu, weil die beiden Kundschafter Sextus und Secundus in großer Hast in die Scheune platzten. Aller Blicke schnellten zu ihren Händen, die gähnend leer waren. Enttäuschtes Gemurmel und verhaltenes Fluchen kam von überall aus den Heumassen. Secundus verdrehte die Augen.

»Jetzt hört uns doch erst mal zu«, stöhnte er. »Es ist eine Hochzeit im Dorf.«

»Und heute Abend feiern alle ein Fest!«

Tertius pöbelte: »Und dazu brauchen sie noch sieben, pardon, Herr Walther, acht zusätzliche Esser, was, weil's zugeht wie bei der Hochzeit von Kanaan?«

»Dass doch die Ungläubigen so mitten unter uns leben!«, bedauerte Secundus.

»Ich werd dir gleich – Ungläubigen!« Tertius ging in Kampfstellung.

»Ruhe«, befahl Primus, der sich zwang, sich seine Enttäuschung nicht anmerken zu lassen. »Was ist los, Sextus?«

Sextus grinste: »Bei der Hochzeit fehlt allen wohl ein wenig Unterhaltung. Und da könnt Ihr Euch vorstellen, wie froh das heitere Landvolk war, zu hören, dass wir einen Dichter des Wiener Hofs bei uns haben, der heute Abend gerne für alle singen wird.« Die sieben Sonderbaren brachen in sofortigen Jubel aus.

»Was soll ich?«, fragte Walther indigniert.

»Na, das werdet Ihr doch einfach so aus dem Ärmel schütteln, Herr Walther, bisschen Liebe und Juchheirassa, mehr wollen die hier gar nicht hören«, empörte sich Secundus.

»Wir machen den Chor«, bot Quartus großzügig an und summte gleich ein paar schiefe Töne.
»Es gibt was zu essen. Die braten ein Schwein. Am Spieß«, sagte Sextus leicht drohend.
Walther suchte Quintus' Blick. »Das beste Gedicht aller Zeiten«, wiederholte er mit einem schiefen Lächeln.
Quintus lächelte zurück: »Bei den Staufern das eine, bei den Bauern das andere. Jeder neue Herr hat so seine Vorzüge. Heute ist es ein warmes Essen.«
»Also gut«, nickte Walther.

Walther und die sieben Sonderbaren sangen sich in jener Nacht die Seele aus dem Leib, und die beglückten Bauern füllten sie zum Dank mit warmem Bier und Schwein ab, bis keiner mehr stehen konnte. Es gab in der Tat viel Juchheirassa und Tirili in den diversen Liedern, das allen sehr gefiel.

Alles lief wie am Schnürchen, bis Walther, um mehr Können zu zeigen, eine der alten Philomena-Oden auf die Braut – sie hieß Hildis – umdichtete und sich zugleich mit der Schlussstrophe den dreschflegelartigen Fäusten des Bräutigams gegenübersah. »I hau di zamm, du dreckerter Ausländer«, erklärte der Bräutigam sein Vorhaben für den Fall, dass es Walther nicht auch so klar geworden wäre.

»Du Depp, des is doch a Kunst«, kreischte die empörte Braut, die verfeinerte Anlagen erwachen spürte, und riss ihren Angetrauten von dem hübschen Hofdichter zurück, bevor er wirklichen Schaden anrichten konnte. Die Sippen beider Brautleute fielen ein, sodass eins das andere gab. Es entspann sich daraufhin eine »der schönsten Schlägereien, die wo mir hier im Dorf je gehabt haben«, wie der Brautvater den nur leicht lädierten, aber wohlgesättigten sieben Seltsamen zum Abschied bewegt mitteilte. Er gab ihnen sogar ein paar Streifen Rauchfleisch mit auf den Weg. Walthers Pferd, dessen fremdländischer Name die Bauern sehr beeindruckte – »Da geh her!« –, bekam einen ganzen Sack Hafer mit auf den Weg. Die junge Ehefrau beteuer-

te, ihren ersten Sohn nach Walther zu benennen, woraufhin der Ehemann schon wieder von seiner neuen Familie festgehalten werden musste. Der Abschied war trotzdem herzlich. »Pfüat Euch, Ihr Leut«, rief der Brautvater.
»Pfüat Euch«, echoten die Übrigen und winkten.
Am Dorfausgang sagten auch die sieben Sonderbaren Walther schweren Herzens auf Wiedersehen. Wer einen Wolkenbruch, eine Scheune, ein Fest und eine Schlägerei teilte, konnte schon das Gefühl haben, etwas Wesentliches zurückzulassen.
»Seid Ihr sicher, dass Ihr nicht mit uns reisen wollt?«, fragte Primus väterlich. »Ist zwar etwas langsamer, aber dafür in Gesellschaft. Wir gehen auf Regensburg. Da gibt's auch einen Grafen. Und einen reichen Bischof.«
Walther lächelte: »Ich will nur zu den Staufern.« Er gab allen Sonderbaren der Reihe nach die Hand. »Ich dank Euch ganz besonders, Quintus«, sagte er, als er dem Fünften die Hand schüttelte.
Für einen Augenblick legte der, der in Palermo gewesen war, seine Linke auf Walthers Schulter.
»Hoch wie der Mond«, nickte er Walther zu. »Da kann man weit fallen. Gebt auf Euch Acht.«
Walther lächelte, gab auch den beiden Letzten die Hand und saß auf. »Gottes Wege«, riefen die Männer im Chor und winkten.
»Auf Wiedersehen, Enzo«, fügte Secundus an.
»Wiedersehen, Enzo«, krächzten die anderen gleich ihr schützendes Gelächter.
Walther lachte auch, sah sich aber nicht mehr um. Erst nach einer Weile drehte er den Kopf, konnte die sieben Sonderbaren aber nirgendwo mehr entdecken. Wären da nicht der Hafersack an Enzos Sattel und die Fettflecken auf seinen Hosen gewesen, er hätte glauben können, die sieben Gestalten wären Erscheinungen gewesen. Er fühlte sich nicht

mehr allein und nicht mehr verwirrt. Wien lag nun hinter ihm. Jetzt hatte er plötzlich ein Pferd mit einem Namen und ein Ziel. Er hatte eine Zukunft.
Und er würde das beste Gedicht aller Zeiten dichten. Walther schien es, als sei er noch nie im Leben so glücklich gewesen. Das müsste er heute Abend endlich alles Anna erzählen. Aber vielleicht wusste sie es bereits.

Die nächsten Abende schlief Walther in Scheunen, wusch sich in eiskalten Bächen und kaufte vom letzten Geld mehr Hafer für Enzo. Er fing an, das Pferd richtig gern zu haben. Wenn sie nachts zusammen in irgendwelchen Heuballen lagerten, streckte Walther manchmal die Hand aus und streichelte Enzos Nüstern. Sie waren weich und warm, und der Lufthauch, den Enzo dann ausstieß, war die zarteste Berührung, die Walther jemals kennen gelernt hatte. Sie gefiel ihm wegen ihrer Absichtslosigkeit, ihrer sanften Flüchtigkeit. Er rieb dann Enzos Maul noch ein wenig länger und dachte daran, dass es sich so anfühlte, wie er sich Annas Wangen vorstellte. »Anna«, flüsterte er in den Himmel. »Es geht mir gut.« Enzo schnaubte. »Danke, Anna.«

Der Weg nach Schwaben war nicht einfach. Fehdeland lag vor ihm, etwas, das bisher nur ein Wort gewesen war, auf das er einen Reim gesucht hätte. Fehdeland hatte keinen Reim, es war unbeschreiblich, entsetzlich.
Vielfach waren die Äcker und Dörfer zur Wüste verheert worden, und in einigen Gegenden konnte er Enzo wegen der vielen Leichen in den Bächen nur noch mit äußerster Vorsicht tränken. Er schöpfte Wasser auf einen Stein, und wenn gleich die Fliegen kamen, zog er sein durstiges Pferd weiter. Er wusste, es war keine sichere Methode, aber besser als nichts.

Der Schrecken, den Walther unterwegs sah, verbrannte Kinder, zerstückelte Frauen und gehängte Männer, erreichte ihn nur wie durch eine Wand und immer mit Verspätung. Seltsamerweise hatte er nie Angst, selbst von einer Söldnerhorde angetroffen zu werden. Er schien dem Krieg immer ein paar Tage hinterherzureisen, wie in seinem Schatten, zwar frierend und hungrig, aber unbetroffen von seinen Grausamkeiten. Die Fußspuren des Todes, in denen er in jenen Tagen ritt, löschten, was er je zuvor als Schwierigkeit, Ungerechtigkeit oder Leid bezeichnet hatte, aus seinem Bewusstsein. Der Körper, den Reinmar als Judas bezeichnet hatte, war selbst verraten, dachte Walther, wenn er sah, was ein Schwert oder ein Speer, selbst ein Knüppel oder die bloßen Hände – geführt von Hass, Zorn oder Gehorsam – mit einem Menschen anrichten konnten. Vergewaltigte Frauen, halb verwest, die sie nackt an Scheunentore genagelt hatten, Geblendete, Verstümmelte, die in den Ruinen ihres zerstörten Dorfes verhungert waren.
Er hatte in Wien davon reden hören, dass die Straßen des Deutschen Reichs in katastrophalen Zuständen wären, aber er hatte dabei an Regen, Schlamm und solche Dinge gedacht, nicht an die zynische Fratze namenloser Fehden, die vorbeizogen und nur vergessen wurden, weil niemand überlebte, der sich ihrer erinnern könnte. Manchmal waren die Gerüche der Verwesung so stark, dass Enzo nicht weitergehen wollte. Dann saß Walther ab und führte seinen Wallach mit zitternder Faust am Zügel und flüsterte ihm Lügen der Beruhigung zu, denen sich Enzos furchtsam angelegte Ohren verschlossen.
»Das schaffen wir schon, Enzo, ich bin ja bei dir.«
Die entsetzten Augen auf verbrannten Häusern, verendeten Tieren und gemordeten Leibern, zwang sich Walther jeden Tag ein Stück weiter voran.

Schließlich, nach neun Tagen, hatte er das furchtbare Gebiet wieder verlassen, in dem unbekannte Herren ihnen unwichtige Dörfler vernichtet hatten, um ihren kleinen Herrschaftsbereich zu erweitern. Am ersten klaren Bach, den er hörte, ließ er Enzo so lange saufen, dass er schon fürchtete, es könnte ihm schaden.

»Ach, Enzo, mein Freund«, flüsterte er und tätschelte ihm den Hals. Er hatte nicht gemerkt, was er gesagt hatte. Auch Walther war durstig und hungrig. Er saß auf und hoffte auf ein Kloster oder eine Kirche, sodass er um eine Mahlzeit bitten könnte. Tatsächlich fand er am frühen Nachmittag eine kleine Abtei, die den Wanderer wie ein Wunder bestaunte, da seit Wochen niemand durch das Kriegsgebiet gekommen war. Die Mönche hatten überraschend gut zu essen, sie brachten Walther Fisch, Bier und Brot, Mus und ein paar verschrumpelte Äpfel, bis er kaum noch essen konnte. Enzo stand im Stall und fraß Hafer. Als gerade mal keiner hinsah, steckte Walther einen Apfel für Enzo in sein Wams. Die Mönche gafften ansonsten, was das Zeug hielt.

Sie fragten ihn nach allem, was er gesehen hatte und wo er denn hinwollte.

»Zu Philipp von Schwaben«, erklärte er kauend, unbedacht.

»Philipp?«, fragte der Abt, der schrecklich aus dem Mund roch. »Warum seid Ihr dann hier?«

Walther schluckte erschrocken. »Ist hier nicht Schwaben?« Er kam sich so dumm vor wie ein Kind.

Der Abt lächelte überlegen. »Lieber Freund, Herzog Philipp befindet sich seit letztem Weihnachten in Thüringen.«

»Thüringen?« Ein Mönch schenkte ihm warmes Bier nach und rührte sogar für ihn um.

»Jaja, und mit etwas Glück können wir sogar schon von unserem König Philipp sprechen, dieser Tage.«

»Dann muss ich ja jetzt nach Thüringen?!«, sagte Walther mehr zu sich selbst und verdrehte die Augen.
»Was wollt denn Ihr vom Herzog?«, erkundigte sich der übel riechende Abt ungläubig und taxierte Walthers mittlerweile sehr fleckige, sehr knittrige Kleidung und seinen über zwei Wochen gewachsenen Bart, der ihm nicht stand, seine fettigen Locken und seine schmutzigen Fingernägel. Walther fühlte den Blick und schluckte das Mus hinunter. »Kann ich mal baden?«, fragte er. Erst da fiel ihm auf, dass er sich diesmal nicht vor sich selbst geekelt hatte, so dreckig, wie er auch war. Drei Mönche gleichzeitig rannten um warmes Wasser. Er durfte lange baden, er wurde rasiert, wenn auch der Ordensbruder, dem dieses Amt zufiel, mit mehr gutem Willen als Kenntnis zur Sache ging, und er konnte sein Wams waschen lassen. Der heimliche Apfel für Enzo war herausgefallen. Man legte ihn voll christlicher Nachsicht wieder neben die Stiefel des Wanderers, die inzwischen gebürstet worden waren. Den Fratres war offenbar Befehl gegeben worden, den unerwarteten Gast besonders zuvorkommend zu behandeln. Walther hatte keine Ahnung, warum, vielleicht oblag der Abtei eine besondere Buße, die alle erfüllen mussten. Oder hielt man ihn für einen Spion? Wie dicke Krähen tauchten der Abt und seine Vertrauten während der zwei Tage, die er bei ihnen weilte, immer wieder in seiner Nähe auf und fragten ihn aus. Selbst als er Enzo striegelte, kamen sie ihm in den Stall nach. »Ich bringe eine geheime Botschaft vom Wiener Hof«, behauptete Walther schließlich, eine Lüge, die ihm zum Glück gereichte, denn die Abtei spendete ihm noch so einiges an Wegzehrung. Walther überlegte, wer sich in diesem Fall wohl dümmer angestellt hatte, ein Spion, der zugab, einer zu sein, oder ein Kloster, das einen Spion so zuvorkommend behandelte. Er zog weiter, sobald es möglich war.

Obwohl es ihm gefallen hatte, in einem Bett zu schlafen und zu baden, war er heilfroh, als er – diesmal mit einer Art Landkarte versehen – weiter Richtung Osten ritt. Nach Thüringen.

Am ersten Abend nach der Abtei fand Walther weder eine Scheune noch ein Dorf, dafür einen Grenzstein auf freiem Feld, einen Findling, der ihm bis zur Hüfte ging. Er gab Enzo einen Klaps auf die Kruppe und setzte sich auf den Stein. Im Westen ging die Sonne unter. Der Tag war erstmals richtig warm gewesen. Kein Regen, der Boden war trocken, der große Grenzstein hielt noch ein kleines bisschen Wärme vom Tag, als er sich niederließ. Er dachte an Herrmann, der so einmal auf ihn hatte warten wollen, auf der Linie zum Bissner-Land, ein Bein über das andere geschlagen, den Ellenbogen aufgestützt, das Kinn und die eine Wange in die Handfläche geschmiegt.
Walther vermisste Herrmann auf einmal so schrecklich schmerzhaft, wie jedes Kind seinen Vater vermissen würde, den es lieb gehabt hatte. Das Gefühl, so verspätet, so unerwartet, so ungewöhnlich, warf ihn fast um. Tränen traten ihm in die Augen, und sein Kinn begann zu zittern. Etwas tief in ihm wollte Papa sagen. Hatte er zu Herrmann je Papa gesagt? Hatte er ihn überhaupt angeredet? Wie immer, wenn Walther es nicht verhindern konnte, so schrecklich wahr über sich nachzudenken, kam ihm die fürchterliche Erkenntnis, dass er eine Plage gewesen sein musste als Kind. Der kleine Stumme vom Vogelweidhof. Hatte Herrmann es bedauert, dass Walther sein Sohn gewesen war? Was hatte sein Vater gedacht, bevor er so früh an etwas ganz Kleinem starb? Was dachten andere Menschen, wenn sie nach der Arbeit des Tages irgendwo zur Ruhe kamen? Er dachte an die Leichen in den verbrannten Häusern, die alle einmal freie Bauern oder unfreie Leibei-

gene gewesen waren, Väter, Mütter, Söhne, Töchter – und Eheleute, die sich stritten oder anlogen. Wie sollte man in so einer Welt zurechtkommen! Witze reißend, hustend und abgekehrt in einer eigenen Gemeinschaft verschworen wie die sieben Sonderbaren. Betend und glaubend wie Anna. »Anna. Nicht an Anna denken, noch nicht«, flüsterte er und wischte sich die Tränen ab, die sich aus der Vergangenheit in seine Augen gestohlen hatten. Es waren ja nicht alle arm dran. Manche schienen die Welt besiegt zu haben. Die waren anders: Machtvoll und ränkelnd wie Moldavus, zum Beispiel. Feige und selbstsüchtig wie Reinmar? Leute wie seine Mutter, wie Philomena, denen hatte er mal die Wahrheit sagen wollen über ihre innere Hässlichkeit. Und anderen, denen hatte er Hoffnung geben wollen. War es denn so einfach?

Es schien ihm, als hätte er die Welt trotz seiner scharfen Augen die ganze Zeit wie durch einen Schleier gesehen.

Wenn einer reich war und von aller Welt verehrt – so wie Friedrich –, wieso fürchtete der Gottes Zorn, wie konnte man ihm so leicht Angst machen, nicht in Gottes Huld zu stehen, obwohl doch alles um ihn herum das Gegenteil bezeugen sollte? Und wenn jemand wirklich fromm war, wieso musste der fast immer arm und ängstlich sein?

Und er selbst? Hatte ihm nicht der Ruhm ausgereicht, aber nichts von den beiden anderen ihn je interessiert? Ja, ein Dichter zu sein, das war sein Ziel gewesen. Aber wenn dieser Dichter nichts zu essen hatte – oder schlimmer, niemanden, der seine Worte hören wollte, seien es Fürsten oder feiernde Bauern? Ein Dichter war tot ohne die, die ihm zuhörten.

Enzo pinkelte in der Nähe mit einem zischenden und dampfenden Strahl auf die Erde. Sein Freund Enzo.

»Komm her, Enzo«, lachte Walther, und der Wallach folgte schnaubend, stupste Walther mit seinen weichen Nüstern

und ließ sich streicheln. Warum war es so einfach, dieses Tier gern zu haben, und so schrecklich, wenn es um die Menschen ging? »Na?«, fragte Walther sein Pferd und tätschelte ihm den Hals. Es wurde jetzt schnell dunkel und sofort um einiges kühler.
»Soll ich dir mal was erzählen, Enzo?« Er stand auf von seinem Stein. »Mein Vater, der hat Herrmann geheißen, und der hat mir gesagt, dass ich ein Fahrender werden würde, irgendwann mal. So wie wir jetzt.« Enzos Fell zuckte unter Walthers Händen. Langsam legte er seine Arme um den großen, starken Hals. Die Tränen kamen wieder, alte Tränen, die ein kleines Kind im Grödnertal nie geweint hatte. Enzo stand ganz still. »Er hat gesagt, dass ich Sand in den Schuhen hätte, glaub ich jedenfalls, dass er das gesagt hat.« Walther wischte die Nase an Enzos Mähne ab.
»Ich hab Angst, dass ich ihn vergesse, Enzo, ich weiß gar nicht mehr viel.« Und in der wachsenden Dunkelheit hielt Walther von der Vogelweide sich an dem Pferd fest, das sein einziger, sein erster Freund war, und weinte. »Papa«, schluchzte er. »Papa.« Und sein Freund stand weiter still und ließ ihn so lange weinen, bis in Walther wieder eine große Stille war und er loslassen konnte.

Als er am nächsten Morgen aufwachte, hatte er den Anfang des besten Gedichts aller Zeiten einfach so im Kopf. »Ich saß einmal auf einem Stein und legt' auf eins mein andres Bein, darauf gesetzt den Ellenbogen, und in meine Hand mein Kinn gelegt – und meine Wange. Ich dachte so sehr lange darüber nach, wie man in dieser Welt bestehen kann …«
»Gefällt dir das, Enzo?«, rief er zu seinem Wallach, der in einiger Entfernung gerade einem Geschäft nachging.
»Also bitte, ja!«, entrüstete sich Walther. »So schlecht ist es wirklich nicht.« Enzo sah auch aus, als wäre ihm die Ange-

legenheit etwas unangenehm. »Red dich nicht raus«, sagte Walther, als er aufsaß. »Ich dichte das beste Gedicht aller Zeiten und du scheißt drauf.« Er summte im Rhythmus von Enzos klobigen Hufen eine Melodie.

Walther von der Vogelweide erreichte das Stauferlager in der Nähe von Mühlhausen in Thüringen im späten Mai 1198, zwei Monate nachdem Philipp von Schwaben zu einem sehr umstrittenen deutschen König gewählt worden war. Etwas mehr als drei Monate nachdem ihn der Wiener Hof in die Welt gespien hatte. Er kam dort ruhiger und gelassener an, als er es je im Leben gewesen war, ein erwachsener Mann, der sich sicher war, das beste Gedicht aller Zeiten anzubieten zu haben und mit den Staufern hoch hinauszuwollen. Für eine Weile würde er sich hier sein Lager machen, wenn man ihn ließ.
»Für den Augenblick, Enzo«, sagte Walther zu seinem Freund, »sind wir wohl ganz gut untergekommen.«

DER REICHSTON

ich saz uf eime steine,
und dahte bein mit beine.
daruf satzt ich den ellenbogen,
ih hete in mine hand gesmogen
daz kinne und ein min wnage.
do dahte ih mir vil lange,
wie man zer welte solte leben.
deheinen rat kont ich gegeben.
wie man driu dinc erwurbe,
der keines niht verdurbe.
diu sint ere und varnde guot,
daz dicke ein ander schaden tuot.
daz dritte ist gottes hulde,
der zweier übergulde.
die wolte ih in einen schrin:
ja leider desn mac nicht gesin,
daz guot und weltlich ere
und gotes hulde mere
zeszammene in ein herze kommen.
stige und wege sint in benommen.
untriuwe ist in der saze
gewalt vert uf der straze,
fride und reht sint sere wunt.
diu driu enhaben geleites niht.
diu zwei enwerden e gesunt.

ich saß auf einem stein,
die beine übereinander geschlagen,
den ellenbogen aufgestützt,
kinn und wange in die hand gelegt.
und ich grübelte darüber,
wie man es eigentlich schaffen sollte,
in der welt klarzukommen.
und ich kam zu keinem schluss,
wie man drei dinge unter einen hut kriegen könnte,
so dass keins verloren ginge:
die ersten beiden sind ehre und besitz,
die sich bei ihrer ansammlung oft im weg stehen.
das dritte ist gottes huld, die beide golden überstrahlt.
die drei also hätte ich gerne mal zusammengekriegt.
aber ich kann mir gar nicht vorstellen,
dass besitz und ehre und gottes gnade
zusammen in einem herzen platz haben?
da gibt es doch kein hinkommen!
verrat lauert im hinterhalt, auf den straßen
herrscht blanke gewalt,
friede und recht sind schon fast tot.
und bevor die nicht wieder gesund sind,
gibt es für meine drei sorgen sowieso
weder schutz noch sicherheit!

DIE STIMME DER STAUFER

König Philipp war vor wie nach seiner Krönung ein ehrgeiziger Mann, unzufrieden mit sich und der Welt. Von argwöhnischer Natur, vermutete er überall Feinde, gedungene Mörder, und in einer persönlichen Schrulle verdächtigte er öffentlich jeden, der ihm nicht gefiel, ein Männerliebhaber zu sein. »Des sieht doch ä jädr!«, bekräftigte er diese seltsam hergeleiteten Überlegungen.

Er war geizig, was seine Freunde unter den Fürsten und dem Volk nicht eben mehrte. »Dem sind die Taschen wie zugenäht«, murrten von Philipp Geschädigte.

Der König machte Versprechungen, die er nicht hielt, und war von der fixen Idee besessen, dass ihn ebendiejenigen, die ihn zum König gewählt hatten – zugunsten seines Gegenkönigs, des gerade mal wieder exkommunizierten Otto des Welfen oder des gerade mal vier Jahre alten Stauferkindes aus Sizilien –, wieder absetzen würden. Doch statt sich in diese Gespinste zu verrennen, hätte Phillip lieber ein wenig großzügiger sein sollen.

»Alles Schwuchteln!«, kreischte er dann schwäbelnd in seinen berühmten Zornausbrüchen. »Heidnische, gottlose Schwuchteln, des isch, was die sin!«

Seine engere Umgebung, die gelernt hatte, diese Anfälle mit loyaler Gelassenheit zu nehmen, nickte meist nur noch höflich, wenn Philipp einen neuen »Unaussprechlichen« erkoren hatte. Insgeheim kursierten eine Menge geistreicher und weniger geistreicher Bemerkungen über Philipp

und seine byzantinische Ehefrau Irene, neugetauft Maria, die von vielen – auch wohlmeinenden – Stimmen bestenfalls als ein doch recht herber Typ Frau bezeichnet wurde. »Herb?«, sagte Walther später, als er Irene-Maria das erste Mal offiziell vorgestellt worden war. »Wenn ich einen Sack Nüsse hätte, würde ich mir der ihren Kiefer wünschen.«
In der Tat trug Irene-Maria ein recht energisches Kinn voran, von einem südländischen Bartschatten auf der Oberlippe und den Wangen noch akzentuiert. »Wenn ich die auf schön dichten soll, dann gute Nacht«, fürchtete Walther. Es wäre ihm wirklich schwer gefallen. Die Königin war grobknochig, flachbrüstig und fast größer als Philipp, der sie oft singend zu sich rief: »Friedeli, wo bisches du?« Aber Minnelieder auf Irene-Maria wurden nicht verlangt. Der Stauferhof war nicht Wien.
Irene-Maria sprach nur wenig Deutsch, dies aber mit klar schwäbischem Einschlag, verbrachte doch ihr Ehemann viel Zeit mit ihr und nahm sie auf alle seine Reisen mit, um gegen die »Versuchung gefeit« zu sein, wie er seinem Beichtvater anvertraut hatte. Es war ihm übrigens sehr recht gewesen, dass der Beichtvater Philipps Sorge gleich herumerzählt hatte. Es war für die Leute einfacher zu begreifen, dass er möglicherweise selbst eine unsittliche Leidenschaft verstecken wollte, als dass er seine Frau schlicht innigst liebte und ohne ihren Rat und ihre Anwesenheit keinen Tag sein wollte. Eine unanständige Passion, die schaffte einem Freunde in verbundener Unvollkommenheit, eine eheliche Liebe, die wäre als Schwäche verstanden worden. Irene-Maria trug die Tuschelei um ihren Mann mit Fassung. Sie kam aus dem Osten, da lernte man eher, Geheimnisse zu haben, als zu laufen.
Auch sie hatte man jung mit einem noch jüngeren Philipp verheiratet. Die Reise nach Deutschland hatte sie erschreckt. Die schlammigen Straßen, endlose Regenfälle,

tiefe, verhangene Himmel, bellende Laute statt der schönen, fauchenden, leichten Sprache Byzanz'. Und dann war ihr noch vor ihrer Taufe ihr Ehemann vorgestellt worden. Gerade mündig, vierzehn Jahre alt, ein Jüngling wie der Engel aus einem Stundenbuch. »Bisches du jetzat mein liebs Friedeli?«, hatte der Jüngling gefragt. Irene hinter ihrem Schleier war errötet. Was, wenn sie ihm nicht gefiele. Sie war lang nicht so hübsch wie er, da hatte sie keine Illusionen. In Byzanz gab es, anders als im Deutschen Reich, eine Menge Spiegel. So hatte sie nur mit niedergeschlagenen Augen genickt. »I seh des an deine Auge, des du ä ganz guëtes Herz hesch, Friedeli«, hatte der Bräutigam dann noch gesagt und ihre Hand genommen.

»I will dir immer guët sin, Friedeli.« Später, bei ihrer Hochzeit, hatte man sie mit Pomp und Glorie des christlichen Westens auf »Maria« umgetauft, aber Irene selbst hatte nur den zärtlichen Namen angenommen, den dieser schöne Jüngling ihr gegeben hatte: Sie war sein Friedeli und wollte es immer sein. Sie waren sich beide einig, diese unerwartete Liebe zu verbergen, damit niemand sie für Intrigen nutzen konnte. Deswegen baute Philipp die Sache mit den »Unaussprechlichen« aus.

»Hauptsach isch, des mir da immer zamme sin, gell, Friedeli«, sagte er ihr oft, und sie nickte.

Sie liebte ihn für seine schönen Augen, seinen hohen Wuchs, seine Tatkraft, seine Treue, auch als sie keine Kinder bekamen. »Ach, was isch des schad, Friedeli«, sagte er nur, »du wäresch ä so guëte Muttr gwäse.«

So ging sie mit ihm, stieg an seiner Seite die hohe Stiege staufischen Ehrgeizes empor in diesem Lande barbarischer Schlammfresser, auch wenn es sie über unbefestigte Wege und durch Fehdeland bis in diese Einöde führte, in der sie jetzt festsaßen. »Danke, des du des auf di nimmsch«, sagte Philipp.

Die Thüringer und Sachsen, Philipps stärkste Stützen zum Thron, deren röhrenden Klang auch Walther nur mit Mühe erraten konnte, verstand die neue Königin überhaupt nicht, und ihre Hofdamen, die wahrscheinlich dachten, aus dem Himmelreich in ein höllisches Regenloch geraten zu sein, sprachen nur griechisch und sorgten für viel Verwirrung, da ihre Aufträge oft nicht zur Zufriedenheit ausgeführt werden konnten. Insgesamt war es ein lustiges Leben im Stauferlager, nicht zu vergleichen mit dem Wiener Hof. Auch wenn ständig von der Krone, vom Reich und vom Thron geredet wurde, war dieses neue Königtum doch ein eher improvisiertes. Der König war schließlich nicht anständig gekrönt, am völlig falschen Ort nämlich, vom falschen Mann außerdem; war nur von einem Teil seiner Fürsten anerkannt und sparte mit seinem Geld. Man lebte in Zelten und hin und wieder in den zugigen Burgen thüringischer Grafen. Einzig die richtige Krone hatte Philipp. Den richtigen Dom – Aachen – und den richtigen Bischof – Engelbrecht von Köln – hatte Otto.
Es waren wacklige Zeiten, für alle.

Walther wurde in die Stauferwelt schnell und gern aufgenommen. Das beste Gedicht aller Zeiten, vorgetragen nur zwei Tage nach seiner Ankunft, verfehlte seine Wirkung nicht. »Des g'fällt mer«, sagte der König dem jungen Sänger, den er erst wegen seiner Schönheit misstrauisch auf Anklänge des Unaussprechlichen beäugt hatte.
»Danke, Euer Gnaden«, verbeugte sich Walther.
»Wollet Ihr da jetscht weitr für mich singet?«
»Es wäre mir eine Ehre, Euer Gnaden.« Man bewunderte Walthers feine Manieren, seine so elegant klingende südliche Sprache und natürlich seine Locken.
»Der kann ja einfach nur ein Dichter sein!«, flüsterte eine schmachtende Hofdame.

»Und was denket Ihr übr d' Welfe?«, fragte Philipp lauernd.
Walther hatte zu diesem Zeitpunkt schon einiges gehört: »Was kann man über einen Mann denken, dessen Ehefrau gerade elf geworden ist«, antwortete er schlau und lächelte Irene-Maria und ihrem erschreckenden Unterkiefer freundlich zu. Otto des Welfen zweite Heirat mit einer sehr jungen Fürstentochter wurde im Reich allgemein betuschelt – auch von den Welfenanhängern.
»Des isch genau des, wo i sag, gell, Friedeli?«, kehrte sich Philipp begeistert seiner Gattin zu. »Des saget doch ois.«

Walther durfte bleiben, man ernannte ihn zum Hofdichter, und sogar der arme Spielmann, der bis zu Walthers Ankunft mit Flöte, Fiedel und Schellen für die Unterhaltung der Herrschaften verantwortlich gewesen war, fühlte sich merklich erleichtert. Er war ein gedrungener Mann mittleren Alters, an dem alles zu kurz wirkte. Wie er mit diesen Fingern die Flöte spielen konnte, war Walther ein Rätsel. Rotbackig und blauäugig, hatte er jedoch ein offenes und lustiges Gesicht. Er trug das rötliche Haar kurz wie ein Unfreier, es stand ihm in einzelnen Zacken zu Berge, aber niemand schien es bei Hofe zu bemängeln. Rote Haare waren nicht beliebt, so war es ein Zeichen des Zartgefühls, sie zu kappen.
»Mir ist nämlich schon seit Weihnachten nichts mehr eingefallen, was ich noch spielen könnte«, vertraute der Spielmann Walther an. »Ich freu mich sehr, dass Ihr da seid.«
»Komponierst du denn nicht selbst?«, fragte Walther lauernd, der die Wiener Verhältnisse noch im Nacken spürte.
»Ich? Komponieren! Da lach ich doch!«, rief der Spielmann, lachte dann aber doch nicht. »Ich kann ein bisschen Flöte und ein bisschen singen. Ich kann nicht mal richtig Französisch. Ich nuschel immer bloß so ein paar Wörter. Ist nur

bisher keinem aufgefallen, ich denk immer, wenn wir mal nur keine Gesandten von da kriegen.«
»Du dichtest auch nicht?«, forschte Walther weiter. Der Spielmann schüttelte energisch den Kopf. »Deswegen bin ich ja so froh, dass Ihr jetzt da seid, Herr Walther.«
Walther dachte an Reinmars namenlosen Schreiber und nahm sich vor, die Fehler Wiens nicht in Thüringen zu wiederholen: »Wie heißt du?«, fragte er.
»Dietrich, Herr.«
»Wollen wir zusammenarbeiten, Dietrich?«
Der Spielmann streckte Walther sofort seine gedrungene Hand entgegen und erschrak dann selbst vor der zu egalitären Geste. »Bringt mich nur nicht in die Hölle«, sagte er mit schiefem Grinsen, zog seine Hand ein und verbeugte sich anschließend.
»Wir sind bei den Staufern, Dietrich«, erinnerte sich Walther an die Worte des fünften Sonderbaren. »Das mit der Hölle kann ich nicht versprechen.«
Dietrich richtete sich auf, striegelte mit allen zehn Fingern durch sein stachliges Haar und grinste:
»Bin schon was gewöhnt, Herr. War ja auch nur so 'ne Redensart, Herr.«
Walther musste lachen.
»Bin ich jetzt eigentlich Euer Knappe, Herr?«
»Vielleicht«, meinte Walther. »Ein Lehen hab ich nämlich keins.«

Vielleicht, weil Walther sich hier mit einem eher politischen Stück vorgestellt hatte, und vielleicht, weil es den Staufern mehr an einem Herold denn einem Dichter gelegen war, nahm hier niemand Anstoß an der Vielschichtigkeit seiner Lyrik, im Gegenteil, die Berater Philipps machten bisweilen ganz vernünftige Vorschläge, zu welchen Bereichen von Kirche und Königsstreit Walther sich doch mal äußern

sollte. Dabei waren sie beeindruckt genug von seinem Tun, dass sie anschließend den Mund hielten und ihn machen ließen. Wenn er dann mal ein Liebeslied dichtete, unterschied es sich schon sehr von der ewig wiederholten Ritter-Dame- und Versagungs-Geschichte, an die Reinmar und alle anderen in Wien so treu geglaubt hatten. In Walthers Gegenwart sprach man besser nicht von Reinmar, gerade Reinmars Sicht auf die Liebe und ihre Ausübung reizte Walther hin und wieder zu Zornesausbrüchen.
»Was hat das schon mit der Wirklichkeit zu tun, wenn einer über eine reiche alte Schabracke singt, dass sie die Haut eines Pfirsichs hätte!«, rief er einmal und rollte die Augen. »Die meisten, die müsste man doch erst mal gerben, damit sie wieder glatt würden.« Die jungen Damen, die davon hörten, kicherten geschmeichelt, die älteren vertrauten seinen Komplimenten danach umso mehr. Einer, der sich traute, alternde Damenhaut zum Gerben vorzuschlagen, der würde nicht scharwenzeln. Aber es waren die hohen Damen an sich, die Walther nicht interessierten, ganz egal, wie alt sie waren. Er schrieb sich die Liebe anders, so wie er sie fast einmal hätte verstehen können, wie sie möglich gewesen wäre, wenn er nicht Walther gewesen wäre.
Es waren heitere Lieder voller Tirili und Juchheirassa wie bei der nährenden Bauernhochzeit in Gesellschaft der sieben Sonderbaren. Hohe Damen, die sich huldvoll zum Besten erzieherischer Askese versagten, fand man in diesen Liedern nicht, dafür junge, treugläubige Mädchen aus dem einfachen Volk, die waren, wie Walther mit Anna hätte sein können, wenn die Dinge anders gelegen hätten.
In jedem Lied versuchte er sich vorzustellen, was hätte sein können, und erklärte sich auch gleichzeitig immer wieder, warum es nie gegangen wäre. Über zwölf oder auch zwanzig Zeilen ließ sich die Liebe wohl halten, aber über ein ganzes Leben?

»Was soll auch der ganze Minne-Quatsch«, rief Walther aus, wenn er eines seiner heimlichen Anna-Lieder vortrug, und die Damen – auch oder gerade die edlen – applaudierten trotzdem begeistert und steckten Walther ihre Kammerschlüssel zu.
»Wer ist denn das, über die Ihr da immer singt?«, fragten mit lockendem Augenaufschlag immer wieder einige Frauen, die heimliche Wetten abgeschlossen hatten, den Namen der Geheimnisvollen schon aus dem hübschen Dichter herauszubekommen.
»Ein Mädchen«, sagte Walther dann und sah die wissbegierigen Damen mit seinen seltsamen Augen an, bis sie sich geschlagen gaben.

Man rügte Walther auch bei höchster Stelle keinesfalls dafür, der Liebe das neue, handfestere Gesicht eines unbekannten Apfelmädchens gegeben zu haben, auch gab es niemanden, der (wie Herr Alwin seinerzeit) bedauerte, dass er sich als Dichter nicht zu spezialisieren wüsste. Im Gegenteil, die Staufer und ihre Freunde nannten Walther »vielschichtig«, »wandelbar«, und irgendjemand prägte in solcher Unterhaltung das Wort, das ihm von nun an vorausgehen sollte: »Der Walther von der Vogelweide ist eine rechte Nachtigall.«
Je länger er von Wien fort war, umso klarer war ihm, dass er nicht etwa einen Schutz verloren hatte, als er die Mauern der Burg hinter sich ließ. Jetzt, gepriesen, geschätzt und auch ein kleines bisschen mehr zufrieden mit der Welt um sich herum, kam es Walther viel eher vor, dass Wien wie ein zu kleines Wams gewesen war, an das er sich über die Jahre gewöhnt hatte. Nun konnte er endlich atmen.
Wegen der Beweglichkeit des Stauferhofs, der mal Freunde umwarb, mal Feinden auswich, verbreitete sich Walthers Ruhm schneller und weiter als der jedes anderen Dichters.

Fest angestellt beim geizigen Philipp, reiste er dennoch umher; und von Magdeburg bis Metz, von Köln bis Prag hatten die gebildeten Zeitgenossen bald von »dem von der Vogelweide« gehört und machten beeindruckt kunstkritische Gesichter, wenn sein Name genannt wurde.
Walther flog. Er dichtete und dichtete. Da Dietrich nun für ihn spielte, war er umso wirkungsvoller in seinem Vortrag.
Enzo allerdings litt ein wenig unter Walthers neuer Karriere, er stand viel in fremden Ställen herum und brauchte Bewegung. Mit schlechtem Gewissen schlich sich Walther hin und wieder zu ihm und flüsterte ihm Entschuldigungen zu. »Wir zwei, wir sind auf dem Weg, Enzo«, sagte er leise, wenn er den Hals des Wallachs tätschelte. Aber in Enzos Augen lag, wie Walther fand, ein eher misstrauischer Glanz, und er war zunehmend besorgt, dass sein Freund unglücklich wäre mit dem neuen Zuhause und so Schaden nehmen könnte.

Für Weihnachten im Jahre des Herrn 1201 ritten sie durch von fremden Truppen verwüstetes Fehdeland auf Magdeburg zu. Philipp hatte sehr bestimmte Vorstellungen von seinem Einzug in der nördlichen Stadt, zumal er gerade von einem verstimmten Papst gebannt worden war, was sich in diesen Tagen äußerst verkürzend auf die königliche Lebenserwartung auswirkte. Es sollte also ein Auftritt sein, der die Magdeburger, vor allem aber die noch unentschlossenen sächsischen und thüringischen Herren, die richtigen Schlüsse aus diesem entsetzlichen Bürgerkrieg ziehen ließe. Und damit Walther als Stimme der Staufer diese sehr bestimmten Vorstellungen auch teilen sollte, berief ihn Philipp zu sich, als sie noch wenigstens einen Wochenritt entfernt waren. Die Küche war dürftig, denn auf verbrannter Erde konnte selbst ein König – auch ein mäch-

tigerer König als Philipp – nichts beschlagnahmen lassen, was man essen konnte. Auch deswegen warteten alle mit hängenden Mägen auf Magdeburg, wo die Welfen noch nicht gebrannntschatzt hatten. Man wähnte Otto in Köln, aber sicher wusste es niemand. Irene-Maria neben sich in seinem Reiselager, ein wettergewöhntes Zelt, beheizt von drei tragbaren Öfen, kämmte sich Philipp während des Gesprächs mit einem feinen Hornkamm fortwährend den Bart. Es zog am Boden, und die feinen byzantinischen Teppiche aus Irene-Marias Aussteuer, die Philipp hatte ausrollen lassen, waren von schlammigen Fußabdrücken nur so übersät. Der König wirkte besorgt. Er hielt einen Augenblick im Kämmen inne.
»I hab mer denkt«, erklärte er Walther, »dess, wenn i noch Magdeburg geh, des müscht sei, wie wenne der Heiland nach Jerusalem komme tät. So müsset Ihr des schroibet.«
Er drehte sich zu seiner herben Ehefrau: »Gell, Friedeli, des isch, wo mer beide gsagt hen.«
Irene-Maria, die in Walthers Gegenwart überhaupt noch nie ein Wort gesagt hatte, nickte bekräftigend, als verströme sie ohne Anstrengung ganze Episteln an politischen Ratschlägen, wenn niemand zuhörte außer ihrem Friedeli. Beim Lächeln schob sich ihr Unterkiefer noch näher an den Sänger heran.
Walther verneigte sich schaudernd. Der König hatte aber noch andere Anmerkungen zur Sache vorzubringen:
»Es isch ja so«, begann er verschwörerisch: »Mer habet a weng Schwierigkeide mitm Kloi.«
Der Kleine war das sagenhafte Kind von Sizilien, König von Apulien, Friedrich der Hohenstaufer, der Kaisersohn, mit dem die ganz Ehrgeizigen schon seit dem Tag seiner Geburt vor gerade mal sieben Jahren rechneten.
Friedrichs Vater Heinrich war unter anderem kurz deutscher Kaiser und erheblich länger Philipps Bruder gewesen,

wenn auch ein sehr viel kosmopolitischer geformter Bruder. Philipp hätte den Kleinen schon längst nach Frankfurt holen sollen, hatte Walther gehört, damit er dort statt seiner zum deutschen Reichsverweser und König gekrönt werden könnte. Aber Staufer'scher Familiensinn hörte für gewöhnlich an der eigenen Haut auf, und so hatte Philipp seine Onkelpflichten zugunsten der eigenen Thronbesteigung ein bisschen vergessen, zumal der Bruder, der sich dafür hätte rächen können, lang dahingegangen war – ein weiteres Opfer der Kreuzzüge. Nun war im vorvorletzten Jahr auch Friedrichs Mutter Konstanze verstorben, und das Kind stand nun den gegensätzlichsten Machtinteressen zur Verfügung – oder eben im Wege, es kam nur auf die Sichtweise an. Im Westen, unterstützt von undurchsichtigen englischen Interessen und Kölner Intrigen, saß Otto, im Süden ein unwillig taktierender Papst und noch weiter im Süden dieses unsägliche Kind.

Philipp, der ja ohnehin überall homosexuelle Verschwörer witterte, hatte bezüglich der sizilisch gesiedelten normannischen Sippschaft, in die Heinrich seinerzeit eingeheiratet hatte, wie er Walther nun einweihte, ganz massive Bedenken. »Bei deret Welsche, do gänget des drunter un drüber, gell, Friedeli?« Irene-Maria nickte wieder tiefsinnig, als hätte auch sie betrüblich intime Kenntnis von den skandalösen Zuständen im Lager der sizilischen Normannen.

»Die mache us deme Kloi noch ä Jäsuskindle, bevors Johr um isch«, prophezeite Philipp düster. Er zeigte plötzlich mit ausgestrecktem Zeigefinger auf Walther:

»Und da hob i mir denkt, Herr Walther, des wär ä Uffgab für Euch!«

Walther musste sich das Lachen mit aller Macht verbeißen. »Wenn ich helfen kann, Euer Gnaden«, sagte er in der Verbeugung und blieb etwas länger gebückt als notwendig, um sich in seiner respektlosen Heiterkeit nicht zu verraten.

König Philipp sah wie üblich mit abwartender Vorsicht auf den schönen Sänger, der sich so elegant bewegte, immer in neue Gewänder gekleidet ging, sich täglich rasierte, dauernd badete – wenigstens alle zwei Wochen – und so glänzende Locken hatte. Er wäre sich ganz sicher gewesen, dass Walther auch ein Unaussprechlicher war, wenn ihm nicht Irene-Maria von Walthers Affäre mit einer ihrer Hofdamen erzählt hätte. Die Hofdame hatte Walther zu einem Stelldichein überredet und sich mit dem Ergebnis des Abends durchaus zufrieden gezeigt, wenn es auch nicht so elegisch gewesen war, wie sie es nach Kenntnis seiner Lieder erwartet hatte.
»Ä bissle beherrscht irgetwie«, hatte Irene-Maria das Urteil der Hofdame über Walthers Qualität als Liebhaber weitergegeben, das man leider aber wegen der schwäbisch-griechischen Sprachschwierigkeiten nicht genauer definieren konnte.

Walther richtete sich wieder auf und hatte seine Gesichtszüge unter Kontrolle. Philipp setzte seinerseits nun eine ganz verheißungsvolle Miene auf.
»Schreibet mer ebbes gäge den Kloi«, befahl er. »Was do, was nur für mich isch, des wo saget, des i der noie Kaisr werde müscht und sollt, gell.«
Walther verbeugte sich abermals lange.
Philipp wartete, bis der Dichter sich wieder senkrecht zeigte, dann raunte er: »Wenns guët isch, dann tät i Euch ä Lehen gäbbe!«
»Bitte, Euer Gnaden?«, fragte Walther nach, der dachte, sich verhört zu haben.
Philipp kämmte nun eifriger an seinem Bart herum; laut, als spräche er zu einem Schwerhörigen, wiederholte er: »Wenn Ihr mir so ä rechts guëts Gdicht schreibet, dann tät i Euch ä Lehen gäbbe.«

»Ein Lehen!« Vor Überraschung vergaß Walther völlig, ehrfürchtig zu sein. »Ihr würdet mir ein Lehen geben?«
»Jetscht sog amoi, Friedeli«, drehte sich Philipp indigniert zu seiner Frau um. »Räd i do kriechisch?«
Offensichtlich war diese rhetorische Frage nicht in bester Voraussicht gestellt, denn Irene-Marias Unterkiefer schob sich drohend nach vorn und ihre Miene verfinsterte sich.
Walther fing sich wieder: »Verzeihung, Euer Gnaden«, brachte er heraus, »es ist nur eine so unverhoffte Ehre.«
Auf Philipps Stirn zeigte sich ein feiner Glanz furchtsam ausgestoßenen Schweißes. Das mit dem Griechischen als Grundbeispiel der Unverständlichkeit war ein Vergleich, den Irene-Maria, wie sie ihm in temperamentvollen Ausbrüchen ihrer Muttersprache mehrfach erklärt hatte, nicht schätzte. Philipp fürchtete, dass nun ein neues Kapitel zum Thema von seiner Gattin aufgeschlagen werden könnte, und er wollte nicht unbedingt seinen Hofdichter zum Zeugen dieser ehelichen Belehrung werden lassen. Er erhob einen Zeigefinger und dann sich selbst zum Zeichen, dass die Unterredung beendet war.
»Wenn's guët isch!«, bekräftigte Philipp noch einmal mit unstetem Seitenblick auf Irene-Maria. »Und dess des mit'm Kloi au wirklich ganz deutlich werdet!« Dann scheuchte er Walther mit hektischer Hand aus dem Zelt.

Draußen in der Kälte und Unwirtlichkeit des Reiselagers wirbelten die Worte wie hastige Schneeflocken durch Walthers Kopf. Ein Lehen. Was könnte ein Lehen nicht alles bedeuten. Er rannte in einen Bedienten, der fast zu Boden ging. »Entschuldigung, Herr«, sagte der Strauchelnde in beleidigtem Tonfall. Walther ging einfach weiter. Ein Lehen hieße, im Winter immer einen Platz zu haben, zu dem man hingehen könnte. Ein Lehen hieße, dass man nicht nach jedem Gedicht mit ängstlich angehaltenem

Atem auf den Applaus des Herrn warten musste. Er würde sich aussuchen können, wann und für wen er dichtete. Ein Lehen, erfand Walther wie früher bei der Alleinrede einen neuen Namen, das wäre so, wie einen ganzen Arm voller Möglichkeiten zu haben. Sogar die Möglichkeit, nicht allein dort zu leben. Walther blieb überrascht stehen und schloss die Augen. Er sah es geradezu vor sich. Einen Hof vielleicht, ein Wohnhaus, einen Stall. Er sah Enzo im Stall und lächelte das Bild in seinem Innern an. Enzo, der auf einer Koppel stehen könnte, wenn es im Sommer warm wäre. Walther sah sich in seiner Vorstellung mitten in seinem Bild mit Enzo bei der Koppel, er drehte sich um und erkannte Dietrich beim Wohnhaus. Er könnte Dietrich mitnehmen, wenn er ein Lehen hätte. Er sah es ganz genau, das kleine Haus, die Tür öffnete sich, und eine Stimme riefe ihn: »Komm rein, Walther, ich hab das Essen fertig.« Sein Herz begann noch heftiger zu klopfen. Anna! Wenn er ein Lehen hätte, dann könnte er Anna holen. Ein Freund, ein Knappe – und eine Frau. Fast wie andere Leute. Wenn Walther ein Lehen hätte, wusste er jetzt, dann hätte er endlich eine Chance, die vielen ungeraden Wege seines Lebens gerade zu machen.
Er machte die Augen wieder auf. Leider hatte er das beste Gedicht aller Zeiten bereits geschrieben, aber es sprach ja nichts dagegen, sich selbst immer mal wieder herauszufordern. Zuerst aber ging er zu seinem Freund Enzo, um ihm von ihrer beider Aussichten auf ein Zuhause zu erzählen. »Wenn wir ein Lehen hätten«, begann Walther nahe an Enzos Ohr Hunderte von Sätzen, und sie alle endeten in einem farbig verzeihenden Traum, der ihn nie mehr loslassen sollte.

Wenn ich ein anderer gewesen wäre …

Wenn ich ein anderer gewesen wäre, hätte ich mein Lehen damals wohl bekommen. Vorausgesetzt, ich hätte immer noch die besten Gedichte aller Zeiten geschrieben. Ich weiß, dass Eitelkeit eine Sünde ist, aber ich war der beste Dichter meiner Zeit. Zeigt mir doch mal einen, der es besser konnte. Ich war witzig, ich war elegant, ich war scharfsinnig. Ich konnte drei Gedichte an einem Nachmittag raushauen, für die meine werten Herren Kollegen Wochen gebraucht hätten. Und ich habe nie bei anderen abgeschrieben, auch nicht, als ich später so viel im Ausland war.

Wenn ich ein anderer gewesen wäre, dann hätte ich mehr aus diesen Anlagen gemacht. Ich hätte es verstanden, dass sich die Menschen bei mir wohl fühlen sollten, aufgehoben. Ich hätte ihnen eine Kathedrale aus Worten bauen müssen, statt ihnen den Spiegel zu zeigen, in dem sie sich in ihrer schwächlichen Verunsicherung wiedererkennen mussten. Wenn ich ihnen das verkauft hätte, dieses Zuckerwerk an falschem Trost, dann hätte ich mein Lehen damals bekommen, darauf wette ich!

Aber ich musste ja die Wahrhheit sagen! Ich musste mir ja was darauf einbilden, nicht so schwach zu sein wie alle anderen. Dietrich war der Stärkere von uns beiden. Er war freundlich und ehrlich, und er konnte über sich selbst lachen. Mein Gott, wie humorlos ich gewesen bin – trotz allen Witzes. Wenn ich wie Dietrich gewesen wäre, was

für ein glücklicher Mensch hätte ich sein können – mit Lehen, ohne Lehen.
Ich wollte kaputtmachen. Für sie und für mich. Das habe ich geschafft. Wie hätte es sonst sein können? Pferd, Haus, Anna ... Wie viel vergossene Milch doch in meine Erinnerungen passt.

DER ERSTE PHILIPPSTON

ez gienc eins tages als unser herre wart geborn
von einer maget dier im ze muoter hat erkorn
ze magdeburg der künec philippes schone.
da gienc eins keisers bruoder und eins keisers kint
in einer wat, siwe doh der namen drige sint,
er truoc den zepter und des riches krone.
er trat vil lise, im was niht gach,
im sleich ein hohgeborne küneginne nach,
rose ane dornen, ein rube sunder gallen.
diu zuht was niener anders wa:
die düringe und die sachsen dienten also da,
das es den wisen muoste wol gefallen.

diu krone ist elter danne der künec philippes si,
da muget ir alle schouwen ein wunder bi,
wies ime der smit so ebene habe gemachet.
sin keiserlichez houbet zimt ir also wol,
daz si ze rehte nieman guoter scheinden sol:
ir dewerderz da daz ander niht enschwachet.
siu liuchtent beide ein ander an,
dasz edel gesteine wider den jungen süezen man:
die ougenweide sehent die fürsten gerne.
swer nu des riches irre ge,
der schouwe wem der weise ob sime nacke ste:
der stein ist aller fürsten leitesterne.

es ging am tag, als unser herr geboren wurde,
von einer magd, die ihm als mutter auserkoren,
zu madgeburg in herrlichkeit der könig philipp einher.
in seiner person gingen da der bruder und der sohn
eines kaisers.
und sie trugen dasselbe gewand, obwohl sie ja drei waren.
er trug das zepter und die reichskrone.
leicht und ohne hast war sein gang,
ihm folgte gemessenen schrittes die hochgeborene königin,
eine rose ohne dornen, eine taube ohne galle.
nirgendwo sonst sieht man so viel form, haltung und ehre.
die sachsen und thüringer huldigten, dass es den weisen
eine freude war.

die krone ist ja viel älter als der könig philipp.
da könnt ihr mal ein wunder sehen,
wie gut sie ihm trotzdem passt.
seinem kaiserlichen haupt passt sie wie angegossen,
und kein aufrechter mann darf die beiden trennen,
denn erst das eine ist die erfüllung des anderen.
sie strahlen einander an, dieser schöne junge mann
und die edelsteine.
den fürsten ist das eine augenweide.
und wer noch nicht weiß, wo er steht in diesem reich,
der soll sich mal besser umschauen,
wer über seinem nacken den weisenstein trägt!
der sollte allen fürsten ein leitstern sein.

Magdeburg, wenn auch nicht so ergiebig an Vorräten, wie alle im Tross gehofft hatten, brachte der Partei der Staufer den erwünschten Effekt zusätzlicher Bündnisbereitschaft im Norden bis hoch zur Trave. Jenseits von Magdeburg, gerade nach Osten hin, begann ohnehin die Wildnis. Nur ganz abgebrühte oder abgehalfterte Kreuzritter wagten sich dorthin vor, um sich mit Wenden, Friesen, Angeln und Borussen herumzuschlagen, von denen einige noch nicht einmal getauft waren, wie man raunte. Es war allgemein bekannt, dass die Welt umso wichtiger wurde, je näher Rom lag. Und für Philipp war Magdeburg im Moment Rom am nächsten.

Ottos Berater, Engelbrecht von Köln, streute viele Gerüchte über neue Vorstöße gegen die Staufer aus, tatsächlich aber vollführte der Welfe hauptsächlich Rückzieher gegen den Papst. Während der schöne Innozenz sich in Italien an neuen Ländereien bediente, lungerte Otto in Wirklichkeit einen sehr feuchten Winter über in Aachen oder Köln und langweilte dort ebenjenen eleganten Erzbischof Engelbrecht. Angebliche Anhänger der Staufer befehdeten in der Zwischenzeit angebliche Anhänger der Welfen. Bald würde man vermutlich im ganzen Reich kein Dorf und keine Stadt mehr finden, die nicht von der einen oder anderen Partei vernichtet waren. Dass überhaupt noch genug Männer am Leben waren, um Krieg zu führen, grenzte an ein Wunder. Und da wohl nur die Härtesten überlebten,

wurden die Schlachten mit jedem Jahr, das verging, grausamer und schrecklicher. Fehdedörfer, wie Walther sie während seiner Reise nach Schwaben gesehen hatte, waren nun die Regel, nicht die Ausnahme. Flüsse und Brunnen stanken trotz der Kälte nach Leichen; auf den Feldern würde im nächsten Frühjahr niemand eine Saat ausbringen können. Die Staufer lernten, über die Folgen ihrer Politik weitblickend und fernhin sinnend hinwegzusehen. Welchen Sinn hätte es auch gemacht, weiterzukämpfen, wenn sie sich eingestanden hätten, dass bald kein Reich mehr da wäre, das dann dereinst regiert werden müsste statt erobert.
»'s isch e Kroiz, Friedeli«, seufzte Philipp manchmal abends an Irene-Marias Busen, aber aufhören konnte er auch nicht.

Walther hatte seine eigene Herausforderung angenommen und, wie er neidlos fand, sich selbst übertroffen. Das Gedicht zur Weihnachtsmesse im Dom, das Philipp tatsächlich wie den Heiland selbst feierte und sein Friedeli wie die Heilige Jungfrau dazu, war ein Meilenstein dichterischen Könnens. Es verbreitete sich nicht zuletzt wegen vieler neidisch bewundernder Kollegen wie ein Lauffeuer auch auf der Welfenseite – dort aber nur heimlich. Philipps Berater jubelten. Weil Walther so schlau gewesen war, die Thüringer und Sachsen namentlich zu erwähnen, wurde auf den Burgen von Eisenach bis Erfurt ebenfalls nichts anderes mehr gesungen.
»Dichten wie der Vogelweide« wurde nach diesem Lied ein Prädikat, das sich gerne jeder verdienen wollte, aber nicht konnte. Niemand fragte mehr nach Walthers »Warum«, wenn er etwas vortrug, im Gegenteil, alle bemühten sich, seine Gründe schon vorauseilend zu erahnen. Walther war ein Rätsel, ein Mysterium für seine Umgebung. Beherrscht, entrückt und doch so aufmerksam für alles um sich herum.

Nur manche seiner Züge waren vorhersagbar. Wollte man dem so dem Menschlichen entfernt wirkenden Künstler einen seiner berühmten Wutausbrüche entlocken, brachte man die Rede gesprächsweise am besten auf den Wiener Hof; dann gab es eine gute Chance, dass Walther sein inneres Tier von der Leine ließ. Alle redeten über Walther.
»Der hat was«, sagte einmal der kunstverständige Herr Laurin, ein Staufer, zu seinen Kumpanen, mit denen er abends würfelte. Die Kumpane, die zum Würfeln, nicht zur Unterhaltung über Dichtkunst gekommen waren, winkten erst ab.
»Nein, ehrlich«, fing Herr Laurin wieder an, »das ist doch was anderes, als wenn die anderen singen. Ich habe immer …« Herr Laurin verebbte und wurde rot, womit er das plötzliche Interesse der Kumpane weckte.
»Na?«, fragten sie.
»Ich weiß nicht, ich denk oft, was er so singt, der redet von mir.« Peinliche Stille. Herr Laurin wurde noch röter. »Na ja, so als hätte ich ihm erzählt, was ich so manchmal denke. Das mit dem Stein zum Beispiel. Wie man's in der Welt schaffen soll. Da denk ich doch oft drüber nach.« Zwei der Kumpane starrten betreten auf den Würfelbecher. Aber einer sagte plötzlich hellwach: »Das stimmt! Bei dem Gedicht, da hab ich auch gedacht, woher weiß der das, das denke ich auch oft! Und es ist anders als in der Kirche.«
Herr Laurin nickte, und man widmete sich dem Würfeln. Aber alle dachten es, der von der Vogelweide, der »hatte was«. Er wusste um ihre geheimsten Zweifel, ihre Sehnsüchte, ihre Gedanken. Dabei war der doch so komisch … Walthers Worte schlugen Wurzeln, sein Wesen befremdete die Menschen nach wie vor.

Sogar Irene-Maria nahm so viel Interesse an dem hübschen Sonderling, dass sie ihn in einem Brief an den heimischen

Hof erwähnte. Sie diktierte ihrem Beichtvater, den sie mitgebracht hatte:

»Unser Dichter, der über solch schockierende Themen wie meinen Gemahl und seine Herrschaftsbestrebungen singt«

– schockierend, weil man in Konstantinopel ausschließlich über den Herrgott oder die Liebe dichtete. Isaak Angelos und Alexios, Irene-Marias Vater und Bruder, hatten im Übrigen im Moment der Poesie sehr entfremdete Sorgen, die sich hauptsächlich darauf konzentrierten, am Morgen ohne durchschnittene Kehle aufzuwachen –

»ist ein Wesen, das mir so ganz merkwürdig vorkommt, es ist auch schwer, ihn zu beschreiben. Er kommt mir vor wie ein Fisch, den man im klaren Wasser sieht, schillernd, nicht zu fassen und so kalt im Innern, aber nur scheinbar. Er ist auch so, als lebte er in einer ganz eigenen Welt, in die er niemanden hineinlässt. Sein Mund ist der schönste, den ich je an einem Manne sah, volle Lippen, die ein Geheimnis verschließen, das auch die Liebe wohl nicht freizulassen vermöchte. Er ist sehr einsam, am nächsten wohl noch seinem Pferd. Es sind schon recht merkwürdige Zustände hier in der Fremde. Philipp befindet sich wohl, hat aber wieder schlimme Albträume, aus denen er des Nachts erwacht.«

Der Priester notierte alles eifrig und wortgenau und las seiner Herrin alles noch mal vor. Doch die Passage über den seltsamen Dichter erschien ihr beim Wiederhören zu frivol, als sie noch einmal darüber nachdachte. Was waren auch Albträume gegen halbierte Hundeleichen, mit denen sich ihr Bruder kürzlich im Morgengrauen dekoriert vorgefunden hatte. So gab sie Anweisung, ihre unstatthaften Überlegungen zu Walthers Seelenheil wieder zu streichen.

Zu Beginn des neuen Jahres weilte man auf der Burg des Landgrafen zu Eisenach, der gerade erst zur Hohenstaufenpartei gewonnen worden war und diesen Entschluss angesichts der Masse hungriger und platzbedürftiger Gäste, die er nun plötzlich beherbergen musste, vielleicht auch schon wieder bereute.
Da es nicht Philipps Geld war, jedenfalls nicht unmittelbar, das verfressen wurde, gab der hübsche König gerne Anweisung, Feste zu gestalten, am besten jeden Abend, damit er mit Irene-Maria zu Dietrichs Flötenspiel tanzen konnte. Obwohl noch so früh im Jahr, war es für ein paar Tage recht warm geworden, und schon streckten sich mit den ersten Knospen an den Zweigen auch die faulen Wintergemüter. Walther saß am dritten Abend der vierten Woche in Eisenach wie üblich an der Tafel, die der königlichen Bank mit den Sitzen Philipps, Irene-Marias und des Gastgebers am nächsten stand, und trank.
Mit den Jahren hatte er gelernt, bis zu einem leisen Glühen in der Brust, aber nicht weiter zu saufen, sodass er sich noch immer in der Hand hatte. Auch die Frauen interessierten ihn weniger und weniger, die Waschmägde so wenig wie die Gräfinnen. Der wilde Hunger seiner Jugend war verstummt, tief gefallen in den Kerker des Schweigens und der verlorenen Wünsche, die ihn so unglücklich machten, wenn er zu lange allein war und an die Möglichkeiten denken musste. Vom Lehen war keine Rede mehr gewesen, und Walther wartete dringend auf eine Gelegenheit, mit Philipp über sein Versprechen zu reden. Dietrich dudelte irgendwelche angeblich französischen Weisen vor sich hin, und einige Paare tanzten mit schabenden Schritten in der feuchten Halle, vielleicht nur, um sich warm zu halten.
»Wollet mir zwei au danze, Friedeli?«, fragte Philipp seine Gattin gerade, als die große Tür aufgerissen wurde und die Flügel laut gegen die Mauern prallten. Die Tänzer erstarr-

ten, und Dietrich missglückte der Ton, den er gerade blies, zu einem Fiepen.
In der Tür stand ein großer, grobschlächtiger Kerl, bei dessen Anblick Walther trotz des einlullenden Weins ein gewisses Misstrauen über sich kommen fühlte, anders als bei anderen Menschen. Der Kerl kam schnell näher. Da ihn keine Wächter des Landgrafen aufhielten, vermutete Walther, dass er ein Lehensmann des Hausherrn sein müsste; und tatsächlich tadelte der Landgraf den Neuankömmling mit einem milden Lächeln: »Ach, ach, Herr Gerhard Atze, wenn man Euch so sieht, wie Ihr hereinplatzt, wird unsere holde Königin uns ja doch noch für Barbaren halten.«
Auch Irene-Maria schien der Eindringling auf den ersten Blick nicht zu behagen, sie zog ihr Kinn ein. Philipp runzelte die Stirn und schaute, offensichtlich eine Erklärung fordernd, zwischen dem Landgrafen und dem Grobschlächtigen hin und her.
Der Grobschlächtige rang sich eine krumme Verbeugung ab. Sein langes, fettiges Haar war dunkel und nass vom Regen, im Gesicht trug er Narben von vielen Kämpfen, bei denen er den Feinden sehr nahe gekommen sein musste. Sein Wams war fleckig, aus seinen Stiefeln flossen kleine Bäche, den Handschuh der rechten Hand hielt er in der linken. Alles an diesem Mann stank nach Gewalt, und Walther fand ihn einen Inbegriff der Niederungen menschlichen Tuns.
»Tut mir leid wegen der Tür, Herr«, knurrte der Grobschlächtige dem Landgrafen zu. König Philipp räusperte sich. »Was?«, bellte der Grobschlächtige.
»Ihr solltet Euch auch und vor allem bei Eurem König und Eurer Königin entschuldigen«, sagte der Landgraf sehr langsam und bedeutend, damit Herr Gerhard Atze über die neuen Verhältnisse ins Bild gerückt wäre.
»Was?«, blaffte der wieder, diesmal allerdings fragender.

Philipp tuschelte dem Landgrafen etwas zu. Der Landgraf machte ein besorgtes Gesicht, so als könnte er nicht wirklich gerne auf die von Philipp vorgetragenen Äußerungen eingehen. Er tuschelte zurück und vollführte vorsichtig abschwächende Gesten. Alle Anwesenden reckten die Hälse und lauschten angestrengt, man konnte aber kein Wort verstehen. Tropfend, stinkend, gefährlich stand Herr Gerhard Atze inmitten einer Pfütze in der Mitte der Halle, die Tänzer in ängstlichem Halbkreis erstarrt zurückgewichen, die Staufer kampfbereit, halb aufgestanden. Philipp redete weiter auf den Landgrafen ein, der nicht williger schien als noch vor ein paar Augenblicken.

»I besteh dadrauf!«, sagte Philipp plötzlich ganz laut, und der Landgraf zuckte, in seiner Ehre gekränkt, aus der schnellen Konferenz zurück. Er erhob sich mit deutlichem Widerwillen.

»Herr Gerhard Atze«, tönte er dann, »Ihr seid ein paar Wochen abgängig gewesen. Euer oberster Lehensherr bin nun nicht mehr ich, sondern Seine Gnaden Philipp von Schwaben, König des Römischen Reiches Deutscher Nation.« Er machte eine kurze Pause, um dem Grobschlächtigen Gelegenheit zu geben, sich zu verneigen. Herr Gerhard Atze stand wie aus Erz gegossen und bewegte kein einziges seiner fettigen, triefenden Haare auch nur um eine Winzigkeit nach unten. Die Tänzer tuschelten schockiert. Der Landgraf sprach sehr langsam weiter.

»Seine Gnaden König Philipp gewährt Euch, Gerhard Atze, die Huld, ihm gleich hier und ohne Form die Treue zu schwören.« Der schöne Philipp starrte den Grobschlächtigen finster an. Wenn er wollte, konnte er sehr hartnäckig sein. Der Grobschlächtige starrte ebenso finster zurück. Der Landgraf fühlte einen Fehdegrund heraufziehen.

»*Ihr* seid mein Lehensherr«, verkündete der Grobschlächtige schließlich einfallsreich. Er kniff die Augen zusam-

men, als strengte ihn das Nachdenken zu dieser Frage sehr an. Langsam nickte ihm der Landgraf zu, als wollte er den Grobschlächtigen ermuntern, auf diesem Gedankenweg noch ein paar Schritte weiter zu gehen. »Und *mein* Lehensherr ist König Philipp«, erklärte der Landgraf seinem gefährlichen Vasallen, der noch immer angestrengt dachte. »Schwört ihm den Eid.« Wenn auch nicht den Sinn, so doch den Befehl verstehend, kam Leben in den Grobschlächtigen. Herr Gerhard Atze zog die Lefzen hoch. Voll uneinsichtigen Trotzes bog er das Knie und ließ seinen schweren Körper auf die Erde nieder. Den rechten Handschuh noch immer in der Linken, hob er den Schwurarm. Philipp zog den Gastgeber zu sich und wisperte wieder. Der Landgraf schüttelte den Kopf und wisperte zurück. Die Spannung in der Halle war dichter als die Schwaden feuchter und verbrauchter Luft. Walther trank Wein und legte den Kopf auf die Seite. Was war denn los?
Philipp nickte heftiger, der Landgraf schüttelte immer heftiger den Kopf. »Jetzatle!«, brüllte Philipp plötzlich und hieb mit der Faust auf den Tisch seines unglücklichen Gastgebers. Der Landgraf drehte sich mühsam beherrscht wieder dem lauernd Knienden zu.
Er schluckte, dann sagte er: »Legt den Handschuh ab, Gerhard.« Der Grobschlächtige wurde bleich. Er starrte seinen Herrn mit brennenden Augen an und schüttelte unmerklich, aber doch sonderbar flehend den Kopf, eine überraschend zarte Geste, die an dem Grobschlächtigen umso gefährlicher wirkte. »Gerhard«, sagte der Landgraf laut, er klang wie ein Vater, der wider Willen seinem Kind Schaden zufügen muss und darin dessen schmerzlichen Gehorsam zum Besten der Sache fordert. Der Bart des Grobschlächtigen zitterte plötzlich. Unendlich langsam senkte er seinen erhobenen linken Arm. Er nahm den rechten Handschuh in die rechte Hand und begann dann den linken von der

anderen Hand zu pellen, so langsam und zitternd, als trüge er rohes Fleisch darunter und könnte die Schmerzen kaum aushalten.
Dann, ebenso langsam und zitternd, aber voller Wut, hob er die Linke wieder. Der Laut des Entsetzens entwich allen Kehlen gleichzeitig, ein einziger Atemzug der schockierten Furcht. Bleich strahlte Gerhard Atzes linke Hand im Schein der abendlichen Fackeln. Er hatte nur zwei Finger. Die drei Schwurfinger fehlten – das Mal des gestraften Meineidigen, für immer in seiner Schande gekennzeichnet. Irene-Maria fiel das Kinn nach unten. Philipp riss die Augen auf. Der Landgraf sah seinem gebrandmarkten Vasallen weiterhin so fest in die Augen, als wollte er ihn vor dem Ertrinken retten.
Philipp fing sich als Erster. »Ihr habet an Verräder als Gefolgsmann!«, stieß er hervor. Die Anwesenden raunten.
»Da muss i Euch net sage, was des für uns heischt!«
Der Landgraf ließ Gerhard Atzes Blick los.
»Der Schein trügt, Euer Gnaden«, sagte er dann mit zitternder Stimme. Der meineidige Grobschlächtige starrte nun ins Nichts, die Kiefer mahlend vor Wut und Scham.
»Nein, Euer Gnaden«, fing der Landgraf wieder an, »lasst mich Euch erklären.«
»Da brauch i koi Erklärunge«, rief Philipp. »I kann ja schließlich mit eigene Auge sähe!«
Gerhard Atze machte Anstalten aufzustehen.
»Bleibt, wo Ihr seid!«, schrie ihn der Landgraf an. Wenn der Grobschlächtige von seinem Eid aufstände, läge hier morgen kein Stein mehr auf dem anderen. Die Staufer verließen den Saal schon, um ihre Waffen anzulegen.
»Ein Missverständnis«, beschwichtigte der Landgraf seinen neuen und sehr unzufriedenen König.
»Ich schwöre«, fügte er unpassenderweise an. Ein paar Leute lachten kurz auf. Der zornige Berg Gerhard Atze zit-

terte, als wollte er zerspringen. »Es ist ein Unglücksfall!«, brüllte der Landgraf nun ganz verzweifelt. Philipp winkte ab und erhob sich, woraufhin sich alle anderen Anwesenden, die noch Platz behalten hatten, auch erhoben. Gehetzt wie ein Tier in der Falle blickte sich der Grobschlächtige im Scharren der Bänke um, stand aber nicht auf. »Es war ein Unglücksfall«, wiederholte der Landgraf noch lauter.
»Ja, es isch scho ä rechts Unglück, wenn man beim Eidbreche erwischt wird, gell«, höhnte Philipp und schob Irene-Maria vor sich auf die Seitentür zu.
»Es war doch ein Pferd«, brüllte der Landgraf. Auf einmal war alles still. Nichts bewegte sich.
»Was?«, fragte Philipp dann.
»Ein Pferd.« Der Landgraf fiel auf die Knie und hob nun selbst die Schwurhand, an der ihm glücklicherweise nicht so viel als ein Fingernagel fehlte. »Ich schwör's, Euer Gnaden. Irgendein Gaul hat ihm fast die ganze Hand abgebissen.« Der Grobschlächtige sah zu Boden. »Die Finger hat man nicht retten können. Ich schwör's, Euer Gnaden.« Es blieb still. Man sah Philipp überlegen, abschätzen, rechnen, wo wären so weit im Norden die nächsten Verbündeten, wenn es zu einer Fehde käme. Magdeburg war nahe an Braunschweig, und Braunschweig war Welfenstammland. Es könnte schlecht ausgehen, hier oben so schnell eine Fehde zu führen. Mit so wenig Männern noch dazu – und so wenig Proviant.
»Es war ein Pferd, Euer Gnaden«, flüsterte der Landgraf auf seinen Knien beschwörend. Alle Augen waren auf den König gerichtet. Philipp zog unentschlossen an seinem Bart. Da brach ein Geräusch die Stille.
Jemand lachte. Jemand mit einer klaren, laut und voll tönenden Stimme, der Stimme eines Sängers. Walther lachte. Langsam, wie in Trance wandten die Anwesenden ihm die Köpfe zu. Walther konnte sich kaum aufrecht halten,

so lachte er. Der Rausch war über ihn gekommen, so wie damals unter der Gewalt von Herrn Wenzel, dem fast vergessenen Böhmen, dem Herr Gerhard Atze im Geiste ein Bruder war, dumm, brutal, verschlagen. »Walther?«, sagte Philipp kurz. Waren heute alle übergeschnappt?
Walther lachte wie toll, japste nach Luft und versuchte zu Wort zu kommen: »Ein Pferd! Das muss man doch glauben, Euer Gnaden«, johlte er. »Das kann man doch gar nicht erfinden, oder?« Er lachte weiter. »Das war ganz klar ein Pferd! Der Einzige, der so was erfinden könnte, Euer Gnaden, das wäre doch ich!«
Der Landgraf schwankte zwischen Verwirrung und Verärgerung, war allerdings auch ein bisschen erleichtert, dass sich auch im Gefolge des Staufers jemand danebenbenahm. Irene-Maria gab ihrem Mann einen Stups auf den Landgrafen zu. »Haha«, machte Philipp hölzern. Er drehte sich noch mal nach Irene-Maria um, und sie wies mit dem Kinn noch mal in Richtung des Hausherrn.
»Hahaha.« Es klang kein bisschen echter. »So ebbes!« Philipp schluckte und zwang sich zu versöhnlichen Worten: »So ebbes! Wisset Ihr, wenn da der Walther saget, dess nur er des erfinde könnt, da muss es ja wahr sei.« Der Landgraf erhob sich schnaufend. Philipp legte ihm eine starke Hand auf die Schulter: »Der Walther ischt nämlich der beschte Dichter, da wo's gibt. Gäge den schafft's koinr.« Philipp gab seinen Worten solches Gewicht, dass der Landgraf genau verstehen musste, dass nicht im Entferntesten von einem Dichter die Rede war. Bleich nickte der Landgraf. »Und da wenn einr versuche würdt, so ebbes z'erfinde wie der Walther, der würdt ja nur verliere könne, gell?« Der Landgraf nickte wieder. Philipp wirkte sehr königlich in diesem Augenblick: »Da isch scho besser, wenn alle wisset, des nur der Walther des erfinde könnt, und sonscht muss es ebbe wahr sin. Sonscht wärs ja wi oinr, der sagte, i wär koi König net.«

»Gewiss, Euer Gnaden, ich schwöre Euch.«
»Na, und i glaubet's Euch au. Bei Eurem Eide.« Der König drehte sich zur Halle: »Da habbet mir abr 'n Spaß ghett, gell?« Er senkte leicht den Kopf, und die Staufer entspannten sich.
Einige fingen an, ebenso künstlich zu lachen wie Philipp. Die Situation war gemeistert. Gerhard Atze durfte sich erheben und bekam abermals Gelegenheit, vor dem König einen Kniefall zu machen. Dietrich flötete weiter, und bald tanzten die Leute auch wieder ein bisschen. Der Landgraf ließ neuen Wein kommen, und nach einer Weile taten alle so, als wäre nichts vorgefallen.
Allein Herr Gerhard Atze wusste immer noch ganz genau, was vorgefallen war. In der dunkelsten Ecke der Halle hockte er am Ende einer Bank, trocknete seinen stinkenden Pelz und starrte finster und hasserfüllt auf einen schönen Mann am Tisch direkt vor der Herrschaft, der trank, lachte und manchmal sang.
Und Walther bemerkte nichts. Der Rausch flatterte in ihm, er fühlte sich leicht und für einige Minuten von seinen ewig kreiselnden Grübeleien befreit.
Er hatte lang vergessen, dass die Wenzels wie die Atzes in all ihrer Dummheit und Brutalität immer irgendjemandem nützten, der weniger dumm war, und dass sie deswegen auch immer einen fanden, der sie schützte. Aber wem nützte ein Dichter, wenn es zu einer Fehde in der Nähe von Braunschweig gekommen wäre? Hätte er die Welfen zu Tode gedichtet, indem er einen besonders scharfsinnigen Reim erdacht hätte?
Es war Walthers abermaliger Schaden, dass er zwar insgesamt so viel, über manche Dinge aber gar nicht nachdachte. Und diesmal würde der Schaden nicht ihn treffen. Zunächst jedenfalls.

DAS SCHLIMMSTE AM LEBEN

Das ungewöhnlich warme Wetter hielt an, und der Regen hörte sogar hin und wieder auf, dann roch es verführerisch nach Frühling. Wenn Philipp und seine Berater auch einen schnellen Aufbruch gen Süden beschlossen hatten, wahrten sie doch dem Landgrafen gegenüber den Anschein allseits zufriedener Gäste, die in angenehmer Umgebung in Ruhe auf den Lenz warten wollten.

»Dem Weddr isch net z' traue«, sagte Philipp dem Landgrafen etwa ganz leutselig, wenn sie in der Halle saßen, und der Landgraf nickte dann ebenfalls ganz leutselig und verständnisinnig und sagte schelmisch so etwas wie »Sonnt sich der Dachs in der Lichtmesswoch, muss er noch sechs Wochen zurück ins Loch« oder ähnliche Wetterweisheiten, zu denen alle ja sagten und gleich wieder weghörten.

Als der dritte milde Tag anbrach, entschloss sich Walther, mit Enzo ein wenig auszureiten, da ihn die Burg anödete, die abendlichen Veranstaltungen immens langweilten und weil er noch immer nicht dazu gekommen war, mit Philipp über sein Lehen zu reden, das er sich doch nun redlich verdient hätte. Er war missmutig auf der ganzen Linie. Enzo schnaubte erwartungsvoll, als Walther den Stall betrat und dem Knecht befahl, sein Tier zu satteln. »Na, mein Freund«, flüsterte er den gekränkt spielenden Pferdeohren zu und nahm sich vor, sich in Enzos Gegenwart nicht so gehen zu lassen. Sie ritten den Weg von der Burg hinab und dann bald ostwärts in den Wald hinein, von dem man behauptet hatte, er sei sicher, was immer das in dieser Gegend bedeutete. Von der Burgzinne sahen ihnen ein paar Leute nach. Walther pfiff vor sich hin, und Enzo stellte die Ohren auf. »Wie in den alten Zeiten, Enzo«, teilte Walther seinem Freund mit, »nur du und ich und ein Weg, der immer eine neue Biegung hat.« Die Zweige waren winterlich kahl, was nicht zu der weichen Luft passte, und es sangen auch keine Vögel. Hin und wieder durchdrang das raue Krächzen einer Krähe die Bäume und gab dem Idyll eine falsche, seltsam bedrohliche Note. Der Weg war schlammig, weil die Sonne keine Kraft hatte, so musste Enzo langsamer gehen. »Lass dir Zeit, Enzo«, begütigte Walther ihn, »wir haben heute Urlaub.« Zum ersten Mal seit Monaten waren sie allein unterwegs. Die plötzliche Freiheit ließ in Walthers Kopf alles zu einem Stillstand kommen. Er fühlte sich unwohl, obwohl er sich vorgenommen hatte, sich heute selbst einen Gefallen zu tun, indem er die Burg verließ. Er hatte das Gefühl, ungemein an Gewicht zugenommen zu haben, aber seine Kleider passten ihm wie immer. Seine Kopfhaut juckte, seine Schultern schmerzten ihn, und obwohl kein Mensch zu sehen war, fühlte er sich bedrängt und beobachtet.

Nach einiger Zeit des unersprießlichen Voranreitens hielt er Enzo an und stellte sich mit ihm in die Nähe einer großen Buche, hinter der keine zwei Schritte vom Weg sofort schwärzester Wald begann. In Magdeburg hatte irgendein Hartmann oder Herbert einen Roman vorgetragen, das heißt, er war schon seit Monaten dabei, seinen Roman vorzutragen, Abend für Abend, in dem irgendeiner wahnsinnig wurde und durch den Wald rannte. Walther machte sich nichts aus Romanen. Mit halbem Ohr hatte er zugehört, die Reime des Romandichters verachtet – zu plump – und sich gefragt, wie wahnsinnig man wohl in einem Wald werden könnte. Wie er nun so in die vielfach gekreuzten, gefallenen, toten Äste und in der frühen Wärme gesprossenen Farne starrte, konnte er sich eine gewisse Verbindung zwischen Wald und Wahnsinn schon vorstellen. Es ärgerte ihn fast, dass dieser Herbert da vor ihm darauf gekommen war. »Wart mal, Enzo«, flüsterte er und schlich sich zwei Schritte vor ins Dunkle. Obwohl die Bäume noch keine Blätter hatten, fühlte er sich sofort, als hätte die Dämmerung eingesetzt. Enzo schnaubte besorgt. »Gleich«, zischte Walther über die Schulter. Sein Herz klopfte. Ein Eichelhäher kreischte neben ihm, und Walther zuckte entsetzt zurück, wobei er sich den Kopf an einem abgebrochenen Ast stieß.

Er fluchte und kehrte zu Enzo zurück, der ihn vorwurfsvoll ansah. »Ich wollt ja nur mal sehen.« Bestimmt gab es eine Beule.»Ich weiß einfach gar nichts mit mir anzufangen, Enzo«, gestand er seinem Wallach. »Macht es dir was aus, wenn wir schon zurückreiten?« Enzo sah unentschieden aus.

»Ich weiß!«, kam Walther eine Idee. »Wo's so warm ist, bring ich dich auf die Koppel direkt an der Burg! Da bist du draußen, und ich leg mich noch mal hin.« Er streichelte Enzos Nüstern. »Und heute Nachmittag reiten wir dann eben noch mal aus.« Walther erschien das ein faires Angebot.

In der Burg angekommen, legte er sich dann auch noch mal hin, aber nicht allein, sondern in überraschender Gelegenheit mit der Schwester des Landgrafen, die ihn und Enzo wohl an der Koppel beobachtet hatte. Sie hatte diskret drinnen im Flur auf ihn gewartet.

»Seid Ihr unbeschäftigt, Herr Walther«, hatte sie ihn mit dunkler Stimme gefragt. Und in der befremdlichen Stimmung des Waldes hatte er ihr geantwortet:

»Mir ist heute jedes Haar auf dem Kopf wie eine Nadel, edle

Dame.« Die Schwester des Landgrafen war hübsch auf eine schwerblütige, traurige Weise. Wie ihre Stimme waren auch ihre Züge verdunkelt, und unter den Augen lagen ihr tiefe Schatten, als fände sie nachts keine Ruhe. Sie war unverheiratet, der Landgraf rückte weder Geld für eine Mitgift noch für ein Kloster heraus.
»Braucht Ihr Gesellschaft, um Euch auszuruhen?«, hatte sie ihn dann ganz direkt gefragt, weil keiner in der Nähe war, der sie hatte hören können. »Manchmal hilft es schon, wenn man die Zeit, die keiner haben will, mit jemand anderem verbringt.«
Walther wusste, was sie meinte, und er nahm sich Zeit mit der Landgrafenschwester. Er half ihr, sich zu entkleiden, freundlich und ohne männliches Drängen, wofür sie ihm dankbar war. Sie standen nackt und traurig voreinander und nahmen sich schließlich in die Arme wie zwei Verlorene, die wissen, wie sinnlos dieses kleine Versteckspiel ihrer Körper war. Die Schwester versuchte nicht, ihn zu küssen, sie streichelte ihn nur mit zarten, hoffnungslosen Fingern, und sie wiegten sich in dieser seltsam getrennten Vereinigung wortlos hin und her. Sie war ihm genauso fern wie er ihr, verloren in sich selbst.
Auch blieb sie die ganze Zeit so still, traurig und in sich gekehrt, dass er sie irgendwann sogar fragte, ob er etwas gegen ihren Willen täte. Sie legte freundlich eine Hand an seine Wange: »Nein, du tust gar nichts Falsches. Es ist nur manchmal so, dass man gerade dann am einsamsten ist, nicht?« Er nickte, und sie machten weiter, auch wenn es sie nicht zueinander führte. Bei den ersten Worten, die sie im Gang miteinander gewechselt hatten, waren sie einander näher gewesen als in der vorsichtig tastenden Umarmung, die folgte. Endlich fühlte Walther, auch wenn er aus Vorsicht nicht zu einem Ende gekommen war, sich müde genug, um einschlafen zu können.

»Wie heißt du?«, fragte er noch schläfrig, weil er das Gefühl hatte, dass er es wissen sollte von ihr, vielleicht könnte er mal ein Gedicht auf sie machen, um sie aufzuheitern. Nur eine unverbindliche Danksagung für eine unverbindliche Freundlichkeit. Da sagte sie, auch sehr müde: »Anna.«
Walther fühlte sich, als müsste er sich auf der Stelle übergeben.
Er sah zu ihr hinüber, sie war noch im gleichen Augenblick eingeschlafen, ihre dunklen Haare lagen stumpf wie tote Schlangen auf den Kissen, ringelten sich um ihren Hals. Ihr linker Arm ruhte neben ihrem Kopf, die Hand in einer erwartungsvollen Schale nach oben gerichtet. Sie wirkte geisterhaft, ein verschwindender Schatten, sie war schon ein Nachgeschmack dessen, was noch existierte.
Walther begann zu zittern. Dabei sah sie überhaupt nicht aus wie Anna. Keine Apfelwangen, keine runden Augen, keine runden Hüften. Sie sah aus wie eine, die die Schwester eines ehrgeizig-rücksichtslosen Grafen war und traurig. Wie hatte es nur passieren können, dass er in den Wochen hier auf der Burg, da er sie doch schon mehrfach gesehen hatte, niemals ihren Namen erfahren hatte? Er wollte sich anziehen, hatte jedoch Angst, sie zu wecken, wenn er aufstand.
»Verzeih mir!«, schrie er so laut er konnte in seinem Kopf. Er wusste nicht, welche von beiden er meinte.
»Verzeih mir! Ich hab es nicht gewusst!« Wie konnte es nur sein, dass er kaum je etwas anfing, ohne darin einen Fehler zu machen, auch wenn er es nicht wollte, und dass ihn jeder Weg, den er beschritt, in eine Dunkelheit führte, die wie die des Waldes auch an den hellsten Tagen des Sommers unausrottbar war.
»Ich glaube, du gehst besser«, sagte eine traurige Stimme neben ihm. Sie war aus ihrem kurzen Schlaf schon wieder erwacht. Ungeübt schenkte sie ihm ein Lächeln. »Du

weißt ja, Unmoral wird erst nach Einbruch der Dunkelheit erwartet.« Er schluckte und zog sich an, sie sah diskret zur Seite. Er fühlte sich schlecht, einfach so zu gehen, aber er wusste nicht, was er sagen sollte.
»Ich danke Euch für den angenehmen Nachmittag«, fiel ihm schließlich ein.
»Ich Euch auch«, sagte sie nur. Am Brunnen wusch er sich ganz lange das Gesicht und die Hände. Ein Bad zu bekommen war unmöglich.

Walther musste Enzo jetzt schnell von der Koppel holen, fiel ihm ein. Es war zu spät geworden, um noch auszureiten, bald würde es schon dämmern. Es könnten Wölfe kommen. Er hastete durch die Gänge, grüßte, wenn es sich nicht vermeiden ließ, und lief durchs Tor. Er war nicht der Einzige an der Koppel, eine regelrechte Menschentraube, Dörfler, Wachen und ein paar Staufer, drängten sich am Gatter. Als sie ihn kommen sahen, wurden sie still und wichen zur Seite. Durch die Gasse ihrer Leiber sah Walther Enzo.
Enzo war tot. Er lag, den Hals grotesk nach oben verdreht, auf der rechten Seite, die Beine steif von sich gestreckt, als hätte er dem Tod noch fortspringen wollen.
Walther erstarrte. Er merkte, dass er nach einem kurzen Augenblick schon weiterging, auch wenn er seine Beine nicht spürte. Er konnte gar nicht richtig atmen. Er konnte auch nicht verstehen, was er sah.
»Das war das frische Gras«, behauptete einer aus dem Dorf ungefragt besserwisserisch. »Wer stellt auch um diese Zeit im Jahr sein Pferd auf die Koppel.«
»Pscht«, zischte ein anderer.
»Ach, Gott, Herr Walther, das schöne Tier«, sagte Laurin, der heimlich poetische Staufer, der auch dabeistand.
»Ist das Euers?«, fragte mürrisch einer der Wachposten in

den Farben des Landgrafen. Walther konnte nichts sagen. Enzo!, dachte er nur immer wieder.
»Ich frag bloß, weil wir's besser wegschaffen vor der Nacht, Herr, könnt ja Wölfe anlocken, wenn wir's hier so liegen lassen.« Enzo lag einfach da.
»Aber wieso?«, flüsterte Walther schließlich. »Das war das frische Gras«, erdreistete sich der besserwisserische Dörfler, wieder dazwischenzureden. »Da gibt's Blähungen, und dann ist's aus. Zack.« Mit der Hand vollführte der Besserwisser eine Geste des plötzlichen Umfallens. Walther starrte den Dörfler an. Hatte er Enzo wirklich umgebracht, indem er ihn zur Unzeit auf die Koppel geführt hatte? Keins der anderen Pferde war draußen gewesen, das hätte ihn warnen sollen, aber er hatte nur daran gedacht, dass er seine Ruhe wollte.
Der besserwisserische Dörfler schüttelte missbilligend den Kopf: »Bei dem frischen Gras«, sagte er noch mal verächtlich und schnalzte mit der Zunge.
»Ach je, Herr Walther«, sagte Laurin und machte eine Andeutung, Walther die Hand auf die Schulter legen zu wollen. Kurz vorher zog er sie dann aber zurück. Der Wachsoldat kam nun näher:
»Herr, wenn das Euer Tier ist, dann gebt uns nun die Erlaubnis, dass wir's zum Abdecken in die Burg schaffen können.« Eine frühe Fliege summte zu den Worten des Soldaten und setzte sich widerlich schillernd auf Enzos eingetrübtes Auge. »Weg!«, schrie Walther. »Weg!«
Er konnte sich aber immer noch nicht bewegen, nicht mal die Hand, um die Fliege zu verscheuchen. Der Wachsoldat beschloss, dass dieses »Weg!« Erlaubnis genug sein musste, und gab ein Zeichen, dass seine Männer Enzo je ein Seil um die Vorder- und Hinterläufe schlangen. Walther stand einfach nur da. Er konnte den Tod seines Freundes nicht begreifen. »Zugleich!«, kommandierte der Wachsoldat,

und die anderen zogen an den Seilen. Enzo rutschte über das nasse Gras an Walthers Füßen vorbei.
»Dann muss aber gleich noch jemand das ganze Blut wegmachen«, erklärte ein anderer der Stauferleute, Herr Hartmut, »sonst kommen die Wölfe doch auch deswegen.«
Alle glotzten ihn verständnislos an.
»Na ja«, sagte Herr Hartmut und zuckte die Achseln. Waren diese Thüringer ganz und gar blöde? »Das Blut«, verdeutlichte Herr Hartmut mit einem entnervten Fingerzeig. Und tatsächlich: Enzos Leib hinterließ im Gras nur schwer sichtbar eine Lache rostroten Blutes.
»Das kommt nun aber nicht vom frischen Gras«, bemerkte ein anderer Dörfler mit Genugtuung halblaut zu dem Pferdefachmann. Dieser sah sich ungern widerlegt, aber zu der Blutlache fiel ihm nichts ein, was sich mit Blähungen oder frischem Gras in Verbindung setzen ließ.
»Pferd umdrehen!«, herrschte der oberste der Wachsoldaten. Fluchend machten sich die Männer daran, Enzo zu wenden. Mit heftigem Schwung warfen sie ihn über den Rücken gedreht auf die andere Seite, es gab ein dumpfes Geräusch. Rechts am Hals, dort, wo das Blut ausgetreten war, sah man ein ganz kleines Loch. Nicht geschlitzt von einem Messer oder einem Speer, eher tief. Ein kleiner Armbrustpfeil vielleicht hätte so ein Loch machen können. Es war etwas ganz Kleines, an dem man sterben konnte.
Walther übergab sich. »Oha!«, machte der Wachsoldat interessiert und fingerte fachmännisch an der Wunde herum. Die Dörfler wichen sehr schnell zurück, keiner hatte ein Interesse daran, nach heimlichen Waffenträgern und Armbrustbesitzern befragt zu werden.
»Da muss der Landgraf jetzt aber selber kommen«, beschloss Laurin, der Staufer, gefasst an Walthers Stelle. »Herr Walther ist ja schließlich sein Gast.« Walther versuchte zu verstehen. Jemand hatte Enzo erschossen. Einfach so, in den

Hals, als er Enzo auf der Koppel hatte stehen lassen. Wer würde denn einfach so ein Pferd erschießen? Wer hätte einen Nutzen, Enzo ein Loch in den Hals zu machen, sodass er umfiele und einfach so daläge. Eine Ofenbank. Er wusste nicht, woher die Erinnerungen kamen; Erinnerungen an eine kleine Stimme: »Da hat er gelegen!« Herrmann! Enzo! Etwas Kleines, an dem man sterben konnte. Enzos Hals, der ihn hielt, als er am großen Stein im Nirgendwo weinen musste, Enzos Hals mit einem Loch darin. Sein Vater, der an einem Stein auf ihn warten wollte, wenn er nach Hause käme. Er würde nun den Verstand verlieren, endgültig.

»Hol den Herrn«, brummte der Wachmann zu einem unglücklichen Untergebenen, der auch gleich loslief.

»Das muss Euch ersetzt werden, das Tier, Herr Walther«, sagte Herr Hartmut sachlich. »Ich meine, wir sind hier schließlich Gäste. Wenn Euch da jemand Euren Besitz einfach so auf der Koppel vor der Burg wegschießt. Das geht ja nun nicht.«

»Geh doch schon mal Wasser holen«, wies Herr Laurin einen anderen Soldaten an, aber der nahm von einem fremden Stauferknecht keinen Befehl an. Er wolle auf das Urteil des Landgrafen warten, nuschelte er, der sei mit Verlaub der zuständige Vogt. Laurin verdrehte die Augen zu Herrn Hartmut, der die Achseln zuckte.

Das Getrappel von Pferdehufen wurde hörbar, nicht von der Burg, sondern von dem Pfad, der in den Wald führte, den Walther heute Morgen geritten war. Zwei dunkle Gestalten auf abgehalfterten Hengsten, einer schmutziger als der andere, kamen näher: Herr Gerhard Atze und sein Knappe. Ein paar Kaninchen am Sattel baumelnd, kehrten sie von erfolgreicher Jagd zurück. Der verdreckte Knappe Gerhard Atzes starrte auf das Burgtor, als wenn dahinter die Götter des Glücks Wohnung hätten, er bewegte kein Auge zu der Versammlung auf der Koppel. Gerhard Atze hingegen schaute voller Genugtuung auf die Gruppe um die Leiche und den zitternden Walther. Walther roch ihn, bevor er den Kopf hob, er roch die Dummheit und die Brutalität, er roch Enzos Mörder.

»Du verdammter Scheißkerl«, brüllte er, aus seiner elenden Erstarrung so schnell erwachend, dass die Staufer ihn nicht halten konnten, als er auf Atze losstürzte. Walther war kein Kämpfer, man hatte größere Angst vor seiner inneren Unberechenbarkeit als vor seiner Kraft. Wenn er auch ein gut gebauter Mann war, so doch keinesfalls ein Gegner für einen Koloss wie Atze. Der hob auch nur im richtigen Moment den Ellenbogen, und Walther fiel genauso schnell, wie er ihn angesprungen hatte. Blut lief ihm aus der Nase, er lag neben Enzo im Gras und hatte Schaum vor dem Mund.

»Du Schwein!«, kreischte er. »Du Mörder!« Hartmut und Laurin hielten Walther fest, bis sie merkten, dass sie ihn eigentlich nur stützen mussten. Sie murmelten Beruhigendes auf ihn ein, als Gerhard Atze, ohne einen weiteren Blick auf Enzo zu werfen, in Richtung des Burgtors ritt, wo dann auch der Landgraf erschien, sichtlich gestört, sichtlich unangenehm berührt. Der Gang zur Partei derer von Hohenstaufen war ein immer mehr unberechenbares Ärgernis, auch kamen die Welfen näher. Gerhard Atze, da der Landgraf zu Fuß ging, sprang vor seinem Herrn vom Pferd und dienerte wie ein kuschender Bluthund vor dem Heger. Der Landgraf winkte nur ab und schritt zur Wiese; sein Kanzler folgte ihm auf dem Fuß und bebte vor unterdrückten, klugen Ratschlägen, auch wenn man noch nicht genau wusste, was vorgefallen war.

»Was ist denn nun hier geschehen?«, bemühte sich der Landgraf um einen väterlichen Ton, als könnte eine gemordete Pferdeleiche mit etwas gutem Willen auch für ein dummes Missverständnis angesehen werden.

»Das Pferd ist tot«, klärte der oberste der Wachsoldaten denn auch die schon ersichtliche Lage auf.
»Das Pferd wurde nämlich erschossen«, erklärte Herr Hartmut mit Bestimmtheit, er traute dem Landgrafen nicht über den Weg. Wütend zeigte er auf die Wunde.
»Ach je, ach je«, gab der Landgraf erst mal von sich: »Hat es denn wohl die Tollwut gehabt?«, fragte er den Kanzler, der vor Wichtigkeit erglühte und die Frage rasch verneinte, da man das Pferd wohl schon seit längerem im Stall gehabt habe.
»Wir haben nur gesunde Tiere, Euer Gnaden.«
»Das kann ja dann nicht sein«, stellte der Landgraf klug fest, »man erschießt doch nicht einfach so ein Pferd, wenn es gesund ist. So was tut doch niemand.« Er sah sich um, als wäre der Fall damit zufriedenstellend geklärt. – »Atze«, röchelte Walther und versuchte auf die Füße zu kommen. Herr Laurin half ihm. Walther wischte sich den Mund ab. »Euer Vasall hat mein Pferd erschossen. Gerhard Atze.«
»*Herr* Gerhard Atze für Euch«, korrigierte zischend der Kanzler und starrte den Sänger giftig an. Er hatte eine Ahnung, dass seine Frau für Walther schwärmte, deswegen konnte er ihn schon mal nicht leiden. Walther verhakte seinen fremden Blick wilden Wahnsinns mit den unbeteiligten Augen des Landgrafen. »Euer Vasall Gerhard Atze hat mein Pferd erschossen, Euer Gnaden.« Stille folgte.
Der gebrochene Dichter machte sich von den helfenden Händen der beiden Staufer los. »Ich fordere Gerechtigkeit.«
Der Landgraf schnaufte, drehte sich einfach um und ging zur Burg zurück, der Kanzler flog geradezu hinter ihm her und flüsterte den ganzen Weg diplomatische Ratschläge in sein Ohr.
»Sie werden Euch eine Verhandlung geben müssen, Herr Walther«, sagte Herr Hartmut begütigend zu dem zittern-

den Dichter. »Ihr kriegt schon Recht. Wisst Ihr, was das Vieh wert war? Sicher doch zwei Mark, oder?«

Enzo war tot, konnte Walther nur immer wieder denken. Enzo war kein Vieh, Enzo war sein einziger Freund. Er sah kraftlos zu, wie die fluchenden Wachsoldaten Enzos Leiche hoch zur Burg schleppten, den Kopf inzwischen am mehrfach gebrochenen Hals hinter ihm herschleifend. Leer und ausgehöhlt blieb er in der schnell fallenden Dämmerung auch noch stehen, als endlich der letzte Bediente kam, das Blut fortzuwaschen, das die Wölfe hätte anlocken können. Vielleicht war das Alleinsein gar nicht das Schlimmste am Leben, wie er manchmal dachte. Vielleicht war das Schlimmste am Leben, wenn man das Alleinsein mit jemandem teilte, und dann war dieser Jemand nicht mehr da. Das Schlimmste am Leben, dachte Walther in der Dunkelheit, ist, wenn man jemanden gern hat, der stirbt und zu dem man nie wieder zurückgehen kann.
Die Nacht, die fiel, war dunkler als der Wald und trauriger als alle Nächte zuvor.

DER ERSTE ATZE-TON

mir hat her gerhard atze ein pfert
erschozzen zisenache;
daz klage ich dem den er bestat:
derst unser beider voget.
ez war wol drier marke wert,
nu höerent frömde sache:
sit daz es an ein gelten gat,
wa mit er mich nu zoget.
er seit von groszer swaere,
wie daz min pferit maere
dem rosse sippe waere,
daz im den vinger abendgebizzen hat ze schanden:
ich swer mit beiden handen,
daz si sich niht erkanden,
ist ieman der mir stabe?

mir hat herr gerhart atze zu eisenach
ein pferd erschossen;
das klage ich dessen dienstherren,
der ist für uns beide als gerichtsherr zuständig.
das pferd war drei mark wert,
und jetzt hört mal, was da seltsames passiert ist:
als ich schadenersatz gefordert habe,
hat der mich beleidigt!
er hat behauptet, dass mein pferd
mit dem klepper verwandt gewesen wäre,
der ihm damals den finger zu seiner schande
abgebissen hätte.
ich kann mit beiden händen schwören,
dass die beiden sich gar nicht kannten!
ist denn hier keiner, der mir den eid vorsagt?

Der Kanzler, der Landgraf und ein mal laut knurrender, mal winselnder Gerhard Atze verbrachten die Nacht in geheimer Beratung. Und auch König Philipp wurde über den Tod Enzos in Kenntnis gesetzt. Man wusste auf beiden Seiten, welch ein Politikum dieser junge Rechtsstreit werden konnte, und durchdachte auf beiden Seiten alle Möglichkeiten. Der Landgraf war entschlossen, einen harten Kurs zu fahren.
Philipp fühlte sich unwohl. Nachdem er seine Berater fortgeschickt hatte, besprach er sich mit Irene-Maria: »Fiedeli, des isch ä Kroiz, gelle. Des Pferdle isch doch alles gwäse, wo der Walther ghabt hätt.« Irene-Maria nickte dumpf, sie fühlte sehr mit Walther. »Abr i kann doch koi Krieg anfange hier wäget em Pferdle.« Philipp hielt sich die ganze Nacht an Irene-Maria fest; manchmal wusste er nicht, warum er so unbedingt hatte König werden wollen, wenn man sich gegen so viele Menschen entscheiden musste und nur noch Feinde hatte. Wenn Irene-Maria nicht gewesen wäre, dann wäre er schon lange verzweifelt.

Die Gerichtsverhandlung wurde als ein außerordentlicher Gerichtstag einberufen. Dies war ein schlauer Rat des Kanzlers gewesen, denn sonst hätte man bis zum nächsten regulären Gerichtstag warten müssen, was die Anwesenheit der lästigen Gäste verlängert hätte. Es wurde demzufolge auch nur ein einziger Fall verhandelt, nämlich die

Klage des Sängers Walther von der Vogelweide gegen den Vasallen des Landgrafen, Herrn Gerhard Atze. Der Kanzler hatte einen Schreiber angewiesen, das Protokoll nur pro forma zu führen, bis er ein entsprechendes Zeichen gäbe, dann sollte er wirklich mitschreiben, was gesagt würde. Die Staufer kamen in Philipps Farben, und der Landgraf tat betont so, als hätte er nur in einer kleinen Meinungsverschiedenheit unter Freunden dabeizusitzen, wenn er auch längst vor Morgengrauen nach allen Waffenträgern geschickt hatte, die in einer halben Meile Umkreis zu finden waren. Gerhard Atze war auf Anraten des Kanzlers vermutlich zwangsgereinigt worden und steckte in einem Gewand, das wohl nicht neu, aber doch sauberer war als alles andere, was er bisher am Leibe gehabt hatte. Der Versuch des Landgrafen, seinen meineidigen Bluthund in einen christlichen Ritter zu verwandeln, entbehrte nicht einer gewissen Komik, trotz der Ernsthaftigkeit, mit der das Unterfangen begonnen worden war. Enzos Mörder stand zur Rechten des Gerichtstisches, an den auch König Philipp ein Sessel gerückt worden war. Irene-Maria hielt sich im Hintergrund. Walther stand auf der rechten Seite, bleich, übernächtigt, noch ganz eingesponnen in das Netz seiner Erschütterung, langsamer als sonst in Sprache und Gedanken. Laurin und Hartmut hielten sich solidarisch in seiner Nähe, verstanden aber nicht, weswegen den Dichter das Ganze so mitnahm. Ein Pferd würde sich leicht ersetzen lassen.

Walther wurde aufgerufen, vor Gott und der Welt seine Klage zu führen. Herr Hartmut klopfte ihm aufmunternd auf die linke Schulter. Walther trat vor:

»Mir hat Herr Gerhard Atze mein Pferd erschossen hier zu Eisenach.« Der Kanzler machte eine Geste zu dem Schreiber, der so tat, als notierte er das Vorgefallene.

»Ist der Wert des Pferdes bekannt?«, fragte der Kanzler.

Walther erinnerte sich an die kalte Stimme eines anderen Kanzlers, der ihm vor Jahren ein Pferd geschenkt hatte, um ihn loszuwerden. Ein Pferd, von dem er noch nicht wusste, dass es Enzo werden würde.
»Drei Mark«, sagte Walther so leise, dass man ihn auffordern musste, die Summe zu wiederholen. »Notieren«, befahl der Kanzler. »Der fahrende Sänger Walther beklagt den im Dienste des edlen Landgrafen zu Eisenach stehenden Herrn Gerhard Atze, ihm ein Pferd im geschätzten Wert von drei Mark angeblich erschossen zu haben.« Die Staufer murmelten aufgebracht, Walther war nicht nur ein Fahrender, und er hätte als von der Vogelweide geführt werden müssen. Da aber Philipp keine Miene verzog, legte sich das Gemurmel schnell wieder. Der Landgraf sah sehr zufrieden aus.
»Lieber Sänger«, redete er Walther an. »Könnt Ihr Euch einen wirklichen Grund vorstellen, weshalb der Mann, den Ihr anklagt, solches getan haben sollte?«
Walther kochte vor Wut, als er antwortete: »Weil er böse ist, dumm und brutal.« Nun murrten die Knechte des Landgrafen, aber ihr Gemurre war doch sehr gleichklingend, sehr eingeübt.
»Sachlich bleiben, lieber Sänger«, tönte der Landgraf in falscher Väterlichkeit, »wenn das der Grund wäre, dann müsste ja so mancher durch die Lande ziehen und Pferde erschießen, nicht!? Hahaha! Also, aus welchem Grund?«
Walther spuckte aus.
»Das wisst Ihr genau. Weil ich über seine kleine Lügengeschichte gelacht habe, weil ich ihm diese blödsinnige Sache mit den Schwurfingern nicht geglaubt habe, so wenig wie jeder andere hier übrigens. Ich hab's nur laut gesagt.«
Die Staufer machten unterstützend zustimmende Laute, bis Philipp eine dämpfende Handbewegung ausführte.
»Ach so, ach so!« Der Landgraf nickte tiefsinnig. »Der Sän-

ger Walther klagt an, man habe ihm sein Pferd erschossen, weil er gelacht hätte. Sehr ungewöhnliche Vorstellung, aber bitte, aber bitte … Gut, dann wollen wir mal den Beklagten hören. Herr Gerhard Atze, was habt Ihr dazu zu sagen. Habt Ihr dem Fahrenden Walther sein Pferd erschossen, weil der gelacht hat?«

In Gerhard Atzes Hirn arbeitete es sichtlich, um genau den Wortlaut zu erinnern, den ihm der Kanzler noch bis kurz vor der Verhandlung eingedrillt hatte.

»Ich hab das Viech erschossen«, teilte Gerhard Atze schließlich mit, wieder hob Gezische und Gemurre an. Der Kanzler nickte dem Mörder von Walthers einzigem Freund beschleunigend zu.

»Aber das war Notwehr!«

»Notwehr?«, schrie Herr Hartmut, als wäre er mit seiner Geduld am Ende. König Philipp schüttelte warnend den Kopf. Gerhard Atze atmete schwer durch, jetzt kam der schwierigste Teil seiner Aufgabe. Hoffentlich bekäme er das alles hin.

»Ich habe erkannt«, leierte er schlingernd, »dass das Tier, wo da dem Dingsda gehört hat, dass das ein Tier aus der Sippe von dem Tier da war, wo mir den Finger, äh, die Finger abgebissen hat, weswegen ich wo immer als ein Gebrandmarkter gehalten werde, äh, fälschlich. Deswegen hab ich mich an dem Tier da, wo da war, nun gerächt für meine Schmach, wo ich immer erdulden muss, die ganze Zeit. Denn das andere war ja nicht da.« Gerhard Atze hoffte, dass sein ungeschultes Gehirn alles Erforderliche behalten hatte, was er an dieser Stelle aufsagen musste.

Jetzt war es ganz still, niemand murrte, niemand fragte, niemand konnte es fassen. So eine Lüge konnte man doch nicht ernsthaft auftischen und hoffen, damit durchzukommen.

»Sehr einsichtig, lieber Herr Gerhard Atze«, lobte da der

Landgraf, »und sehr verständlich, nicht?« Er drehte sich zu König Philipp, der verzweifelt an seinem Bart zerrte.
»Dann ist ja alles in Ordnung. Ich meine, das ist ja bekannte Rechtsprechung, Euer Gnaden, wenn mich ein Hund beißt und ich kann den nicht finden, der's getan hat, so darf ich einen aus seinem Wurf hängen lassen, um Gerechtigkeit herzustellen.« König Philipps Gesicht drückte ausschließlich Abscheu und Widerwillen aus, aber er sagte kein Wort. Deswegen legte der Landgraf noch mal nach. »Und wir haben die Umstände zu berücksichtigen: Herr Gerhard Atze ist mir ein treuer Vasall gewesen, er hat ein Lehen nicht weit von hier, leistet pünktlich seinen Dienst und zahlt die Steuer. Auch an Euch ja nun, Euer Gnaden.« Der Landgraf machte ein besonders ernstes und salbungsvolles Gesicht, als er weiterredete. Sein Kanzler formte die verabredeten Worte lautlos mit den Lippen mit und nickte an den ausdrucksstarken Stellen befriedigt vor sich hin. »Und der Sänger Walther, mit Verlaub, Euer Gnaden, wenn er auch in Eurem Gefolge reist, ist doch ein Fahrender, ein Vagant, ein Fremder hier, Ausländer. Auch ob er von Adel ist, das würde ich mal hinterfragen, ich kenne weiter keine von der Vogelweide, die seine Herkunft absichern würden. Da glaube ich dann schon dem Wort meines Vasallen. Und ich kann nur sagen, da will ich mal nicht so sein, ich lasse es dem Fahrenden da mit einer Rüge durchgehen, dass er ein so gefährliches Tier einfach mit sich herumgeführt hat. Sonst, wenn er nicht Euer Sänger wäre, würde ich ihn schwer zur Rechenschaft ziehen für sein schadhaftes Tun.«
Das letzte Stück, nach Mitternacht vom geifernden Kanzler als ein Zubrot vorgetragen, war nun doch ein bisschen zu viel. Die Staufer murrten nun nicht mehr, sie pöbelten. »Lüge!«, brüllten sie, und einer begann, »Verrat« zu schreien, das nahmen viele auf. Irene-Maria, die weit hin-

ter Philipp an der Wand gesessen hatte, war so ärgerlich, dass sie sogar daran dachte, aufzustehen und zu gehen. Die Schwester des Landgrafen, Anna-Elisabeth, die neben ihr saß und ganz bleich geworden war vor Zorn, drückte der Königin gegen alle Etikette die rechte Hand. »Es tut mir so leid«, flüsterte die Schwester und schämte sich zutiefst.
Philipp überlegte, wo die Wahrung des Friedens aufhörte und er zu einer lächerlichen Figur gemacht wurde, die eine so lahme Geschichte glauben sollte. Wenn der Landgraf wenigstens gegrinst hätte oder sonstwie despektierliche Signale ausgegeben hätte, dann hätte man was tun können. Aber der Gastgeber blickte weiter salbungsvoll und mittlerweile fast betroffen ob seiner eigenen Rechtsgelehrtheit. Philipp beherrschte sich. Die Staufer hörten langsam auf mit ihrem Protest. Irene-Maria stand nicht auf.
Herr Hartmut und Laurin drehten sich fort, weil sie die Zeichen verstanden hatten. Es durfte keinen Krieg geben so nah am Welfenland, und deswegen würde man ein Opfer lassen müssen. Das Opfer wäre die Stimme der Staufer, wäre der, der ihren Ruhm so weit in alle Himmelsrichtungen getragen hatte – und der eben doch nur ein Dichter war. Walther verstand das alles nicht, er dachte an Enzos trübes Auge, besetzt von einer schillernden Fliege, an den dummen Schlächter, der ihm einen Pfeil in seinen treuen Hals geschossen hatte, und an dieses Lügenmärchen, das keiner glauben konnte.
»Lüge«, schrie Walther, und seine Stimme ging allen durch und durch. »Lüge!« Er fühlte sich mit einem Mal selbst fähig, einen Mord zu begehen. »Dieser meineidige Schinder da hat mein Pferd erschossen, weil ich über seine erlogene Geschichte gelacht habe. Und Ihr deckt ihn. Wer einen Meineidigen deckt, der ist selbst nicht besser!«
Jetzt machten die Leute des Landgrafen entsetzte Laute, diese Anschuldigung hätte sich der hübsche Ausländer

besser mal überlegt. Der Landgraf aber hatte sie erwartet, freudigst erwartet. Noch betrübter in Miene und Habitus, hob er jammernd die Hände zur Decke: »Weh, weh«, klagte der Landgraf, »wie nur hab ich das verdient, ein Hochverrat in meinem Hause.« Der Kanzler nickte begeistert. Besser hätte es gar nicht laufen können. »Hochverrat?«, fragte König Philipp nun erstmals indigniert nach. »Ein Hochverrat, der würd doch wohl mir gelte?«
»Ja eben!« Triefend vor Mitgefühl drehte sich der Landgraf zu seinem Lehensherrn und verbeugte sich sogar. »Dieser Sänger da hat Euch, Euer Gnaden, des Meineids bezichtigt!«
»Da müscht i da abr taub sein, gell, des han i net g'hört.«
Der Kanzler gab dem Schreiber ein Zeichen, und auf eine Geste des Landgrafen las der mit heiserer Stimme vor: »Sagte der Sänger Walther: Wer einen Meineidigen deckt, der ist selbst nicht besser.« Der Landgraf ließ den Schreiber wieder verstummen.
»Ja und?«, fragte Philipp, »wieso sollt er da mich g'meint hen?«
Der Kanzler dienerte heran. »Euer Gnaden selbst gaben vorgestern die öffentliche Anerkennung, dass Ihr keinen Zweifel daran hättet, dass Herr Gerhard Atze seine Finger durch einen tragischen Unfall, namentlich einen Pferdebiss, verlor. Euer Gnaden standen dafür ein mit Eurer Königswürde. Ihr bekräftigtet, den Eid des Landgrafen vor Zeugen anzuerkennen.« Philipps Blick ließ den beflissenen Mann verstummen.
Der Landgraf hielt es für sicherer, von hier zu übernehmen. »Wenn der Fahrende nun sagt, Herr Gerhard Atze lügt, dann sagt er, ich lüge, dann sagt er, Ihr lügt, Euer Gnaden.«
Herr Gerhard Atze selbst konnte den Ereignissen, die in so verschachtelter Form vorgetragen wurden, schon lange

nicht mehr folgen. Er wähnte sich allmählich auf der Straße des Sieges, hatte aber noch keine Weisung erhalten, wie er sich nun zu benehmen hatte, und stand deswegen still.
»Da sage ich doch lieber, der Fahrende lügt, Euer Gnaden«, fuhr der Landgraf langsam und betont fort.
»So ein Fahrender. Keine Zucht, kein Stall, nur ein höchst gefährliches Pferd. Lehen hat er doch auch keins, oder?«
Philipp wusste, dass dies der Moment wäre, in dem er alles noch einmal hätte wenden können. Er hätte Walther ein Lehen zusprechen können, ein kleines, eine Abtei irgendwo in Schwaben, wo der vermutlich niemals hingehen würde. Als Lehensmann hätte Walther besser dagestanden, eine feste Zugehörigkeit zum Gefolge des Königs gehabt. Aber so? Was hätte Irene-Maria getan in dem Moment? Aber er konnte sich doch jetzt nicht nach ihr umdrehen, sich vor allen Versammelten Rat von seiner Frau holen, auch wenn er ihre Blicke fest in seinem Rücken spürte.
»Er het koi Lehen«, flüsterte Philipp, und Walther begann zu schwanken. Eine Hand griff von hinten unter seinen Ellenbogen und hielt ihn. Er sah sich nicht um, er konnte nicht.
»Tja!« Der Landgraf hob beide Arme und ließ sie mit einem lauten Geräusch wieder gegen seine Seiten fallen, als könnte er nur so die unausweichliche Folge der weiteren Ereignisse beschreiben.
»Fahrender Walther«, tremolierte der Landgraf. »Wegen der Mitführung eines äußerst gefährlichen Tiers, das sich sippenweise an einem meiner Getreuen, Herrn Gerhard Atze, vergangen hat, verurteile ich dich –«
»Halt!«, schrie König Philipp dazwischen. »Er untersteht noch immer meiner Gerichtsbarkeit.« Was soll ich tun, Friedeli, dachte er verzweifelt, was denn? Der Landgraf nickte. Sollte Philipp nur das Urteil sprechen. Er hatte sowieso gewonnen, der Plan war aufgegangen.

Philipp, machtloser als je ein König gewesen war, hob widerwillig die Stimme: »Herr Walther. I verurteile Euch, den Zug derer von Hohenstaufen unter meiner Führung z' verlasse und Euch von mir und meinem Gesinde zu entferne.« Er schluckte an dem Falschen, das er tun musste. Musste er?
»Ihr habet uns an schlechte Dienscht erwiese, Walther von der Vogelweide, erwartet koi Entlohnung und koi Zeugnis.«
Er sah Walthers seltsame Augen, schon geleert vom gestrigen Verlust, nun fast verschwunden vom heutigen Verrat, die Hülle eines Mannes, der von allen betrogen worden war. Werden musste! Manchmal musste man nicht mal vertrauen, um betrogen zu werden. Man musste nur zwischen den Fronten stehen. Philipp wollte es sich merken.
»Ihr werdet meine Burg noch heute verlassen«, fügte der Landgraf glücklich an. »Herr Gerhard Atze, Ihr als Geschädigter dieser Untat, legt Ihr Wert auf eine öffentliche Gutmachung oder Wergeld?« Das war leider nicht abgesprochen gewesen, der Kanzler hielt den Atem an.
»Ich?«, bellte Gerhard Atze, »was soll ich?«
Der Kanzler eilte an die Seite des Landgrafen und flüsterte in sein rechtes Ohr. Der Landgraf nickte berichtigt: »In aller Milde verkünde ich, dass der Fahrende straffrei gehen soll. Aber komm nicht wieder, du«, fügte er noch an. »Hier in Eisenach, da bist du nicht willkommen.«
Walther fiel. Die Hand, von der er nicht wusste, wem sie gehörte, fing ihn auf.

Damit war die Gerichtsverhandlung vorbei. Walthers Sachen wurden von schadenfrohen Eisenachern gepackt und in den Hof geworfen. Es war zu viel, als dass er es zu Fuß hätte tragen können. Herr Hartmut wurde als heimlicher

Unterhändler zu Walther geschickt und steckte ihm Geld zu, einen Beutel von Philipp, wenig, nicht mal genug für ein neues Pferd, erst recht weniger als ein Lehen. Und einen Beutel von Anna-Elisabeth, dieser war schwerer.
Die Hand, die Walther gehalten hatte, war Dietrichs gewesen. Stoisch und in seiner gedrungen lustigen Gestalt unerkannt heldenhaft stand der Musikant auch jetzt an Walthers Seite, sein Bündel unter dem Arm, entschlossen, mit ihm zu gehen, obwohl Walther ihn weder bemerkt noch danach gefragt hätte. Der König erschien selbstverständlich nicht, um einem Verurteilten seinen Abschied zu geben. Der König hatte sich ins Bett gelegt und die Decke über den Kopf gezogen.
Aber jemand anders kam. Eine Frau in herrschaftlichen Gewändern betrat den Hof, schritt mit entschlossener Festigkeit auf Walther zu und lüftete vor ihm ihren Schleier.
Walther zitterte und verneigte sich tief, Dietrich lag fast im Schlamm mit der Nase vor lauter Ehrfurcht.
»Des war falsch«, sagte die Frau mit fremdländischer Stimme auf Schwäbisch. »Des war – net recht.« Irene-Maria streckte ihre Hand aus: »'s tut mer leid wäget em Pferdle.«
»Enzo«, flüsterte Walther. Aus irgendeinem Grund wollte er, dass die Königin den Namen seines ermordeten Freundes kannte.
Irene-Maria nickte. »Des Pferdle Enzo«, wiederholte sie mit Festigkeit. »I bitt Euch um V'rzeihung, Herr Walther«, sagte sie dann stockend. »Au für mein Mann.«
Da verbeugte sich Walther und sagte mit voller Überzeugung: »Euer Gnaden sind im Herzen die schönste Dame, die ich je sah, und ich werde immer mit Achtung an Euch denken.«
Irene-Maria errötete und versuchte mit der linken Hand, ihren Unterkiefer abzuschirmen.
»Der eine stehet hier, un der andre stehet da, Herr Walther,

’s isch ois net so einfach«, sagte sie noch, dann wandte sie sich um, um zu gehen.
Walther blickte ihr stumm nach.
»Los, Herr«, sagte da Dietrich und schulterte eins von Walthers Bündeln. »Hier wird’s nicht besser. Ihr wisst doch selber, mit den Staufern kann man auch in die Hölle fahren.«
Und beladen mit seinen Instrumenten, seinen und Walthers Kleidern und freundlicher Sorge schob Dietrich den Sänger Walther von der Vogelweide aus dem Tor hinaus.
»Wie fühlt es sich an«, flüsterte eine kühle, neugierige Stimme in Walthers Erinnerung. »Wie fühlt es sich an?«

EINES ANDEREN ZUVERSICHT

Der milde Vorfrühling verschwand am Tag von Walthers und Dietrichs Auszug aus der Burg so schlagartig, wie er gekommen war. Zuerst kam der Regen, dann der Nebel, dann Frost, dann Schnee. Verfroren, hungernd, zu Fuß, unendlich langsam arbeiteten sich beide nach Südosten vor. Dietrich war sehr auf eine bestimmte Route bedacht, was für Walther keinen Sinn machte.

Im Westen waren die Welfen, im Norden die Wilden. Zu den Welfen hätte Walther so kurz nach Jahren des Dienstes am Stauferhof keinesfalls überwechseln können. Er selbst war auch gar nicht in der Lage, diese Überlegungen zu führen, Dietrich führte sie, so wie er Walther führte. Der rundliche Musikant, der sein Leben mit Walthers Leben verknüpft hatte, komme was da wolle, gewährleistete, dass sein Herr die nächsten Wochen und Monate überhaupt überlebte.

»Herr, wisst Ihr, wir könnten natürlich nach Kaiser Otto suchen, ja? Aber es wär vielleicht ein bisschen zu früh. Für den Übergang könnt Ihr ja einfach mal was gegen Philipp schreiben, nur so, was nicht gerade politisch ist, oder? Da wären dann alle Möglichkeiten offen.«

Walther trottete weiter, den stumpfen Blick auf die immer neue Erde des nächsten Schrittes geheftet. Dietrich wusste nicht, ob er zuhörte, aber er dachte, dass es einstweilen sowieso nicht darauf ankäme. Bis sie einen neuen Herrn gefunden hätten, würde sich Walther schon wieder berap-

pelt haben. Im Leben, fand Dietrich, durfte man gar nicht anders als zuversichtlich denken, sonst könnte man es von Anfang an bleiben lassen.
Wäre er je von zu Hause weggelaufen, um schließlich ein Musikant zu werden, wenn er nicht gedacht hätte, dass es schon gut ginge?
»Also, was ist denn so über unsern Philipp zu sagen?«, dachte Dietrich laut weiter. »Gut aussehen tut der ja, ist ja nichts gegen zu sagen, bisschen eitel, natürlich. Und die Königin, die sieht ja nicht so gut aus, aber so nett, wie die war zu uns, Herr Walther, da können wir ihr nichts Böses nachtragen, das wär unrecht.« Dietrichs Magen knurrte laut. Wenn sie sich Pferde gekauft hätten, wären sie schon längst weiter. Aber Dietrich wagte nicht, zu Walther von Pferden zu reden, so kurz nach Enzos Tod. Und so, wie sich Walther aufführte, wusste er nicht, ob er fähig gewesen wäre, mit einem Pferdehändler um einen guten Preis zu feilschen. Er wusste auch nicht, ob Walther für ihn auch ein Pferd gekauft hätte oder bloß eines, was wahrscheinlicher gewesen wäre. Also laufen.
»Einen Hunger hab ich.« Dietrich suchte in seinem Brotbeutel nach einem der letzten Kanten, an denen er eine Weile herumkauen könnte. »Dass er so komisch redet, das wär natürlich auch nicht schlecht, aber dann, ich meine, je nachdem, wo man hingeht, umso mehr reden die Leute komisch, oder? Philipp, Philipp, Philipp, was wär denn mal gut und nicht politisch? Fällt Euch was ein?« Dietrich nagte an dem harten Kanten. Er erwartete nach all diesen stillen Tagen keine Antwort mehr, wenn er so heiter auf seinen selbst gewählten Herrn einplapperte.
»Er hat mir ein Lehen versprochen«, nuschelte Walther da unerwartet. Es war der erste zusammenhängende Satz, den er seit achtzehn Tagen gesprochen hatte.
Dietrich verschluckte sich und musste husten.

»Nein!«, rief er und versuchte danach, sich keine weitere Überraschung anmerken zu lassen. Einfach so tun, als ob es normal wäre, dass er jetzt redet, sagte er sich innerlich vor.
»Doch.« Walthers schöne Stimme klang flach. »Er hat gesagt, wenn ich das Lied zur letzten Weihnacht so gut mache, dass es ein Erfolg wird, dann würde er mir ein Lehen geben. Zwei Mal hat er das gesagt.«
Dietrich blieb stehen. »Das Weihnachtslied? Das Lied mit *Es ging an jenem Tage*, das, was wir direkt nach der Messe gebracht haben?«
Walther zuckte die Achseln: »Ja, das«, sagte er ausdruckslos.
»Das gibt es doch nicht!« Dietrich regte sich fürchterlich auf. »War jemand dabei?«
Wenn Philipp dieses Versprechen vor einem Freien gemacht hätte, selbst einem seiner engsten Berater, dann gäbe es Möglichkeiten.
Walther überlegte: »Die Königin natürlich und ein Diener fürs Feuer und einer für den Wein. Die Wachen waren draußen, die haben es vielleicht auch gehört, weil er es beim zweiten Mal so laut gesagt hat.« Dietrich winkte resigniert ab. Wachen und Diener zählten nicht. Und die Königin würde sehr wahrscheinlich nicht gegen ihren eigenen Mann bezeugen, dass er ein Versprechen gebrochen hatte. Andererseits war sie in den Hof gekommen und hatte allen gezeigt, dass sie es mit der Ehre der Staufer genauer nahm als ihr Mann, der eigentlich nur über Ehre reden wollte. Trotzdem, ziemlich aussichtslos.
»Geizhals«, spuckte Dietrich.
»Ja, Geizhals«, murmelte Walther und hatte zum ersten Mal seit Wochen wieder einen Gedanken, der nichts mit Enzos trüben Augen und seinem Blut auf der Wiese zu tun hatte.

»Mir hat der auch nicht viel bezahlt, niiiie«, plapperte Dietrich weiter. Er hatte das Gefühl, als hätte er Walther aus einem morastigen Graben herausgezogen, und er wollte es nun auf keinen Fall riskieren, dass ihm der Sänger aus den Händen glitte und sich zurückfallen ließe in seinen Sumpf der Traurigkeit. »Und das sagen ja auch viele, dass es dem Philipp um jedes Pfund wehtut, was er bezahlen muss. Ich sag mal, wenn sie den als Geisel genommen hätten, so wie den Dingsda von England, der Philipp hätte nicht mal für sich selber bezahlt.«

Dietrich lachte laut und auffordernd über seinen eigenen Witz, und er wähnte, dass es auch um Walthers Mund herum gezuckt hätte. Lacht doch mal, flehte er innerlich.

Sie gingen weiter. Dietrich dachte, dass er ruhig noch einen Vorstoß wagen könnte. »Darf ich Euch was fragen, Herr Walther?« Da kein Nein kam, beschloss er, das Schweigen für eine Erlaubnis zu halten.

»Warum gehen wir eigentlich nicht zurück nach Wien? Ich mein, Ihr seid jetzt so berühmt, da würden die Euch doch mit Kusshand nehmen, oder? Der alte Hagenau, den die da haben, der kann doch bestimmt kein Blatt mehr in der Hand halten.« Wien war entschieden das falsche Thema gewesen, fiel Dietrich nun zu spät ein. Mit Wien konnte man bei Walther Wutausbrüche verursachen, wie man sie niemals in einem so schönen Äußeren vermutet hätte. Aber vielleicht war Walther zu erschöpft, um wütend zu werden.

»Nein, nicht Wien«, sagte er dumpf und brütete weiter vor sich hin. Niemand sollte je von ihm hören, wie sehr er sich manchmal nach Wiens Hof sehnte. Nicht nach Moldavus oder Reinmar oder den Intrigen. Er wollte einfach irgendwohin gehören. In eine feste Welt, voller Ordnung, mit oben und unten, in der man wusste, wo man stand. Menschen, die nicht herumzogen wie Raubritter und nie länger als einen Monat irgendwo bleiben konnten. Er sehnte sich nach Frieden und Ruhe. Und wenn er ganz ehrlich mit sich gewesen wäre – was er vermied –, dann hätte er auch gestanden, dass er sich nach seiner Jugend sehnte. Er fühlte sich alt. Jahre auf der Straße zählten vielfach. Walther war müde, zu müde, um zu wünschen, zu müde, um zu dichten, und manchmal sogar zu müde, von seinem Lehen zu träumen. »Nicht Wien«, wiederholte er lethargisch.

Dietrich war erleichtert, dass Walther ihn zumindest nicht geschlagen hatte. »Nicht Wien, nicht die Welfen? Was bleibt denn dann?« Der Schnee knirschte unter ihren Schritten. »Kleinhöfe?«, folgerte er bang. Ein Kleinhof wäre das Ende gewesen. Wer einmal bei einem Provinzler saß, der konnte danach auch nur noch zu anderen Provinzlern weiterziehen. Am Ende spielte man auf Jahrmärkten und Kirchfeiern.

Da drehte Walther den Kopf, und ein Funken des alten Lebens huschte durch die leeren Augen: »Kleinhöfe! Pah! Wir brauchen einen Kirchenmann. *Das* hält vor.« »Kirchenmann!«, hauchte Dietrich ehrfürchtig, darauf wäre er nie gekommen. Das war brillant. Ein Kirchenmann, da sich die Kirche geschmeidig wie ein Reiherhals heute den Welfen und morgen den Staufern zudrehte, wäre die ideale Zwischenlösung, so lange, bis der Krieg endlich entschieden wäre. Mit der Kirche stand man immer auf der richtigen Seite, weil auch die falsche Seite plötzlich Recht hatte, wenn es der Kirche nützte.

Dietrich wurde ganz aufgeregt: »Sollen wir dann nach Köln gehen oder Aachen oder Speyer oder, ich weiß, Paris und dann –«

»Wir gehen erst mal weiter nach Süden«, unterbrach ihn sein Herr. »Wir finden schon den Richtigen.«

Zuversicht, dachte Dietrich, Zuversicht. Wer Zuversicht hat, stirbt nicht. Er konnte sich nicht helfen, er musste

pfeifen. »Lalala, quante l'jerba fresch«, bemühte er sein armes Französisch. Walther schüttelte leicht den Kopf.
»Ach, Dietrich«, sagte er, und es war wie eine Umarmung. »Danke, dass du mitgekommen bist.«

Sie lagerten am Waldrand in einer verfallenen Hütte, die den verbliebenen Exkrementen nach häufig von wenig verwöhnten Fahrenden benutzt wurde. Dietrich bastelte ein Reisigbündel und fegte damit aus. Dann machte er im schmutzigen, halb verstopften Kamin ein kleines Feuer und wärmte Wein und Trockenfleisch, das sie unterwegs gekauft hatten. Da Walther kaum essen wollte, hatten sie auch noch einen ganzen Laib Brot übrig, und sie aßen hungrig vor dem kleinen Feuer. Seit ihr Entschluss, sich einen Kirchenmann zu suchen, gefestigt war, hatten sie geschwiegen, diesmal aber wie zwei Freunde, die ein wichtiges Ziel haben, nicht wie Verzweifelte.
»Warum eigentlich?«, fragte Walther nach dem Essen.
»Warum was, Herr?«
»Warum bist du mitgekommen, um mit mir hier zu frieren und vor die Hunde zu gehen, wenn du's bei den Staufern weiter warm und satt haben könntest.«
Dietrich wischte seine gedrungenen Finger sauber. »Hat jeder so seine Gründe«, brummte er ausweichend. Für Dietrich waren Frieren und Vor-die-Hunde-Gehen keine Unbekannten, er hatte gewusst, worauf er sich einließ. Es war es ihm wert gewesen. Frieren hieß nicht Erfrieren, und vor die Hunde gehen hieß nicht, dass sie einen auch beißen würden.
»Warum?«, fragte Walther noch einmal. Mit seinem Bart, der ihm seit ihrem Auszug aus Eisenach gewachsen war, sah er nicht mehr so unbeschwert schön aus wie früher. Er sah aus wie einer, der etwas verloren hatte, das sich nie ersetzen ließe. Dietrich kratzte sich am Kopf, zog die Decke

enger, hustete und tat noch ein paar andere Dinge, von denen er hoffte, sie würden Walther seine Frage vergessen lassen, aber als er in die seltsamen Augen sah, wurde ihm klar, dass Walther es wirklich wissen wollte.

»Herr, ich bin nur so ein Musikant, ich dachte eben, ich komm mit Euch mit, da gäb's sicher Auftritte, Feste, so was.«

»Nicht lügen, Dietrich.« Es war eine Bitte, kein Befehl. Es war die Bitte eines Menschen, der die Wahrheit gerade nötiger brauchte als ein warmes Bett.

»Was soll ich denn erzählen, Herr? Ich bin nur ein einfacher Mann. Da lebt man eben. Mal so, mal so.«

Nicht lügen, hatte Walther gebeten, und schon der erste Satz war eine Lüge geworden. Dietrich fluchte innerlich. Man lebte nicht so einfach als einfacher Mann, meistens ging es nur darum, Wege zu finden, das Sterben immer noch einen weiteren Tag hinauszuschieben. Aber wie sollte er das einem wie Walther erklären, einem Herrn, der seine Freiheit nie als etwas Besonderes beachtete, der mit ihr spielte. Aber wenn Walther die Wahrheit brauchte, dann würde Dietrich sie ihm geben, selbst wenn die Wahrheit sein lebenswichtiges Geheimnis wäre.

»Ich bin in Franken geboren, bei Würzburg, Herr Walther, und mein Vater ging am Eisen eines Lehensherrn, wenn Ihr versteht.«

Walther verstand nicht. »War er Soldat?«, fragte er nach. Dietrich schnaubte. »Nein, Herr, Soldat wurden solche wie mein Vater nur, wenn es ganz eng wurde. Mein Vater ist leibeigen. Gewesen«, fügte er nach kurzem Überlegen an. »Der lebt bestimmt nicht mehr.«

»Hm«, machte Walther, nur so, den Ausdruck mit dem Eisen hatte er nicht gehört. Wo er herkam, gab es natürlich auch Leibeigene, aber die sah man nur als ganz besonders zerlumpte, verkrochene Masse weit hinten in der Kirche

bei den hohen Messen, wenn man es ihnen aus Christenpflicht nicht verwehren durfte. Gebückte Lumpengestalten mit Wut und Furcht in den Augen. Er hatte mit Friedehalm und seiner Mutter immer ganz vorn gestanden. Aber Dietrich sah gar nicht so aus wie die geduckten Leibeigenen im Grödnertal.
Der Musikant schnaufte und zog die Nase hoch.
»Und damit Ihr's genau wisst, Herr Walther, jetzt, wo wir auf Gedeih und Verderb miteinander sind, ich bin auch leibeigen geboren.«
»Hat man dich freigesetzt?«
Friedehalm hatte manchmal ganz alte Leibeigene freigesprochen, damit er sie nicht versorgen musste in ihrem Siechtum. Aber auch nur, wenn ihre Kinder schon tot waren.
»Nein.« Dietrich ließ sein gedehntes Nein in der Luft hängen, sollte doch Walther das Unglaubliche, das Ungeheuerliche sagen, was Dietrich für immer und einen Tag zu einem Flüchtigen machte. Er war fortgelaufen. Ein Fahrender zu sein war Dietrichs einzige Chance, dieses Verbrechen länger zu überleben. Jemandem, der blieb, dem würde man Fragen stellen, woher, wieso, wessen Sohn. Und es würde immer einen geben, der misstrauisch war, wenn man blieb. Nur ein Fahrender konnte gehen und die Fragen hinter sich lassen. Dietrich, der Spielmann, war ein Vogelfreier, ein Verbrecher gegen die göttliche Ordnung, die seinen Leib und sein Leben für immer und einen Tag in die Hand eines anderen, seines Lehensherrn, gelegt hatte. Aber Walther sagte es nicht, er schaute Dietrich nur an.
»Ich bin geflohen«, erklärte Dietrich deswegen. »Ich wusste, dass ich es nicht können würde, so zu leben wie meine Eltern und Verwandten. Irgendwann hätte ich was gesagt oder getan, dann hätten sie mich gehängt – oder meinen Vater, meine Mutter, alle von mir aus –, wenn sie wollten. Und das wollte ich nicht.«

Er war nachts geflohen, an Dreikönig im Winter, mit nur zwölf Jahren. In Dunkelheit und Kälte hatten der Herr und seine Männer keine Lust, lange draußen nach einem Halbwüchsigen zu suchen.
»Der kommt schon wieder, wenn er Hunger hat«, hatte der Herr auf seinem Pferd seinem jüngeren Bruder zugerufen. »Dann kriegt er von uns zu essen. Die beste Jauche, die ich finden kann.« Und der Bruder des Herrn, dem meist die Bestrafung der Leibeigenen oblag, hatte anerkennend gelacht und »Pack!« gespuckt. Dietrich lag keinen Arm weit versteckt im Schnee, deswegen hatte er es gehört. Vielleicht hätte ihn ja der Hunger wirklich nach Hause getrieben oder das Heimweh und die Einsamkeit, aber die Aussicht auf die Strafe des Herrn trieb ihn weiter fort.
Er wusste über das Frieren gut Bescheid seit jenem Winter. Halb verhungert ging er zunächst nach Würzburg.
»Das ist hübsch dort, Herr Walther, da müsst Ihr auch mal hin. Und guten Wein haben die im Winter wie im Sommer.« Das Haar kürzte er sich weiter mit scharfen Steinen, denn es war rot, und er fürchtete, dass Wort aus wäre, nach ihm zu suchen. Einem Spielmann verzieh man es, wenn er sich das Haar kürzte, es sah nur anders, nicht unfrei aus. Dietrich ging damals zuerst zu einem Kloster und bat um Essen, aber keiner glaubte ihm seine Geschichte, ein Fehdeopfer zu sein. Es hatte lange keine Fehde stattgefunden. Vor der Pforte abgewiesen, halb wahnsinnig vor Hunger und Angst, konnte er nur noch kriechen. Eine vorbeieilende Frau warf ihm ein Brotstück zu. Das erschien ihm wie ein Fingerzeig des Herrn. So ging er unter die Bettler. Dort brachte ihm einer bei, eine Flöte zu schnitzen. Dietrich zeigte Talent, schnappte Lieder auf, sang auch ein bisschen und verdiente schließlich ein wenig Geld. Damit kaufte er eine Schelle und eine Fiedel. Er mochte die Musik, aber es ging ihm nie um so etwas Abgehobenes wie »die Kunst«.

Es ging darum, den nächsten Tag zu erleben – und vielleicht auch satt zu sein, wenn man Glück hatte. Bei einem Jahrmarkt in seinem vierten heimlichen Jahr in Würzburg sah er den Bruder seines Herrn, da wusste er, dass er gehen musste. Er schloss sich von hier auf gleich einer Gruppe von Gauklern an, mit denen er nach Augsburg, Regensburg und Bamberg zog. Als sie dann wieder nach Franken gehen wollten, zog er stattdessen südwärts. »Nie wieder nach Franken«, schwor er sich, »nie wieder!«
Dann, in Konstanz, war er nach Jahren des Herumziehens zu den Staufern gestoßen, die sich dort mit einer Abordnung aus Sizilien getroffen hatten. Sie behielten ihn.
»Das ist es so ziemlich«, endete er. Dann fiel ihm noch etwas ein. »Es ist ja ein ganz gutes Leben, wenn man denkt, was ich zu erwarten hatte. Und vor allem, was ich zu erwarten hätte, wenn es jemand herausfände. Mit ein bisschen Trichtern käme ich diesmal nicht davon. Nach so langer Zeit, da müsste jemand schon ein richtiges Beispiel an mir machen.« Er stocherte in dem kleinen Feuer, das ausgehen wollte. »Das Einzige, an das ich manchmal denke, ist, wie es gewesen wäre, wenn ich nicht gegangen wäre.« Dietrich dachte an die Hütte, in der sie zu neunt gelebt hatten. Mit Erlaubnis des Herrn hätte er sich irgendwann eine Frau holen dürfen, auch eine Leibeigene, sie hätten Kinder, die auch nicht ihnen gehörten, sondern wieder ihrem Herrn. Und vom Schrei der Geburt bis zum letzten Seufzer im Sterben wären er und alle, die er kannte, das Eigentum eines Fremden gewesen, der ihre Frauen beschlafen und Kinder töten könnte, wann immer ihm danach war.
»Ich hätte wahrscheinlich die Drittjüngste von nebenan genommen«, sagte er leise. »Meine älteren Brüder haben sich auch mit denen von nebenan verheiratet. Fünf Töchter. Sie hieß Bärbel. Da hätte ich jemanden gehabt, so für mich. Aber dann eben auch wieder nicht. Bärbel.« Nach

dieser Beichte erlaubte er sich, den Namen im rollenden Fränkisch auszusprechen, das man sonst nicht mehr in seiner Stimme hörte. »Und um Euch jetzt ganz und gar ehrlich zu antworten, Herr Walther, ich bin mit Euch mitgekommen, weil Ihr einen Menschen gebraucht habt und ich auch. Und weil ich gelernt habe, dass Essen und Wärme nicht alles ist. Freiheit ist mehr. Ihr habt Freiheit. Ihr macht vielleicht nicht das Beste draus und vielleicht seid Ihr auch nicht glücklich damit, aber Ihr seid wenigstens niemandes Knecht. Und ich auch nicht, selbst wenn man's mir nicht so ansieht.«

»Um Gottes willen, Dietrich.« Walther runzelte die Stirn. »Das hätte ich nie gedacht. Du bist doch immer so fröhlich, so unbeschwert.«

Dietrich sah Walther an, als könnte er seinerseits nicht glauben, wie jemand so weltfremd sein konnte. Walther fühlte sich unwohl unter dem verständnislosen Blick des Musikanten, der kein Knappe war, kein Freier und dennoch ein Held. Dietrich hatte so viel mehr Mut als er, so viel mehr Kraft und Stolz. Nur Talent, davon hatte Walther mehr bekommen, sonst wohl von allem zu wenig. Er fühlte, dass er etwas erklären wollte.

»Ich hab immer nur –«, stotterte Walther. »Mit sechs bin ich vom Hof in die Burg gekommen, und mit siebzehn nach Wien. Dann nach zehn Jahren zu Philipp. Ich hab mich nie viel um andere gekümmert, Dietrich. Ich kann's nicht.«

Dietrich nickte, aber verstehen konnte er es nicht. Man musste ja nicht alles wissen, aber so blind zu sein? Wie konnte einer, der so blind war, dichten, wie Walther dichtete! Und es stimmte schon, richtig fröhlich war Walther auch nie. Er konnte viel Lärm machen, singen, dass man weinte oder lachte. Er konnte über die Tische tanzen und einem das Herz zum Schlagen bringen durch seine Worte. Aber dann konnte er auch wieder dasitzen und ganz leer sein.

»Der eine so, der andere so, Herr Walther«, nickte Dietrich ihm zu. Er wusste nicht, ob er sich selbst oder den einsamen Sänger vor einer tieferen Erkenntnis über beider Unterschiede beschützen wollte.
»Wie machst du es?«, fragte Walther. »Wie hast du es geschafft, weiterzumachen?« Dietrich dachte nach. Wie hatte er es gemacht? Wie hatte es der Zwölfjährige gemacht, der hungernd, blau gefroren in einer Schneewehe lag und hörte, dass er getrichtert werden sollte, wenn man ihn fand? Und wie der singende Bettler, der wenigstens zu essen hatte und dann alles aufgeben musste, nur weil sich ein Mann, der ihn vielleicht erkennen, vielleicht gar nicht wahrnehmen würde, zufällig auf einen Jahrmarkt verirrt hatte? Wie hatte er es so viele Male geschafft, am Morgen aufzustehen und von dort, wo es gerade ein bisschen warm und heimatlich geworden war, wieder fortzugehen? Immer wieder Menschen hinter sich zu lassen, die Freunde hätten werden können, oder Familie?
»Das ist eben so, Herr Walther.« Dietrich zuckte die Achseln. »Wenn man anfängt zu gehen, dann muss man weiter. Und ich hab immer gedacht, einmal, da wird vielleicht alles gut. Da hab ich ein Zuhause. Aber bis dahin ...« Er ließ seinen letzten Satz unvollendet in der Dunkelheit hängen.
War das, was es hieß, Sand in den Schuhen zu haben?, überlegte Walther. Dass man losging und nicht mehr aufhören konnte, weil es kein Ziel gab, das sicher wäre vor dem, was man hinter sich ließ? Weil es immer noch eine Meile gab, die man gehen musste, voller Hoffnung auf Vergessen und auch voller Hoffnung auf das Ankommen, endlich, irgendwo? Und das Ankommen, was wäre das Ankommen? Bei Menschen zu sein, die keine Fragen stellten, oder bei solchen, die einem alles erklärten, was sie mit einem gemeinsam hätten? Wenn das so wäre, dann könnte man doch auch unterwegs ankommen.

Walther wollte Dietrich gern etwas geben. Er überlegte lange. »Ich habe auch ein Mädchen zurücklassen müssen«, flüsterte er schließlich. Dann sagte er ihren Namen, zum ersten Mal in fast fünfzehn Jahren sagte er ihren Namen laut zu einem anderen Menschen.
»Anna.« Er hustete. »Anna heißt sie.« Dietrich blickte seinen Herrn überrascht an. Nie hatte er gedacht, dass es in Walthers Leben irgendjemanden gäbe, den er mit Bedauern zurückgelassen hätte. Schon gar keine Frau. »Wisst Ihr was von ihr?«, fragte Dietrich auch gleich voller Neugierde. »Ich meine, was aus ihr geworden ist?«
»Ich lebe noch«, sagte Walther nur seltsam geheimnisvoll. »Also lebt sie auch noch.«
Dietrich nickte, auch wenn er nicht wusste, was das für ein Beweis sein sollte. Aber es war freundlich von Walther gewesen, ihm das zu sagen. Persönlicher war er nie gewesen. Dann war ja auch klar, wer das Mädchen in all den Liedern war. Dietrich lächelte und gestattete es sich, seinem Herrn voller Dankbarkeit auf die Schulter zu klopfen. »Gehen wir schlafen.«
Walther legte sich gleich hin, ohne ein weiteres Wort.
Es war ein großes Geschenk gewesen, das er Dietrich gemacht hatte. Aber er hatte auch eines erhalten. Frierend lag er auf dem kalten Boden der schmutzigen Hütte. Er würde sich nie vergeben können für Enzos Tod. Er würde sich nie vergeben können dafür, dass er Anna verlassen hatte. Er würde sich nicht vergeben für die Dinge, die er tat, und nicht für die, die er bleiben ließ. Jedoch trotz allem wusste er, dass er vielleicht, von eines anderen Zuversicht geführt, noch einmal aus der Verlorenheit seiner Seele aufsteigen konnte. Dass es ein zweiter Handel war, den er annehmen könnte, um den ersten überhaupt zu erfüllen.

Wenn ich ein anderer gewesen wäre …

Wenn ich ein anderer gewesen wäre, hätte ich Dietrichs Geschenk nicht annehmen können, weil ich es erkannt hätte. Ich hätte merken müssen, wie er seine Freundlichkeit, seine Sorge und Hilfsbereitschaft vor mir auswickelte und in meine so fest verschlossenen Hände legte, sanft wie die Sonne eine Blume öffnet. Ich hätte dieses zweite große Geschenk an mich, diesen Unwürdigen, Selbstbeschränkten, zurückweisen müssen.

»Dietrich, verschwende es nicht an mich. Ich kann es dir nicht lohnen«, hätte ich sagen müssen.

Nur allein, weil ich es nicht sehen konnte, konnte ich zulassen, dass er mein Freund wurde. Ich sah nur mich, wie einer, der für die Dauer der Ewigkeit in einen Brunnenschacht hineinstarrt, weiß, was sich darinnen befindet, und trotzdem den Blick nicht hebt, um anderes zu sehen. Was hat mir dieser wundervolle, kleine Mensch nicht alles geschenkt. Seine Zuversicht, an der er mich hielt wie an einem Seil, war nur die Erste seiner Gaben, ohne die ich bald nicht mehr hätte leben können. Er schenkte mir sein Lachen, seinen Mut, all seine Gefühle, in denen ich erstmals Spuren meiner eigenen entdecken durfte. Wenn ich ein anderer gewesen wäre, hätte ich seine Großzügigkeit beschämt zurückweisen müssen. Mir, der nichts gab, gab er alles. Bot es mir mit solcher Freiheit und Größe, solcher Unschuld, dass es mir unsichtbar bleiben musste, damit ich es nehmen konnte. Ich danke dir, Dietrich, der du mein Freund wurdest. Wärst du auch mein Freund geworden, wenn ich ein anderer gewesen wäre? Oder wähltest du mich, weil ich, in all meiner schachttiefen Einsamkeit, in meiner dummen Beschränktheit, war, der ich war?

VIELE WEGE

Walther und Dietrich wanderten südwärts und ließen Franken dabei immer zu ihrer Rechten liegen. Der Frühling kam, aber wer fast immer auf der Erde schlafen muss, in Scheunen, Hütten, Ställen oder nur unter einem Himmel aus hungrigen Ästen, dem ist der Unterschied zwischen sehr kalten Nächten und nur ziemlich kalten Nächten keine ausreichende Verbesserung, um sich darüber zu freuen. Diese Wanderschaft war die härteste, die Walther bislang kennen gelernt hatte: das steife Kreuz am Morgen, die ewigen Schmerzen in den Schultern, die während der kältesten Stunden der Dunkelheit schützend den Ohren entgegenstrebten, und das Gefühl, immer müde zu sein, an jedem Morgen wieder so wie am vorherigen Abend. Sie hatten nur wenig zu essen, und um die letzten Wochen der Fastenzeit herum verlor Walther kurz nacheinander drei Zähne, einen davon sogar ganz vorn. »Es macht Euch verwegener«, tröstete Dietrich, aber Walther sah die drei Zähne, die er aufhob und in einem Beutel bei sich trug, im letzten Dämmerlicht jeden Tages mit wehmütigem Unverständnis an.

Ich werde alt, dachte er und wagte den nächsten Gedanken nur manchmal. Ich werde alt und habe keinen Platz, wohin ich gehen könnte.

Dietrich zeigte Walther daraufhin zur Aufmunterung jede einzelne seiner eigenen Zahnlücken, und wenn er einen Kiefer durch war, senkte er das Alter für die Verlustzähne des nächsten umso tiefer. »Den da, den hab ich verloren, da war ich sogar noch zu Hause, nur so groß!«, prahlte er anlässlich eines Lochs, auf das er mit seinem gedrungenen Finger zeigte und gleichzeitig mit der anderen Hand eine unwahrscheinlich winzige Größe, kaum eine Elle über dem Waldboden, anzeigte.

»Das passiert einem eben; einem jeden«, stellte Dietrich kategorisch fest und hoffte, dass niemand Walther auf seine rapide ergrauenden Haare aufmerksam machen würde; besser, dass sie ihm nicht so schnell überall so grau würden, dass er es im Bart und in den Spitzen seiner bisweilen nun recht verfilzten Locken selbst sehen könnte.

»Ich will endlich baden, Dietrich«, seufzte Walther, als sie kurz vor Passau lagerten. »In einem Zuber ganz für mich allein, mit klarem, heißem Wasser. Und dann ganz neue Sachen.«

Dietrich schüttelte den Kopf: »Das Baden soll gar nicht so gesund sein, Herr Walther. Man hat gehört, dass drüben in Paris eine Jungfrau aus lauter Völlerei jeden Tag in einem Zuber mit Wasser gesessen hat, und zuerst ist ihr die Haut davon ganz weich geworden, und dann ist sie ihr abgefallen! Zack!« Dietrich machte ein der Gruselgeschichte angemessen entsetztes Gesicht.

»Und in Rom einmal, da hat ein tapferer Ritter sich gleich nach einem Feldzug baden lassen und ist sofort gestorben, obwohl er nirgendwo verletzt war. Umgefallen wie ein Baum.«

Mit weit aufgerissenen Augen starrte er Walther an und dachte nun, seine gewichtigen Warnungen gegen das Baden mit ausreichender Ernsthaftigkeit vorgetragen zu haben. Schüchtern und schelmisch zugleich grinste ihn Walther an: »Die Geschichten, die können gar nicht stimmen, Dietrich.«

Beleidigt holte der Spielmann Luft, um auf seine vielfältigen Quellen hinzuweisen, die ihrerseits diese Tatsachenberichte aus noch vielfältigeren Quellen gehört hatten, alle schwer verlässlich. Baden war ungesund, das wusste jedes Kind. Aber Walther redete schon weiter: »Es kann nämlich deshalb nicht wahr sein, weil es in Paris keine Jungfrauen und in Rom keine tapferen Ritter gibt!«

Dietrich war erschüttert: »Wohl ist das wahr!«, maulte er, enthielt sich aber weiterer Hinweise auf die Gefahren von zu viel Wasser am Körper. Sie brauchten Pferde, da würden sie sich doch wohl kein Bad leisten.

Aber in Passau angekommen, stellte sich heraus, dass Walther Ernst gemacht hatte. Er zahlte für ein Bad mit sauberem Wasser, nicht eines, wo nur die oberste Schmutzschicht mit einer Kelle abgeschöpft worden war. Ein sauberes Bad kostete unvernünftig viel. Dann zwang er doch noch Dietrich in eine Wanne, der sich allerdings mit einer weniger teuren zufrieden gab. Schließlich rief Walther den Bader und verlangte, glatt rasiert zu werden, ihm das Haar zu schneiden und einen Schneider zu empfehlen. »Ihn auch«, orderte er, als der Bader ihn rot glänzend und mit aufgeschabten Wangen aus seinen Fängen entließ. Dietrich versuchte zu fliehen, aber die Badergesellen hielten ihn auf dem Stuhl fest. Er ließ sich schließlich zu einem gestutzten Bart überreden, sein Haar hielt er ja ohnehin kurz. Dann zahlte Walther, ohne zu feilschen, was Dietrich noch mehr aufregte, und sie gingen durch die stinkenden Gassen, stiegen über Menschenkot und Hühnerdreck, altes Stroh und Essensreste bis in die Zunftgasse, wo ihnen der Bader einen Schneider empfohlen hatte. Vielleicht auch den einzigen, den es in Passau gab.

Sie hatten bislang nicht wirklich nach ihrem Kirchenmann gesucht, aber an diesem Tag durch diesen Schneider fanden sie ihn. Wolfger von Erla, Bischof von Passau, war derjenige, auf den sie beide gewartet hatten, und er hatte

auf Walther gewartet, auch wenn er es noch nicht wusste. Einer seiner Bedienten holte gerade bestellte Gewänder bei dem verrunzelten Schneider ab, durch dessen Tür sie traten. Dietrich gab den Knappen und stellte entsprechend seinen Herrn, den berühmten Dichter Walther von der Vogelweide vor. Der Bediente merkte wesentlich beeindruckter als der hutzelige Schneider auf und eilte, die Gewänder über dem Arm ängstlich vor Straßenkot schützend, der bischöflichen Residenz entgegen.
Der hutzelige Schneider indes befahl die entsprechenden Positionen, um an Walther Maß zu nehmen.
»Herr Walther«, wisperte ihm Dietrich besorgt ins Ohr. »Ob das gut ist, hier so viel Geld für neue Sachen auszugeben? Wir wissen doch noch gar nicht, wohin!« Walther zuckte nur die Schultern, unbeirrbar in seinem Wunsch nach frischen und sauberen Kleidern. Der Schneider aber hatte ebenfalls mitgehört und war verstimmt, dass ihm der kleine Dicke das Geschäft kaputtmachen wollte. »Ihr könnt Euch auch was von da nehmen«, sagte er verstimmt über die Schulter. »Alles noch tadellose Sachen, noch kein Jahr alt.«
Walther und Dietrich sahen in der Ecke einen Haufen gebrauchter Kleider, vermutlich zumeist von Dienstboten und Mägden reicher Herren. Brandflecken, Fettränder, Schweißringe, durchgescheuerte Ellenbogen, Kleider für die Armen bestenfalls oder Fetzen, aus denen höchstens einzelne Stücke noch einmal für Borten und farbige Säume herausgetrennt werden konnten.
»Och ja«, sagte Dietrich aufatmend und zog einige Stücke begutachtend hervor, »da sind ja noch ganz gute Sachen dabei, schaut mal, hier wär eine hübsche Weste.« Begleitet von einer Wolke fürchterlichen Gestanks, zog er ein Wams mit angetrockneten Eiflecken hervor und hielt es Walther anpreisend unter die Nase.

»Ist doch nichts gegen zu sagen! Hier, guckt mal.«
Walther klang kalt und bestimmt wie ein wirklicher Herr, als er sagte: »Ich habe noch nie getragene Kleidung angenommen, Dietrich.«
Dietrich ließ das Wams zurück auf den muffigen Haufen fallen, als hätte er sich daran gestochen.
»Verzeihung, Herr«, murmelte er und hielt den Mund. »Neue Kleider«, befahl Walther dem leise aufatmenden Schneider. »Für uns beide.«

Nachdem sie den Schneider verlassen hatten, schlenderten sie durch Passau. »Seid Ihr schon mal hier gewesen?«, war das Erste, was Dietrich sich wieder zu sagen traute. Er hatte Angst, seinen Herrn verstimmt zu haben.
Walther schüttelte den Kopf. »Du denn?«, fragte er. Sie boten ein merkwürdiges Bild, gewaschen, gekämmt und rasiert, aber abgemagert unter ihren zerknitterten, alten Kleidern, aus denen sie seit Eisenach nicht mehr herausgekommen waren. Misstrauisch gafften sie die Marktweiber und die späten Kirchgänger an, wie sie so auf dem Markt standen. Der Duft von frischem Brot zog an ihnen vorbei.
»Ich hab einen Hunger«, vermeldete Dietrich gerade, als eine laufende Garde von sechs Soldaten, die einem Herold folgten, auf sie zukam.
»Abhauen«, flüsterte Dietrich, der totenbleich geworden war. »Die meinen uns. Die wollen uns verhaften.«
Walther griff nach Dietrichs Handgelenk und hielt ihn fest. »Ruhig«, knurrte er. Sie hatten ihre Bündel und Dietrichs Instrumente noch im Badehaus untergestellt. Es wäre nicht gut, jetzt fortzulaufen. Was hatten sie sich auch zuschulden kommen lassen, überlegte Walther, außer dass sie beide Fahrende waren, die man nirgendwo gern sah? Und dass natürlich einer von ihnen zudem eine heimliche Vergangenheit als ein entlaufener Leibeigener hatte. Der

Herold machte kaum fünf Schritte vor ihnen Halt. Die Marktweiber und die Kirchgänger gafften ungeniert.
»Seid Ihr«, nölte der Herold, der trotz des schnellen Aufzugs eher verschlafen wirkte, in die neugierige Stille, »der Sänger Walthero de Vogelweide sowie sein Spielmann?«
»Ich bin Walther von der Vogelweide.« Er versuchte es ganz ruhig zu sagen, aber seine Stimme klang nicht, wie er es von ihr gewohnt war. Er räusperte sich. »Und dies ist Dietrich.« Walther wies auf seinen leicht zitternden und noch immer bleichen Genossen. »Mein Spielmann.«
Der Herold nickte, als könnte ihn nichts weniger interessieren.
»Seine Gnaden Wolfger von Erla, Bischof zu Passau, bittet den Sänger Walthero de Vogelweide und seinen Spielmann zu sich in die bischöfliche Residenz, nun gleich, wenn es beliebt.«
Der Herold unterdrückte ein Gähnen.
»Wir sind nicht für die Gelegenheit gewandet«, wandte Walther noch ein, dies aber mehr zum Wohle der Gaffer, die sich untereinander schon Auswertungen dieses Ereignisses zuzischelten.
»Seine Gnaden bittet den Sänger Walthero de Vogelweide nun gleich zu sich«, wiederholte der Herold.
»O mein Gott«, hauchte Dietrich in Walthers Nacken.
»Wir folgen Euch gern«, sagte Walther.

Wolfger von Erla, Bischof von Passau, war ein außergewöhnlich kleiner, zartgliedriger Mann, kein Zwerg, auch nicht im Mindesten verwachsen, eher wie die delikate Miniatur eines Menschen. Selbst wenn er schon im reifen Mannesalter stand, wirkte er doch noch wie ein Jüngling, ein Feenwesen fast, immer etwas zu zierlich, immer etwas zu zart und klein für die schweren Vorhänge, Wandteppiche und die tiefen Ebenholzsessel, die in seiner Halle standen. Der Bischof hatte eine seltsame Vorliebe für graue Stoffe, edle Stoffe natürlich, aber dennoch wirkte die Umgebung dadurch getrübt. Auch er selbst ging in Grau, im weichsten Grau, das Menschenaugen jemals erblickt hatten. Strahlend stand seine zarte Gesichtshaut davor, seine grauen Augen leuchteten wie eine zufällige Wiederholung dieser doch so bedachten Inszenierung. Er trug das Haar fast mönchisch kurz, es glänzte wie ein gestriegeltes Pferd. Als er so rosenwangig die Halle betrat, tat er es mit tänzerischer Eleganz und einem umarmenden Lächeln durch eine Seitentür.

»Walther von der Vogelweide«, rief er wie eine beglückte Mutter, die ihr Kind wohlbehalten nach langer, gefährlicher Fahrt wieder im eigenen Hause begrüßen darf. Walther verbeugte sich, Dietrich kniete sogar. Sicher war sicher.

»Lieber, lieber Herr Walther«, rief der Bischof, »wenn Ihr nur wüsstet. Seit langer Zeit schon war es mein Hoffen und mein Bestreben, dass wir beide einander begegnen mögen.«

Walther richtete sich auf und beugte sich mechanisch über den Ring des Bischofs. Der zarte Mann drückte Walthers Finger mit Feuer. Es schien ihm daran zu liegen, Walther klar zu machen, dass sein, Wolfgers, ganzes Leben nur ein langes Warten auf diesen glücklichen Moment von Walthers Ankunft gewesen war. Die beiden Fahrenden wussten nicht, ob dieses ganze Geschehen nicht vielleicht nur ein Hungertraum war. Wer seit Monaten im eigenen Dreck lebte, verlaust, halb verhungert und mit wehen Füßen, dem mochte ein solches Spektakel wohl unwirklich vorkommen.

»Wo habt Ihr denn nur gesteckt, dass Ihr erst jetzt wieder im Süden auftaucht? Doch nicht auf dem Wege nach Wien? Nein! Nicht nach Wien! Nein, nein.«

Der Bischof wackelte mit einem seiner feinen Finger schelmisch hin und her, direkt vor Walthers Nase.
»Nach Wien lass ich Euch so schnell nicht, jetzt seid Ihr erst einmal bei mir.«
»Euer Gnaden«, sagte Walther so ausdruckslos wie nur möglich. Was sollte er auch sonst sagen? Wenn man für die letzten acht Wochen auf der Erde geschlafen und gefroren hatte, Bauern halb versteinertes Brot abschwatzen musste, drei Zähne verloren hatte und keinen Ausweg fand aus der Willkür des Lebens, dann wusste man eben nicht, was zu sagen wäre. Dietrichs Magen knurrte so laut, dass man hätte denken können, Walther hätte einen Hund hinter sich versteckt.
»Na, aber so was!«, rief Bischof Wolfger in äußerster Verzweiflung: »Man sollte mich exkommunizieren! Was für ein Christenmensch bin ich denn, dass ich zwei Wanderern, die zu mir kommen, nicht einmal Speise und Trank anbieten lasse. Wolfger, Wolfger, du Schlimmer«, schalt sich der Bischof selbst und huschte davon. Seine in der Halle verteilten Diener nahmen den Abgang ihres Herrn ebenso stoisch hin wie dessen Auftritt. Niemand bewegte sich. Walther sah sich nach Dietrich um, der die Schultern zuckte. »Tut mir leid«, flüsterte er. Walther zuckte auch mit den Schultern.
Die Seitentür flog wieder auf, und Bischof Wolfger schwebte abermals herein, er vollführte dabei lockende Handbewegungen wie eine maurische Tänzerin, und zögerlich folgten ihm die beiden Fahrenden durch einen langen, ebenfalls grau geschmückten Gang bis zu einer großen Kammer. »Da! Da!«, juchzte er. In der Kammer war ein Tisch angerichtet.
Braten, Milch, Wein, Brot, Mus, Früchte, Honig und Speck standen prunkend beieinander auf sauberen Tellern und in glänzenden Kelchen.

»Na?« Der Bischof ergötzte sich an den ungläubigen Gesichtern seiner Gäste.
»Danke, Euer Gnaden«, Walther schluckte seinen mit Tauwetterstärke einschießenden Speichel hinunter.
»E- Gnaden, Gnaden«, stammelte Dietrich.
»Na, los, esst«, feuerte Wolfger die beiden Männer an. Zitternd ging Walther auf einen Stuhl zu.
»Beim Schneider wart Ihr ja schon, die Rechnung übernehme selbstredend ich, es sollte dann auch fertig sein, wenn ihr gespeist habt und geruht, ich lass Euch die Kleider abholen. Ist das schön, dass Ihr da seid, Herr Walther! Ach, und du auch, wackerer Spielmann.«
Damit schwebte der Bischof wieder auf den Gang und überließ seine Gäste hinter lautlos geschlossener Tür ihrer Überwältigung. Dietrich und Walther saßen einander gegenüber und konnten es nicht glauben. Dietrich hatte plötzlich nicht mal mehr Hunger. »Sollen wir das ganz allein, ich meine, ist das alles für uns?«, argwöhnte der Spielmann schließlich.
»Nur zwei Stühle«, antwortete Walther abwesend. Stühle! An einem Tisch essen, auf Stühlen sitzen. Ein Dach über dem Kopf.
»Willst du Wein, Dietrich?«, fragte er schließlich. Dietrich nickte. »Und Braten«, fragte Walther. »Soll ich dir vom Braten geben?«
Wieder nickte der entlaufene Leibeigene. Walther fragte ihn die ganze Tafel ab, und immer nickte Dietrich, als wäre er von einem Geistwesen betört. Walther stand auf und sammelte von den vielen Platten und Schüsseln alles, wozu Dietrich genickt hatte, um ihm endlich den Teller vorzusetzen. »Iss langsam«, ordnete er noch an.
Dann füllte er seinen eigenen Teller und setzte sich wieder hin. »Was ist, Dietrich?«
Der Spielmann hatte noch keinen Bissen angerührt.

»Ihr habt mir den Teller gefüllt, Herr Walther, als wärt Ihr mein Knecht und nicht ich der Eure. Das ist sicher gegen Gottes Ordnung!«
Walther zeigte zum ersten Mal trotz der neuen Zahnlücke sein altes Lächeln: »Ich habe nur ungenaue Erinnerungen an Gottes Ordnung.« Er prostete Dietrich zu. Sie tranken Wein. Sie aßen Braten. Den ersten Teller leerten sie in andächtiger Stille, ernsthaft wie Arbeitende. Dann fand Dietrich die Sprache wieder:
»Der Herr Bischof, der wär mal was für unsern König Philipp gewesen, was?«

Aber Dietrich irrte sich. Bischof Wolfger war durchaus kein Unaussprechlicher, er war im Gegenteil ein äußerst sinnenwacher Verehrer aller Frauenschönheit, unter anderem ein Grund, weswegen er Walther huldigte.
Die herzhaften Lieder von Liebschaften auf der Wiese und mit ordentlich Tirili hatten ihm sehr gefallen. Tatsächlich war es sein Schicksal, als ein Kunstbegeisterter in einer Zeit und Gegend geboren zu sein, in der die meisten Menschen Männer wie ihn für Unaussprechliche hielten oder für verschlechterte Mastochsen. Die Wittelsbacher und Babenberger, mit denen er es meistens zu tun hatte, fanden, dass ein Mann nach Schweiß riechen sollte und höchstens wissen musste, wann er in der Kirche zu knien hätte. Alles andere war eine Wertminderung christlichen Rittertums und führte zu Dynastieschädigungen.
Man kannte Beispiele, wo ein Mann lesen gelernt und dann gewissermaßen über Nacht seine Zeugungsfähigkeit verloren hatte. Über solche Fälle redeten die Herren gerne mit wohligem Schauder und beglückter Anerkennung ihrer eigenen Weisheit, die sie von so gefährlichen Beschäftigungen wie dem Lesen, Waschen und Nägelreinigen fern hielt. Auch das Tanzen, dem Bischof Wolfger herzlich

zugetan war, hielten die übrigen Herren für ungesundes Hopsen, einen welschen oder französischen Brauch von zweifelhaftem Ruf, gerade weil es ihre meist in irgendwelchen Kammern eingepferchten, jährlich pflichtbewusst geschwängerten Gattinnen so zu interessieren schien. Bischof Wolfger liebte neben der Kunst auch den gelehrten Diskurs mit gelehrten Damen, und da lag natürlich die Wurzel allen Übels. Wer einer Frau ein Buch gab, der wurde am eigenen Herd seines Lebens nicht mehr froh.

Es war ein Elend mit diesen Kerlen.

Bischof Wolfger hatte in den letzten Jahren aufgrund seiner Begeisterung für Walther die Damen seines Vertrauens heimlich einigen Vogelarten zugeordnet, von denen er fand, dass sie ihre Charakterzüge gut wiedergäben. Bischof Wolfger war stets mit mehreren Frauen gleichzeitig »befreundet« und achtete auch darauf, dass es sich um Angehörige aus allen Schichten von Gottes vollkommener Ordnung handelte. So huldigte er zu der Zeit, als er Walther und Dietrich in Passau abfing, einer frechen Elster (Käthe, eine vorwitzige Waschmagd, die ihm in finsterster Volkssprache unverblümt ihre Meinungen zu allem und jedem mitteilte), einer Amsel (Rutwila, eine schön verblühende Äbtissin mit unglaublich zarten Füßen aus einem Kloster in der Nähe), einer gemästeten Gans (Barbara-Martha, ein reiches Patrizierfräulein, das man ihm gegen nicht geringe Beträge zur geistlichen Unterweisung schickte) und einem Schwan (Rabea, der heimlichen jüdischen Kebse des aufbrausenden Pfalzgrafen Otto von Wittelsbach, der sie ohnehin nicht verdiente). Käthe, Rutwila, Barbara-Martha und Rabea waren von Wolfger keineswegs gezwungen worden, sich mit ihm in fleischliche Gemeinschaft zu begeben. Im Gegenteil, jede auf ihre Art, aus Erfahrung, aus Unschuld oder reiner Neugier, hatte sich dem zarten Bischof geradezu an den Hals geworfen und von ihm – auch nach Kenntnisnahme der Existenz der anderen – lediglich gefordert, dass er ihnen Vergnügen und ein bisschen Freundschaft schenken möge.

Wie die Wandteppiche, Vasen und Humpen aus der Römerzeit, die Wolfger in einer abgelegenen Schatzkammer hortete, sah er auch seine »Vöglein« als eine ungemein kostbare Sammlung, deren einzelne Stücke er aber sogleich, wenn auch nicht ohne Bedauern, freisetzen würde, sobald es eines von ihnen wünschte. Der Bischof und Ästhet hatte, wie sein gesamtes Leben, auch die Liebe zur Kunstform erhoben, und wer wollte ihm darin näher sein als die »Nachtigall«.

Wolfger von Erla hoffte mit der Inbrunst des in der Fremde Gestrandeten, dass Walther für ihn dichten, ihm von seinen eigenen herrlichen, großen Lieben erzählen und vielleicht auch das ein oder andere Preislied verfassen würde, in dem er einige von den bischöflichen Fähigkeiten auf ebendiesem oder jenem Gebiet näher beleuchten könnte. Wolfger wusste natürlich, dass er kein Engelbrecht von Köln war, auch kein Philipp von Schwaben und genau genommen nicht mal ein Friedrich zu Österreich. Aber er hatte sich vorgenommen, es Walther nett zu machen, so nett, dass es ihm schwer fallen würde, sich von so einer verwandt schwingenden Seele jemals wieder zu verabschieden.

Als Walther und Dietrich von einem bleiernen Schlaf mit furchtbaren Magenkrämpfen vom ungewohnten Essen wieder aufwachten, fanden sie vor ihrem Lager – jeder hatte ein eigenes Bett, Walther eines mit einem Himmel – ihre neue Kleidung, hellgrau für Walther, dunkelgrau für Dietrich. »Wenn wir hier mal rausfliegen, können wir ja gleich als Mönche gehen«, maulte Dietrich, dem seine Farbe nicht gefiel.

»Für den Augenblick ist es gut«, entschied Walther. Die

Kleider waren neu und sauber, sie rochen sogar nach Lavendel.
Dann rief man sie in die Halle.
Bischof Wolfger hatte Gäste geladen, die Honoratioren der Stadt, ganze vier selbstzufrieden dreinblickende Männer, steif geworden vor Bürgerstolz und blühenden Ränken, dann den Vertrauten des Pfalzgrafen von Wittelsbach, der in der Angelegenheit »Schwan« von unschätzbarer Wichtigkeit als Verbündeter fungierte, und ein paar Kirchenmänner niederen Ranges, Spitzel vermutlich. Damen waren zu diesem Abend nicht gebeten worden, es wäre ja auch zu kurz gewesen, was die Vorbereitungszeit anging.
Mit einem leichten Schweißfilm auf der Stirn wegen der Bauchkrämpfe näherten sich Walther und Dietrich der Gruppe der Geladenen und entdeckten ihre Instrumente, die poliert und gewachst auf einem kleinen Tisch neben dem Kamin lagen.
»Oh, Herr Walther«, jubelte der kleine Bischof und wirbelte auf seinen Dichter zu, als wollte er ihn zum Tanz holen. »Ihr Herren, seht hier den größten aller Dichter, Herrn Walther von der Vogelweide!«
Mit seiner kleinen Hand schob Wolfger Walther auf die Honoratioren zu. Dietrich wurde übersehen, was ihm auch ganz recht war. Wen man nicht sah, dem stellte man keine Fragen. Einer der bürgerlichen Stadtherren machte Anstalten aufzustehen, wurde jedoch unter dem Tisch von einem der anderen getreten. Walther hätte schwören können, dass der Tretende »Vagant« gezischt hatte.
Einer der minderen Kirchenmänner fühlte sich bemüßigt, den christlichen Glauben zu verteidigen. Mildtätig entschuldigte er sich bei seinem Bischof und wies ihn dann nölend darauf hin, dass doch allein kirchliche Dichter, wie Reinmar von Zweter oder der heilige Augustinus, als groß bezeichnet werden könnten. »Alle anderen singen doch

nur von menschlicher Eitelkeit und Sündhaftigkeit. Vergänglichkeit. *Vanitas*!«, rief der Kirchenspitzel aus.
»*Vanitas*«, echoten die anderen minderen Kirchenmänner betrübt.
Bischof Wolfger warf Walther einen Blick zu, als wollte er sagen: Siehst du, mit so was muss ich mich abgeben!, aber er blieb natürlich in lang geübtem Verzicht stumm. Der Verweser des Pfalzgrafen spuckte einen Hühnerknochen auf den Tisch: »Seid Ihr nicht in Wien gewesen, Vogelweide?« Walther nickte schwach. Seine Schmerzen wurden immer schlimmer.
»Wie geht es dem großartigen Reinmar von Hagenau?«, wollte der Verweser dann wissen. Walther tat der Bauch so weh, dass er nicht mal wütend werden konnte.
»Ich habe Wien schon vor langer Zeit verlassen, Herr«, presste er hervor und flüchtete sich in eine Verbeugung, von der er hoffte, sie möge ihm Erleichterung verschaffen.
»Herr Walther ist nun mein Gast und Sänger«, mischte sich Bischof Wolfger wieder ein. »Er wird nun für uns singen.«
Walther wurde ohnmächtig.

Die Unpässlichkeit der beiden Fahrenden, die nun wieder Angekommene zu sein versuchten, verging erst nach einigen Tagen. Bischof Wolfger schickte ihnen diverse Ärzte, die alle dringend zum Aderlass rieten, das Messer, den Abbindgurt und die Schale schon in der Hand.

»Irgendetwas an dem Essen muss schlecht gewesen sein«, lamentierte der Bischof, der die Folgen von Unterernährung in seinem geschützten Leben nicht kennen gelernt hatte. Umso heftiger pochte er, der sich als Verursacher des Leids verstand, darauf, dass der Rat der Ärzte unbedingt zu befolgen sei. Alle paar Stunden kam eine Küchenmagd, die Walther und Dietrich mit fetter Brühe fütterte, und alle Abende kam ein Arzt, der sie mit großer Geste zur Ader ließ.

Der Arzt fand außerdem Gefallen daran, seine durch den Aderlass bewegungsunfähigen Patienten über seine Ansichten zur Welt in Kenntnis zu setzen, wozu er stets, nachdem er Dietrich als Zweiten angeschnitten hatte, das Thema ankündigte wie bei einer Vorlesung. »Denkt nur, das Wunder der Verdauung«, würde er etwa sagen. Oder: »Eine Münze, die von einer Hand in die andere wechselt, nimmt etwas von einem jeden mit, der sie einmal besessen hatte?!« Dann schwadronierte er für die Dauer der Behandlung ungeniert zu seinem selbst gewählten Sujet.

Am letzten Tag seines Besuchs, als seine Anbefohlenen trotz der Brühe und des Blutraubs langsam wieder zu Kräf-

ten kamen, starrte der Arzt begeistert auf die rote Pfütze, die sich in der Schale unter Walthers Arm sammelte.
»Ah, rot«, dozierte der Arzt. »Farbe des Lebens, Farbe der Lebenden. Es gibt, so werdet Ihr feststellen, wenn Ihr einmal danach fragen solltet, Herr Walther, keinen Menschen, der zur Farbe Rot nicht eine Meinung und ein Gefühl hätte! Rot ist das Blut, auch das menschliche Herz, wie ich übrigens schon einmal sah. Rot ist in jedem von uns.«
Dietrich verdrehte die Augen und legte den Kopf auf die vom Arzt abgewandte Seite. »Ihr, Herr Walther, wenn Ihr über die Liebe dichtet, werdet sicher häufig das Wort ›rot‹ gebrauchen, nicht?« Walther knurrte geschwächt etwas sehr Unbestimmtes.
»Rot«, schwadronierte der Arzt weiter, »der Mund eines jungen Mädchens, die Wangen eines Liebenden, rot – eine Buche im Herbst, die Kirschen im Sommer, Hagebutten im Winter – Rot, color aeterna, vita aeterna.«
»Ich dichte mehr politisch«, sagte Walther sehr langsam, dann gab der Arzt endlich Ruhe. Aber tatsächlich blickte Walther nun verstohlen erst auf seine, dann auf Dietrichs Schüssel und musste sich eingestehen, dass zwischen dem Blut, das aus ihren Armen rann, keinerlei Unterschied bestand. Das Blut eines Bauernsohns, dachte Walther, oder das Blut eines Dichters? Das Blut eines Leibeigenen? Wenn er sich doch gerade im Innersten immer den Menschen so fremd gefühlt hatte, wie konnte es dann sein, dass gerade sein Inneres von dem eines anderen durch nichts zu unterscheiden wäre? Wo war der Sitz dessen, das den einen zum Dichter und den anderen zum Landgrafen machte?

Bischof Wolfger zog Walther nach seiner Genesung vermehrt ins Vertrauen. Er machte seine Wünsche, dass Walther doch von der politischen Phase seines Schaffens Abstand nehmen sollte, sehr klar. Liebeslieder aller Schattierungen forderte er. Minnelieder mit hohen Damen im Zwiespalt von Ehre und Herzeleid, Lieder mit rauschenden Blättern und klaren Bächen für die Mädchen aus dem Volk, und – Tagelieder, wie er mit einem Händereiben und Augenkneifen noch spitzbübisch hinterherschickte. Denn so nobel die Anbetung der Unerreichbaren im Minnedienst auch war, fand Wolfger, so sei genauso in der Erfüllung heimlicher Liebesfreuden, von denen das Tagelied in meist schlechten Reimen kündete, eine gewisse Erbauung zu finden.

Walther hatte noch nie Tagelieder verfasst. Sie waren ihm immer etwas vulgär vorgekommen, auf ihre Art schlimmer als die Sauflieder, die er in Wien mit den Huren gesungen hatte. Unwillig versprach er seinem neuen Gastgeber, sein Bestes zu tun – in allen Bereichen.

»Ist doch nicht schwer«, munterte ihn Dietrich auf, als Walther den Katalog von Wünschen mit ihm besprach und sich über den letzten Wunsch besonders aufregte.

»Tagelieder kann doch jeder. Du bist so hübsch, du bist so nackt, huch, es wird Tag, dann geh ich mal«, fasste der zuversichtliche Spielmann seine persönliche Version aller bereits geschriebenen Tagelieder zusammen.

Walther sah ihn finster an. »Na, ist doch wahr«, verteidigte sich Dietrich und spielte Walther einige Anfänge der beliebtesten Lieder auf der Flöte vor. »Alle gleich: schön – nackt – Tag – weg.«

Schwieriger noch als die geforderten Dichtungen erwiesen sich im Lauf der nächsten Wochen die vertraulich gesuchten Gespräche mit dem Bischof, in denen er Walther freimütig von den »Vöglein« erzählte. Die Details, die der Bischof zu diesen Unterhaltungen vorbrachte, schreckten Walther nicht wegen ihrer Deutlichkeit, sondern wegen der Ernsthaftigkeit, mit der der zarte Bischof die vielfälti-

gen Begeisterungen seines Herzens darlegte. Dabei nannte Wolfger keine Namen, er sprach in diskreter Metaphorik von ebender Elster, dem Schwan oder der Amsel.
Und an einem ganz dunklen Tag dann sprach er von der Gans.
»Ihr müsst sie Euch vorstellen«, begann der Bischof und machte mit seinen kleinen Händen kosende Bewegungen in der Luft, »wie die weißeste Wolke, wenn der Frühling kommt, so unschuldig und so rein. Rund, ja, rund wie ein lachender Apfel, gerade im Gesicht.«
Wolfger kicherte verzückt. Walther schnappte nach Luft. »Ich seh schon, ihr wisst, was ich meine. Mein Gänschen«, flüsterte Wolfger vor sich hin und schüttelte sanft in seliger Erinnerung den Kopf. »Ich hätte ja nie gewagt, etwas anderes mit ihr zu treiben als geistliche Studien. Und da, eines Tages, mitten in der Unterweisung, da steht sie auf und kommt auf mich zu und sagt« – er rückte, Walthers Ohr zu sich winkend, noch näher an seinen Dichter heran –, »sagt zu mir: ›Herr Bischof, ich will eine Nonne werden!‹ Nonne! Sagt sie einfach so!«
Walther zwang sich ein Lächeln ab. »Ha!«, täuschte er Interesse vor. Der Bischof strahlte.
»›Nein‹, sage ich, ›Gänschen, woher denn diese Eingebung?‹ Ich meine, einzige Tochter, ja? Schon verlobt, seit sie auf der Welt ist – mit irgendeinem Stümper drüben in Maastricht oder Mainz. Da sagt sie: ›Wenn ich Euch so sehe, Herr Bischof, dann weiß ich, dass ich den Herrgott mehr liebe als alles andere.‹«
Wolfger machte eine Pause und lehnte sich Beifall heischend zurück. Er erwartete, dass Walther sich vor Spannung kaum noch halten konnte. Aber der große Dichter saß nur bleich da und stierte ihn an wie ein tollwütiger Hund. Vielleicht musste er es noch etwas besser erzählen. »Und ich sage also, ›Gänschen‹, sage ich, ›wie meinst du

das?‹ Und sie sagt: ›Na, wenn ich Euch sehe, dann kribbelt es mir überall, und das ist doch, weil Ihr ein Mann Gottes seid‹, sagt sie. Da wusste ich natürlich nicht, was ich sagen sollte. Ich meine, was kann man da sagen? Und da steht sie plötzlich auf und kommt auf mich zu. ›Küsst mich, Herr Bischof‹, sagt sie da und macht so die Augen zu.« Wolfger gestaltete die hingebungsvolle Miene des Gänschens aus, damit Walther auch eine Vorstellung von der Versuchung bekäme, der er sich damals gegenübergesehen hatte.
»So«, wiederholte der Bischof und stülpte feucht die feinen Lippen vor. Walther wollte schreiend weglaufen. »›Ja, aber, aber‹, sage ich da, ›liebes Kind‹, sage ich, ›ich kann dich doch nicht küssen, was sollten da deine Eltern sagen.‹ Und dann ruck, zuck! springt sie mir an den Hals, und aus Stein bin ich ja auch nicht, was?« Herausfordernd zupfte der Bischof neckisch an seinem grauen Gewand.
»Und ein Kuss, hab ich gedacht, den sieht man ihr ja nicht an, erzählen wird sie es schon nicht. Und da wirft sie mich auf die Bank dort drüben, ich kann mich kaum wehren, sie ist nämlich größer als ich«, bekannte er weiter mit einem verklärten Lächeln.
Es ging nicht mehr.
»Ich will Euer Vertrauen wirklich nicht missbrauchen, Eminenz.« Walther stand auf. »Ich denke, ich darf mich nicht so unverschämt in Eure heimlichsten Augenblicke stehlen.«
»Neiiin« – der kleine Mann schnappte nach Walthers Arm und zog ihn wieder auf den Sessel –, »Ihr müsst das hören, Ihr seid doch der Einzige, der das versteht!«
Walther deutete eine Verbeugung an und blieb versteinert sitzen. Nicht hinhören, sagte er sich nach innen vor, während Wolfger seinen Tatsachenbericht von der sinnlichen Bürgerjungfrau, die in diesem unversehrten Zustand allerdings nicht mehr lange verblieben war, mit wachsendem

Feuer fortsetzte. Nicht hinhören, nicht an ein Mädchen denken, das Apfelwangen hatte und Gott liebte, so sehr, dass sie ins Kloster gehen wollte. Nicht an ein Mädchen denken, das er verraten hatte auf jede Art, die es gibt, in der ein Mensch einen anderen enttäuschen konnte. Er hatte sie verraten, weil er etwas werden wollte, und was war er geworden? Nicht an den Abend denken am Berghang im Grödnertal in der kalten Nachtluft vor so vielen Jahren.
»Und küssen!«, schwärmte der Bischof, »küssen konnte sie von Anfang an! So mit ganz weichen Lippen. Naturtalent.«
Nicht hinhören. Nicht fragen, wie sich ihre Lippen auf seinen hätten anfühlen können. Nicht daran denken, dass er sie hätte küssen können an jenem Abend, ihre Hand nehmen, vielleicht auch ganz mit ihr zusammen sein, anders als mit den anderen. Es hätte anders sein können als mit den anderen. Verrat, Verrat, nicht denken, nicht hinhören, dass es eine Liebe hätte sein können, vielleicht auch nur eine kurze Liebe. Nicht daran denken, dass er alt wurde und nie geliebt hatte, weil er das einzige Mal, als er es hätte tun können, fortgelaufen war in seinem Kummer, seiner Feigheit und seiner ewigen Unentschlossenheit. Wenn er allein war, wollte er Gesellschaft, wenn er in Gesellschaft war, wünschte er sich das Alleinsein. Wenn er sich eine Frau aussuchte, verabscheute er sich und sie, wenn er keine fand, wurde er sehnsüchtig. In seinem Mund war ein bitterer Geschmack.
»Einen Hintern hat sie, Herr Walther, wie zwei Hälften eines Reichsapfels.« Nicht hinhören. Und trotz all der stillen Beschwörungen näherte sich ihr Name, ihr Gesicht, ihre Umarmung wie ein aufgebrachter Bienenschwarm, summte näher, lauter, immer lauter, folgte dem enthusiastischen Gerede des Bischofs zu einem zynischen Jubel: »Anna, Anna, mit dir, Anna.«

Nein, es war Unsinn, schalt er sich, nichts wäre es gewesen, es war alles Unsinn, der Handel, der Pakt, die Gedanken, die er dem Mond sein Leben lang schicken wollte, die Beichten an sie, die Hoffnung. Es blieb der Satz, den er auf der verfluchten Wiese in ihren Hals geweint hatte: »Ich! Ich, mehr kann ich nicht.« In der abgeriegelten Stille seines Kopfs hallte der Ausruf nach. Der Bischof plapperte immer noch:

»Und zu Hause hat sie dann erzählt, ich hätte ihr Exerzitien verordnet, deswegen müsste sie mich recht oft sehen! Ist das nicht schlau gewesen von meinem Gänschen? Sie hat auch einen ganz großen Verstand.«

Walther nickte. »Und jetzt Ihr«, forderte Wolfger plötzlich überraschend.

»Bitte?«

»Jetzt erzählt Ihr mal von Euren Lieben, Walther.«

Der Dichter scharrte mit den Füßen. »Da ist wirklich nichts zu erzählen, Eminenz –«

»Na, kommt, nicht so schüchtern, ich kenne doch Eure Lieder, das mit der Heide oder das mit dem Turm. Und die auf diese Wienerin, Friedrichs Witwe, nicht? Da war doch was«, beharrte der Bischof, ängstlich fordernd wie ein Kind, das fürchtete, ihm könnte ein Traum zerstört werden. »Ihr braucht doch hier kein Verschwiegener zu sein. Ich hab doch auch alles erzählt.«

Schmollend schob der kleine Mann die Unterlippe vor.

Walther schüttelte den Kopf.

»Ihr habt das Talent zur Liebe, Euer Gnaden, ich habe nur eins zum Dichten.«

Dann stand er auf, auch wenn ihm keine Erlaubnis erteilt worden war, sich zu entfernen. »Es tut mir sehr leid«, sagte er noch.

»Aber ein andermal, ja?«, rief ihm Wolfger hinterher. »Ist ja keine Eile.« Da war Walther schon hinaus.

Nach dieser Unterredung plagten ihn Albträume, an die er sich nach dem Erwachen nicht erinnern konnte. Er träumte nicht von ihr, aber er wusste, dass es mit ihr zu tun hatte. Er fragte sich, wie Anna jetzt aussähe, was sie täte. Bildete er sich alles nur ein? War sie vielleicht doch die Frau des Wagenmachers geworden und hatte längst ein paar Kinder? Dann wieder glaubte er glühender denn je an sie und ihre Worte. »Hilf mir, Anna«, flüsterte er dann. »Ich habe solche Angst.«

Manchmal musste Dietrich ihn wecken, weil er im Schlaf laut schrie. »Was sag ich denn?«, wollte Walther wissen, »sag ich was, was du verstehst?«

Dietrich schüttelte den Kopf. »›Nein‹, manchmal oder ›Ich gehe weiter‹, aber so genau weiß ich es auch nicht.« Obwohl Walther dem Bischof viele schöne Liebeslieder dichtete (passend für Elster, Schwan, Amsel oder Gans), war es eine düstere Zeit.

»Wir haben jetzt zwar immer zu essen und Betten auch, Herr«, bemerkte Dietrich einmal, »aber nicht mal, als sie Euch den Enzo erschossen haben, habt Ihr so blass ausgesehen wie jetzt.«

Der Sommer kam, und Wolfger machte Reisepläne. Er hatte vor, nach Wien zu reisen, um dort das Kloster Zwettl zu besuchen und vielleicht auch zur Burg zu reiten, wenn man eine Einladung von Leopold bekommen könnte. Aber einstweilen verreiste er nur in die nähere Umgebung, um seine Amsel zu besuchen. Walther ging es weiter nicht gut.

Und richtig schlimm wurde es dann, als die Gans in die bischöfliche Residenz kam, um heimlich in Wolfgers Abwesenheit seinen großen, gefeierten Dichter kennen zu lernen.

LEER

Die üblichen bestochenen Dienstboten ließen Barbara-Martha auf den üblichen Wegen hinein und flüsterten ihr zu, dass der Dichter sich im Gärtlein befände, einem nach aquitanischem Vorbild angelegten Innenhof, in dem Walther oft mehrere Stunden am Tag saß und nach Ansicht der Dienstboten nichts weiter tat, als zu »glotzen«, auch wenn der Herr Bischof ihn oft begeistert beobachtete und flüsterte: »Oh, seht mal, er dichtet.«
Barbara-Martha, nach der ausdauernden Heiligen mit dem Turm und der braven Dienerin des Herrn, der emsigen Schwester des Lazarus benannt, war in ganzer Gestalt ein Muster christlich-jungfräulicher Tugend. Weißer als die weißeste Wolke im Frühling, wie Bischof Wolfger sie nicht zu Unrecht beschrieben hatte, sah sie in der Tat so strahlend aus wie frisch von der Bleiche gezogenes Leinen. Man hätte sie nicht als ein hübsches Mädchen bezeichnen können, ihr Kinn war zu energisch, ihre Nase zu breit und ihre Lippen zu schmal, aber sie strahlte eine Willenskraft und Leidenschaft aus, die einen Mann, sofern dieselben Eigenschaften auf seine Person ausgerichtet waren, sicherlich leicht um den Verstand bringen konnten. Vorausgesetzt, dieser Mann wollte um den Verstand gebracht werden.
Als Barbara-Martha an diesem Vormittag auf Walther ansetzte, wusste sie nicht, dass er im Gärtlein nicht dichtete, sondern um ebendiesen seinen Verstand rang.
»Verzeihung, da«, redete ihn Barbara-Martha an. Sie wusste

nicht, welches die korrekte Anrede für einen Dichter wäre, und wollte weder ihn noch sich selbst erniedrigen, indem sie sich nach oben oder unten vergriff.

Walther sah das Mädchen kommen und ahnte, dass er es mit einem Bürgerfräulein zu tun hatte. Sie war gesund und zu zielstrebig für eine Adlige und zu siegesgewiss für eine Frau ohne väterliches Geld. Er stand trotzdem nicht auf, sondern nickte ihr nur zu.

Barbara-Martha, die erwartete, dass Männer für sie nicht nur aufstanden, sondern Verbeugungen machten, Drachen töteten oder ihr Seelenheil riskierten, war augenblicklich verstimmt. »Seid Ihr der Dichter?« Sie stellte die Frage in einem Ton, als wäre von ihm nichts Gutes zu erwarten.

Er nickte wieder. »Was willst du?«, fragte er ziemlich barsch. Barbara-Martha übersah mit letzter Beherrschung die Impertinenz und stellte sich vor, das heißt, sie nannte ihre beiden Vornamen und machte eine so erwartungsvolle Pause, als hätte sie verkündet, sie würde nun gleich in den Himmel aufsteigen und Walther dürfte dabei Zeuge sein.

»Also was?«, bellte er. Barbara-Martha war vielleicht gerade siebzehn geworden. Sie hatte noch alle Zähne – auch diese strahlend –, war nicht verwachsen und knochig wie so viele Kinder sonst im Reich von der schlechten Ernährung in diesen Kriegszeiten. Walther versuchte sich mühsam daran zu erinnern, dass er auch mal so jung gewesen war wie Barbara-Martha, aber es gelang ihm nicht.

»Ich«, plusterte sich das Mädchen auf, »bin die Geliebte des Bischofs.«

»Mit Rücksicht auf Eure Zukunft«, versetzte Walther völlig ruhig, »würde ich das vielleicht nicht so herumschreien.«

Das Gänschen lief rot an, es hatte ein schlimmes und gänzlich ungezügeltes Temperament. »Was erlaubt Ihr Euch!«, quietschte sie.

Walther zuckte die Achseln: »Was wollt Ihr, Mädchen?«

Es fiel Barbara-Martha schwer, auszudrücken, was sie wollte, da sie sich den Beginn dieser Begegnung schon ganz anders vorgestellt hatte.
Erstens hätte sie nicht gedacht, dass der große Dichter so müde aussehen würde, sie dachte, er wäre lebhafter, so wie Wolfi eben. Zwar sah Walther, so musste sie zugeben, schon wegen seiner Größe um einiges besser aus als dieser, aber er war so still und so kühl. Die Locken und das Gewand, das alles stand ihm schon, aber einen Dichter hatte sie sich doch anders gedacht. Genau genommen hatte sie gedacht, dass der große Walther von der Vogelweide, sobald er ihrer ansichtig würde, geblendet auf die Knie sinken sollte, wie es sich gehörte. Händeringend hätte er am besten in Reimform, die sie sich leider nicht näher hatte ausdenken können, von ihrer Schönheit, ihren Augen und ihrem Lächeln stammeln sollen. Und dann hätte er so was sagen sollen wie: »An all den Höfen, an denen ich war, sah ich doch nie eine Frau von Eurer Schönheit, Eurer Anmut, Eurem Liebreiz«, oder so. Und dann hätte er sie umworben, bis sie schweren Herzens seinem Drängen hätte nachgeben müssen, um den Preis eines kleinen Liedes vielleicht. »Die Liebe ist wichtiger als die Tugend«, war der Satz, den sie sich für diesen Augenblick dann vorbereitend zurechtgelegt hatte.
Leider rang dieser unverschämte Dichter nun weder die Hände, noch stammelte er Lobpreis, noch bemühte er sich darum, ihre Tugend ins Wanken zu bringen. Aber Barbara-Martha gab nicht so leicht auf. Auch bei Wolfi hatte sie erst endlose Sitzungen zu Alpha und Omega durchstehen müssen, bis er sich begreifend ihrem Willen geöffnet hatte. Nur hier hatte sie nicht so viel Zeit. Nur eine gute Stunde, bis sie wieder zu Hause sein musste. Da man sie ihr Leben lang vor der wahllosen Triebhaftigkeit der Männer gewarnt hatte, dachte sie nun, dass es doch so schwer nicht sein könnte, einen Mann zu verführen.

»Küsst mich, Walther«, rief sie unvermittelt, es klang allerdings noch immer etwas ärgerlich. Sie schloss die Augen und machte den feucht vorgestülpten Mund, den auch Wolfger Walther schon während seiner Liebesbeichten gezeigt hatte. Letzte Zweifel betreffend die Identität der forschen jungen Dame waren nun aus Walthers Gedanken verschwunden. Sie sah überhaupt nicht aus wie Anna und auch nicht wirklich wie ein Apfel. Seltsam erleichtert betrachtete er das Mädchen.

Barbara-Martha öffnete ein Auge. Als sie sah, dass Walther keine Anstalten machte, ihrem Befehl nachzukommen, öffnete sie auch das andere wieder.

»Was für ein Dichter seid Ihr überhaupt?«

»Bitte?«

Sie rauschte an ihm vorbei und ließ sich schmollend auf der Mauer nieder. Walther musste lächeln.

»Ich dachte, Ihr liebt alle Frauen. Wolfi hat erzählt, dass Ihr noch mehr von Frauen versteht als er.«

»Aha«, machte der Dichter kaum interessiert.

»Wirklich – einen echten Dichter habe ich mir aufregender vorgestellt. Ich dachte, wir könnten …«, bot Barbara-Martha mit letzter Kraft an.

Walther sah ihre feinen blonden Haare ohne ein einziges graues dazwischen, ihre klaren Augen, die glatte rosige Haut. Einfach ein Stück Frau, dachte er, bedeutungslos wie so viele in seinem Leben, wie die Küchenmägde, die Herzoginnen, Hofdamen und Zofen, Dienerinnen und Huren. Zwei Arme und ein bisschen Wärme, nur so viel, dass er es gerade noch aushalten konnte, ein paar Worte und dann wieder das Nichts. Ein schrecklicher Zug von verwischten Bildern floh in seinem Innern vorbei: Frauen, Mädchen, irgendwelche Menschen, deren Namen er nicht mal erinnerte. Nur den einen wusste er, den Namen derer, die nicht zu diesem Geisterspiel gehören durfte.

Er schüttelte sehr sanft den Kopf. »Nein, danke«, sagte er leise. »Es ist ein sehr freundliches Angebot, aber nein.«
Das Mädchen sackte vernichtet in sich zusammen.
Walther streckte den Arm aus und tätschelte freundlich ihre Hand: »Liebes Fräulein«, sagte er, »in meinem Leben habe ich meinen Vater geliebt, ein Pferd und meinen Spielmann. Und nur meinem Pferd habe ich es zeigen können.«
Aus den Augenwinkeln schielte Barbara-Martha misstrauisch zu ihm hoch. »Und dann habe ich ein Mädchen gekannt, da war ich so alt wie Ihr«, erklärte er, »die liebe ich auch, aber sie weiß es nicht, ich habe sie seit Jahren nicht gesehen. Ich weiß es selbst nicht mal wirklich. Vielleicht hoffe ich es auch nur.« Das Gänschen schöpfte Hoffnung, vielleicht wurde alles doch noch romantisch.
»Ich kann nicht sein, was man sein muss mit einem anderen, versteht Ihr? Ich fühle es alles, aber immer nur kurz. Manchmal, da fühle ich lange gar nichts, und ich bin in mir selbst verschwunden, als wäre ich in einen Brunnen gefallen. So tief, nicht mal ich kann hören, ob ich um Hilfe schreie.«
Barbara-Martha wähnte nun, den Fehler entdeckt zu haben, der alles gefährdet hatte: Sie hatte dem berühmten Sänger nicht ausreichend klar gemacht, dass es ihr nicht um eine Liebesgeschichte ging. Alles, was sie wollte, war ein aufregendes Stelldichein. Dann müsste er sich gewiss keine Sorgen um seine komplizierten Gefühle machen, die sie ehrlich gesagt auch nicht ganz nachvollziehen konnte. Man konnte nicht in sich selbst verschwinden, das war Unsinn, nicht einmal poetisch war das. Er saß doch da, der berühmte Dichter, wie konnte er dann behaupten zu verschwinden.
»Ach, Herr Walther«, zwitscherte sie und rückte ihm nun wieder auf den Leib. »Ich will Euch doch nicht heiraten. Ich will doch nur, dass wir einander gut sind!« Sie legte ihre Hand auf sein Bein. Wolfi hatte sie genau darüber aufge-

klärt, dass Männer sofortig weitere Beweise günstiger Zuneigung erwarteten, wenn man ihnen eine Hand auf das Bein legte. Walther blickte allerdings auf ihre Hand, als säße ihm stattdessen eine Kröte auf dem Knie. Barbara-Martha rubbelte deswegen ein wenig mit der Hand hin und her. Wolfi hatte sie einmal verzückt gefragt, wo sie denn solche Verkommenheit gelernt hatte. Sie hatte aus dem Gespräch die Vorstellung abgeleitet, dass Verkommenheit an einer unschuldigen – halb unschuldigen – Jungfrau wie ihr etwas Wünschenswertes sei.

Walther umfasste ihr Handgelenk. Barbara-Martha wollte schon aufatmen, da verstärkte der Sänger den Druck, mehr und mehr, bis es ihr wehtat.

»Au!«, quietschte sie. Walther stand auf, ihr Handgelenk ließ er nicht los.

»Du weißt ja nicht mal, was du zu sein versuchst, du dummes Ding, du blödes Gör«, knurrte er sie an.

»Aua, meine Hand!«, wimmerte Barbara-Martha in der Tonfolge der kleinen Terz. Sie machte große Augen und hoffte auf Tränen, die ihr immer aus der Verlegenheit halfen. Der seltsame Dichter fasste ihr mit seiner anderen Hand unters Kinn und drehte ihren Kopf zu sich.

»Was willst du?«, sagte er ganz ruhig und ganz leise zu ihr. »Ein Abenteuer auf der Hofmauer mit einem Dichter, ja? Dass du deiner Amme davon erzählen kannst oder deinen Freundinnen, he?« Die gewünschten Tränen kamen noch immer nicht, dabei fing das Mädchen nun an, sich rechtschaffen unwohl zu fühlen. »Das ist alles kein Spiel, du Gans«, sagte der Dichter wieder ganz leise. Nur an dem schrecklich festen Druck seiner Hand um ihren Arm merkte sie, dass er wirklich erbost sein musste. »Du wirfst es so weg, was etwas bedeuten könnte. Es könnte, verstehst du! Und du könntest es vielleicht haben, mit deinem Idioten in Metz oder Mainz oder irgendwem.« Da Barbara-Martha nicht wissen konnte, dass Wolfi sich Walther gegenüber leidenschaftlich indiskret verhalten hatte, erschreckte sie die wenn auch geographisch ungenaue Erwähnung ihres Verlobten, und sie wunderte sich, ob dieser wirre Mann vielleicht ein Heiliger sei. Für diesen Fall wurde ihr noch mulmiger. Wolfi hatte ihr mehrfach versichert, dass der Beischlaf mit einem Bischof nur eine kleine Sünde wäre (»So klein wie ich! Die Sünde ist immer nur so groß wie der Bischof.«), wenn nur beide zum Zeitpunkt seiner Ausübung unverheiratet waren, was ja zutraf. Aber einen Heiligen zu verführen, da wäre sie ja eine Salome, über deren Sünden sie erst kürzlich gehört hatte.

»M-meine Hand«, jammerte sie noch mal, ebenfalls ganz leise. Hätte sie nur nicht Anweisung gegeben, dass man sie ungestört ließe, sonst hätte sie um Hilfe rufen können.

»Du dummes, dummes Ding«, schnauzte Walther noch mal und ließ die Hand der Gans endlich los. Mit großer Geste barg Barbara-Martha den misshandelten Körperteil in ihrem Schoß und beugte sich darüber.

Walther stand vor ihr. Er wusste nicht einmal, weswegen er sich als ein solcher Rächer der ehrenvollen Liebe aufspielte. Ermattet setzte er sich neben das verunsicherte Gänschen auf die Mauer des Gärtleins.

»Vielleicht kannst du es doch«, sagte er, jetzt aber sanfter, müder, »vielleicht kannst du einen finden, mit dem es alles einen Sinn hat, oder an etwas glauben. Ein Zuhause haben.« Mit der Hand rieb er sich über die Stirn. »Es ist so wichtig, ein Zuhause zu haben. Was, wohin man gehen kann. Wo man sich auskennt.« Bilderfetzen des Vogelweidhofs flogen an seinen Augen vorbei. Ein Rechen an der Wand. Eine Ziege im Stall. Die Linde. Das Bissner-Land. Der Stein. Der Stein, auf dem einer sitzen und warten konnte, auf die mit Sand in den Schuhen.

»Es scheuert einen so, dass man immer weitermuss«, murmelte er. Barbara-Martha dachte nun sicher, dass der Mann entweder ein Heiliger oder ein Verrückter wäre, sonst könnte man gar nicht so wirres Zeug reden, das trotz allem doch noch schön klang. »Erst denkst du, du bist frei, weil du nichts hast, nichts zu verlieren. Und dann sagt einer: ›Wie fühlt es sich an?‹ Und du wartest. Fragst dich selber. Wie? Wie fühlt es sich an. Und du gehst weiter, irgendwohin, nirgendwohin, alles egal, weil du auch gar nicht weißt, wo du hinsollst, da ist ja dann eins wie das andere.«

»Ich muss jetzt gehen, Herr Walther. Und ich entschuldige mich auch sehr«, brachte das Gänschen hervor.

Vorsichtig stand sie auf und knickste sogar ein bisschen verrutscht.

Er sah zu ihr auf: »Verstehst du das denn nicht?« Rückwärts gehend, wich Barbara-Martha zurück. »Verstehst du das nicht?!«, rief er ihr lauter nach. Sie fing an zu rennen. »Versteht es denn niemand?! Niemand!«, brüllte er dann, den Kopf in den Nacken gelegt. »Versteht es denn niemand?«

Die Diener, die in der Nähe gewesen waren, holten Dietrich, der die Instrumente ölte. Als er im Gärtlein ankam, lag Walther auf den Knien und schrie den Himmel an: »Wie fühlt es sich an, he?? Wie? Wie? Es ist schrecklich!«

»Herr!« Dietrich eilte ohne zu zögern zu dem Kauernden. Walther drehte sich zu seinem Spielmann um, seine Augen waren glasig, es dauerte eine Weile, bis er ihn erkannte.

»Dietrich«, flüsterte er, »Dietrich.« Walther hatte sich heiser geschrien. »Du verstehst es doch, Dietrich, oder? Du hast es doch auch alles gesehen.« Vorsichtig griff der Spielmann seinem Herrn unter den Arm und zog ihn hoch.

»Natürlich, versteh ich das, Herr.« Walther überließ sich Dietrichs Führung wie ein Kind. Die bischöflichen Dienstboten glotzten enttäuscht, sie hatten einen Kampf erwartet. »Kommt mit, kommt«, sagte Dietrich beruhigend zu Walther, als er ihn aus dem Gärtlein hinausführte.

»Die anderen verstehen es nie, Dietrich, oder?« »Wahrscheinlich nicht, Herr«, sagte der ehemalige Leibeigene mit der ganzen lebenslangen Geduld des Außenseiters.
»Und die Zuversicht?«, fragte Walther weiter, um Trost heischend.
»Ach, Zuversicht, die haben wir doch alle Tage, Herr.«
Dietrich führte Walther auf die Kammer zu.
»Ich vermisse Enzo, Dietrich«, sagte Walther kleinlaut.
»Ich weiß, Herr.«
Walther legte sich auf sein Bett und tastete nach seiner Decke. »Und ich bin müde.«
Dietrich schloss die Tür.
»Kannst du noch ein bisschen bei mir bleiben, Dietrich?«
Der Spielmann saß in liebevoller Besorgnis bei seinem Herrn, bis dieser nach Stunden aus seinem unruhigen Schlaf erwachte. Er saß nicht als Diener an seiner Seite, sondern als Wächter und als Freund.
Er spürte, dass die Dunkelheit in seinem Anbefohlenen vorgerückt war, und er konnte sich keine Abhilfe denken. Vielleicht das Lehen. Vielleicht, wenn er ein Zuhause hätte. Einen Ort, wo er mit seinem Kummer Halt machen konnte, nachdenken, vielleicht seinen Frieden finden.
Er würde versuchen, alles zu tun, damit Walther sein Lehen bekäme.
Walther hustete und schlug die Augen auf. Er fühlte sich noch leerer als zuvor.
»Bist du noch da, Dietrich?«
»Ja, Herr.«
»Ich hab solche Angst. Was sollen wir denn machen?«
Dietrich holte seine Flöte. »Ich spiel Euch ein bisschen was vor.« Er spielte nur die lustigsten Weisen, die er kannte, eine nach der anderen, bis Walther endlich wieder einschlief. Da war es schon dunkel geworden.

DIE HOFFNUNG AUFS LEHEN

Bischof Wolfger kehrte zwei Wochen nach Johannis von seiner Fahrt zur Amsel zurück und hatte sogleich wieder Reisefieber. Er plante, nach Wien zu reisen, um sich dort ein bisschen umzutun – und natürlich mit seinem Sänger zu renommieren. Er dachte, dass es den eingebildeten Wienern, die sich für etwas Besseres hielten, nur weil Österreich von den verheerenden Fehden der Welfen und Staufer im Reich nicht so betroffen war, recht geschehen würde, wenn sie sähen, dass er nun ihren fälschlich ausgewiesenen Sänger – man hatte Gerüchte gehört – als strahlenden Meister deutscher Dichtung präsentierte. Nur strahlte Walther bedauerlicherweise nicht, als Wolfger zurückkehrte. Er war nicht mal angetreten, seinen Gönner zu begrüßen. Es war gut, dass Wolfger von Erla ein Mensch mit vielfältig erfüllten Interessen war, sonst hätte er leicht verstimmt sein können.

Er ließ sich in seinen grau verkleideten Gemächern wieder einrichten, speiste zu Abend, betete ein bisschen, las einen Brief, den der Schwan ihm geschickt hatte, und fing dann an, sich zu langweilen. Wenn Wolfger von seinen Reisen zurückkam, erschien ihm Passau immer so ganz besonders langweilig, so grau – nur eben nicht in dem hübschen Grau, das er bevorzugte, eher farblos, dumpf, ein Nest eben. Nicht dass ihn das aus Eitelkeit störte.

Wolfger hatte keinerlei Ambitionen, die Kirchenleiter nach oben zu steigen, es starb sich zu leicht, wenn man da oben

angelangt war. Er kam mit dem, was er in Passau an Pfründen hatte, ganz gut zurecht. Rom ließ ihn weitgehend in Ruhe, seine Familie erst recht, nur bisweilen musste er unendlich langweilige Legaten auf der Durchreise über sich ergehen lassen. Für gewöhnlich hielt er sich auch Tänzerinnen, Gaukler und anderes Volk, er hatte nur so früh im Jahr noch kein Glück gehabt – und dann war Walther gekommen, und er dachte, dass er damit ausgesorgt hätte.
Er hatte sich mit dem Arzt besprochen, der Walther kurz nach der Ankunft zur Ader gelassen hatte. Der Arzt glaubte, dass Walther an bedauerlichem Schwarzgallenüberfluss litt: »Melancholia, fortgeschritten«, hatte der Arzt gesagt. Das war ein Schlag für Wolfger gewesen. Außerdem gab es gegen Melancholia, die fortgeschrittene zumal, keine Heilung. Der Arzt hatte Wallfahrten angedeutet oder Essigbäder und weiteren Aderlass natürlich – und abschließend die Achseln gezuckt.
»Gibt es denn kein Pulver oder ein Kraut vielleicht?«, hatte Wolfger ihn noch gefragt.
»Die Melancholia ist wohl erblich bedingt, Eminenz, von der Mutterseite her, nehmen wir an. Das viele Wasser im Weib schwemmt die Galle auf. Das überträgt sich dann. Leider. Hoffnungslos.«

Nun, nach seiner Rückkehr, als Wolfger sich langweilte, gedachte er, seinen Dichter trotz dessen mütterlich ererbter Melancholia zu sich rufen zu lassen, damit er ihm etwas vortragen sollte, etwas Neues am besten. Mit Barbara-Martha, dem Gänschen, konnte er nämlich vor dem nächsten oder übernächsten Tag nicht rechnen. Sie durfte ja nur morgens ausgehen. Der Gedanke an die ungestümen Umarmungen seiner weißen Wolke versetzte Wolfger nun erst recht in die Laune für sinnlich inspirierenden Gesang. Er ließ nach Walther schicken, doch statt seiner kam nur

der gedrungene Spielmann mit den kurzen Haaren, der, Flöten und Geige umklammernd, ängstlich dienerte.
»Aber wo ist denn dein Herr, mein Sohn?«, fragte Wolfger entsetzt. Er konnte sich den Namen von Walthers Begleiter nie merken und redete ihn deswegen, wie alle anderen Unwichtigen auch, mit der »Sohn«-Variante an. Das wirkte christlich und warm.
»Verzeiht, Euer Eminenz, aber mein Herr ist nicht wohl, er fiebert und ist recht schwach.«
»Man hat ihn doch heute morgen noch im Gärtlein gesehen.« Wolfger hatte Informationen eingeholt.
Dietrich verneigte sich wieder. »Es kam ganz plötzlich, Euer Gnaden.« Wolfger ging unwillig auf und ab. Er hatte mit einem Mal das Gefühl, zum Narren gehalten zu werden. Das konnte er auf keinen Fall dulden.
»Er soll kommen. Trotzdem«, sagte er sehr bestimmt.
Da warf sich der Spielmann vor dem kleinen Bischof auf die Knie. Eine seiner Flöten fiel hin und kollerte über den Steinfußboden. Wolfger sah Dietrich entgeistert an.
»Euer Gnaden, bitte nicht. Er ist nicht wohl. Das stimmt, aber es ist nicht das Fieber. Ich hab das gelogen, es ist etwas anderes.«
»Was? Was redest du denn da?«
»Er ist krank, Euer Gnaden, innen. Er hat schwere Träume, und manchmal kriegt er nicht gut Luft. Und er ist immer traurig. Er braucht das Lehen, bitte, Euer Gnaden, er braucht das Lehen!!« In seinem ganzen Leben hatte Dietrich außer dankenden Scherzworten und murmelnden Grüßen noch nie mit einer Person der Herrschaft direkt gesprochen. Noch nie hatte er sich – wie er es nannte – vor einem von ihnen sichtbar gemacht. Er, der dickliche, kurze Spielmann, ohne Haarfarbe, nur an seinen Instrumenten erkennbar, wollte nicht gesehen werden. An einen, den man gesehen hatte, erinnerte man sich, konnte Fragen stellen, schlimmer – Fra-

gen beantworten. Aber Walthers Dunkelheit wuchs, und Dietrichs einzige Hoffnung, ihr mit ein bisschen Helligkeit entgegenzutreten, war das Lehen.

»König Philipp, Euer Gna-minenz –« Dietrich verschluckte sich an den herauspurzelnden Worten, japste sie vor sich hin, dem fragend-erstaunten Bischof in das zarte Antlitz hinein. »Der hat es versprochen. Gibt dafür auch Zeugen. Seine Frau, die ist Zeugin gewesen, auch. Er hat gesagt, für das Gedicht zu Weihnachten kriegt Walther ein Lehen. Das ›*Es ging an jenem Tage, als unser Herre ward geboren*‹, das kennt Ihr doch, oder? Ganz bekannt, kennen alle. Und das ist doch dann ein großer Erfolg, also muss er es auch hergeben.« Erschöpft senkte der Spielmann den Kopf. Er umkrampfte die Geige so fest, dass seine Finger auf dem polierten Holz quietschten.

»Was hast du gesagt?«, fragte Wolfger von Erla, als hätte ein Irrer in fremden Zungen zu ihm gesprochen.

Dietrich schluckte: »Das Lehen, Euer Gnaden. Der Herr Walther muss sein Lehen haben. Sonst geht er kaputt.«

»Du sprichst von meinem Dichter, Bursche.«

»Ja, Herr.«

»Also, was redest du dir für einen unheiligen Unsinn zusammen, das mit dem Lehen und König Philipp. Ich kann doch dem König nicht befehlen, seinem ehemaligen Dichter ein Lehen zu geben.«

Wolfger formulierte es so, als wäre die Vorstellung, ihn zum Handlanger dieser Angelegenheit zu machen, schlicht eine unverschämte Aufdringlichkeit, während König Philipp wahrscheinlich nur gelacht hätte, wenn Wolfger bei ihm in solcher Sache vorstellig geworden wäre.

Der einzige Bischof, mit dem Philipp gerne etwas zu tun hätte, das wäre der aufgeblasene Engelbrecht von Köln, und das auch nur, weil er Philipp in den Kaiserdom zu Aachen lassen könnte. Wer ließ sich schon in Thüringen krönen?

Aber Engelbrecht hockte im Augenblick Arm in Arm mit Otto, dem blöden großen Welfen, der würde den schönen Philipp gar nicht wollen. Wolfger rief seine Gedanken wieder zum Thema zurück. »Was soll das also?«
Dietrich sammelte seinen letzten Mut. Er sah fest auf das Kreuz, das hinter Wolfgers linker Schulter an der Wand hing. Dietrich glaubte nur, wenn er musste, und jetzt musste er wie selten zuvor. Für Walther.
»Der Herr Walther, Euer Emi-Gnaden, der hatte ein Pferd, den Enzo. Noch aus Wien hat er den gehabt. Das war der einzige Freund, den er hatte. Und in Eisenach, wo ihm der König Philipp sein Lehen versprochen hatte, da hat ihm dieser – so ein Scheusal – den Enzo erschossen. Und danach hat der Herr Walther an nichts mehr eine Freude gehabt. Und dann ist es jetzt letzte Woche immer schlimmer geworden, seit das Fräulein da war.«
Bischof Wolfger wurde so grau wie seine sorgfältige Gewandung: »Was für ein Fräulein?«
»Da war vor ein paar Tagen ein junges Fräulein hier, die hat auf den Herrn Walther eingeredet. Und seitdem ist es ihm noch elender gewesen, insgesamt. Deswegen muss es was werden mit dem Lehen, Euer Gnade-nenz, sonst geht es weiter bergab. Er braucht einen Ort, wo er hingehört. Wo er vielleicht wieder ein Pferd haben könnte.«
»Was wollte das Fräulein denn, das hier war?«
Dietrich erschrak, das war ein Fehler gewesen, diese Pute zu erwähnen. Er versuchte sich zu retten: »Sie hat wohl Euren Beistand gesucht, Herr, und Ihr wart nicht da, da hat sie dann zufällig den Walther im Gärtlein angetroffen. Nur so. Zufällig.«
Der kleine Bischof stand versteinert. »Geh weg«, sagte er sehr leise. Dietrich ließ die Geige nun endlich los und warf sich der Länge nach auf den Boden, Stolz war etwas für Dümmere als ihn.

»Helft ihm, Euer Gnaden! Bitte helft ihm.« Jedoch ohne ein weiteres Wort, leichten Fußes in den kleinen zierlichen Schuhen, die sie ihm aus Spanien schickten, schritt Bischof Wolfger über den am Boden liegenden Spielmann hinweg, um nachzudenken, wie er den ihn hintergehenden Sänger strafen sollte.

Barbara-Martha selbst trug ungünstig zum weiteren Gang der Dinge bei, da sie durch Walthers Ausbruch eine Art moralische Sinneswandlung erfahren hatte. Sie bot ihrem Wolfi bei der Unterredung am nächsten Tag nicht wie sonst die vorgestülpten weichen Lippen, warf ihn auch nicht kichernd und kosend auf die Bank, sondern kniete bleich mit Schleier und mehrfachem, völlig blickdichtem Busentuch unter dem Kreuz, das Dietrich gestern so vergeblich angestarrt hatte. Wolfger bebte vor unterdrückter Eifersucht, hatte völlig die schönen Stunden mit der Amsel vergessen, die zärtlichen Briefe des Schwans und auch den gestrigen Trost durch die Elster, sondern war nur noch verwundet von der abscheulichen Verdorbenheit des Gänschens, verführt durch den sich verstellenden Dichter. Ihm gegenüber tat der so, als hätte er die Melancholia – fortgeschrittene –, weigerte sich, seine Liebesabenteuer preiszugeben, während er in Wirklichkeit nur auf eine Gelegenheit gelauert hatte, die weißeste Wolke des Frühlings mit seiner vorgelogenen Schwarzgalle zu beschmutzen. Ausgehorcht hatte er seinen Gastgeber und Wohltäter, hatte so dagesessen wie ein Weltverlorener und hatte dabei sich heimlich alles genau gemerkt, um dann, in der arglosen Abwesenheit seines Gönners, diesem den Dolch finstersten Verrats zwischen die zarten Schulterblätter zu stoßen.
»Was ist dir denn, mein Liebes«, presste der Bischof in bemüht freundlichem Ton hervor. Das Gänschen zitterte hinter ihrem Schleier und rückte ihre frömmelnden Augen

keinen Deut vom Kruzifix ab. »Ist dir nicht wohl? Oder bist du so überwältigt von der Freude des Wiedersehens nach der langen Trennung? Ich selbst, ich habe dich sehr vermisst.« Ganz gegen sein Frauen gegenüber passives Naturell machte Wolfger einen Schritt auf das Gänschen zu und tat so, als wollte er sich bücken, um sie zu küssen.
»Huuh!«, machte Barbara-Martha und wich aus.
Sie hob ihren Rosenkranz wie eine Waffe in die Höhe.
Völlig erschüttert unterbrach der Bischof seine Scharade.
»Was ist los?«, fragte er tonlos.
Barbara-Martha warf sich direkt von der Gebetsbank der Länge nach auf den Boden und heulte. »Ich bin schlecht, ich bin verdorben, ich bin sündig.«
Vom Geheul angelockt, wagte sich der Bediente zur Tür herein, der Barbara-Marthas Tugend auf dem Weg vom Elternhaus zum Bischofssitz und wieder zurück sicherstellen sollte. »Ich bin sündig«, heulte das Gänschen wieder. Der Knecht sah die Tochter seiner Herrschaft auf dem Boden, den Rosenkranz umkrampft, den Bischof in einiger Entfernung, bleich, den Kopf gesenkt unter dem Kreuz.
»Alle Wetter«, flüsterte der Knecht und zog sich beeindruckt wieder zurück. Der kleine Herr Bischof musste ein bedeutender Geistlicher sein, solch religiöse Erweckung in der jungen Herrin hervorzulocken.
Wolfger nahm die Unterbrechung gar nicht wahr.
»Was hat er dir gesagt?«, wollte er wissen. Seine junge Geliebte heulte weiter. »Was er dir gesagt hat?!«, wiederholte er drohender. »Hat er dich angefasst?!«
Seltsamerweise erschien ihm das, was Walther getan haben könnte, gar nicht so schlimm wie das, was er gesagt haben könnte. In Walthers Worten, wusste Wolfger, lag mehr Kraft und Macht als in zwölf Männern zusammen.
Auf einmal war er müde.
»Hör schon auf«, winkte er unvermittelt ab.

Wolfger von Erla war dreiundsechzig Jahre alt, auch wenn das niemand glaubte, der sein feenjunges Antlitz sah. Er war angekommen, wo ein Mann seiner Anlagen, Herkunft und Entscheidungen im Leben ankommen könnte. Es gab keinen höheren Stuhl für ihn als Passau. Er hatte sich eingerichtet mit den feinen Stoffen, den Wandbehängen und den Liebschaften. Er hatte keine Freunde, keine Kinder, jedenfalls keine, die er anerkannte, und keine Pläne. Vom einen Tag zum nächsten zu springen mit so viel Vergnügen als möglich war ihm bisher als ausreichender Plan erschienen. Dann, als er Walther holte, so unvermutet und so ersehnt, dachte er, dass er nun einen Freund und einen Seelengefährten finden könnte, der ihm eine Hoffnung gab. Aber dann die Sache mit der Melancholia. So einer konnte keine Hoffnung geben. Hatte er dem Gänschen nun tatsächlich etwas getan – durch Worte oder Handlungen? Wahrscheinlich nicht. Er hatte Barbara-Martha vielleicht nur angesteckt mit seiner Müdigkeit am Leben, seinem Verdruss. Vielleicht hatte sie sich auch bloß erschrocken, dass einer, der solche Locken hatte und ein Dichter war, so traurig sein konnte. Dass überhaupt jemand so traurig sein konnte. Seine weißeste Wolke.

»Was ist es denn?«, fragte er, nun aber sanfter, väterlicher. So wie ein kleiner, alternder Bischof mit einem jungen Mädchen vielleicht von Anfang an hätte reden sollen. Barbara-Martha rappelte sich auf. Schnüffelnd versuchte sie, ihrem Geliebten klar zu machen, was sie so erschreckt hatte, wobei sie ihr eigenes Bestreben nach einem kleinen Abenteuer bequemerweise längst vergessen hatte.

»Ich hab gedacht«, schluckte Barbara-Martha, »dass es so in Ordnung ist und dass dann, wenn ich mal heirate, dass das dann ein neuer Anfang ist. Und dass es immer gut ist.« Sie wischte sich die Nase an ihrem teuren Ärmel. Sie wisperte hastig eine dumme Geschichte, wie sie den

Herrn Bischof so vermisst hätte, dass sie trotz seiner Abwesenheit die von seinem Wesen durchdrungenen Hallen seines Wohnsitzes habe aufsuchen wollen und dass ihr da durch Zufall der Herr Walther im Gärtlein begegnet war. »Ich wollte ihn nur begrüßen«, wimmerte sie hinter dem Schleier, schließlich hätte sie ja durch den verehrten Herrn Bischof schon Kenntnis von der Anwesenheit des größten aller Dichter gehabt; und die Poesie schätze sie auch. Wolfger nickte einfach nur. Zögerlich habe sie sich voller Ehrfurcht dem Dichter genähert, da habe dieser zu ihr von den dunkelsten Seiten der Liebe geredet. »Da hat er gesagt, dass sich nicht alle lieb haben oder zu Hause sind und dass ich alles verderbe«, gab Barbara-Martha ihr Verständnis von Walthers Ausbruch der Schwarzgalle wieder. Diese Warnung war ihr durch und durch gegangen. Viel hatte sie seitdem an ihren entfernten und unbekannten Verlobten denken müssen. »Ich will ihm doch eine gute Frau sein«, flüsterte sie mit der letzten Kraft ihrer kleinen Reue und lugte aus dem Augenwinkel nach Wolfgers Reaktion.

Der Bischof von Passau lächelte dem Gänschen milde zu.

»Na, aber das wirst du doch auch«, tröstete er sie. Es war vorbei, das Gänschen war reif für die Schlachtbank ihrer wohlbetuchten Ehe. Hoffentlich hatte sie Vergnügen gehabt in der Zeit mit ihm, dachte Wolfger.

»Aber ich habe doch gesündigt«, machte Barbara-Martha einen letzten Versuch.

»Ach was«, winkte er ab, »du weißt doch, die Sünde ist immer nur so groß wie der Bischof.«

Leise kicherte das Gänschen zum ersten Mal an diesem trüben Tag. »Und ich vergebe dir all deine Sünden.« Barbara-Martha lächelte schwach. Es waren sehr anstrengende Tage gewesen, in denen sie so mit dem Jammertal der Erde konfrontiert worden war.

»Sag mir nur noch mal, was hat dir der Herr Sänger genau gesagt, dort unten im Gärtlein?«

Walther lag auf dem Bett und fühlte sich krank. Jeden Morgen legte er seine Kleider an, fasste den Vorsatz, etwas ganz besonders Gutes zu dichten, um sich seinen Aufenthalt hier wenigstens zu verdienen, aber dann konnte er es nicht. Dann konnte er immer nur wieder auf der Bank im Gärtlein sitzen und denken, im Kreis denken, wie ein Mühlrad ging. Dietrich, so freundlich er auch direkt nach seinem Zusammenbruch gewesen war, verhielt sich nun eher tadelnswert. Gestern Abend war er mit allen Instrumenten einfach so ohne ein Wort verschwunden und erst spät in der Nacht wieder in die Kammer geschlichen gekommen, wo er doch wusste, dass es Walther so schwer fiel, wieder einzuschlafen, wenn man ihn einmal geweckt hatte. Und gleich heute Morgen war er wieder weg, ohne seinem Herrn zu sagen, wohin er ging. »Soll er doch«, murmelte Walther zum achten Mal gegen seinen Betthimmel. Er fühlte so gar nichts mehr. Pläne! Was für Pläne hatten sie doch gehabt, als sie nach Passau unterwegs waren. Vielleicht war es nur wichtig, solange man nichts hatte, was man sich wünschte. Jetzt war es schon wieder egal. Sie waren hier, solange es gut ging, und dann eines Tages würden sie wieder gehen. Dann würden sie wieder irgendwo ankommen, und so weiter und so weiter. Vielleicht war Dietrich einfach ohne ihn gegangen. »Soll er doch.«
Da ging die Tür. Walther sah gar nicht hin. »Ich dachte, du wärst gegangen«, sagte er beleidigt. »Dir geht's ja gut. Du kannst ja gehen.«
»Herr Walther«, sagte die sanfte Stimme des kleinen Bischofs da, »könnte ich wohl einen Moment mit Euch sprechen?«

Wenn ich ein anderer gewesen wäre …

Wenn ich ein anderer gewesen wäre, hätte ich das arme Gänschen nicht verschreckt, ich hätte sie mir genommen. Jeder hätte diese Gelegenheit ergriffen, der nur ein bisschen wach gewesen wäre. Sie war jung, ganz hübsch und so appetitlich sauber. Ein Mädchen, das man sich nur zu pflücken brauchte, zum Platzen reif und sehnsüchtig. Seltsam. Es scheint mir, dass ich sie nicht nahm, weil ich zu dieser Zeit schon gelernt hatte zu sehen, auch wenn ich es noch nicht wusste. Und ich sah, dass sie leer war, fehlgeleitet in ihrer Eitelkeit so wie wir alle. Dass sie zu nehmen nur eine Verdoppelung dieser Leere gewesen wäre – und sonst nichts. Ein anderer hätte sich davon nicht stören lassen. Er hätte sie kurz besprungen, am besten in des Bischofs Bett, ein kleiner Triumph gegenüber einem, der mir Brot gab. Und es hätte nichts bedeutet, beide hätten etwas hineinverfrachten müssen, ich ihre Jugend, sie meinen Ruhm, damit es dann stattgefunden hätte in unserer Erinnerung. Wer hätte das gedacht, dass es sich in diesem Fall vor meinem Gewissen tatsächlich auszahlen würde, ich zu sein – und nicht ein *anderer*.
Ich, Walther, der krumme Seelenkrüppel, habe auch mal was Richtiges getan. Manchmal reicht es auch, wenn einer weiß, dass es richtig war. Und ich wusste es.
Die Gans war gerettet, ich war ein bisschen befreit.
Es war ein Schritt in die richtige Richtung, den ein anderer wohl nicht gegangen wäre.

ZURÜCK NACH WIEN?

Je mehr sich der Sommer dem Ende zuneigte, umso größere Sorgen machte sich Dietrich. Walther dichtete nun zwar jeden Tag und stimmte auch allen Plänen des Bischofs mit ungewohnter Widerspruchslosigkeit zu, aber es war doch kein Feuer in seinen Gedichten, fand Dietrich. In jedem Wort, wenn Walther sie ihm vorlas, hörte er die gleiche Verlorenheit, die wachsende Dunkelheit.

»Ach, könnt ich doch nach Wien zurück,
mein wonnenreiches Wien!
So gerne setzt ich meinen Blick
nur wieder auf mein Wien!«,

las er einmal.
»Wie findest du's?«
Dietrich druckste: »Bin ja noch nicht da gewesen. Wenn man's kennt, dann ist es sicher noch mal – anders.«
Walther zuckte die Schultern. »Ich find's ja selber fade.«
»Heimat du, liebes Österreich, nimm mich wieder auf«, versuchte er ein anderes.
Dietrich schluckte laut und entschuldigte sich zu heftig. »Ist Euch das Dichten denn immer so schwer von der Hand gegangen, Herr?« Walther schüttelte den Kopf. »Nur, wenn es mir nichts bedeutet hat.«
»Wie bei den Lobgesängen auf die hohen Damen?«
»Hm. Ja, da ging's auch zäh.«

Dietrich dachte nach.
»Dann schreibt doch zwischendurch was, das Euch etwas bedeutet! So als Erholung. Und dann dichtet Ihr wieder für's Lehen.«
»Ach, ich weiß nicht«, brummelte Walther, aber der Vorschlag Dietrichs klang ihm plötzlich wie eine himmlische Posaune der Befreiung. Der Plan des Dichtens für das Lehen, mit dem ihn Bischof Wolfger von allen anderen Verpflichtungen freigestellt hatte, beschäftigte ihn nun seit Wochen.

»Ich kann euch kein Zuhause geben, Herr Walther«, hatte der kleine Bischof damals gesagt, und auch auf die Staufer würde er nicht raten zu hoffen.
»Und Otto.« Wolfger hatte eine wegwerfende Handbewegung gemacht. Die Kirche hatte ihre eigenen Informationen über den Fortgang der Dinge im Reich.
»Aber Österreich«, hatte er damals gesagt, »Wien! Die haben Frieden und Land. Geht zurück nach Wien, holt Euch dort ein Lehen.«
In Erinnerung an Moldavus, den blöden Leopold und Philomena hätte Walther beinahe gelacht.
»Die warten nicht gerade auf mich in Wien.«
Bischof Wolfger hatte sich nicht einmal über die despektierliche Art gewundert, in der sein Sänger mit ihm redete. »Weil sie Euch nicht verstehen, Walther«, hatte er gerufen. Und seine grauen Augen hatten geglüht vor Eifer. »Weil Ihr denen Jahrhunderte voraus seid.« Seine kleinen Hände waren weisend in den Raum geflattert: »Herr Walther, Ihr werdet noch Saiten im Menschenherz anschlagen, wenn niemand mehr weiß, wo Wien liegt. Und wenn Reinmar von Hagenau nur noch Staub auf einem Buchrücken ist.« Walther hatte gehustet, es hätte ein Lachen werden sollen.

»Ich mein's ganz ernst, Herr Walther«, hatte der Bischof gesagt, »holt Euch das Lehen, macht Euch ein Heim. Zwei Sachen muss man wissen im Leben: wo man herkommt und wo man hinwill. Und ich helf Euch.«

Wolfger hatte Wort gehalten. Er schrieb lange preisende Briefe nach Österreich, an alle Klöster um Wien, schließlich an die Burg selbst, und kündigte in klerikaler Dreistigkeit völlig ungeladen an, die Brüder in Christo bald, noch im Herbst desselben Jahres, mit seiner Anwesenheit zu beehren. »Wir machen uns dort schon einen Auftritt«, frohlockte er, wenn er mit Walther über den Fortgang der Dinge sprach. Er sah sich alle Fahrenden, die diesen Sommer nach Passau kamen, genau an und sammelte sich die Begabtesten davon zu seinem Gesinde. Im Hof der Residenz standen Zelte und Wagen, alle Teil des Plans, Walther ein Zuhause zu erdichten. Und es war bezeichnend für das Zartgefühl der Beteiligten, dass Walther gar nicht merkte, wie sehr sie sich für ihn mühten. Er mühte sich dafür umso wortreicher über seinen Gedichten, mit denen er sich Österreichs Pforten öffnen wollte. Und nun Dietrichs Vorschlag, etwas zu dichten, das ihm etwas bedeutete. Walther ging an ein paar Männern, die auf Kugeln balancierten, vorbei in die Stille des Gärtleins.
Bedeutung! Gab es überhaupt noch etwas, das ihm etwas bedeutete? Um seinen Magen voll zu bekommen, hatte er für Könige, Bauern, Pfaffen gedichtet; hässliche Frauen als schön besungen und Lieder von lustiger Heide erfunden. Wie oft hatte er einfach etwas gesagt, das er nicht meinte, um ein Händeklatschen zu hören, das ihm seinen Lohn bringen würde.
Wie sollte man es schaffen, satt zu bleiben und die Wahrheit zu sagen? Das war etwas, das ihn umtrieb.
Walther summte eine Kadenz.

»Wie soll ein Mann, der nichts als Fehler machen kann,
In dieser Welt zu etwas kommen, mit Stolz dazu.
Seit ich überhaupt angefangen habe, was zu tun,
geht mir ein ums andere daneben, und es wird schlimmer.
Wenn ich etwas mit der Rechten greife,
lasse ich los, was ich in der Linken trage, dann fällt mir beides hin und zerschellt.
Mein armes Leben ertrinkt in Sorgen, die ich ihm selbst aufgeladen habe.
Ich mochte Laub und Gras und grüne Wälder.
Aber nun glaub ich, dass auch der Gesang der Vögel ein trauriges Ende hat.
Ich hab es nicht gelernt, das Leben gut zu leben.
Vielleicht auch nur das Leben nicht gelernt.«

Er war mit einem Mal fertig. Das Gedicht war aus ihm herausgeschwappt wie Wein aus dem Becher eines betrunkenen Mannes mit zitternder Hand. Und dazu hatte es die Wahrheit gesagt. Erstaunt schüttelte Walther den Kopf, wieso konnte es nicht so einfach sein? Wieso waren seit Reinmar diese Gedichte, die die Wahrheit sagten, mit besorgter Miene abgelehnt worden? Vielleicht war nicht nur er falsch. Vielleicht war es ein bisschen auch diese Welt, in der er lebte. Und sein wirklicher Fehler war es, keinen Glauben zu haben, der diese Welt trotz allem erklären konnte.
Er schrieb das Gedicht auf, nannte es *Reue* und schenkte es Wolfger, versehen mit dem Vermerk: »Mit Dank, dass Ihr versteht«. Der kleine Bischof war gerührt, er las das Gedicht mehrere Male und bat Walther nicht, es ihm vorzusingen. »So, wie es ist, ist es am schönsten«, sagte er seinem Dichter bewegt.
Sie saßen kurz vor der Abreise nach Wien zusammen im Gärtlein.

Der September war noch einmal warm geworden, und ein süßes, sommerliches Sterben lag über der kleinen Oase des Bischofssitzes. Walther fühlte sich seltsam aufgelöst. Er dichtete, beobachtete die geschäftigen Vorbereitungen und war unfähig zu begreifen, warum alle taten, was sie taten; dass sie es zudem für ihn taten, konnte er gar nicht verstehen.

Bischof Wolfger behandelte ihn nicht mehr mit jener drängenden Freundschaft, die sich Verständnis wünschte, sondern vielmehr wie einen gebrechlichen alten Mann, von dem nicht mehr viel zu erwarten war, den er aber gern hatte. Neben ihm auf der Bank des Gärtleins lächelte er seinen Dichter an. Das Sonnenlicht brach sich in Walthers haselnussbraunen Locken und schimmerte wie schon seit seiner Kindheit in jenem betörenden Glanz, der die Hände anderer anzog, es zu streicheln.

»Wie schön Ihr seid, Herr Walther«, sprach leise der Bischof. Walther sah ihn mit einem überraschten Lächeln an. Wolfger lächelte ganz unbefangen zurück. »Manchmal«, erklärte er sich, »kommt Ihr mir so gar nicht wie ein Mensch vor. Viel eher wie ein seltenes Tier, das in Gefangenschaft geraten ist. Man denkt, es ist gezähmt, aber innen drin bleibt es ein Tier. So seid Ihr, oder?«

Walther schwieg. »Eigentlich muss ich Euch für so vieles danken, nicht nur für all die schönen Lieder. Ihr habt mir so viel geschenkt.« Wolfger lächelte. Walther öffnete beschämt den Mund, um zu widersprechen. Er hatte den Bischof in allem enttäuscht. Er hatte keine Liebesgeschichten zu erzählen und hatte keine Lieder auf ihn verfasst. »Was ich meine, ist dies«, schnitt Wolfger Walthers Gegenrede ab. »Ihr habt mir so vieles über die Liebe beigebracht, das ich nicht wusste, wo ich doch dachte, alles zu wissen. Hochmut!« Wolfger schickte einen schelmischen Blick zum Himmel. »Eine von vielen Sünden.« Er hatte

Walther kommen lassen – »eigentlich ja eher entführt« –, redete der Bischof weiter, weil er sich ein Bad in Worten von ihm wünschte, Worte des weit gereisten Mannes über die Schönheit der Frauen und die Tiefe des Herzens. »Aber mein Herz, das war gar nicht tief. Flach wie ein Spiegel ist es gewesen, und gesehen habe ich immer nur mich.« Die Elster, die Amsel, der Schwan – er seufzte – und auch sein weißes Gänschen waren nur Spielzeuge gewesen, die Walther ihm aufpolieren sollte, damit sie neu erschienen. Er hatte sich berauschen wollen an seiner Vorstellung von der Liebe, dort, wo ihn die Liebe selbst schon langweilte. »Weil sie so flach war, das langweilt schnell.«
Er war wütend auf Walther gewesen, weil dieser, so in seine Melancholia verstrickt, so ohne die Geschichten, die Wolfger sich gewünscht hatte, ihm diese Untiefe gezeigt hatte. »Sich selbst zu sehen, das ist nicht leicht.« Aber dann, an dem Abend, als Dietrich zu ihm gekommen war, dieser Spielmann, dessen Namen er nun nicht mehr vergessen konnte, da hatte er gewusst, was Liebe sonst sein konnte, und am nächsten Morgen im Beisein des Gänschens hatte er es ganz und gar verstanden.
»Ich dachte, Herr Walther, mein viel gerühmter, viel geliebter Sänger, Liebe ist das, was das Herz froh macht, leicht. Aber dann habe ich verstanden, dass es damit kaum etwas zu tun hat.« Als er über den am Boden liegenden Dietrich hinweggestiegen war, hatte er es gewusst, als er die falschen Tränen des Gänschens trocknete, hatte er es verstanden. »Liebe ist, so ganz zu wollen, was den anderen retten könnte, selbst wenn es nichts mit uns selbst zu tun hat. Sein Fieber zu unserem zu machen, die Hitze dessen zu spüren, wofür ein anderer brennt.« Wolfger von Erla lächelte, sein feenhaftes Jünglingsgesicht strahlte von himmlischer Heiterkeit. »Wisst Ihr, wie so viele, Herr Walther, bin ich kein Bischof aus Berufung geworden. Dritter

Sohn, da ist nichts weiter übrig, und die Kreuzzüge habe ich auch hinter mir.« Er sah auf seine feine, durchscheinende Hand. »Und jetzt erst habe ich verstanden – Jesus, die Mühseligen, die Armen, die mit dem Leid der Welt –, was es heißt, die zu lieben.«
»Das könnt Ihr nicht von mir gelernt haben, Euer Gnaden«, unterbrach ihn Walther da. »Ich kann das nicht, ich kann den Nächsten nicht lieben wie mich selbst, nicht mal mich selbst.«
»Vielleicht nicht von Euch, lieber Walther, aber an Euch. Vielleicht hat es der Herr so eingerichtet, dass immer jemand an Eurer Seite sein wird, der für Euch liebt, was Ihr nicht lieben könnt.«
Walther wurde blass.
»Kann es nicht sein, dass Euer Knecht und Euer Herr, wenn ich mich mal so nennen darf, Euer Fieber im eigenen Herzen spüren und es für Euch ausschwitzen wollen, um Euch zu heilen?«
»Ich könnt's nicht vergelten, Euer Gnaden, ich könnt nichts tun, dass ich es einem von beiden zurückgäbe. Niemandem«, flüsterte er. »Es wär wie stehlen.«
»Ach, so was Dummes«, rief Wolfger ungewohnt burschikos und schüttelte den Kopf. »Ihr habt etwas, Walther, das gibt dem in uns eine Stimme, was nicht mehr sprechen kann in uns vor lauter Qual. Ihr redet unseren Zweifel, unsere Sorgen, unsere Angst – und unsere Liebe.«
»Aber ich kann all das nur in Worten und nichts davon im Leben.«
Der Bischof lachte: »Nicht mal den Zweifel?«
Walther blieb ernst: »Es ist für nichts genug, nicht mal für den Zweifel, es dauert nichts lange genug, es hält nicht vor.«
»Tja«, sagte Wolfger nur und blieb dann still. Späte Wespen summten um sie herum, der Herbst hatte seine Hände

schon auf die Blätter gelegt, das Licht goss sich golden über die beiden Männer aus.
»Ich glaube trotzdem, Herr Walther, wenn ich schließlich unter irgendeinem Stein vermodert bin und die Knochen aller nun Lebenden lang verblichen sind, dann wird noch immer irgendwo jemand Eure Lieder hören, und sein Herz wird für eine Weile mit dem Euren schlagen. Das, was Ihr sagt, das Ihr nur in Worten könnt, das wird leben.«
Wolfger stand auf und küsste Walther dann ganz zart auf die Stirn. »Danke«, sagte er voller Demut und ging.
Walther saß da, fror in den wachsenden Schatten und dachte nach. Herrmann hatte ihn geliebt, Enzo hatte ihn getragen, und Dietrich hatte ihn gerettet. Wolfger hatte ihm geholfen.
Und noch einen Menschen hatte Gott ihm an die Seite gestellt, sein Fieber in sich zu tragen.
»Anna«, sagte Walther leise in die kühle Luft, »ich komme wieder.«

Im Oktober brachen sie mit einem ganzen Tross nach Wien auf. Die Reise ging langsam voran, aber niemand behelligte sie unterwegs, und es waren nirgendwo Fehdespuren und von Leichen vergiftete Wasserstellen zu sehen. »Hübsch hier, nicht«, sagte der Bischof oft aus seiner Sänfte heraus, förmlich um Walthers Zustimmung werbend. Noch immer wollte er es ihm schön machen.
Wolfger hatte außerdem Walthers Bettelgesänge, wie der Dichter sie zornig nannte, an die Burg schicken lassen, zusammen mit triefend höflichen Briefen, die seltsamerweise nicht beantwortet wurden. Obwohl er fast alle zwei Tage Boten vorausschickte, kehrten diese doch nur mit einer formellen Dankbekundung der Kanzlei zurück, ohne Einladung.
Wolfger war sehr beunruhigt und schlug vor, einstweilen

erst mal nach Zeiselmauer an der Donau zu reisen, wo er einen befreundeten Abt wüsste.
Eine Woche vor dem Martinsfest kam man dort an, und den Bewohnern des Dorfes war die bunte Schar, die mit Wolfger reiste, gerade recht, vor dem Winter noch einmal groß zu feiern. Dem befreundeten Abt war es auch sehr angenehm, nicht dafür zahlen zu müssen und doch sehr großzügig wegzukommen, indem er, wann immer möglich, dicht neben dem Gönner stand.
Die Vorbereitungen für ein Fest begannen. Wolfger fühlte, als auch nach zwei weiteren Tagen keine Botschaft aus Wien ankam, unbezwingbare Unruhe. Der zarte Bischof entschied schließlich, dass er erst einmal allein bei Leopold, Herzog von Österreich, vorsprechen wollte, um, wie er sagte, »das Feld zu bestellen«.
Walther war auch unruhig, wünschte ihm aber nur viel Glück und dankte.
»Es wird nichts, Dietrich«, flüsterte Walther abends im Zelt seinem Spielmann und Retter zu. »Ich fühl es richtig, das wird nichts.«
»Na, wenn schon.« Dietrich drehte sich auf die Seite. »Gibt noch viele andere Leute, die Lehen vergeben.« Er gähnte: »Gehen wir eben dahin.«
Und die Zuversicht eines anderen hielt Walther auch weiter fest, verhinderte, dass er weiter versank, und ließ ihn weiterleben mit seinem Fieber.
Als Wolfger von Erlas Rückkehr schließlich von einem Späher angekündigt wurde, hatte Walther keine Angst mehr vor dessen Nachrichten.

EIN NEUER MANTEL

Am Tag vor Sankt Martin war der Bischof von Passau wieder aus Wien zurück. Grimmig und zugleich voller Beklommenheit hatte er Walther die Kunde zu überbringen, dass seine Anwesenheit auf der Wiener Burg weder vonnöten noch erwünscht sei. Herzog Leopold, ein ungeschlachter Kerl ohne den Hauch von politischer Fähigkeit, hatte Wolfger gerade mal einen Augenblick seiner geistlosen Zeit gewidmet und sich dann verabschiedet, um unverhohlen auf die Jagd zu gehen. Kanzler Moldavus wollte mit Wolfger gerne über alles reden, was in der christlichen Welt von Belang war, nur über Walther nicht.

»Ich habe jedoch insistiert, Herr Walther«, berichtete der kleine Mann unerschrocken und aufgebracht. Aber Moldavus' dicke Haut künstlerischen Desinteresses war undurchdringlich – und ein Lehen an so untergeordnete Subjekte wie Sänger auszugeben, hielt er, Moldavus, für eine entweder recht neumodische Sitte – und damit ketzerisch – oder eine römerzeitlich anmutende – und damit heidnisch. »Unser hochverehrter, hochbetagter Reinmar von Hagenau lebt nun schon weit über das siebzigste Jahr hinaus bei uns, und weder hörten noch sahen wir je einen Dichter, der seiner Kunst gewachsen wäre.«

Lange und wortreich sprach der Kanzler dann über die beispielhafte Bescheidenheit und gute Sitte des Alten, der, obschon nachgerade ewig in herzoglichen Diensten, doch noch niemals nach mehr als einem neuen Gänsekiel, einer

moderaten Zuteilung an Pergamenten und, seit ihn das Augenlicht verließ, nach der Assistenz durch einen tüchtigen Schreiber gefragt hatte.
»Dazu ist er so ganz ein Muster dessen, was ein Hofdichter sein sollte. Seine Gesänge auf die Frauen sind erlesen, sittsam und erbaulich. Nicht vulgär und gefährdend wie die mancher anderen.«
Bischof Wolfger hatte zu allen Behauptungen des Kanzlers mit knirschenden Zähnen genickt. Aber die letzte hatte ihm seine äußerste Beherrschung abverlangt. Er fand Reinmars Frauengesänge hausbacken, betulich und völlig leidenschaftsfrei; erkannte aber, dass es hier nicht um die tatsächliche Qualifikation ging, sondern um das, was diesem aufstoßenden Kanzler in seiner kurzsichtigen Machtpolitik nützte. Was auch immer das war.
»Es geht doch auch um die Nachwelt, lieber, verehrter Kanzler«, hatte Wolfger noch verzweifelt eingewendet, »der Nachwelt muss doch auch das erhalten werden, was neu ist, anders. Die Hervorbringung unseres Zeitalters.«
Moldavus hatte sich an dieser Stelle ganz gegen jeden Anstand und offensichtlich gelangweilt erhoben. Da habe der verehrte Bischof sicher ganz Recht.
»Ich kann mir vorstellen, dass unsere lieben Vettern der Staufer'schen Seite sich auf diesem Gebiet noch groß hervortun werden. Ich sage nur: Kreuzzüge!«
Wolfger war dann gegangen. Er war wütend und fürchtete das Wiedersehen mit seinem melancholischen Dichter. Obwohl völlig unschuldig, plagte ihn das Gewissen, einem Hoffnungslosen falsche Hoffnung gemacht zu haben.
Was konnte denn nur vorgefallen sein?, überlegte er auf dem Rückweg. Was hatte Walther von Wien so entzweit? Es fiel ihm schwer, der Botschafter dieser zerstörten Möglichkeit zu sein, aber es blieb kein anderer Ausweg.

»Kein Lehen, Herr Walther«, fasste er seine vergeblichen Bemühungen traurig zusammen. Dietrich stand hinter Walther, als wähnte er, ihn wieder auffangen zu müssen, aber der Dichter zeigte keine erkennbare Regung von Enttäuschung oder Wut. Sein Schweigen machte Wolfger nervös, so fing er an zu plappern. »Wisst Ihr, das macht ja nichts, wir ziehen einfach weiter und gehen an die Stauferhöfe oder nach Köln oder nach Italien. Es gibt ja viele schöne Orte zum Leben. Muss ja nicht Österreich sein.« Er begann eine Route zu entwerfen von Cividale nach Toulouse, nach Paris, nach Aachen, seinethalben auch bei den Welfen, die Kirche nähme da ja keine so verhärtete Haltung ein, dass man nicht mal bei dem einen, mal bei dem anderen zu Gast sein dürfte. »Das klappt schon noch«, lächelte er.
Dietrich zitterte vor Spannung bis in seine gedrungenen Finger. Dann endlich sprach Walther.
»Ich glaube nicht, Herr Bischof.« Er verbeugte sich. »Ich glaube, ich möchte erst mal eine Weile so weiterziehen, wenn Ihr das bitte nicht falsch versteht. Ich danke Euch demütig für alles, was Ihr getan habt, aber ich muss nun endlich auf die Straßen.«
Walther lächelte, er zeigte auf seine Füße.
»Sand in den Schuhen. Ich muss aufhören, so zu tun, als wäre er nicht da.«
Wolfger klappte den Mund auf, blieb aber stumm.
»Wenn Ihr nur den Dietrich bei Euch halten würdet, ich versichere Euch, einen so guten Musikanten findet Ihr nicht am Po und nicht an der Seine.«
»Natürlich«, sagte Wolfger überrumpelt.
»Was?!«, fauchte da sein Spielmann hinter Walther. »Ihr wollt mich loswerden?«
»Dietrich, du kannst doch weiter beim Herrn Bischof, das wäre doch gut, oder?«, sagte Walther verunsichert, denn

Dietrichs rundes, freundliches Gesicht legte sich in erschreckende Falten von Wut, Überraschung und Schmerz.
»Na, danke«, keuchte dieser, »ich dachte, wir sind Freunde, und jetzt, da wollt Ihr allein weiter.« Es war unerhört, so mit seinem Herrn zu reden! Walther war ganz verstört, er war so froh gewesen, dass er nicht nur an sich gedacht hatte. Dass es mit den Menschen aber auch immer so absolut unbegreiflich vor sich gehen musste. Was sollte das denn?
»Aber, Dietrich, die Straßen! Der Winter kommt. Hütten im Wald, nichts zu fressen, kalte Nächte.«
»Lasst mich in Ruhe«, spuckte der Spielmann einfach nur aus und ging, ohne sich vor dem Bischof zu verbeugen, ohne beurlaubt zu sein. Wolfger fing an zu kichern.
»Was?« Walther fuhr herum. Er verstand gar nichts mehr.
»Ach, Herr Walther«, kicherte der kleine Bischof. »Ich weiß gar nicht, wie ich Euch danken soll.«
In abermals gestiegenem Unverständnis blickte der Dichter erschöpft auf seinen sich gerade von ihm lösenden Brotherrn. Wolfgers unerklärlicher Heiterkeit tat das keinen Abbruch.
»Kommt«, sagte er versöhnlich. »Setzen wir uns. Seht Ihr, Herr Walther, bevor ich Euch traf, hatte die Welt ihr Oben und Unten. Ordnung«, lächelte Wolfger. »Mir hat diese Ordnung gut gefallen. Ich wusste immer, wo ich stand. Und dann mit Euch habe ich begriffen, dass es diese schöne Ordnung gar nicht gibt. Nicht, weil Ihr etwas getan hättet, sondern weil Ihr etwas seid, das andere Menschen dazu bringt, etwas zu tun, was die Ordnung widerlegt.«
Walther starrte finster vor sich hin.
»Euer Dietrich zum Beispiel, der ist ein freier Mensch – nicht?«
»Natürlich«, hustete Walther etwas zu hastig. Es fiel Wolfger aber gar nicht auf:
»Ein freier Mensch, der niemandem schuldet! Und hat sich

doch Euch zum Dienst verschrieben. Euch, einem, verzeiht den Ausdruck, Heimatlosen, einem Fahrenden. Und diesem Heimatlosen ist dieser freie Mensch so verbunden, dass er sogar einen Bischof brüskiert, der ihm auf lange Lohn und Brot geben könnte, versteht Ihr?«
Walther starrte nur weiter.
»Und mein Gänschen«, seufzte Wolfger, »die nun mit allerhöchstem Segen hätte tun und lassen können, was sie will, die fängt sich selbst ein und versucht, anständig zu sein. Versucht, es sich schwerer zu machen ...« Der kleine Mann stand auf. »Und dann ich selbst, Herr Walther! Statt mich um meine Pfründe, meine Gelder und meine Mätressen zu kümmern, wie es sich für einen Bischof gehört, ich selber lerne an Eurer jammervollen Widerspenstigkeit, was Liebe zum Nächsten bedeutet. Das hat keine Ordnung. Das zeigt, dass es die Ordnung, von der wir alle träumen, die wir alle fürchten, gar nicht gibt.«
»Ich kann Euch nicht ganz folgen, Eminenz.«
»Ihr seid der Gegenbeweis, Herr Walther. Wir alle rechnen damit, dass auf das eine das andere folgen muss. Gute Taten – Himmelreich, schlechte Werke – Höllenpein. Wie die Wiener, mit Verlaub. Wir alle glauben an diese Ordnung. Und Ihr, Ihr seht sie nicht mal. Ihr seid einfach so für Euch, ohne Pläne, ohne Bindungen, ohne Furcht. Ihr seid bisweilen ein fürchterlicher Mensch, aufbrausend, böse, immer bedrückt und unzufrieden. Und doch lieben Euch diejenigen, die den Trug der Ordnung an Euch verstehen, die begreifen, dass es auch ohne Hintergedanken geht.« Wolfger lächelte aufmunternd.
»Aber auch ohne Träume, Herr Bischof«, sagte Walther leise. »Es ist alles so leer.«
»Das ist wohl der Preis. Wer sieht, was Ihr seht, der kann wohl auch keine Träume mehr haben. Um Träume zu haben, muss man ja irgendwohin wollen.«

Walther nickte. Wolfger war sehr bewegt. »Ihr habt mir gezeigt, was Wahrheit ist und Freiheit, Herr Walther. Die wirkliche Ordnung aller Dinge ist die Freiheit des Denkens.«
Beide schwiegen. »Ich möchte Euch gerne irgendetwas geben, ein Geschenk zum Abschied. Sagt, was Ihr nur wollt. Ein Pferd, zwei Pferde, eins für Euren Dietrich, dann kommt Ihr besser voran auf Euren Straßen.«
»Nein, ich will kein Pferd.«
»Was kann ich Euch denn dann geben, Walther, ich möchte gerne, dass Ihr etwas habt, was Euch hilft.«
Walther dachte einen Augenblick nach. »Ich würde morgen Abend gerne singen, wenn das noch ginge. Übermorgen ziehe ich weiter.«
»Abgemacht. Und jetzt sucht Euren Dietrich.« Es ist wirklich so, dachte Wolfger, als er Walther aus dem Zelt gehen sah, er kann alles in Worten und nichts im Leben.

Am nächsten Abend erlebte Zeiselmauer ein aufregendes Martinsfest, das vielen so unwahrscheinlich reich erschien, dass einige der wackeren Bürger religiöse Einwände hatten, auch wenn der Bischof zugegen war und der dankbar befreundete Abt wacker mittat bei Tanz und Gesang. Es gab genug Gänsefleisch für alle und Wein, den der kleine fremde Kirchenmann mitgebracht hatte.
Gegen Mitternacht klatschte der zugereiste Gastgeber in die Hände.
Er redete mit seiner feinen, zarten Stimme in die verebbenden Seufzer der Tanzenden mit den roten Wangen und der Betrunkenen mit den noch röteren Wangen, in das krachende und funkenstiebende Feuer, dass man ihn erst gar nicht verstehen konnte.
»Was sagt er?«, zischten ein paar Argwöhnische aus den letzten Reihen, die eine Andacht zum heiligen Martin wit-

terten und überlegten, ob sie jetzt gehen konnten, ohne etwas zu verpassen und ohne gesehen zu werden.
»Singt gleich wer«, brummelte es von weiter vorn zurück.
»Wieso das denn?«
»Wer denn?«
Der kleine Bischof aber hatte schon geendet und zog sich zurück. Ein hübscher Mann in mittleren Jahren, der vorher nicht mitgetanzt hatte und von dem niemand wusste, wer er war, stand auf und trat für alle sichtbar zum Feuer hin.
»Ist der auch ein Bischof?«, fragten die Uneingeweihten, die zu weitab gestanden hatten.
»Psst«, zischte es zurück.
»Wird schon was sein«, rümpfte der Dorfschulte die Nase, der sonst selbst gerne einige Gesänge vortrug und – wenn auch in Knittelmanier – dichtete.
Walther stand ohne seinen Musikanten, Dietrich blieb verschwunden. So ertönte sein Gesang unbegleitet.

»Frau Welt, wir sind geschiedene Leute,
Ihr macht Euch aus mir doch nur einen Witz.
Die Pläne, die ich hatte bis heute,
die nehmt Ihr und lacht darüber, dass es kracht.
Aber wisst Ihr, Frau Welt, was das Gefährlichste ist?
Ein Mann, der sich nichts mehr wünscht,
der nichts plant, nichts will,
sich nach nichts verzehrt.
Außen, Frau Welt, da mögt Ihr locken, da seid Ihr schön
wie ein junger Mensch, rein und voller Hoffnung,
doch in Euch leben nur Schlangen, Würmer und Betrug.
Ich will nichts mehr von Eurer Hoffnung.
Ich will nichts mehr von Euren Lügen.
Ich gehe und küsse Euch zum Abschied,
unsere Zeit ist nun vorbei.
Von heute an gehör ich nur dem Leben

und seinen Straßen, gleich wohin sie gehen.
Von heute an will ich mir nichts mehr wünschen,
will nur noch um des Wanderns willen ziehen.«

Die Leute klatschten verhalten, es war ihnen ein bisschen zu kompliziert, hatte auch keinen Kehrreim, den man nach all dem Wein noch beseligt mitsingen konnte. Der Schulte sah alle Umstehenden bedeutsam an und verdrehte die Augen. Wenn das ein Dichter war!
Der kleine fremde Bischof aber stand auf, trat zu Walther an den Feuerschein und umarmte den seltsamen Sänger für die längste Zeit.

Am nächsten Morgen schliefen fast alle lange, ein feuchtkalter Wind wehte über den Lagerplatz der bischöflichen Reisegesellschaft. Bald würde es schneien. Wolfger von Erla und Walther standen vor dem Zelt des Bischofs und bemühten sich, die richtigen Worte des Abschieds zu finden. Eigentlich bemühte sich hauptsächlich Wolfger. Walther hatte gestern in seinem Gedicht alles gesagt, was zu sagen war.
»Herr Walther«, begann der Bischof sehr gerührt, »ich wünschte, es möge Euch das Leben Euer Talent so vergelten, dass Ihr ein angenehmes Dasein führen könntet.« Wolfger hatte sich wach liegend lange überlegt, was er sagen wollte, und war nun ein bisschen zu schnell durch diesen ersten wohlgesetzten Satz galoppiert.
»Aber wenn Euch das Leben nur wenig gibt, schon gar keine Heimat, so wünschte ich, dass Ihr wüsstet, dass die Gedanken und Herzen so vieler Euch stets wärmend umgeben.«
Walther lächelte schief. Es war ein bisschen früh, ein bisschen kalt, ein bisschen sehr pathetisch.
Wolfger schluckte und gab ein Zeichen.

Einer seiner Passauer Diener kam mit einem grauen Paket gelaufen. Der Bischof zitterte jetzt vor Aufregung. »Ausrollen«, zischte er dem Diener zu.
Der Diener hantierte mit dem Paket und hielt schließlich vor lauter Aufregung alles falsch herum. Mit den Ärmeln nach unten hängend, wurde Walther ein Pelzmantel, ein sehr kostbarer Pelzmantel gezeigt. Nicht einmal Philipp oder der Wiener Herzog waren in solchem Mantel gegangen. Der Tiergeruch des frisch gekürschnerten Stücks biss Walther in die Nase. Der Diener haspelte den Mantel schnell zu sich herauf und verbeugte sich dabei gleichzeitig entschuldigend.
»Für Euch«, flüsterte Wolfger von Erla heiser und ein wenig verlegen, als das Prachtstück schließlich aufrecht präsentiert werden konnte. Selbst für ihn und bei aller Liebe war dies ein so kostspieliges Geschenk, dass es leicht hätte protzig wirken können.
Der hohe Kragen glänzte im blassen Licht, der Mantel sah so warm und weich aus, dass Walther sich zuerst kaum traute, nur die Hand danach auszustrecken. Das ewige Grau, Wolfgers Lieblingsfarbe, war zu einer neuen Tiefe geführt worden, wirkte hier außerhalb seiner in Grautönen verhangenen Residenz so edel und herrschaftlich, dass in Walther für kurze Zeit der verschüttete Bauerssohn erwachte, der so etwas zu gut zum Tragen fand. In der kurzen Zeitspanne, in der er nach dem Mantel griff, dachte er an Herrmanns Rupfenjacke und den Wollumhang, den er im Winter getragen hatte.
Der Diener kam ihm eilfertig entgegen und störte so den behutsamen Fortschritt der Inbesitznahme des Mantels. »Gestatten.« Der Mann senkte den Mantel, sodass Walther seine Arme hineinstecken konnte.
Er war in der Tat unbeschreiblich weich, kitzelte seine Haut am Hals wie ein weicher Luftzug. Sobald er ihn ganz über-

gestreift hatte, wurde sein Rücken warm, als säße er am Feuer. »Wundervoll«, sagte Wolfger und wischte sich eine Träne aus dem Auge.

»Ich weiß nicht, was ich sagen soll«, erklärte Walther, der in dem Mantel wieder wie das Traumgebilde seiner Jugend aussah. Ein leicht gealterter Engel der Wahrheit, der Gerechtigkeit und schönen Worte. Die schimmernden Locken mit den silbernen Strähnen, die Wangen nun blasser, ebenso wie der einstige Kirschmund. Eine verblichene Stickerei auf einem Vorhang aus Vergänglichkeit. Ein Bild, das sich wie von selbst ins Herz schnitzte. Wolfger winkte ab und brauchte einen Moment, bis er wieder sprechen konnte.

»Das ist alles Lehen, was ich Euch geben kann, mein Freund, ich hoffe, es möge Euch dennoch eine Heimat sein auf Euren Straßen.«

»Danke«, sagte Walther. »Und wenn Ihr Dietrich seht, sagt ihm, ich bin nach Westen gegangen.«

Damit ging er.

Der Bischof blies sich die Nase und rief einen seiner verkaterten Sekretäre.

»Schreib mir auf, dass wir dem Walther einen Mantel gegeben haben. Aber mach nur die Hälfte des Geldes draus, sonst gibt's in Rom noch Ärger mit den Rechnungen das nächste Mal.« Als er wieder nach Walther sah, war dieser schon verschwunden.

Der Sekretär ging und schrieb:

Sequenti die apud zeizemurum walthero cantori de vogelweide pro pellicio.V. sol.longos – »Nach dem Martinstag bei Zeiselmauer dem Sänger Walther von der Vogelweide für einen Pelzmantel fünf Schillinge.«

Innen im Mantel des Bischofs befanden sich, wie Walther erst Tage später bemerkte, zusätzlich zwei eingenähte Beutel voller Münzen. Da Walther hoffte, Dietrich würde ihn einholen, beeilte er sich nicht so sehr mit dem Vorankommen und leistete sich in einer Herberge ein einzelnes Bett unter dem Dachstuhl, wo er allenfalls von ein paar frierenden Mäusen gestört werden würde. Er breitete seinen feinen Mantel, den die Herbergsleute und Gäste bestaunt hatten wie eine Kuh mit sechs Beinen, über sich und starrte an die Balken der Decke.
Er dachte daran, wie er Wien damals vor fünf Jahren verlassen hatte, seine unnützen Eskapaden in allen möglichen Schänken. Jetzt, seit dem Sommer, trank er den Wein nur noch schluckweise, nicht um sich daran zu berauschen.
Aus der Wirtsstube drangen gedämpfte Geräusche nach oben. Es gab viel zu essen, da Sankt Martin noch immer gefeiert wurde und die einfachen Leute diese mildtätige Mär des freigebigen Herrn liebten.
Walther musste bei dem irrsinnigen Gedanken, seinen Mantel mit irgendeinem Bettler oder armen Mann zu teilen, fast lachen.
Wollte er wirklich nichts mehr von der Welt? Das Lehen? Ein Zuhause? Seinen Mantel?
Walther dachte nicht daran, dass er am morgigen Tag Geburtstag hatte und sein dreiunddreißigstes Jahr eines wütenden und verzehrenden Lebens begann. Er war älter, als

es Herrmann je geworden war. Ob seine Mutter noch lebte, wusste er nicht, und die längste Freundschaft seines Lebens verband ihn mit einem ehemaligen Leibeigenen aus Franken, der ihm jetzt böse war und sich in Luft aufgelöst hatte.

Walther dachte an die Straßen, die auf ihn überall dort draußen warteten. Sand in den Schuhen. Es war jetzt endgültig vorbei mit dem Weglaufen und Unterkriechen, mit dem Hoffen auf die Güte reicher Herren. Er gehörte nirgendwohin, es war notwendig, das zu begreifen. Er musste wandern. Er musste den Sand in den Schuhen wirklich spüren, musste ihn in sich eindringen lassen, ihn endlich überall erlauben, damit er ganz und gar werden konnte, wer er werden sollte.

Walther von der Vogelweide, immer ein Dichter, ob ihn jemand hörte oder nicht.

Ein freier Mann, ob er hungernd in einer verfallenen Köhlerhütte lag oder voll gefressen in einem Bett mit Himmel im Hause eines Bischofs. Nur so könnte er dieses wütende und verzehrende Dasein tatsächlich überleben, indem er endlich zuließ, zu werden, wer er sein sollte. Walther wusste, dass der Wahnsinn seit Monaten nur einen Schritt hinter ihm ging und aufholen würde, wenn er nicht endlich das Richtige tat. Ein Fahrender zu werden. Seine Art Fahrender.

Und Frauen wollte er auch keine mehr. Das Gänschen hatte keine Versuchung für seinen Körper bedeutet. Es war weder Trotz noch Zorn in dieser plötzlichen Abkehr.

Er und die Frauen, das war vorbei. Es war immer schon die Jagd nach einem Geist gewesen, und je mehr er sich auf dieser Jagd hatte verlieren wollen, umso klarer und vernichtender war er sich am Ende dann doch wieder begegnet. Nur Anna sollte bleiben, Anna, die keine Frau geworden war, um sich und ihn zu retten.

»Lass gut sein«, murmelte er sich selbst müde zu, bevor er einschlief, und er meinte sein ganzes Leben.
Die Novembernacht war kalt und windig. Die Balken der Decke knarrten unschlüssig, und Walther fing an zu träumen.
Im Traum regnete es. Walther stand auf einer seltsam bekannten Stiege, einer steilen Wegstrecke in den Bergen, aber er wusste nicht genau, wo er war. Die Ränder seines Blickfelds flossen verwaschen auf und ab. Er versuchte, den Regen zu verlassen, kam aber nicht voran. Da begegnete ihm wie aus dem Nichts ein Mönch, klein und zart, in der Größe fast wie Bischof Wolfger, doch dabei schimmernd und glitzernd wie eine Forelle im klaren Wasser. Es war nicht Wolfger.
»Ach, wie schön«, zwitscherte der seltsam nasse Mönch und streckte ihm die Hand entgegen. »Kommen wir endlich zusammen. Ich habe lange gewartet.«
Walther runzelte die Stirn. Er wusste nicht, was das nasse Männlein von ihm wollte, und kam seiner schimmernden Hand nicht entgegen.
»Es ist gut, dass du nun endlich losgegangen bist. Das Sitzen ist nichts für dich, weißt du?«
»Was willst du?«, vermochte Walther schließlich zu murmeln, aber er hörte seine eigene Stimme nur wie von ganz weit entfernt, hallend und undeutlich.
»Ich freue mich auf all die Wege, die du jetzt gehen kannst«, plätscherte der Mönch einfach weiter. »Es wird dir auch nichts geschehen, du musst dich nicht sorgen.« Dietrich, dachte Walther, Dietrich sollte kommen, damit er ihm erklären konnte, was dieser Mönch wollte.
»Das wird ein Spaß! Walther wandert!«, zwitscherte der Mönch aber nur und kicherte. Sein wässriges Selbst wurde immer durchsichtiger. »Ich komme dann wieder.«
Laut nach Dietrich rufend, wachte Walther auf. Er trank

viel Wasser und einen weiteren Schluck Wein, um wieder einschlafen zu können.

Als es hell wurde, stand Walther auf, wusch sich das Gesicht, stellte betrübt fest, dass er sich hier nicht rasieren konnte, und brach auf, nachdem er einige Brote gekauft hatte, die dem Wirt umso teurer wurden, je länger er Walthers Mantel ansah.

Er trat in den kalten Morgen und sah, wie sich sein Atem mit dem dichten Nebel mischte. Auf der anderen Seite der Straße kauerte eine frierende Gestalt. Dietrich.

Walthers Herz schlug schneller. Der verstimmte Spielmann saß mit verschränkten Armen auf einem Baumstumpf und blinzelte, als er Walther näher kommen sah, sehr bemüht in die entgegengesetzte Richtung.

»Guten Morgen, Dietrich«, sagte Walther leise.

Der Angesprochene reagierte nicht, er drehte den Kopf noch eine Idee weiter weg.

»Es tut mir leid, Dietrich. Ich hab es nur gut gemeint.« Als Antwort senkte der Spielmann das Kinn und lugte misstrauisch zu Walther herauf. »Bitte, Dietrich, komm wieder mit mir. Ich bitte dich sehr.« Dietrichs Kiefer mahlten. Er war schon gänzlich versöhnt, wusste aber keinen Ausstieg aus seiner kleinen Posse.

Da zog Walther seinen Mantel aus. Dietrichs Augen weiteten sich. Ohne zu zögern, griff Walther nach seinem Messer und schlitzte in den kostbaren Pelz hinein. Es gab ein furchtbares Geräusch, als schrie der edle Mantel vor Schmerz.

»Nein!!«, kreischte Dietrich und sprang auf, suchte verzweifelt sein Gewicht und eine Möglichkeit, Walther an seiner Schandtat zu hindern.

Walther schlitzte ungerührt weiter, bis er die untere Hälfte des Mantels abgetrennt hatte. »Da«, sagte er nur und hielt

sie dem bleichen Dietrich mit schiefem Grinsen entgegen. »Alles Gute zum Martinstag!« Zögernd nahm Dietrich den Pelzfetzen entgegen. »Na, zieh mal um«, verlangte Walther seltsam fürsorglich. »Ganz warm und weich«, warb er dann ungeduldig, weil Dietrich immer noch dastand wie eingefroren.
»Ach, Herr Walther«, flüsterte der Spielmann schließlich erschüttert, schwankend zwischen Dankbarkeit, Versöhnung und tiefstem Schreck.
»Duz mich endlich«, sagte Walther nur und schritt aus.
»Ist den Instrumenten was passiert über Nacht?«, fragte er, schon zehn Schritte weiter, über die rechte Schulter nach hinten. »Bei der Kälte! Hat es eigentlich geregnet? Ich hatte das Gefühl, es hat geregnet.«

Walther wurde ein Vertrauter der Straßen, der Sand in den Schuhen scheuerte und drückte und trieb ihn in den nächsten zwei Jahren durch halb Europa. Wie Herrmann gesehen hatte, der Sand des Vogelweidhofs verrieb sich, ging über in sein Blut und machte Walther zu dem, der er sein sollte. Der Widerstrebende erwies sich als der geborene Reisende. Er besah sich das Neue und fand das Alte. Wenn man die Farben, die Sprache und die Sitten nur ein bisschen von der Seite ansah, war das Menschenleben doch letztlich überall gleich. Außer der Entdeckung der Vergänglichkeit und Gleichheit gab es in der Welt nichts zu entdecken.
Walther blieb nirgendwo lange und wurde dadurch umso begehrenswerter. Statt ein Bittsteller zu sein wie so viele, verabschiedete er sich schneller, als es den meisten Gastgebern lieb war. Es wirkte sich plötzlich schlecht auf deren Ruf aus. »Der konnte den von der Vogelweide nicht lange halten«, tuschelte man sich bei den Fürstentagen zu und blickte mitleidig auf die verlassenen Grafen und Herzöge, die ihren Dichter nicht hatten zufrieden stellen können.

Walther dichtete mit boshafter Leichtigkeit auf den bedauerlichen Geiz diverser Herren und flatterte fort, wenn seine Worte in die festen Mauern ihrer Burgen weithin hörbare Löcher der Lächerlichkeit gerissen hatten. Er hatte Macht, aber nun trank er sie so langsam und bedächtig wie seinen Wein. Er hörte auf, sich um Staufer oder Welfen zu kümmern, und folgte bei der Auswahl seiner angeblichen politischen Meinung bald nur noch dem höchsten Preis.

Er soff nicht mehr, er blieb den Frauen fern, auch denen, die ihm von seinen Gastgebern ins Zimmer geschickt wurden, um den Preis zu drücken. »Ich sehe einfach keinen Grund«, sagte er überzeugt den Mägden, Basen und oft genug auch den Töchtern seiner Herren und lächelte sie aus den Kammern hinaus, in die sie von sanfter oder roher Hand geschickt worden waren. Da noch genug Geschichten über den alten Walther im Umlauf waren, der doch nie ein »Kostverächter« gewesen sei, verstanden einige schließlich die Welt nicht mehr und mutmaßten tragische Verstrickungen mit einer verheirateten oder verstorbenen Frau, die Walthers Herz besetzt hielte. Das gefiel den Gattinnen der Burgherren ungemein, sie fanden es so romantisch und sahen in Walthers schön alternden Zügen klare Spuren der Liebestragik, wie nur er sie erdichten und nur er sie erleben konnte.

Glücklich seufzten die Damen mit jeder neuen Kanzone und fragten sich, wie dieser seltsame Mund sich wohl anfühlen würde. Glasigen Auges saßen sie in seinen Darbietungen und lagen in ihrer Vorstellung leidenschaftlich verschlungen mit ihm im Bett, während er auf ihre Ehemänner sang.

Der große Walther, die Nachtigall, führte einen unscheinbaren Spielmann mit sich, dicklich, unhübsch, ganz und gar eigenschaftslos, wie es schien, den man hinnahm wie einen beigeführten Hund oder Jagdfalken.

Dietrich und Walther machten viel Geld, sie schliefen fast nie mehr unter freiem Himmel, und Dietrich fügte sich Walther zuliebe in dessen Badezwang, bis es ihm selbst gefiel. In Frankreich und Italien bestaunte man sie als verfeinerte Auswüchse eines ansonsten als barbarisch verachteten, tumben Volkes. In Flamen fand man sie so künstlerisch und elegant, dass man Walthers Halbmantel nachschneiderte und die Kürschner damit unglücklich machte, weil sie so viel weniger Pelz verkauften.

In Böhmen spielten sie nur ihre ältesten Lieder, die Böhmen verstanden ohnehin kein Wort, spuckten weiter wie vor Jahren ihre Knochen auf den Tisch und wischten sich die Finger nach wie vor an den eigenen Gewändern ab.

»Das ist ein Volk!«, stöhnte Dietrich.

»Muss es auch geben«, sagte Walther nur.

Im Herbst 1205 überlegte Walther, dass sie eigentlich wieder ins Deutsche Reich einkehren könnten.

Otto und Philipp standen sich bei Köln mit zu allem entschlossenen Heerführern und unglücklichen Heeren gegenüber, und man erwartete, dass in diesem Winter endlich die Entscheidung fallen würde, der Frieden nachfolgen musste.

»Aber nicht nach Franken«, bestimmte Dietrich unwohl.

»Ich versprech dir, auf keinen Fall jemals nach Franken! Keinen Fuß setzen wir jemals nach Franken«, sagte Walther und lachte. »Das ist nicht komisch«, meinte Dietrich und war sehr verärgert.

Aber jeden Tag in diesen zwei Jahren waren sie Freunde.

TEIL III

Die Jahre der Krähe

1205 – 1228

Philipp und Otto schlugen selbst im Winter wochenlang vor den Toren Kölns aufeinander ein, ohne dabei etwas zu ändern. Der Papst warf mit Bannandrohungen nur so um sich, und jeder im Reich, der etwas zu verlieren hatte – immerhin noch erstaunlich viele –, zog den Kopf ein und wartete auf bessere Zeiten. Die Nachrichten flossen spärlich nach Osten, aber alle paar Wochen hörte man immerhin, dass es nichts Neues gäbe.

»Wir müssen zu einem, dem es egal ist, wie der Wind weht«, überlegte Walther auf dem Rückweg aus Böhmen, und Dietrich nickte verständnisinnig.

»Ich würde ja denken: Thüringen, die Wartburg«, erklärte der Spielmann vorsichtig.

»Thüringen?«, schnappte Walther.

Dietrich wurde streng: »Hör mal, bei Herrmann von Thüringen sind sie alle schon gewesen! Und wenn wir wen suchen, dem es egal ist, wer am Rhein gewinnt, dann gibt es überhaupt niemand Besseren.«

»Thüringen!«, sagte Walther wieder nur, diesmal in fast schon zustimmendem Tonfall, nur noch ein wenig sich zierend.

»Herrmann von Thüringen wechselt jedes Jahr die Partei«, legte Dietrich nach. »Man sagt, der braucht gar keine Türen auf seiner Burg. Und Dichter nimmt der auch jederzeit, sogar mehrere auf einmal.«

»Das ist nicht gut für den Ruf«, mäkelte Walther. »Wir

sind immer nur allein aufgetreten. Ich singe doch nicht im Chor.«

»O Mann.« Dietrich trat gegen einen Stein auf dem Weg. »Wir wissen doch gar nicht, ob jemand anders da ist! Lass es uns doch wenigstens versuchen.«

»Thüringen«, stöhnte sein Freund, der große Dichter, die Nachtigall des Reichs, und verdrehte noch einmal die Augen. Aber da der Winter kälter wurde, lockte jede Art von Unterkunft, auch wenn es eine geradezu von Dichtern überrannte Provinzfeste im Barbarenland war.

Am nächsten Morgen fanden sie einen Wagen voller Handelsgüter, der sie in Richtung Thüringen mitnehmen konnte.

Der Hof Herrmanns von Thüringen war in der Tat eine Burg der offenen Türen.

Von wirklichem politischem Einfluss völlig frei, jedoch stets in allem seinem Vorteil dienstbar, war Herrmanns Sitz zu einer Art Sammelbecken für Glücksritter und Verzweifelte gleichermaßen geworden.

Zweit- und noch später Geborene erhofften sich Knochen, die vom Tisch des geschäftstüchtigen Grafen herabfallen mussten. Verzweifelte Adelsfamilien, die in den Fehden zwischen Staufern und Welfen alles verloren hatten, erhofften sich, dass der wandelbare Herrmann bei dem einen oder anderen, je nachdem, wessen Farben er gerade trug, ein gutes Wort einlegen konnte.

Herrmann versprach allen alles, was sie hören wollten. Er nahm sie, die Glücksritter wie die Notleidenden, auf, ließ sich von Letzteren als Sicherheit ihre verlorenen Ländereien überschreiben und nahm den Unglücklichen mit leichter Hand die Urkunden ab, mit denen ihr letztes bisschen Hoffnung dahinging.

»Ich kümmere mich«, sagte Herrmann zu den stolz zit-

ternden Baronen und Freiherren, und Sophie, seine liebe Frau, stand hinter ihm und verdrehte innerlich die Augen. Die Urkunden nahm sie aber gerne an.
Für sein »Söphchen« war es denn auch, wie Herrmann gerne prahlte, dass er die besten Künstler des Reichs einlud, die ihr, wann immer es ihr beliebte, vorzusingen hatten und zwischen denen Herrmann gerne Wettstreite ausrief, die nur die eifernden Dichter selbst wirklich interessierten. Sophies Augen, Haare, Mund, Tugend und Unerreichbarkeit waren von jedem, der sich für einen Dichter hielt, einer werden wollte oder – seltener – einer war, mehrfach besungen worden, ohne mit dem Original auch nur die geringste Ähnlichkeit zu haben.
Als Walther und Dietrich zu Anfang des neuen Jahres zur Wartburg hinaufzogen, konnte man das Brodeln hinter den dicken Mauern geradezu hören. Auf den Zinnen probten vier Sänger wütend gegeneinander an. Sie warfen sich in der kalten Luft ihre Skalen an den Kopf und beschimpften einander in den Pausen mit phantasiereichen Neuschöpfungen, was zeigte, dass sie als Dichter etwas auf sich hielten.
»Wer's an den Ohren hat, sollte hier mal besser einen Bogen machen«, keuchte Walther beim Aufstieg Dietrich zu. Endlich erreichten sie die Burg.
Es stellte sich heraus, dass Herrmann tatsächlich Türen besaß, dass diese aber nur von zwei nachlässig gekleideten Wachen flankiert wurden, die anscheinend den Auftrag hatten, jeden Bittsteller und Ankömmling erst einmal durchzuwinken.
»Das ist Herr Walther von der Vogelweide«, versuchte Dietrich am Eingang zumindest ein bisschen Eindruck zu schinden. Leider schnappte er dabei sehr nach Luft.
»Sucht Euch einfach 'n Platz da drüben«, wies der eine Wächter sie in nölendem Thüringisch an. Dietrich zuckte

die Schultern, er hatte ein schlechtes Gewissen, Walther in diesen Sumpf von einer Burg hineingeredet zu haben.

Der Innenhof der Wartburg war unbeschreiblich. Nach ihren Reisen der letzten zwei Jahre hatten Walther und Dietrich einen nicht geringen Stolz genährt, dass es auf der Welt wohl nichts gäbe, was sie noch nicht gesehen hatten. Der Innenhof belehrte sie eines Besseren. In Trier hatten sie mal einen ehemaligen Kreuzfahrer getroffen, der ihnen von dem unvorstellbaren Gedränge der heidnischen Märkte in Arabien erzählt hatte. Während Walther und Dietrich sich auf einen freien Flecken zubewegten, dachte Walther an die Schilderungen dieses meist betrunkenen Kreuzfahrers, die er immer für Flunkerei gehalten hatte. Jetzt verstand er, was »Massen an Menschen« bedeuten konnte.

Das Geplärre der Sänger auf der Zinne war nur ein fast lind-wohltuendes Zwitschern gewesen. Hunderte von Menschen lagerten hier. Überall trat man in Kot, Fliegen schwirrten, Hunde kläfften, Hühner, zu Dutzenden in kleine Käfige gepfercht, gackerten, Kinder greinten, wütende Diener drängten sich mit Aufträgen beschickt durch diesen Sumpf an Menschheit.

»Wollen die etwa alle singen?«, brüllte Walther Dietrich zu, der noch schuldbewusster zuckte und versprach, umgehend einen Majordomus oder sonst wen Zuständigen zu finden, der ihnen ein angemessenes Quartier besorgen würde.

»Ich komme gleich wieder«, schwor er, breitete eine Decke auf einem unbewohnten Stück Hof aus und legte ihre Bündel ab.

»Setzt Euch, Herr.« Vor Außenstehenden spielte Dietrich wie immer übergangslos den Diener. Walther setzte sich und fühlte sich unwohl. Nach den Wochen ihrer Reise aus Böhmen hatte er geradezu nach einem Bad gelechzt; hier,

umgeben von diesen unglaublichen, stinkenden Massen, wurde es ihm immer dringlicher. Er sah sich wütend um und versuchte seine Ohren vor dem Lärm der Hofhorden zu verschließen. Immer neue Beine trippelten vorbei, stolperten, immer weiter bellte, gackerte, heulte und weinte es. Frauen keiften um einen Eimer Wasser. Ein paar ganz Abgeklärte soffen sich systematisch in die Bewusstlosigkeit.
Walther wusste, dass er hier nicht nächtigen würde. Egal, ob er im Wald direkt in den Armen eines Räuberhauptmanns schlafen musste, hier nicht!
Er fühlte sich beobachtet und sah sich wütend um. Er hatte schon lange keine Schlägerei mehr herausgefordert, aber wer auch immer ihn heute angaffte, könnte ihn wohl zu einem neuen Versuch anregen. Er sah nur niemanden. Die unzähligen Schlingpflanzen dieses im Innenhof gewachsenen Sumpfes waren ganz mit sich und der Verteidigung ihrer paar Ellen Boden beschäftigt.
Dietrich kam und kam nicht.
Da stand es plötzlich vor ihm. Ein verhutzeltes Weib, fast zahnlos, mit einem ordentlichen Bartschatten um das Kinn, gekleidet in einen ehemals teuren, aber schon lange fadenscheinigen Umhang, wankte vor seiner Decke von einem Bein aufs andere und kaute mit den verbliebenen Zähnen konzentriert an ihren Lippen. Sie stank wie alle anderen, aber sie war näher gekommen als alle anderen, deswegen fiel es ihm noch mehr auf.
Das Weiblein hustete etwas, das er in dem Lärm nicht verstehen konnte. Sie meinte unmissverständlich ihn.
»Was?«, blaffte er unwirsch.
Wahrscheinlich wollte sie betteln. Das Weiblein klapperte wie in tiefem Unglauben oder Schreck mit den blau geäderten Augendeckeln und streckte ihre rechte klauenartige Hand nach ihm aus. Die Hand glänzte ölig, und eine eisige Kälte fasste Walther ans Herz.

»Walther«, hustete das Weiblein wieder. Er schüttelte in völligem Entsetzen den Kopf. Das Weiblein kam näher. »Erkennst du mich denn nicht?«, fragte sie ungeduldig. Es war Gunis, seine Mutter.

Dietrich kam nicht schnell genug zurück, um ihn zu retten. Walther schaffte es kaum, zitternd sein Erkennen zuzugeben, und vielleicht war es allein der Wahnsinn dieses Innenhofs, der die Begegnung zweier lang voneinander Verschollener und Entfremdeter so unbegreiflich und doch möglich machte. Schwach stand Walther auf und musste sich von seiner wie eh und je unsentimentalen Mutter ohne weitere Begrüßung zu deren Lagerstätte ziehen lassen, auf der ein völlig verdämmerter Friedehalm und dessen nach wie vor verbitterte Base Hildegard hockten.
»Das ist der Walther«, kreischte Gunis nutzlos schon von weitem. »Das ist der Walther.« Bei dem Lärm, der um sie herum herrschte, verstand Walther sie kaum selbst. Friedehalm hob nicht einmal den Kopf.
»Er hört nicht mehr so gut«, entschuldigte Gunis und schrie ihre Mitteilung gleich noch einmal in Friedehalms Ohr, dem die Haare büschelweise entsprossen. Der ehemalige Herzog trug einen langen, verdreckten Bart, auf dem munter die Läuse krabbelten, und sabberte. Offensichtlich musste ihn der Schlag getroffen haben. Der rechte Mundwinkel und das rechte schwere Augenlid hingen völlig gelähmt herunter.
Walther sah wie um Hilfe heischend zu der verbitterten Base, von der er sich zumindest eine verständliche Auskunft erhoffte. Seine Mutter war, wie eh und je, nur mit den Gedanken einer Verbesserung ihrer eigenen Situation beschäftigt. »Gut. Du kannst uns helfen, jetzt, wo du schon mal da bist«, befahl Gunis selbstverständlich und schrie weiter auf Friedehalms haariges Ohr ein. »Walther

ist hier.« Der zu seinem Erschrecken wiedergefundene Sohn bewegte sich nicht.
»Wir waren die letzten Jahre in Böhmen«, erläuterte schließlich ausdruckslos die verbitterte Base, die seltsamerweise am wenigsten von allen gealtert und verfallen wirkte. »Vor ein paar Monaten mussten wir weg. Wir hoffen, dass wir hier bleiben können. Das Grödnertal ist von Wien aus beschlagnahmt.«
Das Wort Grödnertal schien Friedehalm, der entmachtete Herzog, noch wahrzunehmen, er spuckte beunruhigt irgendwelche Laute aus dem noch beweglichen Mundwinkel, die niemand verstehen konnte.
»Sag das doch nicht! Das regt ihn doch immer so auf«, zischte Gunis wütend zu der Base, die nur die Schultern zuckte. Friedehalm versuchte eine Faust zu ballen und verlor das Gleichgewicht.
»Trag mal unsere Sachen, Walther, dann können wir zusammen Lager machen, du hast da was näher am Brunnen erwischt. Steh auf, Friedi.« Sie griff nach Friedehalms schlaffen Armen. Das Murmeltier rührte sich nicht.
»Hilde, also! Jetzt hilf mir doch!«, verlangte Gunis von der Base, die Walther mit einem Hauch von Rührung anzusehen schien. Er hatte es noch gar nicht begriffen.
»Geh ruhig«, sagte die Base nur und wies mit dem Kinn in die Richtung, aus der Gunis ihn hergeschleppt hatte. »Geh, wir kommen schon zurecht.«
Die Worte der Base schienen Walther das Freundlichste, was er im Leben von ihr gehört hatte.
»Danke«, sagte er ohne jeden Hochmut zu ihr. Dann drehte er sich um und stolperte erschüttert zurück.
»Walther! Halt! Du sollst doch was tragen«, kreischte Gunis noch hinter ihm her. »Walther, die Sachen!«
»Lass ihn gehen«, befahl die Base, danach hörte er nichts mehr. Der Lärm der anderen Hofwesen schlug wie eine

Welle über ihm zusammen, er floh zurück zu seiner Decke, wo Dietrich gerade ein paar eilig erschienene Plünderer vertreiben musste.

»Wir können rein«, japste er, als Walther ankam. »Ihr hättet wirklich bei der Decke bleiben sollen, Herr«, konnte er sich einen Vorwurf nicht verkneifen. Walther nickte bloß, er war noch immer stumm.

Gunis, seine Mutter. Keine hundert Schritte entfernt auf einer Decke mit dem nunmehr verblödeten Murmeltier, dem vertriebenen Herzog des Grödnertals.

»Ist was?«, wisperte Dietrich, als sie auf eine gnädig geöffnete Seitentür zusteuerten, vor der sich ebenfalls Einlass begehrende Leiber wie Schaben wanden. Walther schluckte und schwieg.

Immerhin bekamen sie eine Kammer, wenn sie diese auch mit vier anderen Dichtern, angeblichen Dichtern, teilen mussten. Die vier Herren, wurde ihnen mitgeteilt, waren noch auf der Zinne und übten sich in ihrer Kunst.

»Thüringen!«, sagte Walther matt drohend zu Dietrich, als er wieder reden konnte. Sein Spielmann ließ den Kopf hängen. »Tut mir leid.«

Komischerweise war Walther gar nicht so wütend, wie er hätte sein können. Das war schon alles richtig so. Es gab Straßen, auf denen man wanderte, und es gab jenseits der Straßen unsichtbare Wege, auf die man geschickt wurde. Manchmal gingen beide zusammen. Es war gut, nach Thüringen gekommen zu sein.

Walther erzählte Dietrich trotzdem nichts davon, dass ihm im Innenhof seine Mutter wie ein Geist erschienen war. Und es war sicher kein Zufall, dass an diesem Abend der Gedanke an ein Lehen plötzlich wieder hervorkroch.

Die Begegnung Walthers mit Herrmann und Sophie von Thüringen erfolgte am nächsten Morgen und war nur mäßig

interessant für beide Parteien. Die edlen Herrschaften – eher wie gutmütig-schlitzohrige Bauern wirkend – saßen in einer kleinen, kaum geschmückten Halle und empfingen. Herrmann, klein, mit großer Nase und einem linksseitig fehlenden Ohr (eine Jugendfehde), trug einen braunen Jagdanzug. Sophie, mit weißem Kopfputz aus starrem Leinen, hatte einen sehr berechnenden Zug um den Mund. Sie hatten von Walthers Ankunft gestern Mittag gehört und hofften, dass es sich nur um einen Zwischenhalt des großen Dichters handelte. Sophie fand sowieso, dass sie in diesem Jahr schon genug Kanzonen auf sich gehört hatte, irgendwann musste ja mal Schluss sein. Und Herrmann hatte ein wenig Angst vor dieser gepriesenen Nachtigall.
Er war, so dachte der Landgraf selbstgefällig, ein Helfer zu vieler Leute Vorteil. Um Kunst ging es ihm nie. Das hätte man ernsthafter betreiben müssen. Und dieser Vogelweide, ein bisschen bleich an jenem Morgen, der erschien ihm zweifelsohne viel zu ernsthaft. Dem müsste man richtig was bieten. Das wollte Herrmann nicht. Außerdem kam er zu viel bei zu vielen herum und könnte Dinge von der Wartburg erzählen, die lieber nie den Hof verlassen sollten.
»Abwarten«, hatte Sophie ihrem Mann zugezischt, als Walther die Halle betrat.
So redeten beide Seiten eine Weile hin und her, von großer Ehre und Vergnügen, knapp bemessener Zeit, und wurden sich überraschend schnell einig, dass Walther gehen, aber jederzeit wiederkommen dürfte und sich zum Ingesinde des Landgrafen zählen sollte, was bisweilen zupass kommen könnte, wenn er in Thüringen unterwegs sein würde. Auch bei Wegezöllen sollte er dies nur sagen, er, Herrmann, hätte da Absprachen getroffen.
Anschließend gab der einohrige Herrmann dem Dichter noch einen Hinweis:»Zieht doch mal rüber an den Rhein zu unserem König Otto.«

Seit September war Herrmann mal wieder ein Welfenfreund: »Ich könnte mir denken, dass man dort Verwendung für Euch hat. Oder auch in Köln, bei unserem Freund Engelbrecht.«
Unverändert stand Herrmann über all die Jahre bei der Kirche in guter Gnade, denn einige seiner überschriebenen Ländereien, die minder ertragreichen natürlich, reichte er mit freigebiger Hand geradezu nach Rom weiter. »Man wird sich dort geradezu ein Bein ausreißen für Euch!«, dröhnte der Landgraf.
Der Gedanke an ein Lehen streckte sich aufmerksam in Walthers Kopf. Ob er ein Empfehlungsschreiben mitnehmen dürfte, bat Walther. »Für den Fall.«
»Nichts lieber als das!«, nickte Herrmann und schnippte mit den Fingern. Empfehlungsschreiben ließ er immer gleich im Dutzend aufsetzen. Ob Walther seinen Namen selbst einsetzen wolle, sonst würde das bis Mittag der Cancellarius machen. »Das ist mir recht«, erklärte Walther. »Ich habe noch etwas zu erledigen. Ich würde nur gerne selber ein Schreiben aufsetzen. Wenn ich dafür Eure Kanzlei benutzen könnte?«

Gunis machte gerade im unverändert tosenden Lärm ein Nickerchen, als Walther bei ihrem Lagerplatz ankam. Das Murmeltier dämmerte in seinem geistigen Zwielicht vor sich hin und hatte sich eingenässt. Aufgrund der so entstandenen Jahresringe auf seinen Kleidern vermutete Walther, dass es seine übliche Art der Erleichterung war. Die Base war verschwunden.
Walther starrte auf diese beiden Menschen seiner Jugend, besonders auf seine Mutter, und fragte sich, was er empfand.
In ihrer linken Hand hielt Gunis noch im Schlaf einen Tiegel fest umklammert, vermutlich voller Salbe für ihre

schlierig glänzenden Hände. Sie war der einzige Mensch, dachte Walther, der außer ihm Herrmann noch gekannt hatte. Der den Vogelweidhof gekannt hatte, den Stein am Bissner-Land, auf dem Herrmann gesessen hatte. Diese ausgemergelte, selbstsüchtige Frau hatte ihn dort geboren. Es schien ihm so unvorstellbar. Ihr verdankte er sein Leben. Aber was immer er aus diesem Leben gemacht hatte, konnte er ihr nicht vorwerfen.

Leise hockte sich Walther hin. Herzog Friedehalm seufzte in seinem Dämmer laut und pfeifend. Eine unvermutete Erinnerung blitzte in Walther auf; ein Hut mit einem strahlenden, wehenden Federbusch am Tag von Herrmanns Totenfeier. Und noch mal, irgendwo im Winter. Ein eitler Mann voller Herrschsucht. Wieso hatte er sich so an ihm gestört?

War er tatsächlich vor diesen jetzt so gebrechlichen Leuten fortgelaufen? Hatte er wirklich einmal gedacht, dass sie die Macht hatten, ihn unglücklich zu machen? Wenn er tatsächlich so töricht gewesen war, dann hatte ihn diese Torheit die Hälfte seines Lebens gekostet.

Siebzehn Jahre hatte Walther seitdem in der Fremde verbracht. War es irgendwo besser gewesen als im Grödnertal? Er hatte schlimmere Frauen als Gunis getroffen und weit grausamere Männer als Friedehalm. Die Ordnung, dachte er und musste lächeln. Er hatte auch an eine Ordnung geglaubt, in der solche wie Friedehalm und Gunis die Bösen waren und solche wie Herrmann, sein Vater, die Guten. Es war alles so weit weg, verschwunden hinter den Wegen und den Straßen; verschlungen von dem Treiben und Lärmen so vieler anderer Menschen. Die ganze Welt war dieser Innenhof, in dem alle um ihr Fleckchen Decke kämpften, alles schwappte hinter einem zusammen und verebbte, dass man es schon nach wenigen Schritten nicht mehr hören oder sehen konnte. Was blieb und zählte, war immer nur der nächste Schritt. Gunis zuckte, schlief aber weiter. Warum dachten so viele Menschen immer nur, dass Schlafende friedlich aussähen. Gunis sah nicht friedlich aus. Nur müde, verhärmt und misstrauisch.

»Walther«, sagte eine nüchterne Stimme hinter ihm. Es war Hildegard.

Walther stand auf. »Halt dich hier nicht auf«, teilte sie ihm mit. »Es war das Beste, was du tun konntest, zu gehen.« Er reichte der Base einen Brief. Es war ein Empfehlungsschreiben an Bischof Wolfger von Erla. »Geht nach Passau«, sagte er, »vielleicht kann der Mann euch helfen.« Zweifelnd sah die Base auf ihren Vetter; wie sollte das Murmeltier eine so lange Reise schaffen? »Mehr weiß ich nicht.« Walther zuckte mit den Schultern.

»Danke trotzdem«, nickte Hildegard. Er sah auf seine Mutter und zögerte; die Base winkte ihn weiter. »Geh«, sagte sie wieder, drängend, wie gestern, als wollte sie ihn vor einer herannahenden Katastrophe schützen. »Wir kommen durch.«

»Es ging irgendwie nie – mit uns beiden, der Mutter und mir«, bekannte Walther der verbitterten Frau.

»Das ist so«, stellte die nur fest und steckte das Schreiben an Bischof Wolfger in ihr Mieder. Er wollte gehen, da sprach sie ihn noch einmal an.

»Du bist berühmt geworden.«

»Na ja.«

»Ich bin sicher, zu Hause wissen es alle«, fügte sie noch an, und er wusste nicht, was er von ihrem Blick halten sollte. »Geh«, befahl sie wieder, und Walther gehorchte endgültig.

»Es tut mir ganz furchtbar leid, ich dachte wirklich, es wäre eine gute Idee«, entschuldigte sich Dietrich, als sie die Wartburg verließen, auf dem ganzen Weg ins Tal und

auch dann noch, als der Bergfried nur noch wie ein kleiner aufragender Daumen am Horizont aussah.
»Hör schon auf«, machte Walther dem Lamentieren schließlich ein Ende. »Ich bin ganz froh, dass wir hier waren.«
»Ehrlich? Wieso das denn? Wir haben noch nicht mal gesungen –«
»Nicht immer geht es ums Singen«, sagte Walther ein wenig rätselhaft.

Wenn ich ein anderer gewesen wäre …

Wenn ich ein anderer gewesen wäre, hätte ich diese alte Frau, zu der meine Mutter geworden war, nicht so ins Ungewisse ziehen lassen dürfen. Ich hätte ihr Gehör, einen Vorzug, wenigstens eine Kammer verschaffen müssen; oder ein Stück des Weges mit ihr gehen. Was Gunis auch immer gewesen sein mochte, als ich ihr geboren wurde, auf ihre Weise hat sie es versucht. Wie kann ich, der ich mich gegen jede gute Ordnung aufgelehnt habe, ihr mein Leben lang vorwerfen, dass auch sie mit dem Platz, den ihr die Eltern und Stände zugeteilt hatten, nicht zufrieden war? Dass sie mehr für sich wollte als das harte Leben an der Seite eines Mannes, den sie nicht achtete und nicht liebte. Nur weil ich mich Herrmann gegenüber schuldig fühlte, ihm kein besserer Sohn gewesen zu sein, war es, glaube ich, für mich so notwendig, Gunis dafür zu hassen, dass sie ihm keine bessere Frau gewesen war. Enttäuscht haben wir ihn vielleicht alle beide. Als ich sie verließ auf dem Hof der Wartburg, konnte ich gehen, ohne zu denken, meine Mutter würde es nicht überleben. Sie hat sich früh für sich entschieden und mich freigesetzt, zu früh vielleicht. Aber ich habe nie wie andere die Bürde eines einzigen Sohns getragen, sie hat sie mir nie aufgeladen. Ich habe immer gehen können, ohne an sie zu denken, das war ihr Geschenk. Das habe ich zu spät erkannt. Lange habe ich mich in dieser Freiheit an die Kette meiner Angst und Faulheit gelegt. Meine Mutter hat mich freigelassen. Und ich danke es ihr.

der an den oren siech von ungesühte sei,
das ist mein rat, der laz den hof ze düringe frei,
wan er kumte dar, deswar er wirt ertoeret.
ich han gedrungen unz ich niht me dringen mac:
ein schar vert uz, diu ander in, naht unde tac;
groz wunder izt, das iemen da gehoeret.
der lantgrave ist so gemout,
daz er mit stolzen helden sine habe vertuot,
der iegeslicher wol ein kempfe waere.
mir ist sin hohe fuore kunt:
und gulte ein fuoder guotes wines tusent pfunt,
da stüende ouch niemer ritters becher laere.

wer's an den ohren hat,
dem rate ich, bloß nie nach thüringen zu fahren,
denn wenn der dahin käme, der würde ja völlig
taub werden.
ich hab mich da mal mitgedrängelt, das würd' ich
nie mehr machen.
eine gruppe fährt ab, die nächsten kommen schon,
tag und nacht!
es ist ein wunder, dass da überhaupt noch jemand
hören kann.
der herr landgraf ist so veranlagt, dass er gerne
mit stolzen helden sein geld verprasst.
diese helden könnten alle preiskämpfer sein …
ich kenne seine edle völlerei genau:
wenn ein fass wein tausend pfund kosten würde,
wäre trotzdem jedermanns becher schwappend voll.

OTTOS VERSPRECHEN

Im Frühsommer, unbeschadet trotz der vielen Kriege unterwegs, erreichten sie das Lager der Welfen. Mit dem Empfehlungsschreiben von Herrmann von Thüringen war Walther zunächst vorsichtig, da er nicht wusste, ob dieser noch zu deren Seite gehörte. Aber auch sein eigener Name reichte aus, den beiden Fahrenden die Tore zu öffnen und sie immerhin zu einer Audienz vorzulassen.

Die Burg war eine Katastrophe – feucht, zugig und düster. Spinnweben hingen in jeder Ecke.

Dietrich hielt sich wie immer im Hintergrund, als sie aufgerufen wurden. Otto residierte nicht auf einem Thron, sondern umstand mit seinen Heerführern brütend einen Tisch, auf dem offensichtlich Schlachtordnungen aufgestellt waren. Er war durch nichts in seiner Kleidung von den anderen düsteren Männern am Tisch zu unterscheiden. Walther wartete also ab, was geschehen würde. Die düsteren Männer murmelten sich kurze Hinweise zu und zeigten auf einzelne Details auf dem Tisch, zu denen jeweils die Hälfte bedächtig den Kopf schüttelte, die andere aber ebenso bedächtig nickte. Schließlich wandte sich ein besonders Düsterer um, sah Walther und flüsterte einem anderen Düsteren etwas zu, der seinerseits die Nachricht weitertuschelte. Dann trat ein dicklicher Düsterer aufgeschreckt einen Schritt zurück und fragte etwas zu laut: »Der?«

Die restlichen Düsteren nickten gemessen.

Der dickliche Düstere wankte unsicher von einem Bein

aufs andere und holte ein paarmal ungenutzt Luft. Er blickte sich hilflos nach seinen Beistehenden um und zischte schließlich: »Vorstellen.«
Einer löste sich daraufhin aus der Gruppe und bellte: »Der Dichter Walther von der Vogelwiese.«
Walther machte lächelnd einen Schritt nach vorn, bereit, vor dem dicklichen Düsteren zu knien.
Der dickliche Düstere zuckte unruhig: »Nein«, flüsterte er errötend dem, der gesprochen hatte, zu, »mich vorstellen.«
Irritiert verbeugte sich der improvisierte Majordomus und stellte gegen alle Sitte nun seinen Herrn vor: »Seine Majestät, rechtmäßiger König des Heiligen Römischen Reiches Deutscher Nation, Otto IV. von Gottes Gnaden.« Walther verbeugte sich endlich. Die übrigen Düsteren machten keine Anstalten, den Tisch im Zentrum ihres Interesses zu verlassen. Unentschlossen pumpte Otto wieder ein paarmal. »Raus«, brüllte er dann übergangslos, »alle raus.« Walther schritt vorsichtshalber rückwärts auf die Tür zu, aus der er gekommen war.
»Nein«, ordnete der König hastig an, »doch nicht Ihr«, und winkte Walther mit ungeschlachter Hand zu sich.
Die Düsteren räumten verwirrt das Feld. Während Walther vorsichtig auf Otto zuging, glaubte er mit einem Mal alle Geschichten, die er je über den armen dicklichen Welfen gehört hatte. Otto war durch und durch ein Unglückswurm. Ein König, der keiner sein konnte.
Ein Spielball, den man mit Kindern verheiratete, den man nach Belieben bannte oder rehabilitierte und der Rom, insbesondere durch den eleganten Engelbrecht von Köln, gnadenlos unterlegen war. »Wollen wir uns mal hinsetzen?«, fragte Otto zögerlich und zog eine Bank heran, als Walther sich zustimmend verbeugte.
Philipp hatte ihn meistens stehen lassen.

»Tja«, sagte Otto IV. dann und schaute Walther erwartungsvoll an. »Also, Ihr seid ja dieser Dichter«, fügte er schlau nach einer Weile der wachsenden Peinlichkeit hinzu und wusste wieder nicht weiter.
»Euer Gnaden«, sagte Walther in unbestimmtem Tonfall, weil er das Gefühl hatte, nicht nur stumm dasitzen zu können. »Ihr wart mal bei Philipp, nicht?«, fiel Otto gleich mit der Tür ins Haus, aber nicht argwöhnisch, eher neugierig. Walther nickte verhalten. Ob das nun ein guter Anfang war?
»Sieht der jetzt wirklich so gut aus?«, begehrte der König zu wissen, wartete aber keine Antwort ab. »Alle sagen immer: Philipp, Philipp, Philipp«, schnaufte Otto erbittert und verebbte. Er wollte offensichtlich keine Bestätigung hören. »Ich bräuchte schon wen als Dichter, Herr Walther, ich bräuchte jemanden, der mich ein bisschen besser dastehen lässt, versteht Ihr?« Otto stand auf. »Alle machen sich lustig über mich. Tja. Kann ich nichts für.«
Düster ging der dickliche König auf und ab und pumpte.
»Damit eins klar ist: Dichtung ist mir so was von egal, Mann. Aber alle hören drauf, was so erzählt wird. Wenn Ihr also dafür sorgen könntet, dass ich besser wegkomme, das wär mir schon was wert!«
»Was genau?«, fragte Walther, der mit seinen Jahren und kommenden Wintern rechnende Dichter, dem es vor Jahren mal um die Kunst, nur um die Kunst gegangen war.
»Pferd?«, bot Otto barsch an. Walther schüttelte den Kopf.
»Zwei?«, feilschte der König weiter. »Geld?«
»Nein«, sagte Walther völlig unbewegt, obwohl er lachen musste.
»Geld und Pferd?« Otto war ein schlechter Unterhändler.
»Ich will ein Lehen«, erklärte der Dichter unverfroren.
Otto hatte kaum Land zu Verfügung, gar keins eigentlich. Unfähig zu verhandeln, hatte er jedem Anspruch der Kirche – vorgetragen durch Freund Engelbrecht – auf auch nur

die kleinste freie Fläche Land sofort zugestimmt und war nun kaum mächtiger als ein Markgraf.
»Ein Lehen?«, fragte Otto düster nach und überlegte. Walther nickte unnachgiebig.
»Gut«, versprach der Welfenkönig übergangslos. »Kriegt Ihr. Aber nur, wenn ich auch wirklich besser dastehe. Wenn die mich ernst nehmen.«
Ungläubig wegen des schnellen Erfolgs, schluckte Walther. »Das wird keine Schwierigkeit sein«, sagte er heiser. Otto hatte ihm ein Lehen versprochen. Walther konnte nicht wissen, dass dieser König kein Land hatte. Er war wieder ein Mann geworden, der etwas wollte. Und wer etwas wollte, der wollte auch glauben, dass er es bekam.
Otto jedoch dachte mit flatterndem Gewissen, dass es ja keine Lüge bleiben müsste; wenn er besser dastünde, hätte er auch mehr Land, dann sollte dieser Dichter wohl auch was davon abbekommen. Außerdem war der doch bloß ein Fahrender. Am Ende könnte der froh sein über ein Pferd.
»Ja. Dann mal los«, erklärte Otto, wischte sich die Nase, und auf so elegante Art, wie sie begonnen hatte, war die Audienz glücklich beendet.

Es war aber doch schwer, Otto ein besseres Selbstbild zu verpassen. Zu viele Witze kursierten überall. Selbst seine eigenen Vasallen erzählten Walther prustend den neuesten: dass er in König Otto sicher bald einen »ganz gebannten« Zuhörer hätte.
»Ganz gebannt, versteht Ihr«, johlten die Vasallen aufdringlich und quietschten. Walther drehte sich weg. Solange sich selbst die Welfen vor Lachen bogen, würde es nichts mit dem Lehen. Er überlegte fieberhaft, wie er denn nun Ottos lächerliche Figur aus der Jauchegrube schlechter Witze heraushieven könnte.
Philipp war wenigstens schön gewesen, er stellte etwas

dar – aber der dickliche Otto mit seinen ungeschickten Fingern, dem ständig etwas hinfiel, der im Vorbeigehen seine eigenen Schilde von der Wand rakte und auf seine hängenden Stiefelbänder trat, der war hartes Brot.

Tatsächlich aber kam Hilfe durch einen Freund Ottos, Erzbischof Engelbrecht von Köln. Engelbrecht war eine Erscheinung – eine religiöse Erfahrung. In seinem ganzen Leben hatte Walther noch keinen so eleganten und weltgewandten Mann gesehen. Er musste sich eingestehen, dass Engelbrecht von Köln ihm, wie übrigens auch jedem anderen, dessen Weg er kreuzte, meilenweit überlegen war.

Dabei musste der Bischof diese Tatsache niemals unterstreichen, gab sich im Gegenteil jovial und freundlich und lächelte auf seine undurchdringliche, sibyllinische Art auch über dumme Bemerkungen, die ihn beeindrucken sollten. Er war groß, schlank und so symmetrisch in Gesicht und Körper, dass man gar nicht wusste, wo man mit dem Bewundern anfangen sollte. Sein edles Gesicht unter wundervoll ergrautem Haar schrie schon zu Lebzeiten danach, als Skulptur auf einen Sarkophag gemeißelt zu werden. Dazu hielt er sich, auch wenn er sich unbeobachtet glauben musste, mit solcher Würde und Grazie, dass es kaum jemanden gab, der – wenn er ihn einmal gesehen hatte – nicht von ihm schwärmte. Nichtsdestotrotz hielten sich Gerüchte, dass täglich ungefähr ein halbes Dutzend gedungener Mörder, bezahlt von Staufern, Privatmännern und auch der Kirche, mit gezücktem Dolch hinter dem eleganten Mann herschlichen, um seinem strahlenden Erdendasein ein unrühmliches Ende zu bereiten. Weswegen, konnte aber niemand so genau erklären, auch weil niemand so genau wusste, wo Engelbrecht seine schönen Finger überall im Spiel hatte oder ausnahmsweise nicht hatte.

Nur die nichtadlige Herkunft hinderte ihn, sich selbst zum König aufzuschwingen. Aber mit einer politischen Lumpenpuppe wie dem armen Otto an der Hand war er so gut wie ein König. Selbst die alte Hexe Eleanor von Aquitanien, die jeden Großwürdenträger der christlichen Welt (und der heidnischen auch) gebettet hatte, sollte über Engelbrecht gesagt haben, dass er »ein Götterliebling« wäre. Das wollte etwas heißen.

Zum ersten Mal in seinem Leben musste Walther sich also eingestehen, dass er in Engelbrecht einen Mann traf, dem er geistig nicht gewachsen war. Und es war ihm trotzdem unmöglich, ihn deswegen nicht zu mögen.

Am Tag nach Engelbrechts Ankunft wurde er ihm schließlich vorgestellt. »Mmmh«, summte der Kölner Erzbischof und lächelte gewinnend, »der Mann, der die schönen Worte *O weh dir, Welt* geschrieben hat. Lieber Meister, es ist mir eine Ehre.« Walther wurde rot und stammelte beschämten Dank. Engelbrecht hatte ihn zitiert, wortgenau. Und ihn *Meister* genannt. Reinmar von Hagenau hatten sie Meister genannt – und jetzt Engelbrecht *ihn*. Er fühlte sich wie zum Ritter geschlagen und errötete tiefer.

»Ich würde so gerne einmal mit Euch sprechen, lieber Meister«, fügte der Herr von Köln dann noch mit sahniger Stimme an. »Entre nous, je voudrais bien vous inviter à discuter des affaires sensitives de la politique, concernent quelques gens en question. Je crois bien que vous en avez beaucoup plus de connaissance que des autres ici.«

»Ich, äh, merci«, stotterte Walther, verschluckte sich und kam sich so tölpelig vor wie der blöde, dicke Otto.

»Ich glaube immer«, verkündete Engelbrecht noch, ehe er sich dem nächsten Glücklichen zuwendete, auf den seine Huld strahlen würde, »dass man einem Mann seine edle Art an den Gesichtszügen ansieht. Ihr, Herr Walther, mein lieber Meister, Ihr seid von wahrhaft höchster Güte.«

Walther gaffte hinter ihm her wie eine betörte Kuh.

Am nächsten Tag war er dann tatsächlich zum Zusammentreffen *entre nous* eingeladen. Dietrich, sonst ohne jegliche Aufregung daran gewöhnt, übersehen, übergangen und ignoriert zu werden, kochte vor Eifersucht.
»Was willst du überhaupt da, dieser Blödmann, kommt hierher mit seinem blöden Französisch. Ah, je *vous* dings, weil *vous* doch so begabt sind. Blablabla. Wir sind immer noch in Deutschland! Und dann: Gibt der uns ein Lehen? Nein, der will doch bloß Papst werden, das ist alles. Lieber Meister!! Also wirklich!«
»Ich weiß gar nicht, was du hast«, verteidigte sich Walther und kämmte sich in seinem Quartier sorgfältig die Locken. Dietrich konnte sich gar nicht beruhigen.
»Wie der schon redet! Der tut so, als wär er, als wär er –«, leider fiel Dietrich keine angemessene Schmähung ein.
»Als wär er der Bischof von Köln?«, foppte Walther.
»Mach dich ruhig lustig«, schnappte der Spielmann. »Mach dich lustig! Am Ende fallen wir beide auf die Schnauze mit diesem Engelbruch.«

Engelbrecht empfing Walther wieder mit ebenso ruhiger wie überlegener Herzlichkeit und schickte seine Bedienten, Sekretäre und sonstige Zuträger mit graziöser Hand aus dem Gemach, sobald Walther mit Wein versorgt war.
»Ach, Herr Walther, ich bin ja so froh«, begann er, »dass Ihr Euch unseres armen Ottos angenommen habt. Das war doch kein Zustand mit dem Mann.« Nachsichtig und erleichtert schüttelte er den Kopf, dass Walther sich vorkam wie eine verdiente Amme, die die Aufzucht eines besonders schwierigen Kindes übernommen hatte.
»Wisst Ihr, ich habe schon lange gedacht, dass unserem Otto ein gewisser Schliff fehlt, dass er etwas haben könnte, was sonst vielleicht niemand hätte.« Engelbrecht machte eine bedeutungsvolle Pause und trank elegant seinen Wein.

»Und an was habt Ihr gedacht?«, fragte Walther, weil er das Gefühl hatte, es würde etwas von ihm erwartet. Engelbrecht lächelte betörend: »Na, was glaubt Ihr?« Jetzt fühlte sich Walther in Zugzwang. Nachdem ihn der Erzbischof für einen so klugen Zeitgenossen gehalten hatte, wollte er sich auf keinen Fall blamieren und einen dummen Vorschlag machen.

Um Zeit zu gewinnen, lächelte er zurück. »Ich sehe, wir verstehen uns«, behauptete Engelbrecht gleich darauf kryptisch, und Walther wurde es heiß. Er verstand gar nichts. Engelbrecht drehte an einem seiner Ringe und redete leise weiter: »Es ist ja kaum auszuhalten, wie kurzsichtig diese Leute sind, Herr Walther, die denken, es kümmerte in den nächsten hundert Jahren irgendwen, wer hier in Deutschland auf seinem morschen Thron in einem dieser feuchten Gemäuer ohne Licht hockt. Das ist doch so unwichtig.« Walther staunte. Auch er hatte gedacht, dass es das Wichtigste überhaupt wäre, ob nun die Staufer oder die Welfen gewännen. Er versuchte aber umgehend, nicht so kurzsichtig wie die dummen Fürsten auszusehen, und nickte. »Die Zukunft wird gerade in England, Frankreich und im Heiligen Land entschieden, aber wem sage ich das? Ihr wart ja noch unter Friedrich in Wien.«

Der unwiderstehliche Engelbrecht wurde sehr mitteilsam. In noblen Worten klagte er über die dumpfe Misthaufenmentalität der deutschen Fürsten, die im Gegensatz zu Engländern und Franzosen nicht erkennen könnten, dass die Einigkeit im Vaterland nur der erste Schritt zu zentraler Verwaltung und nachfolgender Expansion sein könnte. Dass der italienische Adel, die Sizilier vielleicht mal ausgenommen, so wenig über die Grenzen hinausdächte, das konnte Engelbrecht ja noch verstehen. Der Bischof senkte nachdenklich sein historisches Profil.

»In Italien steht der Vatikan an jeder Grenze und bittet um

Gaben«, seufzte er selbstironisch, da machte man sich also bisweilen selbst Konkurrenz. Aber gerade Deutschland wäre doch nach Westen, Norden wie Osten völlig ausdehnbar. »Und wer macht was draus?«, fragte er Walther, der sich nun ganz auf das verständnisinnige Nicken beschränkte.
»Kurioserweise, das muss ich einräumen«, gestand der Bischof, »führt aber, wenn schon, der einzige Weg zu einer wirklich bedeutsamen Kaiserkrone nur über Jerusalem.«
Das Wort ließ Walther aufschrecken. »Jerusalem«, wiederholte er in einem überraschten Ton, den Engelbrecht aber anders zu deuten schien.
»Ja, natürlich wisst ihr das alles längst, lieber Meister, aber weiß es jeder, der es wissen sollte? Weiß es Otto? Sollte es Otto nicht lernen?« Wieder eine Pause.
»Das Kreuz zu nehmen ist seine einzige Rettung vor seiner hiesigen Lächerlichkeit.« Walther verstand. Der elegante Engelbrecht spielte ihn wie Dietrich seine einsaitige Fiedel. Er sollte ein Instrument der Kreuzzüge werden, sollte den düsteren, tolpatschigen Otto nach Jerusalem posaunen, sodass jeglicher Kritiker kein überlegener Witzemacher mehr wäre, sondern – ein Ketzer.
»Ihr sollt deswegen aber nicht unversorgt sein, Herr Walther, das glaubt nicht!« Gib mir mein Lehen, dachte Walther, dann schreib ich ihn direkt ins Himmelreich, aber der Kirchenfürst kam ihm zuvor.
»Ihr bekommt eine Zuteilung feinster Pergamente, Tinten und Federn! Alles aus meinen Privatvorräten. Was sagt Ihr nun? Nein, nein, nur keine Bescheidenheit. Ihr sollt großzügig entlohnt werden. Darauf bestehe ich. Also, was sagt Ihr, cher maître?«
Walther bedankte sich und wurde so charmant rausgeschmissen, dass er erst auf dem Gang wieder zu Besinnung kam. Dietrich hatte ihn ja gewarnt. Wie sollte er Dietrich nur klar machen, dass sie keinen einzigen Schritt weiter waren?

VON HERREN UND JAHREN

Die Jahre vergingen in wechselvoller Eintönigkeit.
Was kann man über das Leben sagen, wenn jeder Tag ein müder Kampf darum war, wider besseres Wissen die Hoffnung zu erhalten, dass es am nächsten ebenso kampfvollen Tag besser sein müsste als am vorigen?
Walther fand sich in den wenigen Momenten, wo er sich seinen Grübeleien hingab, oft angewidert von sich selbst. Er war keine singende Nachtigall mehr. Er sah sich vielmehr wie eine lauernde Krähe, die hackend auf jeden noch so kleinen Krumen losflatterte und misstrauisch um sich schaute. Die Melancholia jedoch hielt er mit Dietrichs Hilfe in einem Käfig eingesperrt.
Es gab dann auch nie ein Lehen, obwohl sowohl Otto als auch der elegante Engelbrecht irgendwann besser dastanden als zuvor, als edle Kreuzritter, zu denen Walther sie hochgeschrieben hätte.
Wenn es aber um das Lehen ging, war Engelbrecht nicht zuständig und Otto nicht zu sprechen, oder er grummelte nach einigem Pumpen, dass Walther sich ja gar nicht dauerhaft an seinem Hof aufhielte, dass er im Gegenzug immer mal wieder bei allen möglichen Kleinadligen gewesen sei und, um deren mindere Gaben einzuheimsen, Ottos Prestige sträflich vernachlässigt hatte.
»›Licht aus Dingsda‹ habt Ihr diesen Kerl, den Dingsbums da, genannt«, jammerte Otto. »Mich nennt Ihr nicht Licht. Aber den, den Dingsbums.«

Derartiger Verrat in Form allzu freundlicher Metaphern für Provinzfürsten verdiente kein Lehen, behauptete Otto, unterstützt von den düsteren Einflüsterungen weiser Ratgeber. So viel Lob für Unwichtige verderbe den Preis für die wirklich Wichtigen. »Wenn so einer ein ›Licht‹ ist und ich bloß der Herr König? Da wird doch alles ganz unklar.« Einige Zeit hatte Walther dann immer gerne, wenn auch mit mäßigen Erpressungsergebnissen, gedroht, umgehend zu den Staufern zu wechseln und Ottos Bild ganz den fatalen Auswirkungen seiner Maikäferpersönlichkeit zu überlassen.
»Na, geht doch, bitte, dann geht doch«, schnaufte Otto zu diesen Anlässen regelmäßig und schickte schon Augenblicke später Diener mit Geldbeuteln hinter dem fauchend davonstiebenden Walther her, die ihn erst mal wieder zurückhielten. Aber nach wie vor kein Lehen.

Dann erreichte sie eines Tages im schönsten Sommer die traurige Kunde, dass Philipp der Schöne von Schwaben und Hohenstaufen vom finsteren Pfalzgrafen von Wittelsbach – wegen einer kleinen Privatfehde angeblich – einfach so ermordet worden sei. Niemand konnte es fassen.
»Ach, mein Gott«, sagte Dietrich, als er es von Walther hörte. »Die arme Irene-Maria. Jetzt ist ihr Mann tot.«
Walther war auch ganz betroffen, nur zum Teil für ihre geminderten Chancen, aber wirklich für die griechische Königin mit dem schönen Herzen und dem herben Unterkiefer, die Enzos Namen behalten hatte und sich für ihren Mann entschuldigte.
»Meinst du, wir kriegen jetzt Frieden?«
Im Sommer des Herrn 1208 war dies die am häufigsten gestellte Frage an allen Höfen des Reichs, und auch in den Städten und Dörfern, die diese Kunde erhalten hatten.
Die Stauferpartei hatte keine Führung.

Der einzig legitime Nachfolger, da Irene-Maria keine Kinder bekommen hatte, war jenes sagenhafte Kind von Apulien, das Walther damals auf Philipps Bitte hin aus der Welt schreiben sollte. Inzwischen war dieser ominöse Friedrich kein Kind mehr, er war schon vierzehn und damit für mündig erklärt worden. Aber er hockte irgendwo in Italien und musste sich mit dem Papst und unfreundlichen Familienangehörigen sowie mit einer Auswahl an widerstrebenden Heiratskandidatinnen herumärgern. Dass er in den nächsten paar Monaten nach Deutschland käme, daran glaubte keiner. Ottos Stern stieg. Auf einmal war er der alleinige König des zerstrittenen Landes.
»Guck an«, sagte Otto, als er davon hörte. Seine düsteren Ratgeber feierten ähnlich ausgelassen.
Schwierig gestaltete sich mit den Jahren allerdings sein Verhältnis zum eleganten Engelbrecht. Denn selbst ein so dumpfer Politiker wie Otto begriff, dass er nun seine nachgiebige Haltung der gierenden Kirche gegenüber nicht weiter einhalten konnte. Als Engelbrecht ihm mit leichter Hand wieder einmal Urkunden zur Landübereignung vorlegte, blies Otto sich lange auf und atmete dann ein klares »Nein«. Engelbrecht war entsetzt; Eingeweihte flüsterten weiter, dass der Erzbischof sogar einen Streifen ärgerlicher Transpiration auf der Stirn nicht habe vermeiden können. Die bald nachfolgende Bannung Ottos durch Papst Innozenz III. gab Engelbrechts Entsetzen endlich den rechten Ausdruck. Diesmal aber machte niemand darüber Witze. Und da Otto nun so gar nichts Strahlendes an sich hatte, was ihn zum siegreichen Helden hätte werden lassen können, wurde jetzt immerhin ein tragischer Held aus ihm.
Walther fühlte sich zu Höchstform inspiriert und dichtete, dass Otto nun, da man ihn als König so hinterrücks gebannt hätte, gerade erst recht der eigentliche Kaiser des Reichs geworden wäre.

»Und hat man Euch den König fortgenommen,
seid Ihr als Kaiser doch willkommen.«

Es war auch von der Melodie her sehr eingängig, »schnulzig«, wie Dietrich meckerte, aber deswegen gefiel es Otto selbst umso mehr. Er lernte die ersten Verse seines Otten-Tons auswendig und summte sie oft auf dem Thron sitzend vor sich hin.

Walther fand, dass nun mit einem solchen Lied und dazu nach sieben Jahren, seit er zu Otto übergetreten war, ein Lehen endlich fällig wäre. Mit zarten, dann immer roheren Worten erinnerte er den dicklichen Herrscher an sein Versprechen, das er ihm gegeben habe.

»Ich will mein Lehen!«

Ein wie üblich düsterer Berater wisperte einfach konstruierte Sätze in das Ohr des Königs, zu denen dieser unsicher mit offenem Mund atmete.

Schließlich hatte er etwas verstanden und bereitete sich pneumatisch auf eine Antwort vor: »Ihr seid ja gar nicht mein Untertan«, pumpte er. »Ihr seid ja nämlich überhaupt Österreicher. Und für Österreicher bin ich nicht zuständig. Gespräch zu Ende.« Otto hatte wirklich andere Sorgen. Er war im letzten Jahr gen Italien gezogen, um sich mit dem Papst anzulegen, war aber – durch den Bann – in einer unglücklichen Position und hatte sich ungeschlagen aus dem Feld entfernen müssen. Er hatte einfach kein Glück, weder als König noch als Kaiser.

»Diesmal gehe ich wirklich«, sagte Walther leise und drohend und meinte es auch. Es kam auch kein Geldüberbringer nach, der ihn davon hätte abbringen sollen.

»Was hältst du von Konstanz, Dietrich?«, fragte er seinen Freund.

»Konstanz? Wer oder was ist in Konstanz?«

»Im Moment noch nichts, aber ich habe zufällig sehr ver-

lässliche Kunde, dass nächstes Jahr ein gewisser italienischer Thronfolger staufischer Linie in Konstanz sein wird.«
»Ach«, machte Dietrich interessiert und zog die Augenbrauen hoch. Walther nickte.
»Im Frühling ist es in Konstanz sehr schön.«
Dietrich grinste. »Kann nicht schaden, mal wieder ein bisschen Bewegung zu haben. Du wirst alt.«
»Selber alt«, keifte Walther sofort zurück. Der Spielmann hatte aber schon andere Gedanken. »Aber wir ziehen nicht durch Franken!«
Walther verdrehte die Augen. »Dietrich, das ist Jahrzehnte her! Wahrscheinlich lebt überhaupt niemand mehr, der dich erkennen könnte.«
»Nicht nach Franken!« Verletzt verschränkte Dietrich die Arme vor dem gewachsenen Bauch.
»Versprochen«, stöhnte Walther, »niemals, niemals, niemals gehen wir nach oder durch Franken.«

Konstanz im Frühling erwies sich tatsächlich als wunderschön, jedenfalls an den vier Tagen, an denen es in diesem Frühjahr des Herrn 1213 nicht regnete. Der staufische Italiener und sein ungewöhnlich armseliger Tross kamen auf der verschlammten Handelsstraße von St. Gallen her nur langsam vorwärts, aber sie kamen. Täglich wurden auf dem Markt neue Berichte vorgetragen, wo sich das Lager inzwischen befände. Den sagenumwobenen Jüngling hatte man aber noch nicht gesehen, beziehungsweise wusste man nicht, welcher von den leidenschaftlich dreinblickenden, lockigen Italienern er war. Friedrich beschäftigte die Phantasie des Volkes mehr als jedes andere Ereignis in den letzten zwanzig Jahren.
Dass Konstanz eigentlich Welfenland war, kümmerte niemanden besonders. Einen eleganten Achtzehnjähri-

gen mit bunter Vergangenheit gegen den düsteren, dicklichen Otto einzutauschen war ein Gewinn, zu dem niemand nein sagte. Otto stand mit seinem Tross ganz in der Nähe, aber niemand kümmerte sich um ihn. Er hatte Pech auf allen Ebenen, weiter nordwestlich belagerten gerade die Franzosen ausdauernd sein welfisch-englisches Bündnisheer.

»Meinst du, der gibt dir jetzt endlich ein Lehen?«, fragte Dietrich, den die Wanderschaft diesmal doch sehr erschöpft hatte.

»Einer muss uns endlich ein Lehen geben«, behauptete Walther, der ganz gegen seine Natur aufgeschlossen und heiter umherging, »das geht gar nicht anders. Und der ist Staufer. Philipp war sein Onkel. Und der hat mir schließlich zuallererst ein Lehen versprochen. Und der braucht gute Verbreitung hier.«

»Genau«, nickte Dietrich, der keiner Zuversicht jemals widerstehen konnte. »Und schließlich sind wir ja nicht irgendwer.«

»Genau«, bestätigte Walther. »Diesmal klappt es.«

Drei Stunden nachdem der Konstanzer Bischof mit lauter, selbstgerechter Stimme die päpstliche Bannung des bösen Otto vorgetragen hatte, kam der junge Friedrich endlich in Konstanz an.

Der so dringlich erwartete Einzug des göttlichen Knaben war enttäuschend. Wie eine Bettelschar Fahrender kamen die Italiener daher. Die sie seit Chur begleitenden Schweizer wirkten wesentlich königlicher. Aber hübsch waren die kleinen Sizilier, da waren sich alle Weiber am Bodensee mit dem Kennerblick der viel besuchten Herbergsmütter einig. Walther und Dietrich hatten sich gleich melden lassen, mussten aber hinter dem Bischof, eiligen Gesandten staufischer Verbündeter und noch eiligeren Bittstellern ehemalig welfischer Verbündeter zurückstehen. Die Tatsache, dass der junge Mann, um den sich dieses Spektakel drehte, erst achtzehn Jahre alt war, beschäftigte Walther. Walther dachte an einen anderen Achtzehnjährigen, einen wie durch Nebelwände verzerrt in den Lagerhäusern seiner Erinnerung auftauchenden Jüngling. Ein verstörtes, verbittertes Kind, das mit niemandem sprach und keine Ahnung hatte, wer es war. Nichts war dem Jüngling Walther mitgegeben worden als ein Zittern im Gefolge der Worte, die in ihm entstanden. Nicht einmal die Wege, die er scheute und die ihn auf die Straßen führen sollten, die sein Leben wurden, waren ihm erklärt worden. Ob der junge Friedrich das Leben dieser Jahre als eine ähnlich unverständliche Qual empfand wie er, fragte sich Walther. Er war nun über vierzig. War es leichter geworden durch die Erfahrung oder schwerer durch das Alter?

»Herr Cantor Walther de la Vogelwida«, rief ein beschränkter Herold in die Menge der hoffnungsvollen Neugierigen draußen vor dem Stadthaus, in dem Friedrich, ohne zu pausieren, Hof hielt.

»Das sind wir«, krähte Dietrich und sprang schneller auf, als es seine Knochen noch erlaubten.

»Bleib hier«, winkte Walther ab, »ich geh erst mal allein.«

Im Vorzimmer wachte ein knöcherner Beamter des jungen Mannes und malte in winziger Schrift etwas auf ein Pergament: »Name und Anliegen?« Da Walther witterte, dass man einen Lehensanspruch zu diesem Zeitpunkt nicht unbedingt dringlich ansehen würde, redete er von der Antragung seines dichterlichen Preises. Das war dem Knöchernen zu minder, er verschwendete keinen Platz auf seinem Pergament, sondern zuckte nur mit dem Kinn in Richtung der Tür. »Man wird Euch rufen.«

Walther fühlte, dass er Herzklopfen hatte, und fragte sich, warum. Bei keinem Herrn, dem er sich in den letzten fünfzehn Jahren angeboten hatte, voller Hoffnung, ohne Wünsche, voller Verdruss, hatte er jemals ein so seltsames Gefühl der Aufregung verspürt wie jetzt. Und dabei waren sie in keinem Palast, keine hohen Decken, keine Wappen, keine Teppiche. Die Majestät, die Walther fühlte, musste von etwas anderem ausgehen. Von Friedrich etwa?

»Herr Walther«, rief jemand, und die Tür öffnete sich. Walther atmete durch und trat ein.

Er wusste sofort, wer Friedrich war, auch wenn das Licht im Raum zu wünschen übrig ließ. Nichts an diesem jungen Mann barg ein Echo des verstörten Knaben, den Walther gerade in seiner Erinnerung heraufbeschworen hatte. Der König war nicht groß, und sein Gesicht war trotz der schweren Nase noch sehr mädchenhaft. Der zukünftige Kaiser des Reichs züchtete offenbar bemüht an einem Bart. Die sizilischen Barbiere mussten ein schlechtes Handwerk versehen, oder Friedrich war seit Monaten zu keinem anständigen Haarschnitt mehr gekommen. Unentschlossen länglich hingen ihm die Haare über den Ohren, und wären nicht seine geraden Augenbrauen und der klare Blick darunter gewesen, hätte man ihn mit dieser Frisur für einen Zurückgebliebenen halten können, denn er hatte außerdem die Angewohnheit, mit offenem Mund zuzuhören, so als tränke er die Worte seines Gegenübers in sich hinein. Ehe er Walther in Augenschein nahm, fertigte er rasch noch einen dienernden Überläufer ab, der dann zu einer Seitentür hinauskomplimentiert wurde.

»Ah«, rief Friedrich mit heller Stimme, »Signore Walthero.« Walther verbeugte sich überrascht.

In hastigem Sizilisch schnatterte der junge König auf das gebeugte Haupt des Dichters ein. Walther richtete sich auf. Ein Beistehender übersetzte: »Seine Gnaden zeigen sich huldvoll erfreut, dass Ihr, Herr Walther, als Deutschlands größter Dichter, Seiner Gnaden Eure Dienste zur freundlichen Verfügung stellt.«

»*Ecco*«, bekräftigte Friedrich die Übersetzung. Walther war sich nicht sicher, ob der Jüngling Deutsch überhaupt verstand.

Friedrich redete weiter. *Poeta* und *canzone* hörte Walther wohl ein paarmal heraus, blickte dann aber abwartend auf den Übersetzer: »Seine Gnaden dichten selbst und haben sich bereits in Sizilien einige der Lieder zeigen lassen, die Ihr im Auftrag seines dahingegangenen Onkels verfasst habt.« Walther wurde es heiß, in seinem Kopf hallte eine Stimme: »Schreibet mir ebbes gege den Kloi«, hatte Philipp damals befohlen.

Walther versuchte sich zu erinnern. Hatte er? Der junge Sizilier beobachtete Walther mit geöffnetem Mund sehr scharf. Von diesem Menschen ging trotz seiner Jugend etwas ganz anderes aus als von den anderen Herrschern, mit denen Walther zu tun gehabt hatte. Er hatte nicht das schwermütige Desinteresse des österreichischen Friedrich an sich, nicht den tatkräftigen, doch planlosen Ehrgeiz seines Onkels, nicht die wahllose Verschlagenheit des Thüringers und überhaupt nichts gemein mit der Maikäferart des armen Otto. Auch Engelbrecht in seiner bestrickenden Eleganz ähnelte er nicht. Was war es an Friedrich?

»Ich bin sehr geehrt«, antwortete Walther schließlich. »Ma no«, rief der junge König noch vor dem Dolmetscher und fauchte schon wieder etwas Feuriges. »Seine Gnaden bitten Euch, ihm zu erzählen, warum Ihr ein Dichter geworden seid. Seine Gnaden interessiert an jedem Menschen das Warum.«

»Sitzig«, rief Friedrich und deutete auf zwei Schemel, von denen er sich sogar den unbequemeren wählte. Walther nahm wachsam Platz.

»Por que?!«, sagte Friedrich nochmals und trank Walther in sich hinein.
Walther überlegte. Seltsamerweise dachte er in diesem Moment nicht an sein Lehen, er dachte auch nicht darüber nach, ob ihm die Antwort, die er geben könnte, schaden oder nützen würde. Walther suchte nach der Wahrheit, und der junge König aus Sizilien, auf den draußen in Konstanz eine ganze unterwerfungswillige Welt wartete, ließ ihm Zeit.
»Euer Gnaden, wo ich geboren wurde, ist es so wie überall auf der Welt. Man lügt, man stiehlt, man tritt. Man hofft und betet, und man stirbt, manchmal an ganz kleinen Sachen.« Der Übersetzer ratterte leise in Friedrichs Ohr, ohne dass dieser den Blick von Walther wendete. »Und ich hatte nichts. Nur Worte. Keine Erklärungen, aber Namen für alles, wie es sein könnte. Ich glaube, dabei ist es geblieben. Ich habe immer noch nichts. Immer noch keine Erklärungen. Nur Worte.«
Friedrich nickte ohne erkennbare Regung. Dann plötzlich laut aufseufzend, sprang er so schnell auf, dass der Schemel umfiel. Alle im Raum zuckten gleichzeitig in alle Richtungen, griffen nach Waffen, sprangen zu ihrem König, hielten Walther fest, als hätte er eine Giftschlange auf den Staufer losgelassen.
»No, no«, schrie Friedrich die an, die sich Walther geschnappt hatten. »Lasciate!«
Eilfertig sprang er herbei und zupfte an Walthers Wams herum. »Perdonna, Signore Walther.«
Man stellte den umgefallenen Schemel wieder auf. »Sitzig«, radebrechte Friedrich abermals.
Erschrocken nahm Walther wieder Platz. Der junge König setzte sich ihm gegenüber und nickte ihm leidenschaftlich zu: »Anch'io«, antwortete Friedrich seinem neuen Dichter glühend. »Anch'io. É la stessa cosa per me, giusto. Solamente le parole, le parole! Non le spligazioni.«

Und dann küsste er ihn auf beide Wangen.
Walther wankte benommen nach draußen und fand, dass er zum ersten Mal im Leben einen wirklichen König kennen gelernt hatte. Dass er bei solcher Geste unmöglich noch etwas von der Sache mit dem Lehen hätte sagen können, verstand sich dabei doch von selbst.

ENDLICH DAS LEHEN

Walther blieb in Friedrichs Diensten, und es zahlte sich für beide einigermaßen aus. Ganze sieben Jahre lang pries Walther den längst wieder fernen Herrscher, der erst gebannt, dann Kaiser, dann wieder gebannt wurde und die christliche Welt durch seine Unerschrockenheit mehr erschütterte als die heidnische, der er doch als Erster auf seinem Kreuzzug nach Jerusalem mit einigem Erfolg zu Leibe rückte. Während er die Ungläubigen besiegte und deren Respekt gewann, verspielte er durch seine fortschreitende Ignoranz des Normalen die Zuneigung der Frömmler des Abendlands. Walther verteidigte den staufischen Herrscher in Liedern, Worten und einmal, trotz seines vorgerückten Alters, fast mit einem Faustkampf.

Dietrich war das nicht einsichtig: »Was machst du denn für ein Tamtam? Sonst war es dir doch auch egal, wer auf dem Thron saß. Lehen haben wir immer noch keins.«

Das war natürlich völlig richtig, aber wieder hatte Walther Schwierigkeiten mit den Erklärungen. Wenn er ihnen ganz nahe kam, musste er zugeben, dass es vielleicht hauptsächlich daran lag, dass er in dem jungen Friedrich damals in Konstanz einen anderen Entwurf seines Lebens erblickt hatte, eine Chance, die er nie gehabt hatte, von der er aber wollte, dass Friedrich sie nutzen würde. Die Chance, ein entschiedenes, ein zielgerichtetes Leben zu führen, das etwas in der Welt verändern würde. Ein Leben der Taten und Bewegungen, nicht nur eines der Worte und des Wanderns.

Dietrich, von solchen Sentimentalitäten völlig frei, sah auch Friedrichs Herrschaft sehr anders. »Also, es ist so«, verdeutlichte er Walther seine Zusammenfassung der Reichspolitik der letzten fünfundzwanzig Jahre. »Als es bloß die Staufer waren, ist es den meisten schlecht gegangen, dann kamen die Welfen dazu, und dann ist es noch mehr Leuten schlecht gegangen. Jetzt regiert dein toller Friedrich, und es geht den meisten immer noch schlecht. Wenn du mich fragst, ist das so, als würde man auf dem Boden einer Jauchegrube leben, und wessen Hintern sich da oben nun grade über das Brett schiebt, ist mir persönlich ziemlich egal.«

»Du denkst immer noch wie ein Leibeigener, Dietrich«, maulte Walther, der sich gekränkt fühlte, auch wenn er wusste, dass es die Wahrheit war.

»Ich bin auch immer noch ein Leibeigener«, fauchte sein Freund zurück. »Guck mich doch mal an. Ich werde richtig alt, ich kann manche Stücke schon gar nicht mehr spielen, weil ich die Finger nicht mehr schnell genug bewegen kann.«

»Ja?«, fragte Walther gereizt, der den Zusammenhang nicht verstand, nicht über das Alter reden wollte und der fürchtete, dass ihnen ein wirklicher Streit drohte.

Aber Dietrich war gar nicht auf Streit aus: »Ich hab Heimweh«, sagte er sehr leise. »Ich würde so gerne noch mal mein Zuhause sehen, bevor ich abkratze.«

»Was?«, fragte Walther überrumpelt.

»Na, vielleicht lebt ja noch jemand, den ich von früher kenne«, murmelte der Spielmann. »Vielleicht einer von meiner Familie, dass ich mich entschuldigen könnte.«

»Wofür denn entschuldigen – wieso denn abkratzen, überhaupt!?«

»Weil ich doch einfach abgehauen bin. Ich weiß doch nicht, was denen deswegen vielleicht passiert ist. Und bei der Arbeit hab ich sicher auch gefehlt. Und vielleicht hat mich auch jemand vermisst. Sich Sorgen gemacht und so.«
Walther fühlte sich unwohl, als juckte es ihm irgendwo, wo er nicht kratzen konnte.
»Sorgen, Sorgen«, äffte er nur unbestimmt.
»Ich denk ja bloß, wenn ich sterbe und bin im Himmelreich, ist das dann eine Sünde, dass ich einfach so gegangen bin? Und wenn das keine Sünde wäre, dann wäre es doch sicher eine, dass sich jemand wegen mir Sorgen gemacht hätte.«
»Meinst du nicht, dass es ein bisschen spät für so was ist?«
Dietrich sackte innerlich in sich zusammen. Er nickte. »Deswegen ja. Ich würde mich einfach gerne entschuldigen.«
»Du willst aber doch nicht nach Franken, oder?«
»Nein, will ich nicht. Ich hab ja gesagt, ich will mich entschuldigen, nicht verbrannt werden. Das mein ich doch. Wenn ich trotz allem immer noch nicht mal zu meiner Familie gehen kann, um mich zu entschuldigen, dann ist doch alles immer noch so schrecklich, wie es war. Dann bin ich doch immer noch ein Leibeigener.«
»Was ist denn los, Dietrich?«
Der Spielmann wischte sich die Augen und zuckte wütend die Schultern. »Ach, ich weiß auch nicht.«
Es war kein Streit, aber irgendetwas war schief gelaufen, das spürte Walther ganz deutlich. Er beobachtete seinen Freund in den nächsten Tagen ganz genau, ob er vielleicht einen Schnupfen ausbrütete. Aber Dietrich blieb zumindest äußerlich gesund, fing nicht an zu schniefen oder zu husten und fieberte auch nicht. Trotzdem aß er weniger als sonst und spielte nur traurige Lieder, wenn er seine sich versteifenden Finger üben wollte.

Walther war besorgt und setzte Dietrich fette Brühe vor. Manchmal klopfte er ihm einfach so auf die Schulter.
Aber bei näherer Betrachtung gab es natürlich auch nichts wirklich Hilfreiches zur Sache zu sagen.

Im Jahre des Herrn 1220 ließ sich Friedrich von Hohenstaufen ganz offiziell zum Kaiser des Heiligen Römischen Reiches Deutscher Nation krönen. Damit niemand auf die Idee käme, des Siziliers Wille hätte sich damit verausgabt, bestimmte er seinen siebenjährigen Sohn Heinrich zum Nachfolger und wollte ihn von den deutschen Fürsten in Frankfurt zum König wählen lassen. Man ließ Walther ausrichten, dass der Kaiser diesbezüglich mit seiner Unterstützung rechnete.
Walther sah den Unterhändler diesmal ohne servile Verklärung an und antwortete kalt, klar und unwandelbar: »Für ein Lehen.«
Der Unterhändler zuckte kurz, beriet sich dann mit anderen Unterhändlern und versprach, dass Seine Gnaden Kaiser Friedrich sich diesbezüglich ernsthafte Gedanken machen würde, wenn die Unterstützung des Thronerben Erfolg zeitigte. Walther zuckte nicht. Er dachte an Dietrich und blieb diesmal steinhart.
»Ich kenne die ernsthaften Gedanken wohl, Exzellenz, die Seine Gnaden sich machen werden. Ich bin sicher, dass sie den ernsthaften Gedanken seines Onkels Philipp, der mir ein Lehen versprach, ebenso wie den ernsthaften Gedanken seines Vorgängers Kaiser Otto, der mir ein Lehen versprach, um nichts nachstehen. Ich brauche allerdings diesmal etwas mehr als ernsthafte Gedanken und einen Beutel Gold, Exzellenz. Was nützt mir ein Beutel Gold, wenn ich keinen Tisch habe, auf dem ich ihn ablegen kann? Keinen Schrank, in den ich ihn wegschließen kann? Kein Dach, unter das ich einen Schrank stellen könnte? Ihr seht, es ist

ganz offensichtlich. Ich brauche das Lehen. Sonst, fürchte ich, wird mir gar nichts einfallen.«
Der Unterhändler und die anderen Gesandten hielten die Luft an. Unverschämtheit von diesem, diesem Dichter! Was dachte der eigentlich, wer er war?
Es war allerdings ziemlich eindeutig, dass es Friedrich sehr wichtig war, seine deutschen Fürsten, die wegen diverser Steuerabgaben nicht so gut auf alles Italienische zu sprechen waren, nochmals deutlich auf seinen kleinen Heinrich einzuschwören. Friedrich wusste besser als seine Kritiker, dass dieses Reich nur noch ein morsches, wankendes Gebilde war, das genauso gut einstürzen, wie es noch eine Weile ebenso schwankend bestehen würde. Alles, was zählte, war Jerusalem. Da konnte er sich keinen Ärger im Norden auflasten. Heinrich gäbe den Schlammfressern in Deutschland zumindest die Ahnung einer Kontinuität.
Die Unterhändler murmelten einander lateinische verschlüsselte Wörter zu, die zu verstehen Walther sich gar nicht mehr die Mühe machte.
Er dachte an seinen Freund Dietrich. All die Jahre hatte er nur für sich selbst ein Lehen gewollt, und jeden Schritt des Weges war Dietrich neben ihm gewesen, aber nicht wie ein Erbschleicher, einer, der Brocken schnappen wollte, die vom Tisch eines Höheren fielen.
Dietrich aus Franken, der Unbekannte, der Niegegrüßte, war mit ihm gegangen als eine wandelnde Versicherung des nächsten Morgens. Ohne Dietrich hätte Walther schon so viele Tage nicht den Mut, nicht das Interesse und schon gar nicht die Zuversicht gehabt, wieder aufzustehen und sich einen weiteren Tag mit der Welt herumzuschlagen. Ohne Dietrich hätte Walther keine Galle mehr übrig gehabt, sich gegen Opferstöcke und fette Kleriker aufzulehnen, keine Witze über Frostbeulen und knurrende Mägen machen können.

Ohne Dietrich hätte er nicht einmal diese verkrümmte kleine Nebenform der Hoffnung am Leben erhalten können, die das Einzige war, dessen er fähig sein konnte.
Tausendmal hatte Dietrich ihm das Leben gerettet. Dafür hatte er ihn nicht vor Feuersbrünsten oder Mördern beschützen müssen.
Es genügte, dass Dietrich da war und hin und wieder Sachen sagte wie: »Guck mal, Walther, da drüben spielen Kinder« oder: »Alle Wetter, wenn man sich am Abend so hinsetzt und das Gefühl hat, der Tag war nicht so ganz umsonst, das ist doch was Feines!«
Und dass er neben ihm jahraus, jahrein über die Straßen wanderte, die Walthers Wege wurden, und Dietrich es zufrieden war, still mitzugehen. Wer sie von außen sah, der mochte ruhig denken, Walther, der große Dichter, wäre der Herr und Dietrich, der gesichtslose Spielmann, wäre der Knecht.
Aber Walther wusste, dass es nicht so war.
Sie waren zusammen fast durch das ganze Abendland marschiert, hatten sich wunde Füße gelaufen, Zähne verloren, das Haar war ihnen weiß geworden, und in ihre Gesichter waren Furchen gekerbt, von denen sie manche auf bestimmte Winter zurückverfolgen konnten. Walther hatte gesungen, und Dietrich hatte seine Melodien gespielt. Und immer hatte Dietrich Walther an seiner Zuversicht geführt wie an einem gräsernen Strick, immer einen neuen Schritt, immer auf einen neuen Horizont zu. Dietrich hatte es möglich gemacht.
Es war Zeit, dachte Walther, dass er etwas für ihn tat.
Ihm, dem Heimwehkranken, wenigstens eine Ahnung von Angekommensein zu verschaffen.

Die wispernden Unterhändler wandten sich Walther wieder zu und verkündeten, zu welchem Schluss sie gekom-

men waren: »Wir werden diesbezüglich einen Eilboten nach dem Kaiser schicken.«
Der Kaiser weilte in Augsburg.
Walther nickte und lächelte: »Da wär es nur gut, wenn der Eilbote sich wirklich eilt. So lange ist es ja nicht mehr bis zum Fürstentag. Und vorher, das richtet Seiner Gnaden nur ganz genau aus, vorher wird mir bei allem Respekt und untertäniger Liebe nichts einfallen. Gar nichts, kein Wort und keine Erklärung. Sagt ihm das nur.«

Drei Wochen vor dem Fürstentag erschien der Eilbote bei den Unterhändlern, die bald darauf Walther recht reserviert mitteilten, dass Seine Gnaden verspräche, bei Gelingen der Heinrich-Werbung dem Dichter Walther ein Lehen zu verleihen.
»Man wird schon einmal ein geeignetes Objekt suchen, Herr Walther. Seine Gnaden sind voll des Glaubens an Euch.«
Walther verbeugte sich: »Ich bin natürlich auch voll des Glaubens an Seine Majestät.« Zu Dietrich sagte er nichts. Dietrich wollte nicht mitkommen, Frankfurt war ihm schon zu fränkisch, zu nahe an Würzburg. Außerdem war er müde.
Walther sorgte sich und ließ ihn.
Der Fürstentag lief wie am Schnürchen für die Staufer. Man las und hörte Walthers Worte über das Morgenlicht Heinrich, dem die große Sonne Friedrich folgte, mit einigem Behagen. Das Versprechen von Kontinuität, von ferner Herrschaft dazu, hatte einstweilen genügend Anhänger gewinnen können. Wo diese Überzeugungskraft nicht gereicht hatte, waren Unterhändler mit schweren Truhen gekommen und mit leeren Händen wieder gegangen. Man nannte diese Vorgehensweise bald nur noch »die sizilische« – deswegen war sie den Deutschen aber keinesfalls fremd.

Dann, nachdem fast alle Teilnehmer des Fürstentags wieder abgereist waren, wurde Walther erneut zu den Unterhändlern gerufen. Breit lächelnd stand die Abordnung höchster Handlanger ihm gegenüber und lächelte.

»Herr Walther«, rief der oberste der Unterhändler und breitete die Arme aus. »Herr Walther, Ihr werdet nicht glauben, was wir für Euch haben!«

Walther war misstrauisch und legte nur den Kopf auf die Seite. »Geh, Thomasino«, sagte der oberste Unterhändler zu einem Gehilfen, »geh, hol mir doch die Urkunde.«

Strahlend, als hätte er das Pergament erfunden, kehrte dieser Thomasino mit einer besiegelten Schriftrolle zurück. Es war das Siegel Kaiser Friedrichs, das daran baumelte.

Walther schluckte.

»Geh, Thomasino, mach doch einmal auf«, befahl der oberste Unterhändler süßlich. Der Gehilfe entrollte die Urkunde. »Soll ich lesen?«, fragte er seinen Vorgesetzten.

»Ja, geh, das wär sehr gut, Thomasino.«

»Im Namen des Herrn im Jahre und so weiter, in Augsburg, verfüge ich, Friedrich II., Kaiser des Heiligen und so weiter, dass meinem Vasallen Herrn *miles dictus* Walther von der Vogelweide hiermit eine Unterstützung aus dem Land des Klosters Neumünster bei Würzburg zum Lehen überstellt wird. Augsburg im Jahre und so weiter, und so weiter.«

»Na?«, rief der oberste Unterhändler und klatschte in die Hände. Walther schwieg. »Na?«, fragte der wichtige Mann noch einmal. »Ist das was?«

Der Gehilfe wackelte mit der Urkunde.

»Ein Lehen«, flüsterte Walther.

»Ja!«, riefen der Unterhändler und Thomasino anfeuernd im Chor.

»Ein Lehen.« Walther war wie vom Blitz getroffen.

»Ja! Ja! Ja!«, jubelten die würdigen Herren der Gesandt-

schaft ganz außer sich, so als sei ihnen das Lehen zuteil geworden.
Da endlich begriff Walther. »Mein Lehen«, sagte er, schon etwas lauter. Und dann tönte es aus ihm heraus mit seiner schönen, vollen Stimme wie der letzte Gesang der Nachtigall.
»Mein Lehen«, rief er, so laut er konnte, »Alle Welt! Ich hab mein Lehen!«

DER KÖNIG-FRIEDRICHS-TON

ich han min lehen, al die werlt, ich han min lehen:
nu enfürhteich niht den hornunc an die zehen
un wil alle boese herren deste minre flehen.
der edel künec, der milte künec hat mich beraten,
deichden sumer luft und in dem winter hitze han.
min nahgeburen dunke ich verre baz getan,
si sehent mich niht mer an in butzen wis als si wilent taten.
ich bin ze lange arm gewesen an minen danc.
ich was so voller scheltens daz min atem stanc:
daz hat der künec gemachet reine, und dar zuo minen sanc.

ich hab mein lehen! alle welt: ich hab mein lehen!
jetzt hab ich keine angst mehr vor frostbeulen
und muss mich nicht mehr bei üblen gönnern
einschmeicheln.
der edle könig, der großzügige könig hat mich beschenkt,
sodass ich im sommer eine kühle brise und im winter
einen ofen habe.
meine nachbarn finden, dass ich viel besser aussehe,
die müssen mich nicht mehr als gespenst durch die gegend
schleichen sehen wie vorher.
ich bin unverschuldet viel zu lange arm gewesen,
und vor lauter wut hatte ich manchmal mundgeruch:
das alles hat der könig bereinigt, dafür danke ich ihm
mit diesem lied!

Dietrich wollte es nicht glauben. »Wo denn? Wo denn?«, fragte er aufgeregt, als Walther bei ihm angekommen war. Da fing Walther an zu husten und zu schnaufen, musste es aber schließlich doch sagen: »Würzburg. Das Kloster Neumünster.«

Dietrichs Augen füllten sich so unvermittelt mit Tränen, dass es Walther heiß wurde, als hielte man eine Fackel unter seine Füße. »Keiner wird sich erinnern, Dietrich, keiner wird dich fragen. Nie fragt dich jemand. Du musst einfach nur mit mir kommen. Wir tun wie immer.«

Er kniete sich vor seinen Freund mit dem runden, müden Gesicht, den Haaren, die er immer noch kürzte, obwohl sie schon lange weiß geworden waren, und fasste seine gedrungenen Hände. »Wir tun wie immer. Wir haben ein Haus im Winter und Geld und immer zu essen. Und das Schmeicheln hört auf und das Betteln und das Herumziehen in all der Kälte, zwischen den Fehden.«

Dietrich saß nur da, bewegungslos, die Tränen rannen ihm die Wangen hinab, tropften auf seine Tunika, auf Walthers Hände. »Bitte, Dietrich, ich gehe nicht ohne dich. Das ist doch unser Lehen! Nicht bloß meins. Ich stehe doch bloß auf der Urkunde. Das ist unseres. Unseres.«

Aber der Spielmann sah und hörte gar nichts, konnte auch in diesem Augenblick nicht die Worte seines Freundes fühlen, der ihn zu trösten versuchte.

Er wusste auch gar nicht recht, worüber er weinte.

Er war ganz leer. So leer wie dieses Leben der Wanderschaft, das ihn nun zurückzwingen wollte an seinen Ausgangspunkt.
Nur eine einzige Wahrheit blieb auf dem Grund der Leere liegen. Sichtbar, fühlbar, unbestreitbar.
Dietrich blinzelte und sah durch die Tränen das verschwommene Gesicht Walthers. Für ihn war Walther noch immer so hübsch wie damals, als sie sich kennen gelernt hatten, als er in Walther die Freiheit gesehen hatte, die er selbst einzufangen versuchte.
Er würde es ihm nie sagen können, wie sehr er ihn liebte. Vielleicht war er, Dietrich, tatsächlich schon immer ein Unaussprechlicher gewesen. Wenn, dann ein sehr unbedarfter Unaussprechlicher; er hatte es mit Männern nie versucht. Ein entflohener Leibeigener und ein Unaussprechlicher zu sein war ein bisschen zu viel der Sünde. Er wusste nur, dass die Frauen und Mädchen, mit denen er es in der Jugend versucht hatte, ihn immer kalt ließen. Dass es nie etwas Rechtes gewesen war.
Der Einzige, der je sein Herz berührt hatte, war Walther gewesen. Er hatte es nicht nur berührt, er hatte es umgedreht.
Alles zusammen war er ihm gewesen, seit damals bei den Staufern. Das Versprechen, die Erfüllung, das Ende.
»Dietrich«, hörte er fern zwischen dem Wispern seiner Gedanken Walthers Stimme. Er liebte seine Stimme. Er liebte seine Lieder und sein Lachen. Er liebte seine flügelleichte Unerreichbarkeit. Er liebte ihn in den finstersten Momenten seiner Verzweiflung, weil er nie aufhörte zu kämpfen, weil er ein Ungläubiger war, der gar nicht wusste, wie sehr er trotzdem an den nächsten Morgen glaubte. Auch wenn sie ihm den Enzo nicht erschossen hätten, wäre er mit ihm gegangen bis ans Ende der Welt und auch in die Hölle, wenn es so hätte sein sollen.

Auch wenn Walther ihm den Mantel nicht gegeben hätte, ihn nicht zu seinem Freund gemacht hätte statt zu einem Diener, hätte er ihn geliebt, weil er Walther war. Voller Boshaftigkeit und Ärger, suchend, schwankend, unbeständig, voller Freude und Leben. Er konnte den Tag dunkel machen und die Nacht hell. Und alles auf der Welt konnte er verstehen, nur die Liebe nicht. Deswegen konnte er es ihm nicht sagen. Er konnte nur nun auch noch den letzten Schritt seiner Liebe tun, der ihn wohl wirklich in die Hölle führen mochte, aber es wäre doch die Hölle an Walthers Seite – und das war der einzige Ort auf Erden, an den Dietrich aus Franken gehörte. Der Leibeigene, der zwölfjährig fortgelaufen war, hatte nichts besessen. Der Heimkehrer besaß immerhin die Gewissheit dieser großen, verschwiegenen Liebe, die ihn reich machte und frei. Frei genug, der Herr über diese letzte, schwerste Entscheidung seines Lebens zu sein.

Dietrich aus Franken wusste, was zu tun war. Er wischte sich die Tränen von den Wangen und zwang sich zu einem Lächeln.

»Du hast ja Recht«, nickte er ihm zu, »es wird schon gut gehen. Natürlich komme ich mit. Unser Lehen. Wär doch schade drum.«

Und zum ersten Mal in den zweiundzwanzig Jahren, in denen sie Freunde waren, beugte sich Walther vor und umarmte seinen ihn unerkannt liebenden Freund, dessen Geheimnis er nicht kannte. Zum ersten Mal ließ der Judas seines Herzens es zu, dass er einem Gefühl nachgab, ohne es zu hinterfragen. Und Dietrich hielt ganz still in dieser ewig kurzen Umarmung, für die er alles gegeben hätte, was er einmal im Leben und auf der Welt besessen hatte.

»Danke, Dietrich«, sagte Walther und ließ ihn los. Dann konnten sie fast zwei Tage nicht miteinander reden, weil so viel Wahrheit und Unschuld um sie herum war, dass keiner von beiden ein Wort hätte finden können, das sie nicht besudeln würde.

Sie kamen im September nach Würzburg. Ohne darüber zu sprechen, lagerten sie die letzte Nacht freiwillig vor den Toren. Die Nacht versprach warm zu sein und trocken zu bleiben. Warum also nicht? Sie streckten sich aus und starrten auf den fallenden Himmel, jeder im Reigen seiner eigenen Gedanken. Dietrich blickte lange in den Himmel und hatte das Gefühl, dass er hinter den Sternen Feuer sehen könnte. »Walther?«, flüsterte er nach einer Weile.
»Ja?«
»Glaubst du an das Weltenende?«
»Nicht wirklich.«
»Alle anderen aber.«
»Ich weiß.«
Dietrich zog seine Decke höher: »Wenn's aber käme? Ich meine, was, wenn es morgen vorbei wäre? Würdest du nichts bereuen?«
»Was denn?« Walthers Stimme klang ungehalten. »Dass ich nicht reich war? Oder kein Ritter? Oder kein Haus hatte?«
»Kinder?«, flüsterte Dietrich. »Würdest du bereuen, dass du keine Kinder hattest?«
Abrupt setzte sich Walther auf. »Wie soll ich das bereuen? Sieh mich doch mal an! Soll ich meinen Kindern wünschen, sie würden sich so fühlen wie ich? Am Ende hab ich ja irgendwo Kinder, könnte gut sein. Die wären mit Sicherheit nicht gut auf mich zu sprechen. Weiß doch kein Fahrender, wo er überall Kinder hat. Weißt du auch nicht. Kann doch sein.«
Dietrich richtete sich auch auf. »Man sagt doch, in den Kindern lebt was weiter. Mein Vater, der hat immer gepfiffen

zum Beispiel. Das ist mir erst gestern eingefallen. Gepfiffen oder gesungen. Vielleicht bin ich deswegen Spielmann geworden.«
Walther drehte den Kopf zur Seite. Sein Vater war immer unglücklich gewesen. Hatte er das Walther vererbt?
»Ich weiß nicht, Dietrich.«
»Ich meine, an mich«, Dietrichs Stimme klang fiebrig, »an mich wird sich doch keiner erinnern. Du hast ja deine Gedichte, aber von mir bleibt nichts übrig.«
»Was ist denn los mit dir?«
Dietrich gab keine Antwort.
»Wenn das Weltenende nun kommt, dann sterben doch alle Kinder auch. Dann ist doch sowieso niemand da, der sich erinnert.«
Dietrich schwieg weiter. Er hatte das Weltenende gar nicht gemeint. Es war nur einfacher, über andere zu reden.

Das Kloster Neumünster lag im Sonnenschein auf der anderen Seite der Stadt. Wegen Dietrichs Stimmungen hatte Walther diesmal darauf verzichtet, einen Besuch beim Barbier zu fordern. Außerdem dachte er, dass es genauso gut bis nach dem Einzug ins Lehen warten könnte. Insgeheim stellte er sich vor, wie es wäre, einen Bader zu sich kommen zu lassen, auch einen Schneider, der ihnen neue Kleider machen ließe.
Sie klopften vorn an. Der Bruder an der Pforte des Klosters schwieg und sah seinen Besuch nur sehr abweisend an.
»Ich komme mit einer Urkunde Kaiser Friedrichs«, sagte Walther. »Ich begehre, den Vorsteher zu sprechen.«
Der schweigsame Bruder schloss die Besucherklappe und entfernte sich. »Sind hier alle so unfreundlich?«, fuhr Walther Dietrich an. Aber Dietrich schwieg nur und zuckte die Achseln. Er war ziemlich bleich.
»Hier kann nun doch gar nichts passieren«, zischte Walther

noch und verdrehte die Augen. Schritte näherten sich auf der anderen Seite. Der schweigsame Bruder lugte nochmals durch die Besucherklappe und bat die beiden dann durch eine unwirsche Handbewegung herein. Ein anderer Mönch erwartete sie und schlurfte voran ins Innere des weißen Hauptgebäudes. Es war ein hübsches Kloster, sicher nicht reich, aber auch nicht arm.

Es passt, dachte sich Walther. Er fing an, richtig aufgeregt zu werden.

»Ich warte draußen bei der Buche«, flüsterte Dietrich kurz vor der Pforte. »Mir ist nicht so gut.«

»Ja«, machte Walther entnervt über die Schulter, weil er fand, dass Dietrich sich anstellte.

Im Innern des Hauses war es überraschend kühl, es schlug Walther wie ein Welle entgegen, und er zog die Schultern hoch. Knarrend öffnete sich die Tür zur Kammer des Vorstehers.

Ein großer feister Mönch saß hinter einem Schreibtisch. Er war sehr jung für einen Vorsteher, und Walther wunderte sich. »Grüß Gott«, sagte Walther höflich.

»Wir wollen sehen«, sagte der feiste Mönch. »Was führt Euch her? Ihr seid ein Bittsteller?«, fragte er in unverschämtem, von sich überzeugtem Ton.

Walther schluckte an seiner jäh aufflackernden Wut.

»Ihr seid der Vorsteher?«, fragte er ebenso von sich überzeugt klingend zurück.

»Für diese Wochen«, antwortete der feiste Mönch mit einem unangenehmen Lächeln. »Ich bin Bruder Carolus. Der ehrwürdige Vater Martino ist zurzeit in Augsburg. Er wird in einigen Tagen zurück sein. So lange bin ich seine demütige Vertretung.«

Der feiste Mönch glühte im Genuss seiner Macht.

»Es tut mir leid, dass der Abt nicht selbst hier ist«, sagte Walther umso herablassender, »denn ich bin in einer sehr

wichtigen Angelegenheit hier, die sicher einen erfahrenen Vorsteher erfordert.« Jetzt hatte er den Mönch getroffen. Die kleinen Augen des Bruder Carolus verengten sich.
»Vater Martino setzte bei seiner Abreise sein höchstes Vertrauen in mich«, fauchte er und stand nun endlich auf.
Walther blieb hochmütig.
»Könnt Ihr lesen?«, beleidigte er den Stellvertreter weiter.
Der nickte sehr wütend.
»Hier«, sagte Walther dann und reichte Bruder Carolus die Urkunde Kaiser Friedrichs über den Tisch. Misstrauisch nahm sie der Mönch in Empfang und studierte sie ausgiebig.
»Mhmh«, schnaufte er dabei mehrfach, »soso.« Er las lange, dann rollte er das Pergament wieder ein. »Bedauerlich, sehr bedauerlich.«
»Ich finde es auch sehr bedauerlich, dass ich zur Empfangnahme meines Lehens nicht mit dem eigentlich zuständigen Abt sprechen kann«, versetzte Walther.
Der feiste Mönch lächelte unangenehm, überlegen.
»Oh, das«, sagte er. »Das ist sicher bedauerlich, dass Vater Martino nicht hier ist, um Euch statt meiner aufzuklären.«
»Wie? Worüber aufklären?«
Der feiste Mönch setzte sich wieder und lächelte breit.
»Wir leben in einer Gemeinschaft höchst christlicher Demut«, erklärte er dann langsam und salbungsvoll. »Und sicher werdet Ihr verstehen, dass wir in einem jeden Menschen, die verfluchten Heiden einmal ausgenommen, einen Diener Jesu Christi sehen.«
»Hört mal, Bruder Carolus, ich will –«, unterbrach Walther. Aber der feiste Mönch salbaderte mit dem gleichen unangenehmen Lächeln weiter: »So will ich nicht einmal annehmen, dass Ihr dieses Dokument gefälscht habt, sondern dass man Euch – vielleicht als einen Scherz – diese Fälschung unterschoben hat.« Im befriedigten Nachhall seiner Worte nickte der Feiste mehrfach.

»Das ist keine Fälschung, Bruder Carolus. Seht Ihr nicht das Siegel des Kaisers?«
»Oh, doch«, erwiderte der feiste Mönch. »Sehr hübsch, alles sehr hübsch. Vielleicht hat sogar jemand ein echtes Siegel benutzt, ich will ja nicht mutmaßen, aber eines ist ganz klar: Neumünster gehört nicht zu den Ländereien des Kaisers.«
»Was?«
Der Feiste, noch zufriedener, lehnte sich noch weiter zurück. »Die Ländereien des Klosters unterstehen und gehören allein der Heiligen Römischen Kirche. Kein Kaiser kann sie als Lehen vergeben. Deswegen ist Eure Urkunde eine Fälschung.«
Walther konnte es nicht glauben. Hätte Friedrich ihn so hereingelegt? »Das glaube ich nicht«, sagte er leise. Der feiste Mönch wollte sich gerade zu einer Erwiderung aufschwingen, da trat der schweigsame Bruder von der Pforte ein.
»Herr«, rief er Walther zu, »könnt Ihr mal rauskommen? Eurem Knecht ist nicht gut.«

Sie hatten Dietrich in die Sonne gezogen, er lag auf dem sauber gefegten Innenhof, die Arme und Beine zu den Seiten von sich gestreckt, ganz blau im Gesicht. Hin und wieder rann ein Schauder über seinen Körper. Sein Kinn klappte hoch und runter, er bekam keine Luft.
»Dietrich«, schrie Walther und rannte über den Hof auf ihn zu. Ein paar Mönche kamen neugierig heraus und blieben in der Nähe stehen. Walther ging neben Dietrich auf die Knie und schob ihm hilflos eine Hand unter den Kopf. Sein Atem ging röchelnd.
»Dietrich, was ist denn?« Der Freund konnte nicht antworten, aber seine Augen suchten Walther und hefteten sich auf sein Gesicht. Er wurde etwas ruhiger, schien es.

»Habt Ihr denn keine Heilkundigen hier?«, schrie Walther die gaffenden Mönche an. Niemand rührte sich. »Dietrich, was ist denn?«, flüsterte Walther abermals.
»Holt doch Hilfe!«, brüllte er die Gaffer an. Endlich verschwand ein Mönch in einem der Nebengebäude.
Dietrich stöhnte. Walther fasste nach seiner Hand und meinte einen leichten Gegendruck zu spüren.
»Nicht«, sagte Walther flehend, »nicht.«
Der Mönch, der gegangen war, kam mit einem anderen wieder, der auf Dietrich und Walther zusteuerte.
»Gnnn«, röchelte Dietrich, und seine Augen hielten Walther fest.
»Ach, das sieht aber nicht gut aus«, bestätigte der Hinzugekommene.
»Tut doch was!«, brüllte Walther ihn an. Er fühlte Dietrichs Hand schlaffer werden.
»Ich könnte ihn zur Ader lassen«, schlug der heilkundige Mönch in heiterem Ton vor. »Da müssten wir ihn aber erst reintragen.«
»Nicht sterben, Dietrich, hörst du, nicht sterben.« Dietrichs Augen rollten zur Seite. Er versuchte noch ein paarmal, sie wieder auf Walther zu richten, doch jedes Mal gelang es weniger. Er atmete noch viermal. Dann war er tot. Er versickerte im Boden wie ein Tropfen Wasser.
»Ach je«, singsangte der Heilkundige. »Das war schnell. Da weiß ich nicht, ob da der Aderlass nun noch nützt.«
Walther hörte ihn kaum. Er sah auf das müde Gesicht seines toten Freundes. »Nein«, flüsterte er, wie ehemals das Kind, das nicht an den Tod des Vaters glauben wollte.
Vage vernahm er Stimmen von den sich nun neugierig nähernden Mönchen. »Dietrich«, rief er den Toten an, »Dietrich, bitte, wach doch auf.«
»Der ist wohl tot, Herr«, drang eine Stimme plötzlich in sein Bewusstsein. »Wir können ihn aber nachher gern

dem Schinderkarren mitgeben. Drüben am Anger ist eine Grube, da verscharren wir auch sonst die Armen oder Bettler. Könnte ja noch einmal heiß werden. Da ist es besser, er kommt schnell weg.« Der schweigsame Bruder von der Pforte war auf einmal redselig geworden.
»Kann man ihn, ich meine, hier kann man ihn doch auch begraben«, stotterte Walther verwirrt.
»Na, das kostet aber«, gab der Schweigsame zu bedenken, »und der ist doch bloß ein Knecht, da wollt Ihr Euch doch nicht solche Ausgaben machen. Lasst ihn draußen verscharren, nicht hier begraben. Ist doch nur rausgeschmissenes Geld.«
»Doch«, Walther war weiß wie Schnee, »hier. Und ich will ihm auch einen Stein kaufen.« Er verstand überhaupt nichts. Gerade hatte Dietrich doch noch gelebt.
»Und Messen lesen lassen. Für … Seelenheil …«, fügte er stammelnd an. Ihm war schwindelig. Sein Freund war tot.
»Guck dir den mal an«, hörte Walther eine andere Stimme. »Hoffentlich haben die nichts eingeschleppt.«
Verständnislos suchte Walther nach der Quelle der Worte. Dann erst fühlte er, dass ihm Wasser abgegangen war. Er wankte zum Stamm der Buche und übergab sich.

Sie ließen Walther die Nacht über in einer leeren Zelle im Kloster schlafen, nachdem sie ihn und Dietrichs Leiche sorgfältig auf Schwären, Aussatz, Beulen und anderes untersucht hatten, was auf eine eingeschleppte Seuche hingedeutet hätte. Walther war es egal. Er lag nur da in den sauberen Laken, so sauber wie Dietrichs Leichentuch, und begriff nicht. Tränen rannen ihm in Bächen aus den Augen, ohne dass er das Gefühl hatte zu weinen. In der Stille des Klosters lag Walther in seiner wortlosen Trauer eingesponnen wie eine Raupe. Der Stachel des Verrats durch den Kaiser, der ihm noch im Fleisch steckte, war nichts, verglichen mit der furchtbaren Verlorenheit in seinem Herzen, wenn er versuchte zu begreifen, dass Dietrich nicht mehr da war. Er hatte es ihm nicht einmal erzählen können. Hatten ihn die Jahre mit Dietrich stark genug gemacht, Dietrichs Tod zu überleben?

Schließlich stand er auf wie ein Schlafwandler und suchte nach der Kapelle, in der sie Dietrich aufgebahrt hatten. Walther hatte ihnen alles Geld gegeben, was er noch hatte. Die Ersparnisse ihres ganzen Lebens für das Lehen, den neuen Anfang in einem Zuhause, alles: Messen für sein Seelenheil, Kerzen für die Nacht, einen Stein, einen Platz an der inneren Klostermauer.

Im Schein der Kerzen sah Dietrich aus wie ein Kirchenfürst. Er hätte ihn nicht mit nach Franken nehmen dürfen, schoss ein unerträglicher Schmerz durch Walthers Kopf. Er hätte ihn nicht überreden sollen.

Die lautlosen Tränen strömten weiter.

»Dietrich, mein Dietrich«, wimmerte Walther vor der Leiche seines Freundes und umarmte den kalten Körper, um seinen Tod zu begreifen.

In dieser Nacht, weit entfernt im Grödnertal, in der finsteren Dachkammer einer Dorfschänke, erwachte eine alte Jungfer aus dem Schlaf und keuchte vor Schreck.

»Walther«, flüsterte Anna. Sie sah ihren furchtbaren Traum noch ganz deutlich vor sich.

Am nächsten Morgen begruben sie Dietrich. Bruder Carolus schützte Pflichten vor und erschien nicht.
Die anderen Mönche sangen.
Walther stand dabei und konnte nicht mal so tun, als ob er betete.
Er versuchte zu begreifen, dass er Dietrich nicht von diesen Ereignissen erzählen können würde. Dass er nicht sagen konnte: »Stell dir vor, erst sagt dieser feiste Kerl zu mir, das Lehen könnte gar nicht vom Kaiser vergeben werden; und bevor ich mich so richtig aufregen kann, rufen sie mich raus, und da hast du gelegen. Von hier auf gleich umgefallen.«
Und dass Dietrich nicht antworten würde: »Gibt's ja nicht! Das hab ich gemacht?! Und was hast du gesagt?«
»Der Stein dauert etwas«, redete ihn plötzlich jemand von der Seite her an, und Walther zuckte zusammen. Es war einer der Mönche. »Und der Bruder Stellvertreter wünscht Euch zu sprechen.«

Der feiste Mönch stand diesmal, als er Walther begrüßte. Bruder Carolus redete von leuchtendem Christentum, wie löblich es doch gewesen war, einen Knecht wie Dietrich so nobel bestatten zu lassen. Seine verächtliche Miene strafte seine Worte allerdings Lügen. Wie alle anderen auch verurteilte er die sentimentale Schrulle dieses Reisenden, seinen Knecht so derartig teuer bestatten zu lassen. Das war

doch gegen jede Ordnung. Und woher hatte der wohl das Geld gehabt?
»Ob Eurer Gaben und unserer Religion haben wir Euch die heutige Nacht hier als unseren Gast verbringen lassen«, redete der Feiste weiter. »Aber es muss natürlich ganz klar sein, dass Ihr hier als ein Wanderer genächtigt habt, nicht als ein –«, der Mönch hüstelte bedeutsam, »Lehensmann.«
Draußen vor den dicken Mauern zwitscherten in der Buche noch ein paar Vögel.
»Insofern«, fuhr der Feiste fort, »will ich Euch nun auf Eurer Reise nicht weiter aufhalten. Seid versichert, dass wir uns gut um den Stein für Euren Knecht kümmern werden.«
»Wann ist der Vorsteher zurück?«, fragte Walther den Bruder Carolus tonlos.
Die Gesichtszüge des feisten Mönchs zuckten ärgerlich. »Vater Martino wird Euch auch nichts anderes sagen können als ich. Neumünster ist und bleibt glückliches Eigentum der Heiligen Würzburger Kirche.«
»Wann?«, wiederholte Walther tonlos.
»Ganz unbestimmt«, behauptete der Stellvertreter unverhohlen wütend, »vielleicht übermorgen, vielleicht in zwei Wochen. Er weiß bei mir alles in besten Händen.«
»Ich werde ihn aufsuchen«, sagte Walther.

Er wanderte südwärts, auch wenn er nicht genau wusste, wonach er suchte. Ein Dorf, eine halbe oder eine ganze Tagesreise südlich von Würzburg entfernt, in dem Leibeigene lebten. Davon gab es sicher jede Menge. Und wen sollte er fragen? Dann fiel ihm ein, dass es nicht mehr zur Stadt selbst gehören konnte, dass ein Herr und sein Bruder über das Gebiet geherrscht hatten. Das zumindest hatte Dietrich immer so erzählt. Er versuchte sich an mehr Einzelheiten zu erinnern.

Einen Dietrich mit roten Haaren kannte keiner, den er fragte. Er war froh, dass die Suche so schwierig war. Es lenkte ihn von der Trauer und der Wut ab, die beide wie Bussarde über seinem Kopf kreisten und nur so lange nicht landen konnten, wie er in Bewegung blieb. Vier Tage suchte er ohne Erfolg. Dann, in einem windschiefen Weiler, viel weiter entfernt von Würzburg, als Dietrich gesagt hatte, stieß er auf eine Spur. Ein gedrungener Halbwüchsiger, der ihn an Dietrich erinnerte, stand am Brunnen an der Dorfstraße und kratzte sich am Kopf. Der Bursche war rothaarig.

Walther hielt es für möglich, dass Dietrich als ein fliehender Zwölfjähriger im Hungerwahn sich nur an einen halben Tag erinnert hatte, dass es aber tatsächlich ein sehr viel längerer Weg zu seinem Dorf war.

»He, du, Junge?«, rief er den Jungen an. Der zuckte wie ein Ertappter zusammen und verbeugte sich sogleich. Ein Leibeigener, dachte Walther.

»Junge, hör mal, kann ich mit deinem Vater reden oder Großvater?« Ohne nach dem Warum zu fragen, schoss der Junge los und schleppte danach einen Mann an, halb so alt wie Walther. Auch der Mann dienerte sofort ungefragt.

»Ich, äh, ich muss eine Frage stellen.« Der Mann und der Junge starrten ängstlich auf ihre Füße.

»Gibt es hier in eurer Familie einen Burschen, der vor langer Zeit gegangen ist, der Dietrich geheißen hat.«

Der Mann fiel auf die Knie: »Herr, wir haben es schon immer Eurem Vorgänger gesagt, wir wissen nichts, wir haben ihn nie wieder gesehen. Er ist verstoßen, glaubt uns doch endlich.«

Walther hielt den Atem an.

Der Mann starrte keuchend in den Staub, der Junge neben ihm war nun auch auf die Knie gegangen. »Vergebung, wir bitten Seine Gnaden auch durch Euch abermals um Verge-

bung für die Schmach, die dieser Ausgestoßene über unsere Familie brachte.«
»Kann ich mit euch nach Hause gehen?«, fragte Walther, im Mund ein Gefühl, als kaute er Stoff.
»Natürlich, Herr Verwalter«, flüsterten die beiden. Walther wartete, bis er ihre verrußte Kate betreten hatte, um den Irrtum richtig zu stellen.
»Seid ihr aus Dietrichs Familie?«, sicherte er sich nochmals ab. In der Kate hockten noch andere Menschen, geduckte, ausgemergelte Frauen, Mädchen mit Säuglingen auf dem Arm, in einer Ecke schnarchte ein sehr alter Mann. Allen waren Elend und Armut in die Gesichter geschnitzt. Selbst die Jungen sahen alt aus.
»Gnade«, winselten die Geschöpfe in der Hütte, als Walther vor ihnen stand und erklären wollte. »Wir wussten von nichts!«
»Ich bin nicht der neue Verwalter«, gestand Walther. Die verhärmten Gesichter zeigten blankes Nichtverstehen. »Dietrich –«, Walther zögerte. »Er war mein Knappe«, versuchte er es dann. Die Geschöpfe in der Hütte starrten noch verständnisloser, wie Taube, die versuchten zu hören, kam es ihm vor. Das alterslose Elend in den Gesichtern war so schrecklich, dass Walther es plötzlich nicht mehr aushielt. »Tut mir leid. Ich dachte nur, vielleicht habt ihr hier mal an ihn gedacht und wolltet wissen, dass es ihm gut ging. Ganz gut, jedenfalls«, murmelte er noch und wandte sich um.
»Halt«, krächzte eine der Stimmen. Der uralte Mann in der Ecke war erwacht. »Dietrich, sagt Ihr, Herr?«, fragte er nach. »Er hat es überlebt?« Walther nickte. »Bist du sein Vater? Er hat sich so gewünscht, dass er euch allen sagen könnte, wie leid es ihm tut. Er ist letzte Woche gestorben.«
Der uralte Mann fing an zu husten und zu japsen. Er suchte Halt an einem Balken. Unter den bellenden Lauten schien

der Mann zu versuchen zu sprechen. Die anderen Elenden in der Hütte glotzten unbeweglich. Der bellende Alte versuchte sich langsam zu fangen. Dann erkannte Walther, dass er nicht hustete, sondern lachte.
»Ich bin nicht Dietrichs Vater«, röchelte er schließlich. »Ich bin sein jüngerer Bruder.«
Entsetzt machte Walther einen Schritt zurück. Er trat einem der anderen hageren Wesen auf den Fuß. Fahrig murmelte er eine Entschuldigung, aber das Wesen nahm weder vom einen noch vom anderen sichtbar Notiz.
»Unseren Vater und unsere beiden ältesten Brüder«, japste der Alte, der jünger als Walther war, »hat damals, nachdem Dietrich weg ist, der Herr holen und an den Füßen aufhängen lassen.« Er kam einen Schritt näher. An den Augen konnte Walther nun erkennen, dass er noch nicht so alt war, wie sein verhärmtes Gesicht und sein klappriger Körper glauben machten.
»Zwei Tage lang sind sie gestorben«, raunte Dietrichs Bruder, »und dann hat der Herr sie an der Weggabel hängen lassen, bis sie vom Strick gefault sind. Und danach haben wir sie auch nicht begraben dürfen. Sieben Jahre lang hat keines unserer Kinder getauft werden dürfen, und bis zu diesem Jahr und vielleicht jedes weitere danach, das es ihnen gefällt, holen sie sich jede unserer Töchter, wenn sie zwölf ist, und schicken sie erst mit dem ersten Kind zurück. Und wenn sie oben auf der Burg wen brauchen, der die Kamine hochkriecht oder in die Jauchegruben hinunter und vielleicht drinbleibt, dann rufen sie unsere Söhne. Wir kriegen seither weniger von der Ernte als alle anderen, wir dürfen nicht mal ein Huhn für uns haben. Glaubt mir, Herr, wer immer Ihr seid, der Ihr Dietrich so freimütig zu Eurem Knappen gemacht habt – wir haben hier viel an ihn gedacht all die Jahre. Jeden Tag, seit er weggelaufen ist.«
»Dietrich war ein guter Mensch«, flüsterte Walther nun

entsetzter als in den ganzen letzten Tagen, doch schon vermischt mit einem Hauch von Erleichterung, dass Dietrich dies nicht hören musste, nicht wissen musste.
Der jüngere Bruder mit dem Greisengesicht spuckte aus: »Guter Mensch! Wer fragt denn danach? Für einen Leibeigenen zählt nur eins, Herr, dass er an der Stelle bleibt, wo man ihn geboren hat, und dass er seinen Eigner nicht verärgert. Das ist Gottes Ordnung, und sie wird sich nie ändern.«
»Gottes Ordnung?«, wiederholte Walther – verständnislos, dass dieses Wesen, geknechtet und ausgemergelt von dieser Ordnung, sie auch noch verteidigen sollte. Hätte sein Dietrich so leben sollen? Wäre das Gottes Wille gewesen?
»Wofür soll's gut sein, all das hier«, wies der Bruder mit seinen knorrigen Fingern auf die verhärmten, gequälten Gestalten, »wenn nicht fürs Himmelreich. Außer für die, die wir nicht haben taufen dürfen. Wegen Eurem Dietrich. Ich spuck auf ihn.«
Eines der Kinder, die in dieses Haus zum Verrecken geboren worden waren, fing an zu wimmern. Die anderen der Sippe starrten noch immer undurchdringlich in seine Richtung, hungrig, wütend, hoffnungslos.
»Verzeihung«, bat Walther da, »Verzeihung in Dietrichs Namen.« Dann ging er, und niemand kam ihm nach.
Gottes Ordnung! Er wollte Gott danken, dass Dietrich dies nun nicht mehr hatte erleben müssen. Er wollte sich bei seinem toten Freund entschuldigen, dass er sich lustig gemacht hatte über seinen ewigen Kehrreim »nicht nach Franken«, dass er immer wieder behauptet hatte, niemand würde sich erinnern. Gottes Ordnung. Gab es sie wirklich? War es so, dass nie etwas vergessen wurde, wenn einer ein Unrecht tat? War es Unrecht?
Und wenn, was hatte er selbst zurückgelassen im Dorf

seiner Jugend, was ohne ihn weitergelebt hatte, wie diese geisterhafte Sippe in der Kate in Dietrichs Weiler?

Wie immer, wenn alles zu viel für ihn wurde, begann Walther am nächsten Morgen, zurück auf dem Weg nach Würzburg, zu fiebern. Wenn das Zittern kam und der Schwindel, wünschte er sich Dietrichs Zuspruch und wusste doch, dass er ihn nie mehr erlangen könnte. Er fühlte sich zunehmend krank und hoffte inbrünstig, dass der feiste Mönch inzwischen durch den zurückgekehrten Vorsteher abgelöst wäre, um mit diesem die Angelegenheit des Lehens neu verhandeln zu können.

Da er kein Geld mehr hatte, war er auch darauf angewiesen, nochmals im Kloster übernachten zu können, gerade wenn es ihm schlechter ging. Sie hatten dort auch alle Instrumente zurückgelassen, nein, nicht sie – er. Er allein. Er war dankbar, dass Dietrich tot war.

Walther pochte an die Pforte, die auch an diesem Tage wieder von dem ehemals schweigsamen Mönch versehen wurde, der sich nun aber wesentlich freundlicher verhielt als beim ersten Mal. »Ach, Ihr seid es«, strahlte der Bruder und teilte Walther sogleich mit: »Vater Martino ist zurück. Er hat uns schon gescholten, dass wir Euch einfach so haben gehen lassen. Kommt mit.«

Seltsamerweise empfand Walther bei den Worten des Beschließers keinerlei Hoffnung, es war ihm mit jedem Schritt mehr egal geworden, ob sie sein Lehen anerkannten oder nicht, wenn er nur mit jemandem über all diese verwirrenden Dinge reden könnte, die ihm in den letzten Tagen widerfahren waren. Jemand wie Dietrich.

»Kommt, Herr«, lockte der Beschließer und eilte voran ins Hauptgebäude. Walther fröstelte. Es würde heute nicht mehr warm werden. Er brauchte wirklich dringend einen Platz für die Nacht.

Den Blick auf den Boden geheftet, schlurfte er mit hochgezogenen Schultern in den Raum, in dem der feiste Mönch vor einer Woche so pompös residiert hatte.
»Der Herr mit der Urkunde, Vater Martino«, kündigte der Beschließer an.
»Danke, Bruder Illius«, sagte der Vorsteher, der mit dem Rücken zu den Eintretenden am Tisch stand und Schriftstücke verschob. Der Beschließer ging. Der Vorsteher drehte sich lächelnd um. »Gelobt sei Jesus Christus«, grüßte er. Und Walther antwortete fast gegen seinen Willen mechanisch: »In Ewigkeit, amen.«
»Ja, Herr Walther«, lachte da der Abt herzlich, »dass ich einen solchen Gruß von Euch einmal ohne Spott hören würde, dass hätte mir selbst die Heilige Jungfrau nicht versprechen können.«
Walther wunderte sich. »Kennt Ihr mich denn?«
»Aber, Herr Walther, Ihr mit Eurem Gedächtnis, Ihr erinnert Euch nicht? Die Allmacht, Gut und Böse, die Ordnung aller Dinge?« Der Mönch warf ihm diese Worte hin wie einer, der einer Katze wohl einen wirbelnden Strick hinhalten würde, damit sie danach greifen oder springen sollte.
»Ich weiß nicht – was meint Ihr denn nur?«, sagte der Dichter.
»Herr Walther!« Der kleine Abt kam näher heran. »Die Hofburg! Eure Unterweisungen. Die bösen Konstantinischen Schenkungen, Ihr, der junge wilde Dichter – und ich, Euer armer Lehrmeister!«
»Fra Martino«, flüsterte Walther langsam, als käme der Name von weither angeflossen.
»Ja! Derselbe!«, rief der Abt freudestrahlend, »jetzt allerdings«, schränkte er ironisch ein, »Vater Martino, ich bin der Vorsteher dieses Klosters.« Er sagte es ohne einen Hauch von Eitelkeit und wischte den Titel mit mehreren Handbewegungen fort.

»Mein Gott«, Walther wankte, »mein Gott, wie lange ist das her.«
Vater Martino lächelte warm: »Ein Leben lang.«
Walther wollte etwas sagen, aber ein Husten schüttelte ihn, dass er kaum zu Atem kam.
»Bitte«, sagte Walther, »Ihr müsst entschuldigen, mir ist nicht gut.«
»Was fehlt Euch denn?« Aber dann half er Walther, ohne auf eine Antwort zu warten, sich erst zu setzen, und rief dann nach einem anderen Mönch, der ihn in eine Zelle führte, damit er sich ausruhen konnte.
Das Fieber stieg rasch. Walther schlief gleich ein und wurde von verwischten Traumfetzen heimgesucht. Manchmal waren es nur flackernde Farben, manchmal schnelle, einander jagende Bilder, in denen er nichts erkennen konnte. Er sah Dietrich, wie er auf dem Platz im Innenhof des Klosters lag, wo er gestorben war. Er sah die vielen Orte, die er in seinem Leben besucht hatte, die höllische Wartburg, das Gemach der Philomena, Bischof Engelbrechts Halle, den Mantel, den er in Zeiselmauer geschenkt bekommen hatte. Er sah seine Herren, seine Hoffnungen auf Geld, eine weitere Woche baden, eine weitere Woche Essen, eine weitere Woche Leben. Kleine Häppchen dieses endlosen Wettlaufs um ein großes Nichts. »Was denn?«, rief er oft aus, als verstünde er etwas Wichtiges nicht, »was denn?«
Gedanken und Erinnerungen tanzten einen verwirrenden Reigen miteinander, immer schneller, dass ihm schwindelig wurde. Er wusste nicht mehr, was was war. Er bekam Angst. Sein Kopf tat weh, und er fühlte seine Glieder kaum noch in der Kälte. Manchmal musste er wieder husten, dann tat ihm die ganze Brust so weh, als schnitte ihn wer.
»Vielleicht ist das das Weltenende«, murmelte Walter zu sich selbst, und er glaubte, dass jemand nach seiner Hand fasste.

»Anna«, rief er, »Anna, ich muss mit dir reden. Der Handel …« Er wollte noch mehr sagen, aber der Schüttelfrost übermannte ihn, und seine Zunge wurde lahm.
»Nimm mir nicht die Worte«, versuchte er zu bitten, »nicht die Worte.« Er hörte seine Stimme nur als ein hohles Lallen. Die plötzliche Furcht, seine Sprache zu verlieren, wurde geradezu übermächtig. Friedehalm sabbernd auf der Decke im Hof der Wartburg fiel ihm ein. Walther sah ihn ganz deutlich vor sich, groß, übergroß.
Sollte er das werden? Ein menschlicher Trümmer.
»Alles ist gut«, beschwichtigte ihn da eine körperlose Stimme.
»Bitte«, versuchte er es noch mal, »nicht die Worte, nehmt mir nicht die Worte!«
Danach wusste er nichts mehr.

Wenn ich ein anderer gewesen wär ...

Wenn ich ein anderer gewesen wäre, hätte ich Dietrich nicht nach Franken zurückgezwungen, in scheinbar bester Absicht, getrieben von meinem Verlangen, ihm etwas zu beweisen. Dietrich war seit Jahren müde und krank, ich hätte es sehen müssen. Er fror leicht. Die tiefen Schatten, die ihm unter den Augen lagen, und er bekam oft schlecht Luft, wenn er Flöte spielte. Ich hätte wissen müssen, dass es zu Ende ging, aber ich wollte es nicht sehen, bevor ich ihm nicht meinen großen Beweis vor die Füße gelegt hatte, sieh her, Dietrich, es war nicht umsonst.

Wie blind ich doch immer war, nicht zu sehen, dass er diesen Beweis nicht brauchte, dieses Lehen nicht brauchte. Ich brauchte es, um mir mein krummes Leben gerade zu reden, zu behaupten, dass es sich am Ende ausgezahlt hatte, auch wenn ich wusste, dass es gelogen war.

Denn ich war die ganze Zeit reich, weil es Menschen gab, die an mich glaubten. An mich, nicht den Dichter, den Sänger. Herrmann, Anna, Wolfger – und Dietrich. Mein Freund. Alles, was Worte können, ist zu klein gemessen an dem, was du getan hast.

Du warst ein Held, Dietrich. Ich verdanke dir mein Leben für immer und einen Tag. Wenn ich ein anderer gewesen wäre, ich hätte es dir zeigen müssen.

ZUHÖREN

Vater Martino saß an Walthers Bett, als der Dichter aufwachte. Zuerst war es schwer für ihn, den Klostervorsteher scharf sehen zu können. Immer wieder fielen ihm die Augen zu, und er musste sich zwingen, sie abermals zu öffnen.

»Fühlt Ihr Euch ein wenig besser?«, fragte Vater Martino. Walther nickte vage. Er konnte sich nur dumpf an die vergangenen Stunden erinnern. Zuletzt hatte er befürchtet, dass er die Sprache verlieren könnte. In der Tat klebte die Zunge an seinem Gaumen, und er wusste nicht, wie er sie wieder bewegen sollte. Vater Martino beugte sich vor und machte eine Handbewegung: »Moment.«

Ein Mönch trat aus dem Halbdunkel bei der Tür; er trug eine Schale mit schwach dampfender Brühe und machte Anstalten, sich zum Füttern des Kranken am Bettrand niederzulassen.

»Nein, danke, Frater Andris, das mache ich schon selber.« Vater Martino setzte sich klein und freundlich neben Walther und führte ihm einen Löffel an den Mund.

»Soo, jaa«, sagte der Abt, freundlich und milde wie eine Amme. Walther schluckte gierig. Kaum, dass er den ersten Löffel im Mund hatte, merkte er, wie gierig er war, zu trinken. »Langsam, langsam«, mahnte Vater Martino einige Male mit sanfter Belustigung.

»Danke«, stöhnte Walther, als die Schale leer gelöffelt war. Er konnte also noch sprechen.

»Ach, Herr Walther«, sagte Vater Martino lächelnd, »es tut mir leid, dass Ihr so krank wart, aber ich kann Euch nicht sagen, wie ich mich freue, Euch wiederzusehen.«
Er erhob sich, stellte die Schale ab und kehrte zu dem Stuhl zurück, auf dem er zuerst gesessen hatte. Walther beobachtete ihn und versuchte, die Ereignisse der letzten Tage in seinem Kopf zu ordnen.
»Damals«, redete Vater Martino, der seine Ungeduld nicht länger bezwingen konnte, »in Wien, bei Eurer Unterweisung ... Was für ein dummes Wort! Und was für ein dummer junger Mönch ich damals gewesen bin. Es ist gut, dass ich mich daran noch erinnern kann, denn sonst, wisst Ihr, wenn ich heutzutage die Novizen sehe, die wir hereinbekommen – je!«
Vater Martino winkte scherzhaft ab. »Aber damals war ich genauso, ganz genauso, glühend vor Eifer, ich wollte die Welt retten, auf meine Weise, bevor sie ja dann doch untergehen muss, lustig, nicht? Glaubt Ihr etwa an das Weltenende?« Der Abt wartete keine Antwort ab. »Ja, und was hab ich mich gefreut, als man mich zur Burg abkommandiert hat. Da hab ich gedacht, nun könnte ich an höchster Stelle jemanden retten. Ich dachte damals wirklich, einen Herzog zu beraten wäre christlicher, als einem Bettler zu helfen. Jugend, Jugend. Die Zeit, in der der Mensch ein Ochse ist und doch wie ein Reitpferd aussieht ...«
Vater Martino lächelte breit. Er hatte noch erstaunlich viele Zähne für sein Alter.
»Da bin ich nun, glühend, wie ich sagte, endlich zu wirken. Und wen krieg ich dann, he? Euch, Herr Walther! Fast einen Wilden!« Jetzt lachte er richtig. »Der Herrgott weiß eben alles; und weiß immer, was richtig ist. Ihr habt meine ganze Welt auf den Kopf gestellt mit Euren lästerlichen Reden gegen die Ordnung. Und was hab ich gebetet, jeden Abend, jeden Morgen!«

Vater Martino legte die Hände aneinander und sandte einen scherzhaft verzweifelten Blick gen Himmel.
»Herr, lass mich dort nicht mehr hingehen müssen. Herr, lass mich die besseren Worte finden als der. Herr, lass mich diesen Dichter nie wieder sehen.« Er schüttelte belustigt den Kopf. »Jeden Abend, auch nachdem die Unterweisungen lange aufgehört hatten. Da bin ich stutzig geworden. Wieso, habe ich mich gefragt, bete ich noch um etwas, das sich doch schon längst erfüllt hatte. Ich sah Euch nicht mehr, ich musste nicht mehr zur Burg, niemand in meiner Umgebung zweifelte die Ordnung auch nur einen Fingerbreit an. Ich wusste gar nicht, was mit mir los war. Und wollt Ihr wissen, was ich tat?« Walther nickte. »Ich habe unseren Gärtnerbruder befragt. Den Gärtner. Nicht meinen Abt, nicht den Schriftmeister. Den Gärtner. Weiß der Himmel warum, na ja, der weiß es natürlich. Ich bin hingegangen und hab ihm alles erzählt zwischen seinen Zwiebeln und Salatköpfen. Und dann habe ich meine Antwort bekommen: ›Wenn es dich nicht loslässt, was der Mann geredet hat‹, hat er gesagt, ›dann ist was Wahres dran.‹ Das war alles. Und dann, Herr Walther, habe ich ein ganzes Jahr gegrübelt, was er meinte, denn mehr hat er mir nicht gesagt, obwohl ich natürlich gefragt habe.« Der Abt rückte den Stuhl näher heran. »Und dann, auf einmal, hab ich es verstanden. An Euch war etwas Wahres dran. An der Art, wie Ihr gedacht habt, wie Ihr gefragt habt, was Ihr gesagt habt. Ich hatte mir so eine kleine, sichere Welt gezimmert, und Ihr habt sie einfach zerstampft.«
»Das tut mir leid«, murmelte Walther dazwischen, der dachte, nicht richtig folgen zu können. Er war auf die Gastfreundschaft des Abts sehr angewiesen.
»Aber wo denn«, rief der Abt geradezu begeistert aus. »Damit hat doch erst alles angefangen. Auf einmal konnte ich denken! Denken! Ich konnte Fragen stellen. Ich konn-

te anfangen, mir die Welt anzusehen, nicht dieses kleine, windschiefe Kämmerchen, in dem ich vorher saß, das ich für die Welt gehalten hatte. Ach, Herr Walther, ich verdanke Euch so viel, alles, was ich hernach las oder hörte. Ich versuchte, Eure Fragen zu hören, Euren Spott zu fühlen. Erst wenn ich es durch das Sieb Eures Geistes geschüttelt hatte, dann sah ich, was Wahres daran war, versteht Ihr! Und seitdem betete ich jeden Morgen und jeden Abend: Herr, beschütze mir den Walther von der Vogelweide und lass ihn mich noch einmal treffen, dass ich ihm danken kann dafür, dass er mich aus meinem eigenen Kerker herausgejagt hat. Und der Herr hat es gefügt. Jetzt seid Ihr hier.«

Vater Martino schwieg endlich.

Walther, der alles gehört hatte, aber nicht alles begriffen hatte, schwieg auch. Der Abt konnte die Stille aushalten, bis Walther seine Gedanken einigermaßen geordnet hatte.

»Vater Martino«, sagte er dann, »ich würde gerne beichten.«

»Das ist schön, Herr Walther, aber erst solltet Ihr Euch noch ein wenig ausruhen. Ihr wart vier Tage im Fieber.«

»Vier Tage!«

»Unser Bruder Luitpold hat sich sehr gut um Euch gekümmert.«

Walther fasste es nicht. Vier Tage.

»Ich mache Euch einen Vorschlag, Herr Walther, es ist ja heute noch sehr früh, die Sonne ist gerade erst aufgegangen. Wie wäre es, wenn Ihr den Tag über noch ruht, und dann, am Abend, komme ich wieder und Ihr beichtet, wenn Ihr es dann noch wollt?«

»Ist gut.«

»Schön.« Der Abt wandte sich zum Gehen.

»Ich danke Gott von Herzen, dass er Euch hierher geführt

hat, Herr Walther, auch wenn wir es vielleicht beide noch nicht verstehen.«

Walther verschlief einen großen Teil des Tages und bekam immer wieder Brühe, warmes Bier mit Kräutern und am Nachmittag auch einen gezuckerten Brei zu essen. Er fühlte sich wund und zerschlagen, aber das Fieber lag wohl hinter ihm. Als er aufstand, um auszutreten, sah er, wie knochig seine Beine geworden waren, wie knotig die Adern auf den Füßen und den Händen hervortraten. Da wusste er auf einmal, dass die Krankheit der letzten Tage ihn ins Alter geführt hatte, dass die Jugend lange, aber selbst die Manneszeit des bisherigen Lebens des Walther von der Vogelweide ganz und unwiderruflich vorbei waren. Er fühlte ein dumpfes Gefühl der Dankbarkeit, hier zu sein, in der Fremde, aber doch bei einem Menschen, der ihn willkommen hieß, der ihn aus der Zeit kannte, als er seine Wege noch nicht so weit und so lange gegangen war.
Walther wartete auf die Beichtstunde und war nervös. Die Worte waren ihm nicht genommen worden, doch er fühlte eine stumme Weisung, dass er nun zum ersten Mal diese Worte benutzen musste, um von sich selbst zu sprechen. Nicht in Versen, Bildern oder Reimen, sondern in schlichter Wahrheit. Der Wahrheit, die es in der Wut seiner Jugend vermocht hatte, diesen freundlichen Mann, der an seinem Krankenbett gesessen hatte, zum Nachdenken zu bringen.
Es war Zeit, zu reden. Zeit, zu erklären. Zeit, dass er aufhörte, wegzulaufen. Er hustete wieder. Das musste noch vom Fieber sein.
Es war gerade dunkel geworden, da kam Vater Martino zurück, die Hände in der Kutte verborgen. Ein Mönch, der ihn begleitet hatte, entzündete eine Kerze und verließ dann den Raum. Der Abt brachte daraufhin aus den Falten

seines Gewandes einen Krug Wein und einen Krug Wasser zum Vorschein.
»Ich habe mir gedacht«, erklärte er mit einem entschuldigenden Grinsen, »dass es eine längere Beichte werden könnte.«
»Ich glaube auch«, sagte Walther ganz ernst.
»Ich höre«, sagte Vater Martino und unterbrach den Beichtenden danach weder mit einem einzigen Wort noch mit einer Geste. Er hörte.
»Ich bin auf dem Vogelweidhof bei Ried geboren. Mein Vater war ein freier Bauer, und meine Mutter kam aus seiner Sippe. Er hieß Herrmann, und sie hieß Gunis. Sie haben sich nie vertragen. Ich habe mich später oft gefragt, ob ich die Schwermut, die ich im Leben so oft gefühlt habe, wohl von meinem Vater geerbt hatte, denn ich erinnere mich, dass er oft betrübt ging. Es gab kaum Worte zwischen den beiden, und ich war ihr einziges Kind. Es kam mir schon damals, so ganz früh, immer so vor, als wäre ich allein auf der Welt. Ich war in mir selbst eingesperrt, anders kann ich es gar nicht sagen. Mir fehlten keine Spielgefährten, keine Freunde, nicht mal Tiere. Aber Worte haben immer schon in mir rumort, ich weiß, dass ich manche Dinge ansah und dachte, dass sie anders heißen müssten, schöner. Da war ein Priester, der ist deswegen sogar einmal wirklich den ganzen Weg aus dem Dorf hinaufgekommen. Ich weiß gar nicht, ob der Weg so lang war. Damals kam er mir lang vor. Heute ... Jedenfalls ist der Vater gestorben an einem Splint in der Haut, da war ich noch sehr klein. Und ich hab nicht gewusst, was geschehen ist. Ich hab ihn vermisst und dann auch wieder nicht. Wenn man immer so allein ist in sich, dann fehlt einem nicht viel. Meine Mutter ist dann die Kebse des Herzogs im Grödnertal geworden. Ich hab ihn gehasst und sie auch. Wie ich etwas älter war, hab ich einen seiner Gäste beleidigt, und er hat mich

für einen Monat ins Loch stecken lassen, da ist etwas in mir zerbrochen und etwas anderes ist gewachsen. Ich hab noch weniger fühlen können, aber die Worte kamen mir danach noch einfacher. Ich wusste gar nicht mehr wohin, ich habe nur viel Unruhe gehabt und gegen jeden und alles gerichtet. Meist war ich wütend. Und mit Frauensleuten hab ich dann … mit jeder, die wollte. Gezwungen hab ich niemanden.« Er machte eine Pause und sah Vater Martino prüfend an.

Der Abt verzog keine Miene.

»Es war nicht viel dran an meinem Leben, es ist mir schon besser gegangen als so anderen, aber gewusst hab ich das nicht. Ich dacht, es wär mit mir am elendsten auf der ganzen Welt.« Der Docht der Kerze zischte, und die Flamme flackerte für einen Moment.

»Und dann, es müssen Jahre gewesen sein – aber ich kann's nicht erinnern, es kommt mir vor wie ein paar verwirrte Tage – bin ich nur wie ein kranker Hund herumgelaufen und habe gehofft, dass ich bald jemanden finde, mit dem ich mich prügeln kann. Dann ging alles für ein paar Stunden besser.« Vater Martino nickte. »Und dann eines Abends, in der Christnacht, da bin ich in die Dorfschänke und hab wen zum Schlagen gesucht, und da war die Anna.« Walther machte eine Pause. Er hustete wieder, aber diesmal nicht, weil er musste. Es war ihr Name, den er gesagt hatte, der ihm Angst machte.

»Sie hat gedacht, dass ich sie gerettet hätte vor irgendeinem Trottel, der besoffen war. Aber das hab ich gar nicht. Nur, dass sie diese Vorstellung nicht aufgegeben hat, deswegen ist sie dann nett zu mir gewesen, und darauf war ich gar nicht vorbereitet. Es hat mich erst furchtbar erschreckt, dann hat es mir fast gefallen. Ich hab sie sogar bemitleidet. So ein Mädel aus dem Dorf, habe ich gedacht, die freut sich, wenn einer von der Burg mit ihr redet. Und nicht, dass Ihr denkt, wir wären, also, wir haben nie, weil sie hat es nie versucht.« Walther wand sich und suchte Vater Martinos Blick, ob er verstanden worden war. »Manchmal hab ich mir vorgestellt, wie sie mit mir redet, mich bewundert, aber sie hab ich nie wirklich gesehen. Bis zu dem Tag, als wir spazieren gegangen sind. Wir haben auf der Wiese gesessen und geredet. Lange. Sie hat mir von sich erzählt, von ihrer Familie, da hatte es einen Unglücksfall gegeben, und dann, dass sie ins Kloster gehen wollte, und konnte aber nicht. Mein Gott, ist das lange her.«

Auf einmal erschien Walther seine Beichte albern wie ein dummes Märchen, und wenn Vater Martino nicht so ganz und gar zugehört hätte auf der Suche nach Wahrheit, Walthers Wahrheit, dann hätte er an dieser Stelle nicht weitersprechen können. Eine Weile blieb er auch still. Ließ seine Gedanken anspülen wie Wellen an einen Strand, eine über die andere, und wartete darauf, dass ihm eine ein Stück Treibholz bringen würde, auf das er bauen, von dem aus er weitermachen konnte. Plötzlich lächelte er.

»›Gelobt sei Jesus Christus‹, so hat sie alle immer gegrüßt, das habt Ihr mir damals auch gesagt, auf der Burg. Es hat mich erschreckt.«

Vater Martino lächelte zurück. Er war glücklich, dass sie diese Erinnerung teilten.

»Jedenfalls, an dem Abend auf der Wiese, da hab ich das erste Mal gesprochen – von mir und dem, was ich fühlte, von der Wut, der Leere, der Angst, der Verzweiflung. Wie ein Hund, der den Mond anheult, denk ich jetzt. Aber es war mir schon ernst. Ich konnte nicht mehr. Alles war so entfernt von mir und doch so klar. Ich wusste, warum die Menschen taten, was sie taten, aber es war mir gleichgültig oder widerwärtig. Ich wollte es nicht verstehen. Und ich war mir auch selbst so gleichgültig, so widerwärtig geworden. Ich wollte tot sein, wie mein Vater, dachte ich. Das

hab ich für die einzige Lösung gehalten. Und die Anna hat mir zugehört.«
Walther seufzte tief, er musste unwillkürlich wieder husten. »Und dann hat sie mir einen Handel vorgeschlagen.« Er schirmte die Augen mit seiner linken Hand ab, als schämte er sich jetzt noch, dieses Geheimnis seiner Jugend, seines Lebens vor diesem freundlichen Geistlichen auszusprechen. »Sie hat gesagt: ›Walther, ich bete und glaube für zwei. Und du wirst für uns beide leben. Ich werde mich nicht verheiraten und auch nicht ins Kloster gehen. Ich werde nur für dich da sein, für dich beten. Und du wirst für mich leben, du wirst all die Sachen tun, die ich nicht tun kann.‹ Sie hat gesagt, dass ich etwas aus unserem Leben machen soll, etwas, das es wert ist, es gehabt zu haben.« Walther schluchzte auf. »Sie hat gesagt, dass ich alles tun soll, was mir Freude macht, nie Rücksicht nehmen, dass ich leben soll, ohne nachzudenken, ob's falsch oder richtig ist, weil sie das mit dem Falsch und Richtig wohl für mich übernehmen würde. Und dass deswegen immer einer bei mir sein würde, der mir helfen könnte.« Er versteckte seine Tränen jetzt nicht mehr. Vater Martinos Gesicht spiegelte nur unbegrenztes Verständnis und mitfühlendes Begreifen.
»Sie hat gesagt, sie gibt alles, was sie hätte, her für mich, und weil sie nur Gebete und Glauben hätte, könnte sie mehr nicht tun. Aber ich müsste ihr versprechen, dass ich in die Welt gehen und das Leben auffressen würde. Und immer, wenn's was zu erzählen gibt, soll ich's den Sternen sagen.«
Er wischte sich die Augen. »Und das hab ich getan und auch nicht getan, ich kann's nicht sagen, Vater Martino. Ich bin zuerst nach Wien. Und was hab ich schon gewusst, was das Leben ist? Ich bin zu den Huren gegangen, ich habe gesoffen und gedichtet. Ich habe so freundliche Menschen

wie Euch beleidigt und bin hochmütig umhergegangen. Mit allen und jedem hab ich mich angelegt. Dem Kanzler, der Kirche. Das war nicht das Leben, das die Anna verdient hätte. Als sie mich dann von Wien verjagt haben, bin ich erst zu den Staufern. Dann kam Dietrich.«
Zum ersten Mal seit Beginn der Beichte sagte Vater Martino etwas: »Euer Gefährte, der hier gestorben ist.«
Schluchzend nickte Walther. »Alle dachten, Dietrich, das ist nur ein Spielmann, nur ein Knecht. Aber Dietrich war wie Anna. Ich habe mich oft gefragt, ob sie ihn mir geschickt hat.« Das viele Sprechen ermüdete den Kranken. »Wir sind durch die halbe Welt gereist, Dietrich und ich, Könige, Kaiser, Herzöge, Bischöfe, Grafen, alles. Hier, da.« Seine Hand wischte unbestimmt über die Decke.
»Und die Lieder, die Gedichte, alles etwas, aber doch nie richtig das, was sie hätte haben sollen, versteht Ihr? Ich wusste nie, wo ich hinwollte. Zuerst wollte ich immer nur fort, fort vom Grödnertal, von der Mutter, den dummen Leuten im Dorf, dann fort aus Wien, fort von den Staufern, den Welfen, diesen, jenen. Und irgendwann wollte ich das Lehen. Erst war es bloß so eine Idee, eine Herausforderung. Werd ich es bekommen? Es war ein Spiel. Dann wollte ich schon auch mein Recht, aber ich war nie überzeugt, dass ich es verdient hätte. Nicht wegen der Dichtkunst. Ich habe immer gedacht, dass ich der Beste war.« Überrascht von seiner Ehrlichkeit auch in dieser Hinsicht, brachte Walther ein schiefes Lächeln zustande. »Hochmut«, murmelte er entschuldigend und zog die Schultern hoch. Vater Martino schüttelte den Kopf.
»Ich habe gedacht, dass ich es nicht verdient hätte, weil ich nicht Wort gehalten habe. Ich habe nicht für zwei gelebt. Ich habe nicht mal für einen gelebt. Ich habe gebrüllt und Lärm gemacht und Staub aufgewirbelt. Aber gelebt hab ich doch nie. Dafür hätte mir doch mal etwas was wert sein

müssen. Ich hätte für etwas kämpfen müssen. Nicht nur für dieses Lehen.«
Vater Martino schien sich bei der Erwähnung des Lehens unbehaglich zu fühlen. Er rutschte auf dem Stuhl hin und her.
»Vater, dieses Lehen ist mir schon so egal geworden, dass ich dem Kaiser nicht einmal mehr gram bin, dass er mich verraten hat. Der verrät ganz andere als mich, jeden Tag. Ich hätt es wissen müssen. Aber ich hätte es für Dietrich gewollt. Der brauchte einen Platz. Dietrich war müde.«
Walther trank von Vater Martinos Wein. Der Abt prostete ihm zu, erleichtert, nun auch einen Schluck nehmen zu können. »Ich hab gegen die beiden gefehlt, gegen die Anna all die Jahre und gegen Dietrich auch. Deswegen wollte ich beichten. Ich weiß nicht, wo es von hier hingehen soll, aber ich kann so nicht weitermachen. Ein bisschen auf diesen schimpfen und den loben und dafür ein bisschen Geld und neue Kleider bekommen. Mein Leben, das hab ich verschüttet, und ich hab tief drinnen die ganze Zeit gewusst, dass ich das tat.«
Endlich war er still, die ganze Geschichte war aus ihm heraus, als ob eine lang entzündete Schwäre aufgebrochen wäre. Erschöpft legte er sich zurück und schloss die Augen. Es war ganz still, irgendwo hinter den dicken Mauern bimmelte ein Glöckchen, das die Mönche zur Andacht rief. Vater Martino schwieg voller Verstehen und ließ Walthers Beichte Zeit, erlaubte den Worten dieses wütenden, wahren Lebens, sich niederzulassen wie ein Schwarm Kraniche vor der Nacht. Er wartete, bis all die Wortvögel den Schnabel ins Gefieder gesteckt hatten und sich der Stille ergaben.
»Herr Walther«, fing er dann vorsichtig an, leise, um den Beichtenden nicht durch andere Überlegungen zu verschrecken, »vielleicht ist es ja nicht so gewesen. Vielleicht

hat die Anna Euch ja vergessen und doch irgendjemanden geheiratet, vielleicht war es nur eine Laune der Jugend. Zeit vergeht, man ändert seine Meinung, nicht? Oder vielleicht ist sie, Gott behüt, schon heimgegangen, und Ihr grämt Euch um nichts.«

Walther schüttelte den Kopf. »Eins noch.«

Wieder war Stille.

»Dietrich«, sagte er heiser und erzählte in wenigen Worten noch die Geschichte seines Freundes. »Wenn Ihr ihn nun wieder ausgraben lassen wollt, weil Ihr einen entlaufenen Leibeigenen an der inneren Klostermauer habt, dann kann ich es nicht ändern. Ihr sollt alles wissen. Ich habe auch gedacht, es ist vorbei und vergessen. Aber wegen Dietrich weiß ich, dass es nicht so einfach vorbei ist. Man hinterlässt seine Fußspuren, auch wenn man wandert und nicht zurückblickt. Ihr seid doch selbst so ein Exempel davon, Vater Martino. Und vergebt mir, ich hätte nicht wieder an Euch gedacht. Ich habe stets versucht, Wien zu vergessen.«

»Das ist wahr, ich bin so ein Exempel«, antwortete der Abt nachdenklich, »aber ein gutes. Vielleicht ist es für die Anna auch etwas Gutes gewesen?«

»Ich weiß nicht. Für Dietrich war es nicht gut, glaube ich. Ich weiß nicht mal, warum er mein Freund war. Ich weiß nicht, was die Anna in mir gesehen hat, dass sie mir so ein Versprechen gemacht hat. Was haben all die vielen, die mir helfen wollten, in dieser schiefen Spur, die ich gelegt habe, gesehen? Und ich hab es allen so schlecht vergolten.«

»Quält Euch doch nicht so, Herr Walther! Wenn man nicht weiß, wie etwas ist, kann man dann nicht das Gute genauso wie das Schlechte annehmen?«

Der kranke Dichter lachte leise.

»Ich nicht, Vater, ich hab es nie gekonnt. Ich bin mit einem Mühlstein um die Seele geboren.«

Vater Martino stand auf. »Ich habe Eure Beichte gehört,

mein Freund, und ich sehe nichts darin, das keine Vergebung finden würde. Ihr solltet nun ruhen, der Schlaf wird Euch gut tun. Und Euren Freund, den lassen wir hier. Nur mit dem Stein, das ist vielleicht keine so gute Idee. Da stellen die Menschen Fragen. Na, da reden wir noch drüber.«
Walther griff nach dem Handgelenk des Abts und hielt ihn zurück: »Was wäre das Richtige, wenn man etwas nicht loslassen kann, Vater, was hat Euch der Gärtner gesagt.«
Vater Martino kniff die Lippen zusammen und rang mit sich: »Dann wird was Wahres dran sein«, wiederholte er mit leisem Unwillen gegen seine eigene Anekdote.
»Dann muss ich doch hin?«, fragte Walther drängend. »Dann muss ich doch wenigstens nachsehen, oder?«
»Aber, Herr Walther«, der Abt setzte sich auf den Bettrand und nahm nun beschwörend Walthers Hände in die seinen. »Ihr seid nicht wohl, trefft doch keine übereilten Entscheidungen. Ruht Euch aus, denkt darüber nach, nehmt Euch Zeit.«
»Was, wenn ich keine Zeit mehr habe, wenn ich schon viel zu viel Zeit verschwendet habe? Ich habe so viel falsch gemacht, Vater, ich muss auch einmal etwas richtig machen. Wenigstens das.«
Vater Martino schüttelte den Kopf.
»Richtig, falsch. Das wisst Ihr doch gar nicht. Ihr urteilt zu schnell. Lasst mich eine Weile darüber nachdenken, ich verspreche Euch, dass ich Euch die Wahrheit sagen werde.«
Er legte Walthers Hände sanft auf die Decke.
»Ruht Euch erst einmal aus. Schlaft etwas.«
»Ich weiß, ich muss hin«, sagte Walther noch matt, dann war er endgültig viel zu müde.
Vater Martino trat auf den Gang und lehnte sich einen Moment an die Mauer.
»Ach, Herr«, sagte er traurig.

DIE ELEGIE

ouwe war sint verswunden alliu miniu jar!
ist mir min leben getruomet, oder ist ez war?
daz ich ie wande daz iht waere was daz iht?
dar nach han ich geslafen und enweisz es niht.
nu bin ich erwachet und mir ist unbekant
daz mir ienach was kündic als wie min ander hant.
mih grüezet maneger traege der mich bekande e wol.
diu welt ist allenthalben ungenaden vol.
daz liute und daz lant darinnen von kinde ich bin erzogen,
die sint mir worden frömde als ob ez si gelogen.
die mine gespielen waren, die sint nu traege und alt,
gebreitet ist daz velt, verbouwen ist der walt.
wan niht das wazzer fliuzet als es wilent floz,
für war min ungelücke wande ich wurde grosz,
als ich gedenke an manegen wünneclichen tac,
die mir sint entfallen sam in daz mer ein slac,
iemer mere ouwe!

o weh, wohin sind bloß all meine jahre verschwunden!
hab ich mein leben nur geträumt, oder ist es wahr?
was ich für wirklich hielt, war das echt?
oder hab ich geschlafen und weiß es nicht?
jetzt bin ich aufgewacht, und ich finde mich hier
nicht zurecht,
obwohl mir vorher alles so bekannt war wie meine
eigene hand.
mancher grüßt mich lahm, der mich wohl kannte,
und die welt im allgemeinen ist schlecht.
das land und die leute meiner kindheit, die sind mir
so fremd,
als hätte ich mir alles nur ausgedacht.
kinder, mit denen ich gespielt habe, das sind greise.
die felder sind viel größer und der wald gerodet.
wenn nicht der bachlauf wäre, wie er einst floss,
dann wäre ich todunglücklich, glaube ich.
und wenn ich so an manche besonderen tage denke,
dann sind die so verschwunden, wie wenn man
aufs wasser schlägt
immer wieder klage ich: o weh!

VERSCHWUNDENE JAHRE

Walther ging erst im Frühling des nächsten Jahres, weil er den ganzen Winter über kränkelte. Er musste viel liegen und hatte kein einziges Wort gedichtet, zumindest hatte er nichts aufgeschrieben, obwohl Vater Martino ihn mit Pergament und einem Pult beschenkt hatte. Walther war fast beschämt. Es fielen ihm keine Lieder ein, nicht für und nicht gegen jemanden. In der stillen Abtei, in der die Mönche von den weltlichen Dingen den Kopf wandten, schien dieser ganze Tanz um Macht und Land sinnloser als je zuvor. »Dass Ihr mich nach meinen Opferstock-Liedern noch hier behaltet«, hatte Walther einmal um Weihnachten herum zu Vater Martino gesagt. Die Opferstock-Lieder hatten der Kirche gar nicht gut gefallen. Nun lebte er vom Geld der Kirche.
»Ihr bleibt so lange, wie Ihr wollt, Walther. Ich kann Euch keinen Lehenszins geben, aber ich bin Euer Gastfreund, so lange, wie Ihr es wünscht. Wenn Ihr ein Zuhause wollt, kommt nach Neumünster.«
Die Mönche gewöhnten sich an den Dichter, dessen Lieder von der Liebe sie nicht kennen durften und dessen Lieder von Königen und Kirche sie nicht kennen konnten. Einzig der feiste Kerl, Bruder Carolus, der für die kurze Zeit seiner Abwesenheit zu Vater Martinos Stellvertreter gemacht worden war (dies, so hatte der Abt erklärt, war auch nur ein Behelf gewesen, da der eigentliche Vertreter zu dieser Zeit krank lag), warf dem welschen Gast bisweilen böse Blicke zu, wenn sie einander begegneten. Alle anderen Brüder

waren ihm zugetan. Die förmliche Anrede »Herr« ließen sie im Laufe der Wochen fallen, manche sagten sogar »Bruder« und »du« zu ihm, und Walther korrigierte sie nicht. Still, scheinbar zufrieden lebte er unter diesen Männern. Nur für den ganz Aufmerksamen war das leise Unbehagen des Wanderers, der wusste, dass er nicht bei den Sesshaften bleiben konnte und deswegen ihre Sorgen leichter nahm, weiterhin fühlbar. »Ich bin nicht geübt im Bleiben«, sagte er einmal zu Vater Martino.

Als er sich dann endlich zu dieser schweren Reise aufmachte, pflügten die Bauern schon seit ein paar Tagen die Felder. Nachts fror es noch stark, und Vater Martino mahnte Walther, doch einen weiteren Monat zu warten. Von seiner Krankheit hatte Walther einen leichten Husten zurückbehalten, der zwar nicht sehr störend, doch auch durch nichts zu lindern war.

»Kommt wieder hierher zurück, Walther, ich beschwöre Euch, egal, was Ihr in Bozen finden mögt; wenn es getan ist, kommt hierher zurück«, sagte der Abt zum Abschied.

»Wenn ich zurückkomme, dann zu Euch«, sagte Walther und ging.

Es war ein merkwürdiges Gefühl – zum ersten Mal wieder wirklich allein, ohne Dietrichs Tritt neben sich, ohne die Instrumente auf dem Buckel, mit einem Ziel, das vielleicht nur ein Ziel für kurze Zeit war. Noch merkwürdiger war es, diesmal nicht zu gehen und genau zu wissen, dass er nicht wiederkehren würde. Eigentlich wusste er gar nichts. Er fand seinen Rhythmus nur schwer. Durch und durch war es eine seltsame Reise, die er begann. Diesmal ging er von einem Ort, der ihm erst zu Unrecht, dann von Herzen als Zuhause angeboten war, zu einem Ort, der einmal sein Zuhause gewesen war, wo sein Herz vielleicht die einzige Wurzel geschlagen hatte, deren es fähig war.

Er ahnte außerdem mit mehr Gewissheit, als ihm lieb war, dass dies die letzte Reise sein könnte, die Reise seines Alters, an deren Ende irgendeine Art von Abschluss stehen würde. Nach dem Winter in der warmen Klosterzelle waren ihm die Nächte in den Scheunen doppelt hart und kalt. Er vermisste seine Rasur, seine Bäder mehr als zuvor, nicht so sehr wegen der Reinlichkeit als wegen der Erleichterung, die ihm die Wärme und Klarheit des Wassers verschaffte. Ab Augsburg gab er dann den Aufwand dran und ließ sich einen Bart stehen. Er wuchs ganz weiß. Kurz danach fand er ein Fuhrwerk, das ihn nach Österreich mit hineinnahm. »Komm, Alterchen, fahr mit uns«, boten die Knechte an, und er dankte, ohne gekränkt zu sein. Die Sprache der Menschen, je weiter er nach Süden zog, klang seinen Ohren so fremd, obwohl sie doch dem heimatlichen Ton immer näher kam. Er kannte sich gar nicht aus, verlor auch die Fixpunkte und musste häufig nach dem Weg fragen. Aus Unwissenheit oder Desinteresse wurde er oft kleinere Umwege geschickt, auch im Kreis. Walther nahm es hin, er hatte es nicht eilig – alles, was zählte, war, dass er letztendlich ankam.

»Das Grödnertal, das Grödnertal«, sagte er sich manchmal in kindlichem Singsang zum Rhythmus seiner Schritte vor; es war ihm, als müsste er seine Füße beschwören, diesen Weg weiterzugehen, nicht umzukehren und in der Gewohnheit seines verschütteten Lebens, wie er es genannt hatte, auch noch diesen Weg vor dem Ende abzubrechen. Je näher er kam, umso schwieriger wurde es, keinen Plan zu haben. Walther musste umdenken. Er hatte vor, zuerst am Vogelweidhof vorbeizugehen, bevor er ins Ried ziehen würde. Dabei fragte er sich die ganze Zeit bange, ob er nicht schon längst dran vorbeigegangen war. Immer wieder, wenn er abends lagerte, versuchte er zu rechnen, wie viele Jahre es her war, dass er gegangen war.

Dreißig? Fünfunddreißig? Er wusste es nicht. Die Jahre zählten auch wenig. Es war Tausende von Schritten her, Tausende von Wegen und Straßen, Tausende von Fragen und Zweifeln, Tausende Gedanken, die im Nichts geendet hatten. Tausende Versuche, zu vergessen.
Wer war dieser Jüngling gewesen, der an der Seite eines geschwätzigen Karrieremachers aus dem Tal geritten war, um ein Dichter zu werden? Der mit nichts gegangen war als mit Wut, Worten und dem Versprechen eines jungen Mädchens, das wie ein Apfel aussah.
Und wer kam wieder? Ein bitterer alter Mann, der noch genauso auf der Suche war wie der Jüngling, nur ohne dessen Wut, ohne dessen Kraft. Manchmal kam es ihm vor, als wäre er eingeschlafen, ohne es zu wissen, als hätte er geträumt und könnte sich nicht erinnern, was vorher war. War das sein Leben gewesen?

Dann kam das Leyertal. Plötzlich lag es da, in seinen Kurven unverändert, als hätte jemand einen Vorhang weggezogen. Die Menschen auf den Feldern grüßten ihn träge, aber ohne ihn zu erkennen, auch wenn manche der alten Frauen die Augen zusammenkniffen und ihm lange nachstarrten, als könnten sie den heimlichen Heimkehrer wittern. Die Wälder kamen ihm abgeholzt, geschrumpft vor, die Felder endlos verbreitert, gierig in das ehemalige dunkle Grün zwischen den Bergen gezwängt.
Nur die Luft erkannte er wieder, dieses milde Streicheln einer körperlosen Hand, ewig, unverändert. Auf der Wegstrecke nach Ried blickte er überallhin, um den Vogelweidhof nicht zu verpassen. Ob er noch stehen würde? Wohnten neue Leute auf dem Land? Auf einmal fiel ihm ein, dass er ja die ganze Zeit hierher hätte zurückkehren und einziehen können. Herr Alwin, der geschwätzige Vasall, der damals das Murmeltier vertrieben hatte, hätte

es ihm sicher nicht verwehrt. Wieso war er nie darauf gekommen? Walther blieb mitten auf der Straße stehen, als er daran dachte. Wieso war ihm das nie in den Sinn gekommen? Er wischte sich den Schweiß von der Stirn. Für einen Augenblick stand er keuchend und konnte es gar nicht fassen, dass es ihm nie eingefallen war. Dann sah er in der Ferne die Linde. Sie war gerade in voller Blüte, das erste Wesen seiner Rückkehr, das ihn strahlend zu grüßen schien. »Da«, sagte er tonlos zu sich selbst und setzte sich schlafwandlerisch wieder in Bewegung, erst schwankend, langsam, dann fing er an zu laufen, bis er an dem kleinen Steig angekommen war, der steil auf den Hof zuführte. Der Hof stand noch. Walther schlug das Herz bis zum Hals. Das Dach war eingefallen, der Stall, in dem sie die Ziege gehalten hatten, ganz zerstört. Der Küchengarten war unkenntlich zugewachsen, die Felder lagen brach.
Aber die Linde stand noch, sie blühte wie damals, als er in ihre Äste gestarrt hatte und fand, dass sie einen anderen Namen haben musste, als er auf der Wiese gestanden und Gott zugesehen hatte. Hastig, unachtsam begann er den Abstieg des vom vieljährigen Winterschlamm völlig verschütteten Pfads. Die Füße rutschten ihm voran, und er dachte ein paarmal erschrocken, fallen zu müssen.
Aber dann vergaß er sein Alter, die Grübeleien, die Fragen. Dann stand er vor dem Haus, das er als Siebenjähriger verlassen hatte, das Haus, in dem sein Vater gestorben war. Bilder und Worte – verschleppt, vergessen – schossen auf ihn ein und überwältigten ihn. Er setzte sich, wo er war, auf die Erde und trank das verfallene Bildnis seiner Heimat, bis er es fast glauben und ein bisschen begreifen konnte.

Walther beschloss, die Nacht im Vogelweidhof zu verbringen, bevor er ins Ried ziehen würde. Zum Teil entschied er sich so, weil ihn die Erinnerungen überwältigten, dann aber auch, weil er noch Zeit gewinnen wollte. »O weh«, sang er plötzlich vor sich hin, als er versuchte, im verwüsteten Innern eine Schlafstelle freizuräumen. *»O weh, wohin, wohin sind all meine Jahr, hab ich mein Leben geträumt, oder ist es doch wahr?«*

Er stutzte, es war das erste Lied seit Dietrichs Tod, was zu ihm gekommen war. Es gab ihm für den nächsten Tag ein besseres Gefühl. Die Worte beschützten ihn, sie versicherten ihm, dass es doch einen Grund gegeben hatte, dieses verwischte, verschüttete Leben gelebt zu haben, das er nie verstanden hatte.

Als er früh am Morgen aufwachte, war er hungrig und holte sich Wasser vom Brunnen draußen, das ihm aber dann zu alt roch, als dass er es trinken wollte. Die frühere Tränke floss längst nicht mehr. So nagte er nur an seinem restlichen Brot und beschloss, zum Grenzstein am Bissner-Land zu gehen. Er schritt über den feuchten Morgentau des hohen Grases an der Linde vorbei, über die verwilderten Felder, bis er den Stein sah, an dem Herrmann hatte auf ihn warten wollen. Der zweite Gruß des Nachhausekommens. Walther legte seine Hand auf den Findling und schloss die Augen. »Hier hat er gesessen«, hörte er das Echo einer kleinen Stimme.

War er nicht um den Stein gerannt, bis ihm die Fingerkuppen aufgegangen waren, damals? Und Gerste und Roggen, Fahrende und Bauern? Hatte Herrmann hier zu ihm davon gesprochen, oder war es drüben am Feldrain gewesen? Ob Herrmann vom Leben seines Sohns enttäuscht wäre? War er nur der Erste in einer langen Reihe Betrogener, denen Walther mit Sand in den Schuhen durch die Herzen marschiert war, ohne sich nach ihnen umzudrehen? Wieder die Fragen, wieder keine Antwort.

»Herrmann«, flüsterte er vorsichtig den Namen, da traf ihn jäh ein Steinwurf schmerzhaft an der Schulter.

»Du da! Abhauen«, grölte eine Stimme, nach der Walther sich schnell umdrehte. »Abhauen, das ist unser Land, du!« Ein weiterer Stein kam ihm entgegen, verfehlte aber diesmal sein Ziel. Ein bulliger Mann vom Bissner-Land warf die Steine. Er war etwas jünger als Walther.
»Mach dich fort«, drohte der Bissner.
»Hör auf, Mann«, erwiderte Walther und hob abwehrend und sich ergebend zugleich die Hände. »Ich will ja nichts von Eurem Land.«
»Was machst du dann hier?«, bellte der Mann misstrauisch und hob einen neuen Stein auf. »Weg da! Du Dieb, Wegelagerer.«
»Hör auf, Bissner«, sagte Walther da leise lachend, »ich bin nur gekommen, um den Hof mal wieder zu sehen.«
Der Mann mit den Wurfgeschossen riss die Augen weit auf, dass sie ihm fast aus dem Kopf fielen: »Woher weißt du meinen Namen? Woher weißt du, wer ich bin«, flüsterte er zutiefst erschrocken.
Aber bevor Walther nur ein weiteres Wort erklären konnte, hatte der Bauer den neuen, wurfbereiten Stein fallen lassen und lief, lauthals »Hexerei, Teufelswerk« zeternd, auf den Hof zu, von dem aus ihm schnell eine ganze Meute ähnlich bulliger Bissner-Nachkommen zu der Stelle folgte, wo ihm, wie er sagte, der Teufel erschienen war. Walther hätte längst gehen können, aber er fühlte keinerlei Veranlassung dazu, er war auf seinem Land. Es hatte lange genug gedauert, bis er es wiedergefunden hatte, diesmal würde er gehen, wenn er es so entschied.
Die Bissner-Sippe mit Dreschflegeln, Mistforken, Prügeln und Steinen auf sich zukommen zu sehen war bei all der dumpfen Kraft, die sich in dieser Ansammlung so sichtbar zusammenballte, etwas Urkomisches für ihn. Wieder flogen Steine, aber schlecht gezielte.
»Bissner hat er mich genannt«, berichtete spuckend und

keuchend voller Wichtigkeit der, der zuerst die Steine geworfen hatte. »Bissner, hebe dich, hat er gesagt!«
Jetzt musste Walther wirklich laut lachen.
»Das ist doch Unsinn, Bissner«, rief er unter dem ihn verfehlenden Steinhagel. »Hebe dich! So was Blödes. Ich habe nur gesagt, dass ich nichts von Eurem Land will.«
Die Meute erstarrte.
Die Dreschflegel, Prügel und Forken schwankten unsicher in der Luft, die Bissner-Leute kniffen die Augen zusammen und spähten den Hang hoch.
»Ich bin Walther vom Vogelweidhof.« Laut klang die Stimme des Sängers über die frühlingsleeren Felder. »Ich bin nach all den Jahren wiedergekommen, um zu sehen, was vom Hof noch steht. Dies ist der Grenzstein, den mein Vater, der Herrmann, mit Eurem Vorvater vereinbart hat.«
Unsicher verharrten die Bissners. Zwei der erwachsenen Männer, offenbar die Anführer, tuschelten miteinander. Die anderen starrten mit offenem Mund auf Walther, ein Bild kleingeistiger Dummheit.
»Woher wissen wir, dass du die Wahrheit sagst?«, nahm einer der beiden Anführer die Untersuchung des Zwischenfalls auf. Der Bauer bemühte sich um Haltung.
Walther lächelte mit der Sonne im Rücken. Das Licht blitzte in seinen Haaren, und der Boden, in dem sich seine zum Wandern bestimmten Füße nie hatten verwurzeln können, pulste nun unter ihm und gab ihm Lebenskraft, die er seit Dietrichs Tod verloren glaubte.
»Ihr hattet einen Knecht, der hieß Gerold, und einer der Söhne auf dem Hof hieß Bertil, der hatte eine Frau, die ist niedergekommen zu der Zeit, als wir fortgezogen sind. Und eure Mutter, die ist manchmal gegangen, um Kinder zur Welt zu bringen oder Kranke zu heilen.«
Der erste Steinewerfer zuckte und suchte die Nähe des Anführers. »Der redet von deiner Mutter, Corbinian«, sagte

der Anführer auf eine Art, als wäre es ein schrecklich peinliches Geheimnis. Dann rief er laut zu Walther herauf: »Wenn das so ist, Vogelweider, was willst du dann hier? Wir haben nie etwas genommen von Eurem Hof. Nie eure Felder bestellt! Wir schulden dir nichts.«
Immerhin kamen keine neuen Steine.
»Ich wollte nur sehen, ob überhaupt Zeit vergangen war«, antwortete Walther, leiser als zuvor. »Aber ich glaube, es ist alles wie immer.« Damit drehte er sich um und stieg den Hang hinauf, um zum Hof zurückzugehen, die verwirrten Bauern in seinem Rücken.
»Es ist nur ein Traum«, sagte er für sich.
Vielleicht hatte Vater Martino Recht gehabt, vielleicht war Anna lang verheiratet mit so einem, längst Großmutter und Tante, und hatte ihn vergessen. Vielleicht hatte er sich viel zu viel vorgemacht, erst aus Not, dann aus Leere, dann aus Gewohnheit. Vielleicht war es, wie es angefangen hatte, er schwärmte allein durch diese Welt, stumm außer in den Liedern, unverstanden von allen, die ihren gemeinschaftlichen Jagden nachgingen, die um häusliche Sorgen und tägliches Weh kreisten, ausgesondert, verrückt. »Das kann auch sein. Jetzt kann es auch so sein.« Er richtete es so ein, dass der Weg ins Ried dauern würde. Walther wollte über den Bach gehen, an dem zu Zeiten seiner Jugend der Teufel auf die Toten gewartet hatte.

Das Wasser strudelte klar, so befreit und unberührt von dörflicher Enge, wie er es in Erinnerung hatte von dem Tag, als sich sein Vater in eine Blüte im Wasser verwandelt hatte.
Eine Weile verharrte er auf der verbotenen Brücke, immer noch nur ein Steg, und sah den klaren, perlenden Strudeln zu. Es war das einzige Bild in seinem Geist, an das er sich mit freiwilliger Schärfe erinnerte, und was er nun

sah, fügte sich an diese Rückblende an, als hätte er nur kurz die Augen geschlossen. Einen kurzen Augenblick von über dreißig Jahren. »Wenn du nicht wärst«, flüsterte er dem Bach zu, »ich würd's alles nicht glauben.«
Sein Bauch fühlte sich an wie mit Kohlen gefüllt, als er ins Dorf hineinzog, da er keinen weiteren Grund fand zu warten. Seine Knie waren ihm weich, und das Herz klopfte ihm. »Anna«, pochte es, »Anna.«
Einige der alten Häuser glaubte er wiederzuerkennen, auch die Kirche, obwohl sich alles anders zusammenfügte als in den verschütteten Bildern seiner Erinnerung. Vieles war sicher längst abgebrannt, Küchenfeuer waren an der Tagesordnung. Mancher Hof oder manches Haus waren neu, zumindest umgebaut, erweitert oder neu verkleidet. Die Dörfler grüßten kaum, starrten misstrauisch oder schlicht mürrisch auf den Fremden. Alle wirkten so alt, knickerig und verschlagen, dass es ihn grauste.
Nicht mal Kinder spielten hier.
»Grüß Gott. Wo ist denn die Schänke?«, fragte er schließlich ein Weib am Weg, das das Haus ausfegte, dabei hatte er das Gefühl, dass das Wirtshaus gleich um die nächste Ecke sein musste.
Das Weiblein fauchte auch nur, dass er ein fahrender Nichtsnutz wäre, der am helllichten Tag schon saufen müsste, und schlug ihm die Tür vor der Nase zu.
Walther ging weiter.
»Anna«, sagten die Schritte ängstlich, aufgeregt, unsicher.
Er ging um die nächste Ecke.
Dann sah er die Schänke, wo er sie erwartet hatte. Sie sah noch kleiner und verrußter aus, als er es sich ausgemalt hatte. Er war sich nicht sicher, wann sie öffnen würde, so klopfte er nach einigen Atemzügen an und trat einfach ein.
»Wer ist das? Hubil?«, rief eine schrille Frauenstimme aus der Küche. Die Stimme klang jung und gar nicht nach

Anna. »Ich hab gefragt, wer das ist? Hubil, ich hab dir gesagt, lass das, ich find es nicht witzig«, keifte die Stimme ungehalten sofort noch einmal, als keine Antwort kam. Irgendetwas klapperte.

»Ich«, sagte Walther heiser, »Entschuldigung, ich –«

Eine Frau stob um die Ecke, sie war in der Tat noch jung, hatte aber ein unzufriedenes Gesicht. Die dichten Augenbrauen zusammengezogen, den Unterkiefer vorgeschoben, starrte sie den unbekannten Eindringling im Dämmerlicht der Wirtsstube finster an.

»Jetzt gibt es noch nichts«, fauchte sie und verschränkte die Arme. Walther versuchte zu sehen, ob sie Anna ähnlich sah. Könnte das Annas Tochter sein? Schwiegertochter?

»Du musst eben später noch mal kommen«, teilte die Frau ihm ungnädig mit. Dann nannte sie Preise für ein Essen, eine Schlafstelle und Bier oder Wein. Ihre Augen taxierten geübt Walthers Kleidung, um zu überlegen, ob sie diesen Preis von ihm bekommen würde.

Walther räusperte sich abermals.

»Anna«, brachte er dann heraus, »ich suche nach Anna. Ist Anna noch hier?«

Die verbiesterte junge Frau legte den Kopf auf die Seite: »Wen?«

»Anna«, wiederholte Walther. »Hier hat mal ein Mädchen bedient, die hieß Anna. Es ist lange her. Ich suche Anna.«

»Anna?«, fragte die Verbiesterte wachsam.

»Hubil!«, schrillte sie dann mit ihrer wütenden Stimme nach hinten. »Hubil, komm mal sofort her!«

Sie wich einen Schritt auf die Küche hin zurück.

»Hubil! Jetzt, hab ich gesagt!« Im Unterordnen geübte Schritte schluppten durch eine Tür von hinten heran.

Ein duckmäuserischer Mann um die dreißig mit speckiger Schürze kam zum Vorschein. Annas Sohn?

»Grüß Gott«, sagte der Mann vorsichtig.
Walther nickte nur, er war viel zu aufgeregt.
»Hubil!« Die Verbiesterte sprach jetzt ausschließlich zu dem Gerufenen, augenscheinlich ihr Ehemann. Auch er sah Anna nicht ähnlich. Die Verbiesterte zeigte auf Walther: »Der hier, der fragt nach einer Anna!«
»Ah so«, machte Hubil freundlich erleichtert. »Ja, dann sag ihm doch, dass die Anna in der Kirche ist, wie allerweil halt«, sagte Hubil schlicht. Walther zuckte zusammen. Die Verbiesterte machte keine Anstalten, Walther irgendwas zu sagen.
»Herr«, redete Hubil deshalb mit einem Diener, »die Jungfer Anna ist halt in der Kirche. Da könnt Ihr bitte einen Moment warten, dann wird sie schon kommen. Sie hilft ja immer noch, auch in der Stube hier herinnen.« »Hubil!«, unterbrach ihn kreischend seine Frau.
»Ja, was denn, Hrosvilt, wenn der Herr gern die Anna sprechen möcht, dann ist das doch in schöner Ordnung.«
Er kehrte sein argloses Gesicht Walther zu: »Habt Ihr gewiss einen der anderen Pilger von der Anna reden hören, gell? Sie ist ja eine rechte Heilige, das spricht sich herum.«
»Sie ist in der Kirche?«, fragte Walther mit leicht zitternder Stimme.
»Ja, freilich«, bekannte Hubil gleich, »die Jungfer Anna, das ist eine fromme Seele, da findet ihr nirgends einen besseren Menschen, nicht Herr, das sag ich Euch, gell, Hrosvilt, das sagst du auch immer.«
»Hm«, machte Hrosvilt nur, was angesichts ihrer generellen Verfassung wie singender Lobpreis für die Abwesende wirkte.
»Da setzt Euch nur, Herr, wenn die Anna aus der Kirche kommt, da sagen wir ihr gleich, dass ein Pilger auf sie wartet. Sie ist immer sehr gut mit allen Pilgern, Herr. Wollt Ihr etwas haben, während Ihr wartet?«

»Ist noch nichts fertig«, schnitt Hrosvilt ihrem Mann die Hilfsbereitschaft ab.
»Einen Krug Wasser vielleicht«, bot Hubil weiter an, »oder einen gemischten Wein?«
Walther nickte, um beide endlich loszuwerden.
»Ich bring's gleich«, versicherte der Wirt und schob mit vorsichtiger Hand seine weiter wütend zischelnde Frau in die Küche.
»Der zahlt das aber!«, hörte Walther noch Hrosvilts Bedenken.
Er setzte sich an eine der gescheuerten Bänke und sah sich im Halbdunkel um, das langsam Konturen annahm. Hier war es gewesen, vor so vielen Jahren. Sein Herz schlug noch immer schnell.
Jungfer Anna, hatten die beiden gesagt, aber das hieß noch nichts. Oder doch? Er rieb sich die Stirn. Sie würde kommen, und vielleicht würde sie sich nicht mal erinnern. Vielleicht würde sie ihn nicht einmal erkennen. Es könnte so sein, wie Vater Martino gesagt hatte, die Lösung des Vergessens, die Lösung verwischter Spuren, verweht von der Zeit. Er hörte den Wirt zurückkommen und wischte sich hastig über die Augen, die ihm feucht geworden waren.
»Walther«, sagte da eine leise Stimme. Er sah auf. In der Tür stand eine Gestalt.
»Endlich, Walther.«

»Ich habe mich oft gefragt, wie du wohl aussehen würdest nach all den Jahren«, sagte Anna und lächelte.
»Aber du siehst immer noch wie du selber aus.«
Er konnte nicht einmal aufstehen.
»Anna«, flüsterte er.
Noch konnte er ihr Gesicht nicht erkennen, sie stand im Schatten des Durchgangs zur Küche. Schließlich fand er einen Weg, auf die Beine zu kommen.
»Gelobt sei Jesus Christus«, versuchte er eine Begrüßung, die sie an die alten Zeiten erinnern sollte. Es klang nicht echt.
»Ja?«, lachte sie dann auch, »auch zwischen dir und mir?«
Sie trat einen Schritt vor ins Hellere. Sie war sehr alt geworden, noch immer rundlich, aber die Apfelwangen eingefallen und zerknittert. Sie trug das Haar, in dem wohl wenig Grau war, aufgesetzt. Es waren ihr noch ein paar Zähne geblieben, wie ihm selbst, eine Greisin war sie noch nicht, doch auch nicht weit davon entfernt – so weit oder so nah wie er.
Anna. Und doch nicht Anna. Nur ihre Augen leuchteten noch – erwartungsvoll, hoffnungsvoll und gläubig, Augen, die nicht zu einem so müden, abgearbeiteten Gesicht passen wollten.
In den Augen war sie noch ganz Anna, die Augen waren wie das Wasser im Bach, nur einen Wimpernschlag der Zeit entfernt.

»Ja«, sagte sie und kam noch näher.
Ohne es sich zu überlegen, streckte Walther die Hand aus, und sie legte die ihre hinein.
»*Jungfer* Anna?«, sagte er in fragendem Ton. Es klang ein bisschen frivol.
Sie lachte leise: »Es ist zu anstrengend, es jedem zu erklären.« Das gab ihm einen Stich. Der Handel, was, wenn sie den Handel gehalten hatte und er ihr nun sagen musste, dass er es nicht vermocht hatte?
»Sollen wir spazieren gehen?«, fragte sie. »Es ist ja Frühling, wie damals.«
»Ja«, antwortete Walther leise. »Wie damals.«
»Jungfer Anna«, kreischte da die Stimme der Verbiesterten von hinten, »es wartet da jemand, der Euch sprechen will, Hubil sagt, der ist ein Pilger, aber –« Hrosvilt bog mitteilungsbereit um die Ecke und hielt erschrocken den Mund, als sie Walther und Anna Hand in Hand voreinander stehen sah.
»Ist schon gut, Liebes«, sagte Anna sanft zur Verbiesterten. Der Verbiesterten klappte die Kinnlade auf und zu. »Ach so, ja dann«, stammelte sie schließlich.
»Wir werden jetzt spazieren gehen, Liebes«, sagte Anna in unverändertem Ton zu der armen Hrosvilt, die die Welt nicht mehr verstand.
»Ich werde euch heute nicht helfen können. Entschuldige, wenn ich dir Umstände mache.«
»Nein, nein.« Hrosvilt stand wie vom Donner gerührt. »Macht ja nichts«, brachte sie hervor.
»Komm, Walther«, sagte Anna.
Hand in Hand traten sie zur Tür hinaus. Es war warm draußen, die Sonne stand schon hoch. Es war wirklich Frühling, ein Tag wie erfunden. Schwalben, Bienen, grünes Laub. Sogar das Dorf wirkte freundlicher als vorhin, nun als sie gemeinsam gingen.

»Hast du Sorgen, was die Leute sagen könnten?«, fragte er sie. Anna schüttelte lachend den Kopf: »Lang nicht mehr. Du?«
»Nein, lang nicht mehr.«
Aber die Leute gafften trotzdem, als kriegten sie es bezahlt. Was war das auch für ein Anblick! Sie sahen die fromme Alte aus der Schänke Hand in Hand mit einem hoch gewachsenen Fremden gehen, und der Tratsch wuchs wie ein Hefeteig am Ofen. Was tat die Jungfer Anna da? Und wer war der Fremde wirklich, von dem einige behaupteten, er wäre ein Pilger, andere, er wäre Annas lang verlorener Bruder, und wieder andere, er wäre der Rückkehrer vom Vogelweidhof, der ehemalige Kebsenjunge von der Burg, der vor Jahren nach Wien gezogen sei und dort ein Dichter geworden war.
Der Schmied kochte vor Eifersucht, als er die beiden über die Dorfstraße gehen sah. »Was für eine Schande!«
»Das schickt sich doch nicht«, zischelten die Frauen, »in der ihrem Alter Hand in Hand.«
Aber Walther und Anna gingen weiter durch das vor ungebührlicher Überraschung erstarrte Dorf, gingen schweigend, wie Verliebte in einer Legende durch einen Rosenwald, hörten scheinbar nicht das Geifern und Fauchen der Rosen, spürten nicht die Dornen aus Neid und Konvention, die sie streiften.
Am Dorfausgang fragte Walther nur, als wäre es sowieso abgesprochen: »Auf die Wiese?«
»Wenn wir's schaffen«, antwortete Anna und lachte, die Augen von früher glänzten.
»Was für ein langer Weg«, redete sie dann erst wieder, als sie rasteten. Sie schafften es nicht bis ganz hoch auf die Wiese, nur weit genug weg vom Dorf. Sie waren allein.
»Mir reicht's auch«, sagte Walther.
»So«, fing sie dann an, »jetzt bist du da. Es ist etwas geschehen, nicht?«

»Wieso sagst du das?«
Sie rupfte einen Grashalm aus und rollte ihn leicht zwischen ihren abgearbeiteten Fingern: »Ich hab oft von dir geträumt. Und im letzten Herbst hab ich dich an einem Totenbett gesehen.«
Er nickte: »Dietrich«, sagte er. Anna wiederholte leise den Namen. Sie lächelte ihn an.
»Ich hab dich nie vergessen. Nicht einen Tag. Am Anfang habe ich dich vermisst, da war es schlimm. Am Anfang habe ich mich manchmal gequält, ob es nicht einen anderen Weg für uns hätte geben können. Ich habe mir vorgestellt, wir hätten heiraten und Kinder haben können. Du wärst hier geblieben oder eben wiedergekommen. Ein Haus, ein Leben, für das man nicht schräg angesehen wird.« Sie ließ den Grashalm los und sah ihm zu, wie er fiel. »Aber dann wusste ich ja auch, dass es nicht gegangen wäre. Mit dir nicht und mit mir schon gar nicht. Die Geister meiner Familie haben jahrelang keine Ruhe gegeben in meinem Kopf.«
Walther schluchzte lautlos, er machte sich keine Mühe, es zu verbergen. So viele Jahre. So viele Gedanken. So viel Verschwendung.
»Dann kam eine Zeit«, fuhr Anna fort, »in der hab ich versucht, keine Gefühle mehr zu haben. Die Kirche ansehen ohne Angst, Kinder ansehen ohne Neid, Männer ansehen ohne Fragen. Es ging. Als die Tante und dann der Onkel schließlich gestorben sind, habe ich mir überlegt, die Schänke allein weiterzuführen, da hatte ich Beschäftigung. Das ging auch. Bis vor ein paar Jahren, da hat mir das Heben zu viel Mühe gemacht. Seitdem sind Hubil und Hrosvilt bei mir; und ich wohn' jetzt oben bei ihnen im Haus. Ich tu vor mir selber so, als wären sie meine Kinder, manchmal. Wir hatten hier einen Krieg, nicht lange nachdem du gegangen warst, da ist aber nichts passiert, außer den deinen, weißt du das?« Er nickte.

»Gott, was für eine lange Zeit. Jetzt, wo du da bist, kann ich gar nicht glauben, wie ich drauf gewartet habe, all die Gebete, all die Dinge, die ich heimlich am Abend gesagt habe, von denen ich gehofft habe, dass du sie hörst. Wenn du geblieben wärst, Walther, ich weiß nicht, ob ich dich all die Jahre so geliebt hätte, wie während du weit weg und wer weiß wo warst.« Sie lachte auf, aber Walther konnte sie nicht mal ansehen. Anna hatte den Handel eingehalten, an jedem Tag. Und er hatte alles verdorben, sein eigenes Leben und das geschenkte, das sie ihm gegeben hatte.

»Wir haben manchmal von dir gehört, dass du ein berühmter Dichter wärst, bei Herrschaften und Königen und so. Einmal hat sogar einer ein Lied von dir im Wirtshaus versucht zu singen, aber er hat den Text nicht richtig zusammengebracht. Was mit Heide und Linde, hat mir gefallen. Ein Liebeslied, glaube ich.«

Es wurde sehr warm unter der hoch stehenden Sonne.

»Und in den Träumen hab ich dich oft gesehen, du hast nie besonders glücklich ausgeschaut, aber es war immer jemand an deiner Seite, dafür hab ich gebetet, dass immer wer da wäre, bei dir, wenn du es nicht allein schaffen könntest. Und ich wusste, dass du noch mal herkommen würdest. Die letzten Jahre war das Warten auch nicht mehr schwer. Man gewöhnt sich ja. Es ist nur schwer, wenn man's damit verwechselt, etwas zu erwarten oder wo drauf zu hoffen. Sieh mich an, Walther.«

Ihre Stimme klang ganz freundlich, hell, tröstend, in der Stimme und in den Augen war sie wie damals. Und in den Worten, die so viel mehr verstanden vom Leben, das sie nicht gehabt hatte, als er. Er schämte sich nicht für seine Tränen, die Scham würde kommen, wenn er reden müsste. Er sah sie an, ihre Runzeln im unbarmherzigen Sonnenlicht, die kleinen Punkte des Alters auf der Haut, die blauen Adern an den Schläfen.

Sein Apfelmädchen, seine weißeste Wolke an einem Tag im Frühling.
Was sah sie?

Und da küsste er sie. Er hatte nicht darüber nachgedacht, es nicht geplant, er tat es nicht, um Zeit zu schinden oder nicht reden zu müssen, nicht mal, weil sie es vielleicht erwartet hätte. Er musste sie küssen, weil er sie liebte, mit seinem unerfahrenen, schweren Herzen, das nichts im Leben konnte und doch so viel in Worten. Aber jetzt hatte er keine Worte. Jetzt hatte er nur diesen Kuss, vorsichtig, schüchtern und wahr. Sie hatte keine Rosenlippen mehr wie das Mädchen in seinen Liedern, das ewig jung und ewig erfunden blieb, ihre Wangen waren eingefallen und sie war alt. Aber er liebte sie.
Er sah sie an, wie die Freunde in seinem Leben ihn angesehen hatten, voller Kenntnis, Vertrauen und Dankbarkeit, der Blick von Enzo, von Bischof Wolfger, Vater Martino, von Dietrich, Annas Hilfstruppen der Liebe. Sie hielt ganz still.
Es war kein leidenschaftlicher Kuss, es war kein Auftakt. Es war ein Kuss des Zuspätkommens, des Vergeudeten, der ungenutzten Möglichkeiten, eine kurze Berührung dessen, was für sie beide nicht hatte sein dürfen.
Dann musste er reden.
»Anna«, versuchte er es, »ich hab so Angst, aber ich muss es dir sagen. Ich glaube, ich hab unsern Handel nicht eingehalten wie du. Ich hab das Leben nicht gut gelebt, wie du es gewollt hättest. Mein Leben lang bin ich mit mir selbst im Streit gelegen; und mit so vielen andern.«
Sie nickte, jetzt war es an ihr zu weinen.
»Ich hab nichts zuwege gebracht, war immer unterwegs, immer wütend, immer unzufrieden. Ich hab kein Haus, kein Geld, ich hab nichts mehr, wie ich jetzt hier sitze,

nicht einmal eine Zukunft, in der sich das ändern könnte. Ich bin mit nichts gegangen damals, und mit weniger bin ich zurückgekommen.« Er schloss die Augen. »Du hast mir so viel geschenkt, Anna, und ich hab's verschwendet, an Zorn, Hoffart und Wirrnis. Ich hab nicht mal ein Recht, dich um Verzeihung zu bitten.«

»Ach, Walther, was für ein Unsinn.«

»Doch, Anna, es stimmt. Ich hatte mein Leben lang nur kalte Füße, ein schweres Herz und keinen Plan, der sich erfüllt hätte. Und von allem, was ich mal dachte, dass ich es hätte, bin jetzt nur ich übrig geblieben, wie ich hier sitze.«

»Was du so redest«, sagte sie schließlich. Sie lehnte den Kopf an seine Schulter, sodass er ihr Gesicht nicht sehen konnte, als sie wieder anfing zu reden. Hin und wieder zog sie die Nase hoch.

»Als wir diesen Handel miteinander geschlossen haben, Walther, da war ich nicht edel oder was du dir vorstellst. Jetzt ist es anders, jetzt komme ich zurecht. Aber damals! Ich war ein völlig verängstigtes Ding. Ich hatte zu viel Schreckliches erlebt, um selbst auch nur noch einen Schritt vor die Tür zu machen. Ich war wie ein Igel. Wenn sie mich gelassen hätten, wäre ich ins Kloster, auch wenn ich wusste, dass ich da nicht mehr als eine Scheuerfrau oder Bedienerin gewesen wäre. Aber das ging ja nicht. Und ich wäre so gerne wütend gewesen, auf sie alle, auf die Schwester, meine Eltern, mich so allein zu lassen in dieser Schande. Auf die Tante, die mich wie ein Maultier hat schuften lassen und mir nie einen Lohn gezahlt hat, die ganzen Jahre nicht. Aber es ging nicht, ich hatte keine Wut. Du schon.« Jetzt sah sie ihn an.

»Ich wollte mir deine Wut stehlen, Walther, dass du es allen zeigen solltest für mich. Der Kirche, den Leuten, allen. Und das hast du. Ich wollte kein Haus, kein Geld. Ich wollte nur, was du immer hattest. Mut, Freiheit – Sand in

den Schuhen, so hast du doch gesagt, nicht? Ich hab immer die Pilger gefragt, die kamen, ob sie Sand in den Schuhen hätten.«
»Mein Vater hat das immer gesagt, ich weiß gar nicht, wo das herkommt«, murmelte er abwesend, als hätte er nur diesen Teil verstanden.
Sie griff nach seinem Kinn und drehte sein Gesicht zu sich her. »Deinetwegen hab ich überlebt, Walther. Weil ich wusste, du bist da draußen, und du zeigst es ihnen. Weil ich wusste, da ist einer, der spuckt auf die Lösungen und den lieben Frieden und all die Lügen. Der will nicht gut sein, nicht geliebt werden, nicht beschützt werden! Verstehst du das? Und den Glauben, den hab ich immer gehabt. Wer von dem was gibt, wovon er viel hat, der tut nur, was sich gehört. Du hast deinen Handel ehrenhaft gehalten. Wir beide. Ich finde, alles in allem haben wir es gut gemacht.«
»Meinst du?«, fragte er ungläubig.
Anna nickte.
»Ich habe gedacht, du hast etwas ganz anderes gemeint«, sagte er verwirrt. »Ich dachte, du wolltest vielleicht Reichtum oder Kinder oder Ruhm, obwohl – Ruhm hab ich schon ein bisschen. Jedenfalls an den Höfen. Nur nicht immer guten Ruhm.«
Die alte Frau, die einmal das Mädchen Anna gewesen war, lachte: »Walther, ich habe viel über dich nachgedacht, seit du weg warst. Es war mir schon klar, dass du nicht wissen konntest, was ich wollte. Du kannst es einfach nicht mit den Menschen. Wie solltest du da wissen, was sich jemand anderes wünscht. Nicht mal für dich selber hast du's gewusst.«
»Ich kann es einfach nicht mit den Menschen«, wiederholte er vorsichtig.
»Na ja«, sagte Anna und zuckte die Schultern.

»Aber, wenn du das gewusst hast, dann hast du mich verstanden. Und dann hast du auch noch mehr verstanden. Wieso hast du den Handel gehalten? Wieso hast du's nicht gehen lassen und dir was anderes geholt?«
»Warum hast du nicht was anderes gemacht?«
»Ich konnte nicht«, sagte er. »Ich wusste oft, dass es nicht gut war, aber ich konnte nicht. Es war, als ob mich irgendwas bei der Leine hätte.«
Anna lächelte: »Na, und mich eben auch.«
Walther gab sich nicht zufrieden: »Ich hab immer gedacht, das ist der Teufel, der mich hält. Aber über dich, da hätte der Teufel keine Macht gehabt.«
»Ich denk auch gar nicht, dass es der Teufel war.«
»Wer denn dann?«, fragte er, zum ersten Mal wirklich auf der Suche nach einer Erklärung hinter den Worten. Worte waren nicht mehr genug. Sie steckten ebenso voller Lügen und Hoffnungen wie das Leben und die namenlose Wahrheit dahinter, die sie so unzureichend zu beschreiben versuchten.
»Ich war das selber«, sagte Anna schlicht. »Ich hab mich an der Leine gehabt und dahin geführt, wohin ich vielleicht nicht hätte gehen sollen. Und du warst das auch, für dich.«
»Meinst du das im Ernst?«
»Ganz im Ernst.«
Ihm wurde heiß. »Aber weswegen sollte ich das denn getan haben, weswegen solltest du das denn getan haben?« Sie griff nach seiner Hand, um ihn im Angesicht dieser drohenden Erkenntnis zu beschwichtigen: »Ich weiß nicht. Vielleicht, weil ich's nicht sehen konnte, als ich jung genug war, es zu ändern, und weil ich jetzt, wo ich's sehen kann, mich nicht mehr drüber ärgern kann. Es ist eben so.«
Er riss seine Hand von ihr weg, als hätte sie versucht, ihn zu fesseln.
»Es ist eben so?«, brüllte er über die ruhigen Bergwiesen.

»Alles, die Mühe und die Einsamkeit und die Fragen und das alles mit Dietrich, mit seiner Familie, die Lügen, immer die Lügen, und das ist alles? Das ist eben so.« Ein flatternd-leises Echo seiner Stimme kehrte mit Fetzen seiner Wut zu ihnen zurück.
»Ich weiß es ja nicht.« Anna sah in ihre Hände, erwartungsvoll wie Schalen geöffnet, aufzufangen, was Weniges dieses grausame Leben ihr zu geben hätte. »Ich denk es mir nur, weil sonst so vieles anders sein müsste. Und wir beide, wir hätten auch anders sein müssen.«
»Anders«, äffte er, aber er konnte nicht verhindern, dass diese Erklärung in all ihrer Einfachheit ihm wohl tat, den Stachel so vieler Gedanken aus seinem Geist zog.
Sie suchte wieder seine Finger, und diesmal überließ er sie ihr. Stünde etwas schlimmer, wenn es so wäre? Wenn es für all seine Fragen, seine Zweifel, die verworrenen Wege, die vielen Straßen, die ihn nirgendwohin geführt hatten, keine andere Antwort gäbe als die Erkenntnis dessen, dass sie gewesen waren? Dass er gewesen war, was er war, weil es nicht anders gegangen war? Er fühlte ihre schwieligen Hände mit den breiten, verwaschenen Fingern, den harten, hufartigen Fingernägeln, Hände, die in sich selbst eine Antwort waren.
»Ich habe Angst vor dem Tod«, gestand er ihr und überraschte sich selbst am meisten damit.
»Das musst du nicht«, antwortete sie, gab ihm aber keine Gründe an.
Eine sehr lange Zeit saßen sie im Schweigen, in der ungewohnten Gegenwart des anderen, sahen die sich verändernden Wolken, das Sinken der Sonne, die wachsenden Schatten.
Kurz bevor es schließlich dämmerte, sprach Anna das erste Mal wieder: »Das ist jetzt unsere Zeit, Walther, so sind wir. Kurz vor der Nacht, gerade noch genug Licht, um alles

einmal so zu sehen, wie es ist. Aber man kann nichts mehr daran ändern. Der Tag ist vorbei.«
Er fühlte es auch.
»Ist unser Handel nun vorbei?«, fragte er.
Anna lehnte ihren Kopf an seine Schulter: »Wir sind schon lang jenseits des Handels, mein Liebster.«
Es war schön, dass sie ihn so nannte, keine Frau hatte ihn je so genannt. Es war in diesem Augenblick der einzige Name, der ihm wert schien, getragen zu werden, so viel mehr wert als Dichter, als Nachtigall, als Lehensherr.
»Wann gehst du zurück?«, fragte sie da.
»Willst du, dass ich wieder gehe?«
»Natürlich.«
»Wieso natürlich? Ich könnte doch auch hier bleiben, bei dir.«
»Nein«, sagte sie nur. »Das sind wir nicht gewohnt. Das ginge nicht gut.«
»Dann gehe ich morgen«, antwortete er, er war nicht mal beleidigt, vielleicht musste es so sein. Anna sollte entscheiden. Ihre Entscheidungen waren von jeher immer so viel besser gewesen als seine.

Wenn ich ein anderer gewesen wäre …

Wenn ich ein anderer gewesen wäre, hätte ich mich nicht so einfach wegschicken lassen. Ich hätte darauf bestanden, auf dieses letzte bisschen Glück, die paar Jahre. Die hätte ich mir nicht nehmen lassen. Denn inzwischen wusste auch der, der ich war, dass ich bei ihr bleiben wollte. Dass wir zusammengehörten. Mein ganzes Leben war nur möglich, weil es Anna gab, an die ich denken konnte. Und wenn sie Recht hatte, dann war auch ihres nur möglich, weil es mich gab, so wie ich war. Vielleicht, denke ich jetzt, bin ich am Ende so verkehrt gar nicht gewesen. Immerhin, wie schlecht es gewesen sein mag, wie begrenzt und eng, ich wusste immer, dass ich so war. Und nur wer das weiß, kann versuchen zu lieben. Die anderen treffen ein Hilfsabkommen, ihre Lügen voreinander zu vertuschen. Vielleicht habe ich einfach am Ende angefangen und mein ganzes Leben gebraucht, zu jenem Anfang zu finden, an dem dann doch alles zu spät war. Und nur weil ich das erkannte, ließ ich mich wegschicken. Ich habe mich mein Leben lang nicht an der Ordnung gestört. Was hätte es also geschadet, mit fast sechzig Jahren noch ein Liebender zu werden, der Pläne aufs Heiraten machte? Nichts. Warum ich dann gegangen bin? Weil ich sie liebte. Weil sie es wollte. Weil sie Angst hatte und ich ein einziges Mal stärker gewesen bin als sie, indem ich ging. Weil ich ihr nur diese Ruhe wirklich als Zeichen meiner Liebe schenken konnte, dass sie ihr Leben weiter haben durfte ohne die Störung dieser unordentlichen, späten Liebe. Ich hab es verstanden und Anna

auch. Ich habe sie so sehr geliebt, dass ich ihr die Erfüllung meines sehnlichsten Wunsches – bei ihr zu sein – einfach herschenken konnte, ohne dass es mir schwer fiel. Ich habe ihr schenken können, dass ich sie nun, da ich fühlte, endlich fühlte, jeden weiteren Tag meines verbleibenden Lebens so vermissen würde, als brennte ich im Feuer der Hölle. Ich habe ihr mein Herz geschenkt. Und ich hatte keine Worte dafür. Ich brauche keine Worte mehr.
Sie sind nur Versteckspiele für die Wahrheit, die wir unser Leben lang zu vermeiden suchen und die doch auf uns wartet, am Ende wie am Anfang.
Ich habe aufgehört, jemandes Sohn zu sein.
Ich habe aufgehört, ein Dichter zu sein.
Ich habe aufgehört, die Wahrheit zu sagen.
Ich habe aufgehört, jemandes Freund zu sein.
Ich habe aufgehört, zu wandern.
Ich bin nur ich, Walther, endlich nur Walther, ein wirrer Gast auf dieser seltsamen Erde, die ich zu begreifen und zu beherrschen suchte – erfolglos, so wie jeder andere auch.
Durch Anna habe ich es begriffen. Und wenn auch alles aufhört, dann wird Anna noch da sein, die einzige Wahrheit.
Danke, Anna, danke, dass du mir gezeigt hast, wer ich bin.
Keine Fragen mehr, kein Suchen, keine Worte.
Es endet, wo es begonnen hat, in einem sanften, schützenden Nichts, das uns anlächelt.
Ich bin bereit.

Walther kam erst nach Allerseelen wieder nach Würzburg. Ohne zu zögern, klopfte er in Neumünster an und wurde empfangen wie ein verlorener Sohn. Er war in schlechter Verfassung. Das Haar war ihm gelb geworden von der Unterernährung, er war völlig abgemagert, hustete und spuckte schließlich sogar Blut, als sie ihn im Zuber aufwärmten. Vater Martino ordnete die beste Pflege, die besten Weine, dreimal am Tag fette Brühe und viel gesüßten Brei an.
»Regt Euch bitte nicht auf, Vater«, beschwichtigte Walther den besorgten Abt, der Herrmanns Sorge, Dietrichs Freundlichkeit, Annas Liebe in den Augen hatte. Diese Liebe, die leise und unbemerkt, sacht tretend, jeden Schritt seiner vielen Wege mit ihm gegangen war.
»Ich sterbe noch nicht. Ich brauche noch ein paar Jahre, um über alles nachzudenken.«
»Redet doch nicht so gottlos«, tadelte der Prior. Vater Martino wollte das Wort Sterben nicht einmal hören.
»Es ist ja gar nicht gottlos«, lachte der Kranke, der im Herzen vorsichtig gesundete, »im Gegenteil, seit meiner Jugend hab ich nicht mehr so den Wunsch gehabt, Gott zuzusehen.«
»Ich komme morgen wieder.« Der Abt verließ ihn, ein Opfer seiner Zuneigung und seiner Hilflosigkeit. Es war gut, dass Walther nicht nach einem Spiegel verlangen konnte, er hätte selbst nicht geglaubt, wie er aussah.

Vater Martino kehrte immer wieder, saß für ein paar Stunden am Lager dieses langsam verlöschenden Menschen, der ihm die Wahrheit geschenkt hatte, und hörte ihm zu, hörte die kleinen und großen Geschichten eines Lebens, das sich leise verabschiedete. Je mehr Walther zu sich selbst fand, umso mehr schien er der Welt verloren zu gehen. Der Husten wurde nicht besser, allen Wickeln, Tränken und Kräutern zum Trotz.
»Habt Ihr die Anna getroffen?«, fragte Vater Martino schließlich, weil Walther nicht von selbst damit anfing.
Der alte Dichter nickte.
»Und hat sie sich verheiratet?«
»Die Anna hat sich an den Handel gehalten, Vater. Aber sie trägt mir nichts nach. Sie hat mir alles erklärt. Es ist nicht mehr schlimm, was mit meinem Leben war.«
»Ach so?« Der Abt fühlte sich fast ein bisschen eifersüchtig, dabei wollte er so gerne erleichtert sein. Walther sagte nichts mehr dazu.
»Na, werdet nur erst mal wieder gesund«, sagte Vater Martino schließlich bloß, wie immer, wenn er ging.
Walther starb nicht, aber er gesundete auch nicht. Im Winter, der seiner Heimkehr ins versagte Lehen folgte, saß er meist still am Feuer. Er sprach nicht mehr viel, blieb aber von dieser geradezu unheimlichen Sanftmut, die er nach seiner Ankunft gezeigt hatte. Der wütende Dichter, der sich anlegte und kämpfte, war verschwunden. Sein Acker war endlich bestellt worden. Nun, da es zu spät war und doch zur rechten Zeit, war Walther Walther geworden.

Das Frühjahr kam, dann der Sommer, ein neuer Winter, aber es ging nach wie vor nicht besser. Vater Martino, bedrängt von seinen Oberen ob seines Gastes, kam schließlich auf Walther zu mit der verlegenen Bitte um ein paar erbauliche Lieder. Man stellte es sich besonders passend vor,

wenn der Dichter die Kreuzzüge zu seinem Alterswerk erheben würde, hatte man Vater Martino sagen lassen. Der gab es mit Unbehagen an Walther weiter.
»Wenn es Euch hilft«, antwortete Walther nur und schrieb ein paar Lieder über diese Welt da draußen, die ihn nichts mehr anging, die er nicht mehr hasste, die er nicht mal mehr sehen wollte. Er lieferte sie selbst im Zimmer des Abts ab.
Vater Martino bedankte sich mit schlechtem Gewissen.
»Sicher ist dies alles nicht angenehm für Euch«, versuchte er eine Entschuldigung. Der große Dichter, der fast vergessen hatte, dass er einer war, wischte den Einwand fort: »Ich bin Euch sehr für Eure Gastfreundschaft verpflichtet, Vater Martino«, antwortete er nur. »Da gibt es gar keine Fragen.« Dann zog er noch ein sorgfältig gefaltetes Pergament hervor.
»Ich habe noch etwas auf dem Herzen«, sagte Walther. »Ich habe hier einen Brief.«
Vater Martino hob erstaunt die Brauen. »An den Kaiser?«, fragte er ehrfürchtig.
Walther lachte. »Der Kaiser geht mich nichts mehr an. Der Brief ist für Anna.«
»Vergebt mir, Herr Walther, aber ich kann es nicht rechtfertigen, für die Anna einen Boten den weiten Weg zum Ried zu schicken.«
Walther schüttelte den Kopf. »Der Brief ist nicht für jetzt. Und es eilt auch nicht. Aber wenn ich tot bin und es ziehen mal ein paar Pilger nach Rom, dann lasst sie ihn mitnehmen. Könnt Ihr mir das versprechen?«
Er lächelte und ging.

Die Flamme von Walthers Lebenslicht flackerte nur dünn, aber er lebte, wie er gesagt hatte, noch ein paar Jahre. Im Sommer saß er meist im Gärtchen des Innenhofs und

sah den Ameisen, Bienen und Schmetterlingen zu, oft lächelnd, manchmal sehr ernst.
Er sprach nicht viel. Der Husten ließ ihn nachts nicht schlafen, er war immer müde, schlummerte nur kurz ein und hatte wohl oft auch schwere Träume, über die er aber nicht sprach. Er war sparsam mir den Worten geworden.
Wenn Vater Martino und er zusammensaßen, dann im Schweigen. Der Abt war voller Sorge, der Dichter undurchschaubar.
»Wisst Ihr, Vater«, sagte er dann plötzlich eines Abends, »man sagt, Gottes Liebe hält uns alle. Aber manche, die fallen vielleicht durch das Netz des Fischers oder fliegen davon.«
»Redet Ihr von Euch, mein Freund?«
»Von meinem Vater eigentlich, ich glaube nicht, dass ihn etwas gehalten hat in dieser Welt. Und meine Mutter auch nicht. Jetzt denke ich, sie sind beide durch die Maschen dieses Netzes gefallen.«
Vater Martino war sehr bewegt. »Vielleicht ist es ja anders, als wir es denken«, sagte er leise und hoffte, die richtigen Worte zu finden. »Vielleicht ist diese Hand, die uns hält, ja so zart und leicht, dass wir in ihr sogar fliegen können oder eben fallen, während sie uns dennoch hält.«
Walther sah überrascht auf und lächelte: »Eine sanfte Hand, in der man fliegen kann. Das gefällt mir. Ich werde daran denken.«
Der Abt wollte ihn nicht so schnell wieder verlieren: »Woran ist Euer Vater doch noch mal gestorben? Hat er eine Vergebung erhalten, zuvor?«
»Am Fieber, er hat sich an einem Rechen einen Splint eingezogen. Dann ging alles ganz schnell. Es war zu nichts Zeit.«
»Und Eure Mutter?«
Walther zuckte die Schultern. »Ich war nicht da.«

Vater Martino wollte gerne etwas tun, das Thema zu verbannen, das den Tod näher herankommen ließ: »Ich werde für beide ein paar Messen lesen lassen.«
»Danke schön, Vater, Ihr seid sehr großzügig.« Walther wurde wieder still und kehrte sich nach innen.
Stirb nicht, wollte der Abt schreien, geh nicht weg, lass uns nicht allein. Aber er sagte nur: »Werdet erst mal wieder gesund. Und wenn ich sonst etwas tun kann ...«

Der Tod kam im sechsten Winter nach seiner Rückkehr, und für niemanden war er eine Überraschung. Walther spuckte nun fast ununterbrochen Blut und war so ausgezehrt, dass er nicht mal mehr allein sitzen konnte. Die fette Brühe und die anderen feinen Speisen, die ihm Vater Martino immer noch schicken ließ, konnte er nicht mehr zu sich nehmen. Nur hin und wieder einen Schluck Wasser, das war schon alles.
Vater Martino verordnete jeden abkömmlichen Mönch zu Dauergebeten für Walther. Und die Mönche, die wussten, dass die Zeit des alten Mannes lang gekommen war, waren bekümmert für ihren Abt, der das Sterben nicht riechen, nicht hören, nicht sehen wollte. Er redete stur von einer »bedauerlichen vorübergehenden Verschlechterung« und sagte: »Na, wenn es erst wieder heller wird, dann kommt er schon gleich auf die Beine.« Niemand widersprach seiner falschen Hoffnung, weil er sowieso selbst wusste, dass er sich etwas vormachte.

Er starb schließlich kurz vor Weihnachten.
Walther hatte seltsame Träume, Gestalten ohne Körper, die zu ihm in unverständlichen Lauten redeten, ihn manchmal ängstigten. Und immer wieder der fischartige Mönch, den er von früher kannte, der ihn lockte, auf ihn zuzugehen. »Na, komm schon, es ist nur ein Schritt, es ist so leicht

zu gehen«, zwitscherte er schillernd. Aber Walther glaubte ihm nicht.

Keuchend wachte er aus einer dieser Visionen auf. Es war mitten in der Nacht, wohl noch vor der Nocturnis. An seinem Bett saß ausgerechnet Bruder Carolus, der feiste Mönch, der ihn hasste. »Braucht Ihr was?«, fragte er unwillig.

Walther hustete. Überall sah er fließende Schatten, Farbsprengsel, die Kammer, in der er lag, war verhangen von Zwischenwelten, die niemand außer ihm zu sehen schien. Seine ausgehöhlten Wangen waren heiß und rot vom Fieber.

Bruder Carolus wollte nicht derjenige sein, unter dessen Händen dieser Dichter starb. »Soll ich den Abt holen?«, fragte er mit unwilliger Furcht in der Stimme. Er flüsterte nur, und doch schien es Walther unerträglich laut, wie der Mann redete.

Neue Farbenwellen spülten über ihn hinweg, noch unerklärlicher; sie rührten kleine Strudel der Sehnsucht in seinen dauerhaften Schmerz, der ihm die Brust abdrückte. Er sagte etwas.

»Was?«, schnappte Bruder Carolus, der es jetzt mit der Angst bekam, und beugte sich herab.

»Sie müssen sie mich doch sehen lassen, wenn ich dort bin, nicht?«, wisperte der Sterbende mit trockenen Lippen.

»Wenn ich da bin, das müssen sie mir doch erlauben ... Das muss doch sein, oder? Ich muss sie doch sehen dürfen?«

Bruder Carolus schrie in Panik auf den stillen Gang hinaus, dass man den Abt holen lassen sollte, aber es dauerte, und er blieb allein mit Walther, musste diesem Mann seine Hand reichen, damit er sich im Sterben daran festhalten könnte, an der Hand eines Fremden, der seine Wahrheit hasste.

Walthers Finger waren kalt wie Eis, aber er umfasste den

feisten Mönch ganz fest, mit der letzten Kraft des Lebens: »Es ist doch seltsam«, hauchte er, »als Kind, da mochte ich es gar nicht, wenn man mich anfasste. Aber ich weiß nicht mehr, warum.«

Vater Martino kam zur Tür hereingestürzt: »Walther!«

Der Sterbende richtete die ewig seltsamen Augen auf den, der ihn nicht mehr retten konnte, egal wie sehr er es wünschte.

Die Farben nahmen nun fast den ganzen Raum ein.

Alles löste sich auf. Der feiste Mönch, der ihn nicht mochte, der traurige Abt, der ihn liebte, das Lehen, das er nicht bekommen hatte, das Leben, das er nicht verstanden hatte – es war eins. Alles verlor seine Form, seine Bedeutung. Es würde nur noch einen Augenblick dauern, wusste Walther, dann wären auch die Worte verloren. Er gab sie sogar fort. Und da verstand er etwas, noch ganz kurz, bevor auch das Verstehen ohne Bedeutung war. Er wollte es Vater Martino gerne sagen, aber der letzte Schritt riss ihn schneller fort, als er gedacht hatte, ihn zu gehen war indes leicht wie ein Flügelschlag.

»Was hat er gesagt?«, flüsterte Bruder Carolus.

Vater Martino weinte: »Eine Hand, in der man fliegen kann«, wiederholte er die letzten Worte des Toten.

Bruder Carolus war mit einem Mal leer, sein über Jahre genährter Hass verschwunden mit Walthers letztem Atemzug. »Ich rufe die Brüder, dass sie ihn waschen«, teilte er seinem Abt mit.

»Er ist nicht tot«, schluchzte Vater Martino. »Er ruht doch nur. Das kann man doch sehen. Er wird gleich wieder gesund. Im Frühjahr, da …« Das Weinen machte ihn stumm.

Bruder Carolus stand da und schwieg. In seinem Kopf waren Gedanken an Wahrheit.

Den ganzen Tag ließ der Abt niemanden zu Walther hinein. Er behauptete immer weiter, dass der Sänger nur schliefe, auf dem Weg der Genesung sei. Aus Walthers Mund und Nase war viel Blut gelaufen in der ersten Stunde nach seinem Tod, und Vater Martino wischte es mit seinem Ärmel fort, um es nicht begreifen zu müssen.

Am Abend endlich konnte er es dann zugeben, aber er bestand darauf, den Toten selbst zu waschen und herzurichten. Bruder Carolus half ihm dabei. Er konnte nicht mehr verstehen, dass er diesen dürren Haufen Knochen einmal gehasst hatte; eher verstand er nun seinen Abt, der um ihn weinte wie um einen Bruder.

Die ganze Nacht blieben sie bei ihm, in stumme Gebete gehüllt, um Glauben ringend und um Erkenntnis. Jedoch die Zeit tropfte nur zäh und unaufhaltsam wie schmelzendes Wachs und gab keine Antworten.

Am nächsten Morgen, bevor sie ihn beerdigten, versammelte Vater Martino, obwohl er noch immer kaum sprechen konnte, sämtlich die Brüder seines Klosters.

»Zwei von euch müssen nach seiner Heimat reisen«, sagte er, »um dort einen Brief zu bestellen. Und ihr müsst gleich aufbrechen, auch wenn Winter ist.«

Bruder Carolus verstand nicht, wieso sich seine Hand hob. Er verstand auch nicht, dass seine Stimme rief: »Bitte, Vater, lasst mich gehen.« Vater Martino nickte.

Ein ganz junger Mönch, erst seit ein paar Wochen in Neumünster, meldete sich ebenfalls. Er wollte was von der Welt sehen und fand, es wäre eine gute Gelegenheit, herumzukommen, auch wenn es unterwegs sicher sehr kalt werden würde. Man schickte die beiden packen.

»Was war denn dran an dem Alten da?«, fragte der junge Mönch leise auf dem Gang. »Der hat doch nur ewig im Bett gelegen und gehustet, oder?«

Bruder Carolus blieb stehen und sah den jungen Mann

kurz an: »Das war Herr Walther von der Vogelweide«, sagte er dann. »Wer den vergäße, der täte mir leid.«
Sie brachen am Nachmittag auf.

Walther wurde neben Dietrich im Gärtlein beerdigt, an der Mauer, wo die Morgensonne hinschien. Sie setzten ihm keinen Stein, es wurden erwartungsgemäß keine Gelder dafür bewilligt.
Vater Martino aber ging jeden Tag hin.
»Eine Hand, in der man fliegen kann«, sagte er dann und lauschte den Worten nach. Er brachte immer eine Schale mit Wasser, und meist streute er auch Körner aus, dass Vögel kämen und eine kurze Zeit tröstlich auf Walthers Grab verweilten, bevor sie dann wieder weiterflogen.

EPILOG

Der verbrannte Brief

Würzburg 1228 im Herbst

ich hab nie sagen können, was wichtig war. ich hoffe darauf, dass du, so großzügig wie du mir immer gewesen bist, auch diesmal verzeihst, dass ich nicht die worte finde, die sein müssten.
ich hab so viel haben wollen, gierig, ausschließlich; und das, was ich dann bekommen hab, hab ich schon nicht mehr gewollt. ich bin ins leere gegangen, blind und doch voller überzeugung, dass es das reich gottes auf erden wäre. ich wollte etwas in der ganzen christenheit verändern und habe nicht mal meinen weg ändern können, als ich gesehen habe, dass er falsch war.
ich bin nur noch weitergegangen, weil es immer andere wege gab, die aber alle im kreis führten.
heute habe ich nur einen wunsch übrig. von dem weiß ich, der wird mir nicht vergehen. ich wünsche mir, dass wir uns wiedersehen, damit ich von dir all das lernen kann, was ich nie gekonnt und nie versucht habe.
das warten, das bleiben.
ich möchte dich sehen, wie eine blüte, die im wasser schwimmt und einer anderen begegnet, frei, tanzend im strudel des stroms.
zwei blumen, die nebeneinander treiben, die einander nur dadurch festhalten, dass sie den gleichen weg haben, und dass sie das wissen, ohne worte.

meine worte sind vorbei, anna.
in meinen gedanken schwimmen nur noch die beiden
blüten im wasser, eine du, eine ich.

wenn ich die augen schließe, sehe ich dich.
und in meinen leeren händen trage ich mein müdes herz.
verzeih mir und rette mich, so wie du es mein ganzes
leben getan hast.

nichts, kein lied der welt, klingt so schön wie deine stille.

»Die Morde sind in alter Wikingertradition inszeniert …«

HR

Viola Alvarez
DAS HERZ DES KÖNIGS
BLT
512 Seiten
ISBN-10: 3-404-92187-9
ISBN-13: 978-3-404-92187-4

Aus den Epen des Mittelalters kennt man ihn als gehörnten Ehemann im Gefolge von Tristan und Isolde. Viola Alvarez erzählt die Geschichte von Marke, dem legendären König von Cornwall, neu. Befallen von einer unerklärlichen Starre, liegt der König in seiner Burg Tintâgel und wartet auf den Tod. Gequält von Erinnerungen – schrecklichen und schönen – lässt Marke sein Leben an sich vorüberziehen: seine harte Kindheit in der Bretagne, seine Zeit als mächtigster Herrscher der Britischen Inseln, seine Zwangsheirat mit der naiven Isolde und seine Begegnung mit Brangaene, der großen Liebe seines Lebens, die eines Tages auf mysteriöse Weise verschwindet …

BLT

»Murray macht keinen Unterschied zwischen privater und öffentlicher Tragödie, er erzählt nur großartige Geschichten.«

DIE WELT

John Murray
KURZE NOTIZEN
ZU TROPISCHEN
SCHMETTERLINGEN
BLT
416 Seiten
ISBN-10: 3-404-92195-X
ISBN-13: 978-3-404-92195-9

Zwei Brüder ertrinken auf hoher See, eine Schwester stirbt als Kind einen verdächtigen Tod, ein Vater und sein Sohn werden zufällig Zeuge der Untreue der Ehefrau und Mutter, eine Mikrobiologin entdeckt, dass sie schwanger ist, und trifft inmitten einer Cholera-Epidemie den Mann, der der Vater ihres Kindes werden könnte … John Murrays Geschichten sind leidenschaftlich. Sie erinnern uns daran, was Menschlichkeit ist. Sie erzählen von der Macht der Erinnerung. Und von den wenigen wirklich wichtigen Momenten im Leben.

»Ein packender Florenz-Roman, der den Leser mit Sinnlichkeit und Spannung verführt!«

KÖLNER STADTANZEIGER

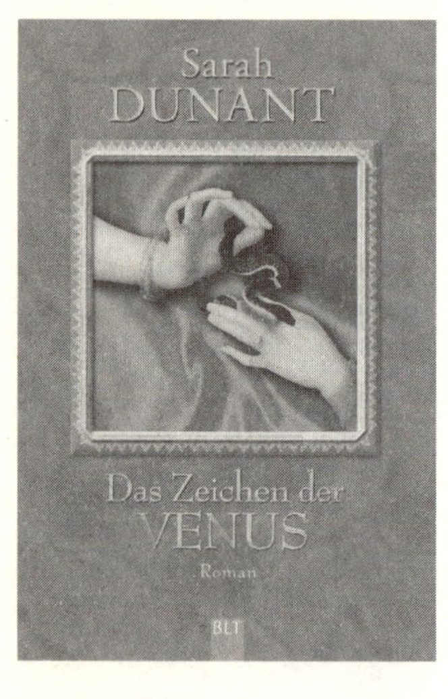

Sarah Dunant
DAS ZEICHEN DER VENUS
BLT
512 Seiten
ISBN-10: 3-404-92212-3
ISBN-13: 978-3-404-92212-3

Florenz, 1582. Als die Nonnen von Santa Vitella Schwester Lukrezia für ihre Beerdigung herrichten, machen sie eine verstörende Entdeckung: Eine tätowierte Schlange ringelt sich über den Leib der Toten – der Kopf des Reptils zeigt das Gesicht eines jungen Mannes …

»Verführerisch, gefährlich – der bisher brillanteste Roman über Florenz in seiner dramatischsten Zeit.«

Simon Schama

BLT

Philosophisch. Psychologisch. Mystisch. Erotisch. Sinnlich. Unglaublich, was ein Kriminalroman alles sein kann!

David Lambkin
DUNKLER JASMIN
Roman
560 Seiten
Gebunden mit Schutzumschlag
ISBN-10: 3-7857-2197-8
ISBN-13: 978-3-7857-2197-1

Als der englische Komponist Richard Turnbull erfährt, dass seine zwanzigjährige Tochter Pia in Kenia vermisst wird und möglicherweise ermordet wurde, fährt er voller Unruhe nach Mombasa. Pias Spuren führen auf die malerische Insel Peponi, wo, unabhängig von der kenianischen Regierung, ein gelangweilter, sexbesessener Sultan herrscht, der sich Frauen mit Drogen gefügig macht. Auch einige zwielichtige Europäer wohnen auf der paradiesisch anmutenden Insel. Bei seinen Nachforschungen stößt Richard auf eine Mauer des Schweigens. Dann findet er im Sultanspalast ein Video, auf dem seine Frau Jane in kompromittierender Weise zu sehen ist – und gerät selbst in Lebensgefahr…

Gustav Lübbe Verlag

*»Eine wunderbare Liebesgeschichte.
Ein Stück weltbewegende Fotogeschichte.
Ein Roman, der den Leser von der ersten
bis zur letzten Seite
fesselt.«*

HAMBURGER
ABENDBLATT

Mirjam Wilhelm
DIE LIEBENDEN DES LICHTS
BLT
544 Seiten
ISBN-10: 3-404-92222-0
ISBN-13: 978-3-404-92222-2

Sie könnten unterschiedlicher nicht sein: die Fabrikantentochter Gerta Taro und der Kommunist Robert Capa. Sie träumt vom Luxus. Er träumt vom Fotografieren. Als sie im Paris der dreißiger Jahre aufeinander treffen, werden sie ein Liebespaar, dessen Leidenschaft so groß ist wie alle Gegensätze. Ihre aufrüttelnden Fotos vom spanischen Bürgerkrieg gehen um alle Welt. Ihre Liebe geht über den Tod hinaus.

BLT